dtv

»All das Kommen und Gehen in unserer Familie begann mit einem angekündigten Tod und einem unangekündigten Sturm. Mond und Flut, Schnee und Sturm, Brüder und Schwestern, Geliebte und ungeborene Kinder trafen ohne Vorwarnung aufeinander. Über Nacht verwandelte sich unser Haus in eine Insel im Eismeer und unsere nichts ahnende Sippe in eine Gemeinschaft Schiffbrüchiger.«

Als die Nachricht von Inge Boysens Tod sie erreicht, machen sich Kinder und Kindeskinder auf den Weg ins Elternhaus auf der kleinen Nordseeinsel. Dort angekommen, erfahren sie, dass die Totgesagte noch lebt – die Schwiegertochter hat voreilig Alarm ausgelöst. Doch immer, wenn einer wieder abreisen will, kommt etwas dazwischen, und schon bald schneidet ein Schneesturm Haus und Bewohner von der Außenwelt ab. In der Nacht zu Silvester spitzt sich die Lage zu. Strommasten brechen zusammen, Heizung und Licht fallen ebenso aus wie Telefon, Handy und Internet. Auch zwischen den Bewohnern von Haus Tide kommt es zu mancher Kurzschlusshandlung. Während die einen an Entzugserscheinungen leiden, blühen andere erst auf in der Isolation. Sie alle verändern sich in diesen Inseltagen und mit ihnen ihre Träume und Ziele.

Sybil Volks lebt als freie Autorin und Lektorin in Berlin. Sie hat zahlreiche Erzählungen und Gedichte in Zeitschriften und Anthologien veröffentlicht. Ihr historischer Berlin-Krimi ›Café Größenwahn‹ war nominiert für den Glauser-Preis 2008 als bestes Krimidebüt. 2012 ist ihr hochgelobter Familien- und Berlin-Roman ›Torstraße 1‹ (dtv 21516) erschienen. 2015 folgten die ›Wintergäste‹, die ein Bestseller wurden und deren Geschichte in ›Die Glückspassagiere‹ weitererzählt wird (dtv premium, Herbst 2018).

Sybil Volks

Wintergäste

Roman

dtv

Ausführliche Informationen über unsere Autoren und Bücher
www.dtv.de

Von Sybil Volks
ist bei dtv außerdem erschienen:
Torstraße 1 (21516)

Ungekürzte Augabe 2017

Umschlaggestaltung: Wildes Blut, Atelier für Gestaltung,
Stephanie Weischer unterVerwendung von Fotos von
Johannes Findeisen, plainpicture und Trevillion Images
Satz: Greiner & Reichel, Köln
Gesetzt aus der Minion Pro 9,9/13·
Druck und Bindung: Druckerei C.H.Beck, Nördlingen
Gedruckt auf säurefreiem, chlorfrei gebleichtem Papier
Printed in Germany · ISBN 978-3-423-21699-9

Für meine Mutter Hannah und meine Brüder
Thomas und Jan

Und für Anne, meine ganz persönliche
glückliche Insel

Wintergäste nennt man Vögel, die in einem Gebiet, in dem sie nicht brüten, überwintern – weil es dort wärmer ist und sie mehr Nahrung finden. Manche Wintergäste befinden sich auf der Durchreise, andere bleiben bis zum Frühjahr. Die einen kommen alle Jahre wieder, andere nur, wenn es unbedingt sein muss. Es gibt Winterflüchter und Invasionsscharen, Nahrungsgäste, Irrgäste und Ausnahmegäste – gerade so wie bei den Menschen.

Die Mitspieler

Inge, Mutter und Großmutter der Familie **Boysen**, die mit einem Augenzwinkern eine wahrhaft stürmische Geschichte in Gang setzt

Enno, der älteste Sohn, den erst ein Hirngespinst richtig in Fahrt bringt

Kerrin, Ennos Frau, die tut, was getan werden muss, damit nicht immer einen Blumentopf gewinnt (und ohnehin Gemüse vorzieht)

Boy, der zweite Sohn, der nur tut, was er will, doch am Ende für alle Kopf und Kragen riskiert

Gesa, die älteste Tochter, in deren Brust zurzeit zwei Herzen schlagen

Jochen, Gesas Mann, der wenigstens eines davon zurückgewinnen möchte

Matteo, Gesas Geliebter, der zu betörend ist, um bereut zu werden

Berit, die zweite Tochter, die vom Lügen Pickel kriegt, sich jedoch für ihr Leben gern etwas ausdenkt

Inka, Adoptivtochter von Enno und Kerrin, die neuerdings von Kopf bis Fuß in Schwarz geht und dabei knallbunte Träume hat

Marten und **Kaija, Kinder von Gesa und Jochen,** die einen Schatz suchen, während die Erwachsenen sinnlos küssen und streiten

das Kind von Gesa und Matteo, das sich im Bauch über den Trubel da draußen nur wundern kann und schließlich von Neugier gepackt wird

Kater Ahab, einäugiger schwarzer Kater, der voll den Durchblick hat

Heide und **Schnucke,** Heidschnucken, welche die Geschichte von A-Z bezeugen könnten, jedoch Wichtigeres zu schafen haben

All das Kommen und Gehen in unserer Familie begann mit einem angekündigten Tod und einem unangekündigten Sturm. Mond und Flut, Schnee und Sturm, Brüder und Schwestern, Geliebte und ungeborene Kinder trafen ohne Vorwarnung aufeinander. Über Nacht verwandelte sich unser Haus in eine Insel im Eismeer und unsere nichts ahnende Sippe in eine Gemeinschaft Schiffbrüchiger.

Das Kommen und Gehen, das Hin und das Her, der Stein, der ins Rollen kam, und das Schicksal, das seinen Gang ging, sprang und stolperte: All das begann, als wir herbeigerufen wurden aus unseren Dörfern und Städten, Plänen und Leben, als wir mit Kindern und Koffern kamen, weil Mutter von uns gegangen war. Vorübergehend zumindest, zur Probe. Vielleicht, um das Sterben auszuprobieren, so wie sie für ihr Leben gern das Essen probiert hatte, in fremden oder eigenen Töpfen, in die sie mit dem nächstbesten Löffel fuhr, bevor sie mit geschlossenen Augen die Beute ableckte. Vielleicht war das Sterben ihr noch zu heiß erschienen oder der Tod versalzen; jedenfalls öffnete sie, anstatt den Löffel abzugeben, auf dem vermeintlichen Totenbett noch einmal die Augen. Womöglich war das die Probe, Inges eigentliche Probe aufs Exempel: Mal sehen, was die Mischpoke im Ernstfall wert ist.

Denn in jenem Augenblick, als die Tote die Augen aufschlug, hatte sie sich bereits auf den Weg gemacht, die Karawane der Kinder und Kindeskinder, im Auto, im Flugzeug, in der Bahn und im Bauch.

28. Dezember

Sonniger Tag,
wintermilchblauer Himmel,
beinahe windstill.
Kleine, kurze Wellen
mit glasigen Kämmen.

»Dort, weit draußen, brauen
sich die Unwetter … zusammen,
werden die Wellen mit
Energie aufgeladen.«
Kristine von Soden

Dann muss ich wohl tot sein, denkt sie. Soeben hat Inge die Augen aufgeschlagen und Schwarz gesehen. Gegenüber ihrem Bett, dort, wo ihr gewöhnlich ihr Gesicht im Wandspiegel begegnet – ein weißer Haarschopf, hellblaue Augen –, erblickt sie nichts als unergründliches Schwarz. Dieses Tuch sagt mehr als tausend Engelszungen. Höllenfeuer. Oder Schmeißfliegen. In den Zimmern der Toten werden seit jeher die Spiegel verhängt, um nicht vom Sog des Jenseits erfasst zu werden und ihnen schlafwandlerisch durch die geöffnete Pforte zu folgen. Wer als Erster hineinblickt, bevor der Verstorbene unter die Erde gebracht ist – versenkt und versiegelt auf Nimmerwiedersehen –, den wird der Tod als Nächsten holen.

Viele Male hat der Spiegel schon Trauer getragen. Die Schwester hat aufgebahrt in der guten Stube gelegen, später Mutter und Vater einträchtig nebeneinander wie selten im Leben, im dämmrigen Schein der Kerzen, im Dunstkreis verwelkender Blumen und ihres Totengeruchs. Die Vorhänge waren fest zugezogen, kein Lichtstrahl störte ihre Ruhe. Nun ist die Welt vor ihr verschlossen, der Spiegel verhüllt worden. Nur ein schmaler Streifen Licht fällt durch den Spalt zwischen den Gardinen. Doch keine Kerze brennt und keine welkende Blume verströmt Trauergeruch. Wahrscheinlich hat noch niemand die Zeit gefunden, sich um Kerzen und Blumen zu kümmern. Sie ist ja noch nicht einmal kalt. Oder? Inge versucht die Hand zu heben, ihren Arm zu befühlen, ein Stück Haut. Die Hand ist zu schwer, der Arm bleiern.

Zu gerne würde sie jetzt einen Blick in den Spiegel werfen, den großen Wandspiegel mit dem wurmstichigen Holzrahmen und den blinden Flecken, der hier hing und die Dinge spiegelte, seit sie in Haus Tide lebte, dem Haus ihrer Eltern, Großeltern, Urgroßeltern, Ururgroßeltern … Seit ihrem ersten Tag auf der Welt. Was hat sie schließlich zu verlieren? Gegen die Todesstrafe ist sie nun immun. Doch sie kann weder Tuch noch Geheimnis lüften, nicht einmal den kleinen Finger bewegen.

Es muss Tag sein. Mittag. Ein wintermilchblauer Himmel liegt jenseits des Vorhangs, der kurze Tag geht seinem Höhepunkt entgegen, eine hellgelbe Wintersonne, entschlossen, ihr Letztes zu geben, lässt die durchscheinenden Blätter an den Zweigen leuchten. So war es jedenfalls zuletzt, als sie noch lebte. Als sie mit ihren löchrigen Gartenhandschuhen Tannenreisig in die Zweige des Rosenstocks gehängt hat, um ihn gegen Wind und Frost zu schützen. Sie solle sich die Mühe sparen, haben alle gesagt, von Eis und Schnee keine Spur. Selbst viele Gänse aus dem hohen Norden, die sonst nur Rast machten im Wattenmeer auf ihrem Zug nach Süden, sind in diesem Jahr hiergeblieben. Wie so oft an der Küste und auf den Inseln sind die Weihnachtstage lauwarm gewesen, feucht und nieselig. Aber sie spürte etwas in den Knochen, kommenden Frost und noch etwas anderes, Unbekanntes, gegen das kein Kraut und kein Tannenreisig gewachsen war. Und heute Vormittag hat sie eine Schar Gänse hoch am Himmel gesehen, die sich in einem langen Zug auf den Weg machten, verspätete Winterflüchter nach Süden.

Also hat sie Mulch angehäufelt, Reisig gehängt, sich danach für ein kurzes Nickerchen hingelegt, wie sie glaubte. Tja, so schnell kann's gehen, denkt Inge, da fällt ihr Blick auf das halb volle Glas Himbeersaft auf dem Nachttisch, und sie verspürt ein unwiderstehliches Verlangen, das Glas in einem Zug zu leeren. Sie weiß, wie dieser Saft schmeckt, Wasser mit Sirup gemischt, den sie selbst aus den Beeren gekocht hat. Nach Juli schmeckt er, dem vergangenen und, wie es aussieht, dem letzten in einer langen und doch endlichen Reihe von Julis. Köstlich. Vor allem zusammen mit den Schokodrops, die sie in der Nachttischschublade aufbewahrt. Himmlisch. Wäre da nicht die unerreichbare Schublade. Vielleicht war das die Hölle? Ein Glas Himbeersaft und Schokodrops vor der Nase, und du kannst weder die Arme noch den Kopf heben. Nur sehen und hören, zusehen und zuhören, denken und nachdenken.

Keinesfalls hätte sie gedacht, dass man als Tote immer noch denken würde. Dieser nie versiegende Fluss von Unsinn, der einem durch den Kopf rauschte, wenn der Tag lang war. Und lang würden die Tage werden, wenn das hier alles sein sollte. Über den unerreichbaren Schokodrops und neben dem unerreichbaren Himbeersaft liegt ein aufgeklapptes und nun ebenfalls unerreichbares Buch. Nein, denkt Inge, so geht das wirklich nicht. Ihr Leben mit einem Knall zuzuklappen, gerade, als es so spannend wurde. Das Buch. Und ihr Leben? Mit jedem Tag auf der Welt, nach beinahe achtzig Jahren, schien es ihr bemerkenswerter, das Leben, zart und grausam wie eine Katze. Im Licht betrachtet glatt und geschmeidig, doch ein einsamer Jäger bei Nacht.

Nein, sie, Inge Boysen, wollte noch nicht zugeklappt und beiseitegelegt werden. Wenn auch viele ihrer Tage sich glichen, so wehte doch täglich ein anderer Wind. Und selbst wenn die paar Handvoll Tannenreisig gegen den Frost ihre letzte Tat gewesen sein sollten, wollte sie lieber hier liegen und dem Seewind lauschen, der das an- und abschwellende Brausen der Wellen ins Haus trug, als sich in irgendeinem Himmel in Luft aufzulösen. Würde es vorziehen, als Schemen den Dingen beizuwohnen, die vor sich gingen hinter dem jahrhundertealten Gemäuer, unter dem tragenden Balken aus dem Mast eines von ihren Vorfahren eigenhändig geplünderten Schiffs.

Dieselben Vorfahren, die das fremde Unglück des gestrandeten Schiffs in das Glück eines eigenen Hauses verwandelten, hatten Haus Tide weit abseits des Dorfes errichtet. Gleich hinter dem Deich an der Seeseite der Insel anstatt im Hafenort an der Wattenseite oder inmitten der Insel auf einer Warft, wie vernünftige Zeitgenossen es taten. Es ging das Gerücht, dass es aufbrausende, eigenbrötlerische Menschen waren, die sich nicht einfügen konnten in die Gemeinschaft. Und dass der Fluch des geraubten Schiffsmasts eines Tages auf die Sünder zurückfallen würde. Bis heute gab es, vielleicht zur Strafe für den Eigensinn, nicht einmal eine befestigte Straße zu ihrem Haus, nur einen staubigen Feldweg.

Doch trotz des Fluchs hat der tragende Balken, der durch die Decke des Erdgeschosses verläuft, ihre Familie bis zum heutigen Tag nicht erschlagen. Aufgehängt soll sich daran einst jemand haben, zweimal vergeblich, bis endlich beim dritten Mal das Seil sein Versprechen hielt. So hat es Engelline erzählt, wenn sie als Kinder zusammen im Alkoven in der Stube lagen, hinter den geschlossenen Holztüren des Schrankbetts. »Immer schnell hindurch unter dem Balken«, hat die Schwester im Dunkeln geflüstert, »und niemals, niemals darunter stehen bleiben!« Denn wenn sie auf der Stelle verweile, wo noch immer, sachte, sachte im Nachtwind der Geist des Erhängten baumle … Bei Tageslicht wollte Engelline davon nichts wissen, ging Fuß vor Fuß setzend unter dem Holzbalken entlang, verharrte mit triumphierendem Lächeln darunter und sagte »siehste«.

Ach, Engelline. Auch das hast du mir versprochen, bevor du mich alleine hast sitzen lassen im Leben: dass wir uns wiedersehen da oben, im himmlischen Alkoven mit den hellblauen Türen, den dicken weißen Wolkenkissen und tausendundeiner Sturm- und Schauergeschichte. Aber nur im Dunkeln hast du es geschworen und niemals bei Tageslicht.

Der Alkoven ist noch da, der Balken, der Spiegel. Doch Engelline ist fort, die im Alkoven träumte, und Großmutter, die sich unter dem Balken des geplünderten Schiffs bekreuzigte, und Mutter, die einst den Spiegel für beide verhüllte. Wohin sind sie entschwunden, die Menschen, die über die Jahre durch diese Räume gingen, und wohin die Spiegelbilder der wechselnden Bühnen und Ensembles? Und wo, wenn man mal fragen durfte, steckten eigentlich die jetzigen Bewohner? Sie hat genug von der Totenstille.

Da dringt die Stimme ihrer Schwiegertochter durch die Wand. Schritte nähern sich, Kerrin geht im Flur auf und ab. »… plötzlich und unerwartet«, sagt sie, »einfach nicht mehr aufgewacht!«

Das Klappern der Absätze auf den Fliesen entfernt sich, kommt zurück. »Jochen«, ruft Kerrin atemlos, »gut, dass ich dich erreiche! Gesa geht nicht ans Telefon.«

Gesa! Auf keinen Fall durften sie Gesa erschrecken, herausreißen aus ihrer aberwitzigen Glückseligkeit, in der sie wie das Kind in ihrem Bauch schwamm. Jung und funkelnd, wie frisch koloriert sah sie aus, ihre Tochter, trotz des Schlamassels, in dem sie steckte und in das sie ihre ganze Familie hineingeritten hatte. Lasst sie doch weiterträumen, unsere Traumwandlerin, die noch früh genug erwachen wird. Sie muss Kerrin zum Schweigen bringen! Aber wie, da sie hier auf Erden keine Stimme mehr hat?

Viel schlimmer als der Durst angesichts des unerreichbaren Himbeersaftes ist die Sorge um ihre unerreichbaren Kinder. Was soll aus ihnen allen werden? Enno, mit dem sie all die Jahre unter diesem Dach gelebt und der so vieles hineingesteckt hat in sein Elternhaus, Geld und Geduld, Zeit und Liebe und so manchen ungelebten Traum. In dessen Augen neuerdings Panik aufschien, die er ausknipste, sobald man seinem Blick begegnete. Und ihre Jüngste, Berit, die es vorzog, fern von ihnen ganz für sich zu leben, in einer Straße, in der man die meisten Menschen, denen man begegnete, nicht verstand – genau wie Berit. Und nicht zuletzt Boy, weit draußen auf dem Ozean – erst Haus Tide, dieser Hafen, in den er jederzeit zurückkehren konnte, hatte ihn frei gemacht.

»Wer sagt eurem Bruder Bescheid?«, hört sie Kerrin hinter der Tür. »Auf welchem Meer treibt der sich zurzeit herum?«

Sie alle werden bald kommen, sich im Haus versammeln. Die vier Kinder, die Schwieger- und Enkelkinder, ausnahmslos und ohne die üblichen Lücken, so wie es seit Jahren, vielen Jahren nicht mehr vorgekommen ist, obwohl sie es sich so oft gewünscht hat. Dass sie das noch erleben darf! Unsinn. Darf sie ja gar nicht. Bloß in der Nebenrolle als Leiche. Ach was, eben nicht, auf diese Rolle ist sie nicht vorbereitet, es gab bislang keinerlei Proben. Sie ist noch gar nicht richtig alt und gebrechlich gewesen, und dann gleich tot, die Reihenfolge war ja völlig verkehrt! Immer gab es so viel zu tun, im Haus und im Garten, im Kunstverein, und für jedes halb gelesene Buch wuchsen drei ungelesene nach auf dem wackligen Nachttisch. Sie ist einfach noch nicht dazugekommen, die Dinge zu regeln.

Wie bitte? Du meinst, ich soll mir nicht in die Tasche lügen, Engelline? Weil die Tasche ein Loch hat und die Lüge mir auf die Füße fällt? Na schön. Wenn du es unbedingt wissen musst: Nach all den Nächten des Grübelns sehe ich noch immer keinen Hoffnungsschimmer am Horizont. Und damit meine ich nicht das ewige Leben, Engelline, mir würde es vollkommen reichen, wenn ich wüsste, dass unser Haus weiterlebt. Nicht den Schimmer einer Hoffnung habe ich, dass man es vierteilen und dabei heil lassen kann. Erst gestern Nacht hatte ich wieder diesen Traum. Am Ende hing ein Schild »Zu verkaufen« im Fenster zum Feldweg. Schließlich wich das Schild bemalten Holzmöwen, die Scheune einem Carport, unser Alkoven einer Wohnlandschaft und der Bilegger einem Flachbildfernseher. Und es sollen doch alle Träume, die wir in der Zeit zwischen den Jahren träumen, im neuen Jahr in Erfüllung gehen. Nein, habe ich im Traum geschrien, nur über meine Leiche! Und das habe ich nun davon.

Inges Blick wandert durch den Raum und bleibt am Klavier neben dem Fenster hängen. Wenn bloß Boy rechtzeitig gekommen wäre, vor ihrem Tod. Wie er es ihr immer versprochen und sie es ihm immer geglaubt hat. Ihr seefahrender Sohn ist der Einzige von ihnen, dem sie zutraut, das Zauberwort zu kennen, den Schlüssel im entscheidenden Moment aus der Tasche zu ziehen. Kaum hat sie diesen Gedanken zu Ende gedacht, öffnet sich die Zimmertür, und noch einmal sieht Inge schwarz.

Kater Ahab springt auf ihre Bettdecke und starrt sie mit seinem einzigen Auge an. Auf Ahab folgt Kerrin, die ins abgedunkelte Zimmer huscht. Warum schleichen eigentlich alle um die Toten herum, denkt Inge. Das nervt. Fürchten sie vielleicht, uns aufzuwecken?

Zögerlich nähert sich Kerrin dem Bett, wedelt mit der Hand, um Ahab zu verscheuchen, ohne Inge ins Gesicht zu sehen. Inge jedoch sieht Kerrin ins Gesicht, und endlich wendet ihr auch Kerrin den Blick zu. Erstarrt. Reißt Mund und Augen auf.

Keine Panik, Kerrin. Inge zwinkert ihr zu.

Kerrins Gesicht kippt aus ihrem Blickfeld, dann die ganze Kerrin, und im selben Moment, als Inge aufgeht, dass sie keineswegs tot ist, ertönt ein lauter Knall.

Gesa holt ein Plätzchen aus der Tasche des Wintermantels, der sich über ihrem dicken Bauch nicht mehr schließen lässt. Unter dem dunklen Mantel blitzt ein kirschrotes Sommerkleid hervor. Gesa steckt sich eine Plätzchenhälfte in den Mund und bröselt die andere den Vögeln hin, den Rotdrosseln, Singdrosseln und Staren, die das kalte Land und die kühle Stadt nicht verlassen haben. Die in Hamburg weiterleben und singen, in Matteos Straße, in Matteos Hinterhof, der an einem sonnigen Dezembertag von Gezwitscher erfüllt ist. Ein Jahr geht zu Ende, das außerordentlichste Jahr ihres Lebens, und sie sind immer noch da, die Zugvögel, die Singvögel. Alles kann wieder gut werden.

Laut pfeift sie die Melodie, die sie immer als Klingelton ihres Handys einstellt, bevor sie hierherkommt. »When the moon hits your eye like a big pizza pie, that's …« Vielleicht hat er das Fenster geöffnet und hört ihr Pfeifen. Matteo hasst diesen Italo-Schmalz. In sich hineinlächelnd fasst Gesa in die Manteltaschen und streut Futter unter der Linde aus, deren Wurzeln den Asphalt im Hof aufsprengen und deren Äste bis zum fünften Stock reichen. Bis zu ihm. Weiß gepunktete Stare hüpfen von den Ästen der Linde, stolzieren zu den Futterhäufchen, picken Samen und Beeren auf. Es können Wintergäste aus dem Norden sein, überlegt Gesa, oder auch heimische Vögel, die in diesem Jahr hiergeblieben sind, weil der Winter so mild war. Sie blickt hoch zu Matteos Fenster, wünscht sich, dass er herausschaut und winkt, wünscht sich, dass er nicht herausschaut und vor Freude umfällt, wenn sie gleich vor der Tür steht. 88 Stufen, es geht langsam jetzt, mit dem Bauch. Anfangs, da hat sie die Treppe von unten bis oben im Laufschritt genommen. Nur wieder hinunter ging es schleppend.

Die schwere Haustür des Seitenflügels ist nur angelehnt. Im Treppenhaus fällt Gesas Blick auf den Briefkasten mit seinem Namen. Durch das Gitter im Kasten sieht sie ein Kuvert mit ihrer Handschrift, den Brief, den sie ihm geschrieben hat auf der Wäschetruhe hinter der abgeschlossenen Badezimmertür, in der Atempause zwischen dem Schmücken des Baums und Begießen des Bratens, bevor die Kinder hereinstürmten und die Bescherung begann. Sie würde den Brief gerne herausfischen, ihm in die Hand drücken, ihm beim Lesen zusehen. Ob es ihr gelungen ist, ihn zum Lachen zu bringen und vielleicht auch zum Weinen.

Es gibt keinen Aufzug in dem alten Haus, nur steile Stufen. Vielleicht haben hochschwangere Frauen, als es gebaut wurde, ihre Wohnungen nicht mehr verlassen. Sicher war damals wie heute nicht vorgesehen, hochschwangeren, verheirateten Frauen den Weg zu ihrem Liebhaber zu erleichtern. Womöglich würde sie aber, selbst wenn es einen Aufzug gäbe und trotz der fahrlässig hohen Absätze, die sie heute trägt, noch immer die Treppen wählen, um es auszukosten. Das Glück, wieder hier zu sein nach so langer Zeit.

Schon auf halbem Weg holt sie den Schlüssel heraus. Sie hatte es nicht fassen können, als Matteo ihn ihr eines trüben Herbstmorgens beiläufig gab, bevor er zur Arbeit fuhr. Bis dahin hatte sie jede Minute mit ihm aufgesogen in der Erwartung, dass im nächsten Moment der Vorhang fallen würde. Licht an und aus der Traum. Bitte den Saal zu verlassen. Lange hatte sie den Schlüssel angestarrt, der auf dem Küchentisch lag zwischen Brötchenkrümeln und einer Zeitung voller plötzlich belangloser Neuigkeiten, und zu zittern begonnen. Sie hatte alles missverstanden. Nicht ein schöner Traum war ihr angeboten worden, sondern die Möglichkeit eines brandneuen Lebens.

Kaum hat Gesa die Tür zu Matteos Wohnung geöffnet, stolpert sie über die Schwelle in seine Arme. Als hätte er, seit er sie das letzte Mal zum Abschied geküsst hat, dort gestanden und gewartet, fünf Tage und Nächte lang. In dem Augenblick, als seine Arme sie umschließen, fühlt Gesa sich wie aufgehoben. Angekommen, zu Hause. Nicht in einem Zuhause, in dem man den Hausrat versichert und den täglichen Staub wischt, sondern an einem Ort, den es gar nicht geben kann und der doch immer schon da gewesen ist. Als ihre Lippen sich berühren, fährt ein heißer, süßer Strom in ihren Körper, rieselt von Kopf bis Fuß und kreist schwindelerregend durch die Adern. In Matteos Armen atmet Gesa seinen Geruch ein, vertraut und fremd. Immer von Neuem verwirrend.

»Du riechst nach Familie«, sagt Matteo. »Familie unterm Weihnachtsbaum.«

»Marten hat mir nichts geschenkt dieses Jahr.« Gesa sitzt in einer Ecke des Sofas in Matteos Wohnküche, mit ineinander verkrampften Händen. »Und mein Geschenk hat er gar nicht erst ausgepackt. Tiefer kannst du nicht sinken, oder? Als wenn dein eigener Sohn …«

Matteo steht auf und gießt sich und Gesa Espresso ein. Trotz der Schwangerschaft besteht sie darauf, ihn schwarz zu trinken. Lieber nur ein paar Tropfen, verlangt sie, aber pur. »Meine Eltern haben mich wieder ausgeladen«, sagt er, faltet Gesas Hände auseinander und nimmt sie in seine. »Mamma hat Migräne bekommen bei der Aussicht, neben einem Ehebrecher in der Christmette zu sitzen.«

»Tut mir so leid.« Sie streicht ihm durchs Haar. Sicher hat er wieder eine halbe Stunde gebraucht, um es so beiläufig verwuschelt aussehen zu lassen wie nach einer frischen Brise. »Aber wo warst du dann an Heiligabend?«

»Das willst du nicht wissen, Gesamia«, sagt er, ohne sich im Geringsten gegen die Zerstörung seiner Frisur zu wehren. Es muss wirklich trostlos gewesen sein.

Nein, sie wird ihn nicht weiter fragen. Und Matteo braucht nicht zu wissen, dass Jochen ihr die Rubinohrringe geschenkt hat, nicht ahnend, wie oft sie diese im Schaufenster bewundert hat, wenn sie auf dem Weg zu ihrer Praxis daran vorbeikam. Die Zeit für solche Geschenke war doch eigentlich für immer vorbei. Aber getragen hat sie die Ohrringe, am Weihnachtsabend, als die Kinder im Bett waren und Jochen und sie im Wohnzimmer standen, leere Weingläser in den Händen, zwischen ihnen der Couchtisch und die Sofaecke, Leselampen und Bücher, die sie im Laufe der Jahre gemeinsam ausgesucht hatten. Die Elektrokerzen am Baum strahlten und ihrer beider Lieblingsaufnahme der Goldberg-Variationen erfüllte den Raum. Es war so still, dass sie Glenn Gould am Piano leise mitsummen hörte, und es kostete sie alle verbliebene Kraft, ihre Tränen zurückzuhalten. Wenn einer von ihnen ein Recht auf Tränen hatte, war es mit Sicherheit nicht sie.

Gesa schließt die Augen und vergräbt die Nase in Matteos Haar. Jetzt ist sie hier. Seine Haare riechen so gut. Und der Hals. Die Wangen. Noch viel besser als zu Anfang. Etwas Süßes mischt sich in das Fremde.

Sie hat das Dachfenster über dem Bett geöffnet, um sie wieder zu hören, die Rotdrosseln, Singdrosseln und Stare, die in diesem Winter den Süden haben sausen lassen, um weiterhin auf der Linde im Hof zu zwitschern. Den ganzen Tag, nein, das ganze bald anbrechende neue Jahr möchte sie hier liegen, im zerwühlten Bett ihres Liebsten, die Arme hinter dem Kopf verschränkt, und in dasselbe Stück Himmel schauen wie er.

»Mund auf, Augen zu«, befiehlt Matteos Stimme.

Glatt und kühl liegt die Weintraube auf der Zunge. Noch eine und noch eine, jede süßer und saftiger als die andere, frisst sie ihm aus der Hand. Lutscht an ihnen, zerbeißt sie und schluckt sie schließlich mit Haut und Kernen. Verlangt nach mehr.

»Schluss jetzt.« Matteo nimmt die restlichen Trauben und wirft sie in hohem Bogen durchs Fenster in den Hof. »Sonst werd ich noch eifersüchtig auf das blöde Obst.«

Er beugt sich zum Frühstückstablett, das auf dem Boden vor dem Bett steht, hält die Plastikflasche mit Honig über Gesas Bauch und öffnet sie. Gesa zieht die Luft ein, als der erste Tropfen dunklen Honigs ihren Bauchnabel trifft. Ein feiner Strahl tropft auf sie herab, sammelt sich im Nabel, fließt die abschüssige Rundung ihres Bauchs hinunter, nimmt Fahrt auf, bahnt sich seinen Weg über ihren Venushügel und rinnt weich und klebrig durch ihre leicht geöffneten Lippen. Matteo folgt jedem Millimeter des Honigflusses mit Augen und Zunge.

Sie weiß inzwischen, dass er versessen auf Süßes aller Art ist. Dabei hatte zwischen ihnen alles mit Zitronen begonnen. Noch immer kann Gesa nicht fassen, wie es ihr gelungen ist, sich so rettungslos zum Narren zu machen. Auch Matteo muss verrückt sein, ebenso vernarrt wie sie, das ist die einzige Erklärung.

Vor einem und einem Vierteljahr, das ihr wie ein Jahrzehnt erscheint, war sie zum Hamburger Flughafen gefahren, um eine Reise für ihre Familie zu buchen. Wie immer im Herbst hatte sie, angesichts der Vogelschwärme, die über sie hinweg nach Süden zogen, eine tiefe Melancholie erfasst, gefolgt von wachsender Unruhe. Zweifellos gehörte sie zu den Winterflüchtern. Ohne zu einer Entscheidung zu kommen, hatte sie im Internet die halbe Welt umrundet, Kataloge durchforstet und war schließlich durch das Flughafengebäude gehetzt, um bei den dortigen Reiseveranstaltern den »perfekten Urlaub für die ganze Familie« zu finden. Doch für ihre Familie schien es einen solchen nicht zu geben. Kaija und Marten wollten wie jedes Jahr zu Omi auf die Insel. Jochen sehnte sich nach verschneiten Berggipfeln, sie selbst nach einer sonnigen Küste. Warum blieben sie nicht einfach zu Hause? Auf dem Balkon. Sie jedenfalls würde jetzt dorthin zurückkehren.

Dann war da plötzlich diese Stimme in ihrem Kopf, die ihr einflüsterte, dass sie dreimal hintereinander erst nach rechts und dann nach links gehen sollte, um mit der Nase auf den Stein der Weisen und die Pforte zum letzten unentdeckten Paradies zu stoßen. Sie war dreimal hintereinander erst nach rechts und dann nach links gegangen und gegen den Last-Minute-Counter geprallt.

»Wo soll es denn hingehen?«, hatte der junge Mann mit höflichem Lächeln gefragt.

»Keine Ahnung«, hatte sie geantwortet. »Irgendetwas … Neues. Unbekanntes.«

»Und was ist Ihnen noch unbekannt?«, fragte der junge Mann mit charmantem Lächeln. »Welcher Kontinent, welche Region?«

Was für eine Stimme, hatte sie gedacht. Was für eine Melodie. Und dann hörte sie ihre eigene Stimme antworten: »Kennst du das Land, wo die Zitronen blühn? Im dunkeln Laub die Goldorangen glühn?«

»Immer eine gute Wahl«, sagte der junge Mann mit bezauberndem Lächeln. »Für wie viele Personen möchten Sie buchen?«

»Für mich. Nur für mich.«

»Manchmal eine gute Wahl«, sagte der junge Mann, ganz ohne zu lächeln. »Aber wissen Sie auch, wie die erste Strophe endet?«

Inzwischen wusste sie es. »Kennst du es wohl? Dahin! Dahin möcht ich mit dir, o mein Geliebter, ziehn.« Sie hatte die Reise mit ihm, ihrem Geliebten, angetreten. Eine Reise, für die sie weder Ticket noch Bordgepäck benötigte, nur einen unerschöpflichen Vorrat an Mut und Übermut. Der Trip ihres Lebens, der sie nichts gekostet hatte, außer vielleicht ihr bisheriges Leben. Ja, sie hatte eine neue Welt entdeckt, ohne dass sie Hamburg dafür einen Tag verlassen musste. Das Frühjahr sei regnerisch gewesen, der Sommer wechselhaft, stand in der Zeitung, Herbst und Winter das übliche Schmuddelwetter, wurde ringsum geklagt, doch sie war Tag und Nacht, sommers wie winters von prickelndem Glühen erfüllt. So auch in jener stürmischen Nacht im April, als sie in Sommerkleid und Sandalen zu Fuß aus dem Haus ging und morgens blau vor Kälte und berauscht von Glück nach Hause kam.

Das war der Morgen, als Jochen zum ersten Mal weinte. Nicht nur um sich weinte, auch um sie. Das war der Tag, an dem sie Jochen und sich selbst schwor, die Rückreise anzutreten. Doch da hatten sie sich schon eingenistet in ihr, um zu wachsen und Blüten zu treiben: das Baby, die Liebe, die bescheuerte Hoffnung, die berechtigte Angst, der unvermeidliche Schmerz. Nur nicht die Reue. Die kam nicht zu ihr, so sehr sie auch darum bat.

Matteo legt ihr eine Hand auf den Bauch, auf der Stelle wird ihre Haut durchlässig und warm. Ernst sieht er sie an, gar nicht mehr wie der Mann, der eben noch Trauben aus dem Fenster geschleudert hat, ohne an die Nachbarn zu denken. Oder an Mülltrennung. »Was wird aus uns?«, fragt er. »Wie soll es weitergehen?«

»When the moon hits your eye like a big pizza pie, that's amore. When the world seems to shine like you've had too much ...« Matteo steht auf, nimmt ihr Handy aus der Handtasche neben dem Bett und legt es oben auf den Kleiderschrank. Da, wo eben noch seine Handfläche auf ihrem Bauch gelegen hat, wird es kalt. In ihrem Bauch macht jemand eine Rolle rückwärts, so fühlt es sich an. Als würde sie selbst mit umgedreht, von außen nach innen und von innen nach außen. Es gluckert, pulsiert und pocht. »Zwei Herzen schlagen, ach, in meiner Brust«, ist ihre ehrliche Antwort auf seine Frage. Weiter weiß sie nicht. Sie weiß nicht weiter.

Dabei hätte sie es wirklich besser wissen müssen. Es war so peinlich. Seit zwanzig Jahren gab sie als Frauenärztin anderen Frauen schlaue Ratschläge, versorgte sie mit Rezepten, Broschüren und Lebensweisheiten. Ja, verdammt, sie wusste, wie man eine ungewollte Schwangerschaft verhütete. Aber sie wusste nicht, wie man eine ungewollte Liebe verhütete, einen Blitzschlag, der einen aus heiterem Himmel traf und die Sicherungen durchschmoren ließ von Kopf bis Fuß.

Der Himmel war blauer als zuvor, die Luft war luftiger, und die Lust war lustiger. Die Schiffssirenen sangen a cappella und die U-Bahnen ratterten taktvoll. Die Holzbänke im Park erinnerten sich ihrer Herkunft und trieben hellgrüne Blätter. Das Morgenlicht ließ sich trinken wie Milchshake, der Wind kämmte ihr das Haar, der Regen wusch sie, es war, als sei sie frisch geschlüpft, ein dottergelbes Küken von sechsundvierzig

Jahren. Der Sex mit Matteo hat ihr neue Türen geöffnet. Und das, denkt Gesa, liegt nicht daran, dass Matteo jünger ist als sie oder Blut mit Migrationshintergrund durch seine Adern kreist, ich schwör's dir, Alter. Vermutlich hat es diese Türen schon immer gegeben, nur ist sie bisher daran vorübergelaufen. Und dann ist sie im entscheidenden Augenblick Matteo begegnet, der im halb geöffneten Türflügel stand und die Flügel weit für sie öffnete.

Gemeinsam mit ihm war sie hindurchgegangen. Und durch die weit geöffnete Tür war eines Tages das Kind hereingesegelt. Sie hatte sich gewappnet, in Matteos entsetztes Gesicht zu sehen, von ihm zu hören, dass ein Kind das Allerletzte sei, was er von ihr wollte. Stattdessen fand er ihren immer runder werdenden Bauch göttlich. Auch sie selbst fand sich göttlich, vor allem wenn sie sich liebten und, so fühlte es sich an, eins wurden, er und sie und dieses Wesen aus ihr und ihm und einer unbekannten Alchemie. Zu denken, dass aus Matteos und ihrem Körper etwas Gemeinsames, Lebendiges entstehen würde, war so überwältigend schön. Nach tausenden Ultraschallbildern in ihrer Praxis, ungezählten dicken Bäuchen und Babys, die daraus hervorkamen, hatte sie zum ersten Mal das Gefühl zu begreifen, was mit dem Gerede vom Wunder des Lebens gemeint war. Sie jedenfalls konnte nicht aufhören, sich zu wundern.

So hatte sie es mit Jochen nicht empfunden, obwohl beide Babys Wunschkinder waren und Jochen genau der Richtige für sie, um mit ihm zu leben und Kinder zu haben. Doch mit Matteo war es anders. Dass aus den Stunden, in denen sie Liebe machten, nicht nur Liebe entstand, sondern etwas, das über diesen Augenblick und sie beide hinausging, schien ihr ebenso folgerichtig wie das Sprießen des Grüns, wenn das Eis schmolz, oder die Entstehung der Welt nach dem Urknall.

Eine Kleinigkeit dieser Dimension etwa. Und so wusste sie bald, dass sie diese Schwangerschaft, gegen die alles sprach und alle sprachen, sehr wohl wollte – aber nicht, ob sie am Ende auch ein Kind wollte. Ein Kind, das ein ganz eigener Mensch war mit einem ganz eigenen Leben und ihr Leben für immer verändern würde.

Matteo und Gesa liegen nebeneinander auf dem Rücken, ihre Hand in seiner, beide ganz warm. Im Raum ist nur ihr Atmen zu hören. Das Gezwitscher der Vögel, das den Hof erfüllt hat, ist leiser geworden. Durch das Fenster hört Gesa noch schwach das Flöten der Singdrosseln heraus.

»Nun werden sie uns doch verlassen, nicht wahr?«, flüstert sie.

»Wer weiß«, sagt Matteo. »Vielleicht bleiben sie dieses Jahr.«

Ja, warum nicht, denkt sie und dreht sich zu ihm. Jetzt, da in Hamburg die Zitronen blühen, am dunkeln Elbstrand Goldorangen glühen. Der Süden ist zu ihr gekommen. Kein Grund mehr, vor dem Winter zu fliehen, Vorräte zu sammeln, Socken zu stricken und sich auf das Schlimmste gefasst zu machen.

»Lass uns tanzen!« Sie stützt sich auf dem Bett ab und kommt beim zweiten Anlauf auf die Beine. Gar nicht so einfach, miteinander zu tanzen, wenn die Tänzerin eine solche Kugel vor sich herschiebt. Matteo muss den Oberkörper vorbeugen, den Hintern herausstrecken und sich verbiegen, um mit den Füßen so ungefähr in ihre Nähe zu gelangen. Doch Matteo schafft es, diesen Tanz zu dritt in eine taktvolle Angelegenheit zu verwandeln. Und singen kann er auch. Dabei ist er gar kein Italiener.

Er ist Deutscher, in Deutschland geboren, Besitzer eines deutschen Passes. Deutscher mit Migrationshintergrund, genau genommen, wie sie oft genug versucht hat, ihren Mitmenschen beizubringen. »Gesa und ihr junger Italiener.« – »Gesa geht am liebsten zum Italiener.« Haha, wie lustig. Für alle anderen.

»When the moon hits your eye like a big pizza pie, that's amore. When the world seems to shine like you've had too much wine, you're in love. Bells will ring, ting-a-ling-a-ling, ting-a-ling-a-ling …«, singt es nun oben vom Kleiderschrank. Einen Augenblick sieht es aus, als wollte Matteo ihr Handy den Trauben durchs Fenster hinterherschicken. Und einen Moment überlegt sie, ob sie nicht doch einmal nachsehen soll, wer ihr an diesem Mittag kurz nach Weihnachten so dringlich etwas mitzuteilen hat. Aber da hat Matteo sie schon weiter durch die Wohnung geschwenkt, im Dreivierteltakt über den Flur und zur Tür hinaus in den ausgebauten Speicher, unter den Wäscheleinen hindurch. Wie immer flattern hier Ober- und Unterhemden, Hosen und Unterhosen, Geschirrtücher und Bettbezüge. Vielleicht ist das mit dem Italiener doch nicht so weit her, denkt Gesa, als sie sich in einem weißen Laken verfangen.

Matteo steht still, Gesa steht still, die Welt dreht sich weiter um sie im Dreivierteltakt. Matteo hört auf zu singen, Gesa hört auf zu summen, beide schauen sich an. Ganz wie beim ersten Mal würde sie alles tun in diesem Moment, alles geben und hergeben, versprechen und verraten, um diesen Mund zu küssen. Und als ihre Lippen seine berühren und seine Lippen sich ihren öffnen, ist es, ganz wie beim ersten Mal, ein Sprung von der Klippe, kopfüber – fallen und eintauchen, dass Hören und Sehen vergehen, strudeln und endlich atmen unter Wasser.

Auch Matteo ist gesprungen und abgetaucht. Gesa überlässt sich der Strömung, nur eine Hand umklammert die

Wäscheleine. Ihre Zungen betasten, umspielen einander, stoßen tief hinein in die warme, feuchte Mundhöhle. Ihr sich vermischender Atem geht schneller, ihre Atemzüge kommen und gehen, steigen und sinken. Die Leine reißt. Weiße Hemden und Laken segeln auf den ungefegten Dachboden. »Bells will ring, ting-a-ling-a-ling, ting-a-ling-a-ling and you'll sing, vita bella. Hearts will play tippy-tippy-tay, tippy-tippy-tay …«

Matteo flucht. Irgendjemand scheint es ernst zu meinen. Vielleicht ist es ernst. Gesa windet sich aus seinen Armen, geht in die Wohnung zurück und sieht nach. Das Display zeigt mehrere entgangene Anrufe von Kerrin. Typisch, dass die es nicht lassen kann, sie im entscheidenden Augenblick zu stören. Wahrscheinlich, um ihr mitzuteilen, dass Mutter in letzter Zeit schwächer und Enno neuerdings seltsam sei, sie im Fernsehen gestern gesagt hätten, dass aus Scheidungskindern Schulversager und Drogendealer würden, aus Scheidungsmännern Islamisten und Serienkiller – und wie es übrigens Jochen und den Kindern gehe? Nicht auszudenken, wenn sie abgenommen und schwer atmend »Halloho« geschnauft hätte wie ein Exhibitionist. Oder wie diese Leute hießen, die sich vor Sprechmuscheln nackig machten. Aber sie denkt es sich doch aus. Stellt sich Kerrins Gesicht vor, während sie »Jaha, ich komme schon« keucht, und hält sich vor Lachen den Bauch, in dem mit ihr das Baby gluckst.

Plötzlich vergeht ihr das Lachen. Vielleicht ist etwas mit Mama, fährt es ihr durch den Kopf, vielleicht ist sie krank geworden, weil wir sie dieses Jahr zu Weihnachten nicht besucht haben. Sofort ist das schlechte Gewissen zur Stelle. Und doch: Es ist richtig und wichtig gewesen, dieses Weihnachtsfest zu Hause mit Jochen und den Kindern zu feiern. Und es ist falsch, aber lebenswichtig, dass sie jetzt hier ist. Bei Matteo.

Wie ein kurzes Atemholen nach einem langen Tauchgang – und vor dem nächsten. Wenn man sie jetzt gleich wieder wegholt, wird sie untergehen.

»Denke nicht an das Gewinnen, doch denke darüber nach, wie man nicht verliert.« Wie ein Handkantenschlag hat Jochen die Weisung getroffen, Karateregel 12, die ihnen der Meister gestern mit auf den Weg gegeben hat, bevor sich alle verneigten und die Halle verließen. Ja, er hat darüber nachgedacht, die halbe schlaflose Nacht lang die Worte stumm im Kopf wiederholt: »Katsu kangae wa motsu na, makenu kangae wa hitsuyo.« Nebenan schläft Gesa, die heute das Haus verlassen und zu ihrem Liebhaber zurückkehren wird. Es gibt für ihn nichts zu gewinnen.

Jochen steht vor dem Spiegel und fährt mit der Klinge über Kinn und Wangen. Noch liegt Gesa in ihrem früheren gemeinsamen Schlafzimmer, lebt und atmet mit ihm unter einem Dach. In einer Stunde wird sie aufstehen, mit den Kindern frühstücken, sie für heute bei seiner Schwester in Bahrenfeld abliefern. Sein Schwager wird gar nicht erst an die Haustür kommen, seine Schwester die Kinder umarmen und Gesa die kalte Schulter zeigen. Weihnachten ist vorbei, ein Wunder ist ausgeblieben, und er muss zusehen, dass er zur Arbeit kommt. Er prüft sein Gesicht im Spiegel, alles glatt und unversehrt, kein noch so kleiner Schnitt zu sehen.

Gesa hat Weihnachten immer geliebt und auch dieses Mal alles gegeben, um das Fest für ihn und die Kinder glanzvoll und fröhlich zu gestalten. So fröhlich, wie unter den Umständen möglich. Das elegante, schlichte Kleid, das er ihr zum vorherigen Fest geschenkt hat, passte ihr nicht mehr und passte nicht mehr zu ihr. Sie sprengte jeden Rahmen. Ihre Geschenke waren dieses Jahr zu üppig, ihr Gesang zu munter und ihr Parfüm zu blumig. Schöner denn je ist sie gewesen. Es tat ihm weh, ihr zuzuschauen, wie sie sich an den unsichtbaren Gitterstäben ihres Zuhauses wund rieb. Ihrer Ehe. Wie lang ihr diese paar Tage geworden sind! Nein, es gibt für ihn nichts mehr zu gewinnen. Aber wie kann er verhindern, alles zu verlieren?

In der vergangenen Nacht ist er aufgestanden und ins Kinderzimmer geschlichen, in dem Marten und Kaija in ihrem Etagenbett schliefen. Kaija lächelte im Schlaf, er hat ihr über das hellblonde Haar gestrichen. Das würde er nie verstehen: Wie konnten aus einem solchen Dickkopf so seidenweiche Haare sprießen? Marten hatte die Fäuste geballt und die Zähne aufeinandergepresst. Je länger er seinen Sohn betrachtete, desto stärker wurde sein Wunsch, ihm die Fäuste zu öffnen und die verbissenen Kiefer, den großen Jungen in die Arme zu nehmen und hin und her zu wiegen in einen leichteren Schlaf. Doch er wagte es nicht einmal, ihn zu berühren. Was sollte er Marten sagen, wenn er wach würde: Alles wird gut?

Er hat leise die Tür zum Kinderzimmer geschlossen, ist in sein Arbeitszimmer zurückgekehrt, in dem er seit Monaten schläft. Allein. Ein Gutes hat es, allein zu schlafen. Er kann nachts die Tür auflassen. Dem zerwühlten Bettzeug auf dem Ausziehsofa den Rücken kehrend, hat er sich an den Schreibtisch gesetzt. Sein eigener Kiefer schmerzte, auch seine Hände hatten sich wie die seines Sohnes zu Fäusten geballt. Das kalte Licht seiner Schreibtischlampe fiel auf weißes Papier. Er atmete tief durch, schüttelte die Hände aus, tauchte die Feder in die Tusche und begann zu schreiben. Katsu kangae wa motsu na, makenu kangae wa hitsuyo. 十二、勝つ考えは持つな、負けぬ考えは必要

Ein ums andere Mal hat er das Blatt zerrissen. Immer wieder ist ihm ein Strich verrutscht, der präzise Schwung eines Bogens misslungen. So oft setzte er die Schriftzeichen aufs Papier, bis sie, für ihn zumindest, richtig aussahen. Denn so viel wusste er: Irgendwo in diesen Bögen und Strichen verbarg sich die Rettung.

Jochen schließt sein Rennrad im Hof an, nimmt den Schlüsselbund aus der Jackentasche und dreht den Schlüssel im Schloss. Er grüßt den Pförtner, geht durch den langen Gang, der immer nach Putzmitteln riecht, als müsste hier ständig etwas desinfiziert werden. Die Türen zu den Büros und zur Küche des Wohnheims stehen halb offen, wie von der Leitung gewünscht. Aus dem geschlossenen Heim von früher ist ein halb offenes geworden. Oder ein halb geschlossenes, je nach Sichtweise, ganz wie bei jenem viel zitierten Glas.

Es hatte wie üblich Anwohnerprotest gegeben. Niemand wollte Straftäter in der Nachbarschaft, und wenn, dann hinter Schloss und Riegeln. Auch wenn es minderjährige Straftäter waren. Ihm jedenfalls kommen die offenen Türen entgegen, denn geschlossene Türen erinnern ihn nun mal an einen ganz bestimmten Raum seiner Kindheit. Einen Raum, in den er nie mehr zurückmuss. Es ist ein gutes, ein sehr gutes Gefühl, nun selbst derjenige zu sein, der den Schlüssel in der Tasche hat.

In der Küche sitzt Alex vor einer Kaffeetasse und sieht aus, als würde er jeden Moment wegpennen. Jochen klopft an den Türrahmen. »Moin, Alex!«

Sein Kollege schaut auf und begrüßt ihn mit einem müden, doch erfreuten Lächeln.

»Alles klar?«, will Jochen wissen. »Gab's was Besonderes über die Feiertage?«

»Das Übliche.« Alex gähnt. »Eine Klopperei zwischen Dennis und Onur. Ach ja, und Sven hat ein bisschen gezündelt, aber zum Glück ist nichts weiter passiert. Unruhig war's, brenzlige Stimmung. Ist halt nicht leicht für die Jungs, die Weihnachten nicht nach Hause können.« Er trinkt den letzten Schluck vermutlich lauwarmen Kaffees und schaut Jochen an. »Wenn du nicht da bist, wird keiner mit denen fertig.«

»Apropos, danke dir!« Jochen setzt sich zu Alex an den Tisch und fasst ihn am Arm. »Dass du für mich Dienst geschoben hast dieses Jahr. Es war mir sehr wichtig.«

Alex brummt etwas, steht auf und trägt die Tasse zur Spülmaschine.

Jochen hat seine Runde gedreht und nach seinen Jungs geschaut, in der Werkstatt, im Sportraum oder im Therapiegespräch. Während er am Computer sitzt und Mails beantwortet, fällt ihm auf, dass niemand von den Kollegen gefragt hat, wie es Weihnachten bei ihm war. Alex und ein anderer Kollege sind so nett gewesen, die unbeliebten Feiertagsdienste zu übernehmen, damit er – ein letztes Mal, wie alle annahmen – Weihnachten in Familie machen konnte. Denn mehr oder weniger wussten alle Bescheid. Aber niemand wagte es, ihn darauf anzusprechen.

Immer noch besser als ein Desaster wie bei Gesa. Nie wird er den Tag vergessen, als er sie zum letzten Mal in der Praxis abgeholt hat. Er stand im Eingangsbereich, links das Wartezimmer voller Frauen, rechts der Empfangstresen, und geradeaus öffnete sich eine Tür, aus der Gesa mit einer Patientin heraustrat. Beide schoben einen dicken Bauch vor sich her. Gesa kam auf ihn zu und begrüßte ihn mit einer Umarmung. Da schoss die Patientin auf ihn los, streckte ihm die Hand entgegen und rief voller Begeisterung durch die Praxis: »Gratuliere! Herzlichen Glückwunsch dem werdenden Vater!« Keine

Ahnung, was für ein Gesicht er machte. Gesa jedenfalls sah aus, als würde sich der Boden unter ihr auftun. Selbst die beiden Arzthelferinnen hinter dem Empfangstresen erstarrten.

Die Mails sind alle bearbeitet, mal sehen, was sonst auf dem Tisch liegt. Eine Ladung vor Gericht für Sven, den er zum Prozess begleiten soll. Jochen tippt den Termin in sein Smartphone. Ach ja, und übermorgen ist Dennis dran. Das wird ein wichtiger Tag für ihn, von dem vieles abhängt. Da kann der Junge jede Unterstützung gebrauchen, zumal er sonst überhaupt keine hat. Kein einziges Mal hat sich jemand von seinen Leuten hier oder im Gerichtssaal blicken lassen. Und dann ist da noch ein Kuvert mit handgeschriebener Adresse inmitten der Behördenpost, an Jochen Boysen-Mohr (persönlich). Eine Weihnachtskarte mit Reh und Schnee und Tannenbäumen und einem goldenen Stern. Die Schrift ist krakelig, die Rechtschreibung eigenwillig. Wie sich sein Leben geändert habe, schreibt Ahmed, dass er eine Lehrstelle gefunden habe und wahre Freunde statt der Gang, und dass die Zukunft ihm zum ersten Mal als etwas erscheine, auf das man sich freuen kann. Dass er es ohne ihn niemals geschafft hätte.

Jochen vergräbt den Kopf in den Händen. Man soll hier jederzeit für die anderen ansprechbar sein, physisch und emotional offen stehen wie sämtliche Türen. Und er sitzt da und wird von Schluchzern geschüttelt wie ein labiles Weichei! Vielleicht ist die Rührung über diesen Brief, vielleicht sind Reh und Schnee und goldener Stern schuld, dass ganz gegen seine Abmachung mit sich selbst sein häusliches Elend ihn nun auch auf der Arbeit einholt. Dankbar sein kann er den Kollegen, dass sie ihn nicht nach Weihnachten fragen! Hätte er ihnen erzählen sollen, dass seine Frau sich zwischen Baumschmücken und Bescherung im Bad eingeschlossen hat? Dass er mit seinem Geschenk für sie ins Schwarze getroffen hat, weil er Gesa in den Wochen zuvor heimlich gefolgt ist? Mehrmals hat er sie vor dem Juwelierladen stehen sehen, und eigentlich ist es nicht Gesas Art, an Schaufensterscheiben zu kleben. Beinahe hat er in seiner Zerrüttung geglaubt, es ginge ihr um den Juwelier. Als sie weg war, hat er kurz die Auslage in Augenschein genommen, ist in den Laden spaziert und hat, ohne zu zögern, die Rubinohrringe verlangt, Granatapfelrot, ihre Farbe. Und damit offenbar einen Volltreffer gelandet. Einen Volltreffer mit Widerhaken.

Beinahe wünscht er nun, Gesa hätte sie ihm zurückgegeben und nicht getragen. Am Weihnachtsabend, als die Kinder im Bett waren und Gesa und er sich im Wohnzimmer gegenüberstanden, inmitten all der Dinge, die sie im Laufe der Jahre gemeinsam ausgesucht hatten. Und es waren ja nicht nur Dinge. Gemeinsame Zeit steckte darin, geteilte Interessen und Vorlieben oder auch unterschiedliche Geschmäcker, wie die Spionagethriller und Serienmordkrimis, die nur er verschlang und für die Gesa ein Extraregal aufgestellt hatte, versehen mit einem »Schundliteratur«-Schild samt Totenkopf. Dieses Totenkopfregal hatte sich im Nu gefüllt, dank Gesas nie versiegendem Schundliteraturnachschub für ihn, Bier- und Chipsvorrat inklusive. Sie liebte seinen, wie sie es nannte, »proletenhaften Geschmack«. Eine perfekte Balance, wie er gedacht hatte, aus Gemeinsamkeiten und Unterschieden, geteiltem und eigenständigem Leben. Gemeinsame Kinder, Wunschkinder alle beide. Sie hatten miteinander alt werden wollen!

Ja, sollte ihn nur einer nach Weihnachten fragen! Er würde ihm erzählen, dass die Rubine wie Blutstropfen an ihren Ohren hingen und dass sie, als im Halbdunkel ein Lichtstrahl auf Gesa fiel, eine feine rote Spur auf ihren Hals warfen.

Es riecht nach Schweiß und Adrenalin. Für das tägliche Karatetraining mit den Jungs hat Jochen lange um einen improvisierten Trainingsraum gekämpft. Je länger sie trainierten, desto besser lernten sie, ihre Aggressionen in konstruktive Bahnen zu lenken. Regel Nummer 2: »Im Karate gibt es keinen ersten Angriff.« Darum ging es: friedfertig zu bleiben und nicht anzugreifen, doch in der Lage zu sein, sich selbst zu schützen, wenn es notwendig war. Nicht umsonst hieß Regel Nummer 1: »Karate beginnt mit Respekt und endet mit Respekt.«

Heute allerdings scheint es mit Respekt und Disziplin nicht weit her zu sein. Er ist nicht der Einzige, der auf eine Reihe beschissener Tage zurückblicken kann. Ein Zweikampf zwischen Dennis und Onur kommt nicht infrage. Alex hat ihm erzählt, worum es bei der Klopperei zwischen den beiden gegangen ist. Onur hat Dennis die Freundin ausgespannt und vor den anderen damit angegeben. Was Alex aber nicht wusste und er selbst auch nur, weil er es vorhin zufällig mitgehört hat, als er am Fenster stand, unter dem Onur mit zwei Kumpels eine Kippe rauchte: Der gute Onur hat dem Mädchen unverzüglich ein Kind gemacht, um die Sache zu besiegeln. Jochen kennt das Mädchen, das bis vor Kurzem Dennis hier besucht hat. Eine zarte Sechzehnjährige aus dem nahe liegenden Mädchenwohnheim. Keine straffälligen Minderjährigen wie seine Jungs lebten dort, sondern solche, die die Mädchenversion praktizierten: sich Arme und Schenkel ritzten, sich mit Drogen ruinierten und prostituierten. Viele haben schon als Kinder sexuelle Gewalt erlebt, und dieses Mädchen ist vermutlich eine von ihnen. Jedenfalls heißt es heute, Dennis und Onur hübsch auseinanderzuhalten. Doch er selbst wird mit beiden kämpfen und sehen, was für Fortschritte sie gemacht haben, in welcher Verfassung sie sind.

Dennis kämpft defensiv und ohne jeden Schwung, Onur dagegen bewegt sich aufreizend lässig. Und während dieser große Kerl vor ihm herumhampelt, hallen in Jochens Kopf Onurs Worte wider, laut und triumphierend wie vorhin unter dem Fenster: »Alter, beim ersten Schuss 'n Kind gepflanzt – Volltreffer!«

Jochen kniet vor Onur und hilft ihm, sich aufzusetzen. »Tief durchatmen!«, befiehlt er. »Tut beim Atmen etwas weh?«

Onur reibt sich die Brust. »Schon gut, Mann. Ich hab's überlebt.«

Jochen, noch immer vor dem Jungen kniend, sucht dessen Blick. »Onur, ich möchte mich bei dir entschuldigen. Auch wenn es mir bewusst ist, dass ich einen unverzeihlichen Fehler begangen habe.«

Onur weicht seinem Blick aus und steht auf. Auch Jochen erhebt sich. »Wenn du so weit okay bist, gehen wir jetzt zum Chef«, sagt er. »Du wirst ihm berichten, was passiert ist. Und er wird entscheiden, welche Konsequenzen das hat.«

»Alter, komm runter.« Onur grinst. »Ich hab noch nie jemanden verpfiffen. Werd auch nicht deinetwegen damit anfangen.«

»Es geht hier nicht um verpfeifen. Gleiches Recht für alle, das ist es. Wenn du dasselbe mit mir gemacht hättest …«

Onur winkt ab. »Vergiss es. Dir ist die Hand ausgerutscht und fertig. Mann, wir wissen doch, dass du zu Hause Stress hast. Also, wenn meine Frau mit 'nem anderen vögeln würde …«

Jochen kann sich so eben davon abhalten, ein zweites Mal zuzuschlagen. Er lässt Onur und die anderen stehen und macht sich allein auf den Weg durch den langen Gang. Selbstverständlich wird er sein Verhalten melden, dem Chef auf der

Stelle und dem Meister beim nächsten Training, das ist er sich und den Jungs schuldig. So wird er niemals einen höheren Dan erreichen. Er hat die Kampfkunst missbraucht. »Karate beginnt und endet mit Respekt!« Selbstbeherrschung, Achtsamkeit, darum geht es. Viel wichtiger ist das als Gewinnen und Verlieren. Er hat völlig versagt. So wie damals, als er angefangen hat, das Kämpfen zu lernen. Er wollte sich den ersten K. o.-Schlag für seinen Vater aufheben. Tausendmal hat er sich ausgemalt, wie dieser große, starke Mann mit verblüfftem Ausdruck zu Boden geht, wenn sein Sohn das erste Mal im Leben zurückschlägt. Stattdessen hat er, als er wieder einmal auf dem Schulhof vermöbelt werden sollte, im Zorn einen jüngeren Mitschüler so hart geschlagen, dass er ihn verletzte.

Was gäbe er jetzt für eine Zigarette! Aber damit wird er nicht wieder anfangen, nach all den Qualen, die ihm das Aufhören damals bereitet hat. Ein Ausdruck von Schwäche ist das, weiter nichts. Und außerdem schlecht für die Kondition. Schnellen Schrittes geht Jochen an den vielen Türen vorbei durch den Flur, immer geradeaus. Es gibt augenblicklich nur einen Weg. Er wird die Konsequenzen seines Handelns tragen, was auch immer der Chef und der Meister für richtig halten. Und zu Hause muss er endlich aufräumen. Wenn Gesa nicht in der Lage ist, diesem Drama ein Ende zu setzen, wird er es tun. Sie muss ausziehen, und zwar bald und endgültig. Höchste Zeit, dass ihre Wege sich trennen. Besser ein sauberer Schnitt … Kurz vor der Tür zum Chefbüro lässt ihn das Klingeln seines Smartphones zusammenfahren.

»Jochen«, ruft ihm atemlos Kerrins Stimme ins Ohr, »gut, dass ich dich erreiche! Gesa geht nicht ans Telefon.«

»Mit einem weinenden und einem lachenden Auge erinnern wir uns an die Tage und Stunden, die wir mit ihr erleben durften.« Bei jedem Wort aus Berits Mund bildet sich ein Atemwölkchen. Und mit den weißen Wölkchen ihres Atems, die sich zu einer Wolke verdichten, ballen sich auch die Worte zu Satzgebilden und stehen für einen Augenblick still in der Winterluft.

Die Wasserstoffmoleküle des warmen Atems werden in der kalten Luft zu Wasserdampf, hat Berit irgendwo gelesen, aber was, fragt sie sich, wird aus den in die Luft gesprochenen Wörtern. Lösen sie sich in Nichts auf, sind sie für immer verhallt und verschwunden? Oder gehen die einzelnen Silben und Laute ebenfalls in einen anderen Aggregatzustand über, verwandeln sich in ein neues Element? Vielleicht, denkt sie mit Blick auf den Erdhügel neben der Grube, sinken sie zu Boden und bilden hier und da einen Wortschatz, der darauf wartet, gehoben zu werden. Und mit jedem Windstoß fliegen Buchstabenwolken umher, unsichtbar wie Pollen, und setzen sich in den Gehirnen nichts ahnender Passanten fest.

Lieber nicht an Pollen denken, sagt sich Berit und lässt den Blick über den winterlichen Friedhof schweifen. Noch ist die Welt schön kahl und kühl, von einer Schicht glitzernden Raureifs überzogen. Sicher ist es mühsam gewesen, im gefrorenen Boden das Grab auszuheben, auch wenn es nur klein ist. Plötzlich wird Berit die Stille bewusst, seit ihre letzten Worte verklungen sind. Jemand räuspert sich, jemand hustet. Die Pause war schon viel zu lang. Konzentrier dich.

»Sie hat uns geliebt, wie wir sind – nicht weil wir klug oder schön, erfolgreich oder reich wären. Auf ihre eigene, aparte Art hat sie uns geliebt und hatte auch sonst stets ihren eigenen Kopf.«

Ein Schluchzen kommt aus dem Kreis der Trauernden.

Auch Berits Augen haben sich mit Tränen gefüllt, sie muss schniefen, die Gesichter der Trauernden verschwimmen. Von Angehörigen konnte man kaum sprechen in diesem Fall. Eine Gratwanderung war es, die treffenden Worte zu finden. Menschlich sollten sie klingen – oder eben nicht zu menschlich.

»Für ihre Lieblingsspeisen ließ sie alles stehen und liegen.« Berit legt ein leises Lächeln in ihre Stimme. »Wenn wir friedlich in den Kissen lagen, entschwand sie in abenteuerliche Nächte, und unsere geschäftigen Tage verbrachte sie auf ihrem abgewetzten Sessel in unerreichbaren Traumwelten.«

Ein paar Köpfe im Gegenlicht nicken, leises Lachen erklingt in Erinnerung an heitere Stunden mit der Entschlafenen. Doch Berit muss wieder schniefen. Eine Frau löst sich aus der Trauergruppe, reicht ihr ein Taschentuch und drückt ihr tröstend die Hand. Berit schnäuzt sich. Sie schämt sich. Ihre Augen jucken und tränen, das Kribbeln in Rachen und Nase nimmt von Minute zu Minute zu. Es wird höchste Zeit, dass die vor ihr aufgebahrte Aimee Semiramis in die Grube gesenkt wird. Samt rotem Samtkissen, Goldhalsband und Gummibeißmaus. Und vor allem samt ihrem Fell.

»Es heißt, eine Katze hat sieben Leben«, bringt Berit mit belegter Stimme hervor. »Aimee Semiramis hat aus allen sieben das Beste gemacht. Doch heute sind wir hier versammelt, um ihr ›Auf Wiedersehen‹ zu sagen.« Sie räuspert sich. »Bevor sie in die ewigen Jagdgründe …«

Das Kribbeln wird unerträglich, ein gigantischer Niesanfall braut sich zusammen. Genau in dieser Sekunde rettet sie der Hund. Die Dogge ist herangepirscht, baut sich vor dem Kissen mit Aimee Semiramis auf und kläfft die Wehrlose an. Pietätlos ist das, ungezogen, ja hundsgemein. Genau das geben die Hinterbliebenen der Katze, die sich mutig zwischen diese und die

Dogge werfen, dem Hundebesitzer zu verstehen. Jenem Herrn mit gerötetem Gesicht, der sich aus dem Trauerzug mit totem Hund gelöst hat, um dem lebenden Tier hinterherzueilen.

»Tölen an die Leine!«, faucht dieselbe Frau ihn an, die Berit noch eben sanft das Taschentuch gereicht hat.

»Unser Hund hat seinen Kameraden verloren«, blafft der Mann mit einer Geste in Richtung des ins Stocken geratenen Tölentrauerzuges. Dann winkt er seine Dogge heran. »Komm, Marschall! Was verstehen diese Muschis schon von Kameradschaft.«

Einen Moment sieht es aus, als wollten sich die versammelten Muschis auf Marschalls Herrchen stürzen. Doch sie besinnen sich auf den würdigen Anlass und wenden ihm wortlos eine Front von Rücken zu. Berit hat die Gunst der Stunde genutzt, um etwas abseits herzhaft zu niesen. Kurz darauf wird Aimee Semiramis endlich im Grab versenkt, und Berit ist dankbar für jede Schaufel Erde, die zwischen sie und das Katzenhaar geworfen wird. Schönes schwarzes Katzenhaar übrigens. Sie hat gar nichts gegen Katzen. Jedenfalls ist ihr nichts dergleichen bewusst. Vielleicht sollte sie mal eine Therapie machen, da käme bestimmt etwas zutage.

Die Trauergemeinde hat sich aufgereiht und kondoliert den hinterbliebenen Katzenmüttern. Eine von beiden ist eine Exfreundin von Johanna – ihrer eigenen Exfreundin seit ein paar Monaten. Was für ein hässliches Wort, und irgendwie traf es die Sache auch nicht. Befreundet waren sie ja noch, Johanna und sie, nur die Liebe war gegen die Wand gefahren und heillos verbeult. Vielleicht rührten daher ihre Kopfschmerzen und schlimmen Träume, die Folgen eines Schleudertraumas sozusagen. Wegen ihrer Ex jedenfalls wollte Johanna heute nicht für Berit einspringen und an ihrer Stelle die Rede halten. Obwohl es abzusehen war, dass Berit Rotz und Wasser heulen würde, an den verkehrten Stellen und aus den falschen Gründen. Doch Johanna war hart geblieben und wiederholte das gleiche Mantra wie seit Jahren: Sie, Berit, müsse sich dringend desensibilisieren lassen. Wenn sie in dieser Welt bestehen wolle, könne es nicht angehen, dass sie von jedem Furz Ausschlag und Pickel bekomme.

Natürlich war es blöd gewesen, muss Berit zugeben, unvorteilhaft nicht zuletzt für sie selbst, ihren Kontostand, ihre Nacht- und Seelenruhe, dass sie die gut bezahlten Reden zu Parteitagen und Firmenjubiläen aufgegeben hatte. Mit dem Wort »nachhaltig« hatte alles angefangen. Gefühlte fünfzig Mal kam dieses Wort in der Jubiläumsrede eines Energiekonzerns vor, der die Umwelt seit Jahrzehnten nachhaltig mit Atommüll zumüllte – einer Jubiläumsrede, die sie selbst nach Vorgaben aus der Chefetage verbrochen hatte. Und während sie die Rede schrieb, breitete sich hartnäckiger, um nicht zu sagen nachhaltiger Ausschlag auf ihren Händen aus. Es juckte sie so lange auf und in den Fingern, bis sie die Löschtaste drückte. Später kamen andere Wörter hinzu. Als sie sich laut die frisch verfertigte Rede für eine Politikerin vorlas, wie sie es immer tat, bevor sie einen Text ablieferte, ploppte bei jeder »Integration« ein Bläschen an ihren Lippen auf. »Gelungene Integration« – plopp. »Integrationsbereitschaft« – plopp-plopp. Weiter im Text mit »Assimilation«, »Toleranz« und »Akzeptanz« – plopp-plopp-plopp. Unschön war das, unschön und schmerzhaft.

Also hatte sie fortan nur noch Reden zu privaten Anlässen verfasst: runden Geburtstagen, goldenen Hochzeiten, Trauerfeiern. Trauerreden brachte sie in der Regel bläschenfrei über die Bühne. Doch, Trauerreden lagen ihr ganz besonders. Das sollte ihr zu denken geben, meinte Johanna. Ebenso wie der jährliche Rentenbescheid, seit sie nur noch Privatmenschen ihre Worte lieh. Überhaupt: Sie, Berit, müsse sich dringend desensibilisieren lassen. Ansonsten würde sie unweigerlich in Altersarmut enden, trotz ihrer Titel und Talente. Und warum?, fragte Johanna. Bloß weil ihr Heucheln und Lügen Herpes verursachten, antwortete Johanna. Jeder Mensch lüge, statistisch gesehen, achtzig Mal täglich, wusste Johanna, und allein ihrer Anpassungsfähigkeit verdanke die menschliche Spezies ihr Überleben. Doch der einzelne Mensch, entgegnete Berit, verdanke es nicht selten seiner Halsstarrigkeit. Aber was half es, bring mal geschwollene Worte über ebensolche Lippen. Ganz abgesehen vom Küssen, das Johanna den überreagierenden Mundschleimhäuten – das Wort »hysterisch« hatte sie nur einmal verwendet – verweigerte. Wahrscheinlich hatte Johanna ganz recht mit dem Überreagieren. Das Problem war, dass Berit von Johannas Rechthaben ebenfalls Pickel bekam.

»Danke!« Ihre Hand wird ergriffen. Eine der beiden Katzenmütter steht vor ihr und lächelt sie mit geröteten Augen an. »Danke für die bewegende Rede.«

Katzenmutter zwei ergreift die andere Hand. »Das werden wir dir nie vergessen.«

Berit denkt an ihren stockenden Redefluss, den nicht gerade professionellen Auftritt und schaut zu Boden.

»Dass du Tränen geweint hast«, setzt die Frau enthusiastisch hinzu, »um eine dir fremde Katze!«

Die Trauergesellschaft ist gegangen, Berit spaziert über das nun menschenleere Gelände des »Tierhimmels«. Ganz ähnlich wie ein Menschenfriedhof sieht die Anlage aus, mit Bäumen, Hecken und Rasenflächen, Grab- und Urnenfeldern, Blumen und Grablichtern, nur dass die Gräber und Grabsteine kleiner sind, die Tiere in der Regel keine Nachnamen haben und keinen freien Platz neben sich, der auf den Ehepartner wartet. Auf einem Feld mit winzigen Gräblein und bunt bemalten Steinen drehen sich Windräder wie auf Kindergräbern. Zu Weihnachten sind Wellensittich Hansi Strohsterne und Hirse spendiert worden; den Ratten Sexpistol und Teenspirit wurden zwei Totenköpfe aus Marzipan beschert.

Ihre erste Tiertrauerrede ist das heute gewesen, und Berit ist nicht sicher, ob sie diesen Berufszweig ausbauen möchte. Das Honorar war noch geringer als bei Menschen, weil auch die Tiere und die Trauer kleiner waren. Vielleicht würde sie besser entlohnt, wenn sie mehr große Worte verwendete? Andererseits musste man sich hier nicht gegen maßlose Verzweiflung wappnen, gegen Ausbrüche untröstlicher Trauer am Grab, die allerdings auch bei Menschen erstaunlich selten vorkamen. Doch die stille Trauer ging ebenfalls ans Herz, und die Rednerin musste vor allem eines wahren: die Fassung. Eben darum gab sie das Redenhalten gerne an ihre Freundin und nun Exfreundin ab, auch wenn dadurch noch weniger Geld für sie übrig blieb. Denn Johanna konnte immer und überall reden und bewahrte zuverlässig die Fassung. Sie war in der Lage, jedes gefragte Gefühl in ihre samtige Stimme zu legen, und zwar an den passenden Stellen, wurde nicht wie Berit grundlos rot, verhaspelte sich oder lächelte, wenn es weiß Gott nichts zu lächeln gab.

Berit war glücklich damit, die Reden als unsichtbarer Geist zu schreiben. Überhaupt wäre sie liebend gerne öfter als unsichtbarer Geist unterwegs. Menschen waren so überaus spannend – aber sie redeten zu laut, fragten zu viel und rückten zu nahe. Verströmten durchdringende Gerüche, Ansichten und Stimmungen. Kurz und gut, die Nähe der Mitmenschen bot einigen Anlass zur Pickelbildung. Stundenlang mit einer Gruppe Unbekannter in einem Aufzug stecken zu bleiben oder tagelang in einer Berghütte eingeschneit zu sein, das wäre ihre ganz persönliche Hölle, denkt Berit. Obwohl, noch schlimmer wäre es womöglich mit einer Gruppe Bekannter. Oder mit der eigenen Verwandtschaft.

Berit fühlt sich flau im Magen und lehnt sich an den Stamm einer kahlen Ulme. Sie sollte sich wirklich angewöhnen, vor Trauerreden und Friedhofsbesuchen zu frühstücken. Krähen flattern um den von einer Hecke nur halb verdeckten Komposthaufen unweit der Gräber, hacken mit den Schnäbeln in den Kompost und nach einander. Die Sonne erscheint ihr übertrieben grell für Ende Dezember, das Gekrächze der Krähen übertrieben laut. Aber daran sind vermutlich Gregor und Judith schuld, die darauf bestanden haben, noch gestern Nacht, als sei es die letzte ihres Lebens, das Polarlicht zu sehen. Geradezu gezwungen haben sie Berit, sich bis zum Morgengrauen mithilfe koffeinhaltiger Limonaden und enervierend beschwingter Musik wach zu halten. Dabei war die Geschichte noch nicht an dem Punkt mit dem Polarlicht, der den Höhepunkt der Erzählung bilden sollte und folglich für den Schluss vorgesehen war. Oder kurz vor Schluss, frühestens.

Gregor und Judith, von ihr erfunden und ohne sie gar nicht auf dieser Welt, hatten sich zunächst im Schneefeld zu verlaufen, zu verlieben und zu verlieren. Und zwar ohne Handy, Kompass und Polarlicht. Seit wann waren die Figuren die Bestimmer und nicht die Autorin? Fehlte bloß noch, dass sie Mitglied bei GABI wurden – der »Gewerkschaft abhängig beschriebener Individuen«.

Berit sieht Judith und Gregor inmitten eines Fahnenmeers in einem endlosen Demonstrationszug marschieren. »Wir sind die Helden!« steht auf den Transparenten oder »Mindestwortschatz für alle!«. Einträchtig paradieren Anna Karenina und Lisbeth Salander, Jane Eyre, Josef K. und Harry Potter an ihr vorbei, vorneweg die Wanderhure, der talentierte

Mr. Ripley und der aus dem Fenster gestiegene Hundertjährige. »Nieder mit der allwissenden Perspektive!«, brüllt Fräulein Smilla ins Megafon, Lady Macbeth und Madame Bovary dreschen auf Sambatrommeln ein, Miss Marple bläst in die Trillerpfeife, dass einem die Ohren abfliegen, und alle gemeinsam skandieren: »Protagonisten aller Genres, vereinigt euch!«

Berit massiert sich die Schläfen. Ja, die vergangene Nacht war kurz und schlaflos. Zuerst Gregor und Judith mit ihrem Gegreine nach dem Polarlicht – jetzt und auf der Stelle! –, bevor sie mit ihren albernen Schneeschuhen aufstampften, sich bäuchlings auf den Boden warfen und mit den schneebeschuhten Füßen in der Luft strampelten. Fieberhaft hat sie nach einem Mittel gesucht, die beiden zum Schweigen zu bringen. Gab es noch Wölfe da oben? Fallen für Wölfe? Konnte man den Klimawandel so weit beschleunigen, dass ihnen in baumloser Steppe der Ruf nach dem Polarlicht in den ausgedörrten Kehlen stecken blieb? Schließlich, sie hat sich nicht anders zu helfen gewusst, ließ sie Gregor und Judith mitsamt ihren Outdoorjacken im Partnerlook in einer Schneewehe versinken. Das Polarlicht musste warten. Oder vielmehr: Sie selbst und die zukünftigen Leser der Geschichte, so es sie jemals geben würde, mussten auf das Polarlicht warten. Ist denn ein Polarlicht, das sich zwingen lässt, noch ein Polarlicht? Es kann schnell kommen, es kann Monate dauern. Es ist eine Erscheinung, verdammt, und kein Pay-TV. Und wahrscheinlich ist Polarlicht über einem menschenleeren Schneefeld ohnehin schöner.

Nachdem Gregor und Judith in Schnee gebettet waren, hatte sie den Rest koffeinhaltiger Limonade in den Ausguss geleert, ihr Notebook zugeklappt und sich schlafen gelegt. Das war jedenfalls die Idee gewesen. Und sie muss ja geschlafen haben, auch wenn es ihr jetzt in der Wintersonne, unter der kahlen Ulme, mit dem Gekrächze der Krähen im Ohr, noch immer vorkommt, als hätte sie das alles nicht bloß geträumt, sondern mit offenen Augen gesehen und erlebt.

Sie war den Feldweg entlanggeradelt, unter einem hohen, von Lerchen durchflirrten Himmel, und sang. Ginster leuchtete am Wegrand ins Blaue hinein. In Berlin konnte sie nicht singen, aber hier, auf der Insel, stiegen die Melodien wie von allein aus der Brust. Etwas wollte heraus aus ihr, wenn sie nach Hause kam; sie hatte lange gebraucht, um zu begreifen, dass es Freude war. Sie lehnte das Fahrrad gegen die Feldsteinmauer, wie sie es Hunderte Male getan hatte, und stand vor dem Gartentor. Grasbüschel und Gestrüpp auf der Mauer waren wild in die Höhe gewachsen. Die tiefgrünen Blätter der Bäume im Garten wurden von keinem Luftzug bewegt. Das Tor klemmte und ließ sich nicht öffnen. Sie kletterte darüber hinweg auf die andere Seite.

Erst da sah sie, dass das Haus weiß war. Die roten Backsteinmauern waren übertüncht, ebenso die blauen Fensterrahmen, die Türe, auch der Schriftzug über dem Türbogen, »Haus Tide 1775«, war ausgelöscht. Selbst das dunkelgrün bemooste Reetdach war über Nacht weiß geworden. Weiß auf Weiß, wie ein Haus aus Papier. Porzellan. Oder Knochen. Das muss ich Mame sagen, war ihr erster Gedanke. Aber Mame wohnt doch in dem Haus. Sie muss ja bemerkt haben …

Alle Fensterläden waren geschlossen, auch diese weiß wie die Wände. Sie schlich um das Elternhaus, als käme sie, um zu stehlen. Ging einmal außen herum und stand vor der Haustür. Ein grauer Rand umrahmte den Platz, wo das Schild gehangen hatte: Familie Boysen. Auch der Klingelknopf fehlte. Doch auf der Türschwelle lag ein Schlüssel, derselbe Schlüssel am hellblauen Band, den sie gleich am ersten Tag auf dem Schulweg verloren hatte. Sie schloss die Finger fest um den Schlüssel und drückte ihn ans Herz. Da bist du ja wieder, dummes Ding, wo hast du so lange gesteckt? Dann wusste sie, dass ihr der Schlüssel nichts half: Der Rosenstock neben der Haustür trug weiße Rosen, so fahl, dass sie eins wurden mit der Wand. Und als sie sich umwandte und zurücklief zum Gartentor, den kurzen Weg, der kein Ende fand, begann es zu schneien. So dicht fiel der Schnee, dass Haus und Garten, Weg und Tor auf Nimmerwiedersehen verschwanden; nicht in rieselnden Flocken fiel er, sondern schwer und fest wie ein Leintuch.

Da ist sie aufgewacht von ihrem Weinen. Um ein Haar hätte sie, noch im Morgengrauen, ihre Mutter angerufen. Glaubst du, dass es stimmt, Mame, hätte sie gefragt, dass alle Träume, die man zwischen den Jahren träumt, im neuen Jahr in Erfüllung gehen? Sie hat nicht angerufen, stattdessen Tee gekocht, den alten Wollpullover über das Schlaf-T-Shirt gezogen. Sicher lag es bloß an ihrem Ofen, der mal wieder ausgegangen war über Nacht. Saukalt war es im Zimmer, und dann träumte man halt so ein Zeug.

Berit will nach Hause zurückkehren ins warme Bett. Möchte die kahle Ulme, die zankenden Krähen, den ganzen Friedhof hinter sich lassen. Da klingelt ihr Handy. Kerrin ist dran.

Inka liebt es zu fliegen, und trotzdem wird ihr übel davon. Die Vorstellung, sich in die Lüfte zu erheben und mit achthundert Sachen pro Stunde alles hinter sich zu lassen, Grenzen und Schwerkraft zu überwinden, ist wundervoll. Warum bekommt sie dann feuchte Hände und ein flaues Gefühl im Bauch? Und wozu überhaupt die Aufregung, wo man doch so oder so sterben muss? Sie versucht, ruhig zu atmen und an etwas Schönes, Entspannendes zu denken, wie sie es im Crashkurs gegen Flugangst gelernt hat. Ein unglücklich gewählter Name, wenn man es recht bedenkt. Egal, Augen zu, einatmen, was ist das erste Bild, das vor deinem inneren Auge auftaucht? Das kann ja wohl nicht sein, da spazieren nackte Füße vorbei, ihre eigenen Kinderfüße, die durch flaches Wasser über Wattboden laufen. Stimmt schon, schön ist das, der geriffelte Meeresboden unter den Füßen. Überhaupt Boden, nicht wie hier, wo sie in der Luft hängt, eingesperrt mit lauter Unbekannten.

Inka hasst es, in der Mitte zu sitzen. Kaum haben sie Petersburg hinter sich gelassen, ragt von rechts und links ein Bein in ihren eng bemessenen Raum, eins in blauer, eins in grauer Anzughose. Sie stellt ihre Beine ein wenig weiter auseinander, sodass die Netzstrumpfhosen in Springerstiefeln den Anzugbeinen gefährlich nahe rücken. Doch das war nicht als Aufforderung gemeint, sie anzugaffen, wie es ihre beiden Sitznachbarn nun tun, der eine verstohlen von links, der andere unverhohlen von rechts. Offenbar kennen sich die beiden Herren, Geschäftsleute auf dem Weg nach Hamburg; sie reden Deutsch miteinander, der eine mit russischem Akzent, der andere ohne. Eine kleine Pause tritt ein im Gespräch über Investitionen und Aktienkurse. Dann unterhalten sie sich weiter über sie hinweg, lehnen sich einander zu, beide sind der Auffassung, dass auch die Armlehne des Mittelplatzes zu ihrem Sitz gehört.

»Sorry«, sagt Inka ziemlich laut, »haben Sie alle drei Plätze gebucht?«

Die beiden verstummen für eine Sekunde, bis der Deutsche vorschlägt, den Platz mit ihr zu tauschen. Inka zieht auf den Fensterplatz um und legt schnell den Arm auf die mittlere Lehne.

Nur noch selten blitzen vereinzelte Lichter unter ihnen auf, bald werden sie über Estland fliegen, dann wird die längste Zeit nichts unter ihnen liegen als das schwarze Wasser der Ostsee. Obwohl ihr noch ein wenig flau ist im Magen, schaut Inka in die Schwärze hinaus, die sie mit ihrem winzigen Flugobjekt durchqueren, das Dunkel vor ihnen, neben ihnen, unter ihnen, das sie jederzeit verschlucken könnte. Irgendwie tröstlich scheint ihr der Gedanke, für immer spurlos darin zu verschwinden.

»Hast auch du ein Gefallen an uns, dunkle Nacht?«, kommt es ihr in den Sinn. »Wie arm und kindisch dünkt mir das Licht nun – wie erfreulich und gesegnet des Tages Abschied.« Inka erinnert sich an das Debakel um ihre letzte Klassenarbeit in Deutschland, in der sie ein frei gewähltes Gedicht angeblich frei interpretieren durften. So frei dann aber auch wieder nicht. Sie hatte die ›Hymnen an die Nacht‹ von Novalis gewählt. Dass die Nacht poetischer ist als der Tag, das Ende nobler als der Anfang mit seinem naiven Triumph, hat man ihr noch durchgehen lassen. Doch dass dem Morgen und dem Anfang des Lebens wie jedem Anfang vor allem ein fauler Zauber innewohne, nämlich ein Haufen Illusionen, und man daher froh sein könne, wenn man sie hinter sich gebracht habe, Tag und Leben, je früher, desto besser, wurde ihr als »nicht altersgemäßer Zynismus« angekreidet. Musste man, um zynisch (oder einfach realistisch) sein zu dürfen, eine Alterskontrolle passieren?

Aber was sollte man von Lehrern erwarten, die beim besten Willen nicht begreifen mochten, warum sie nicht wie alle anderen ihr Auslandsschuljahr in den USA verbrachte, in Kanada, Frankreich oder Spanien. Wieso ausgerechnet in einem Land mit einer schwierigen Sprache, in dem es den ganzen Herbst und Winter bitterkalt und zappenduster sein würde?

Wo alles so anders und fremd war? Eben drum, wäre ihre Antwort gewesen, doch sie hat sich die Mühe gespart. Auch Paps und Mam hatten versucht, sie in den Fußstapfen ihres Bruders gen Vereinigte Staaten von Amerika zu lenken, wo man später, seinem Beispiel folgend, sogar studieren konnte. Und dann wäre sie dort nicht so alleine, wie schön! Als ob sie um die halbe Welt reiste, bloß um am Ende wie früher daheim unter Aufsicht ihres Bruders zu stehen. Die Einzige, die sie damals unterstützt hatte, war Omi Inge gewesen. Es sei immer gut, offen für das Unbekannte zu sein, fand sie, und die ausgetretenen Pfade zu verlassen. Jedenfalls wenn man, wie beispielsweise Onkel Boy oder sie, Inka, zu den Menschen gehöre, die Mumm in den Knochen hatten. Sie war sprachlos gewesen. Onkel Boy, klar, aber sie – hatte sie Mumm in den Knochen?

Inka spürt, wie sich ihr der Hals zuschnürt, und muss schlucken. Ach, Ominge, wie konntest du nur? Gerade jetzt zu sterben, in ihrem Auslandsschuljahr; sie hat sich nicht verabschieden können, gar nichts. Klar, Großmütter starben eben, und doch hat sie selbstverständlich erwartet, dass Ominge ihr die Tür öffnen würde, wenn sie das nächste Mal nach Hause kam. Eigentlich hat sie erwartet, dass sie immer da sein würde. Schließlich war sie bisher immer da gewesen. Und dann hat sie auch gehofft, dass Omi ein gutes Wort für sie einlegen würde bei den Eltern, wegen der Goth-Sache und so. Wie sie es schon oft getan hat, auch wenn sie nicht alles verstand, was ihre Enkelin machte und dachte. Aber sie verstand, dass man nicht immer alles verstehen muss.

Inka beißt die Zähne aufeinander und versucht, die aufsteigenden Tränen hinunterzuschlucken. Haus Tide wird ohne Ominge irgendwie … leer sein. Tot. Und was wird überhaupt aus dem Haus, kommt ihr auf einmal der Gedanke, wenn Omi nicht mehr lebt? Immerhin gab es auch noch Gesa, Boy und

Berit, die irgendwie erben würden, oder? Bisher war sie immer davon ausgegangen, dass ihre Eltern dort alt und grau werden und in irgendeiner star-wars-fernen Zukunft Karsten mit seiner Familie das alte Haus neu bevölkern würde – oder sie selbst? Das erscheint ihr zwar momentan so wahrscheinlich wie ein Schulausflug zum Mars, doch noch unvorstellbarer ist es, eines Tages vor verschlossenen Türen zu stehen vor dem Zuhause, in dem sie geboren und aufgewachsen ist und vorher ihr Vater, ihre Großeltern, ihre Urgroßeltern und Ururgroßeltern. Mist, da fließen die Tränen schon wieder. Jetzt reiß dich mal zusammen, Heulbaby! Flennst hier rum, weil unter Umständen ein spießiges Eigenheim verkauft wird! Während woanders Menschen in der U-Bahn auf einem Pappkarton schlafen oder in einem Containerlager für Flüchtlinge in der gottverdammten Wüste.

Inka schnieft ins Taschentuch, schaltet ihr Tablet ein und beginnt zu lesen. ›How to Look Gothic Without Your Parents Getting Upset‹. Ja, wie kann man ein Goth sein, ohne die Eltern aufzubringen? Das war jetzt, im Angesicht der unvorbereiteten Heimreise, die große Frage. »Eventually start wearing darker clothes (purple, blue) and inch your way to wearing black.« Genau das hat sie die letzten Monate in Petersburg, fort von zu Hause getan: sich den Weg vom Blauen zum Schwarzen, vom Halben zum Ganzen gebahnt. Soll sie nun wieder bei null anfangen? Wie wär's mit Pastellfarben: Babyrosa und Himmelblau? Kotzelindgrün und Pissnelkengelb? Also echt jetzt. Sie schnaubt durch die Nase. Ihr Sitznachbar zur Linken, dessen Blicke sich eben noch genüsslich in die Löcher ihrer Netzstrumpfhose gebohrt haben, mustert sie abfällig. Ihr kunstvoll schwarz-weiß geschminktes Gesicht scheint ihm weniger zu gefallen als ihre Beine. Steht wohl mehr auf Schweinchenrosa und Blondi. Hieß nicht so Hitlers

Schäferhund? Sie schaut ihm tief in die kruppstahlblauen Augen und sagt laut und langsam: »Guck dich selbst!«

Einen Augenblick lang sieht es aus, als würde er rot anlaufen, im nächsten, als wollte er ihr eine Ohrfeige verpassen. Der konnte sie mal, der Alte, konnte ihretwegen mitsamt seinem Aktienindex abstürzen. Auf der Stelle. Er wendet sich von ihr ab und schlägt eine Zeitung auf, die weit in Inkas Blickfeld ragt. Sie schiebt die raschelnde Zeitung zur Seite und schaut auf ihr Tablet. Vielleicht darf sie jetzt ohne oben abfällige und unten aufdringliche Seitenblicke ebenfalls weiterlesen? Vielen Dank auch.

Man solle doch gar nicht unbedingt davon ausgehen, steht da, dass die eigenen Eltern wegen der Goth-Geschichte ausflippen. Haben sie nicht selbst alternative Lebensformen ausprobiert, als sie jung waren? Tja, nicht dass sie wüsste. Zum Glück gehörten Enno und Kerrin Boysen nicht zu den Typen, die ihre Jugend in der Hippie-Kommune verbracht hatten und heute mit spärlichen, zum Pferdeschwanz gebundenen Haaren herumliefen und von freier Liebe faselten. »Some parents are a lot cooler than you think«, gibt ihr der Elternratgeber zu bedenken. Nein, cool waren sie leider auch nicht. Vor allem Paps nicht, mit dem wurde es in letzter Zeit immer schlimmer. Armer Paps, denkt Inka, als der Flieger plötzlich absackt, ein Gefühl, als ob sich ohne Vorwarnung eine Faust in die Magengrube wühlt. Für ihn ist es bestimmt ein schwerer Schlag, dass Omi tot ist. Da fließen schon wieder die blöden Tränen, und die Schminke läuft ihr in die Augen.

Ungemütlich ist das, in der engen Flugzeugtoilette mit Make-up-Entferner und Wattepads zu hantieren. Wie man hier vögeln sollte, ohne mit einem Bein in der Kloschüssel zu stehen, muss ihr auch mal jemand erklären. Unter dem hellen Puder kommt ihre von Natur aus frische Hautfarbe zum Vorschein, so naiv und gesund, echt ordinär. Schwarzer Eyeliner, violetter Lippenstift, Piercing, alles muss runter und raus wie beim Schlussverkauf. Nackt und kindlich blickt ihr Spiegelbild sie an. Blöde Tussi! Sie streckt dem Babyface die Zunge heraus. Doch wo sie schon einmal dabei ist, wird auch der schwarze Nagellack entfernt. Das dauert ein Weilchen.

Es klopft an der Tür. Moment, drei Nägel noch, dann ist es geschafft. Ach ja, und Pinkeln nicht vergessen. Es klopft energischer. Jemand ruft etwas. Vielleicht sind sie soeben notgelandet auf der Ostsee, und dies ist die letzte Aufforderung, herauszukommen und die Schwimmweste anzulegen. Doch wozu eigentlich? Um zu enden wie die beiden Anzugträger, wahlweise grau oder blau? Dann lieber stilvoll untergehen. »In the waves I live under the sea and a mermaid loves me«, summt sie, und einen magischen Augenblick lang sieht sie Sofia und sich Hand in Hand mit Krebsen und Seetang im Haar durch dunkle Fluten treiben. Außerdem ist sowieso bald alles vorbei. Ihrer aller Tage sind gezählt, das Zündholz ist fast bis zum Ende abgebrannt, wenn die Vorhersagen stimmten. Bislang war der Weltuntergang zwar ausgeblieben, aber manche Quellen meinten, es könne sich nur noch um Wochen, vielleicht sogar Tage handeln. Wozu sich da noch über Kleinigkeiten aufregen? Wie dieser Denkzwerg, der jetzt an der Klinke rüttelt. Vielleicht sollte dem mal jemand stecken, dass es nicht mehr darauf ankommt, ob er drei Minuten früher oder später pinkelt.

Als Inka öffnet, blickt sie in eine Reihe verkniffener Gesichter. Sie drängt sich an ihren Mitreisenden vorbei zu ihrem Platz. Mein Gott, habt euch nicht so. Seid froh, dass ich nicht angefangen habe, mir da drinnen die Haare zu bleichen. Das hätte gedauert!

Zu ihrem frei gelegten, frischen Teint sehen ihre schwarzen Haare unvorteilhaft aus. Doch die bleiben, wie sie sind, schon allein deshalb, weil es Sofia war, die sie mit ihren schönen Händen gefärbt hat. Alles hat sie im Grunde Sofia zu verdanken, ihr ganzes neues Leben. Ihr erstes eigenes Leben. Alles hat Sofia ihr beigebracht in diesem Herbst und Winter in Petersburg. Die richtigen Bands und Klamotten und die Läden für beides zu finden, die Wege über Brücken und Plätze im Dunkeln, in Hinterhöfe, sechs Stufen hinab in die Clubs. Niemals hätte sie alleine Einlass gefunden in den »Club der Untoten«, wo sich die verbotenen Menschen trafen, Goths und Punks, Lesben, Schwule und Transen, Feministinnen, Polit-Blogger und alle anderen, für die es keinen Raum gab im neuen, immer noch riesigen Russland. Schnell hat sie von Sofia die grundlegenden Dinge gelernt: Polizeispitzel erkennen, bei einer Razzia entwischen, bei Minustemperaturen Eis essen, im ständigen Dunkel klar sehen, mit blau gefrorenen Lippen singen.

Inka durchläuft ein Zittern, und sie schiebt die Hände und Unterarme in die weiten Mantelärmel. Kurz vor ihrem übereilten Abflug, beim Spaziergang auf einer Brücke über die Moika hat Sofia ihr tief in die Augen gesehen, sich zu ihr gebeugt. Vielleicht wollte sie ihr etwas zuflüstern, etwas anvertrauen? Sofias Lippen haben sich ihren genähert, Schritte haben sich ihnen genähert, die Lippen sind zurückgewichen. Einen Augenblick lang stand eine Atemwolke zwischen ihnen aus ihrer beider Atem, bevor sie sich in unsichtbare Luft auflöste.

Jetzt sitzt sie allein in diesem Flugzeug, entfernt sich in jeder Sekunde weiter von Sofia, von Petersburg, ihrem neuen Zuhause. Ihrem neuen, eigenen Leben. Wozu? Um ins alte zurückzukehren? Sie will nicht zurück. Noch nicht. Doch falls wirklich bald Weltuntergang dran war und so, sollte sie da nicht froh sein, Mama und Paps noch einmal wiederzusehen und ihren Bruder Karsten? Ja. Schon. Aber sie ist nicht froh, von Sofia fortzufliegen, ohne herausgefunden zu haben, ob die sie womöglich und wahrhaftig hat küssen wollen. Ohne sie jemals geküsst zu haben. Und da war noch etwas, das sie gerne erfahren hätte vor dem Jüngsten Tag, dem Exitus, Last Call oder wie auch immer. Nämlich wer ihre richtigen Eltern waren. Also ihre Bio-Eltern sozusagen.

Kurz vor der Landung in Hamburg schaut Inka noch einmal in den Ratgeber für Fälle wie sie, minderjährige Gothic-Novizinnen, die es ihren Eltern auf die sanfte Tour beibringen möchten. Ein extra Rucksack wird empfohlen, um Kleider, Schmuck und Utensilien zu verstecken. Sie will sich aber nicht mehr verstecken! Hellere Kleidung in Reserve soll man einpacken, um etwas zu haben, auf das man notfalls zurückgreifen kann – »if you get into trouble«. Tja, dafür ist es zu spät. Es ist alles zu schnell gegangen. Sie hat keine Normalmensch-Kostümierung dabei, keine Brave-Tochter-Uniform im Gepäck, nicht ein einziges blaues, grünes oder violettes T-Shirt. Und einen Ersatzkopf allenfalls für die elektrische Zahnbürste.

Na schön, dann gibt es eben trouble!

Enno hat das Warten satt. Hat dieses Zimmer satt, das zu nichts anderem dient, als darin zu warten. Die Stühle, auf denen man sich den Hintern platt saß beim Warten, die aufdringlich tickende Wanduhr, die immer gleichen Reproduktionen von Klee und Picasso, die abgegriffenen Zeitschriften von vorvorgestern. Leuten wie ihnen konnte man die recycelten Neuigkeiten ja vorsetzen: Menschen, die sich langsam, aber sicher in Wartenummern verwandelten in dieser Praxis für schwere bis hoffnungslose Fälle, während andere draußen – lebten.

Ein Draußen lässt sich durch die Lamellenvorhänge nur erahnen. Auf der anderen Seite, so viel weiß er noch, auch wenn man hier drinnen bald alles vergisst, liegt ein heller Dezembertag. Glatt und makellos blau hat sich der Himmel im Meer gespiegelt, als er mit der Fähre herübergefahren ist. Abschiedsblau. Zum ersten Mal im Leben hat ihn bei der Überfahrt Übelkeit befallen.

Die Übelkeit ist verschwunden, doch in dem Moment, als er die Schwelle zur Praxis überschritten hat, war der Kopfschmerz wieder zur Stelle. So was hat er früher gar nicht gekannt, Kopfschmerzen. Hat immer gedacht, das sei was für Männer, die nicht arbeiten, oder Frauen, die keinen Sex wollen. Seinetwegen auch umgekehrt, da musste man aufpassen heutzutage. Seit ein paar Wochen jedenfalls kennt er sie, die Schmerzen im Kopf. Und doch kommen sie immer überraschend – überrumpelnd wie unangemeldeter Verwandtenbesuch. Es beginnt mit einem hinterhältigen Stechen unter der Schädeldecke, breitet sich pochend hinter den Augen aus. Er weiß jetzt, was es bedeutet: Jemand sieht rot.

Ein feiner Rotschleier liegt auch über diesem Wartezimmer. Enno schaut sich unauffällig im Raum um. Haben diese Klee- und Picasso-Drucke immer schon ein wenig schief gehangen? Vor allem das Bild mit dem kugelrunden Kopf und den roten Augen hat eine Schlagseite, dass es einen schwindelt. Er muss alle Kraft zusammennehmen, um nicht aufzustehen und das Bild gerade zu rücken. Enno zwingt sich, den Blick von ihm abzuwenden, und wirft stattdessen Seitenblicke auf die beiden Patienten, die heute mit ihm auf das Urteil warten: eine klapprige Alte und eine junge Frau. Zum Glück kennt er weder die eine noch die andere und hofft, dass auch sie ihn nicht kennen, von der Reederei, aus dem Heimatverein oder Lokalblättchen der Insel. Allein das war die lange Fahrzeit aufs Festland wert: dass ihn hier niemand kannte und erkannte. Und Zeit hat er ja neuerdings.

Die junge Frau, die ihm schräg gegenübersitzt, scheint ihn nicht wahrzunehmen, doch er kann kaum den Blick von ihr wenden. So lebendig und blühend sieht sie aus, sicher ist sie nur zur Begleitung hier, wartet auf jemanden. Nein, sie kann keine von den Krebskandidatinnen sein, mit ihrem frischen Teint und dem glänzenden braunen Haar, in dem ein Goldton leuchtet.

Beim Anblick ihres gold glänzenden Haars blitzt unversehens eine Erinnerung in ihm auf und überstrahlt das Wartezimmer, die fleckigen Illustrierten, die aus dem Lot geratenen Bilder, die Kopfschmerzen. Wie Venus aus der Muschel steigt die Erscheinung in Enno empor, nackt und weiß, schüttelt die Tropfen aus den Haaren und blickt ihn an. Die Wassertropfen fliegen in Zeitlupe um sie, dazu erklingt der Soundtrack einer tief verbuddelten Epoche, die in Frieden auf dem Friedhof der Jugend ruhte, wie er geglaubt hat, und übertönt das Ticken der vorrückenden Zeiger. »Golden brown, texture like sun …«

Suzie! Die Frau gegenüber sieht aus wie Suzie vor mehr als drei Jahrzehnten. Oder zumindest ihr Haar, von dem er angenommen hat, dass es diesen Farbton nur einmal gab auf der Welt. An jedes Einzelne ihrer goldbraunen Haare und Härchen erinnert er sich plötzlich, und an jedes Wort und jeden Akkord dieses Songs, den er damals auswendig kannte, ohne ihn zu verstehen. Genau wie Suzie. Wie hatte er sich zum Affen gemacht! Doch selbst einem Landei wie ihm – oder sollte man Inselei sagen – war irgendwann aufgegangen, dass es in dem Lied nicht um Haare ging, sondern um Drogen, und seiner ganz persönlichen Venus nicht um Liebe, sondern um ein weiteres kleines Abenteuer. Und dennoch. Was gäbe er nicht darum! Was gäbe er nicht darum, noch einmal … Ja, was eigentlich?

Enno streicht sich über den Nacken, durch die Haare, die seit Kurzem über den Hemdkragen wachsen. Ein gutes Gefühl ist das. Er wird sie weiter wachsen lassen, auch wenn seine Kollegen ihn damit aufziehen. Ob er demnächst auf einer Harley zur Arbeit komme? Die Spießer. Überhaupt, es tut ihm gut, sie alle miteinander eine Weile nicht zu sehen. Eine Pause, das ist es, was er braucht, Entspannung, Durchatmen, Pause. Sollen die in der Reederei ruhig mal ohne ihn auskommen. Oder einfach merken, was alles schiefgeht, wenn er nicht dauernd hinter ihnen aufräumt. Mutter und Kerrin dürfen ihre Streitigkeiten in Zukunft gerne ohne ihn austragen. Und seine Schwester soll von ihm aus sechs weitere Kinder von jugendlichen Liebhabern bekommen, solange sie sich nicht mit ihrer Brut bei ihm einquartiert.

Ja, er ist froh gewesen, Gesa und Berit dieses Jahr Weihnachten nicht im Haus zu haben. Gesa mit ihren zerrütteten Familienverhältnissen und ihrem strotzenden Babybauch, der Kerrin nur deprimierte. Womöglich wäre seine Schwester, spontan, wie sie nun mal war, auf die Idee gekommen, das Baby an Heiligabend bei ihnen zur Welt zu bringen, wo mit Kerrin eine gelernte Hebamme zur Hand war. Eine schöne Bescherung! Und Berit mit ihren wechselnden Lebensgefährtinnen, mit ihren Allergien und Allüren. Jetzt soll sie auch noch vegan geworden sein, hat Mutter erzählt. Immer nur Grünzeug, das ist ja nun wirklich nicht das Wahre vom Ei. Wie sollte man da bitteschön den Weihnachtsbraten genießen? Zumal, wenn es vielleicht der letzte Weihnachtsbraten war.

Ach was. Wozu braucht er erst einen Tumor, um sich nach Jahrzehnten eine kleine Auszeit zu gönnen? Vielleicht ist das

Ganze bloß ein gut gemeinter Warnschuss an einen Mann, der vor Kurzem die Fünfzig überschritten hat und nun zur Abwechslung selbst an der Reihe ist, denkt Enno, als sich die Tür öffnet und die Sprechstundenhilfe im Rahmen erscheint. Enno springt auf.

»Frau Lorenz, bitte«, sagt sie, und die Alte erhebt sich schwerfällig. Enno bleibt stehen. Wieso ist die Alte zuerst dran? Was kommt es bei der darauf an, ob sie drei Jahre mehr oder weniger vor sich hin klappert? Er hat einen Beruf, in dem er gebraucht wird, ein altes Haus, das instand gehalten werden will, eine Frau, die ihn liebt, zwei Kinder, die im Ausland lernen und studieren, eine alte Mutter, um die er sich kümmert. Der es das Herz bräche, wenn er vor ihr sterben würde. Nein, das kann er ihr nicht antun. Niemals!

Enno will es jetzt endlich wissen. Er macht einen Schritt in Richtung des Behandlungszimmers und kommt der Alten in die Quere, die in nervtötender Langsamkeit durch den Raum schlurft.

»Bitte nehmen Sie noch einmal Platz«, sagt die Sprechstundenhilfe zu ihm. »Sie sind als Nächster dran.«

Der Satz lässt ihn zusammensacken und zu seinem Stuhl zurückkehren. Wie eine Drohung klang das. Und hat sie ihn nicht seltsam angesehen bei diesen Worten? Bedeutungsschwanger? Sie weiß Bescheid! Diese Sprechstundenhilfe mit ihrer herausgewachsenen Dauerwelle, ihren orange lackierten Fingernägeln, ihrer spitzen Nase, die einem so unangenehm in die Augen sticht. Warum konnte sie nicht wenigstens die Tür richtig hinter sich schließen?

Enno steht auf und schließt die Wartezimmertür lauter als nötig. Auf dem Weg zurück zu seinem Platz bleibt er vor dem Tischchen mit Zeitschriften stehen, die dort in fröhlichem Durcheinander ausliegen, wie man so sagt. Eigentlich hat er noch nie verstanden, was an Durcheinander besonders fröhlich sein soll.

Er greift nach der Tageszeitung und setzt sich wieder. Auch die junge Frau mustert ihn nun mitleidig, darauf könnte er gerne verzichten. Enno entfaltet die Zeitung vor dem Gesicht, versucht zu lesen, sich auf die Welt da draußen zu konzentrieren, die sich weiterdreht und weiterdrehen wird, egal, ob Enno Boysen nun einen Tumor im Hirn hat oder nicht. Doch keine der Meldungen und Meinungen über Kriege und Finanzkrisen, die ihn vor Kurzem noch interessiert haben, kann ihn heute fesseln. Er blättert fahrig die Seiten um, erleichtert, dass seine Hände nicht zittern, und stellt fest, dass in seinem Kopf nichts als Durchzug herrscht, ein eisiger Windzug, der alles beiseitefegt.

Bis sein Blick an einem Foto haften bleibt und der Wind einer plötzlichen Stille weicht. Ein Bericht aus China. Ein Foto von einem Mann auf seinem letzten Weg, rechts und links fest im Griff seiner beiden Vollstrecker. Sein Körper geschrumpft, die Häftlingskleider um eine leere Hülle schlackernd, leer wie seine geweiteten Augen, als habe sein Geist ihn bereits verlassen.

Ennos Hals beginnt sich zuzuschnüren, als läge der Strick auch um seine Kehle. Er springt auf und schleudert die Zeitung von sich. Steht einen Moment da, schaut im stillen Wartezimmer zur Wand. Die Wanduhr tickt nicht nur unerträglich laut, sondern obendrein nicht ganz richtig. Sie geht vor. Ganze sieben Minuten! Das fällt Enno erst jetzt auf, in der beklemmenden Stille, mit dem Haufen Papier zu seinen Füßen.

Er klaubt die Zeitung vom Boden, sammelt die Seiten zusammen. Jetzt zittern sie doch, seine Hände. Auch sein Gesicht fühlt sich an, als ob es zittert, es ist heiß geworden, und er lässt es erneut hinter den Meldungen und Meinungen der anderen verschwinden. Nein, er lebt nicht in China. Über ihn ist das Urteil nicht gesprochen. Er wird noch gebraucht. Und er ist in seinem ganzen Leben noch nie mit einem Schiff über den Ozean gefahren – einem richtigen, großen Schiff über einen richtigen, offenen Ozean. Wie sein Bruder, der ihm seinen Lebenstraum geklaut hat. Für ihn selbst sind nur die Fähren geblieben, stets dasselbe Hin und Her, dieselbe Strecke nach Plan. Das soll schon alles gewesen scin? Das ist ungerecht. Ungerecht!

Ein Räuspern kommt von gegenüber. Langsam lässt Enno die Zeitung sinken. Die junge Frau starrt ihn an. Er hat doch nicht laut gesprochen? Reiß dich zusammen, Enno, das kannst du doch, hast du immer gekonnt. Noch ist überhaupt nichts entschieden. Gar nichts. Gleich wird dich der Arzt in sein Zimmer rufen, dir auf die Schulter klopfen. Ein bösartiger Tumor – pah! Ihr werdet gemeinsam darüber lachen. Du wirst hinausgehen aus dieser Türe als freier Mann. Begnadigt.

Enno steht noch einmal auf. Zuerst rückt er das Bild mit dem kugelrunden Kopf gerade. Atmet tief aus. Dann dreht er den Zeiger der Uhr ein Stück zurück.

Die junge Frau lacht. Enno schaut zu ihr, sieht, wie sie sich die Hand vor den Mund hält, um das Glucksen zu unterdrücken. Auch sie weiß Bescheid. Alle wissen es, alle außer ihm: dass seine Tage gezählt sind. Die Wände des Wartezimmers, der kugelrunde Kopf und die roten Augen beginnen sich zu drehen, verformte Köpfe und Gliedmaßen tanzen um ihn. Er schließt die Augen und konzentriert sich auf das Atmen. Ein und aus. Ein und aus. Ein und aus.

So ist es besser, der Schwindel lässt nach. Er fixiert seine Hände auf den Stuhllehnen und seinen Blick an einem Punkt gegenüber. An einem goldbraunen Glänzen am Kopf der jungen Frau. Endlich bleiben die Dinge an ihrem Platz, und er sieht klarer. Die goldbraunen Haare der Frau sind verrutscht und legen einen bleichen Streifen kahler Kopfhaut frei.

Enno läuft an ihr vorbei zur Toilette, dreht den Hahn über dem Waschbecken auf und hält das Gesicht unter den Strahl. Das kalte Wasser rinnt ihm in die Augen, durch den Bart, in den Hemdkragen. Es vibriert in seiner Hosentasche. Hastig trocknet er Gesicht und Hände und hält das Handy ans Ohr. Als er sich zur Seite dreht, entdeckt er im Spiegel unter dem Neonlicht der Praxislampe zum ersten Mal die kahle Stelle an seinem Hinterkopf.

»Tot?«, ruft Enno ins Telefon. »Wer?«

Er ist nicht ins Wartezimmer zurückgekehrt, hat sich auf den Heimweg gemacht, ohne die ärztliche Urteilsverkündung abzuwarten. Während der Fahrt im Taxi, auf der Fähre, die zum Glück gleich gekommen ist, gab es nur einen einzigen Gedanken, der in seinem Kopf rotierte. Es konnte einfach nicht wahr sein. Mutter tot. Ganz ohne Abschied, nicht mehr da und nie mehr bei ihnen. Es konnte nicht wahr sein. Es kann einfach nicht sein.

Enno schließt die Haustür auf, ruft nach Kerrin, bekommt keine Antwort. Steht eine Weile vor der halb offenen Tür zu Inges Schlafzimmer, tritt endlich ein und verharrt auf der Schwelle. Wer dort reglos liegt, mit ausgebreiteten Armen auf dem Bettvorleger, ist Kerrin. Mutter dagegen liegt mit offenen Augen im Bett und schaut ihn an. Er eilt zu Kerrin, beugt sich über sie – Gott sei Dank, sie atmet! – und küsst sie.

Vom Bett aus erklärt Mutter mit krächzender Stimme, es sei alles ein Missverständnis.

Im violetten Dämmerlicht des Dezembernachmittags steht Gesa still auf dem Weg vor dem Haus. Vorne wölbt sich ein dicker Bauch und hinten ein fast ebenso dicker Rucksack. Jochen tritt zu ihr, stellt beide Koffer auf den Boden, nebeneinander verharren sie auf dem Gartenweg. Ein paar Meter weiter sitzt Marten noch immer bei geöffneter Tür auf der Rückbank des Autos.

Gesa betrachtet die roten Ziegelwände, die blauen Sprossenfenster, den Rosenstrauch am Hauseingang, der über den Rundbogen wächst, das Reetdach mit dem dunkelgrün bemoosten Giebel. Auch die beiden sich kreuzenden Stäbe mit den Vogelköpfen, die Blitze und Hexen vom Haus fernhalten, sind an ihrem Platz. Alles sieht genauso aus wie immer, denkt Gesa verwundert, alles ist da wie immer. Nur Mama nicht.

Da wird von innen ein Fenster aufgestoßen, im Rahmen erscheint ein hellblonder Kinderkopf. »Ich hab's ja gewusst!«, ruft Kaija. »Ich hab's gewusst!«

Marten springt aus dem Wagen und rennt an seinen starr stehenden Eltern vorbei ins Haus. Kurz darauf ertönt aus dem Inneren zweistimmiges Triumphgeheul.

»Sie lebt!«, schreit Kaija, lehnt sich weit aus dem Fenster und winkt Gesa und Jochen. »Sie leeebt! Na los, worauf wartet ihr?«

»Sie leeebt!«, hallt es von der unteren Etage in Kerrins Schlafzimmer. Sie ist sofort wach. Natürlich lebt Inge. Ihre Schwiegermutter hat sie angeschaut, stumm, doch mit sehr lebendigen Augen, und ihr zugezwinkert. Diesen Augenblick wird sie nie vergessen. Aber wieso sind die Kinder hier? Warum ist es schon dunkel – oder noch? Ihr Blick fällt auf das Wasserglas auf dem Nachttisch, die offene Packung mit den Pillen. Drei Stück fehlen. Sie tappt zur Schlafzimmertür, öffnet sie einen

Spalt und hört Enno telefonieren. »Also gut, Berit, wenn du schon im Zug sitzt … Bis nachher!«

Schmerzhaft und überdeutlich wird Kerrin klar, was in den letzten Stunden geschehen sein muss. Nach dem Schock, dem freudigen Schreck vielmehr, ausgelöst durch Inges Rückkehr ins Leben, war sie zunächst in Ohnmacht gefallen. Die Zeit danach ist ein einziges schwarzes Loch. Später, daran erinnert sie sich schemenhaft, ist sie von Enno ins Bett verfrachtet worden und wird mithilfe der Pillen in tiefen Schlaf gefallen sein. Und während sie hier lag und schnarchte, hat sich die zuvor von ihr persönlich alarmierte Verwandtschaft auf den Weg gemacht. Alle werden sie kommen! Allen wird sie gegenübertreten und erklären müssen, dass sie ihre Mutter und Großmutter fälschlicherweise für tot erklärt hat. Niemand wird ihr glauben, dass Inge wirklich tot dagelegen hat, reglos, bleich und ohne zu atmen. Sie hat nicht geatmet! Sie war tot und ist wieder aufgewacht. So etwas gab es doch.

Kerrin steigt schnell in Jeans und T-Shirt, streift eine Socke über, bleibt mit der zweiten in der Hand stehen. Es wird ihr nichts nützen, ihnen das zu erklären. Wenn Enno es sagen würde, dann ja. Aber die dumme Kerrin. Alle werden stinksauer auf sie sein und sich ihren Teil über sie denken. Sie tritt vor den Spiegel, der über der Schlafzimmerkommode hängt, fährt mit den Fingern durch die Haare und zupft ein paar Strähnen zurecht. Gucken die Ohren auch nicht durch die Haare? Wie viele Jahre ihres Lebens prüft sie das nun schon, versichert sich, dass Kerrin keine Segelohren mehr hat wie als Kind, als ihre Ohren und ihr fehlender Vater, ihre aufgetragene Kleidung und ihr langsames Lesen den Spott der Mitschüler auf sich zogen wie die Zielscheibe den Pfeil? Ganz besonders aber die Ohren. Bis zu dem glücklichen Tag, als sie mit angelegten Ohren aus der Klinik spazierte. Irgendetwas muss da mit ihr passiert sein, über die Ohrenkorrektur hinaus, um die sie mit ihrer Mutter gekämpft hatte wie andere Kinder um ein eigenes Pferd oder ein Schuljahr in Amerika. Der Spott hörte auf. Auch der wegen ihres fehlenden Vaters, ihrer aufgetragenen Kleidung und ihres langsamen Lesens, woran sich nichts geändert hatte. Doch an manchen Tagen fühlt es sich immer noch an, als stünden die Ohren wie Segel vom Kopf und nähmen langsam, aber sicher Signalfarbe an.

Kerrin schließt den Reißverschluss der Fleecejacke, klappt den Kragen hoch und beschließt, sich der Familie zu stellen und jeden Vorwurf an sich abperlen zu lassen wie die Regentropfen, die soeben beginnen, leise, doch mit steigendem Tremolo gegen die dunkle Scheibe zu prasseln.

Unten in der Diele trifft Kerrin zuerst auf Enno, der ihr mit tonloser Stimme Bericht erstattet. »Mutter geht es so weit. Dr. Johansen war da und schaut morgen früh noch einmal nach ihr. Berit sitzt im Zug, ist schon fast an der Fähre. Karsten hab ich rechtzeitig erwischt, der bleibt, wo er ist. Inka hat sich sofort ein Ticket besorgt und ist losgeflogen, sagen ihre Gasteltern. Hab sie selbst nicht erreicht. Tja, und Gesa, Jochen und die Kinder standen soeben vor der Tür.« Endlich sieht er Kerrin an, mit flackerndem Blick. »Warum hast du nichts gesagt?«

Aber sie hat es doch versucht! Erinnert er sich nicht? Sie hat versucht, ihn zu warnen, da oben in ihrem Bett, während ihr die Augen zufielen. Hat ihn gebeten, die Karawane aufzuhalten, die Züge, die Flüge, bevor sie weggedämmert ist. Er wird doch jetzt nicht ihr allein die Schuld geben? Kerrin steht mit gesenktem Kopf vor ihm, lässt die Schultern hängen.

Endlich zieht Enno sie an sich, nimmt sie in den Arm, klopft ihr auf den Rücken. Während Kerrin den Kopf an Ennos Brust legt und den vertrauten Halt seines Arms spürt, mischt sich ein neues Gefühl unter die Scham und den Trotz. Wie schön, dass Inka kommen wird. Dass Jochen, Marten und Kaija da sind. Dass nach dem einsamen Weihnachtsfest endlich Leben in die Bude einkehrt.

»Und übrigens«, spricht sie laut gegen Ennos Brust, »sie ist tot gewesen!«

Wie viele Gäste werden es sein, welche Betten sind frei? Kerrin erstellt in Sekundenschnelle einen Belegungsplan für das Haus. Die Kinder kommen wie immer auf den Spitzboden unters Dach. Sie muss Enno und Jochen bitten, den tragbaren Heizkörper hochzuschleppen. Inka zieht natürlich wieder in ihr Zimmer, für Berit kann man dort das Klappbett aufstellen, falls sich ein freier Platz im Chaos findet. Gesa kann in Karstens früherem Zimmer schlafen, wo jetzt das große Gästesofa steht. Und Jochen? Plötzlich tritt Gesa aus Inges Zimmer und läuft beinahe in Kerrin hinein.

»Sieht man sich also doch noch dieses Jahr«, sagt Kerrin.

»Hallo Kerrin«, antwortet Gesa tonlos, mit verquollenem Gesicht und roten Augen. Völlig aufgelöst sieht sie aus.

Kerrin kann den Blick nicht von Gesas ausladendem Bauch wenden. Endlich ist Gesa fetter als sie. Aber leider auch immer noch schöner. Schöner als früher womöglich mit ihrem dunklen Haar, den braunen Augen, in denen ein funkelnagelneuer Glanz liegt, selbst wenn sie verheult aussehen. Außerdem, ein Babybauch ist etwas anderes als eine sinnlose Speckschicht. Fruchtbarkeit, Sex, dieses pralle Leben, das man da vor sich her trägt – wozu braucht die eigentlich noch ein Kind?

»Du willst dich sicher erst mal frisch machen«, sagt sie zu Gesa. »Das Bad ist …«

»Weiß schon«, antwortet Gesa. »Ich hab mal hier gewohnt.«

Als Kerrin sich zum Gehen wendet, kommt Jochen durch

die Diele, stellt sich neben Gesa und reicht ihr ein Taschentuch. Scheint sie immer noch anzubeten, manche lernen's eben nie. Ihr soll's recht sein, ein Problem gelöst. Dann weiß sie jetzt, wo er schlafen wird.

Kerrin hat die Vorräte überprüft, die Tiefkühltruhe, die Dosen und Einweckgläser in der Kammer. Brot, Milch, Wurst, Käse, Sahne … Alles, was frisch ist, muss nachgekauft werden, wenn unverhofft sechs Personen mehr im Haus sind. Rasch hat sie einen ersten Speiseplan erstellt und Enno und Jochen einkaufen geschickt. Wenn sie sich beeilen, ist der Laden noch offen. Nur das, was auf der Liste steht, hat sie Enno eingeschärft. Und die günstigen Marken des Supermarkts sind genauso gut wie die teuren Sachen!

Als Nächstes heißt es, die Zimmer herzurichten. Während die Männer einkaufen und Gesa und die Kinder mit der wiederauferstandenen Inge beschäftigt sind, geht Kerrin in die erste Etage im ausgebauten Dachgeschoss, wo die Schlafzimmer liegen. Sie tritt in Karstens früheres Zimmer und schließt die Tür ab. Damals, als sie noch mit ihrer Mutter in der Bruchbude am anderen Ende der Insel lebte, haben Enno und Boy in diesem Raum geschlafen, den Inge beharrlich Jungszimmer nennt, und später Karsten. Nach dem Auszug ihres Sohnes hat Kerrin ein Wohnzimmer für sich und Enno darin eingerichtet, damit man nicht immer unten in der Wohnstube sitzen muss. Denn die gute Stube im Erdgeschoss ist, auch wenn sie offiziell allen gehört, in Kerrins Augen Inges Hoheitsgebiet. Im früheren Jungszimmer und heutigen Wohnzimmer steht nun ein Gästesofa, das zu einem großen Bett ausgezogen werden kann, wenn Besuch kommt. Seit vier Wochen und drei Tagen ist das Sofa auch ohne Besuch zum Bett ausgezogen. Am Tag liegt, ordentlich gefaltet, Ennos Bettzeug darauf und nachts, ordentlich auf dem Rücken, Enno darin. Aber das geht niemanden etwas an. Weder Inge noch Berit noch Inka, und ganz gewiss nicht Gesa.

Es sei vorübergehend, hat Enno versichert, es habe nichts mit ihr zu tun. Nichts mit ihrer Ehe, rein gar nichts mit seinen Gefühlen für sie. Er würde nachts öfter aufwachen zurzeit, dann müsse er aufstehen, Licht machen, lesen, bis er wieder einschlafen könne, er wolle sie nicht jedes Mal wecken. Eine, wie gesagt, vorübergehende Sache, er bitte um Verständnis. Genau wie in der Ansage der Deutschen Bahn: Wir bitten um Verständnis! Und ebenso endgültig: nachfragen und beschweren zwecklos! Wie viel lieber würde sie ab und an aus einem friedlichen Schlaf geweckt werden, als nachts allein wach im Bett zu liegen und zu grübeln.

Kerrin setzt sich auf die Bettkante, nimmt Ennos Pyjama vom Kopfkissen, immer noch derselbe grün-blau gestreifte, den sie ihm vor acht Jahren zu Weihnachten geschenkt hat, einen anderen wollte er seitdem nicht. Sie legt ihn auf den Schoß, streicht über den glatten Satin, ein wenig aufgeraut ist er an manchen Stellen und am Knopfloch geflickt. Enno hat immer tief und fest geschlafen, solange sie das Bett mit ihm teilte, fast dreißig Jahre lang. In den letzten Jahren hat er zu schnarchen begonnen, ein ruhiges, gleichmäßiges Schnarchen, das sie seit vier Wochen und drei Tagen vermisst. Manchmal hört sie es nun durch die Wand wie ein fernes Rauschen. Manchmal hört sie ihn im Nebenzimmer umhergehen. Von wegen lesen! Es liegen noch immer dieselben Bücher und Zeitschriften auf der Kommode wie zu Anfang. Das Lesezeichen im Kriminalroman steckt an exakt derselben Stelle. Dabei ist es ein spannender Krimi, sie selbst hat ihn verschlungen. Wenn der ihn nicht fesseln konnte, was dann? Was war es, das ihn nachts aus dem Bett trieb, ihn umhergeistern ließ, aus dem Fenster starren, ihn dazu brachte, abzunehmen, sich die Haare wachsen zu lassen und die Musik seiner Jugend zu hören?

Ennos Plattensammlung nahm vom Boden bis zur Decke eine halbe Wand des Wohnzimmers ein, und er bestand darauf, sie zu behalten, bunt und raumeinnehmend, wie sie war, auch wenn er viele Songs inzwischen auf sein Tablet heruntergeladen hatte. Wenn es nachts still blieb im Nebenzimmer, weder Schnarchen noch Schritte zu hören waren, sah sie ihn vor sich, wie er mit dem Kopfhörer auf dem Bett saß, die Songs aus den wilden Zeiten aufdrehte und aus dem Fenster auf die graue Wiese blickte und den schwarzen Deich, hinter dem unsichtbar das Meer lag. Woran dachte er dann? Und an wen? Kerrins Hand, die hin und her, her und hin über den grün-blau gestreiften Satin gewandert ist, bleibt auf der Stelle mit dem Flicken liegen.

Diese Möchtegern-Suzie, die wäre jetzt auch schon über fünfzig. Was machte man denn so als alternder Rockstar, wenn man nicht rechtzeitig von einer Überdosis oder Aids dahingerafft worden war? Kehrte man in die alte Heimat zurück, wärmte die alten Verehrer wieder auf? Ließen die sich aufwärmen und noch einmal ultrahoch erhitzen? Wenn Tote zum Leben erwachten und die Geister der Verstorbenen wiedergingen, sich des Nachts stumm und mit triefenden Haaren und Kleidern an die Betten ihrer Anverwandten stellten, dann konnte auch eine verflossene Liebe nachts ans Bett kommen und die arme Seele locken und quälen mit ihrem Sirenengesang.

Kerrin öffnet den Knopf an Ennos Pyjama, der ein wenig lose am dünnen Faden hängt. Fünfzigplusminus war ein gefährliches Alter, das wusste sie nur zu gut. Man wollte bestätigt bekommen, dass man noch lebendig war. Nicht einfach lebte – lebendig war. Und dafür zahlte man beinahe jeden Preis. Dafür wurde gelogen und betrogen, wurden Haus und Hof, Mann und Maus, Frau und Kind verlassen. Aber doch nicht Enno, würden die Leute sagen. Hatten die Leute gesehen, wie Enno nachts vor Susanne Hunkemöllers klapprigem Wohnwagen den Mond anheulte? Nun, sie hatte es gehört und gesehen. Und beschlossen, diese Suzie ein für alle Mal aus Ennos Leben zu räumen.

Es war der Tag ihrer größten Demütigung und ihres größten Triumphs gewesen. Zuerst hatte sie Suzie gebeten, von Enno zu lassen, da sie ihn doch nicht liebte, ja nicht einmal in ihn verliebt war, während sie selbst Enno liebte seit ihrer allerersten Begegnung. Suzie hatte entgegnet, sie könne Enno von ihr aus gerne haben, könne ihn heiraten und sieben Kinder mit ihm kriegen, aber weshalb bitteschön sollte sie, Suzie, nicht weiterhin ein bisschen Spaß mit ihm haben? Kerrin hatte geweint und schließlich auf Knien gefleht, und Suzie hatte geantwortet: »Was krieg ich dafür?«

Am nächsten Morgen war sie zur Sparkasse gegangen, hatte ihr gesamtes Erspartes abgehoben und es Susanne Hunkemöller ausgehändigt, damit diese auf Nimmerwiedersehen nach Amsterdam verschwand, wo angeblich ein Plattenvertrag auf sie wartete. Und so kam es, dass Kerrin Lorenzen, die seit Jahren unerbittlich auf die eigene Aussteuer gespart hatte, ein knappes Jahr später vollkommen mittellos in die Ehe mit Enno Boysen ging. Dumme Kerrin, nicht wahr, ganz wie die Mutter. Immer aufs falsche Pferd gesetzt, egal, ob das Pferd nun ein Mann war, ein Geschäft, eine Zahl oder die Farbe eines Lippenstifts, der so gar nicht zu der schicken Bluse passte, die im Übrigen so gar nicht zu ihr passte.

Kerrin wickelt den losen Faden um den Finger, und der Knopf reißt ab. Wenn es tatsächlich Suzie war, die Enno um den Schlaf brachte, die wiedergängerische Suzie von damals oder eine brandneue – womit könnte sie diese heute auszahlen? Auf ihrem Sparbuch hatte sich einiges angesammelt, wovon Enno nichts wusste. Er erwartete, dass sie genau wie er alles in den Erhalt des Hauses steckte, dass sie gemeinsam jeden verfügbaren Cent für den Umbau zurücklegten, für eine moderne Küche, ein neues Dach und die Zukunft. Für die Zeit, wenn Inge einmal nicht mehr lebte – denn Inge war glücklicherweise wie sie der Ansicht, dass weder am Grundriss des Hauses noch an seiner Herdstelle oder seinem Reetdach herumgepfuscht werden sollte.

Für die Zukunft aber, für die legte Kerrin schon lange zurück, denn die Zukunft war unberechenbar. Deshalb ging sie nicht, wie sie vorgab, einmal im Monat zu dem teuren Friseur auf dem Festland, wenn ihre Cousine ihr ebenso gut die Haare schnitt, und kaufte ihre Kleider nicht, wie sie behauptete, in einer Boutique, solange es gute, kaum getragene Kleidung für einen Bruchteil des Preises gab. Enno bemerkte den Unterschied doch gar nicht. Inge vielleicht, bei Inge wusste man nie. Auf diese Weise kam jeden Monat seit beinahe dreißig Jahren ein bisschen was zusammen für die Zukunft. Denn es war ratsam, etwas in der Hinterhand zu haben, um es in der Not diesem wetterwendischen Biest zum Fraß vorzuwerfen.

Kerrin holt Nadel und Faden, näht rasch den Knopf wieder an und beginnt, die Bücher und Zeitschriften zusammenzupacken. Dann hält sie inne, geht zur Musikanlage und wirft einen Blick auf die Schallplatte, die auf dem Plattenteller liegt. Eine Single, »Golden brown« von The Stranglers. Sagt ihr nichts. Einen Moment ist sie versucht, den Song zu hören, mit dem Kopfhörer auf dem Bett sitzend, und aus dem Fenster über die graue Wiese auf den schwarzen Deich zu blicken, hinter dem unsichtbar das Meer liegt. Vielleicht würde sie dann sehen, was Enno sah, denken, was Enno dachte, und fühlen, was Enno fühlte? Stattdessen stapelt sie die ungelesenen Bücher und Zeitschriften aufeinander, achtet darauf, dass die Lesezeichen nicht herausfallen, und trägt Ennos Habseligkeiten aus dem Nachtasyl zurück ins eheliche Schlafzimmer. Zuletzt holt sie seinen Pyjama, breitet ihn auf sein Kopfkissen und streicht ihn glatt.

Erst da fällt es ihr ein: Nähen ist ja in den Raunächten verboten! Nähen, Wäsche waschen und Staub zusammenfegen. Wer das zwischen den Jahren tat, beschwor Unheil herauf. Da konnten Enno und die anderen sie getrost auslachen, es gab keinen Grund, wegen solcher Dinge das Schicksal herauszufordern. Von Staubsaugen war in den alten Schriften zum Glück keine Rede. Aber, verflixt und zugenäht, was ist jetzt mit dem Knopf? Ob sie ihn vorsichtshalber wieder abreißen soll? Nein, so lässt sich die Vorsehung nicht austricksen. Angenäht ist angenäht, sagt sich Kerrin, bevor sie wieder ins Erdgeschoss hinabsteigt, da beißt die Maus kein Faden ab.

Enno und Jochen sind noch nicht vom Einkaufen zurück. Die Tür zu Inges Schlafzimmer ist geschlossen. Irgendwann muss sie hineingehen und Inge unter die Augen treten. Was soll sie ihr sagen? Tut mir leid, dass ich dich für tot gehalten habe. Wie schön, dass du wieder lebendig geworden bist! Oder vielleicht: Bitte gib doch zu, dass du tot warst, kann schließlich jedem mal passieren! Die anderen glauben es mir sonst nicht. Kerrin steht still vor der geschlossenen Inge-Tür.

Während die Erwachsenen durchs Haus flattern und schnattern, schreiten Marten und Kaija Scheune, Küche und Kammer, Diele und Wohnstube ab, begrüßen Heide und Schnucke, die beiden Schafe im Stall, begutachten den Weihnachtsbaum in der Stube, zählen die Wandfliesen und kontrollieren, ob in ihrer Abwesenheit auch kein Schwan, Wal oder Segelschiff auf den Fliesen zu Schaden gekommen ist. Marten ist zuerst fertig und nickt. »Alles klar.«

Dem gusseisernen Bilegger, der vom offenen Küchenherd aus mit Holz gefüttert wird und gleichzeitig Küche wie Stube beheizt, begegnen sie mit Abstand und Respekt. Der schwarze Kasten ragt in der Stube aus der Wand und steht mit zwei dünnen Metallbeinen, die in klobigen Hufen enden, auf dem Dielenboden. Schon mehr als einmal haben sie sich an Graf Satan die Finger verbrannt. An den Tubben dagegen, den abschraubbaren Messingknöpfen auf dem Ofen, konnte man sich, waren sie mit Stoff umwickelt, angenehm die Hände wärmen.

Erst am Ende ihrer Inspektion ist es Marten und Kaija gestattet, sich in der Stube den himmelblauen Schranktüren zu nähern. Marten fasst an den runden Holzknauf der linken, Kaija an den der rechten Tür, sie zählen bis sieben und öffnen zeitgleich die Türflügel. Halten den Atem an und freuen sich, dass alles genauso aussieht wie immer. Die Schrankwände und das kurze, eingebaute Bett in Himmelblau, das dunkelblau und weiß karierte Plumeau, die dicken Kissen, die Schnur mit Troddel, die von der Decke hängt und zu nichts führt, und schließlich das kleine Fach am Kopfende, das nichts enthält, weil man es, wie Ominge gesagt hat, mit den eigenen Träumen und Gedanken füllen muss und immer noch ein bisschen Luft lassen für das Namenlose.

»Ich darf zuerst reingucken!«, sagt Kaija. »Letztes Mal hast du.«

»Meinetwegen.« Marten zuckt mit den Achseln, als ob es ihm egal wäre.

So macht das gar keinen Spaß, findet Kaija, wenn es egal ist. Sie überlegt kurz und zeigt auf den dunklen Holzbalken in der Stubendecke. »Und ich bin diesmal der Pirat, der die Fregatte geentert und den Mast geraubt hat, der hier ins Dach gebaut ist.«

»Du bist höchstens die Piratenbraut«, sagt Marten.

Jetzt geht das wieder los. Kaija fasst es nicht. Neuerdings soll sie immer nur Mädchen spielen, die Frau, Squaw oder Braut von irgendwem. »Und du«, schmettert sie ihm entgegen, »bist der Papagei, der dem Pirat auf der Schulter sitzt!«

Marten zeigt ihr einen Vogel. Als Schritte sich nähern, klappen Marten und Kaija die Türen des Alkovens zu. Das Bett ist verschwunden und steht in der Stube als gewöhnlicher Schrank. Und sie beide davor als gewöhnliche Kinder.

»Ich hab's die ganze Zeit gewusst!«, sagt Kaija zu Kerrin, die zu ihnen hereinschaut. »Dass Omi nicht tot ist. Keiner hat mir geglaubt!«

»Stimmt«, sagt Marten, der sie mit geröteten Augen anblinzelt, »die ganze Fahrt hat sie uns genervt. Mama hat geheult und …«

»Und du auch!«, sagt Kaija.

»Ein bisschen«, gibt Marten zu. »Weil ich doch dachte …«

»Sie war ja auch tot«, sagt Kerrin. »Und dann ist sie wieder aufgewacht. So war das. Und wir können uns alle freuen, nicht? Wir werden zusammen die Reste vom Weihnachtsbraten essen, der Baum steht auch noch in der Stube, ihr baut euch eure Höhle unterm Dach …«

»Au ja«, ruft Kaija, »gibt's auch noch mal Geschenke?«

Marten verzieht das Gesicht. »Einmal Weihnachten hat gereicht. Und das gibt's nicht«, fügt er mit Blick auf Kerrin hinzu, »dass jemand tot ist und einfach wiederaufersteht. Oma ist nicht Jesus.«

In diesem Moment geht die Stubentür auf, und Kater Ahab schießt herein. Ahab streicht Kaija um die Beine, lässt sie nicht aus dem einen Auge und weicht nicht von ihrer Seite, als die Kinder die Treppe ins Dachgeschoss hochsteigen. Von dort führt eine Leiter zur Kammer ganz oben im Spitzboden, die so niedrig ist, dass kein Erwachsener aufrecht darin stehen kann. Marten stößt auch schon beinahe an die Decke, sieht Kerrin, vielleicht ist das sein letztes Jahr hier oben im Kinderreich. Mit dem Kater im Arm erklimmt Kaija einhändig die Sprossen. Kerrin reicht ihnen zwei Luftmatratzen, eine Luftpumpe und Schlafsäcke nach oben.

»Macht's euch gemütlich«, sagt sie. »Ich schau mal in der Speisekammer, was ich an Proviant für Höhlenmenschen finde.«

»Ebbe oder Flut?«, fragt Kaija ihren Bruder, als die beiden allein sind, und stellt sich vor die Luke. »Erst wetten, dann gucken.«

Die kleine Dachluke hier oben ist das einzige Fenster im Haus, von dem man über den Deich gucken kann. Auf die bis an den Deich brandende See. Oder auf die sich zurückziehende See, wenn das Meer Pause macht.

Während Kerrin in der Speisekammer nach Süßem für die Kinder schaut, kommen Enno und Jochen mit Tüten bepackt in die Küche und werden von ihr zur Verteilung der Lebensmittel zu Kühlschrank, Küchenbuffet und Kammer dirigiert. Bald ist Zeit für das Abendessen, dann wird auch Berit da sein. Was soll sie für acht Personen auf die Schnelle vorbereiten? Die Reste des Weihnachtsbratens kann sie so schnell nicht auftauen und auftischen. Und zuallererst muss das Gepäck hier unten aus dem Weg.

Kerrin steigt mit Gesas Rucksack die Treppe hoch, und Jochen schleppt hinter ihr die Koffer in den ersten Stock. Er bleibt auf der Schwelle zum Wohnzimmer stehen, in dem das ausgezogene Schlafsofa auf Gäste wartet. Mit zwei frisch bezogenen Kissen und Federbetten in rot-weiß karierten Flanellbezügen, einer farblich passenden Tagesdecke und Marzipanherzchen auf jedem Kopfkissen. Sehr einladend sieht das aus, findet Kerrin.

Jochen stellt Gesas Koffer neben das Bett. »Schön. Und wo schlafe ich?«

»Wo du willst«, sagt Kerrin. »Rechts oder links.«

»Das ist nicht dein Ernst!«

Kerrin streicht die Haare über die Ohren und erklärt Jochen langsam und deutlich, warum nun mal kein anderes Bett und Zimmer für ihn frei ist. Dass Berit und Inka ebenfalls jeden Augenblick eintreffen werden. Dass Inka wohl ein Anrecht darauf habe, bei ihrer Heimkehr ins Elternhaus im eigenen Bett zu schlafen, und es seltsam wäre, wenn er das Zimmer mit einem pubertierenden Mädchen teile, nicht wahr?

Aber Jochen hat ihr gar nicht zugehört. Er zeigt auf das Doppelbett. Die Kissen. Die Marzipanherzchen. »Ist dir vielleicht etwas entgangen? Hast du das letzte Jahr verschlafen oder was?« Tränen treten in seine Augen. »Oder ist das hier eure spezielle Art von Humor?«

»Ist doch nur für eine Nacht!«, sagt Kerrin und lässt Jochen stehen.

»Und übrigens«, setzt sie an und dreht sich auf der Türschwelle noch einmal zu ihm um. »Sie ist tot gewesen!«

Eine Stunde später sieht Berit sie mit ähnlich panischem Ausdruck an, als sie erfährt, dass sie ein Zimmer mit Inka teilen soll. Ist die Gesellschaft ihrer Tochter eine Zumutung für Frau Doktor? Wenn sie wenigstens Ärztin wäre wie ihre Schwester Gesa, aber nein, Doktor der Philosophie und Lingu… irgendwas. Kerrin schnaubt. Und überhaupt, ist das hier ein Hotel oder was? Extrawünsche und -würste für jeden? Da fällt ihr ein, dass Würstchen mit Kartoffelsalat bei Berit wohl auch nicht auf Begeisterung stoßen werden. Am Kartoffelsalat – eine Riesenschüssel, von ihr in der Zwischenzeit selbst gemacht, während die anderen nur kopflos herumrannten und quatschten – ist Mayonnaise, in Mayonnaise ist Eigelb, und ein Ei ist kein Fleisch, aber auch keine Pflanze. So viel hat sie kapiert, seitdem Enno erzählt hat, dass seine Schwester von der Vegetarierin zur Veganerin mutiert ist und dass diese Veganer nicht nur Fleisch und Fisch links liegen ließen, sondern den Nerv besaßen, alles zu verschmähen, was irgendwie von Tieren stammte. In Berits geliebtem Berlin gab es schon Lokale für solche Leute. Und Supermärkte. Nun ja, Enno hat jedenfalls keine Sojawürstchen mitgebracht, so etwas kommt ihm nicht auf den Tisch. Sie hat auch nichts dergleichen auf die Einkaufsliste geschrieben. Aber vielleicht, denkt Kerrin, ist es Berit heute nicht so wichtig. Sie ist außer sich vor Freude gewesen, ihre Mutter lebend zu finden, hat sie immer wieder geküsst und berührt, als müsste sie sich vergewissern, dass Inges Rückkehr ins Leben kein Traum war. Ob Karsten und Inka sich auch so freuen würden, in ihrem Fall? Oder Enno?

»Ist doch nur für eine Nacht!«, sagt Kerrin mit Blick auf Berit, die vor dem Klappbett in Inkas kleinem Zimmer um Fassung ringt. Auf der Türschwelle dreht sie sich noch einmal um. »Und übrigens …«, setzt sie an, sieht in Berits tränenfeuchte blaue Augen und fährt fort: »herzlich willkommen!«

Die Lichter am Weihnachtsbaum brennen. Mit dem Baum, dem ausgezogenen Esstisch und den neun Stühlen ist es ziemlich eng in der Wohnstube. Inges Platz am Kopfende des langen Tisches hat Ahab eingenommen. Der schwarze Kater liegt auf Inges Stuhl und verfolgt einäugig das Geschehen. Gesas

Stuhl neben Enno bleibt leer. Gesa hat darauf bestanden, im Nebenzimmer bei Mutter zu sitzen, ihr beim Essen und Trinken zu helfen und Gesellschaft zu leisten. Inka wird jeden Moment erwartet. So sitzen Kerrin, Enno, Jochen und Berit mit den Kindern am Tisch, klappern mit den Gabeln und kauen, wechseln ab und an einen Blick, ein paar Worte.

»Mehr kann ich euch leider nicht bieten, der Braten kommt morgen auf den Tisch.«

»Ist doch alles bestens!«

»Wie war die Fahrt, viel los auf den Straßen?«

»Na ja, der übliche Verkehr nach den Feiertagen. Wenigstens liegt kein Schnee.«

»Aber wir wollten den Deich runterrodeln!«

»Mame sagt, es kommt was, sie spürt's in den Knochen.«

»Stell mal das Radio an, in dem Fall trau ich doch eher dem Wetterbericht.«

»Bitte nehmt noch, es ist genug von allem da!«

»Graue Weihnachten, das hat halt hier oben Tradition.«

»Oder blaue Weihnachten.«

»Tja, nun sind wir doch alle hier zusammen, was?«

Sind auch alle versorgt und langen ordentlich zu? Schmeckt ihnen mein Kartoffelsalat? Ach, wie schön, so ein volles Haus, endlich alle um einen Tisch. Wozu hat man so ein altes Haus, einen Tisch, an dem Generationen gegessen haben? Dieser Brandfleck im Holz, der stamme noch von Uropa Hannes' Zigarre, hat Inge gesagt. Und die kleinen Kerben am Rand hat Boy als Junge geschnitzt, wenn er sich langweilte. Deshalb will ich auch keine Tischdecke hier, wo Jahrhunderte ihre Spuren hinterlassen haben. Und ja, Enno, es ist angemessen, dass ich das Festtagsgeschirr und die Gläser aus der Vitrine gedeckt habe, auch wenn du missbilligend guckst, und natürlich müssen am Weihnachtsbaum echte Kerzen brennen. Es ist doch letzten Endes ein Festtag! Inge ist wieder lebendig, alle Lieben sind versammelt. Außer Karsten und Boy. Mein Junge, der fehlt mir schon hier, besonders über die Feiertage. Nur gut, dass es Skype gibt. Aber Boy, der glänzt ja auch sonst durch Abwesenheit. Und der fehlt mir ganz und gar nicht. Hoffentlich kommt Inka gut rüber! Verstehe nicht, warum man sie nicht erreicht. Inka wird glücklich sein, dass ihre Ominge noch lebt. Alle sind glücklich. Nur Enno sieht nicht glücklich aus. Wenn ich bloß wüsste, was mit ihm los ist. Was auch immer, es wäre besser, Bescheid zu wissen. Dieses Raten und Grübeln, lange mach ich die Quälerei nicht mehr mit. Morgen stelle ich ihn zur Rede! Berit steht doch wohl nicht einfach vom Tisch auf, ohne etwas zu essen? Nein, sie setzt sich wieder. Wär auch noch schöner. Es reicht wohl, dass Gesa nicht mit uns isst. Obwohl – auch wenn ich natürlich protestiert habe, eigentlich bin ich ganz froh darüber. Jochen bestimmt auch. Er sieht elend aus – wie kann eine Frau ihrem Mann so etwas antun? Herzlos, vollkommen herzlos muss man da sein. Gewissenlos! Ist noch dürrer geworden, der Arme. »Hier, nimm noch, es ist genug von allem da.« Na also, bei mir schmeckt's ihm. Jetzt hab ich noch immer kein Wort mit Inge gewechselt. Ich weiß gar nicht, wovor ich mich fürchte. Nach dem Essen muss ich aber wirklich zu ihr … Wenn die Küche aufgeräumt ist, allerspätestens.

Ich verstehe nicht, warum sie in der Praxis keine Auskunft am Telefon geben. Ist es nun ein Tumor, ja oder nein? Wenn alles in Ordnung wäre, hätten sie es mir gesagt. Als wenn ich nicht eins und eins zusammenzählen könnte! Aber nein, ich soll vorbeikommen und mir das Urteil persönlich abholen. Sie hätten es mir sagen müssen! Besser, man weiß Bescheid.

Warten, warten, immer nur warten, Folter ist das. Wenn ich wenigstens wüsste, was mit Mutter los ist. Morgen muss Dr. Johansen sich verständlich äußern, was genau ihr fehlt, eher lasse ich sie nicht wieder ziehen. Vielleicht ist unsere alte Frau Doktor auch nicht mehr so ganz auf der Höhe der Zeit. Ich hätte darauf bestehen sollen, Mutter ins Krankenhaus zu fahren. Aber sie wollte ja partout nicht, und wenn Mutter etwas nicht will … Genau wie mit dem Weihnachtsbaum. Elektrokerzen kommen nicht infrage, da ist sie sich mit Kerrin plötzlich so was von einig. Lieber riskiert man, dass einem das Reetdach über dem Kopf abfackelt. Hauptsache, man hatte es vorher romantisch. Nun sitzt Gesa bei Mutter und hält Händchen, und Berit hat sie stundenlang abgeküsst. Ja, Mutter lächelt etwas schief – ich bin sicher, es war eine Art Schlaganfall –, doch sie ist selig, dass die beiden da sind. Hat sie mich auch angelächelt, als ich bei ihr saß, bis Frau Doktor kam? Nicht dass ich wüsste. Aber ich bin ja immer da, das zählt nicht. Wie konnte Kerrin sich nur so irren? Ich meine, man sieht doch wohl, ob jemand tot ist, Herrgottnochmal. Nun haben wir den Salat. Kartoffelsalat auf Zwiebelmuster! Und die Kristallgläser dürfen wir nachher von Hand spülen. Gibt ja sonst nichts zu tun hier. Meine Güte, wie dieses Kind mit dem Essen herumspielt, Jochen könnte wirklich ein Machtwort sprechen. So was gab's bei uns früher nicht. Obwohl, Berit hat ihr Essen auch immer hübsch farblich sortiert … Na, man sieht ja, was dabei herauskommt. Tja, nun ist Schluss mit der Ruhe im Haus. Wie soll ich bei dem Gewusel zu einer Entscheidung kommen? Wie es mit meinem Leben weitergeht, zum Beispiel, wenn es denn weitergeht. Von mir aus kann Boy ruhig noch ein Weilchen im Funkloch bleiben. Einer weniger, der hier alles aufmischt. Ich kann das im Moment nicht vertragen. Ich halt das nicht lange aus. Aber Kerrin blüht schon wieder auf. Erst war's ihr peinlich, und nun rennt sie herum, spielt die Hausherrin und füttert Jochen mit Knackwurst. Armer Kerl, das hätte man ihm wirklich ersparen können. Wie der das aushält, noch mit seiner Frau am selben Tisch zu sitzen, im selben Bett … Hoffentlich gibt das nicht Mord und Totschlag. Nicht in meinem Haus! Mir reicht das mit Mutter und mir. »Nein danke, Kerrin, ich will keinen Nachschlag!« Wenn du wüsstest, wie mir das alles auf den Magen schlägt. Keinen Bissen würde ich herunterbringen ohne das Pulver. Den anderen scheint dieser Fehlalarm aber nicht den Appetit verdorben zu haben. Ach, die haben ja alle keine Ahnung. Sind froh, dass Mutter lebt, aber wer weiß, wie lange noch? Vielleicht ist es nur ein kurzer Aufschub. Und dass ich womöglich noch vor ihr ins Gras beiße … die werden sich wundern. Wundern werden die sich. Mist, das Pulver hilft auch nicht mehr. Ob der Tumor gestreut hat? Vom Hirn in den Magen? Und dazwischen liegen noch Kehlkopf und Zunge, Leber und Lunge … Nun lasst mich schon raus hier, bevor ich auf den Tisch kotze.

Wer hat sich bloß diesen miesen Witz ausgedacht? Jetzt sitz ich hier mit Gesa bei trauter Familie und Knackwürstchen. Gerade in dem Moment, als ich zum einzig vernünftigen Entschluss des ganzen beschissenen Jahres gekommen bin. Zum Entschluss mit dem Schlussstrich. Ich könnte diese Kerrin! Jaja, häuf mir nur den Teller voll, so leicht bin ich nicht zu bestechen. Obwohl ich zugeben muss, dass ich einen Riesenhunger habe. Woher kommt eigentlich dauernd dieser Hunger? Andere Leute müssen auch nicht ständig essen. Oder ans Essen denken. Und wo bleibt das alles? Verschwindet im Nirvana. Bei Marten ist es genauso, ist auch so ein Strich in der Landschaft. Was hat mich bloß geritten, vorhin beim Einkauf Zigaretten mitzunehmen? Die gehören in den Müll, gleich nach dem Essen. Immerhin ein Gutes hat es, dass wir hier sind: Die Kinder freuen sich. Wenigstens ihre Omi bleibt ihnen erhalten und dieses Haus; Schafe, Kater, Ofen und Segelschifffliesen sind noch da und ihre Räuberhöhle unterm Dach. Und Kaija hat ihren Triumph. Es hat mir die Kehle zugeschnürt auf der Fahrt, je näher wir dem Haus hier kamen. Ihre kindliche Gewissheit und die bittere Enttäuschung, die ihr bevorstand, wie wir dachten. Manchmal ist das Mädchen mir unheimlich. Sie war sich so sicher! Genau wie bei dem Baby. Gesa hat versucht, es ihr schonend beizubringen, aber Kaija ließ sie nicht ausreden. Weiß ich doch, Mama, wir kriegen noch ein Kind. Wir! Wer auch immer das sein mag. Marten dagegen – ich werde mein Leben nicht vergessen, wie er auf Gesa losgegangen ist. Wie ich ihn festhalten musste, mit dem speziellen Griff aus dem Training, bis er nicht mehr um sich trat. Was für eine Kraft er hatte. Armer Junge! Und dann dieser Schwelbrand in der Nacht. Wenn ich nicht wach geworden wäre … Kann Zufall gewesen sein oder auch nicht. Jedenfalls wäre es mir lieber, sie hätten hier auch Elektrokerzen statt der echten. Marten wollte sie unbedingt anzünden, doch der Glanz in seinen Augen, wenn er den Baum betrachtet, ist kein glücklicher Kinderaugenglanz. Hat Gesa mal daran gedacht, was solche Dinge für Auswirkungen auf die kindliche Psyche haben? Was für Spätfolgen? Ich darf Dennis' Gerichtstermin nicht verpassen. Die anderen können machen, was sie wollen, ich muss übermorgen nach Hamburg zum Prozess. Dennis kann nichts dafür, dass in dieser Familie hier Chaos herrscht. Ist es ja von seiner eigenen gewöhnt, im Stich gelassen zu werden. Aber nicht von mir! Also, der Kartoffelsalat schmeckt wirklich gut. Kein Dosenfutter wie so oft bei uns zu Hause. Wenn ich erst mit den Kindern alleine bin, wird sich das ändern. Ich reduziere meine Stunden im Wohnheim und werde Teilzeit-Hausmann. Gesa kann doch weiter zum Unterhalt beitragen, nicht? Kann ihr Blag mit in die Praxis nehmen als Vorzeigemodell: natürlich gezeugtes Kind einer Mutter von sechsundvierzig. Ein Kopf, zwei Arme, zwei Beine, alles dran und kerngesund. Seltenheitswert! Vielleicht hat's geholfen, dass der Vater fast zwanzig Jahre jünger ist. »Oh, sorry, Berit, hab wohl etwas fest hineingestochen.« Ausgerechnet sie mit Würstchenwasser zu bespritzen! Ach, Scheiße, wo soll ich heute Nacht schlafen? Da oben auf keinen Fall! Wenn ich an diese rot-weiß karierte Flanellhölle denke … Wieso haben die hier nicht mal ein Sofa im Wohnzimmer? Alles vollgestopft mit Tisch und Stühlen, Ofen, Vitrine, Alkoven. Aber natürlich, warum denn nicht gleich so! Problem gelöst. Falte mich zusammen, zieh die Beine an, schlaf halb im Sitzen im Schrankbett wie die früheren Bewohner. Alles besser als im Ehebett Gesas dickem Bauch auszuweichen. Gesas duftendem Haar und Gesas samtweicher Haut. Gesas Stimme, die im Schlaf »Matteo« flüstert.

Ist das auch wirklich kein Traum? Erst war Mame plötzlich tot, nun lebt sie. Eben war ich in Berlin auf dem Friedhof, jetzt sitz ich an unserem alten Esstisch und schau auf die Segelschifffliesen, das links oben war immer mein liebstes, weil es gar nicht im Wasser, sondern in der Luft zu segeln scheint. Gesa wollte die Schmack mit den geblähten Segeln und Enno das Schiff mit der vollen Ladung, das ganz ruhig durch die Wellen gleitet. Boy wollte keins von ihnen, sondern immer schon ein echtes. Auf welchem er jetzt wohl über die Meere zieht? Es wird ein Schock für Boy, wenn er die Nachricht von Mames Tod erhält. Hoffentlich bekommt er das Dementi gleich mitgeliefert. Mame lebt doch, das war kein Traum? Ich muss noch mal nach ihr schauen! Ach nein, Gesa ist ja bei ihr, das ist Gesas Stimme im Nebenzimmer. Komisch, die konnte man schon immer heraushören, voll und melodisch, selbst wenn sie flüstert. Sie sah schrecklich verweint aus, die Arme. Und hier in dieser Stube weht ihr ein kalter Wind entgegen. Von mindestens drei Seiten, wenn mich nicht alles täuscht. Kein Wunder, dass sie es vorzieht, bei unserer Mutter zu sitzen. Mame würde es in dieser Runde niemals zugeben, aber sie findet es fabelhaft, dass ihre Tochter sich so mediterran in die Liebe gestürzt hat und frischen Südwind in unsere Sippe friesischer Sturköppe trägt. Während Enno und Kerrin bestenfalls froh sind, dass es nur ein Italiener ist und nicht womöglich ein Moslem. Oder was es sonst noch alles da draußen gibt in der Welt. Hoffentlich bekomme ich keine Allergie von dem Eigelb. Die Würstchen gehen auf keinen Fall, aber irgendwas muss ich essen. Kerrin hätte mir ruhig ein paar Kartoffeln zur Seite legen können, bevor sie sie in der Mayonnaise ertränkt hat. Aber ich habe ja den Verdacht, dass sie das mit Absicht machen. So wie man früher die kleinen Kinder ins kalte Wasser geworfen hat: schwimmen oder untergehen. Fressen oder verhungern. Die Flausen werden wir der Kleinen schon austreiben, nicht? Nur dass die Kleine nicht mehr klein ist. Na ja, immer noch ziemlich klein, oder zart und fragil, wie Johanna es nennt. Aber austreiben lass ich mir so schnell nichts mehr. Ich kann ja versuchen, die Mayo unauffällig abzustreichen. Wieso eigentlich unauffällig, sollen sie's ruhig sehen! Ja, guck nur, Enno. Seit ich denken kann, hat es diese Kämpfe gegeben. Essen, was die anderen essen, schlafen, wenn die anderen schlafen, lachen, worüber die anderen lachen, und lieben, wen die anderen lieben. Bloß kein Spielverderber sein. Aber warum konnten sie nicht einfach ohne mich weiterspielen, wenn es ihnen doch so viel Spaß machte? Wieso verdarb ihnen, wenn nicht alle mitspielten, ihr schönes Spiel wie ein fauler Apfel? Geteilte Freude ist doppelte Freude, geteilte Meinung doppelte Meinung und geteilter Raum … Igitt, was ist das denn? Schon gut, Jochen, wir wissen alle, du hast es schwer zurzeit. Und besten Dank auch, dass das Würstchen kein rohes Steak war. Ich liebe euch alle, aber ich hätte wirklich lieber nur Kartoffeln gegessen. Mit Salz, stellt euch vor, das ist uns erlaubt. Und ich würde wirklich lieber alleine im Zimmer schlafen. Na, ich werde schon ein Plätzchen finden. Zur Not auf dem Fußboden. Aber bitte mit Tür. Irgendwas mit einer Tür, die sich schließen lässt. Natürlich: der Alkoven! Das wird schön, ganz wie früher. Allemal besser, als den engen Raum da oben mit diesem Pferdeschwanz-Mädchen zu teilen, das für Popstars und Ponys schwärmt. Über was soll ich mit der bloß reden? Und ich will auch gar nicht reden! Ich muss sehen, dass ich bis übermorgen die Rede fertig bekomme. Wenn ich nicht pünktlich liefere, bin ich bald raus aus dem Club der Trauerredner. Ein Sterbefall in der Familie sei kein Ausfallgrund, hat man mir zu verstehen gegeben, es werde ständig gestorben, davon leben wir ja. Mist, da ist es auch schon passiert! Die ersten Bläschen auf der Zunge. Am Gaumen. Wenn das mal kein allergischer Schock wird. Nun lasst mich schon aufstehen, bevor ich kopfüber in euer geheiligtes Eigelb kippe.

Enno ist mit vor den Mund gepresster Serviette aus dem Raum gelaufen, Berit kurz darauf hinterher. Kerrin, Jochen und Marten sitzen schweigend vor leeren Tellern, Kaija schiebt die Reste des Kartoffelsalats hin und her, sodass sie Täler und Hügel bilden, in der Mitte schwimmt ein Würstchenzipfel im roten Ketchup-Meer.

»Kerrin«, sagt Kaija, ohne aufzusehen, »warum wolltest du eigentlich, dass Omi tot ist?«

Kurz darauf ist die Stube verlassen. Der Tisch steht noch voller Geschirr, die Stühle sind zurückgeschoben, die Gespräche verstummt. Von draußen sind nur das rhythmische Schlagen einer Axt zu hören und das Splittern der Scheite.

In der wohlig warmen Stube hallt der Wetterbericht des Norddeutschen Rundfunks ins Leere. »Die Aussichten: Morgen erwartet uns ein trüb verhangener Regenhimmel bei Temperaturen von ein bis zwei Grad über null. Vormittags feuchte Schneeflocken, nachmittags dichteres Schneegestöber. Böiger Nordwestwind, der im Lauf der Nacht auffrischt.«

Kerrin hat schon immer gern Holz gehackt. Das Ausholen mit der Axt, das Spalten der Holzklötze, die beiden sauber zerteilten Hälften, die rechts und links vom Hackklotz zu Boden fallen, das gibt ihr das gute Gefühl, etwas einwandfrei Nützliches zu tun. Das Beste aber ist, sie kann dabei nicht denken, besteht aus nichts als zwei fest auf dem Boden stehenden Beinen, aus Rücken, Schultern und Armen, die sich im Takt der Axt bewegen.

»Mama?!«

Beinahe hätte sich Kerrin vor Schreck die Axt in den Fuß gerammt, als die dunkle Gestalt vor ihr auftaucht. Selbst Inka hat sie hier im Schuppen, umgeben von ihren Werkzeugen und Holzstapeln, völlig vergessen. Und irgendwas stimmt nicht mit Inka. Kerrin stellt die Axt zur Seite, klopft sich die Späne von der Jacke und schließt ihre Tochter in die Arme. Kaum hat Inka den Kopf auf Kerrins Schulter gelegt, hört sie lautes Schluchzen. »Aber Schäfchen, Liebes, was ist denn passiert?«

Inka macht sich von ihr los, tritt einen Schritt zurück und schaut sie entgeistert an. »Was passiert ist?!«

Oh, mein Gott, natürlich, sie weiß es noch gar nicht! Sie denkt ja, Inge sei … Ihr Mädchen ist von Kopf bis Fuß in Schwarz gekleidet. Schwarze Mütze, schwarzer Schal, schwarzer Mantel. Und aus der schwarzen Mütze hängen ebenso schwarze Haare heraus. Dass sie es auch immer so übertreiben muss! In voller Trauermontur anzureisen, na schön, aber sich Haare und Augenbrauen schwarz färben, weil die Oma gestorben ist? Offenbar hat die Nachricht das Kind in einen schlimmen Schock versetzt. Ihre Schuld, einzig und allein ihre Schuld. Wenn sie als Überbringerin schlechter Nachrichten so versagt hat, ist es nun ihre Aufgabe als Mutter, ihr wenigstens die frohe Botschaft schonend beizubringen.

»Weißt du, Liebes, sie hat keine Schmerzen gehabt.«

Wieder ein Schluchzen von Inka.

»Und sie ist nur ganz kurz tot gewesen.«

Endlich nimmt dieser Tag ein Ende. Ein gar nicht so übles Ende, denn zum ersten Mal seit vier Wochen und drei Tagen wird neben ihr geschnarcht. Neben ihr im Bett und nicht hinter einer Wand. Gut, es ist eindeutig lauter so und kann einem nach einer Weile schon ein wenig den Nerv rauben. Das hat sie ganz vergessen in der Zeit der Trennung, als ihr Ennos nächtliches Sägen in der Erinnerung wie Sphärenmusik erschienen ist. Kerrin steigt leise aus dem Bett, öffnet den Vorhang einen Spalt, legt sich wieder zu Enno und betrachtet sein Gesicht. Ruhig liegt er nun da, seufzt nur einmal auf im Schlaf. Vorsichtig beugt sie sich über ihn, streckt die Hand aus und zieht sie zurück. Ja, sie würde ihn jetzt gern küssen und von ihm geküsst werden. Ach was, mal wieder so richtig mit ihm vögeln und von ihm gevögelt werden. Wie lange ist das her? Weit mehr als vier Wochen und drei Tage, so viel ist sicher. Aber selbst im Schlaf steht ihm ins Gesicht geschrieben: Nicht stören! Ich bitte um Verständnis. Erschöpft sieht er aus, und auch sie fühlt sich erschöpft, doch zugleich zu aufgekratzt, um diesem Tag endlich Gute Nacht zu sagen.

Sie lässt sich zurück aufs Kissen fallen, der Wind weht ums Haus, doch sie hört keine Wellen, es wird Ebbe sein. Eine Wiederauferstehung so kurz nach der Wintersonnenwende, was mag das bedeuten? Und noch immer ist sie nicht bei Inge gewesen! Man könnte ja meinen, sie hätte tatsächlich ein schlechtes Gewissen. Der Wecker auf dem Nachttisch zeigt fünf vor zwölf. Noch ist nicht aller Tage Abend.

Barfuß und im Nachthemd schleicht Kerrin die Treppe hinab. Aus der Stube dringt Licht auf die Diele. Typisch. Wenn sie sich nicht um alles kümmert. In Gedanken an die Strom- und Heizkosten, die Wintergäste verursachen, bleibt sie in der halb offenen Stubentür stehen. Bevor Kerrin zurückweicht, erkennt sie Jochen und Berit, doch die beiden haben sie zum Glück nicht bemerkt. Wie sie wohl aussieht, im Nachthemd und mit ungekämmten Haaren, aus denen womöglich die Ohren hervorstechen … Was haben die zwei, anstatt in ihren Betten zu liegen, überhaupt hier verloren, nebeneinander auf dem Boden hockend, mit den Rücken an die Türen des Schrankbetts gelehnt?

Wieder in der Diele sagt sich Kerrin, nun gibt's kein Zurück. Du trittst jetzt durch diese Tür. Schaust nach, ob es deiner Schwiegermutter gut geht. Deiner Schwiegermutter, die du liebst wie eine Mutter, was auch immer andere denken und vorlaute Blagen hinausplärren mögen. Mehr als deine eigene Mutter, die es dir mit dem Lieben nicht gerade leicht gemacht hat.

Lautlos öffnet Kerrin die Tür zu Inges Zimmer, lehnt sie an, bleibt hinter der Schwelle stehen. Die alte Frau liegt mit geschlossenen Augen da, ihr Atem geht regelmäßig und ruhig. Sie ist gut zugedeckt, das Wasserglas neben dem Bett ist gefüllt. Kerrin sieht sich um und begegnet ihrem eigenen Gesicht im Spiegel. Heiß schießt es ihr durch den Körper, als sie an das schwarze Tuch denkt, das sie erst am Mittag dieses verflixten Tages darübergehängt hat. Wenn das nur kein Unglück bringt!

Kerrin kehrt dem Spiegel den Rücken und nähert sich Inges Bett. Sie kniet sich auf den Bettvorleger und betrachtet die feinen Knitterfalten in der dünnen Haut, die widerspenstig um den Kopf stehenden weißen Haare. Hat sie sich Inges Tod gewünscht? Sie beugt sich vor, um Inges Atem zu lauschen. Sie atmet doch?

Dann zuckt sie zurück. Oh, nein, nicht schon wieder!

Inge öffnet die Augen und zwinkert ihr zu.

Arme Kerrin, denkt Inge, schon wieder ein Missverständnis! Fluchtartig, als hätte sie einen Geist gesehen, hat Kerrin das Zimmer verlassen; dabei wollte sie ihr nur Mut zusprechen, weil sie so zerknirscht aussah. Wollte ihr augenzwinkernd sagen, ich nehm's dir nicht übel, dass du mich vorzeitig ins Jenseits befördert hast, ganz im Gegenteil. Dankbar bin ich dir, überaus dankbar. Wie sonst hätte man es bewerkstelligen können, Berit und Inka, Gesa, die Kinder und sogar Jochen zusammen hierherzubringen? Es war die einzige Möglichkeit, ein genialer Schachzug! Wieso war sie nicht selbst darauf gekommen?

Und deshalb, sagt sich Inge und zieht die Decke bis unters Kinn, während der kühle Nachtwind ums Haus weht, wäre es gar nicht verkehrt, wenn sie alle noch ein Weilchen unter diesem Dach zusammenbleiben.

So lange bleiben, bis die eine und andere Sache geklärt ist.

Erstes Intermezzo von der anderen Seite der Kugel

Valparaíso, das Paradiestal, liegt staubig und träge in der Mittagshitze wie die Katzen, die im Schatten auf den ausgetretenen Stufen der Hauseingänge schlafen. Zum Schutz gegen die steil von oben brennende Sonne wäre eine Schirmmütze nützlich, doch Boy hat keine Lust, wie einer dieser albernen Touristen herumzulaufen. Ein Rest Würde muss sein, auch wenn man bancarrota, broke, pleite, kaputt ist. Gestern der unvermeidliche Abstieg vom Hotel in die Absteige. Doch selbst eine durchgelegene Matratze und der Blick auf die Mülltonnen im Hof sind nicht umsonst im Leben. Boy bleibt stehen, drückt sich in einen Hauseingang, zählt die Scheine und Münzen im Portemonnaie, überschlägt, für wie viele Tage es ausreicht. Viel ist es nicht, kann man in einer Nacht verbrennen, hat er oft genug gemacht. Mit dem billigsten Bett, der nötigsten Nahrung lässt sich damit zur Not auch eine Woche älter werden, auch das hat er schon mehr als einmal geschafft. Das war allerdings vor dem Sturz, als seine Knochen und sein Optimismus noch unversehrt waren. Jetzt bezahlt er doppelt für Absteigen und durchgelegene Matratzen, mit letzten Scheinen und einem beim Aufwachen schmerzenden Rücken.

Boy lässt sich auf die Treppe vor der orangefarbenen Haustür fallen. Beinahe hätte er sich auf die im Eingang schlafende rote Katze gesetzt, der ein halbes Ohr fehlt; sie öffnet einen Spaltbreit die Augenschlitze, faucht ihn an, er beginnt sie zu kraulen. Sie faucht leiser, lässt ihn kraulen, ganz allmählich geht das Fauchen in Schnurren über. Er lächelt. Sie erinnert ihn an wen, hatte ebenfalls rote Haare, lang ist's her. Mit der freien Hand nimmt Boy die Wasserflasche aus dem Rucksack, trinkt den vorletzten Schluck. Er muss dringend für Nachschub sorgen.

Das hat es seit Jahren nicht gegeben, dass er in einem Hafen gestrandet ist ohne Anschlussvertrag, ohne das nächste Engagement, das ihn auf einem anderen Schiff in einen anderen Hafen brachte, Kost und Logis und mehr oder weniger Lohn gegen allabendliches Geklimper auf dem Schiffsklavier oder Schifferklavier. Notfalls kann man auch an Land gegen Bares klimpern, sagt er sich, in einem Hotel oder Restaurant. Doch wer weiß, ob sie einen Gringo wie ihn in Chile Bandoneon spielen lassen. Die Touristen wollen einen Latino für ihr Geld, lackschwarzes Haar und Kaffeehaut – wozu fliegt man um die halbe Welt? Er trinkt einen lauwarmen Schluck Wasser, hält die Flasche kopfüber, schüttelt die letzten Tropfen in den Mund. Ein Auftritt in irgendeiner Kaschemme für die Einheimischen, das wäre für ihn die letzte betretbare Stufe. Nur nicht auf der Straße spielen, nie wieder, eher hält er irgendjemandem seinen nicht mehr ganz taufrischen Arsch hin. »People are strange, when you're a stranger«, singt er leise, »faces look ugly, when you're alone. Women seem wicked, when you're unwanted. Streets are uneven, when you're down.«

Unverhofft öffnet sich in seinem Rücken die Tür, eine Frauenstimme kreischt, dass der hijo de puta, der Hurensohn, mitsamt seinem dreckigen Hintern verschwinden soll, so viel kann er dem Wasserfall ihrer Verwünschungen entnehmen. Noch ehe er ganz auf den Beinen ist, ergießt sich ein Schwall

Putzwasser über seine Füße. Das Wasser versickert wie nichts zwischen den Steinen, der Boden ist durstig wie er; seit Wochen ist kein Tropfen gefallen, aber das ist nichts Besonderes hier im Dezember. Die rote Katze hat sich maunzend aufgerappelt, ihr Bauch hängt fast bis zum Boden. Wenn das hier ihr Zuhause ist, werden die Kleinen im Handumdrehen ersäuft. Boy dreht sich zur Alten und lüpft den Hut.

»Danke für die Erfrischung«, sagt er zum Abschied und meint es – die Abkühlung hat ihn auf Trab gebracht. Wollen doch mal sehen, was hinter der nächsten Biegung auf ihn wartet. Der Stillstand des Mittags löst sich auf, fließt hinüber in einen dunstblauen Nachmittag. Man kann wirklich nie wissen.

Nehmen wir zum Beispiel diesen Bankrott. Sein nächstes Engagement wäre bei einer Reederei gewesen, die von heute auf morgen hops gegangen war. Die alte Gesellschaft war nicht mehr für ihn verantwortlich, die neue hatte sich in Luft aufgelöst. Geradezu ausgesetzt hat er sich gefühlt in dieser Bucht am Pazifik, seinem Schicksal überlassen, gestrandet. Sein Pech, hat es geheißen. Doch in diesem Augenblick, als er am Ende der engen Gasse weit unter sich das Gleißen des Meeres erahnt, den Schweiß in den Nacken rinnen fühlt, die fremde Luft einsaugt, in dieser Sekunde, als die ersten klaren Pianoklänge durch die geschlossenen Fensterläden dringen – »This is just a little samba, built upon a single note« –, ist er beinahe sicher, dass der Bankrott sein Glück gewesen ist oder doch eines seiner Glücke.

Nie hätte er sie sonst näher kennengelernt, die geschundene Schöne, ausgebreitet auf fünfundvierzig Hügeln, das Gesicht zum Meer gewandt, die Geliebte der Hippies und der Bohème, durch deren krumme Gassen der Duft von Musik und Freiheit wehte. Bis eines Septembertages das Dröhnen der Militärstiefel Musik wie Freiheit siebzehn lange Jahre zum

Schweigen brachte. Ausgerechnet vom Hafen des Paradiestales aus hatte sich das Grauen seinen Weg gebahnt, die Hügel aufwärts von Haus zu Haus, durch die Stadt und das Land. Die Plätze und Gassen, zuvor von Gelächter und Leben erfüllt, lagen an den Abenden totenstill. In den Nächten sammelten Soldaten die Leichen von den Straßen, noch vor dem Morgengrauen wurde das Blut von den Bürgersteigen gespült. Zwei Monate nach dem Putsch waren die jungen Männer aus der Stadt verschwunden. Inzwischen sind sie zurückgekehrt ins Paradiestal, die jungen Menschen, die Musik. Aber nicht die Toten, verbessert sich Boy, die Toten sind nicht zurückgekehrt. Die Jugend der damals Jungen kam niemals zurück. Das Leben ging ohne sie weiter. Es geht immer weiter.

Es geht weiter am Cerro Alegre, »fröhlicher Hügel« genannt wegen der Klaviermusik, die einst aus den Wohnzimmern drang und zwischen den Hängen hallte, heißt es. Es spielt weiter am fröhlichen Hügel, wo die alten Melodien wieder aufgenommen und neu gemischt werden und die Stromkabel schief in den Gassen baumeln wie geschmolzene Notenlinien.

Die Treppe zu einem der Häuser mit ihren weiß gemalten Stufen und schwarzen Balken gleicht einer Klaviatur. Boy springt die Stufen hinauf und hinab – D^7 – Db^7 – C^7 – B^7 – und summt dazu. »This is just a little samba, built upon a single note. Other notes are sure to follow, but the root is still that note.«

Am Ende der Gasse öffnet sich der Blick auf zwei Meere. Das Türkise, Gelbe, Rote, Grüne, Weiße der über die Hügel gewürfelten Häuser und der ihnen zu Füßen liegende dunkelblaue Pazifik. Boy hält die Hand über die Augen, geblendet, und dankt dem Gott des Bankrotts. Nie hätte er sonst ein Stückchen kennengelernt von diesem Chile, das sich mehr als viertausend Kilometer in die Länge zieht, vom südlichen

Wendekreis bis hinunter nach Feuerland und Kap Hoorn, wo die höchsten Gipfel fast siebentausend Meter in den Himmel wachsen und das Meer vor der Küste achttausend Meter in die Tiefe fällt. Ein Land wie ein Rückgrat, eine einzige Küstenlinie, als gelte es, wenn man schon Land sein muss, sich niemals weiter als nötig vom Meer zu entfernen. Eines der Länder, das er sich ausgewählt hätte zum Leben, wäre es einzig und allein nach der Silhouette gegangen. Und hätte keine Insel zur Wahl gestanden, kein Archipel, kein Schiff.

Der Anblick von oben ist atemberaubend, die geschwungene Bucht, der Hafen, die farbigen Häuserwürfel und Containerstapel, vom Wind zerzauste Palmen und die Schiffe weit draußen an einem Horizont, der auf Tausende Kilometer Wasser und nichts als Wasser hinausweist. Boy fühlt sein Herz höher schlagen. Wieder einmal ist er frisch verliebt. Doch es fällt ihm nicht schwer, sich loszureißen von dieser Aussicht in einer Stadt, in der hinter jeder Ecke ein weiterer nie gesehener und ebenso hinreißender Anblick wartet. Diese Schönheit ist ganz nach seinem Geschmack. Man kann sie erobern, entdecken und ohne Bedauern verlassen. In jedem Hafen lässt er eine Hafenstadt zurück.

Auch in diesem Café ist einmal Blut geflossen. Das »Café Vinilo« war früher eine Metzgerei. Heute dreht sich schwarzes Vinyl auf den Plattentellern. Boy ist wegen des Namens gekommen und weil er gehört hat, dass dies ein Ort ist, an dem man bleiben kann, auch wenn man sich stundenlang an ein Glas Wasser klammert. Ein Ort, an den manche Gäste ihre eigenen Platten mitbringen, weil ihre Plattenspieler kaputt sind, auf dass ihr Song gespielt und ihre Sehnsucht gestillt wird.

Ein Blick durch die Glasscheibe genügt ihm, um zu erkennen, dass die Zeit hier nicht stehen geblieben ist und die Wasserglas-Geschichte zur Gattung »Es war einmal« gehört. Das »Café Vinilo« ist einer der vielen Orte auf der Welt, den Menschen des 21. Jahrhunderts auf ihrer erbitterten Suche nach dem Authentischen heimsuchen, so lange und zahlreich, bis er sich in eine Kulisse seiner selbst verwandelt. Eine schöne Kulisse allemal.

Boy setzt sich an einen der dunklen Holztische vor einer heiter gefliesten Wand. Am frühen Nachmittag ist das Lokal fast leer, doch es bedarf keiner überbordenden Fantasie, um sich auszumalen, wie es sich am Abend mit Leben füllen wird unter den Regalen voller Weinflaschen, den gerahmten Vinylscheiben hinter Glas, auf den Barhockern vor der alten Fleischertheke, in der jetzt Bierflaschen Marke Cerro Alegre neben Café-Vinilo-T-Shirts und alten Platten liegen. Auf einer anderen Theke stehen zwei Plattenspieler, dahinter Hunderte Schallplatten, und Boy sieht vor sich, wie die Lichter gedimmt, die Stühle und Tische zur Seite geschoben werden und Paare aus aller Welt, die irgendwo gehört haben, dass man hier noch das echte Chile findet, Tango und Bossa Nova tanzen. Und dann sieht er, vierzig Jahre zuvor, in einem nostalgisch schwarz-weißen Kaffeehaus zwei Männer vom Barhocker aufstehen, an einen Tisch treten, an dem das Gelächter verstummt, einem jungen Mann die Hände auf die Schultern legen, der Sekunden später zwischen ihnen hinausgeht, während seine Freunde ein letztes Mal seinen Rücken sehen.

Manchmal ist es auch gut, dass die alten Zeiten vorbei sind. Boy überlegt einen Moment, nach einem Glas Leitungswasser zum Kaffee zu fragen, bestellt dann Mineralwasser aus den Anden, von dem eine Flasche so viel kostet wie sein durchgelegenes Bett für eine halbe Nacht. Neben das Wasserglas stellt der Kellner ein Glas Wein. Boy kratzt sein Spanisch zusammen, um zu erklären, dass er es weder bestellt hat noch behalten möchte.

»Va por mi cuenta!«, geht auf mich, hallt es aus einer dunklen Ecke des Lokals. Boy braucht einen Moment, um zu lokalisieren, dass die Stimme, eine zweifellos betrunkene Stimme, zu einem Mann gehört, der halb verdeckt hinter einer Säule sitzt und Boy zuprostet. Boy hebt das Weinglas in seine Richtung, stellt es ab, ohne zu trinken, hofft, dass der Mann sich damit zufrieden gibt. Meistens tun sie es nicht. Doch er wird den Wein nicht anrühren, weder diesen noch einen anderen, weder jetzt noch irgendwann wieder in diesem Leben. Boy fühlt, dass er von der Säule aus beobachtet wird, greift nach einer englischsprachigen Zeitung und beginnt zu lesen.

»This is on me!« Diesmal ist die Stimme ganz nah, der Mann steht mit einer halb vollen Weinflasche an seinem Tisch. Er trägt einen schwarzen Anzug, ein weißes Hemd, eine rote Fliege und sieht niedergeschlagen aus. Fuck off, liegt es Boy auf der Zunge, bis sein Blick auf die rechte Hand des Betrunkenen fällt, die in einem Gipsverband steckt.

»Take a seat, please!«, sagt Boy und zieht den Stuhl ein Stück zurück. Der Verband, die rote Fliege, die traurigen Augen könnten der Beginn einer interessanten Geschichte sein. Oder auch nicht. Dann kann er jederzeit aufstehen und gehen. Jederzeit.

»Heiße Carlos«, sagt sein neuer Tischnachbar und sieht ihn an.

»Thomas.« Thomas also, denkt Boy. Er weiß vorher nie, welchen Namen er wählen wird. Das entscheiden die Situation, sein Gegenüber, das Bauchgefühl. Zu jedem Namen gehören eine Person, eine kleine Geschichte. Man muss nur aufpassen, dass man jeweils dabei bleibt. Er kommt mit Carlos ins Gespräch. Carlos' Englisch ist weit besser als Boys Spanisch.

Der Mann hat etwas gesehen von der Welt, genau wie er. Boy möchte von ihm wissen, was ihn hierher verschlagen hat.

»Ins ›Café Vinilo‹?« Carlos hat gehört, dass man sich hier stundenlang an einem Glas Wasser festhalten kann. Wasser aus den Anden für neun Euro die Flasche, bloody hell! Er ist nämlich broke, bancarota. Deshalb trinkt er jetzt Wein. »Und selbst?«

»Ebenso«, sagt Boy. »Bloß ohne Wein. Ist noch zu früh.«

»Dafür ist es nie zu früh«, sagt Carlos, schenkt mit der linken Hand nach, gießt über den Rand hinaus, trinkt. »Höchstens zu spät. Zu spät! Salud!«

Tja, an einem Glas Wein, ob Tischwein oder Lafite-Rothschild, kann man sich nie stundenlang festhalten, denkt Boy. Irgendwann kippt der Horizont, alles gerät auf die schiefe Bahn, fällt und rutscht wie auf dem sinkenden Schiff.

»Ich bin Tourist, aus Deutschland«, sagt Boy. »Woher kommst du?«

»Montevideo.«

Boy mustert Carlos' Anzug. Gut geschnitten, oft getragen, eher zeitlos als modisch. Keine Manageruniform, aber eine Art Uniform ist es. »Was bist du von Beruf, wenn ich fragen darf?«

»Argentinier.«

»Montevideo, liegt das nicht in Uruguay?«

Carlos sieht ihn anerkennend an. »Ist zufällig die Hauptstadt von Uruguay. Aber wer hört Tango aus Uruguay? Ich spiele Tango, also bin ich Argentinier.«

Immer noch beliebter als Tango aus Friesland, denkt Boy und will es jetzt wirklich wissen. Was es auf sich hat mit diesem Carlos, seinem Tango, seiner einbandagierten Hand.

Als Carlos' Flasche fast leer ist, weiß er es. Carlos hat sich das Handgelenk gebrochen. Carlos ist Schiffsmusiker. Ein Schiffsmusiker, der sich das Handgelenk gebrochen hat! Das ist schlimmer als ein Wal in der Serengeti, ein Autist in einer Kreistanzgruppe oder der Papst in Pjöngjang. Boy ist drauf und dran, aus lauter Mitgefühl mit dem demolierten Kollegen sein noch immer unangerührtes Weinglas zu heben und Brüderschaft zu trinken. Aber er kann sich beherrschen. Diesen Weg geht er nicht noch einmal. Nie wieder.

Auch Carlos hat den Wein vergessen und brütet über dem Anblick seiner nichtsnutzigen Hand. Wo, wann und wie es passiert ist? An Deck. Gestern Nacht auf dem verdammten nassen Deck, gerade in dem Augenblick, als er um die Hand der Sängerin anhalten wollte. Er ist ausgerutscht, und Cecilia hat ihn ausgelacht! Qué putada! Carlos schlägt mit der Faust auf den Tisch – im Eifer des Gefechts mit der rechten – und jault auf. Tränen schießen ihm in die rotweinseligen Augen.

Hand gebrochen, Herz gebrochen, Frau los, Job los. Gar nicht komisch, denkt Boy, wenn man der Mann ist, der an der gebrochenen Hand hängt. Doch wenn man diesen Mann im schwarzen Anzug über das Deck schlittern sieht, mit einer Rose zwischen den Zähnen, wie er mit einem Aufschrei auf allen vieren vor der Frau landet, gerade als er »Cecilia, meine Feuerlilie, mein Turteltäubchen, mein Mokkanäschen« zu stammeln begonnen hat … Boy kann sich eben noch das Lachen verkneifen.

»Die werden schon sehen«, wettert Carlos, »ohne Schiffspianist! Die Hurentochter kann sich selbst am Klavier begleiten! Die Leute tanzen nicht, lachen nicht, trinken nicht, keine Damenwahl, kein Tango, kein Trinkgeld.« Seine Miene wechselt von Tristesse zu Tumult. »Aufstand und Meuterei!«, bricht es aus ihm heraus, wieder vom Ausrufezeichen eines Faustschlags unterstrichen – diesmal mit links. »Das Schiff läuft auf ein Riff, rrumms, der Bauch wird von vorne bis hinten aufgeschlitzt, rrratsch!«

Mit beiden Händen untermalt er den Aufprall, das klaffende Loch im Rumpf; der einbandagierte Arm stellt trefflich das dem Untergang geweihte Schiff dar, während der unversehrte das tückische Riff verkörpert. Carlos nimmt einen großen Schluck Rotwein, gurgelt, sodass noch der Letzte begreift, wie dieses Schiff in einem blutgetränkten Meer absäuft, schluckt, spuckt und verkündet: »Die verfluchte ›Esperanza‹ wird mit Mann und Maus untergehen!«

»›Esperanza‹«, wiederholt Boy. »›Esperanza‹. Sag mal, Carlos, wohin geht denn die Fahrt?«

»Ins blanke Nichts. Osterinsel, Pitcairn … an den Arsch der Welt!«

»Welche Reederei?«

»›Pacific Cruises‹.«

»Wie alt ist diese Cecilia?«

»Mitte dreißig.«

»Ist sie hübsch? Kann sie singen?«

»Oh ja. Oh ja.«

»Wann legt die ›Esperanza‹ ab?«

»Heute Abend.« Carlos schaut ihn an. »Was interessiert dich das eigentlich, Mann?«

»Va por mi cuenta!«, ruft Boy, wirft sein letztes Geld auf den Tisch, schlägt Carlos auf die Schulter und rennt.

Rennt, von der Sonne geblendet, an bunten Haustüren, Mülltonnen, Kindern und Katzen vorbei, unter Wäscheleinen und Stromkabeln hindurch. Abwärts geht es schneller als aufwärts, denkt Boy, und manchmal im Leben ist das von Vorteil.

Als er um die nächste Ecke biegt und am Ende der engen Gasse das Gleißen des Meeres aufscheint, beginnt es in seinem Kopf zu singen.

»So I come back to my first note, as I must come back to you. I will pour into that one note all the love I feel for you.«

29. Dezember

Feuchte Schneeflocken, trüb verhangener Regenhimmel, ein bis zwei Grad über null. Nachmittags dichteres Schneegestöber. Böiger Wind aus Nordwest, der im Lauf der Nacht auffrischt. Wellen bauen sich auf, Kämme brechen, etwas Gischt.

»Eine Insel hat etwas Magisches. Allein das Wort regt die Fantasie an. Du hast die Verbindung zur Welt verloren – eine Insel ist eine Welt für sich.«
Agatha Christie

Es ist noch dunkel an diesem frühen Wintermorgen. Inge liegt wach und lauscht dem an- und abschwellenden Rauschen des Windes und der Wellen, das ihr Wachen und Schlafen begleitet, solange sie sich erinnert, vertraut wie ihr eigener Atem. Das Rauschen des Windes und des Regens, die Schreie der Möwen und Austernfischer, das entfernte Tuten der an- und ablegenden Fähren bilden die Hintergrundmusik dieses Hauses wie andernorts der nie versiegende Strom von Autos und U-Bahnen, das Hundegebell und die Schritte der Passanten.

Inges Bett, wenngleich ein Wandbett wie der himmelblaue Alkoven in der Stube nebenan, hat keine hölzernen Klapptüren, sondern einen Vorhang und ist von beinahe normaler Länge, sodass ein erwachsener Mensch, sofern er wie sie eher klein ist, ausgestreckt darin liegen kann. Seit Willems Tod schläft Inge hier unten in der ehemaligen guten Stube, die noch zu ihren Kindertagen, im Gegensatz zur Stube, ausschließlich an Feiertagen und zu besonderen Anlässen genutzt werden durfte.

Was für ein exzentrischer Luxus, hat Inge oft gedacht, eine geradezu katholische Ausschweifung im puritanischen Norden, in diesen so ausgeklügelt praktischen Häusern den größten und schönsten Raum für wenige Festtage vorzuhalten und 360 Tage im Jahr leer stehen zu lassen, während sich Eltern und Kinderschar in Küche und Stube drängten. Aber vielleicht fielen der Glanz und die Freuden vergangener und kommender Festlichkeiten als Abglanz auf die Räume des mühsamen täglichen Lebens, so wie der Sonntag ein Lichtblick war am Ende der Woche. Allerdings, sie ließ sich nicht heizen, die gute Stube, und da die Männer vom Frühjahr bis in den Spätherbst auf See waren, fielen Hochzeiten und Kindstaufen meist in den Herbst und Winter, und so mussten die versammelten Gäste dem Raum ihre Körperwärme spenden. Bei Todesfällen wiederum war die Kälte von Vorteil, da in diesem Raum auch die Toten zur vorletzten Ruhe gebettet wurden. Der Tod jedoch erschien ganz nach Gutdünken, schlich sich auf leisen Sohlen heran oder fiel krachend mit der Tür ins Haus, doch letzten Endes kam er immer unpassend. Umso besser, dass er in ihrem Fall, wenn auch nur probehalber, einmal wie gerufen gekommen ist.

Inge knipst die Nachttischlampe an. Ihr Blick fällt auf den Wandspiegel gegenüber, aus dem ihr nun wieder das eigene Gesicht entgegensieht. Sobald sie die ersten Schritte machen konnte, hat sie das schwarze Tuch vom Spiegel genommen, mit zitternder Hand und fest geschlossenen Augen. Denn womöglich beförderte sie sich, wenn sie als Erste hineinblickte, damit selbst ins Jenseits – und diesmal endgültig. Doch immer noch besser, hat sie gedacht, als wenn es jemand von den anderen trifft. Schließlich ist sie mit Abstand die Älteste, hat an Jahren genug bekommen, was ein jeder nach einem Blick auf die schwarzen Zahlen befinden würde. Stimmt schon, sie hat vom Leben mehr als genug bekommen. Aber sie hat noch lange nicht genug von ihm.

Auf der Kommode neben dem Bett befinden sich die Relikte nächtlicher Ausschweifungen, ein in einem Rutsch beinahe durchgelesenes Buch, ein Glas mit rosarotem Bodensatz und eine Schachtel mit leerem Bonbonpapier. Eine ziemlich unziemliche Menge an Bonbonpapier, zugegeben, doch erlebte man nicht alle Tage die eigene Wiedergeburt. Eine große Freude war das, aber auch ein großer Schreck. So, als ob man gerade mit vollem Schwung in der Kurve aus dem Sattel geflogen ist und im nächsten Moment wieder obenauf sitzt und das Pferd im Galopp auf den Wassergraben zurast. Und auf all die anderen kleinen und großen Hindernisse, die dein ganz persönlicher Parcours für dich bereithält.

Mit dem Leben sind auch die ungelösten Fragen zurück. Wem soll sie das Haus vererben? Enno und Kerrin, die darin leben, oder allen vier Kindern, die es dann verkaufen müssen? Also ungerecht sein und etwas Wertvolles bewahren oder gerecht sein und es damit zerstören? Oder ist sie ins Leben zurückgekehrt, weil sie noch etwas gutzumachen hat an Enno, auch wenn der davon nichts weiß? Führt wirklich kein Weg daran vorbei, nächstes Jahr zu ihrem Achtzigsten das halbe Inselvolk mit Sahnetorte zu füttern, auch diejenigen, die sie nicht leiden kann und die ohnehin schon aus dem Leim gehen? Und soll sie sich wirklich noch Implantate setzen lassen, oder tut es auch das gute alte Gebiss? Wird sie in ihrem Leben noch ein einziges Mal jemanden küssen, mit Zahn und Zunge, Ungeduld und Spucke?

Inge setzt sich im Bett auf. Sie hat da so eine Idee, für wen es sich lohnen würde, noch einmal im Galopp über den Wassergraben zu springen.

Nun mal langsam, sagt sie sich, ein Schritt nach dem anderen. Zuerst von der Bettkante in die Höhe kommen und aufrecht stehen, mit erhobenem Kopf und freien Armen, die entscheidenden Schritte zum Homo sapiens. Es klappt! Ein Wunder, nachdem sie gestern Nachmittag nicht einmal den kleinen Finger rühren konnte. Als Nächstes kann sie sich ans Feuermachen und die Herstellung von Werkzeugen wagen, dicht gefolgt von Ackerbau und Viehzucht, Buchdruck, Dieselmotor, Elektrifizierung und Internet. Aber vorher hat sie noch ganz persönlich etwas Dringendes zu erledigen. Fuß vor Fuß und mithilfe ihres Stocks schafft sie es auf eigenen Beinen bis ins Bad, zum Wasserhahn und auf das Wasserklosett. Willkommen in der Zivilisation. Fehlt nur noch der Griff zum Kulturbeutel.

Im Badezimmerspiegel fällt Inges Blick auf den Alarmknopf am Nachthemd, den ihr Ilsebill für Notfälle an die Brust geheftet hat. Dr. Ilse Johansen war die Inselärztin, die beste und einzige, eine Kapazität auf ihrem Gebiet, nämlich dem der Insel. Sie kannte die meisten ihrer Untertanen noch in Windeln, und man tat gut daran, ihren Weisungen ohne Widerrede Folge zu leisten. Nun war Inge wiederum ein paar Jahre älter als Frau Doktor, kannte ihrerseits Ilsebill noch in Windeln und konnte sie deshalb kaum für unfehlbar halten. Ein leichter Schlaganfall – so Ilses Diagnose bei ihrer Audienz gestern Nachmittag – konnte Inges Ansicht nach alles oder nichts bedeuten, nahen Tod wie folgenloses Intermezzo. Ganz gewiss aber eines nicht: ihre vorsorgliche Verlegung in die Klinik auf dem Festland. Nie und nimmer. Sie dachte gar nicht daran, ausgerechnet jetzt ihr Haus zu verlassen, da es sich wie eine Wundertüte mit ihren Lieben gefüllt hatte. Schließlich hat Ilse kapituliert und ihr den Alarmknopf aufgedrängt, und zwar unter der von Inge gestellten Bedingung, dass der Alarm nicht beim ärztlichen Notdienst, sondern bei Ilse persönlich ertönen würde. Übrigens verdeckt der Knopf ganz passabel die Stelle auf dem Nachthemd, an der sie das sinnlose Schleifchen abgeschnitten hat. Rüschen, Puffärmel und Schleifchen kamen ihr nicht an den Leib, solange noch ein Herz darin pochte. Nie und nimmer.

Als Ilse schon auf dem Weg zur Tür war, hat Inge sie noch einmal zurückgerufen. Werde ich es jemals wieder auf den

Deich schaffen? Ich werde doch das Meer wiedersehen? Sag ja! Ich werde noch einmal im Sommer barfuß durchs Watt laufen und den silbrigen Klang des ablaufenden Wassers hören? Werde in einer stürmischen Herbstnacht die Lichter der Halligen suchen, wenn jedes einzelne erleuchtete Fenster weit übers Wasser strahlt?

Na ja, hat Ilse gesagt, ich bin zufrieden, wenn du erst mal heil bis ins neue Jahr kommst. Und auf eigenen Beinen bis auf den Pott und zurück.

»Also schön, Ilse«, murmelt Inge in Richtung des Badezimmerspiegels, »du kannst zufrieden sein. Die fünf Meter zurück ins Bett und die drei Tage bis ins neue Jahr schaffe ich auch noch.«

Auf dem Weg zurück ins Bett macht Inge einen Abstecher zum Fenster. Sie schiebt den Vorhang zurück, öffnet es, schnuppert Morgenluft. Zwar ist weit und breit nichts zu sehen, doch Inge riecht es: Es riecht nach Schnee. Viel Schnee.

In der Stube neben Inges Zimmer wird ein Paar langer dünner Beine aus dem Alkoven gestreckt. Jochen faltet sich auseinander, steht auf und drückt den Rücken durch. Kaum zu sagen, was schlimmer war: der harte Dielenboden, auf den er nach schlaflosen Stunden im Alkoven geflüchtet ist, oder der viel zu kurze Alkoven, in den er zurückgekehrt ist, nachdem ihm vom ebenso schlaflosen Herumwälzen auf den Dielen sämtliche Knochen wehtaten. Er schlägt die himmelblauen Türen des Alkovens zu, die er nachts offen gelassen hat. Wenn man bedenkt, dass früher mehrere Menschen jede Nacht in einer solchen Kiste schliefen, zusammengekrümmt und mit angezogenen Beinen. Na schön, sie waren kleiner als heute, ganz sicher kleiner als er, aber ein Erwachsener war doch kein Embryo. Und die Vorstellung, hinter geschlossenen Türen in solch einer Kiste zu schlafen, verursacht ihm Albträume. Jochen reckt die Arme in die Höhe, lässt sie kreisen, schüttelt sich. Wahrscheinlich haben sie sich jeden Abend vorm Zubettgehen mit Schnaps betäubt – er fasst sich ins Kreuz und stöhnt – und am Morgen gleich wieder.

Vielleicht hätte er Berit den Platz überlassen sollen, die nicht nur um einiges kleiner ist als er, sondern sozusagen im Alkoven aufgewachsen. Bei der Erinnerung an ihr nächtliches Zusammentreffen muss er grinsen. Beide sind sie zur exakt gleichen Zeit auf die exakt gleiche Idee gekommen. Zuerst ist die Stimmung ein wenig feindselig gewesen, doch dann haben sie die Sache wie gute Friesen bei einer Tasse heißen Tees geregelt. Berit hat ihm den Vortritt gelassen mit der Begründung, sein Fall sei der schwerwiegendere, und er hat nicht widersprochen. Es war ja nur für eine Nacht. Ab heute konnte Berit süß im Alkoven schlummern, denn er würde abreisen. Er wurde hier nicht gebraucht, wohl aber morgen in Hamburg vor Gericht. Jochen liest im Pyjama die Nachricht, die ihm Dennis im Morgengrauen geschickt hat. Ob er, Jochen, auch wirklich wie versprochen zu seiner Verhandlung kommen würde? Keine Sorge, schreibt Jochen zurück. Werde da sein. Ehrenwort.

Er sucht seine Sachen zusammen, stopft sie in den Rucksack. Auch die noch immer ungeöffnete Zigarettenschachtel wandert hinein. In einem der beiden Koffer oben in Gesas Zimmer sind sein schwarzer Anzug, das schwarze Hemd und die Krawatte, ein Minuten vor der Abfahrt blank geputztes Paar Schuhe, die hier allesamt nicht mehr zum Einsatz kommen werden. Aber nur um die herauszuholen, wird er Gesa nicht wecken. Er wird bis zur Fähre laufen, dann den Zug nehmen. Wenn Gesa zurück nach Hause nicht mehr so lange Auto fahren möchte, kann er sie samt Kindern und Koffern in ein paar Tagen wieder abholen. Jochen reißt ein Blatt vom Notizblock, kaut auf dem Kugelschreiber herum. Irgendetwas muss er schreiben, bevor er hier die Biege macht.

»Jochen?« Gesa steht in der Tür, ihr runder Bauch sprengt den gelb-orange geblümten Frotteebademantel, der noch aus ihren Jugendtagen hier im Schrank gehangen haben muss. »Wo willst du hin?«

»Morgen, wollte dich nicht wecken. Dennis hat doch seine Verhandlung, und da ich jetzt hier nicht mehr ...«

»Du willst mich alleine sitzen lassen in dieser Situation?«

»Welche Situation? Deine Mutter lebt, die Kinder sind begeistert, endlich wieder hier zu sein, und du warst doch auch lange nicht mehr da. Macht euch ein paar schöne Tage zusammen.« Er wartet auf eine Antwort von Gesa, die schweigend durch ihn hindurchsieht. »Ach so, verstehe, du hältst es keine drei Tage mehr ohne ihn aus, du Ärmste. Weihnachten nur mit uns war schlimm genug, wie? Meinst du, ich hätte nicht gemerkt ...«

»Jochen, bitte. Wir haben uns geeinigt, dass ich ausziehe, wenn wir die Beerdigung ... wenn wir von hier zurückkommen.« Gesa dreht den Gürtel des Bademantels in den Händen. »Und du wolltest mitkommen, es war dein eigener Wunsch, wir alle wollten zusammen, ein letztes Mal ...«

Sie kramt ein Taschentuch aus der Bademanteltasche und schnieft hinein. Immer, wenn sie hierherkam, holte sie sich als Erstes einen Schnupfen. Dabei sollte man doch meinen, sie wäre an das Klima hier oben gewöhnt.

»Bloß weil Mama noch lebt, kannst du keinen Tag länger mit mir unter einem Dach verbringen?«, fragt Gesa und schlingt sich den Gürtel mehrfach um die Hand.

»Ganz genau. Das war ein Notfall, aber der Notfall hat sich erledigt ...«

»Der Mohr hat seine Schuldigkeit getan?«

Warum musste sie jetzt diesen alten Scherz wieder aufwärmen? Jochen Mohr, der Retter in allen Lebenslagen. Vor Jahren hatte sie ihm einen selbst gebastelten Fantasieorden um den Hals gehängt, ihn dann Stück für Stück ausgezogen, bis nur noch der Orden übrig blieb … Sie sieht so jung aus in diesem abgeschabten, geblümten Frotteebademantel. Er möchte sie küssen, schütteln. Er schaut auf die Uhr. »Ich muss packen.«

Im alten Herd in der Küche liegt fein aufgeschichtet das Holz bereit, Gesa muss nur noch ein Streichholz an die Späne halten. Zu diesem Herd, diesem Feuer hat es sie immer schon hingezogen. Der Rest des Hauses blieb im Winter feucht und klamm, dagegen konnte die Zentralheizung nicht viel ausrichten. Gesa sieht zu, wie die Flammen auflodern, und schließt die Ofenklappe. Warum geht ihr Jochens Abreise so nahe, tut geradezu weh. Ist es nicht, in Anbetracht der veränderten Umstände, das einzig Vernünftige, dass er fährt? Sie zieht den Stuhl näher zum Herd, hält die Handflächen in Richtung der ausströmenden Wärme, reibt sie aneinander, legt sie sich auf den Bauch. Armes Kind, denkt sie zum ersten Mal in all den Monaten, schüttelt den Kopf über sich und steht auf. Alles, was ihr fehlt, um Schlaf und Kälte aus den Gliedern zu vertreiben, ist ein heißer schwarzer Kaffee.

Vergeblich, hier nach einer Espressokanne zu suchen, die sie sonst selbst mitbringt. Tee und Teekannen gibt es reichlich sowie eine uralte Kaffeemaschine für ebenfalls uralten Filterkaffee. Gesa häuft ein paar Löffel der »milden Sorte« in den Filter. Wie lange soll sie hier bleiben? Es ist ein großes, unverhofftes Geschenk, dass Mama lebt. Ja, sie sollte dankbar sein, es genießen und sich ein paar schöne Tage mit Mama und den Kindern machen. Aber sie wäre jetzt nicht hergekommen, ausgerechnet jetzt, da sie Matteo wiedergesehen, so vieles mit ihm zu besprechen hat. Da sie endlich, bevor in wenigen Wochen das Kind zur Welt kommt, entscheiden muss, wie es weitergeht. Weitergehen kann. Das heiße Wasser blubbert in der Maschine, sie sieht dem Tropfen der braunen Brühe in die Glaskanne zu, öffnet das Küchenbuffet und nimmt einen Kaffeebecher heraus. Es hat schon seinen Grund gehabt, warum sie Weihnachten, zum ersten Mal seit vielen, vielen Jahren, nicht hier verbracht hat. Erst das Kind bekommen, erst das Kind, und dann …

Gesa setzt sich mit dem Kaffee auf ihren alten Kinderplatz auf der Küchenbank, mit dem Rücken zum Fenster. Gegenüber in der Stube hört sie Jochen auf und ab gehen. Packen. Jeder seiner Schritte verursacht ihr einen Stich in der Bauchgegend. Sie zieht ein Notizheft aus der Bademanteltasche und legt es auf den kleinen Tisch, der hier steht, seit der Familienesstisch in die Stube gewandert ist. In das linierte Heft hat sie lange nicht hineingeschaut, es jedoch vor ihrem überstürzten Aufbruch im Vorübergehen gegriffen und eingepackt, als hätte sie geahnt, dass sie es hier noch brauchen würde. Brauchen, na ja, wozu eigentlich? Bisher hatte es ihr genügt, ein paar Brocken zu lernen, weil es sich auf Italienisch besser singen, turteln und fluchen ließ. Doch hier auf dieser Insel, auf der in Jahrtausenden keine Zitronen blühten und die Menschen mit Worten geizten, als wäre jede Silbe vom Munde abgespart, erscheinen ihr »le belle cose della vita« und »una splèndida giornata« köstlich und nahrhaft.

»Moin.«

»Non faccio niente«, liest Gesa, ich tue nichts, und erschrickt, als plötzlich Enno in der Küche steht, komplett angezogen in Jeans, T-Shirt und Flanellhemd. Sie klappt das Heft zu, lässt es in der Bademanteltasche verschwinden. »Das habt ihr ja prima hinbekommen, Jochen und mich in diese Situation zu bringen. Und die Kinder …«

Enno schließt die Tür des Küchenbuffets, die sie hat offen stehen lassen. »Ach, weißt du, wo du schon mal da bist, wie wär's, wenn du dich ein bisschen um Mutter kümmerst? Kerrin hat die ganzen Jahre wie eine Tochter für sie gesorgt.« Er bestreicht ein Brötchen mit Butter und legt eine Scheibe Schinken darauf. »Und was das Haus angeht, müssen wir dringend …«

»Das ist wohl kaum der richtige Zeitpunkt, Enno.« Gesa umfasst ihren Bauch. »Ich hab jetzt andere Sorgen.«

»Für dich war es nie der richtige Zeitpunkt.« Enno beißt ins Brötchen und kaut. »Und zur Abwechslung habe ich auch mal andere Sorgen.«

»Ach ja, zum Beispiel? Ob du ein weiteres Mal als Vorsitzender des Inselvereins kandidieren sollst? Welche Bodenfliesen am besten zur Haustür passen?«

»So ähnlich.« Enno blickt an Gesa vorbei in die Ferne. »Was nach dem Tod passieren soll. Wer dann dafür sorgt, dass hier nicht alles …«

Gesa schluckt, schaut Enno ins Gesicht. Blass sieht er aus, krank irgendwie. Sie legt ihm eine Hand auf die Schulter. »Mama wird nicht so bald sterben. Ich hab sie mir genau angeschaut, mit Doktor Johansen gesprochen. Und immerhin bin ich selbst Ärztin.«

»Oh ja, genau das, was wir in Mutters Fall brauchen.« Enno zeigt mit dem Brötchenmesser auf Gesas Bauch. »Und eine Expertin vor dem Herrn, wie man sieht. Weißt du, meine Liebe, deine Sorgen sind so was von hausgemacht. Andere dagegen, die ohne eigenes Zutun, ohne immer nur an ihr Vergnügen …«

»Ich glaube nicht, dass du dir das länger anhören musst, Gesa.« Jochen tritt in die Küche und stellt sich vor Enno. »Oder dass du ein Recht dazu hast, über deine Schwester ein Urteil zu sprechen.«

Kurz darauf schaut Gesa von der Stube aus Jochen nach, als er, mit dem Rucksack bepackt, den Gartenweg entlanggeht. Eher schon läuft. Und ihm dicht auf den Fersen, wie ein schwarzer Schatten, der Kater. Aus dem trüben Himmel fallen vereinzelte feuchte Schneeflocken. Nein, Jochen wollte nicht zur Fähre gefahren werden. Er wollte auch nicht warten, bis Inge oder die Kinder wach waren, um sich zu verabschieden. Direkt vor dem Gartentor stolpert er. Geht mit einem Schrei in die Knie, dann zu Boden, und im selben Augenblick fährt auch Gesa ein Schmerz durch den Körper.

Gleich nach dem Aufstehen ist Berit auf den Deich gelaufen. Gestern Abend, als sie hier eintraf, ist es schon dunkel gewesen, dann war da die Aufregung um Abendessen, Federbetten, Leben und Tod. Jetzt muss sie das Meer, das sie schon gehört hat, endlich wiedersehen. Sie haben ruhig auflaufendes Wasser, keine überkippenden Wellen, ein stetiges, entschlossenes Heranrollen der See an die Küste. Hinter dem Deich ist es beinahe windstill an diesem milden Wintermorgen, doch kaum steht man auf der Deichkrone, weht einem ein kaltes Lüftchen um die Ohren. Berit setzt die Kapuze ihres Anoraks auf, wickelt den Schal fest und läuft los.

Jedes Mal, wenn sie herkommt, findet Berit es aufs Neue erstaunlich, dass die See hier immerzu anwesend ist, veränderlich je nach Stand der Gezeiten, Licht, Wind und Wetterlage, doch zuverlässig präsent und wirklich – während sich in Berlin das Leben ganz ohne sie abspielt. Jedes Mal, wenn sie hier ist, saugt sie den Anblick, den Geruch, die Geräusche in sich auf, versucht sie zu speichern als Energie- und Glücksreserve. Etwas, das so kraftvoll und lebendig ist wie das Meer, muss sich doch erinnern lassen. Aber nein. Es lässt sich in der Ferne nicht abrufen, nicht aufbewahren. Ebenso wenig wie die Liebe, kommt es ihr in den Sinn, oder sollte sie sagen: wie Sex? Ebenso wenig wie Liebemachen.

So ist es auch mit Johanna gewesen. In den ersten Jahren, als sie in verschiedenen Städten gelebt haben, hat Berit, allein in ihrer Wohnung, oft versucht, die Erinnerungen an die Stunden mit Johanna heraufzubeschwören. Den Duft ihrer verschwitzten Haare, den Geschmack ihrer Lippen, oben süß, unten salzig, Johannas schneller gehenden Atem an ihrem Ohr, das Gefühl, als wenn Johanna mit jedem Atemzug, in ihre Ohrmuschel gestoßen, tiefer in sie eindrang, sie im Innersten bewohnte, bis sie ... eben wieder allein war in ihrer Wohnung, ihrem Kopf, ihrem Körper. Während sie sich liebten, verharrten Zahlen und Zeiger, kein Hahn krähte nach ihnen. Bis sie sich losrissen voneinander und ihrer Wege gingen. Eine Zeit lang trug jede die andere in sich herum, hatte dafür ein Stück ihrer selbst eingebüßt, saß am Abend mit glasigen Augen am Fenster, unfähig, sich zu bewegen vor süßer Pein. Und irgendwann war es vorbei. Nicht vergessen, vergangen. Erinnerung geworden: etwas, das von der Haut durch den Kreislauf in den Kopf gewandert war. »Und inzwischen«, sagt Berit leise in den Wind, »ist es ganz und gar Geschichte.«

Sie hat das Haus schon ein ganzes Stück hinter sich gelassen. Über ihr hängt tief ein grauer Himmel voller Wolken, zu ihrer Rechten liegt die dunkelgraue See, links von ihr plattes Land, so weit man blickt, am Horizont eine Reihe von Windrädern. Davor umgepflügte Äcker, auf denen in Rinnsalen das Wasser steht, feuchte Wiesen, ein Teich voller Enten, das feine Netz der Entwässerungsgräben. In der Ferne hier und da ein

Hof auf einer Warft, von windschiefen Bäumen umstellt. Nur wenige Schafe grasen draußen, die meisten sind im Stall oder vor Weihnachten im Topf und in der Salami gelandet. Selbst im Winter sind die Wiesen satt grün wie auch das kurze Gras auf dem Deich, der vor ihr liegt und fern am Horizont um die Kurve biegt. Als wäre die Erde doch eine Scheibe, und man könnte auf diesem Deich, wenn man nur immerfort weiterginge, die Welt umrunden.

Auf einmal frischt der Wind auf, jagt die Wolken vor sich her wie der Hütehund die Schafe. Innerhalb von Minuten ist der Himmel blitzblau, und die Sonne lässt das Deichgras unirdisch grün leuchten. Hinter der Uferkante liegt ein heller Streifen flachen Wassers, von braunen Flecken und Linien des Wattbodens schraffiert, gefolgt von einem dunklen, von Pfützen durchsetzten, und hinter diesem liegt wieder ein heller Streifen, wo sich die Sandbänke entlangziehen, und schließlich ein dunkler, wo das tiefere Wasser beginnt. Hellblau spiegelt sich im flachen Wasser der Himmel, ein paar dicke weiße Wolken ziehen über den Meeresboden hinweg. Einen Moment lang ist Berit versucht, ihre Stiefel auszuziehen, die Hosenbeine hochzukrempeln und mit nackten Füßen durch die gespiegelten Wolken zu laufen, wie sie es in so vielen Sommern getan hat. Stattdessen bleibt sie stehen und sonnt sich im durchsichtigen Licht, das man einatmen möchte mit der klaren Luft des Dezembermorgens.

Auf dem Rückweg hat sie Gegenwind. Auch das Wetter schlägt auf halber Strecke wieder um. Ebenso schnell, wie sich ein grauer Himmel mirnichtsdirnichts in Frühlingsblau verwandelt, kann man hier pfeifend ins Blaue hineingehen und triefend bis auf die Unterhose wieder herauskommen.

»I love the winter weather«, singt Berit laut gegen den Wind an, »cause I got my love to keep me warm.« Sie mag das Lied am liebsten von Peggy Lee, deren Stimme so kühl und warm zugleich klingt, während Johanna … Ist doch nun wirklich vollkommen egal, welche Version diese Johanna bevorzugt.

Zu Hause zieht Berit die nasse Jacke und die schmutzigen Stiefel aus, gefütterte Gummistiefel, die seit Jahrzehnten auf dem Brett in der Diele für sie bereitstehen, ebenso wie für Enno, Boy und Gesa. Vier treue Paare, deren Ehen länger hielten als die von, na ja, zum Beispiel Enno oder Gesa. Was war denn das für ein Gedanke? Berit lächelt. Wenn irgendwer in dieser Familie noch die goldene Hochzeit schaffte, dann wohl das nordische Musterpaar Enno und Kerrin.

Noch in der Diele wirft Berit einen Blick in die Lokalzeitung, die sie aus dem Postkasten gefischt hat. Seit sie von hier fort ist, fast zwanzig Jahre schon, stellt sich beim Lesen dieser Zeitung eine Mischung aus Nostalgie und Unbehagen ein. Wehmut über das verlorene Vertraute wich meist recht bald der Erleichterung, einem falschen Leben entkommen zu sein, unweigerlich gefolgt von dem Gefühl des Verrats an ihrer Heimat, Herkunft und Familie. Ob das jemals aufhören würde? Nein, würde es nicht, weiß Berit wieder ganz genau, als sie im Lokalblättchen blättert. »Am liebsten genießen wir die schönste Zeit des Jahres im Kreise unserer Lieben. Wir lassen uns verzaubern von Tannengrün, Plätzchen- und Bratenduft …« Wer ist eigentlich dieses »wir«, hat sich Berit oft gefragt, von dem alle zu wissen scheinen, wie es fühlt und denkt. Dass es sich stets am wohlsten im Kreise fühlt und vermutlich am liebsten im Kreise denkt. Doch auch durch das »e« am »Kreis« wird der Satz für Berit nicht feierlicher oder wahrer. Die schönste Zeit des Jahres? Wenn es kaum noch hell wird und die Leute durch Geschäfte rasen, als seien sie auf der Flucht? Wenn sie es sich leisten könnte, würde sie es machen wie die Zugvögel unter den Menschen, jene Winterflüchter, die die schönste Zeit des Jahres im Kreise südlicher Sonnenstrahlen verbringen, an irgendeinem seligen, lamettafreien Ort, an dem einen nicht das tausendste »Driving Home for Christmas« in den Wahnsinn treibt.

Berit blättert weiter. Ach ja, die Lokalanzeigen! Nach wie vor ist hier oben im Norden der dreißigste Geburtstag ein einschneidendes Ereignis. Ein ganz großer Spaß ist das, besonders wenn das Geburtstagskind noch Single ist, und ganz besonders für dessen Freunde.

»Zum Dreißigsten gratulieren wir und freuen uns auf ein kühles Bier. Den Ring hast du noch nicht vergeben, deshalb musst du am Samstag fleißig fegen.« Oder: »Der Traumprinz trat bisher noch nicht in ihr Leben, aber den wird es mit Sicherheit auch schon bald geben«, so dichten, von freundschaftlicher Begeisterung hinweggetragen, Hannes & Levke, Finn & Annika, Lennard & Janine undsoweiter undsofort. Immer schön paarweise, immer schön Mann & Frau, jedes »&« ein Triumph: Wir haben es geschafft! Und diese Spießerjugend ist gerade mal um die dreißig. Was soll in zehn, zwanzig Jahren aus ihnen werden? Und was würde ihr zum Vierzigsten blühen, der in wenigen Tagen bevorstand, bliebe sie hier? Mit Fegen war es dann nicht mehr getan, vermutlich musste man den Boden auf Knien wischen. Mit der Zunge.

Berit faltet die Zeitung zusammen. Was nutzte ihr die frische Luft hier oben, wenn sie unter ihren Mitmenschen nicht frei atmen konnte, die feine Schattierung der Blau- und Grautöne, wenn es in der Liebe nur Schwarz-weiß gab, und was der blank geputzte Himmel, solange man ohne Ehering bis in alle Ewigkeit zum Fegen verdammt war? Mit der Zeitung unter dem Arm klopft sie an Mames Tür.

»Herein, solange es nicht Frau Doktor ist.«

Berit gibt Mame einen Kuss auf die Wange, zieht einen Stuhl an das Bett und setzt sich zu ihr.

Inge schaut Berit todernst an. »Eins kann ich dir sagen, es ist sterbenslangweilig, wenn man tot ist.« Sie streckt die Hand nach der Zeitung aus. »Ehrlich, da lese ich lieber, wer von den lieben Mitmenschen den Löffel abgegeben hat.« Zielstrebig schlägt sie die Seite mit den Familienanzeigen auf. »Ach, sieh an, der alte Knut. Der Wirt vom ›Op de Diek‹, weißt du?«

Berit nickt. Klar weiß sie. Oft genug ist sie früher in diesem Lokal gewesen, in dem fast alle größeren Familienfeste gefeiert wurden. Nicht, weil es so schön war, sondern weil es dort das größte Hinterzimmer und den billigsten Schnaps gab. Es lag auch gar nicht auf dem Deich, wie der Name des Lokals versprach, sondern, wie alle Häuser der Insel, dahinter. Berit hatte das schon als kleines Mädchen unredlich gefunden. Sie hasste falsche Versprechungen.

»›Nach langer, tapfer ertragener Krankheit‹«, liest Inge vor. »Na ja, tapfer war wohl eher seine Frau. Und seine Geliebte. Und seine Leber. Aber immerhin, Knut hat seinen Spaß gehabt.«

Ihre Augen wandern weiter über die Seite. Halten inne. Füllen sich mit Tränen.

»Im Gegensatz zu ihr hier. Oje. Die arme Hermine. Ist mit Engelline zur Schule gegangen, weißt du. Hatte Asthma, Rheuma, Zucker, einen tyrannischen Gatten, kaltherzige Kinder und eine Schafsgeduld. ›Sanft entschlafen‹, das glaub ich gerne. Für alles andere fehlte ihr auch der Mumm. Sag mal«, fährt sie fort und wischt sich die Tränen aus den Augenwinkeln, »was hältst du eigentlich davon, dass diese Margaretha in ihrem Alter von einem Tag auf den anderen ihren Mann hat sitzen lassen? Um mit dem Motorrad bis Neapel zu fahren!« Sie schaut Berit eindringlich an. »Ich meine, ist das richtig, dass man anderen wehtut, so kurz vor Schluss, um seine Träume auszuleben?«

Berit überlegt, woher sie diese Margaretha kennen könnte. »Meinst du die Frau, die am Hafen Fischbrötchen verkauft hat?«

»Was für Fischbrötchen?« Inge ist mehr als erstaunt. »Ich glaube kaum, dass sie in Südtirol Fischbrötchen essen.«

Bei »Südtirol« macht es klick in Berits Hirn. »Ach, du sprichst von der Margaretha aus dem Roman, den du mir letztes Mal mitgegeben hast. Hab ich noch nicht gelesen.«

Eine Weile plaudern sie weiter über dies und das, über diese und jene, wie sie es immer schon gerne getan haben. Mitten im Satz bleibt Inges Blick am Klavier haften. »Wenn doch Boy bald nach Hause käme!«

Da bemerkt Berit, dass Inges Stimme leise und brüchig geworden ist. Dass ihre Hand beim Heben der Teetasse zittert. Sie fasst nach Mames Hand, streichelt sie. Streicht über die braunen Flecken, die sich dick und dunkel auf ihrem Handrücken ausbreiten, während die helle Haut darunter dünn und durchscheinend wird. »Ruh dich noch ein bisschen aus«, sagt Berit, gießt Tee nach, reicht Inge die Tasse. »Soll ich die Vorhänge zuziehen?«

Inge nickt.

Mame schläft sonst nie um diese Zeit. Eine Weile sitzen sie im Halbdunkel nebeneinander. Beide schweigen. Auch das konnten sie immer schon gut miteinander, doch heute steht eine unausgesprochene Frage im Raum. »Ist es ernst, Mame?«, fragt Berit, und Inge antwortet mit einem Blick, der alles und nichts bedeuten kann.

Berit muss zugeben, dass es gut riecht, als sie an der Küche vorbeikommt. Bratengeruch zieht durchs Haus, man könnte von Bratenduft sprechen, wäre da nicht die dem Duft vorausgehende Metzelei. Sie steckt den Kopf durch die Stubentür, wo Gesa, Jochen und die Kinder beieinandersitzen, Jochen mit hochgelegtem Bein und mürrischem Gesicht, einen mit Eis gefüllten Plastikbeutel auf dem Knöchel balancierend.

»Oh, was ist denn passiert? Sturz im Alkoven?« Sie bekommt keine Antwort. »Gut, neuer Versuch. Tut es weh und wer ist schuld?«

Nach weiterem Schweigen knurrt Jochen: »Scheißkater.«

Berit ist ehrlich erstaunt. »Also, in meinem Tee war gestern Nacht kein Rum. Heißt das, du hast dich allein im Wandbett betrunken? Betrunken wie in ›sturzbetrunken‹?«

»Ahab ist ihm zwischen die Beine gelaufen«, erklärt Kaija, »da isser umgeknickt.«

»Ja, weil er ohne uns fahren wollte«, ergänzt Marten.

Aha, Ahab soll also schuld sein. Berit sieht sich um, ob der Kater noch im Haus und unter den Lebenden weilt. Schnuppert. Er schmort doch wohl nicht nebenan im Kochtopf, der einzige Kater der Welt, der sie nicht zum Niesen bringt. Und das erinnert sie daran, dass sie Dringendes zu erledigen hat. Auf der Stelle. Fragt sich nur, auf welcher.

Es ist zu eng in diesem Haus. In der Küche werden tote Tiere filetiert, in der Stube schlechte Stimmungen transpiriert, und in dem Zimmer, in dem sie die Nacht auf einer Klappliege verbracht hat, geruht die Tochter des Hauses noch immer zu ruhen. Sie hat Inka gestern Abend kaum wiedererkannt. Hej, wo kommt denn diese coole junge Frau her, hat sie auf den ersten Blick gedacht. Sind in dieser Gegend neue Zeiten angebrochen? Ist ein Leben vor dem Tod hier möglich?

Auch Inka hatte, ähnlich wie Gesa, Jochen und sie selbst, nur in jugendlichem Schnelldurchlauf, drei Phasen durchgemacht: Entzücken über Inges Am-Leben-sein, Entgeisterung über den falschen Alarm, Entrüstung über das unnötige Herausgerissensein aus dem, was für jede und jeden von ihnen gerade wichtig war. In Inkas Fall wusste sie nicht, um was es sich handelte, aber sie würde es gerne wissen. Doch, ja. Womöglich bekam sie noch eine Chance, falls sie das Mädchen einmal wach und ohne Kopfhörer antraf. Gestern Nacht in ihrem Zimmer hat Inka der Einquartierten so schnell wie möglich den Rücken gekehrt, Musik auf die Ohren und Licht aus. Berit hat nicht einmal gewagt, nach einer Leselampe zu fragen. Dabei konnte sie nicht einschlafen ohne Buch. Wenigstens ein paar Seiten. Ein paar Sätze, ich bitte euch. Fünf Wörter? Das könnt ihr mir nicht verwehren. Drei Silben? Ich flehe euch an!

Und nun das Problem mit dem Schreibplatz.

Das Problem mit dem Schreibplatz ist, dass sie zum Schreiben wie zum Schlafen einen Platz für sich allein braucht. Und genau der war in diesem nicht sehr großen, doch keineswegs winzigen Haus schon immer Mangelware. Luxusgut. Ein Platz für sich allein bedeutete nicht etwa ein Zimmer, und sei es noch so schön, in das jeden Augenblick jemand hineinplatzte und ohne Vorwarnung den Gedankengang durchquerte. Ein Winkel konnte ausreichen, sofern er Licht, Luft, Ruhe und Gedankenfreiheit bot. Türen waren hilfreich. Im Geist geht sie einmal das ganze Haus durch, von unten nach oben durch alle Etagen, Räume und Winkel.

Berit sitzt mit ihrem Notebook auf dem Schoß unterm Dach im niedrigen Spitzboden. Stehen muss sie ja nicht beim Schreiben, Luft und Licht gibt es, eine runde Dachluke mit Blick über den Deich, das einzige Fenster im Haus mit Meersicht. Als Kind ist sie oft hier gewesen, meistens allein, weil die Geschwister schon zu groß waren. Bevor sie die Dachkammer für sich entdeckte, hatte Boy ein paar Jahre dort sein Lager aufgeschlagen. Mit zwölf war er, zumindest für die Nächte, aus dem gemeinsamen Zimmer mit Enno ausgezogen. Alle anderen fürchteten sich da oben im Dunkeln, weil man nachts unheimliche Geräusche hörte. Geister sausten heulend ums Dach – Boy sagte, es sei der Wind im Kamin –, und Kobolde raschelten im Gebälk – Boy meinte, die Kobolde hätten Schnurrbärte und seien Mäuse. Zu beiden Seiten des Spitzbodens liegt der unausgebaute Dachboden, voll mit Plunder, ausrangierten Bildern, Teppichen und unter den Teppich gekehrten Geheimnissen. Nun haben Marten und Kaija hier oben ihr Schlafquartier. Doch die haben Berit Exil auf den Luftmatratzen gewährt und sind für die nächsten Stunden beschäftigt.

Berit starrt auf die Tastatur, die leere Bildschirmseite. Johanna hat sie gemahnt, die Rede, die sie übermorgen an ihrer Stelle halten soll, bis heute Abend abzuliefern, damit sie diese noch ein wenig einstudieren kann. Seit wann studierte dieses Improvisationstalent, Naturtalent und Talenttalent etwas ein? Und wie sollte sie, Berit Boysen, einem Dobermann nachweinen? Das war ein Fluch, eine Gemeinheit, das machten die vom Trauerredner-Club doch extra, um sie zu prüfen! Da sehnte man sich glatt nach den Lobreden auf Jubilare aus der Atomkraftlobby zurück. Oder auf Rüstungsheinis von Krauss-Maffei und Co., um die Sache jetzt mal auf die Spitze zu treiben. Ganz ehrlich, sie war froh um jeden einzelnen Dobermann weniger auf der Welt. Sie würde eigens in die Forschung gehen und an der Entwicklung einer speziell auf Dobermänner abgestimmten Seuche mitwirken, wenn sie … Schluss jetzt. Vielleicht gibt es ja etwas Sympathisches über diesen einen Dobermann zu berichten. Er war der erste Vegetarier seiner Art, Galionsfigur einer neuen Bewegung? Veganer wäre vielleicht doch etwas zu viel des Guten. Moment, er hatte sich zeitlebens für die Emanzipation von Doberfrauen eingesetzt? Oder wenn nicht er selbst, so sein Herrchen oder Frauchen? Was stand denn über die Auftraggeber im Briefing? Aha. Der Dobermann gehörte einem Manager von Krauss-Maffei.

Berit fährt sich mit der Zunge über die Lippen. Immer wenn du denkst, es geht nicht mehr, kommt von irgendwo ein Bläschen her. Pling! Zeitgleich mit dem Aufploppen des Bläschens trifft eine neue Nachricht von Johanna ein. »Berit. Wenn du diesmal nicht pünktlich lieferst, sind wir geliefert!«

Doch, sehr höflich von ihr, hier den Plural zu verwenden. Denn geliefert war, genau genommen, nur sie, Berit, auf deren Schreibtisch, pünktlich zum Fest, zwei Briefe geflattert waren. Der eine zeigte an, dass der Dispo ihrer Bank am Limit war und man aufgrund ihres unregelmäßigen Einkommens nicht gedachte, den Spielraum zu erweitern. Der andere verkündete, dass ihre heiß geliebte Bruchbude einen neuen Eigentümer, sprich: Investor, gefunden hatte. Der Investor macht seinem Namen alle Ehre und gelobt, umfassend zu investieren. Ihre Wohnung würde ein neues Bad, eine neue Küche, neue Fenster, neue Türen und Bodenbeläge erhalten. Mit anderen Worten: außer den Wänden würde von ihrer Wohnung nichts übrig bleiben. Außerdem würde sie anstatt der Kohleöfen nun endlich eine zeitgemäße Zentralheizung bekommen. Doch, das war wirklich erfreulich. Für ihre Nachfolger, die die zur neuen Wohnung passende neue Miete zahlen konnten.

Nur ein paar Minuten nach der letzten kommt wieder eine Nachricht von Johanna. Alte Sklaventreiberin! Unwillig schaut Berit auf die wenigen Worte und liest: »PS. Du fehlst mir.«

Kurze Zeit später hat Berit eine ganze Seite geschrieben. Es kommt aber kein Dobermann darin vor, auch kein Frauchen, Herrchen und Managerchen. Stattdessen handelt die

Geschichte von einer Windsbraut, die sich auf ihre Hochzeit mit einem Orkan vorbereitet. Als moderne Windsbraut trägt sie eine knallblaue Wasserhose, auch wenn der Orkan sie bestürmt hat, ein schleierhaftes Kleid anzulegen. Sie kämmt sich mit dem Wellenkamm und betrachtet sich im Meeresspiegel. Zum guten Schluss setzt die Windsbraut die Schaumkrone ein wenig schräg auf ihre Wasserwellen und befestigt sie mit Schaumfestiger, damit die Krone nicht beim ersten Luftikuss ins Rutschen gerät. Beim siebenten stürmischen Kuss aber, bevor die Windsbrautleute mit dem Luftzug in die Flitterwochen reisen, wo sie im Himmelszelt von Luft und Liebe leben, werden Braut und Bräutigam ohnehin durch den Wind sein – wozu sonst hätte man einen Orkan zum Gemahl. Da hätte es ja auch eine Brise getan. Oder ein Hauch. Oder ein Finanzbeamter.

»Kommt ihr mit ans Meer?« Gesa hält Marten und Kaija ihre Anoraks entgegen. Was für eine Frage! Aber sicher kommen sie mit. Die beiden laufen vor und sind längst auf dem Deich, als Gesa ihn schnaufend hinaufsteigt, die Arme ins Kreuz gestützt.

Oben auf der Deichkrone saugt sie die salzige Luft ein. Frischer Wind jagt Wolken über den Himmel, die sich im auflaufenden Wasser spiegeln. Am Horizont taucht eine v-förmige Silhouette auf. Sicher Gänse, denkt Gesa und holt ihr Fernglas aus dem Rucksack. Sie richtet es auf die näher kommenden Vögel und stellt es scharf: helle Bäuche, schwarze Hälse, weiße Gesichter –Weißwangengänse. Aus der Ferne klingen ihre Rufe fast wie Hundegebell.

»Lass mich auch mal!«, rufen Marten und Kaija.

Gesa gibt Marten das Fernglas, der es erst nach mehrfacher Aufforderung an seine Schwester weiterreicht.

»Was seht ihr?«, fragt Gesa.

»Schwarz-weiße Vögel«, ruft Kaija, »die sehn ja lustig aus!«

»Heißen auch Nonnengänse.« Marten hat sich das Fernglas noch einmal genommen. »Eigentlich sollten die gar nicht mehr hier sein, sondern längst in Holland, oder?«

»Stimmt genau.« Gesa beschließt, Marten zum Geburtstag ein eigenes Fernglas zu schenken, ein richtig gutes. »Die wollten es wohl mal hier mit dem Überwintern versuchen. Aber offenbar haben sie jetzt doch kalte Füße bekommen.« Auch Gesa hat kalte Füße bekommen, und sie spürt ein Ziehen in der Brust. Doch das ist nicht ihre alljährliche winterliche Zugunruhe, ihr Drang nach Süden. Oder wenn, würden ihr jetzt die gut hundertfünfzig Kilometer bis nach Hamburg reichen. Bis in einen gewissen Hinterhof, in dem die Singdrosseln und Stare in den Zweigen der Linde zwitschern.

Zum Mittagessen sind sie beinahe komplett um den langen Esstisch versammelt. Nur Inges Platz am Kopfende ist auch heute frei geblieben. Es strenge sie zu sehr an, hat sie gesagt, morgen vielleicht. Inka hat sich den ganzen Tag noch nicht blicken lassen. So sitzen Kerrin, Enno, Gesa, Jochen und Berit mit den Kindern am Tisch. Heute gibt es die Reste vom Weihnachtsbraten mit Kroketten, Rotkohl, Birne und Preiselbeeren.

»Auch für dich«, bemerkt Kerrin, als sie die Schüsseln in Berits Richtung schiebt, »ist also reichlich dabei.«

»Danke«, sagt Berit und nimmt Rotkohl, Birne und Preiselbeeren.

»Was ist mit den Kroketten?«, will Jochen wissen. »Wurden die ohne Betäubung geschlachtet?«

»Die enthalten Eipulver, wenn sie nicht aus veganer Herstellung sind. Und so was hat unser Inselmarkt neuerdings nicht im Regal, oder?« Berit beginnt zu essen, kaut den Rotkohl und stutzt. Der Rotkohl schmeckt nach Schwein. »Ist das Tiefkühlrotkohl?«

»Was erwartest du?«, erwidert Kerrin. »Dass wir hier unseren eigenen Kohl für den Winter einlegen?«

»Kein Problem.« Berit lässt den Rotkohl links liegen und wendet sich der Birne zu. Tiefkühlrotkohl mit Schweineschmalz kann sie beim besten Willen nicht essen. Sie muss nachher ihr altes Rad aus dem Schuppen holen und einkaufen fahren. Auch wenn das letzte Wort in Sachen Dobermann noch nicht geschrieben ist. Auch nicht das vorletzte. Nicht einmal das erste, um genau zu sein. Nach einer Weile hält sie inne, weil niemand mehr isst oder spricht und alle auf ihren Teller starren. »Lasst es euch schmecken. Ich liebe Birne mit Preiselbeeren.«

»Du wirst hier noch verhungern«, sagt Jochen. »Woanders auf der Welt tut man das auch, aber nicht aus Überzeugung.«

Exakt in dem Moment, als die leer gegessenen Teller aufeinandergestapelt werden, kommt Inka ins Zimmer und gähnt.

»Na, ausgeschlafen?« Kerrin springt auf. »Keine Angst, wir haben genug für dich übrig gelassen. Ich hol dir deine Portion.«

Enno zieht Kerrin zurück auf den Stuhl. »Möchtest du ihr das Essen noch klein schneiden und vorkauen?« Er schaut auf die Uhr. »Ich glaube, Inka hat genügend Kräfte gesammelt, um den Weg bis zur Mikrowelle zu bewältigen.«

»Das Mädchen hat Jetlag«, verteidigt sie Kerrin.

Inka geht in die Küche und kommt mit einem Teller zurück, der optisch ein wenig Berits Teller ähnelt.

»Du hast den Braten vergessen«, meint Kerrin.

Inka spießt eine Krokette auf die Gabel. »Ich bin jetzt auch Vege… Also, ich ess keine Tierkadaver mehr.«

Kaija lehnt sich auf ihrem Stuhl vor. »Was sind Kadaver?«

»Leichen«, erklärt Marten.

»Iiih!«, ruft Kaija. »Wir essen auch keine Leichen!«

Kerrin schaut auf Inka. »Verdirb den Kindern nicht auch noch den Appetit!«

»Wenn's doch die Wahrheit ist! Was glaubt ihr denn«, Inka sieht Marten und Kaija eindringlich an, »woraus so ein Braten besteht, mal drüber nachgedacht? Meint ihr, der ist als Stück Fleisch auf die Welt gekommen? Oder war es vielleicht ein lebendiges Rind oder Schaf wie Heide und Schnucke nebenan im Stall?«

Marten und Kaija sind sprachlos.

»Oder ein kleines Lämmchen«, setzt Inka nach.

»Jetzt lass sie in Ruhe«, schaltet Jochen sich ein. »Bei meinem letzten Besuch hier hast du jeden Tag Fleisch verspeist, wenn ich nicht irre. Aber da warst du auch noch blond.«

Inka murmelt etwas und senkt den Kopf, sodass ihr Gesicht zur Hälfte hinter einem Vorhang schwarzer Haare verschwindet.

»Apropos, Inka«, sagt Enno, »falls es noch nicht zu dir vorgedrungen ist, du kannst die Trauerkleidung ablegen.«

Inka stutzt, überlegt. »Ähm, also, ich hab in der Eile nichts anderes eingepackt.«

»Macht nichts, du kannst dich an meinem Kleiderschrank bedienen.« Kerrin lächelt verschmitzt. »Hast du doch früher auch so gerne gemacht.«

»Wohl kaum.« Inka lässt die Gardine der Haare herunter.

Schweigen tritt ein, und alle scheinen auf etwas zu lauschen. Irgendetwas stimmt nicht. Und dann bemerken sie es, einer nach dem anderen.

Stille. Es ist diese Stille. Es weht absolut kein Wind.

Oben in ihrem Zimmer, inzwischen halbwegs wach, steht Inka fassungslos vor dem Styledesaster. Was für eine Provinzsissy hat hier gehaust? Mein Gott, ist dieses Zimmer peinlich! Gut, dass Berit nicht da ist, hoffentlich hat die sich noch nicht so genau umgesehen. Andererseits, was kümmert's sie, was diese Tante von ihr denkt. Als Erstes schließt sie mal die Türe ab. Und dann – wo anfangen? Inka fühlt das Blut in die Wangen schießen. Das darf nicht wahr sein, hängen da wirklich noch diese megapeinlichen Poster? Pferdchen im Galopp mit wehender Mähne! Ich fass es nicht! Sie reißt die Poster von den Wänden, nur gut, dass die dabei hops gehen, wer will denn so was aufbewahren? Und das haben ihre Freundinnen und Freunde zu Gesicht bekommen und sie nicht für völlig zurückgeblieben gehalten? Aber irgendwie auch kein Wunder, wenn sie sich jetzt diese Freunde mal genauer ansieht. Sie nimmt die eigenhändig gebastelte Fotocollage von ihrem Platz über dem Bett und betrachtet die Sammlung von Schnappschüssen: Schule, Partys, Geburtstage, Reiterhof … Kindergarten! An der Seite von Sofia würden diese Tussis und Typen wie Riesenbabys wirken. Niemand von den Fotowandgesichtern käme auch nur über die Türschwelle des »Club der Untoten«. Jedenfalls nicht untot. Und ganz bestimmt nicht diese Sarah-Lena, mit der sie ständig in die Kamera lacht, Arme um die Schultern, unterkomplexes Grinsen im Gesicht – und zwar alle beide. Auch sie selbst wäre nicht über die Schwelle gekommen. Zum Glück. So einer wie dieser Ex-Inka würde sie im Club bestimmt nicht begegnen wollen.

Nach einer Weile ist das Zimmer gesäubert. Kinderbücher, Teenie-CDs, Ketten und Freundschaftsbändchen sind in einen großen Karton gewandert und mit ihnen die Ballettschuhe, selbst genähten Kissen und getöpferten sinnfreien Schalen und Schälchen. Mama hat immer so viele Hobbys für sie gefunden und Gelegenheiten, diese auszuüben. Nur als sie in der Schülerband singen und Gitarre lernen wollte, war sie dagegen gewesen. Komisch eigentlich. Inka überlegt einen Moment, ob für Marten oder Kaija etwas unter den aussortierten Sachen ist, aber sie hat nicht die geringste Lust, sie noch ein einziges Mal in die Hand zu nehmen, außer auf dem Weg zur nächsten Mülltonne. Sie wuchtet den Karton in den fast leeren Kleiderschrank. Die Schranktür schließt nicht mehr, daran ändert auch der Tritt nichts, den Inka ihr verpasst. Egal. Die Fotowandgesichter zu zerreißen, bringt sie dann doch nicht über sich und stopft die Collage unter das Bett. Hauptsache, Sarah-Lena und Co. blicken nicht mehr im Schlaf auf sie herab.

Inka schaut sich um und atmet tief durch. Ihr früheres Leben ist komplett aus dem Raum verschwunden, sieht man von den aufdringlich heiteren Farben der Vorhänge und Wände ab. Pissnelkengelb an frigidem Orange, Apricot nennt sich das wohl. Das Gruseligste aber ist die Kommode in Lillifeerosa, passend zur lillifeerosanen Bettwäsche. Kaum zu glauben, dass sie darin nicht von Albträumen heimgesucht wurde. Inka ist im Begriff, ihr langes schwarzes Nachthemd über die Kommode zu werfen, da entdeckt sie, dass die obere Schublade offen steht. Darin liegen ein neues Buch aus ihrer früheren Lieblingsreihe und eine neue CD ihrer früheren Lieblingsband. Betonung auf »früher«! Dazu ein paar bunte Armbänder von der Art, wie Ex-Inka sie gerne getragen hat, eine Tüte Lakritze und eine rosa Karte mit silbernem Glitter, auf der in schnörkeligen Buchstaben »Willkommen zu Hause!« steht. Unterschrieben von Mama. Sie muss heute Vormittag extra losgefahren sein, um die Sachen im Inselkaufhaus zu besorgen.

Inka rafft die Sachen aus der Lade zusammen, kippt sie in den Müllkarton im Schrank, wirft sich aufs Bett und heult sich die Seele aus dem Leib. Es tut so höllisch weh, von jemandem geliebt zu werden, der einen überhaupt nicht kennt! Sie springt auf, holt alles wieder aus der Kiste: Buch, CD, Armbänder, Karte, Lakritze. Legt die Sachen auf die Kommode, schön drapiert wie wertvolle Geschenke, muss wieder heulen, packt sie zurück in die Schublade und schließt sie. Sie hat das Zeug einfach noch nicht entdeckt! Dann nimmt sie die Lakritztüte, reißt sie auf, legt sich aufs Bett und stopft, während ihr der Rotz aus der Nase läuft, die bittersüßen Lakritze in sich hinein. Im Nu ist die Tüte leer, und ihr Inneres fühlt sich an wie ein schwarzer Klumpen. Es tut so höllisch weh, jemanden zu lieben, den man unsäglich findet.

Es klopft an der Tür. Inka reagiert nicht, kann jetzt nicht, will jetzt nicht, ist einfach nicht da, kapiert? Es klopft lauter. Die Klinke wird nach unten gedrückt.

»Inka?«, ruft Mamas Stimme durch die Tür.

Wozu schließt man ab? Weil man scharf auf Gesellschaft ist?

»Inka!«, ruft es noch einmal, und Inka weiß, dass sie keine Chance hat.

Kerrin steht mit einem Arm voll Klamotten im Zimmer. Alle hübsch bunt und ihr garantiert um die Hüften zu weit und am Busen zu eng.

»Ich hab da was für dich«, sagt Kerrin und legt den Stapel auf ihr Bett, »damit du endlich aus den Trauerlumpen rauskommst.«

Ihre Mutter setzt sich neben sie und schaut ihr ins Gesicht. Fragt, ob sie schon wieder geweint habe. Ominge gehe es doch bereits viel besser! Und ob sie nicht Sarah-Lena mal wieder treffen möchte? Die würde immer so nett nach ihr fragen. Nein? Was denn mit ihr los sei? Ob die Gasteltern nicht freundlich zu ihr seien? Sie müsse nicht zurück nach Petersburg, könne jederzeit zu Hause bleiben. Einfach hierbleiben, wo sie schon mal da sei! Oder ob sie Liebeskummer habe? Bestimmt nicht? Mit ihr könne sie doch reden.

Eben nicht, denkt Inka und wünscht sich weit, weit fort. Eben nicht, eben nicht!

Enno hat sich mit dem Mobilteil des Telefons ins Bad zurückgezogen und sitzt auf dem zugeklappten Toilettendeckel. Seit die liebe Familie zu Besuch ist, gibt es nirgendwo sonst im Haus ein diskretes Plätzchen. Er hat leise gesprochen, damit Kerrin nichts hört, nun hebt er die Stimme.

»Was soll das denn bitte? Erst heißt es, ich muss persönlich kommen, um das Ergebnis zu erfahren, und dann haben Sie leider keine Zeit für mich?« Er räuspert sich, spricht leiser weiter. »Na schön, wenn nicht morgen, dann eben übermorgen.«

Rascheln am anderen Ende der Leitung. »Tut uns leid, wir haben gar nichts mehr frei dieses Jahr. Nichts zu machen.«

Ennos Herz beginnt zu rasen. »Kein Wunder, dass Ihre Praxis sich nur mit Todgeweihten befasst. Überlebende würden bestimmt nicht wiederkommen.«

»Herr Boysen, ich darf Sie erinnern: Sie haben gestern Ihren Termin gehabt und sind ohne ein Wort verschwunden.«

»Ja, weil meine Mutter plötzlich verstorben ist.«

Kurzes Schweigen. »Oh, das tut uns aber leid. Warum haben Sie das denn nicht gleich …«

»Sie lebt aber zum Glück noch.«

Längeres Schweigen. »Aha.«

Unten in der Diele nimmt Enno Berits Anorak, Jochens Parka, Inkas bodenlanges schwarzes Gewand und Gesas roten Mantel von den Haken und hängt sie auf Bügel. Ist doch eine gute Erfindung, so ein Kleiderbügel, oder nicht? Stattdessen wird alles übereinandergeworfen, bis die Garderobe wie ein unförmiger Lumpenberg aussieht. Endlich kommt sein eigener Mantel unter dem Kleiderhaufen zum Vorschein, Enno zieht ihn über und geht zur Tür. Doch irgendetwas stimmt noch immer nicht hinter seinem Rücken. Die Stiefel! Weinrote Wildlederstiefel, völlig unbrauchbar hier draußen, und beide Stiefelspitzen weisen nach außen. Kein Wunder, dass seine Schwester die Männer durcheinanderbrachte, wenn sie nicht einmal ihre Schuhe richtig herum aufstellen konnte.

Enno stapft aus dem Haus. Wenn schon in seiner Sache heute keine Auskunft zu bekommen ist, will er wenigstens über Mutter Genaueres erfahren und Dr. Johansen in ihrer Wohnzimmerpraxis einen Besuch abstatten. Im Wartezimmer dieser Praxis hat Enno schon als Junge, der oft krank war, den gerahmten Spruch gelesen: »Das Klima ist sehr gesund. Indessen scheint es doch, dass einige Schwächlinge aus den Städten die Luft ein wenig stark finden.« Der kleine Enno weigerte sich, unter dem Rahmen Platz zu nehmen, und drückte sich lieber stehend in eine Ecke, wenn kein anderer Stuhl frei war. Er hatte das Gefühl, das Bild würde gleichsam mit dem Finger auf ihn zeigen: Der da ist nicht von hier. Der Verfasser Jens Booysen, ein Sylter Kapitän und Chronist, war mit dem aufgeblähten zweiten »o« im Namen sicher keiner seiner Vorfahren. Kann durchaus sein, denkt Enno nun, dass der Spruch im Wartezimmer dazu beitrug, dass es in Dr. Johansens Praxis selten überfüllt war und man bei ihr immer vorbeischauen konnte, mit oder ohne Voranmeldung. Immerhin, auch in seiner Praxis für Todgeweihte hat er jetzt einen Termin für morgen Vormittag. Aus purem Mitleid vermutlich, weil sie denken, der Tumor hätte ihm inzwischen das Hirn weggepustet.

Er wird zu Fuß gehen und den etwas weiteren Weg über den Deich nehmen statt den direkten quer über die Insel. Normalerweise wäre er heute Morgen mit dem Auto zur Reederei gefahren, doch er hat ja Ferien. Ferien – wie froh und heiter das klingt! Fühlt sich aber nicht so an. Kerrin ist begeistert gewesen, dass er sich ganz gegen seine Gewohnheit ein paar freie Tage zwischen den Jahren gönnt. Tatsächlich hat er Urlaub genommen, anstatt sich krankschreiben zu lassen, und bei Gott, er fühlt sich krank! Aber warum sollte er die anderen damit beunruhigen, solange überhaupt nichts klar war. Vielleicht war es kein Hirntumor, sondern bloß ein Hirngespinst. Ob dieses Gespinst ein Gespenst ist? Enno lächelt bei dem Gedanken, der ihm irgendwie tröstlich erscheint, denn ein Hirngespenst kann auch wieder verschwinden. Ein bisschen Spuk im Kopf, ein wenig Geisterstunde im Geiste, und hui ist der Alb verflogen. Es sei denn, das Gespinst nistet sich dauerhaft im Hirn ein. Doch seit wann glaubt er an Geister und Besessenheiten? Der Aberglaube war doch bislang Kerrins Metier.

Enno beschleunigt seinen Schritt. Die frische Luft um den Kopf tut ihm gut, die klare Sicht bis zum Horizont und auf den von jedem Punkt der Insel aus sichtbaren Leuchtturm, der dort unverrückbar steht, seit er denken kann. Eine weise Entscheidung, nicht das Auto zu nehmen, sollte er öfter machen. Sich einfach mal Auslauf gönnen. Gerade jetzt, da er sein Refugium für die Nacht wieder eingebüßt hat. Auch das hat ihm gutgetan, ein Zimmer für sich allein, und Kerrin hat es offenbar verstanden, dass es nicht gegen sie gerichtet war. Kerrin verstand überhaupt eine Menge. Wenn sie nur nicht selbst so leicht zu durchschauen wäre. Wie ein offenes Buch lag sie vor ihm. Ein aufgeschlagenes, oft gelesenes Lieblingsbuch mit Eselsohren. Wie schön wäre zur Abwechslung etwas, das man lange von Ferne bewundert, mit Mut und Kraft erobert, mit Herzklopfen nach Hause trägt, mit angehaltenem

Atem betrachtet und endlich erwartungsvoll auspackt. Kurz und gut: etwas Unbekanntes, das einem nicht gehört.

Wieder steigt dieses Suzie-Bild vor ihm auf, ihre goldbraune Mähne, die ihr über den Rücken bis fast zur Taille fiel, in Wellen, in denen man liebend gern ertrunken wäre, und unter dem Wasserfall der Haare Schulterblätter der engelsgleichen Sorte, die einen zu hochnotpeinlichen Worten beflügelten, während sich die zitternden Finger am verflixten Verschluss ihres BHs mühten. Enno sieht es noch vor sich, dieses schwarze Ding, hauchdünn und halb durchsichtig. Aber eben nur halb.

Etwas platscht unter seinem Schuh. Enno ist in ein frisches Stück Schafscheiße getreten. Er wischt die Schuhsohle so gut es geht am Deichgras ab und blickt wieder nach vorn. Nicht weit von hier kommt das Stück, wo der Deich erhöht werden soll. Er selbst hat im Inselrat dafür gekämpft, sich bei Land und Bund dafür einzusetzen, die nötigen Gelder einzuwerben – es war um riesige Summen gegangen – und mit dem Bau zu beginnen. Einige der Altinsulaner hielten aus Prinzip jegliche Neuerung für Teufelswerk. Man konnte froh sein, dass sie nicht wie in Storms ›Schimmelreiter‹ darauf bestanden, einen Hund lebendig im Deich zu begraben, damit er etwas »Lebiges« enthielt und dadurch sicher war. Doch bei der letzten Sturmflut hatte das Wasser knapp unter der Deichkrone gestanden. Man musste kein Umweltfanatiker sein, um zu begreifen, dass die Meeresspiegel stiegen.

An der Baustelle muss Enno hinunter vom Deich und nimmt den Weg durch die Wiesen und Felder. Am Frerkshof steht die Alte am Zaun und fragt nach seinem Woher und Wohin. Die Frerksens sind auch gegen die Deicherhöhung gewesen, aber das erwähnt man jetzt nicht mehr. Ob auch alle gesund seien, möchte sie wissen, und sie habe gehört, Boysens hätten nach den Feiertagen plötzlich doch noch Besuch bekommen. Enno schnackt sonst ganz gerne mit ihr wie mit den meisten seiner weitläufigeren Nachbarn, und das waren in gewisser Weise alle Inselbürger. Heute jedoch hat er das Gefühl, bei jeder Antwort vorsichtig einem Stück Schafscheiße ausweichen zu müssen.

Als er sich dem Fährhafen nähert, fragt sich Enno, ob er kurz bei den Kollegen hereinschauen oder sich besser nicht dort blicken lassen sollte. Es ist kein großer Hafen, doch ein wichtiger für die Insel, von dem aus die Fähren zum Festland und zu den Nachbarinseln fahren. Für Boy wäre dieser Hafen niemals infrage gekommen, und er hatte sich gern darüber lustig gemacht, dass sein großer Bruder, haha, Schifffahrtskaufmann wurde, und das ausgerechnet, hihi, in der Fachrichtung Linienfahrt. Schiffe, die auf regelmäßigen Routen nach festen Fahrplänen zwischen Häfen verkehren, das waren in Boys Augen so etwas wie Ponys, die mit Kindern auf dem Rücken im Kreis an der Leine laufen.

Enno betritt das Hafengelände und sieht sich um, prüft, ob auch kein Bekannter in der Nähe ist. Im Reedereigebäude, wo die Büros sind, stehen mal wieder mehrere Fenster auf Kipp, und vermutlich laufen die Heizungen munter auf höchster Stufe. Wie oft hat er versucht, seinen Leuten beizubringen, im Winter kurz stoßzulüften anstatt die kostbare Energie zu den Fenstern hinauszujagen. Am liebsten würde er auf der Stelle hineinspazieren und sie eigenhändig schließen, aber er ist hier nicht der Hausmeister, sondern Betriebsleiter und außerdem im Urlaub. Auch sollte man meinen, er hätte jetzt andere Sorgen, nicht wahr? Seltsam, dass einen diese Dinge trotzdem weiter umtrieben. Vielleicht wird er ja nach seinem Tod im Reedereigebäude umgehen und keine Ruhe finden, bis alle Fenster, Türen und Schubladen geschlossen sind und keine

Dose und Pappe mehr im Restmüll landet. Gib's zu, Enno, sagt sich Enno, du bist und bleibst ein Spießer. Und deshalb ist es vermutlich auch nur recht und billig, dass du hier bist – und Boy dort.

Ja, die ersten Jahre war er verbittert gewesen, auf Wunsch – oder sollte er sagen: Befehl – der Eltern hier festzusitzen, während der kleine Bruder über die Weltmeere gondelte. Aber mit der Zeit hat er festgestellt, dass er nicht nur seine Insel und sein Zuhause liebt, sondern auch die zuverlässigen Fähren auf ihren regelmäßigen Routen. Es befriedigt ihn, dafür zu sorgen, dass die Schiffe optimal ausgelastet sind und Güter wie Menschen unversehrt und pünktlich ans Ziel kommen. Es bereitet ihm Freude, gemeinsam mit seinen Mitarbeitern Fahrpläne zu gestalten, Routen- und Terminverzeichnisse zu erstellen, Schiffs- und Ladungsregister zu koordinieren. Für Gesa, Berit und seine Kinder war das nichts als dröger Papierkram und konnte gegen den abenteuerlichen Bruder und Onkel nicht anstinken. Und wenn schon, denkt Enno, während er sich dem Reedereigebäude nähert, in dem er seit so vielen Jahren fast täglich ein und aus geht, ich mag Zahlen und Papierkram. Ihr solltet froh sein, sonst wäre uns allen die Hütte längst über dem Kopf zusammengebrochen. Niemand außer ihm und Mutter wusste, welche Summen, um nicht zu sagen: Unsummen, die Erhaltung des alten Hauses Jahr für Jahr verschlang. Für Gesa, Boy und Berit, für Karsten und Inka, Marten und Kaija zählte nur, dass das Haus immer da war und auf sie wartete. Als wäre es ein Naturgesetz, dass das Elternhaus stand und der erstgeborene Sohn bis an sein Lebensende Zeit, Geld und Herzblut hineinpumpte. Aber was, wenn das Lebensende schneller kam als gedacht? Oder wenn die Pumpe einfach nicht mehr funktionierte?

Gerade, als sich Enno zum Gehen wenden will, tritt Uwe

aus dem Gebäude, entdeckt ihn und kommt ihm entgegen. »Moin, Chef«, sagt er, »hast du Sehnsucht nach uns?«

»Schon möglich.« Enno will sich erkundigen, ob alles gut läuft, und beherrscht sich im letzten Moment. Für Uwe könnte die Frage klingen, als ob er ihm nicht zutraute, in seiner Abwesenheit die Sache ohne ihn zu wuppen. Was, ehrlich gesagt, nicht ganz falsch war. Uwe leistete gewöhnlich gute Arbeit, sehr gute sogar, aber manchmal hatte er Aussetzer. So wie den mit den verbummelten Frachtpapieren letztens. Die Abfertigung hatte sich um Stunden verzögert und ihrer aller Boss den dringenden Wunsch verspürt, den Schuldigen »um einen Kopf kürzer« zu machen. Enno hatte ihm nicht verraten, welcher seiner Mitarbeiter den Verlust der Papiere zu verantworten hatte, und deshalb die Schelte selbst eingesteckt. Sonst wäre Uwe jetzt wohl kaum damit betraut worden, als sein Stellvertreter zu fungieren. Enno schaut sich Uwe sehr genau an. Vielleicht ist das der Mann, der schon bald auf seinem Stuhl sitzt.

Im Hafenort, ihrer kleinen Inselhauptstadt, kommt Enno an seiner alten Schule vorbei, am Schwimmbad, am Gemeindehaus, am Bäcker, der nicht mehr gut auf die Boysens zu sprechen ist, seit Kerrin ihr Brot selbst backt, und an der Kirche mit dem Friedhof, wo Vater unter einer krummen Tanne begraben liegt. In den letzten Wochen hat Enno Besuche bei der krummen Tanne vermieden, doch heute hat er Mutter versprochen, an ihrer Stelle die Kerze in der Grablaterne anzuzünden und frische Tannenzweige auszulegen. Es ist ihm einfach keine Ausrede mehr eingefallen. Und was befürchtet er eigentlich – dass sich das Grab vor ihm auftut und er von unsichtbaren Klauen hineingezogen wird wie in einem billigen Horrorfilm?

Enno öffnet das schmiedeeiserne Friedhofstor, geht über den geharkten Weg an den Grabstellen vorbei, auf denen sich die wenigen Familiennamen wiederholen. Die meisten Familien kennt er, die Angehörigen derer, die hier liegen, ebenso wie viele der Verstorbenen. Gut gepflegt sind die Gräber bis auf jene ganz am hinteren Ende, auf dem kleinen Friedhof der Namenlosen. Dicht an dicht stehen in einer Reihe die Holzkreuze, auf denen Zahlen den Tag bezeichnen, an dem die Leichen der Unbekannten ans Ufer gespült wurden. Die meisten strandeten vor mehr als hundert Jahren, das letzte Kreuz datiert von 1969. Heutzutage wurde niemand mehr angespült, und wenn, dann würde er nicht lange namenlos bleiben. Das war ein Luxus vergangener Zeiten.

Als Junge hat Enno den Friedhof der Namenlosen geliebt. Wie oft hat er sich mit Boy zu den Kreuzen geschlichen, während Mutter das Familiengrab goss und harkte. Laut hatten sie die Zahlen vorgelesen und sich mit wohligem Schauder darin überboten, die Namen der Ertrunkenen und ihre Schicksale hinzuzudichten bis zu deren letztem Todesröcheln am Ufer. So war, Boys »Chronik der namenlosen Toren und Unglücksraben« zufolge, am 11.11.1819 Leichtmatrose Ocke Hering Roerdsen um kurz nach Mitternacht mit Schwung über Bord gegangen, nachdem er zu seinem kurzen Glück und immerwährenden Unglück ein kleines Leck in einem der geladenen Fässer mit Rum und ein kleines Loch in einem der Zuckersäcke entdeckt hatte sowie die Tatsache, dass er sich nur zwischen beide zu legen und den aufgesperrten Mund bald nach links, bald nach rechts zu wenden brauchte, um sein persönliches blaues Wunder zu erleben. Am 14.7.1769, einem windstillen Sonntag im Juli, wusste Enno zu berichten, würde es einzig ein Kapitän namens Ebbe Tücke Ingwersen zustande bringen, sein Schiff in Sichtweite der Insel auf eine Sandbank zu setzen und bei dem Versuch, sich ohne seine Mannschaft schwimmend ans Ufer zu retten, zu ertrinken. Bei Niedrigwasser! Er hätte sich nur aufrecht hinstellen und laufen müssen. Am 31.12. anno 1888, raunte Boy, wurde Krassen Martinen von Fischen angenagt und mit einem Dolch zwischen den Rippen an Land gespült, jener Steuermann, der die Tochter des Kapitäns geehelicht und in jedem Hafen drei Liebchen hatte, bevor man bei einer Äquatortaufe ein Paar Brüste unter seiner Uniform bloßlegte. Wie groß die gewesen seien, hatte Enno auf Details gedrängt. So groß wie ein Globus, beschied ihm Boy. Jede von ihnen. Unter dem Kreuz mit dem Datum des 1. Mai 1909 hingegen, wusste Enno, konnte nur die blutjunge, nixengleiche Göntje Kresten zur letzten Ruhe gebettet sein, die sich im Meer ihrer Tränen ertränkt hatte, nachdem beim Versuch, sich an den eigenen Haaren aufzuhängen, ihre bodenlangen goldenen Zöpfe entzweigerissen waren. Woher ihr übermenschlicher Kummer denn rührte, hatte Boy wissen wollen. Keine Ahnung, war Ennos Antwort gewesen, irgendwas mit Liebe und so.

Nur einige Jahre später, im Januar 1979, als er schon viel zu alt für so etwas war, hatte Enno zum ersten und letzten Mal selbst etwas auf eines der Holzkreuze gekritzelt. Auf die Rückseite des Querbalkens, kein Datum und nur einen Namen: Boy Boysen. Kein einziges Mal in mehr als dreißig Jahren hat Enno es fertiggebracht, hinzugehen und nachzusehen, ob das Gekritzel noch lesbar war. Und wenn er es heute täte, und es wäre noch da, würde er es entfernen?

Doch heute ist er hier, um sich um Vaters Grab zu kümmern. Die Steine auf der Familiengrabstelle der Boyens sind ein wenig bemoost und verwittert. Schon Mutters Eltern sind hier begraben, ihre Schwester Engelline, die beiden Brüder mit ihren Ehefrauen und eben Willem Boysen. Ennos Vater hat einen Platz im Familiengrab seiner Frau bekommen, das war seine einzige Chance, über den Tod hinaus neben ihr zu liegen. Immer wenn Enno hier steht und die Inschriften liest, beschleicht ihn aufs Neue der Verdacht, dass neben Vaters Bereitschaft, seiner Frau in deren Haus zu folgen, Willem Boysens Nachname einen nicht unbedeutenden Faktor bei Mutters Wahl ihres Ehemanns dargestellt hat. Nur ein kleines s musste vom Ende des Namens in die Mitte rücken. Das war genau die Art von Kompromiss, die für Inge Boysen, geborene Boyens, so eben noch infrage kam. Nie und nimmer hätte Mutter zugestimmt, sich nach dem Tod zu Vaters Familie betten zu lassen – auf dem Festland! Das war ebenso ausgeschlossen wie die Möglichkeit, dass Inge nach der Hochzeit zu Willem zog und ihr Elternhaus verließ, in dem sie geboren war, leben und sterben würde.

Wie unzählige Male zuvor geht Enno vor dem Grab in die Hocke, zupft Blätter zurecht und legt frisches Tannengrün mit roten Ilexbeeren auf die winterharte Erde. Bis vor wenigen Wochen war es für ihn ausgemachte Sache, dass zuerst Mutters Name in den Stein gemeißelt würde, bevor irgendwann in blauer Zukunft sein eigener an die Reihe käme. Enno nimmt das heruntergebrannte Grablicht aus der Laterne, stellt ein neues hinein und zündet es an. Beim ersten Mal bläst ein Windstoß die Flamme aus, bevor er die Glastür schließen kann, doch beim zweiten Versuch gelingt es.

Erst als Enno sicher ist, dass ihn niemand beobachtet, betritt er den kleinen Laden. Eine Weile drückt er sich vor der Zeitschriftenauslage herum, blättert in den Illustrierten, ohne wirklich zu lesen, wählt schließlich ein Heft über Leuchttürme, um etwas in Händen zu haben, bevor er den Gang zur Ladentheke antritt. Natürlich kennt man ihn hier. Wahrscheinlich wird man sich seine Gedanken über ihn machen, wenn er zum ersten Mal in diesem Laden verlangt, was er wirklich möchte.

Idiotisch, denkt Enno, vollkommen idiotisch, als er den ausgefüllten Lottoschein abgibt. Er weiß, dass die Chance auf einen Hauptgewinn bei etwa eins zu einer Million steht und selbst die Wahrscheinlichkeit, auch nur fünf oder zehn Euro zu gewinnen, bei etwa 1 zu 54 liegt. Genauso gut konnte er sein Geld zu Hause im Ofen verbrennen oder Papierschiffchen daraus falten und im Hafenbecken zu Wasser lassen. Aber eine winzige Chance gab es eben doch. Eine winzige Chance auf einen Gewinn, der ein Leben verändern konnte. Eine winzige Chance, nach der ein winziger Mensch manchmal griff.

Auf dem Rückweg geht Enno sehr langsam, vorbei am Friedhof mit der krummen Tanne, am Bäcker, am Gemeindehaus, am Schwimmbad, an seiner alten Schule und am Hafen. Erst auf dem Feldweg hinter dem Ort bemerkt er, dass Haare und Bart feucht von Schnee sind. Sie sollen sich auf ein mögliches Ende gefasst machen – hat Dr. Johansen das tatsächlich gesagt? Hieß das, auf ein baldiges Ende? Möglich war ein Ende wohl immer. Enno streift die frisch auf den Kopf gefallenen Flocken ab und setzt seine dunkelblaue Wollmütze auf. Mögliches oder baldiges Ende, was soll er Kerrin, Gesa und Berit sagen, wenn sie Auskunft über Mutters Zustand von ihm verlangen? Soll er ihnen überhaupt etwas sagen, solange nichts sicher ist? Wie es aussieht, denkt Enno, ist Mutter dem Tod so eben noch von der Klippe gesprungen.

Schon von Weitem sieht man, dass am Frerkshof schwarze Rauchschwaden aus dem Schornstein quellen. Wahrscheinlich verbrennen sie wieder Müll in ihrem Schuppen und glauben, keiner wüsste davon. Stinkreich sind die Frerksens geworden, seitdem auf ihrem früheren Acker ein Hotelkomplex steht. Jedenfalls, daran hat die Ärztin keinen Zweifel gelassen, ist es um Mutter ernster bestellt, als es momentan erscheinen mag. Die Besserung hält sie für eine vorübergehende, eine Krankenhauseinweisung gegen ihren Willen dennoch weder für möglich noch sinnvoll. Kann man denn gar nichts für sie tun, hat Enno gefragt. Sie sollten ihr die kommenden Tage – oder hat sie verbleibenden gesagt? – so angenehm wie möglich machen. Dabei aber ruhig und natürlich bleiben, meinte Dr. Johansen. Leider hat sie vergessen, ihm dafür ein Rezept mitzugeben.

Enno kommt am Frerkshof vorbei, der Wind weht die nach verbranntem Gummi stinkenden Rauchschwaden über den Weg. Er beschleunigt seinen Schritt und ist froh, dass die Alte nicht wieder am Hoftor lauert.

»Moin, Enno.« Ein Wagen hält neben ihm, die Scheibe wird heruntergekurbelt. Bauer Frerksen lehnt sich aus dem Fenster. »Was soll euer Haus denn kosten, wenn's so weit ist?«

Enno schaut ihn sprachlos an.

»Ich mein nur, unter Nachbarn. Alten Insulanern.« Er lacht und schiebt das Kinn vor. »Bevor es ein Fremder kriegt.«

Enno lässt ihn stehen, geht weiter, als habe er nichts gehört. Nach einigen Metern beschleunigt er noch einmal und läuft, so schnell er kann. Auf dem letzten langen Stück Weg vor dem Deich ist er völlig außer Atem und verlangsamt den Schritt. Zu spät, Übelkeit und Schwindel fallen über ihn her. Keine Bank, kein Zaun, kein Baum, nichts, woran man sich festhalten könnte. Nichts als matschige Äcker und nasse Wiesen weit und breit und über alledem ein Himmel wie ein verklumptes altes Federbett, aus dem graue Flocken taumeln.

Enno schwankt, geht in die Hocke, übergibt sich in den Entwässerungsgraben am Wegrand. Die Reste vom Weihnachtsbraten, von Kroketten, Rotkohl, Birne und Preiselbeeren treiben im gluckernden Wasser davon. Ruhig atmen, sagt er sich, ganz ruhig, ruhig und natürlich bleiben, wie von Dr. Johansen empfohlen. Ihm ist immer noch schwindelig. Beim Versuch, in die Höhe zu kommen, knicken ihm die Beine weg, und er landet mit dem Hintern im Matsch, knapp neben dem Wassergraben. Da sitzt er eine Weile. Wozu überhaupt die Hast, was erwartet ihn denn zu Hause?

Das Einzige, was ihn irgendwann dazu bringt, sich mit aller Kraft wieder aufzuraffen, ist sein nasser Hosenboden und die Tatsache, dass ihm von Kopf bis Fuß arschkalt ist. Der Schwindel ist weg, die Übelkeit auch, er sieht wieder klar, trotz des dichter werdenden Schnees. Hinter der Deichbaustelle erklimmt Enno den Deich, auch wenn es da oben heftiger pustet, er hat nun mal gerne den Überblick. Schon von Weitem kann er von hier oben Haus Tide sehen. Wem würde Mutter es vererben? Nur ihm und Kerrin, damit es erhalten und bewohnt blieb? Oder allen vier Kindern, was bedeutete, dass er verkaufen müsste, um die Geschwister auszuzahlen? Es sei denn, sie würden auf ihr Erbe verzichten. Er hat lange genug nach einem weiteren Weg, einem Ausweg gesucht, um zu wissen: Es gibt keinen.

Noch ist der Tiefpunkt der Ebbe nicht erreicht, doch das Wasser läuft sichtbar ab, ein großer Teil des Wattbodens vor dem Deich ist trocken gefallen. Wenn man es nicht besser wüsste, könnte man glauben, es wäre ein Leichtes, trockenen Fußes bis zur Sandbank da draußen zu gelangen oder gar bis zum Festland, wo sich in langer Reihe die Windräder drehen. Mit bloßem Auge waren die Tiefe der Priele und die reißende Strömung in ihnen nicht zu erkennen. Der unaufhaltsame Sog des Wassers zurück ins offene Meer.

Was würde aus ihm und Kerrin und Inka, wenn sie das Haus verloren – vor allem aus Kerrin, wenn womöglich auch er bald starb? Selbst wenn sie in Haus und Garten alles im Griff hatte, wirtschaften konnte Kerrin nicht besonders. Wenn er nur daran dachte, was sie Monat für Monat beim Friseur und in der Boutique ließ, ohne dass das Resultat, ehrlich gesagt, mit den Ausgaben Schritt hielt. Auf einer Insel mit begrenzter Bevölkerung den Beruf der Hebamme zu ergreifen zeugte auch nicht von wirtschaftlicher Weitsicht. Und wie sie es geschafft hatte, damals vor ihrer Hochzeit ohne einen Pfennig dazustehen, würde ihm auf immer ein Rätsel bleiben. Aber sie liebte das Haus. Hing an allen alten Sachen, an allen alten Geschichten zu sämtlichen alten Sachen – mehr als er es für möglich gehalten hätte bei einer Frau, die doch bloß eingeheiratet hatte in Familie und Haus. Aber dann liebte sie auch ihn mehr, als er es für möglich gehalten hätte. Und er wusste bis heute nicht, warum.

Unvermittelt trifft Enno eine scharfe Windböe, die ihm eine Handvoll nassen Schnees ins Gesicht wirft. Er wischt sich die Feuchtigkeit aus den Augen. Eindeutig Westwind. Sollte das Wetter wirklich umschlagen nach den lauwarmen Weihnachtstagen? Womöglich hatte Mutter wieder einmal recht gehabt mit ihrer Wettervorhersage, ihrem Geraune von kommendem Frost und Sturm, als noch kein Wölkchen den Himmel trübte. Gleich wird sie ihn angesichts des auffrischenden Windes und Schneetreibens mit jenem Lächeln in den Augen zu Hause begrüßen, das den Triumph kaum verbergen kann. Auch über Ennos Gesicht huscht ein Lächeln, erstirbt. Und er spaziert hier über den Deich und spekuliert über die Zeit nach ihrem Tod! Doch einer muss den Tatsachen ins Auge sehen. Jemand muss daran denken! Nur weil es keine einfache Antwort gab auf das »wie weiter« ohne Inge, zogen die anderen es wieder einmal vor, wie Kinder im Augenblick zu leben. Wie kleine Kinder würden sie auch, wenn es so weit war, mit großen Augen die Frage an ihn richten: Was tun?

Der schneidende Wind hat ein wenig gedreht, und das Schneegestöber ist inzwischen so dicht, dass das Haus hinter einem Wirbel aus Flocken verschwindet. Enno hält im Laufen inne und steht still. Die Schneeflocken legen sich auf seine blaue Wollmütze, verfangen sich in seinen Augenbrauen und im Bart, schmelzen und ziehen feine, feuchte Spuren über sein Gesicht.

Er hat es so satt, hier immer und ewig den großen Bruder zu spielen, den Vater und Ersatzvater, den Geschäftsmann und Hausherrn. Die Linie zwischen Deich und Watt ist verschwunden, Land, Himmel und Meer verschwimmen zu einer undurchdringlichen grau-weißen Fläche. Ganz leicht wäre es, die paar Schritte den Deich hinunterzugehen, einfach weiter geradeaus, und für immer darin zu verschwinden.

Statt in der grau-weißen Unendlichkeit des Watts findet sich Enno am Nachmittag in der heimischen Küche wieder. Er räumt das Geschirr in der Spülmaschine um, sodass jeder Zentimeter ausgenutzt ist und zusätzliche Gläser und Tassen hineinpassen. Auch in den Küchenschränken, zu denen ja neuerdings diverse Hände Zugriff haben, ist einiges in Unordnung geraten. Was haben die Küchenmesser bei den Tafelmessern verloren? Mein Gott, ist der Unterschied so schwer zu begreifen? Und Töpfe und Teller auf demselben Bord zusammenzustellen, das kann wohl nur Gesa fertigbringen. Nicht mal Inka traut er das zu. Schon allein deshalb, weil sie eh keinen Handstreich in der Küche verrichtet.

Nachdem die letzte Gabel im von der Vorsehung vorgesehenen Fach liegt, die letzte offen stehende Lade geschlossen und der letzte Brotkrümel von der Küchentheke gewischt ist, setzt Enno eine Kanne schwarzen Tees auf. Er stellt die Teekanne, seine Tasse, das Sahnekännchen und ein Schälchen mit Kandiszucker aufs Tablett, trägt alles in den ersten Stock und macht es sich im Wohnzimmer in seinem Ohrensessel bequem. Vaters altem Ohrensessel. Noch ist es ja wohl sein und Kerrins Wohnzimmer, auch wenn jetzt Gesa auf dem Bettsofa schläft. Das Bett ist natürlich nicht gemacht, das Bettzeug zerwühlt, obenauf liegt ein weinrotes Negligé, viel zu kalt für ihre ungeheizten Schlafzimmer! Aber wahrscheinlich lässt sie die ganze Nacht die Heizung laufen, dazu den tragbaren Heizkörper oben im Spitzboden bei den Kindern – ist ja nicht ihr Geld, das da verpufft.

Zum Glück ist Gesa jetzt mit den Kindern auf der Insel unterwegs, sodass er endlich wieder an sein altes Radio herankommt. Vaters altes Radio. Zärtlich streicht Enno über das braune Holzgehäuse, den beigefarbenen Stoff der Schallwand, die weißen Tasten, den Drehknopf zur Sendersuche. Gibt aber nichts zu suchen, ist immer auf den Sender mit dem Seewetterbericht eingestellt. Er trinkt einen Schluck vom dampfenden Tee und schaltet leise das Radio ein. Kerrin sagt nichts zu seinem rituellen Seefunk, er schweigt zu ihren geistesarmen Vorabendserien, in einer guten Ehe heißt es manchmal, beide Ohren zudrücken. Aber die anderen müssen nicht wissen, dass er noch immer seine Seewetterberichte hört: Nordsee, Ostsee, Ostatlantik und Mittelmeer. Enno Boysen, der verhinderte Seefahrer, der täglich Fähren durchs norddeutsche Wattenmeer steuert. Steuern lässt!

Plötzlich öffnet sich die Tür, und Gesa kommt herein. Enno fährt zusammen. Er kann nicht so schnell den Sender wechseln. »Kannst du nicht anklopfen?«

»Mensch, Enno«, sagt Gesa und setzt sich neben seinen Sessel auf das Bettsofa. Genau auf das weinrote Negligé, mit dem ganzen Gewicht ihres ausladenden Bauchs und Busens. Ihre neue Art zu bügeln vermutlich. »Und ich dachte, für den Augenblick wär das hier mein Zimmer. Ist ja ganz wie früher. Weißt du noch, euer Schild: ›Jungszimmer! Für unbefugte Schwestern kein Zutritt‹.«

Enno schweigt. Der Seewetterbericht ist mittlerweile im Atlantischen Ozean angekommen und der Sprecher ordentlich in Fahrt. Nicht zu stoppen. Ja, es ist albern, aber er will jetzt nicht erklären müssen, warum ihn das eigentlich interessiert. Doch Gesa scheint ohnehin nicht hinzuhören. Abwesend sitzt sie da, den Blick in die Ferne gerichtet. Richtung Italien, aller Voraussicht nach.

»Wo mag Boy wohl gerade sein?«, fragt Gesa mit jenem verträumten Ausdruck in der Stimme, der ihn seit Kindertagen auf die Palme gebracht hat.

»Da, wo er immer ist«, sagt Enno. »Weit weg.«

Nach dem Abendbrot ist die ganze Familie bis auf Inge und Inka vor dem Fernseher versammelt, der auf Inges Wunsch in einem Schrank steht, hinter dessen Türen er verschwinden kann. Irgendwie stört so ein Fernsehgerät zwischen blau-weißen Fliesen, Wanduhr, Bilegger und Alkoven. Doch jetzt, zur »Tagesschau« um 20 Uhr, sind die Türen geöffnet, und Bilder vom blauen Mittelmeer halten Einzug in die norddeutsche Stube. Bilder von leckgeschlagenen Booten, randvoll mit mehr oder weniger dunkelhäutigen Männern, Frauen und Kindern, erschöpft aus den Booten gezogen, in glänzende Aludecken gehüllt. Bilder von auf dem Beton des Piers aufgereihten Leichensäcken, sich darin abzeichnenden Körpern, großen und kleinen, alle mehr oder weniger dunkelhäutig, doch das sieht man nicht mehr durch das blaue Plastik. Ein Schwenk auf den kleinen Inselfriedhof, Kapellen und blumengeschmückte Familiengräber, am Rand ein Stück steinige Erde, Kreuze auf Sandhaufen. Zeichenfolgen wie »O3 M3« stehen auf den Holzlatten für die ans Ufer gespülten Leichen. Zeichen für jene, von denen niemand mehr weiß, was für ein Mensch in ihrer Haut steckte, bevor sie zu Leichen wurden.

»Wie können sie auch bloß in solche Boote steigen«, sagt Kerrin. »Das sieht man doch auf den ersten Blick, dass diese Kähne dem Untergang geweiht sind.«

»Ich glaube kaum, dass es sich um eine Ausflugsfahrt gehandelt hat«, fährt Berit sie an.

»Wir müssen dafür sorgen, dass sich die Lebensverhältnisse dort verbessern, wo sie herkommen«, verkündet Enno. »Wir können nun mal nicht alle bei uns aufnehmen. Das Haus ist voll.«

»Hier wär noch Platz«, sagt Kaija.

»Bei uns zu Hause auch«, meint Marten. »Oder nicht, Papa?«

»Bis sich die Lebensverhältnisse dort verbessert haben, wo sie herkommen, sind die meisten von ihnen tot«, sagt Jochen. »Deshalb riskieren sie es ja.«

»Aber die armen Kinder!«, ruft Kerrin.

Ein Piepton auf Gesas Handy kündigt eine SMS an. Gesa, die die ganze Zeit über schweigend aus dem Fenster gestarrt hat, zieht ihr Handy aus der Tasche und liest die Nachricht. Auch wenn sie sich halb von ihnen abgewandt hat, kann Jochen sehen, wie ihre Augen jeden Buchstaben aufsaugen.

»Es war einmal eine Frau«, sagt Jochen, »die hat sich für solche Dinge interessiert. Man konnte mit ihr sprechen, streiten, diskutieren. Diese Frau habe ich geliebt.«

Gesa steckt das Handy zurück in die Tasche. »Bitte, hört auf mit der Heuchelei«, sagt sie. »Wir leben alle ganz gut damit. Du auch, Jochen. Niemand von uns öffnet sein Herz oder seine Haustür.« Sie schaut in die Runde. »Oder bringt das hier jemanden um den Schlaf?«

Sie hat es geschafft, hat alle zum Schweigen gebracht. Doch Gesa schämt sich, weil Jochen recht hat. Ja, es stimmt, dass es sie seitdem nicht mehr so interessiert – intellektuell, moralisch, das schon. Aber sie ist nicht mehr mit dem Herzen dabei. Früher hat sie Zeit investiert, war im Hamburger Flüchtlingsrat, selbst als die Kinder noch klein waren. Heute kauft sie sich mit Geld frei, gelegentlichen Spenden, wenn das Gewissen sie packt. Doch es geht ihr nicht mehr unter die Haut. So wie das Verlangen nach Matteo unter die Haut geht oder der Schmerz, den sie Jochen zufügt, ihren Kindern. Die Angst vor der Zukunft bringt sie um den Schlaf. Aber nicht die Toten im Mittelmeer. Die namenlosen Toten.

Kurz darauf ist die Stube von allen verlassen, obwohl der Nachrichtensprecher Interessantes zu berichten hat. Während in der Mitte und im Süden des Landes noch immer frühlingshafte Temperaturen von bis zu 15 Grad Celsius herrschen, hat es im nördlichen Teil Deutschlands im Laufe des Nachmittags vereinzelt heftig zu schneien begonnen. »Die Aussichten«, verkündet der Sprecher des Norddeutschen Rundfunks mit ernster Stimme. »In der Nacht steht für den Norden erneut ein Temperatursturz bevor. Durch die Luftdruckgegensätze muss mit starkem Schneefall, Hagel und Sturmböen gerechnet werden. Der böige Nordwestwind frischt weiter auf und erreicht auf den friesischen Inseln und an der Nordseeküste Sturmstärke.«

Hier oben unter dem Dach heult der Wind besonders laut. Gesa sitzt am Kopfende des Spitzbodens mit dem Rücken zur

Wand unter der kleinen Luke, durch die man das Meer sehen kann. Es ist dunkel, ein Streifen Mondlicht liegt auf den schwarzen Wellen, dem dunkelgrauen Deich. In regelmäßigem Abstand wandert der Strahl des Leuchtturms über das Wasser. Die Lichter der Halligbäuser weit draußen kann man im Schneetreiben nur erahnen. Rechts und links von Gesa sitzen Marten und Kaija in ihren Schlafsäcken. Zu Kaijas Füßen hat sich Ahab zusammengerollt, einäugig registriert er jede Bewegung. Ab und zu zuckt seine weiße Schwanzspitze. Eine Laterne am Dachbalken wirft gelbes Licht in den engen Raum. Es war gar nicht einfach für Gesa, mit dem dicken Bauch die Leiter hochzusteigen und auf allen vieren bis ans andere Ende des Dachbodens zu kriechen. Aber sie hat es geschafft, gestern und heute. Gute-Nacht-Geschichte muss sein.

»Erzähl noch eine!«, sagt Kaija und rutscht näher an Gesa heran. »Die gilt nur halb, die war viel zu kurz.«

Gesa legt ihr einen Arm um die Schulter. »Das kam dir nur so vor. Vielleicht, weil sie so spannend war. Mit dem Geisterschiff, das nachts die unsichtbaren Seelen transportiert und über dem Wasser schwebt. Beinahe hätte es die Kirchturmspitze gerammt …«

»Ja, und dann hätten ganz doll die Glocken geläutet, und die Leute wären mitten in der Nacht zur Messe gegangen, im Schlafanzug. Oder nackig.« Kaija kichert. »Und dann hätten alle einen Schnupfen gekriegt und so laut geniest, dass …«

»Ich fand's nicht spannend«, unterbricht Marten. »Früher hast du bessere Geschichten erzählt.«

»Okay«, sagt Gesa, »dann les ich noch eine aus dem Buch vor. Die werden ja nicht auch inzwischen schlecht geworden sein.« Sie kramt ihre Lesebrille hervor, die sie seit ein paar Monaten braucht, und nimmt das Buch mit den Zaubergeschichten, in dem sie selbst gestern Nacht noch gelesen hat, als sie allein in dem großen Bett lag und auf Jochen wartete, der nicht kam. Ein Lesezeichen fällt heraus. Ihr Lieblingslesezeichen mit dem Spruch von Nam June Paik: »When too perfect, lieber Gott böse.«

Kaija versucht den Satz laut zu lesen. »Was heißt das, Mama?«

Marten nimmt es Kaija aus der Hand und sagt, noch bevor Gesa den Mund öffnen kann: »Das heißt, dass Gott einen besonders liebt, wenn man große Scheiße gebaut hat.« Er schaut Kaija an. »So wie Mama.«

Gesa zuckt zusammen. Sie will sich verteidigen, ihn zurechtweisen, schluckt und sagt: »Für mich heißt es etwas anderes.«

»Nämlich was?«

Gesa überlegt einen Moment. »Dass das Leben immer einen kleinen Spielraum braucht. Ein bisschen Luft für das Unbekannte, Überraschende. So wie das Fach im Alkoven, das immer leer bleiben soll für die Träume und Ideen.«

»Woher kennst du Ominges Fach?!«, rufen beide.

»Ob ihr's glaubt oder nicht, Ominge hat mir davon erzählt, als ich ein Kind war. Ich hab trotzdem manchmal was reingetan. Damit sie es findet. Einen Feuerstein. Eine Feder. Einmal ein grün gesprenkeltes Möwenei.«

»Saß dann morgens 'ne kleine Möwe drin?«, fragt Kaija und zappelt mit den Armen und Beinen wie immer, wenn ihr etwas wirklich sehr gefällt.

Gesa überlegt, ob sie Kaija die kleine Möwe lassen soll, aber Marten würde es bestimmt richtigstellen. Er ist ja zurzeit im Recht-und-Wahrheit-Alter.

»Leider nicht«, sagt sie. »Das Ei ist im Fach verfault, weil Mama eine Weile nicht reingeschaut hat, und ich hab es auch vergessen. Hat ziemlich gestunken.« Gesa lächelt. »Ein paar

Jahre später hat Berit das Fach übernommen. Aber sie hat immer genug Luft gelassen, bei ihr kam nie etwas anderes hinein als Papier. Zu feinen Rollen gedreht, mit seidenem Faden umbunden, von oben bis unten mit blauer Tinte beschrieben in winzigen Buchstaben.«

»Was stand drauf?«, will Marten wissen.

»Keine Ahnung. Sie hatte damals vier oder fünf verschiedene Sprachen mit unterschiedlichen Zeichen, aber ich konnte keine davon entziffern.«

»Wer dann?«

»Vielleicht Ominge«, überlegt Gesa. »Ja, das könnte schon sein.«

Sie packt die Bücher zusammen, dreht das Licht in der Laterne auf die schwächste Stufe.

Marten und Kaija strecken sich in ihren Schlafsäcken auf den Luftmatratzen aus. Ahab sitzt zwischen den beiden mit gespitzten Ohren.

»Ihr fühlt euch auch gut und sicher hier oben?«, will Gesa wissen. »Fürchtet euch vor nichts?«

»Quatsch«, sagt Kaija, »Ahab passt doch auf uns auf.«

»Dann gute Nacht, Pirat.« Gesa streicht Kaija über die feinen hellblonden Haare, die sich in der feuchten Seeluft kringeln. Sie kann nicht widerstehen, schnuppert daran, saugt den Duft ein. »Wenn der Wind zu laut pfeift oder irgendwas ist, kommt ihr runter, versprochen? Ihr wisst ja, wo ihr mich findet.«

»Wo schläft Papa?«, fragt Marten.

»Ich hoffe, heute auch bei mir im Bett. Gute Nacht, Käpt'n.« Sie fährt Marten durchs glatte braune Haar, der es still über sich ergehen lässt. Nicht förmlich schnurrt, so wie Kaija. Aber sich auch nicht wehrt. Immerhin.

Gesa ist gegangen, Marten und Kaija liegen auf ihren Luftmatratzen, Ahab sitzt am Kopfende. Sein Auge leuchtet grün in der Dunkelheit.

»Marten«, sagt Kaija, »Onkel Boy, der hat früher ganz alleine hier geschlafen. Der hat sich auch vor nix gefürchtet, stimmt's?«

»Wenn wir bloß wüssten, wo er seine Schatzkarten versteckt hat! Die Sachen, die er im Watt gefunden hat, Münzen und alles, da gibt's bestimmt noch viel mehr davon.« Marten setzt sich auf. »Heute Nacht suchen wir den Dachboden ab, mit der Taschenlampe. Wir müssen bloß wach bleiben, bis alle schlafen, damit uns keiner erwischt. Wir dürfen nicht wieder einschlafen, hörst du?«

»Alles klar«, sagt Kaija, dreht sich auf die Seite und gähnt.

Marten liegt auf dem Rücken und beginnt still zu zählen. Bis tausend, wenn's sein muss. Oder eine Million.

»In the waves I live under the sea, and a mermaid loves me«, singt Inka, aber nur lautlos im Kopf, denn der befindet sich unter Wasser. Traumhaft ist das, in der Wanne zu liegen und abzutauchen in warmes Wasser und Musik. Ihr neuer Unterwasser-MP3-Player ist eine Wunderwaffe, die sie in andere Sphären katapultiert. Inka taucht wieder auf, lässt heißes Wasser nachlaufen, in das sie violette Badefarbe geschüttet hat. Gegenüber dreht sich die Trommel der Waschmaschine mit der ehedem lillifeerosanen Bettwäsche, die langsam, aber sicher tiefschwarze Farbe annimmt. Inkas Haut ist schrumpelig, die Wäsche bald durchgelaufen, doch noch ist sie nicht bereit, diesen Ort, den besten im Haus, zu verlassen.

Sie taucht noch einmal unter, ein Schwall Wasser ergießt sich über den Rand der Wanne. In der violetten Tiefe ist sie von Fischen umschwärmt, lässt sich treiben, dann sinken. Es wird dunkler mit jedem Meter, dunkler und kühl. Da fasst eine warme Hand nach der ihren, die warme Hand einer kaltblütigen Nixe mit Sofias Gesicht. Gemeinsam tauchen sie hinab in die Tiefe, und die Tiefe verschluckt alle Farben. Erst Rot, dann Gelb, dann Grün, dann Blau. Sind die Farben verschluckt, wird das Schwarze satt.

»We play in the waves day after day«, singen die Tiger Lillies. »Then one day a storm does come, and my mermaid has gone, gone away.« In die hohen Stimmen der Tiger Lillies mischt sich ein Schrei. So schrill, dass er Inka noch mit dem Kopfhörer unter Wasser durch Mark und Bein geht. Arme zerren sie nach oben, sie schluckt violettes Wasser, taucht auf und sieht in die panisch aufgerissenen Augen ihrer Mutter.

Inka hat die Badewanne verlassen, Kerrin steht unter der Dusche. Aus der Duschkabine steigt Dampf auf, Kerrins Haut wird krebsrot, doch es tut ihr gut, das heiße Wasser an sich herab und in den Abfluss laufen zu lassen. Einen entsetzlichen Augenblick lang hat sie tatsächlich geglaubt … Aber es ist ja, Gott sei Dank, nichts passiert! Kerrin seift sich ein, reibt Shampoo in die Haare. Alle sind wieder zusammen, es könnte so schön sein. Ist es aber nicht. Enno hat einen Kummer, Inka hat einen Kummer, und weder ihr Mann noch ihre Tochter reden mit ihr. Ist sie es nicht wert, dass man sie um Rat fragt, um Hilfe bittet?

Nach dem Duschen putzt Kerrin mit dem Fensterwischer die Wassertropfen von der Kabine und hüllt sich in ein Badetuch. Rasch wischt sie die Pfütze vor der Wanne auf, die Inka dort hinterlassen hat. Auf der Badematte sind noch die Abdrücke von Inkas nassen Füßen zu erkennen. Schon als Kind hat Inka so niedliche Füße gehabt, als ganz kleines Kind, als sie zu ihnen kam. Sie wird den Tag nie vergessen. Wie die Frau vom Amt mit dem schreienden Bündel bei ihnen aufkreuzte, mit hochrotem Kopf, weil sie nicht in der Lage war, das Kind zu beruhigen. Kerrin hat ihr das Baby aus dem Arm genommen. »Willkommen zu Hause«, hat sie zu dem kleinen Wesen gesagt. Und es kam ja nach Hause, ohne dass die Frau vom Amt das auch nur ahnen konnte. Die Tränen versiegten, und die Kleine wurde ganz ruhig. Mit großen Augen hatte Inka sie angeschaut, ohne zu lächeln, sehr aufmerksam. In dem Moment hätte sie alles, buchstäblich alles für dieses Wesen gegeben. Notfalls sogar Enno. So war es auch heute noch, ganz wie am ersten Tag.

Kerrin schrubbt den violetten Rand von der Badewanne, zieht lange schwarze Haare aus dem Abflusssieb. Es stimmte einfach nicht, dass man ein angenommenes Kind nie so sehr wie ein eigenes lieben konnte. Sie wüsste nicht, wie sie Inka mehr hätte lieben können, mehr sogar als Karsten, der aus ihrem eigenen Bauch … Was für ein Unsinn! Natürlich liebt sie beide Kinder gleich, nur eben auf unterschiedliche Weise. Und Inka hat ihre Liebe erwidert, bis sie in dieses unselige Petersburg gegangen und als fremde Tochter zurückgekehrt ist. Eine Tochter, der sie nichts mehr recht machen kann, die nicht mehr für sie übrig hat als verächtliches Achselzucken. Dieses in sich gekehrte, bleiche Wesen, diese finstere Stimmung, die schwarzen Haare und Kleider – das war ja gar nicht mehr ihr Mädchen! Aber, sagt sich Kerrin nicht zum ersten Mal, das ist alles nicht schlimm, solange sie keine Drogen nimmt. Alles, nur keine Drogen!

Kerrin trocknet sich mit dem weißen Frotteebadetuch ab. Handtücher müssen weiß sein, sonst hat sie nicht das Gefühl, sauber zu werden. Sie stellt sich vor dem Spiegelschrank auf, dreht und wendet sich. Es ist viel angenehmer, sich im Spiegel zu betrachten, solange er etwas beschlagen ist. Im Schleier des Wassernebels und der schummrigen Beleuchtung sieht sie noch ganz appetitlich aus, oder nicht? Sie schickt ein Lächeln in Richtung Spiegelbild, einem imaginären Enno entgegen, der sie aus dem Wasserdampf anblickt, bevor sein Gesicht verschwindet. Was muss sie tun, damit er sie wieder sieht?

Mit einem Tuch wischt Kerrin den Spiegel trocken, schaltet die helle Deckenlampe ein. Da stellt sich die Sache schon anders dar. Der Haaransatz ist nachgewachsen, jeder, der ihr von oben auf den Kopf blickt, kann sehen, dass die Blondine in Wahrheit eine ergraute Frau ist. Eine alternde Frau, der seit Kurzem Haare auf der Oberlippe sprießen, wenn sie nicht rechtzeitig zur Pinzette greift. Die Falten im Gesicht sind noch nicht sehr zahlreich, doch zwei Längsfalten über der Nasenwurzel verraten ihren Mitmenschen etwas über einen tief verwurzelten Zorn, den sie nicht verspürt. Und die vielen Lachfältchen um die Augen – sie kann sich gar nicht erinnern, derartig viel gelacht zu haben. Trotzdem, sie ist nicht so dumm, ihr Haushaltsgeld der Kosmetikindustrie in den Rachen zu werfen und an das Versprechen von ewiger, käuflicher Jugend zu glauben. Vom Glauben an falsche Versprechungen wurde sie in früher Jugend kuriert, das spart ihr nun Geld. Kerrin reibt sich von Kopf bis Fuß mit einer preiswerten Creme aus dem Drogeriemarkt ein, die wirkt ebenso gut – oder ebenso wenig. Diese Dellen in den Oberschenkeln sind einfach eine Beleidigung. Als wäre sie ein schlaffer Ballon, aus dem langsam, aber sicher die Luft entweicht. Und die violetten Besenreiser, die sich in fortschreitender Verästelung an ihren Beinen abzeichnen und die Enno angeblich gar nicht erkennen kann, erscheinen ihr wie die Vorboten kommender Verwesung.

Während Kerrins Hand die Creme verteilt und ihre Augen Anzahl, Farbe und Form der Dellen und Striche mit dem

Stand der letzten Inspektion vergleichen, denkt sie daran, wie albern sie es früher fand, wenn ältere Frauen solche »natürlichen Erscheinungen« zu übertünchen versuchten. Sie erinnert sich, wie die junge Kerrin geschworen hat, immer zu ihrem Körper und ihrem Alter zu stehen. Aber das war, bevor sie wusste, wie es sich anfühlt, wenn man leibhaftig in dieser knittrig und brüchig werdenden Hülle steckt, die ihre Spannkraft und ihre Farben verlor. Ihr Leben. Wenn man sich selbst dabei zusehen konnte, wie man unaufhaltsam ausleierte und verblich – während drinnen die Uhren ganz anders gingen. Keine Angst vor dem Älterwerden! Ebenso gut hätte sie damals schwören können, keine Angst zu verspüren, wenn man sie eines Tages in einer Rakete auf den Mond schoss.

Andererseits, kommt es ihr in den Sinn, als sie erleichtert feststellt, dass ihre Brüste noch halbwegs in Form sind, bringt das Älterwerden auch Gerechtigkeit mit sich. Die Schönheiten büßen ihre Schönheit ein, und am Ende sehen sie alle ziemlich gleich aus. Ob sie die Haare färben oder nicht, sich liften lassen oder nicht – alle haben sie eines Tages brüchige Haare und welke Haut, eingefallene Lippen und hängende Lider, sind zu dick oder zu dürr, und keiner dreht sich mehr nach ihnen um oder schaut sie länger an als nötig. Doch so weit sind wir noch nicht. Heutzutage geht der Kampf in die Verlängerung, und sie und die anderen Frauen in den sogenannten »Wechseljahren« befinden sich mitten in der Kampfzone – im Wettstreit darum, so spät wie möglich k. o. zu gehen. Darin besteht der Sieg: als Letzte verloren zu haben.

Kerrin hält im Cremen inne. Wo hat sie neulich gelesen, graue Haare seien jetzt sexy? Vielleicht, wenn man ein Mann ist und sich das powergraue Haar auf dem Kopf befindet. Aber nicht da unten. Gab es etwas Unerotischeres als das Tor zur Weiblichkeit, Fruchtbarkeit und Lust von ergrauten Borsten umrahmt? Und wenn sie das Grauen färbte oder alles abrasierte wie ein in die Jahre gekommener Pornostar? Würde sie sich damit nicht erst recht der Lächerlichkeit preisgeben? In derselben Zeitschrift hatte gestanden, dass immer mehr Frauen sich die Schamlippen operieren ließen, straffen, verkleinern, sodass sie wie die eines perfekten jungen Mädchens aussahen. Das schenkten die Ehemänner heutzutage ihren Frauen zum Fünfzigsten oder Sechzigsten.

Mit dem Finger fährt Kerrin über ihre Operationsnarbe auf dem Bauch. Sie würde sich etwas anderes kaufen, wenn sie könnte. Noch ein Mal schwanger sein. Ja, es war zu spät, das brauchte ihr keiner unter die Nase zu reiben, auch ohne die verklebten Eileiter damals wäre sie heute unfruchtbar. Einfach zu alt, Eieruhr abgelaufen. Wenigstens war sie damit nicht mehr allein. Ihre Freundinnen, Cousinen, Bekannten, sämtlich hatten sie das Verfallsdatum überschritten. Und dann kommt plötzlich diese Gesa ...

Kerrin zieht ihre Unterwäsche und den weißen Frotteebademantel an, föhnt sich vor dem Spiegel. Während sie den korrekten Sitz ihrer Ohren überprüft, kommt ihr auf einmal ein ungeheuerlicher Verdacht. Die schwarzen Haare, waren die vielleicht nur dazu da, um ihr und Enno möglichst unähnlich zu sehen? Damit auch bloß jeder wusste, dass sie nicht die richtigen ... Kerrin öffnet das Badezimmerfenster, um ordentlich durchzulüften. Sie ist wirklich froh, nein, »froh« ist das falsche Wort, sicher ist sie, absolut sicher, dass es für alle zum Besten war, dass Inkas Mutter – also diese Frau, die sie geboren hat und sofort weggegeben, um sich in Ruhe ihre fabelhaften Spritzen zu setzen – schon lange tot ist. Inkas Vater dagegen ... Nun, der war offiziell als »unbekannt« eingetragen. Und er würde in diesem Hause für immer unbekannt bleiben – wenn er sich an die Abmachung hielt, die sie noch vor Inkas Geburt mit ihm getroffen hat. Enno darf es niemals erfahren! Es gab schlimmere, unverzeihlichere Dinge als Untreue. Zum Beispiel kühl kalkulierten Betrug.

Das Heulen des Windes dringt durch das offene Fenster ins Zimmer, und mit dem Wind wirbelt Schneeregen ins Haus. Inkas Gastmutter da drüben, hat die eigentlich auch schwarze Haare? Kerrin schlägt das Fenster zu. Am besten, Inka geht nach den Ferien gar nicht wieder zurück. Ja, das ist ganz sicher für alle das Beste.

Schon die zweite Nacht allein im großen Bett. Gesa steht noch einmal auf und öffnet das Rollo im Dachfenster. Schon als Kind fand sie das ferne Glitzern da draußen tröstlich, den Nachthimmel, der mit seinen Millionen ausgestreuten Lichtern Erde und Meer, Insel und Haus und Gesa Boysens Bett wie eine Kuppel überspannte. Es ist seltsam, in diesem Zimmer zu liegen, Ennos und Boys früherem Jungszimmer, in das ihr damals nur selten Zutritt gewährt wurde. Doch das hatte ihr nicht viel ausgemacht, dafür gehörte ihr das kleine Zimmer nebenan alleine, bis eines Tages, in der zweiten Klasse, unverhofft die kleine Schwester auftauchte. Trotz des Altersunterschieds hat Berit sie kaum gestört. Meistens war die Kleine voller Hingabe mit etwas beschäftigt, das ihr höchste Konzentration abverlangte. Malen, basteln, ganze Märchenwälder und Städte falten und kleben – und als sie schließlich lesen und schreiben konnte, vergaß man beinahe, dass Berit da war, während Berit alles andere vergaß.

Früher, wenn Gesa nicht schlafen konnte, begann sie manchmal, die Sterne zu zählen, die durch das Dachfenster blinkten, und war darüber eingeschlafen. Wenn sie heute von der Insel zurück nach Hamburg kam, vermisste sie den Sternenhimmel, dann vergaß sie ihn. War sie wieder hier, schien es ihr töricht, ein Leben unter sternlosem städtischem Himmel zu führen. Doch heute Nacht sind auch die Sterne kein Trost. Warum bloß macht ihr das Alleinsein hier so viel mehr aus als zu Hause, wo Jochen schon vor Monaten aus dem gemeinsamen Schlafzimmer ausgezogen ist? Verständlicherweise. Aber dass er es vorzieht, eine weitere schlaflose Nacht im Alkoven oder auf den Dielen zu verbringen! Verabscheut er sie mittlerweile so sehr, hasst er sie? Oder liegt es im Gegenteil daran … Und was ist mit ihr? Wenn sie sich in diesem Augenblick entscheiden müsste? Es klingt so klar und einfach: Du musst dich entscheiden. Doch auch wenn die anderen es ihr eine Million Mal sagen, raten und befehlen – ebenso gut könnten sie von ihr verlangen, sich zwischen Marten und Kaija zu entscheiden.

Gesa wälzt sich auf die Seite, legt ein Kissen zwischen die Knie. So lässt es sich noch am ehesten schlafen mit dem Bauch. Zum Glück hat er sich schon etwas abgesenkt und drückt nicht mehr so, das Atmen fällt leichter. Überhaupt ist diese Schwangerschaft leicht gewesen bisher, viel leichter als die anderen beiden. Sicher geht es ihr wie vielen werdenden Müttern, die beim zweiten, dritten oder vierten Kind entspannter sind als beim ersten. Trotzdem hat sie Angst gehabt, es könnte Jochen kränken, zusätzlich kränken, wie gut es ihr ging mit diesem Baby im Bauch, wie sehr sie sein Wachsen in ihr genoss, wie sicher und wohl sie sich fühlte. Wenn sie daran dachte, wie oft sie bei Marten und Kaija morgens über der Toilette hing, wie elend ihr danach war. Diesmal hat sie es bloß vorgetäuscht. Eines Morgens kam ihr die Idee, als Jochen besonders unglücklich aussah. Sie hat sich eingeschlossen im Bad, getan, als ob sie würgte, die Klospülung betätigt, den Wasserhahn am Waschbecken laufen lassen und viel Mühe darauf verwendet, die Wangen mit hellem Puder zum Verblassen zu bringen und sich ein hübsches Paar Augenringe zu schminken. Als sie aus dem Bad kam, hat Jochen sie mitleidig angesehen. Da erst hat sie sich wirklich elend gefühlt.

Gesas Blick fällt auf das halb volle Glas Himbeersaft auf dem Beistelltischchen, und sie verspürt ein unwiderstehliches Verlangen, das Glas in einem Zug zu leeren. Sie weiß, wie dieser Saft schmeckt, Wasser mit Sirup gemischt, den Mama eigenhändig aus den Beeren gekocht hat. Nach Kindheit schmeckt er, nach einer endlosen Reihe von Sommern. Nach Unsterblichkeit. Diesen Trunk gibt es nur hier, in diesem Haus, und an keinem anderen Ort auf der Welt. Gesa trinkt einen großen Schluck, ein paar Tropfen rinnen ihr den Mundwinkel herab, rosarot und süß. Sie erinnert sich, dass Berit als Kind gesagt hat, die beiden »ee« in Himbeeren seien ein rosarotes Zwillingspaar. Als könnte sie es schmecken, so hat sie es auf der Zunge zergehen lassen, das Wort »Him-beere«. Gesa braucht die echten Beeren dazu, an den Lippen, auf der Zunge, am Gaumen. Köstlich. Vor allem mit der dunklen Schokolade, von der sie nun ein Stück abbricht und es wie ein Bonbon lutscht. Himmlisch. Fehlt nur noch Musik.

Gesas Augen wandern die endlose Plattensammlung entlang, Ennos Platten, die wieder Einzug gehalten haben in sein früheres Jugendzimmer, nachdem Karsten ausgezogen ist. Sie erinnert sich gut, wie ehrfürchtig sie früher vor den Regalen stand, die sich nach und nach bis zur Decke mit bunten Plattenhüllen füllten und mit diesen magischen schwarzen Scheiben. Selbst auf Zehenspitzen reichte sie nicht bis an die oberen Reihen. Ihr kindlicher Geschmack hinkte Ennos stets um sechs Jahre hinterher. Wenn sie krank war, ließ er sie ihre Kinderplatten bei ihm hören: »Hui Buh, das Schlossgespenst«, »Die wilden Schwäne«, »Hänsel und Gretel« und »Robinson und Freitag«, bis der fiebrige Kopf schwirrte, sich die Bilder und Töne darin drehten wie die lakritzschwarze Platte unter der silbernen Nadel. Das war ein Fest. Wenn sie daran denkt, mit welch umständlicher Zärtlichkeit Enno die Schallplatten für sie auf den Teller gelegt, den Staub von der Nadel gepustet, ihr das Kissen in den Rücken gestopft hat, wünscht sie sich Frieden mit ihm.

Wann sind sie bloß in diesen Krieg geraten? Schon lange waren sie wie Hund und Katz, die sich balgten und doch wieder zusammenstanden, wenn ein Fremder einem von ihnen zu nahe kam. War es wirklich seit Matteo, dass Enno ihr so feindselig begegnete? Und mit welchem Recht, bitteschön? Frieden ja, denkt Gesa, aber nicht, solange er sie von oben herab verurteilte, dieser Sturkopf von einem Bruder, der er schon immer gewesen ist.

Denn mit der kleinen Schwester seine göttliche Musik zu teilen zum Beispiel, das kam schon damals für Enno nicht infrage. Selbst Boy durfte nur in seinem Beisein an die Platten, und zwar an jene, die Enno für den Jüngeren für geeignet hielt. Doch nach und nach hatten Boy und sie in Ennos Abwesenheit aufgeholt, vom Kind zum Teenager, von Abba bis Led Zeppelin, und schließlich war es so weit. Boy war sechzehn und ging schon zur Seefahrtsschule, sie war dreizehn, trug die grässliche Zahnspange und achtete darauf, den Mund wann immer möglich geschlossen zu halten. Doch nicht bei diesem Lied! Erst saß sie mit offenem Mund da, dann sang sie gemeinsam mit Boy aus vollem Hals mit: »We don't need no education. We don't need no thought control. Hey, teacher, leave us kids alone!«

Gesa lächelt beim Gedanken an das pummelige Mädchen mit der Zahnspange und den schlaksigen Jungen mit den grünen Augen und der überkippenden Stimme, die ihn nicht daran hinderte, voller inbrünstiger Düsternis zu singen: »All in all you're just a-nother brick in the wall. All in all you're just a…«

So, nun gibt es schon den Dritten hier, den sie vermisst an ihrer Seite. Aber diesmal kann Boy sie nicht retten wie damals. Auch diesen Geschmack ihrer Kindheit wird sie niemals vergessen: den Geschmack des Ertrinkens. Das Salzwasser in Augen und Nase, in der Kehle, der Lunge, im Magen. Das Untertauchen, das Luftanhalten, das Atmenmüssen, Atmenmüssen, Salzwasser atmen, verschlucken und spucken. Das kurze Auftauchen, um in der nächsten Welle zu versinken.

Sie war elf, eine gute Schwimmerin. Das Meer lag vor der Haustür! Auch wenn es meistens ein kaltes Meer war und eines, das kam und ging im Strom der Gezeiten. Sie konnte schwimmen, natürlich konnte sie das, sie liebte das Schwimmen. Und deshalb kapierte Boy, so hat er es ihr später erzählt, zuerst nicht, dass sie gerade ertrank. Als er zu ihr hinsah, war ihr Kopf über Wasser, sie stand eher, als dass sie schwamm, und es sah aus, als würde sie das Wasser treten anstatt die Arme zu bewegen. Sie hatte den Kopf in den Nacken gelegt, Boy hatte ihr zugewinkt, doch sie winkte nicht zurück. Als die nächste Welle kam, verschwand ihr Kopf und tauchte nicht wieder auf. Da ist er losgeschwommen, schnell wie niemals zuvor in seinem Leben, und hat sie rausgeholt. Um ein Haar wäre er selbst dabei abgesoffen, aber er hat sie rausgeholt.

Gesa leert das Glas Himbeersaft bis auf den letzten Tropfen. Mamas Himbeersaft. Wer weiß, vielleicht hat der süße Unsterblichkeitstrunk über das Salzwasser gesiegt. Nicht nur ein Mal hat Boy sie seitdem gerettet, sondern viele Male. Ohne ihn wäre sie nie wieder ins Meer gegangen. In keinen See, kein Schwimmbad, nicht mal in die Badewanne. Tatsächlich hatte sie sich danach lange geweigert, das wöchentliche Freitagabendbad zu nehmen, und es gab jeden Freitag Streit mit den

Eltern, die nicht verstanden, was ihre Tochter neuerdings für Allüren hatte. Doch der ungeduldige Boy konnte hartnäckig sein, wenn er etwas unbedingt wollte. Und offenbar wollte er, dass sie wieder schwamm. So kam es, dass der Vierzehnjährige der Elfjährigen Schwimmunterricht erteilte – oder vielmehr mit ihr übte, sich dem Meer zu nähern, Schritt für Schritt, und endlich hineinzugehen, immer wieder hineinzugehen, Stück für Stück – und dabei viele Kratzer davontrug. Kratzer, Tritte, Bisse, wenn im Wasser die Panik zurückkam, wenn sie ihm wie ein nasser Sack um den Hals hing und ihn beinahe mit hinabzog. Geh zum Teufel, Boy, du kannst ohne mich ersaufen! Nie wieder, ich geh nie mehr …

Eines Tages schwamm sie wieder. Sie konnte ja schwimmen. Natürlich konnte sie das, sie hatte das Schwimmen geliebt. Und doch lauert sie noch heute in ihr, die Angst vor dem Wasser. Die Todesangst. Keiner weiß davon außer Jochen und Boy. Selbst in all den Jahren, in denen sie als Rettungsschwimmerin andere aus dem Wasser gezogen hat, ist die Angst nicht verschwunden. Ausnahmslos hat sie die anderen heil an Land gebracht, doch manchmal, wenn sie wieder allein war, saß sie in der Umkleidekabine oder am Ufer, zitternd vor jener alten Angst, die nicht tot war, sich bloß versteckte. Irgendwo tief in ihrem Bauch versteckte, wo nun das Kleine kopfüber schwimmt, unter Wasser atmet und nichts vom Ertrinken weiß.

Wenn sie die Hände auf die Bauchdecke legt, spürt sie den kleinen, gebogenen Rücken. Ruhig ist es jetzt, das Kind, das in ihrem Inneren träumt, während sie wach liegt. Sie stellt sich vor, ihre Hände auf dem Bauch seien Matteos Hände, versucht, seinen warmen Körper in ihrem Rücken zu spüren, seinen Atem im Nacken, die Wärme, die durch seine Handflächen unter ihre Haut strömt. Sie schließt die Augen und versucht, seinen Kuss zu erinnern, den Kuss zwischen ihre Schulterblätter, siebter Rückenwirbel von oben, auf diese eine bislang unbekannte Stelle, von der sich Gänsehaut über ihren Körper ausbreitet in einem prickelnden Wirbel, einer wohligen Welle. Sie hat nichts gewusst von dieser Stelle, dieser Welle. Jochen hat sie nie gesucht, nie gefunden.

Gesa erinnert sich, aber sie fühlt es nicht. Die Bilder sind plastisch, farbig, doch sie halten nicht, wärmen nicht. Was hilft die Erinnerung, wenn sie schon nach Tagen und Stunden nicht mehr satt macht und wärmt? Ihre Hände umfassen die gespannten Brüste, die vorgewölbten Brustwarzen, bei der kleinsten Berührung ziehen Lust und feiner Schmerz wie haarfeine Fäden durch ihren Körper. Eine Schnur möchte sie aus diesen Fäden winden, eine Angelschnur auswerfen in die Nacht, ein Kabel über den Grund des Meeres legen. Eine Verbindung zu ihrem Geliebten, ihrem Mann, ihren Kindern. Zu ihrem Bruder, ihrer Kindheit, sich selbst, ihrem früheren Leben.

Während Gesa daliegt, eine Faust auf die Brust gepresst, begreift sie, dass Entbehren nichts weiter ist als der Schatten des Begehrens. Er heftet sich an dessen Rücken, folgt ihm vom Morgen bis zum Abend, lässt sich nicht abschütteln bis auf die flüchtige Stunde, wenn die Sonne am höchsten steht und sich Liebende unsterblich fühlen. Unsichtbar schläft der Schatten zur Mittagsstunde, zusammengerollt im Licht, und mit ihm wächst, wenn das Licht schwindet, die Sehnsucht. Doch auch umgekehrt trifft es zu, denkt Gesa, wer das Entbehren verbannt, jagt das Begehren mit fort. Was für eine Verschwendung es wäre zu sterben, ohne diese Stelle zwischen ihren Schulterblättern entdeckt zu haben, siebter Rückenwirbel von oben. Allein für diese Gänsehaut hat sich alles gelohnt, sagt sich Gesa, als sie die Faust öffnet und den Tränen ihren Lauf lässt. Und da ist noch etwas, das sie zum Weinen bringt. Kurz bevor sie abdriftet, im Dämmer des ersten Schlafes blitzt es auf in ihrem Bewusstsein: Glück. Wer weiß, ob sie jemals wieder so glücklich sein wird wie in diesem Augenblick, allein unter dem Nachthimmel, der mit seinen Millionen ausgestreuten Lichtern Erde und Meer, Insel und Haus und Gesa Boysens viel zu großes Bett wie eine Kuppel überspannt.

Die Scheune ist dunkel bis auf die Ecke, in der Enno im Schein einer schummrigen Laterne auf dem Klappstuhl sitzt. Der Wind bläst in unregelmäßigen, stärker werdenden Böen gegen die westliche Scheunenwand. Kalt ist es hier trotz dicker Jacke, Wollmütze und langer Unterhose unter der Jeans. Enno gießt schwarzen Tee aus der Thermoskanne in einen Becher, schüttet ein Schlückchen Rum hinein. Nebenan blöken die beiden Schafe in ihrem kleinen Stall, der nur durch eine Bretterwand vom Rest der Scheune abgeteilt ist. Enno hebt den Becher. »Auf gute Nachbarschaft!«

Gut möglich, dass er in nächster Zeit öfter hier sitzen wird, im Funzellicht der Laterne, im Dunstkreis von Heide und Schnucke. Wo soll er sonst hin? Das Wohnzimmer hat die schwangere Schwester okkupiert, in der Stube hängt ihr Exmann herum, auf dem Dachboden deren Brut, ins Schlafzimmer und Bad können jederzeit Kerrin, Berit oder Inka platzen. Und ihm ist halt jetzt nach Alleinsein. Warum macht einen das eigentlich verdächtig? Als hätte man zwangsläufig etwas zu verbergen, etwas Verbotenes oder Schmutziges im Sinn. Er will hier in Ruhe Tee trinken, so einfach ist das. Ein bisschen Musik hören mit seinem neuen Tablet, das er sich zu Weihnachten selbst beschert hat, als hätte er die bevorstehende Hausbesetzung geahnt. Seine schöne Plattensammlung und der PC im Wohnzimmer stehen ja nun auf besetztem Territorium.

Enno stöpselt den Kopfhörer ein, streckt die Beine aus. Ein bisschen Musik hören und nichts gefragt werden. Warum gerade dieses Album? Kannten wir uns da schon? War das nicht der Song, zu dem wir zum ersten Mal Schmuseblues getanzt haben? Heute Abend kommt ihm jedenfalls kein Schmuseschmalz in die Ohren. Sondern Pink Floyd, The Doors, The Who, Patti Smith, solche Sachen.

Es ist wirklich scheußlich kalt hier, und dann hat er auch am Nachmittag wer weiß wie lange mit nassem Hosenboden im Straßengraben gehockt und sich von oben beschneien lassen. Enno schüttet einen kräftigen Schuss Rum in den Tee, soll ja guttun. Gegen aufziehenden Halsschmerz und Melancholie. Er nimmt einen ordentlichen Schluck aus dem Teebecher, der Rum heizt ihm unverzüglich ein.

»You know that it would be untrue. You know that I would be a liar«, singt er laut mit. »If I was to say to you, girl, we couldn't get much higher.« Hört ja keiner außer Heide und Schnucke. Und die sind so was von unmusikalisch.

Weshalb Suzie so plötzlich aus seinem Leben verschwunden ist, gehört auch zu den ungeklärten Fragen, auf die er gerne noch eine Antwort hätte, bevor er … Da kommt ihm ein verwegener Gedanke. Warum fragt er sie eigentlich nicht? Ja, jetzt noch. Solange er noch fragen kann. Vielleicht gab es ja einen anderen Grund außer dem, dass sie ihn schlicht und ergreifend satthatte. Vielleicht hatte er nicht deutlich genug gezeigt, wie wichtig sie ihm war. Eigentlich schon. Eher zu deutlich, hat er immer gedacht. Aber wer weiß, womöglich hat diese Rockerbraut bloß auf einen Heiratsantrag von ihm gewartet, so mit Niederknien, Verlobungsring und allem Drum und Dran. Nur mal angenommen, er würde sie wiedersehen, und sie würde ihm eine zweite Chance geben. Nur mal angenommen …

»Come on, baby, light my fire. Come on, baby, light my fire. Try to set the night on fire!« Enno dreht voll auf. Vielleicht sollte er, bevor er vor Suzie auf die Knie fällt, seine alte E-Gitarre hervorholen und sehen, was er damit noch zustande bringt. Damals war er gar nicht so schlecht. Nicht gut genug für seine eigenen Ansprüche, aber von heute aus gesehen, wirklich gar nicht so übel. Hätte er was draus machen können. Hätte, hätte – wer sagt eigentlich, dass es für alles zu spät ist?

Kalt ist ihm nicht mehr, aber er fühlt sich komisch im Kopf. Hoffentlich gibt das jetzt nicht auch noch eine Erkältung. Der halb leere Teebecher wird mit Rum aufgefüllt, reine Prävention. Killt die Bakterien. Enno leert den Becher, schließt die Augen. Ein bisschen schwindelig ist ihm, aber diesmal angenehm. »Golden brown, texture like sun«, singt Enno und versucht, sich an die passenden Riffs und Akkorde zu erinnern. »Lays me down, with my mind she runs …«

Suzie und er stehen im Bug eines Kreuzfahrtschiffes, er hält sie in den Armen, beide sind in das rotgoldene Licht der sinkenden Sonne getaucht. Ihr weißer Schleier weht im Abendwind und unter dem Schleier ihr goldbraunes Haar. Der laue Wind frischt auf, Haare und Schleier flattern und wachsen, schon wehen sie über das halbe Deck, über den Pool und die Liegestühle, plantschende Kinder und sonnenbebrillte Bikinifrauen, über Bars und Barhocker, philippinische Barkeeper und weiße Herren mit geschüttelten Drinks, über Steuerhaus und Steuermann. Aus der frischen Brise wird ein Sturm, aus dem Ozeanriesen ein schlingerndes Schiff mit Schlagseite. Als endlich alle eingewickelt sind in Haare und Schleier, Männer, Frauen, Kinder, Köche wie Kapitän, und ihr Untergang unvermeidlich scheint, wachsen Schleier und Haar über das Heck des Ozeanriesen hinaus, fallen acht Decks hinab ins tiefe Meer, wo ihnen die Fische ins bräutliche Netz gehen, die Quallen, Korallen, die Riffe, die Schiffe, und kurz bevor das Meer selbst sich im Schleier der unergründlichen Liebe verfängt, kommt Enno zu sich, gibt Suzie einen Kuss und … Prost! Ohne Tee hilft Tee mit Rum sogar besser.

»Every time just like the last«, grölt Enno. »On her ship tied to the mast …« Jaja, er weiß es selbst, dass diese Suzie-Sehnsucht Quatsch ist. Es ist wie mit dem Lottoschein. Oder dem berühmten Strohhalm. Ein paar Tropfen laufen Enno durch den Bart am Kinn hinab, er versucht den Rum mit der Zunge einzufangen, kichert. Kerrin ist sein Baum zum Anlehnen, sein Luft-, Frucht- und Schattenspender, und Suzie sein Strohhalm. Solange man mit beiden Beinen auf der Erde steht und ganz richtig im Kopf ist, wird man den Baum wählen, doch gerät alles ins Treiben und Rutschen, schwimmen die Felle davon und steht das Wasser bis zum Hals …

Enno hat eine geniale Idee und beginnt hektisch zu tippen. Was früher das gute alte Orakel tat, der Blick in die Glaskugel, der lange Marsch durch die Archive, erledigt jetzt die Suchmaschine. Man tippt den Namen ein und … Fehlanzeige. Sowohl Susanne Hunkemöller als auch Suzie und ihre Band sind durch die Maschen des weltweiten Netzes gefallen. Sicher hat sie geheiratet, den Namen geändert, nur damit er die nächsten zehn Jahre, die er verdammt noch mal nicht mehr hat, das Web nach sämtlichen Susannes dieser Welt durchforsten kann. Enno flucht, schüttelt das Tablet, hebt es in Richtung der Scheunenwand, gegen die der Wind anheult, und holt aus. Lässt es in den Schoß sinken.

Dann muss er aus Versehen diese Seite angeklickt haben. Ennos Finger zucken zurück, seine Augen aber kleben an den Bildern, die sich auf seinem Schoß bewegen. Mit halb geschlossenen Lidern und weit geöffneten Lippen sieht die Frau ihn an. Sie kniet auf allen vieren, ihre nackten Brüste wippen im Takt der Musik und der Stöße, die rücklings durch ihren Körper fahren. Hinter der Frau ein muskulöser Oberkörper ohne Kopf, Hände, die ihre Hüften packen, sie vor- und zurückschieben, vor und zurück, vor und zurück. Ihr lauter und schneller werdendes Stöhnen dringt durch die Hörer in Ennos Ohrmuscheln, Ennos Hirn. Er stellt den Ton leiser. Etwas in ihm bäumt sich auf, versucht sich zu wehren, doch es hat keine Chance gegen den Einmarsch der Bilder und den Rhythmus der Bässe, der Stöße. Er dreht die Lautstärke wieder auf, dreht sie höher, bis zum Anschlag, schließt die Augen. Die Filme laufen von allein durch seinen Kopf zum Soundtrack des Hechelns und Keuchens, Fauchens und Flehens, strömen aus dem Kopf in den Unterleib, in die Hände. Schöne, scheußliche Bilder. Erschreckend. Erregend.

Enno schaltet das Tablet aus, nimmt den Hörer vom Kopf. Es dröhnt und rauscht in seinen Ohren, im Hirn. Er schließt den Reißverschluss, schaut sich um. Lieber Gott, lass sie alle schon in ihren Betten liegen. Kerrin, bitte schlaf schon. Frag nichts, schau mich nicht an. Es wird schwer genug sein, gleich beim Zähneputzen in den Spiegel zu sehen. Er betastet seinen Mund, seine Lippen kommen ihm noch voller vor als sonst, nahezu anstößig. Da hilft auch der Bart nicht viel, den er sich vor Jahren um die verräterischen Lippen hat wachsen lassen.

Beim Aufstehen vom Klappstuhl gerät Enno ins Taumeln, stützt sich auf einer Armlehne ab und klappt mit dem Stuhl zusammen. Liest im Sitzen die Thermoskanne und die leere Rumflasche vom Boden auf, der Flaschendeckel muss weggerollt sein. Während Enno auf der Suche nach dem Deckel auf dem Scheunenboden herumrutscht – muss niemand wissen, dass hier gezecht wurde –, sieht er sich Kreuzchen in sinnlose Zahlenreihen kritzeln, im weiß-grauen Watt verschwinden und im Pornokino des eigenen Kopfes versumpfen. Was wird noch alles ungefragt ans Licht kommen, hinausquellen aus dem Hirn und den Eingeweiden dieses Biedermanns, für den ihn alle halten? Zu dem er geworden ist. Andere mochten durch die Aussicht aufs Finale edel, hilfreich und gut werden. Und er? Wenn das nahende Ende den wahren Kern eines Menschen zum Vorschein brachte, dann konnte er nur froh sein, dass seiner bisher vor ihm selbst und der Welt verborgen geblieben war. Und er hat auch nicht vor, seinen Mitmenschen diesen unappetitlichen, faulen Kern zu offenbaren.

Enno wischt den Hals der Rumflasche ab, schüttet sich die allerletzten Tropfen in den Mund. Biedermänner aller Länder, vereinigt euch! Scheiß auf den Deckel. Scheiß auf das Zähneputzen. Was erwartet ihn denn da drinnen? Er wird einfach hier sitzen bleiben, auf dem Hosenboden, dem Scheunenboden, im Schein der schummrigen Laterne.

Die Windböen kommen jetzt in kürzeren Abständen, nehmen Anlauf, werfen sich mit einem Aufheulen gegen die Scheune. Unruhig blöken die Schafe hinter ihrer Bretterwand. Die Laterne flackert auf und verlischt.

Gesa wacht auf, tastet mit der Hand auf die andere Seite des Bettes, die noch immer leer ist. Ihr Rücken schmerzt, die Brüste tun weh. Das Kind drückt auf den Magen, schiebt die Eingeweide in den Brustraum. Sie wälzt sich wieder auf die Seite, schiebt das Kissen zwischen die Knie. So ist es etwas besser.

Wenn Jochen heute Nacht nicht zu ihr kommt, wird er nie mehr kommen. Nie wieder wird es nach den ungezählten Nächten im selben Bett, unter einer Decke, im Dunstkreis der sich vermischenden Wärme und Träume eine einzige solche Nacht mit ihm geben. Nebeneinander liegen, atmen und schlafen. Wozu auch, was hätte das jetzt noch für einen Sinn? Und doch erscheint es ihr im Inselhaus unter der funkelnden Milchstraße unendlich traurig, dass sie bei der letzten Nacht mit Jochen nicht gewusst hat, dass es die letzte für sie beide war.

Gesa greift nach dem Handy auf dem Beistelltisch. Unsinn, warum sollte Matteo ihr mitten in der Nacht geschrieben haben, nach ihrem allabendlichen Gutenachtkuss. Aber ja, da ist eine neue Nachricht! »Bitte komm bald zurück, Gesamia«, schreibt Matteo. »Verzeih mir, aber ich kann euch jetzt nicht mehr so lange entbehren. Ein Kuss zwischen deine Schulterblätter – scusa! – Flügel, Gesangela. Bacio. Bacione. Bacionissimo.«

Sie drückt das Display an die Lippen, bedeckt seinen Namen mit Küssen, leckt ihn ab, fährt mit der Zunge über den Bacio, den Bacione, Bacionissimo, den Kuss, den dicken Kuss, den Kussallerküsse. Gepixelte Küsse hinter der Scheibe, sie schmecken nach Plastik, machen nicht satt. Wenn sie nur ein wenig mehr wäre wie Berit, die Himbeere auf der Zunge schmeckt, wenn sie »Himbeere« sagt. Oder auch nur schreibt. Oder denkt. Während sie selbst nach ein paar Tagen das Gefühl hat, ohne Matteos Küsse zu verhungern.

Noch einmal streicht Gesa über Jochens unberührtes Kopfkissen, da gerät ihr etwas in die Finger: das Marzipanherzchen, das seit gestern dort liegt und auf ihn wartet. Gesa wickelt es aus der rot glänzenden Folie, beißt hinein und schluckt das süße Marzipan mitsamt den Tränen hinunter. Jochen kommt ja doch nicht mehr.

Ein fader Geschmack erfüllt Kerrins Mund, als sie aufwacht und neben sich ins Leere tastet. Wie spät ist es, wie lange hat sie geschlafen? Wo ist Enno? Enno schlief doch jetzt wieder bei ihr, atmete, schnarchte wieder bei ihr, lag warm und lebendig an ihrer Seite. Kerrin friert. Friert erbärmlich. Kein Wunder, sie hat nichts am Leib, der Pyjama liegt gefaltet auf dem Korbstuhl. Ach ja, natürlich. Sie hat geglaubt, Enno im Schlafzimmer zu hören, als sie nach dem Duschen im Bad stand, hat ihre warme, praktische Unterwäsche rasch wieder ausgezogen und ist nackt unter dem weißen Frotteebademantel ins Schlafzimmer gehuscht. Das haben Enno und sie immer geliebt, der Bademantel blieb meistens an dabei, als fehlte zum Ablegen die Zeit, der offene Gürtel hing lässig herab, kam in die Quere und durfte mitspielen. Doch sie muss sich getäuscht haben, kein Enno wartete hinter der Tür, das Zimmer war leer. Und so war sie unter die Decke geschlüpft, ohne Bademantel, ohne Pyjama und ohne Enno.

Kerrin setzt sich auf, streift den Pyjama über. Sie wagt es nicht, auf die Uhr zu schauen. Es kommt ihr spät vor, sehr spät, zu spät. Hat er es nicht länger als eine Nacht bei ihr ausgehalten, ist gleich wieder ausgezogen? Aber wo sollte er denn hin? Sie darf Enno nicht fragen, sie darf Enno nicht suchen. Kerrin schiebt den Vorhang zur Seite und sieht aus dem Fenster. Als liefe er bei Nacht und Wind da draußen herum. Und was für Wind! Ein Wind, der an den Nerven zerrt, den Schlaf raubt. Er kann ihr auch gestohlen bleiben, der Schlaf. Sie möchte jetzt ganz etwas anderes.

Reglos am Fenster stehend sieht Kerrin zu, wie die windschiefen Baumkronen sich biegen. Sämtliche Äste sind anstatt in den Himmel in Richtung Osten gewachsen, als flüchteten sie vor dem Wind. Doch ein Baum kann nicht fliehen, nicht ausweichen. Ein Baum muss standhaft bleiben, sich anpassen. Muss Kräfte sammeln und tiefere Wurzeln treiben mit jedem Jahr, dann wird er den Wind besiegen.

Bevor sie das Haus verlässt, schlüpft Kerrin unten in der Diele in die Stiefel und zieht ihren langen Daunenmantel über den Pyjama. Es sind nur ein paar Meter hoch auf den Deich, dennoch muss sie sich mit aller Kraft gegen den Wind stemmen. Der Schneeregen hat aufgehört, die ganze Macht und Kälte und Herrlichkeit liegt nun im Wind. Der Himmel ist blank und sternklar. Die Milchstraße glänzt mit ihren Millionen und Abermillionen Lichtern, ist von überirdischer Schönheit, doch ohne Antwort.

Im selben Moment, als Kerrin die Deichkrone erklimmt und aufs dunkle Watt hinausblickt, sieht sie die Lichter da draußen. Dort, wo das Wasser noch flach ist, für Schiffe zu niedrig, für Menschen zu tief. Helle Punkte, bald weiß, bald gelb oder rötlich, die über das Wasser huschen, irrlichtern und verschwinden. Kerrin hält den Atem an. Sie weiß, was diese Lichter bedeuten. Von nahendem Unglück künden sie. Von bevorstehendem Tod. Von Geschichten, die schon gesehen, aber noch nicht geschehen sind.

Benommen kommt Kerrin zurück ins Haus, zerzaust vom kalten Wind. Sie hängt den Daunenmantel in den Dielenschrank, zerrt die Stiefel von den Füßen. Auf Socken steht sie in der Diele und weiß nicht, wohin. Wem soll sie vom Vorbrennen über dem Watt, vom angekündigten Unglück berichten? Nur Inge würde das verstehen, doch die kann sie damit nicht behelligen. Eine Todkranke, nach allem, was Enno vom Gespräch mit der Ärztin berichtet hat. Kerrin seufzt. Natürlich, das muss der angekündigte Tod sein! Ihre Schwiegermutter und niemand anderer. Ein wenig schämt sie sich für ihren Seufzer, ihre Erleichterung. Doch dann sagt sie sich, dass Inge eine alte Frau ist, nicht wahr, die ein gutes Leben gehabt hat. Deren letzte Tage und Jahre sich gleichen, in deren Leben nichts Neues, Entscheidendes mehr passiert. Was war denn das Alter anderes als ein Wartesaal? Froh konnte man sein, wenn er bequem und gut geheizt war, wenn man ein paar freundliche Mitmenschen zur Gesellschaft hatte. All das traf auf Inge zu. Da konnte Enno und ihr niemand einen Vorwurf machen. Kerrin horcht. Was sind das für seltsame Laute in der Stube? Das wird doch nicht Enno …

Rasch hat Kerrin die angelehnte Stubentür ein Stück geöffnet, verharrt auf der Schwelle und staunt. Jochen balanciert auf einem Bein, tritt mit dem einbandagierten Fuß in die Luft, so hoch, dass er ihre Schulter treffen würde, steht wieder mit beiden Beinen auf dem Boden, breitbeinig und mit gebeugten Knien, stößt mit geballter Faust einen Arm in die Luft. Kerrin steht ein wenig der Mund offen, ihre Wangen haben sich vom schnellen Wechsel von der Kälte zur Wärme gerötet. Das Vorbrennen, die Lichter im Watt sind vergessen, stundenlang könnte sie Jochens kämpferischem Tanz zusehen. Kraftvoll und geschmeidig sieht das aus, trotz des bandagierten Fußes, der die Schritte und Tritte bremst. Oder wegen des bandagierten Fußes. Kraftvoll, verletzlich und, ja doch, sexy.

In diesem Moment vollzieht Jochen eine abrupte Drehung, kommt exakt ihr gegenüber zum Stehen, mit geballter Faust, und schaut sie an. Er lässt die Faust sinken und sieht aus, als müsste er von ziemlich weit oben zurück auf die Erde finden. In diese Stube im Haus hinter dem Deich.

»Ich bin's, Kerrin«, sagt Kerrin.

»Äh, ja. Komm doch rein.«

Kerrin tritt ein, bleibt unschlüssig stehen, als wäre sie nur zu Gast in diesem Haus und eben zufällig hereingeschneit. Jochen verneigt sich vor einer unsichtbaren Instanz, lässt sich auf dem Rand des Alkovens nieder und bedeutet ihr, sich doch zu ihm zu setzen.

Da sitzen sie nebeneinander, beide ein wenig aus der Spur, und plötzlich kommt Kerrin zu Bewusstsein, dass sie nur einen Pyjama trägt. Und der ist oben auch noch falsch zugeknöpft! Sie schaut an sich herab und errötet.

»Schau mich an.« Jochen zeigt auf seine graue Jogginghose. »Auch nicht das passende Karate-Outfit, oder? Aber ich konnte ja nicht wissen …«

»Was macht dein Fuß?« Kerrin sieht auf Jochens bandagierten Knöchel. Kommt ihr vor, als sei er noch dicker geworden. »Darf man den überhaupt belasten?«

»Man muss. Jeden Tag trainieren, meine ich, die Übungen wiederholen, variieren, wiederholen.« Jochen öffnet eine Flasche Wasser. »Der Körper muss sie in- und auswendig kennen, wie beim Tanzen. Da sagst du dir auch nicht: Jetzt hebe ich den rechten Fuß, setze ihn um eine Vierteldrehung zur Seite …« Er nimmt einen großen Schluck aus der Flasche. »Es sieht leicht aus, aber ohne Training geht es schnell verloren.«

»Ich weiß«, sagt Kerrin. »So ähnlich ist es mit dem Schießen.«

Jochen verschluckt sich und hustet. »Du kannst schießen?«

»Ich konnte es. Weißt du, mir ist da früher mal was passiert und … Und ich hatte danach eine solche Wut. Scham, Angst, Wut. Aber nur die Wut war ein gutes Gefühl.«

Kerrin schweigt. Wie kommt sie dazu, ausgerechnet Jochen davon zu erzählen? Nicht mal Enno weiß es. Sie zögert, doch ob richtig oder nicht, sie will es jetzt erzählen. Will es Jochen erzählen.

»Die Wut hat mich gerettet, die und das Schießen.« Sie lacht. »Ich war gut darin. Sehr gut sogar.«

»Warum hast du es dann aufgegeben?«

»Warte.« Kerrin verlässt den Raum, kommt mit einem Handtuch und einem Tiegel zurück, setzt sich zu Jochen in den Alkoven. Sie deutet auf den Tiegel. »Selbst angerührt, altes Rezept«, sagt sie. »Hilft garantiert, hätte ich eher dran denken sollen.«

Sie legt sich das Handtuch auf den Schoß, Jochens Fuß obenauf und wickelt den Verband ab. »Scheiße«, sagt sie, »du hast Trainingsverbot. Und wer hat diese Bandage gewickelt?«

»Gesa«, sagt Jochen. »Warum?«

Ohne zu antworten, streicht Kerrin die Salbe auf Jochens Knöchel und reibt sie ein.

Angenehm kühl fühlt es sich an, kühle Salbe, warme, kräftige Hände. Er erinnert sich, dass Kerrin Hebamme ist. Ganz schön vielseitige Hände: Kinder auf die Welt holen, kochen, gärtnern, Holz spalten, Salben rühren … und jetzt auch noch schießen. »Also, wie war das nun«, fragt er. »Warum hast du es aufgegeben?«

»Enno mochte es nicht. Fand es unweiblich.«

Kerrin hält seinen Fuß noch ein wenig in ihren Händen. Fast bedauert er es, als sie ihn loslässt. Rasch wickelt sie die elastische Bandage mit gleichmäßigem Druck von den Zehen bis zur Hälfte der Wade.

»Hochlegen für den Rest dieser Nacht«, sagt sie, zieht einen Stuhl für ihn heran, legt zwei Kissen darauf. »Trainingsverbot, Alkovenverbot. Ist nun mal zu kurz zum Ausstrecken, unser Wandbett.« Nach einer Pause fährt sie fort: »Du glaubst mir doch, oder? Dass Inge tot war?«

»Danke«, sagt Jochen und bettet sein Bein auf die Kissen. Er schweigt einen Moment, räuspert sich. »Wenn man gut schießen kann, heißt das, man hat ein Ziel vor Augen und trifft, oder?«

»So in etwa.«

»Also, ich an Ennos Stelle hätte das mit dem ›unweiblich‹ nicht riskiert. Sagen manche auch über den Kampfsport. Totaler Blödsinn. Schau mal her.« Bevor er aufstehen und sein Handy vom Esstisch holen kann, kommt ihm Kerrin zuvor und reicht es ihm. Er zeigt ihr den Film mit der koreanischen Karatekämpferin, einer der besten der Welt.

Kerrin schaut interessiert hin, aber nur kurz. »Ja, wenn man aussieht wie die, kann man sich in einen Sack hüllen und einen Bart stehen lassen und ist immer noch schön«, sagt sie. »So ähnlich wie Gesa.«

Jochen bemerkt eine Spur von Bitterkeit in ihrer Stimme. Er versucht ein Lachen. »Tja, und so eine Frau sollte man niemals heiraten, denn sie wird dir das Herz brechen.«

Da sitzen beide und schauen zu Boden. Jochen wünscht, er könnte den blöden Satz mitsamt den idiotischen Tränen, die ihm in die Augen treten, hinunterschlucken. Kerrin wünscht, sie könnte auch jemandem das Herz brechen. Würde es aber nicht tun.

Sie geht in die Küche, legt Holz im alten Herd nach, der von dort aus den gusseisernen Bilegger in der Stube mitheizt, und holt eine Flasche Rotwein aus der Kammer. Eine sehr gute Flasche, für besondere Anlässe reserviert. Doch das hier ist einer. Ihr Schwager braucht moralische Unterstützung. Eine fachgerecht gewickelte Bandage, einen guten Tropfen und ein bisschen mehr Speck auf den Rippen. Als sie den Wein, zwei Gläser und eine Schale Knabberzeug vor ihn hinstellt, greift Jochen zu, als hätte er den ganzen Tag nichts gegessen. Kerrin leistet ihm Gesellschaft, aus reiner Höflichkeit, obwohl es sonst strikt verboten ist – Chips und Wein nach dem Abendessen!

Schon bald wird es sehr warm in der Stube. Die oberen Pyjamaknöpfe werden geöffnet, besser offen als falsch zugeknöpft. Ein bisschen Busen kommt zum Vorschein, was soll's, sie sind schließlich erwachsen. Und quasi verwandt. Eine Weile ist nur das Kauen zu hören, während Chips und Nüsse von der Hand in den Mund wandern. Jochen gießt sich ein zweites Glas Wein ein, nimmt einen Schluck und kostet mit geschlossenen Augen. Öffnet sie wieder, sagt »ah!« und betrachtet Kerrin. Wortlos und ziemlich lange, wie ihr scheint.

»Außerdem bist du auch schön«, sagt er. »Auf deine Art.«

Kerrin zuckt zusammen. Einer dieser Sätze, die sie nie wieder hören wollte. »Du meinst, so von innen?«

»Ich meine deine vollen blonden Haare …«

»Grauen«, verbessert ihn Kerrin und beißt sich auf die Lippe.

»Deinen frischen Teint, deine kräftigen Arme …«

»Du meinst, fetten?«

»Ich meine ›kräftig‹ wie in ›Kraft‹. Das sind doch wohl hübsche Muckis, wenn mich nicht alles täuscht. Oh, und deine Sommersprossen, die ich heute zum ersten Mal so richtig sehe, ich Idiot! Auf den Wangen, den Schultern, im Dekolleté …«

Kerrin kichert und streicht die Haare zurück. »Ich hab früher versucht, sie wegzubleichen. Mit Essig und Zitrone.«

Jochen staunt darüber, was ihm bis eben alles gar nicht aufgefallen ist an dieser Frau. Aber es stimmte. Stimmte alles. Schön auf ihre Art. Man musste nur hinsehen.

»Deine Ohren«, fährt er fort.

»Du Arsch!« Schnell wischt Kerrin die Haare zurück über die Ohren, die sich plötzlich anfühlen, als ob sie rot glühend vom Kopf abstünden. Sie springt auf und wirft ihr Weinglas um. »Ich hab's doch gewusst!«

Sie hat ihm keine Chance gegeben, irgendetwas aufzuklären. Er ist ihr die Treppe in den ersten Stock hinterhergehumpelt, doch Kerrin hat ihm die Schlafzimmertür vor der Nase zugeschlagen und den Schlüssel umgedreht. Ein paar Mal hat er geklopft und leise ihren Namen gerufen, dann ist es ihm endgültig zu blöd gewesen. Seit wann durfte man Frauen gegenüber das Wort »Ohren« nicht mehr erwähnen, hat er irgendwas verpasst, eine neue Tabuzone oder was? Diese Weiber können ihn alle mal. Er hat jetzt wirklich andere Sorgen. Zum Beispiel die, wo er heute Nacht schlafen soll. Eine zweite Nacht im Alkoven oder auf dem Dielenboden kommt in der Tat nicht infrage, er muss morgen sehr früh los, wenn er es doch noch zur Gerichtsverhandlung schaffen will. Und das will er. Die Aussicht auf ein paar Stunden Schlaf in einem weichen Bett erscheint ihm wie das Paradies, je länger er hier sitzt und die Rotweinlache auf dem Dielenboden betrachtet.

Jochen holt ein frisches T-Shirt für die Nacht, nimmt seinen Kulturbeutel und macht sich wieder auf den Weg nach oben. Eine Nacht im Doppelbett neben seiner Frau zu liegen, das wird er nun auch noch schaffen. Hätte er schon vor Monaten machen sollen. Das wird ihn kurieren, ein für alle Mal. Er lächelt in sich hinein. Gleich wird er sehen, dass es ihm gar nichts mehr ausmacht. Dass seine Gefühle für sie tot sind. So was von tot.

Lautlos öffnet Jochen die Tür, hört Gesas gleichmäßiges Atmen. Er schleicht an das Bett, bleibt davor stehen. Allmählich gewöhnen sich seine Augen an das Halbdunkel, aus dem Gesas Gesicht hervortritt, ihr langes dunkles Haar auf dem Kopfkissen, ihre geschlossenen Augen, ihr leicht geöffneter Mund, die weiß schimmernden Zähne. Eine Haarsträhne hat sich zwischen die Lippen verirrt. Kurz kaut sie darauf herum, es sieht aus, als möchte sie die Haare loswerden. Jochen streckt die Hand nach der Strähne aus, zieht sie zurück. Er erinnert sich, wie er sich damals, kurz nach Gesas Geständnis, an diesen Haaren vergriffen hat. Während sie sich liebten, hat er sie plötzlich am Schopf gepackt, ihre langen Haare um sein Handgelenk gewickelt und sie im Zaum gehalten. Keinen Zentimeter konnte sie sich bewegen, ohne dass es schmerzte. Sie hat die Luft eingesogen, ihn seinen Parforceritt zu Ende führen lassen und still gehalten. Auch später hat sie kein Wort darüber verloren. Er konnte ihr tagelang nicht in die Augen sehen. Jochen beugt sich näher über Gesas Gesicht. Da ist noch etwas an ihrem Mund. Eine rote, klebrige Spur zieht sich am Mundwinkel herab, beinahe wie Blutstropfen, doch es riecht süß.

Gesa liegt in der Mitte des Betts, viel Platz hat sie ihm nicht gelassen. Jochen kriecht unter die Bettdecke, versucht ihrem dicken Bauch auszuweichen, sie nicht zu berühren. Er liegt auf dem Rücken, ganz nah am Rand. Er will sie nicht wecken. Auf keinen Fall will er sie wecken. Gesa rührt sich nicht, atmet tief und regelmäßig. Und er liegt neben ihr und atmet ebenfalls ruhig und regelmäßig, wie er es beim Training gelernt hat. Einatmen, ausatmen und die Gedanken vorbeiziehen lassen wie Wolken, ganz ohne Bedeutung. Denke nicht an das Gewinnen, zieht es durch seine Gedanken, doch denke darüber nach, wie man nicht verliert.

»Jochen«, sagt Gesa, während ihn auf einmal ihre Hand streift. Sein Herz setzt einen Schlag aus. Sie atmet weiter, als sei nichts gewesen. Es war ihre Schlafstimme, sie schläft! »Jochen« hat sie gesagt und nicht, wie beim letzten Mal, vor langer Zeit, »Matteo«.

Ganz still liegt er da und wagt kaum zu atmen. Kalter Schweiß bedeckt seinen Rücken, sein Herz hämmert gegen die Rippen, als würde er mit ihr Liebe machen und im nächsten Augenblick in ihr kommen. Dabei hat sie nur seinen Namen gesagt. Nur seinen Namen.

Inka steht vor der Tür und fragt sich, ob sie anklopfen soll. Wieso eigentlich, es ist schließlich immer noch ihr Zimmer! Und wenn sie schon unfreiwillig wieder hier ist, warum muss sie es überhaupt mit dieser Tante teilen? Was bedeutet, Musik und Filme nur mit Kopfhörer hören, keine Klamotten auf den Boden werfen, nachts schlafen und tagsüber wach sein … Obwohl – vielleicht sollte sie es einfach umgekehrt machen, nicht nur bis mittags schlafen, sondern den ganzen Tag, allein in ihrem Zimmer, und dafür nachts wach sein, allein im ganzen Haus.

Sie öffnet lautlos die Tür, schleicht sich in ihr eigenes Zimmer, nur um die Alte nicht aufzuwecken. Aber die Alte schläft nicht, stellt Inka fest, und sieht auch gar nicht wirklich alt aus. Wie sie da mit gekreuzten Beinen auf dem Klappbett sitzt, ihr Notebook auf dem Schoß, in Jeans und schwarzem Hemd, mit weißblondem Haarschopf, breitrandiger schwarzer Brille, dezent angeleuchtet vom Bildschirm. Konzentriert. Versunken.

Berit hat ihr Eintreten nicht bemerkt, fährt zusammen und sieht Inka entgeistert an, als müsste sie sich erst zurechtfinden in diesem Zimmer, diesem Haus, dieser Welt. Inka geht schnell zu ihrem Bett, murmelt »Nacht«, zieht die Decke bis ans Kinn, stöpselt die Hörer ihres Tablets in die Ohren. So, und jetzt Augen zu und weit, weit fortgeträumt. Nach Hause. Auf die Brücke über die Moika, an deren anderem Ufer Sofia wartet.

»So I wait for her return, and my heart does burn«, singen die Tiger Lillies. »In the sea she will roam till one day she comes home in the waves.« Über die alten Steine der Brücke und das schwarze Wasser der Moika hinweg geht Inka Schritt für Schritt auf Sofia zu. Sie öffnet die Augen und erblickt einen weißblonden Haarschopf, eine gewölbte Stirn, hellblaue Augen hinter einer schwarzen Brille, eine schmale Nase und einen breiten Mund, der aussieht, als müsse man sich vor seinem Spott ebenso in Acht nehmen wie vor seinen Küssen.

Hier, aus dieser dunklen Nische ihres Bettes heraus, nimmt Inka Berit, die sie seit Kindertagen kennt, zum ersten Mal genauer in Augenschein. Irgendetwas ist anders an ihr, aber was? Liegt es daran, dass Berit sie in Frieden lässt, nicht mit blöden Fragen nervt, an ihr zerrt und über Grenzen hinwegtrampelt? Inka kann die Augen nicht abwenden von Berits konzentriertem Gesicht, angeleuchtet vom Bildschirm, und hofft, dass sie ihn nicht bemerkt, ihren Blick aus dem Dunkeln. Dann weiß sie auf einmal, was an Berit anders ist. Im Gegensatz zu Mamas rastloser Geschäftigkeit und Einmischung, Paps' ewiger Kontrolle und Besorgtheit, Gesas hormonell bedingter Unzurechnungsfähigkeit und Jochens unterdrückter Wut ist Berit – abgesehen von Ominge vielleicht – die Einzige hier, die bei sich selbst ist. Abgetaucht und versunken in ihrer eigenen Welt. Und das ist doch irgendwie echt cool, oder?

In diesem Moment klappt Berit ihr Notebook zu, steht auf, geht hinaus und schließt die Tür. Verschwindet in ihrer eigenen Welt, zu der sie, Inka, kein Passwort hat. Aber sie hätte es gern.

Berit hat gedacht, die Stube sei ein guter Platz, allein mit dem Wind und der schlafenden Mame nebenan, um endlich ihre Rede zu schreiben. Es ist ein guter Platz. Nur nicht, um ihre Rede zu schreiben. Wie lange sitzt sie schon da und hört dem An- und Abschwellen des Windes zu? Sonst ist es still in der Stube, ganz still.

Oben in Berits früherem Zimmer, das sie damals mit der großen Gesa geteilt hat, liegt Inka auf dem Bett. Mädchen wie Zimmer sind kaum wiederzuerkennen, mit dem blonden Pferdeschwanz des Mädchens sind auch die Pferdeposter an den Mädchenzimmerwänden verschwunden. Inka hat mit ihrer Jugendzeit radikal aufgeräumt. Wie schon gestern ist sie spät nachts ins Zimmer getapst – barfuß, in ein bodenlanges schwarzes Gewand gehüllt, das zwar ihre Füße komplett bedeckte, nicht aber ihr beeindruckendes Dekolleté – und hat, kaum dass sie im Bett lag, Musik auf die Ohren gelegt und das Licht gelöscht. Bloß hat sie Berit diesmal nicht den Rücken gekehrt, sondern hat dagelegen und in ihre Richtung geschaut. Oder auch nicht geschaut – wer konnte das wissen im Dunkeln? Sie jedenfalls hat prompt nicht mehr gekonnt – vom Bildschirm angeleuchtet ins Notebook tippen, formulieren und denken, während diese grünen Katzenaugen sie musterten. Möglicherweise. Nicht, dass sie gegen Katzenaugen allergisch wäre, solange keine Katze daranhing, im Gegenteil, grüne Augen fand sie schon immer faszinierend, bereits als Kind bei ihrem Bruder Boy. Der hatte behauptet, seine Augen würden im Dunkeln reflektieren, und tatsächlich glomm bei Nacht ein phosphorgrünes Leuchten darin. Vielleicht war es auch pure Suggestion, denn Boy konnte sehr überzeugend sein, besonders bei Nacht. Auch Johanna hat übrigens einen Stich Grün in den Augen. Doch, bestimmt. Außer ihr hat das zwar laut Johanna noch niemand, einschließlich Johanna selbst, entdeckt, doch was hieß das schon, man musste nur hinsehen. Es gab da diesen winzigen grünen Fleck neben den Pupillen, genau genommen, waren es mehrere grüne Pünktchen; wenn sie es jetzt aus der Ferne bedachte, konnte sie nicht mit Sicherheit ausschließen, dass auch ein Funken Gold darin glänzte.

Berit klappt das Notebook zu. Sie weiß wirklich nicht, was dem Schreiben abträglicher ist, die Dobermann-Blockade, die Johanna-Blockade oder der immer lauter knurrende leere Magen. Sie steht auf und streckt sich. Es muss etwas her, das sie auf Trab bringt für die Rede, Energiezufuhr und Dehnungsübungen für ihre aktuellen Problemzonen: Endhirn, Zwischenhirn, Hinterhirn. Daher darf sie, bevor es ohne Widerrede ans Schreiben geht, nun ein paar Seiten lesen, was jemand anderes geschrieben hat. Sie geht zur Vitrine mit den vielen bunten Buchrücken, steht eine Weile unschlüssig davor, schließt die Augen und greift nach einem x-beliebigen Exemplar. Ein Taschenbuch, vergilbt und zerlesen: ›Und dann gab's keines mehr‹.

Bevor sie die Türen des Alkovens öffnet, klopft Berit an. Sie hebt die Bettdecke und schaut unter das Kissen – als ob Jochen sich darunter zusammengekauert hätte! Nein, heute Nacht gehört der Alkoven ihr. In seinem Innern winkelt sie die Beine an, schließt die Türen und macht Licht. Gelobt sei das Leselicht, das Mame als Erstes dort anbringen ließ, nachdem sie in ihr Elternhaus zurückgekehrt war. Das Leselicht verwandelt den Alkoven von einem Ort, an dem man träumen kann, in einen Ort, von dem aus man fremde Welten bereisen kann. In ein himmelblaues Raumschiff. Zehn, neun, acht, sieben … Start! Kaum hat sie die Seiten aufgeblättert, begegnet sie dem Geist einer Frau, die längst tot ist und nun in diesem Inselhaus im Alkoven flüstert.

»Eine Insel hat etwas Magisches«, wispert Agatha Christie ihr durch die Nacht, über die Jahrzehnte und die zwischen England und Friesland rauschende Nordsee hinweg ins Ohr, »allein das Wort regt die Fantasie an. Du hast die Verbindung zur Welt verloren – eine Insel ist eine Welt für sich. Eine Welt, aus der du vielleicht niemals zurückkehren wirst.«

Berit wagt kaum zu atmen. Als wäre man aus Versehen über einen Ameisenhaufen gestolpert, rasen die Gedanken in alle Richtungen. »Eine Insel hat etwas Magisches … allein das Wort …«

Da taucht eine Insel aus dem Niemandsmeer auf, Tausende Kilometer entfernt von jeder Küste, mit kleinen Buchten und Schluchten, Dickicht, Palmen und Papageien. Und da ist eine Handvoll Menschen, die in voller Absicht vor diesem Eiland Schiffbruch erlitten, die sich ins Fäustchen lachten, während sie ihre Habseligkeiten bei Ebay verschacherten, ihre Facebook-Accounts löschten, ihre Smartphones im Pazifik versenkten. Die es für eine clevere Idee hielten, vorsätzlich und auf Nimmerwiedersehen von jedem Radar zu verschwinden, und die einer nach dem anderen den Verstand verlieren werden unter dem ewig blauen Himmel, dem immerlauen Lüftchen, der gnadenlosen Monotonie des tropischen Tages.

Da ist eine andere Insel, ein blanker Felsen im Nordmeer, umtost von Tag und Nacht anrollenden Wellen, von winters wie sommers heulenden Windböen, gekrönt von einem seit Jahrzehnten stillgelegten Leuchtturm, von allen guten Geistern verlassen. Und da ist ein Liebespaar, das Haut und Haar und seine auf dem Kontinent verfolgte Liebe auf diese Insel, diesen Turm gerettet hat, im Glauben, sie ganz allein würden einander für immer genügen. Doch nur einer von beiden wird den Felsen, den um den Turm heulenden Wind und die mörderisch genügsame Liebe überleben.

Da ist eine weitere Insel, flach und grün und beinahe rund. Eine Hallig im Wattenmeer, ohne Damm und Loren zum Festland, ohne Ausflugsschiffe und Sommerdeiche, dreißig Mal im Jahr Landunter, mit weidenden Schafen, aufgeschütteter Warft, sturmflutsicherem Haus. Und da ist eine Familie, die es für eine prima Idee hielt, hier gemeinsam die Feiertage zu verbringen, die alten Zwistigkeiten zu begraben, endlich wieder einmal alle unter einem Dach. Nur für ein paar Tage. Dann kommt der Sturm. Die Flut.

Berit stößt die himmelblauen Türen auf, springt aus dem Alkoven, läuft zu ihrem Notebook und beginnt zu schreiben.

In der Nacht wacht sie auf, am Tisch mit dem Kopf auf den Armen, und schreckt hoch von einem seltsamen, verkehrten Geräusch. Berit öffnet die Vorhänge, zuckt zurück. Hagel prasselt gegen die Scheibe, hämmert gegen das Glas, als wollte er Einlass erzwingen, getrieben von wütendem Wind. Der Weg zum Haus, die Wiese, Sträucher und Bäume sind von bläulichem Glanz überzogen. Ganz allmählich dämmert es Berit, dass die Welt um das Haus vereist.

Sie schließt die Vorhänge, das Notebook, steigt zurück in den Alkoven. Liegt dort auf der Seite, todmüde, mit bis zur Brust angewinkelten Beinen. Mit der letzten Welle wachen Bewusstseins, oben auf ihrer Schaumkrone, bevor sie in Schlaf umschlägt, leuchtet ein Satz aus dem vergilbten, zerlesenen Buch auf: »Das Beste an einer Insel ist – wenn du einmal dort bist, geht es nicht weiter. Du bist am Ende der Dinge angelangt.«

Zweites Intermezzo von der anderen Seite der Kugel

Kein Land in Sicht. So wird es nun mehrere Tage bleiben. Boy steht auf dem Oberdeck der »Esperanza« und atmet den Wind des Pazifiks, des größten und tiefsten Ozeans der Erde, bevor in einer halben Stunde sein erster Einsatz ruft. Er schaut auf die Weite der endlosen Wasserfläche, 15 409 Kilometer ostwestlich von China bis Mexiko, 15 883 Kilometer nord-südlich von Sibirien bis zur Antarktis. Irgendwo zwischen Neuseeland und Chile, dessen Küste längst aus ihrem Blickfeld verschwunden ist, liegt jene Stelle mit der größtmöglichen Entfernung zum festen Boden unter den Füßen, die man auf diesem Planeten erreichen kann. Point Nemo, der pazifische Pol der Unzugänglichkeit. »Point Nemo«, flüstert Boy gegen den Wind, »Point Nemo«. Etwas flattert in seinem Brustkorb.

Diese Reise wird ihn an Orte führen, deren Namen und Umrisse er als Junge ins Heft gekritzelt hat – auf der kleinen friesischen Insel, im Spitzboden ihres Hauses, um den der kalte Wind blies –, als könnte er sie so herbeibeschwören oder sich selbst dorthin versetzen: Osterinsel und Pitcairn, wo die Nachfahren der Meuterer der »Bounty« hausen. Nun wird er sie leibhaftig sehen, gemeinsam mit den Schönen und Reichen dieses Luxusliners auf ihrer Stippvisite zum Außenposten der Zivilisation. Geschichten von Meuterei und

Entermessern, von Frauenraub und mit blutigen Händen vergrabenem Gold – für so etwas zahlen die Gäste ein Vermögen, im sicheren Hafen ihrer Firstclass-Kabinen und mit der Gewissheit, unter ihresgleichen zu sein. Boy lacht laut auf, als er sich an die Gesichter der Herren und Damen im Reedereigebäude der »Pacific Cruises« erinnert. »Buenos días, hier bin ich, Ihr neuer Pianist.«

Er wirft einen Blick auf die Uhr. Zeit, sich umzuziehen für die Probe aufs Exempel, ob der Selfmade-Musiker Boy Boysen den Ansprüchen des exklusiven Publikums genügt. Zeit für den Abstieg in die fensterlose Kabine auf dem Unterdeck.

Drei Uhr morgens in der »Bar Indigo«. Boy unterdrückt ein Gähnen und hofft, dass niemand von den Gästen bemerkt, dass sein Repertoire in Sachen Barpiano für heute ebenso erschöpft ist wie er selbst. Bisher scheint er die Probe bestanden zu haben. Zur Cocktailstunde gab's ein wenig Jazz am Flügel, nach dem Dinner Tanz im roten Salon mit kleinem Orchester und Sängerin – Carlos' Cecilia höchstpersönlich, die ihn vor Beginn fragte, ob er vom Blatt spielen könne! Es wurde getanzt, getrunken, geflirtet, Alkohol und Trinkgeld flossen in Strömen – die »Esperanza« war vorerst vor Meuterei, Riff und Untergang und Carlos' Verwünschungen gerettet.

Seit Mitternacht spielt Boy allein in der »Bar Indigo«, gibt »My way«, »Don't cry for me, Argentina« und natürlich »Mood Indigo« als Hintergrundrauschen zu Gesprächen und Cocktails an einem Piano in Ultramarin zum Besten, inmitten von veilchenblauen Samtvorhängen, tiefblauen Loungesesseln und Gästen, die sich mit vorrückender Stunde dem Farbschema angleichen. Hört überhaupt noch jemand zu? Die meisten Sessel und Sofas sind inzwischen leer, die meisten Gäste gegangen, bis auf zwei Paare, von denen das eine den lieben langen Abend weder Worte noch Blicke gewechselt hat, während das andere in eine lebhafte Zwiesprache der Zungen, Finger und Füße vertieft ist. Dann wären da noch die vier Herren, deren Wettkampf, wer wen zuletzt unter den Tisch trinkt, wiederholt in die Verlängerung geht, und der Dicke im indigoblauen Anzug, der so tief im indigoblauen Sessel versunken ist, dass nur sein Gesicht weiß und rund vor dem blauen Samthimmel leuchtet. Schließlich ist da der weißhaarige Mann, der in Jeans und kariertem Hemd auf einem Barhocker allein am Tresen sitzt und beinahe den Eindruck macht, als höre er zu.

Na, euch werd ich aufwecken, sagt sich Boy und haut in die Tasten. »And the piano, it sounds like a carnival, and the microphone smells like a beer«, singt er um einiges vehementer, als es dem Lieferanten des Hintergrundrauschens zusteht, »and they sit at the bar and put bread in my jar and say, ›man, what are you doin' here?‹«

Der Dicke im blauen Anzug rührt sich nicht. Wird man ihn schnarchen hören, wenn die Musik verstummt? Klebt er bereits länger im Sessel? Ob er schon riecht? Boy lässt die letzte Strophe des »Piano Man« weg und klappt das Piano zu.

Die Gäste setzen sich einer nach dem anderen auf, schauen auf die Uhr, verlassen mehr oder weniger schwankend die Bar. Ein paar bedanken sich im Hinausgehen sogar bei ihm für das schöne Spiel. Sieh mal an. Der Barkeeper räumt die letzten Flaschen und Gläser fort. Boy trinkt sein Glas leer, packt die Noten zusammen. Zumindest scheint niemand bemerkt zu haben, dass er ein Novize ist in der Luxusklasse.

»Wie ist es denn so«, fragt eine Stimme in seinem Rücken auf Englisch mit einem leichten deutschen Akzent, »wenn man zum ersten Mal hier mitspielen darf?«

Boy dreht sich um. Der Alte im karierten Hemd sitzt noch

immer sehr aufrecht auf dem Barhocker vor der verlassenen Bar.

Er mustert Boy und fügt nach längerer Pause hinzu: »In der oberen Liga?«

»Neu«, antwortet Boy. »Und bei Ihnen?«

Der Alte lacht. »Spielen Sie noch mal ›My way‹.«

»No way«, sagt Boy, reißt den Mund auf, ohne die Hand davor zu halten, und gähnt. »Schichtende.«

Der Alte lacht nicht mehr, schiebt einen Hundert-Dollar-Schein über den Tresen.

»Gute Nacht«, sagt Boy und verlässt den Saal.

Draußen vor der Bar, vor einem Panoramafenster mit Meerblick, lehnt eine Dame an der Wand. Schaut wie zufällig in seine Richtung, macht ihm schöne Augen oder das, was sie dafür hält, und verströmt einen Geruch nach Promille, teurem Parfum, Arroganz und Einsamkeit. Eigentlich sieht sie nicht schlecht aus, wäre da nicht dieser blasierte Zug um den Mund. Jetzt erkennt er sie auch. Es ist die weibliche Hälfte des schweigenden Paars: Er hat abwechselnd an die Decke und tief ins Glas geschaut, sie auf ihre beringten Finger und den Pianisten. Boy lächelt sie im Vorbeigehen an, beinahe empfindet er Mitleid mit ihr – bis auf ihren Lippen das siegesgewisse Lächeln einer Lady erscheint, in deren Welt alles käuflich ist: der Diamantring, die Illusion von Abenteuer und Unterhaltung, Kunst und Künstler, der Mann am Klavier.

»Was für eine Nacht«, haucht sie mit einer Geste in Richtung des hinter dem Fenster liegenden Universums.

Boy sieht zu, dass er wegkommt, bevor sie eine Bemerkung über seine sicher ach so geschickten Finger macht. Er kennt das schon. Als bezahlter Schiffsmusiker darf man im

Dienst weder tanzen noch trinken noch flirten, aber gerade das scheint die Damen anzuziehen. Dass er, im Gegensatz zu ihren Gatten, Vätern und Brüdern, mit seiner Hände Arbeit Geld verdient, dass er nüchtern, unpassend und nicht zu haben ist. Doch ihm lag noch nie was an Damen.

Mit der Nacht hat sie dennoch recht. Solange nach dem Auftritt der spezielle Cocktail von Erschöpfung und Euphorie im Blut kreist, ist er zu aufgeputscht, um in die Koje zu kriechen. Noch hier oben, mehrere Decks über den Maschinen, spürt man das Stampfen des Motors, ein Vibrieren unter den Füßen, den kraftvollen Herzschlag des Schiffes. Manchmal auch ein Schlingern, eine kaum merkliche Neigung des Horizonts; für den Bruchteil einer Sekunde ergreift einen Schwindel, bevor der Gleichgewichtssinn die Lage neu justiert. Nach einer längeren Reise kann er an Land nicht schlafen ohne das Wiegenlied der Wellen. Das Gehen und Stehen auf starrem Boden, der Blick auf den festgezurrten Horizont machen ihn landkrank. Und wenn er sich endlich an das Landleben gewöhnt hat, geht es schon wieder hinaus auf See.

»I feel the sea … move … under my feet«, summt Boy, öffnet die Tür zum Oberdeck der »Esperanza« und tritt ins Freie. Er geht so weit wie möglich nach vorne an den Bug. Fern von jeder Küste und Insel ist der Himmel von sattem Schwarz, übersät von den Lichtpunkten des südlichen Sternenhimmels. Tief unter ihnen rauscht das dunkle Wasser vorbei, nur die Bugwellen ziehen eine leuchtend weiße Spur in die Schwärze. Boy hält die Nase in den Wind und saugt den Geruch des Pazifiks in die Lungen.

Das Deck ist um diese Uhrzeit menschenleer bis auf eine Gestalt in einiger Entfernung, deren Schattenriss Boy erst jetzt bemerkt. Beim Näherkommen entpuppt sich die Silhouette als eine Frau in bodenlangem Abendkleid und Stola, die unter einem »No Smoking«-Schild steht und raucht.

»Guten Morgen, Cecilia«, sagt Boy.

Cecilia antwortet nicht.

»Buenos días!«, versucht er es etwas lauter. Sie zieht an ihrer Zigarette, schnippt Asche auf das Deck. Sofern sie nicht taub ist, was er nach ihrem gemeinsamen Auftritt heute Abend ausschließen kann, würdigt sie ihn nicht nur keines Blickes und Wortes, sondern hält selbst ein Nicken in seinem Fall für verschwendet.

Boy verschwindet um die Ecke und kommt kurz darauf zurück. Gemessenen Schrittes nähert er sich der rauchenden Dame im Abendkleid. Wenige Meter vor ihr streckt er die Arme aus, beginnt zu stammeln: »Meine Feuerlilie, mein Turteltäubchen, mein Mokkanäschen!« Plötzlich stolpert er, gerät ins Schlittern, landet mit einem Aufschrei auf allen vieren vor Cecilia.

Cecilia sieht ihn an wie einen Geist.

»Grüße von Carlos«, sagt Boy und richtet sich vor ihr auf.

Cecilia bricht in schallendes Gelächter aus, das verstummt, als er ihr wortlos den Rücken wendet und geht. Beim Abstieg in seine Kabine liegt ein Lächeln auf Boys Lippen, während er vor sich hin murmelt: »There was a young lady of Riga, who rode with a smile on a tiger. They came back from the ride with the lady inside – and the smile on the face of the tiger.«

Boy lächelt noch immer, als er die Kabinentür aufschließt, in der fensterlosen Kabine Licht macht, sein Piano-Man-Jackett auf den Bügel hängt.

Kurz darauf ist das Lächeln erloschen. Er sitzt auf der ausgeklappten Liege, hat sein Handy eingeschaltet. Nachdem eine ganze Weile Funkstille geherrscht hat, sind nun eine Reihe von Nachrichten auf einmal eingetrudelt, darunter eine, die er nach mehrmaligem Lesen noch immer nicht versteht. Eine Nachricht, die vorgestern abgeschickt wurde, als er noch in Valparaíso war und nicht mitten im Pazifik, fern von jeder Küste. Eine Nachricht von Zuhause.

Das ist doch absoluter Unsinn! Boy schaltet das Handy aus, geht zum Waschbecken, wäscht sich, putzt die Zähne, zieht sich aus und legt sich in die Koje. So, er wird jetzt ein paar Stunden schlafen, mit klarem Kopf wieder aufwachen und feststellen, dass sich jemand einen schlechten, wirklich sehr schlechten Scherz erlaubt hat. Oder eine Verwechslung. Ein Missverständnis. Kaum liegt er auf dem Rücken, beginnt es in seinem Kopf zu rotieren. Ihm wird übel. Speiübel. Er schafft es so eben über den Flur zur Toilette. Er ist nicht seekrank! Er war nie seekrank, ist nie seekrank und wird niemals seekrank sein.

Zurück in der Kabine schaltet Boy das Handy wieder ein, liest noch einmal. Sitzt lange da, ohne sich zu rühren. Starrt auf eine Nachricht von Zuhause, die sich vollkommen falsch anfühlt.

Die Tür zur »Bar Indigo« ist angelehnt. Leise Musik dringt aus dem Inneren. Boy tritt ein, steht in einem leeren, dämmerigen Raum, erhellt nur vom Schein des illuminierten Tresens, der in wechselnden Blautönen leuchtet.

»Haben Sie es sich anders überlegt?«

Der Weißhaarige im karierten Hemd sitzt in einem Sessel, hat die Beine hochgelegt und hält ein Glas in der Hand. Boy will sich umdrehen, hinausgehen. Nach ganz oben hinaus aufs Deck gehen. Über die Reling springen. Er setzt sich in den Sessel gegenüber und wartet.

Der Alte schaut Boy schweigend an. Wie aus Glas fühlt er

sich unter diesem Blick, Glas mit einem feinen Sprung von oben bis unten. Der Alte erhebt sich, geht an die Bar, schließt den Barschrank auf, kommt mit einer Flasche Whiskey zurück. Gießt ein, reicht Boy das Glas.

Boy atmet den Alkoholgeruch ein, widerlich vertraut, und trinkt einen Schluck. Dalmore, mindestens vierzig Jahre alt. Das Zeug brennt wie Feuer in der Kehle.

»O'Neill«, sagt der Alte. »Freddy.«

»Boysen«, antwortet er, »Boy«, und nimmt noch einen Schluck. Muss beinahe prusten wie beim ersten Mal, mit sechzehn, als er zur Seefahrtsschule durchgebrannt ist. Mit Mutters heimlichem Segen. Hölle. Es brennt wie Hölle.

»Ich glaube, wir können Deutsch miteinander sprechen«, setzt Boy nach einer Schweigeminute hinzu. »Nielsen? Frederik oder Frerk?«

Zum ersten Mal gerät der Alte ein wenig aus der Fassung. »Gut geraten! Frerk. Frerk Nielsen. Kann aber keiner aussprechen in den Staaten. Bin schon vor fünfzig Jahren fort.«

Boy fühlt, wie die flüssige Hitze durch die Kehle rinnt und zu Kopf steigt, die Brust überschwemmt, den Bauch, die Seele. Siebzehn Jahre hat er das Zeug nicht angerührt. Siebzehn Jahre! Boy versucht, die Tränen auf ihrem Weg in die Augen zu stoppen, ballt die Fäuste. »Was machen Sie hier auf dem Schiff, Herr Nielsen?«

»Bleiben wir bei O'Neill. Es gehört mir. Ab und zu fahre ich mit.«

Boy mustert den alten Mann in Jeans und Karohemd. Ist das ein Spinner, sitzt er hier in einem Traum oder Albtraum? »Ihnen gehört das Schiff, die ›Esperanza‹?«

»Die Reederei.«

»Die Reederei? ›Pacific Cruises‹, der ganze Laden?«

O'Neill nickt.

»Und dann wollten Sie mich mit hundert Dollar abspeisen?«

Der Alte lächelt. »Ich bin zurzeit Ihr Arbeitgeber, vergessen Sie das nicht.«

»Keine Sekunde.« Boy lächelt zurück. »Keine Sekunde, Herr Nielsen.«

Boy weiß nicht, ob der verfluchte Dalmore schuld ist oder das Gefühl, aus gesprungenem Glas zu sein – als der Morgen graut, hat er Freddy O' Neill alias Frerk Nielsen alles erzählt. Von seiner Heimat, der Insel, die just neben jener Insel liegt, von der Nielsen stammt. Von seiner Familie, seinem Bruder Enno, der als Junge zur See wollte und sein Leben lang im Elternhaus wohnt. Von seiner Mutter, die nun tot sein soll, tot, und in dem Moment, als er es ausspricht, scheint es auf einmal möglich zu sein, warum nicht? Mütter starben, erst recht, wenn sie fast achtzig waren, sie starben, auch wenn der Sohn auf See war und sie versprochen hatten, mit dem Sterben, wenn es denn unbedingt sein müsse, auf ihren Jungen zu warten.

Der Alte hat angeboten, ihn auf der Osterinsel von Bord zu lassen, früher gehe es nicht, sofern er nicht nach Hause schwimmen wolle. Zwei Tage müsse er sich gedulden, dann könne er versuchen, von dort einen Flug zurück nach Chile zu erwischen. Aber Boy hat es nicht eilig, nach Hause zu kommen, jetzt, da es zu spät ist und er sie nicht mehr lebend sehen wird. Ihr helles, klangvolles Lachen nicht mehr hören wird, ihre Geschichten von guten und bösen Geistern, Romanfiguren und Nachbarn. Ihre Umarmung nicht mehr spüren wird und das stillschweigende Einverständnis, das darin lag, mit ihm und seinem krummen Leben.

Er hat es nicht eilig, zur Beerdigung zu kommen, zur Testamentsvollstreckung, zur Zusammenkunft mit den Geschwistern. Aber dann ist da das Haus. Mutters Haus. Sein Elternhaus. Das Haus, in dem seine Tochter aufgewachsen ist und vielleicht später mit ihren Kindern leben wird. Seine Tochter, deren Vater aus guten oder schlechten Gründen, jedenfalls geschworen hat, ein unbekannter Vater zu bleiben. Eine Tochter, die nicht weiß, dass sie, obwohl adoptiert, eine lange Reihe von Vorfahren hat in diesem Haus. Und auch von diesem Haus hat er Frerk Nielsen alles erzählt. Hat ihm seine Schönheit geschildert, seine Einzigartigkeit, das Problem mit dem Erben und Erhalten, dem Vierteilen und Auszahlen, dem fast unvermeidlichen Verkauf ihres Haus' Tide.

»Haus Tide«, wiederholt Mr. O'Neill. »Haus Tide. Sag mal, Boy Boysen, wo auf der Insel steht denn dieses Haus?«

»Hinter dem Norddeich, weit ab von jedem Ort.«

»Alleinlage, zur Seeseite der Insel?«

»So ist es.«

»Wie alt ist dieses Haus?«

»Zweihundertsiebenunddreißig Jahre.«

»Hat's ein Reetdach? Bilegger, Alkoven?«

»Oh ja. Oh ja.«

»Wann wird es zum Verkauf angeboten?«

»Sobald wir Kinder uns geeinigt haben. Oder eben nicht.« Boy schaut ihn an. »Was interessiert Sie das eigentlich so genau?«

Da ist ein neues Glitzern in den alten Augen. Wie aus Glas fühlt sich Boy unter diesem Blick, Glas mit einem tiefen Sprung von oben bis unten. Die Wärme des Alkohols, der menschlichen Gesellschaft verfliegt. Kälte kriecht Boy von den Füßen in den Bauch, die Brust, das Herz.

»Gute Heimreise!«, sagt Mr. O'Neill, wirft ein paar Scheine auf den Tisch, klopft Boy auf die Schulter und geht.

30. Dezember

Eine Eiskruste legt sich über Dächer und Sträucher, Straßen und Schienen. Der Regen gefriert auf dem Boden zu Blitzeis. Am Mittag geht der Eisregen in Schnee über, am Nachmittag türmt der aufziehende Sturm die Schneeverwehungen um Bäume und Häuser. Hohe, rollende Wellenberge mit langen Kämmen, Gischt beginnt die Luft zu füllen.

»Die Nordsee steht nie still … Im Nu schlägt sie um, braust sie wild auf, reißt sie den Boden fort, auf dem wir eben noch standen, führt sie vor, dass alles einen Anfang und ein Ende hat. Im Großen wie im Kleinen.«
Kristine von Soden

Es klopft an die Tür von Haus Tide. Zuerst leise und eindringlich wie das Kratzen eines Einlass begehrenden Tieres, dann ungestümer, als schlügen die Fäuste eines erbosten Menschen gegen die verriegelte Haustür. Oder die eines Menschen in Not. Auf der anderen Seite der Tür steht Inge und hält den Atem an. Freund oder Feind, Bedrohung oder Rettung? Soll sie dem Unbekannten öffnen?

Sekunden später, die sich im Traum zu einer Ewigkeit dehnten, schreckt Inge aus dem Schlaf. Sie liegt, so weit ist alles in Ordnung, in ihrem Bett. Das Klopfen ist noch da, ein grimmiges Hämmern gegen die Fensterscheibe. Im abgedunkelten Zimmer setzt Inge sich auf, knipst die Nachttischlampe an, will aufstehen und nachsehen, was draußen gespielt wird. Doch sie schafft es nicht, in die Höhe zu kommen. Als ob Hirn und Beine sich nicht mehr verstünden, eine dem anderen fremde Sprache sprächen. Einen Moment lang weiß sie nicht mehr, wie es geht: aufstehen. Der Schreck über das Vergessen durchzuckt sie, dann blitzt das Gesicht ihrer Schwester vor Inge auf. Kopfüber hängt Engelline in der Luft, ihre geflochtenen Zöpfe baumeln zu beiden Seiten wie Seile an ihr herab. Sie verzieht den Mund zu einem Grinsen, sieht Inge in die Augen und zwinkert ihr zu.

Inge steht auf, geht zum Fenster und öffnet die Vorhänge. Hagel prasselt gegen die Scheibe. Es ist noch dunkel, ein bläulicher Glanz liegt über Weg und Wiese, Sträuchern und Bäumen. Märchenhaft ist dieser blaue Schimmer, unirdisch schön erscheint er Inge, bis ihr klar wird, es muss Eis sein, eine dünne Schicht Eis. Als Erstes sucht ihr Blick den Rosenstock neben der Haustür, doch sie kann ihn von hier nicht sehen, ohne das Fenster zu öffnen. Jemand muss nach ihm schauen! Wenn der Wind das Tannenreisig fortweht, das sie gegen Schnee und Frost in die Zweige gehängt hat, wird der Rosenstock erfrieren. Älter als sie ist er, mehr als achtzig Jahre gewachsen und um den Türbogen gerankt, jedes Jahr hat er geblüht.

Inge schaut auf den von Eis überzogenen Garten, das bläulich schimmernde Gras, die glänzenden Kiesel. Weißt du noch, Engelline, wie stolz du warst, dass unsere Eltern zu deiner Geburt diese Rose gepflanzt haben? Mächtig angegeben hast du damit, und ich war immer ein bisschen neidisch, denn bei meiner Geburt hat niemand mehr an Rosen und dergleichen gedacht. Nun hat dich dieser Rosenstock um viele Jahrzehnte überlebt, und wenn ich tot bin, wird sich keiner mehr um ihn kümmern. Kerrin wird ihr Gemüse hegen und froh sein, die Blumen durch Frühbeete und Kohlköpfe zu ersetzen. Du wirst schon sehen: Schwertlilien zu Kohlköpfen! Inge seufzt. Das ist hier das Lebensmotto so mancher ihrer Mitbürger. Eine Haltung mit Tradition auf den einst abgeschiedenen, kargen Inseln, auf denen man in vorauseilendem Gehorsam lange Zeit auf Bäume verzichtete, die wegen der salzigen Nordseewinde, so glaubte man, hier nicht wüchsen. Man pflanzte sie nicht, da sie nicht wuchsen – sie wuchsen nicht, da man sie nicht pflanzte. Bis eines Tages jemand mit dem notwendigen Leicht- und Eigensinn wieder den Mut fasste, den es erfordert, einen Baum zu pflanzen – und im Garten etwas anderes als den immerwährenden Grünkohl.

Inge sieht den zukünftigen Garten dieses Hauses vor sich: eine Heerschar von Kohlköpfen, im Kreis und bei Vollmond gepflanzt. Was soll man machen. Hat man den Löffel abgegeben, schmecken andere die Suppe ab. Und das gilt ebenso für den Gebrauch von Gartenschere und Harke.

Aber noch, nicht wahr, hab ich Löffel und Schere selbst in der Hand, sagt sich Inge, und will doch einmal nach den Rosen sehen. Sie öffnet das Fenster, Hagelkörner treffen sie an Stirn und Wange, der eisige Wind schneidet in die Haut. Mit aller Kraft drückt sie das Fenster wieder zu und dreht den Fensterriegel. Da sind sie also tatsächlich gekommen, Schnee und Frost, die ihr in den Knochen saßen. Inge lehnt die Stirn gegen die kalte Scheibe und schließt die Augen. Und was sitzt jetzt darin, in den wetterfühligen ollen Knochen? Der gekommene Schnee, der kommende Sturm, ein aufbrausender Schneesturm! Ja, sie ist beinahe sicher, dass dieses Gehagel und Getrommel nur die leise Ouvertüre bilden zu einem Sturm, der seine Arien inbrünstig schmettern wird. Sie gehörig durchpusten und alle miteinander eine Weile festhalten wird auf dieser Insel, in diesem Haus. Wieder fährt Inge, erst heiß, dann kalt, ein Schreck durch die Glieder. Der Himmel hat ihre Bitte erhört.

Noch im Halbschlaf ist Jochen erstaunt, in einem weichen Bett zu liegen und nicht auf dem Fußboden. Ein Arm hängt heraus, seine Finger haben sich in den Teppich gekrallt. Was macht er hier am äußersten Rand – und warum wollte er sich nicht umdrehen? Er dreht sich um und schaut Gesa ins Gesicht. Gesa, die still daliegt und atmet, deren Busen und runder Bauch sich bei jedem Atemzug bewegen. So schön, so lebendig. Er erinnert sich, wie er die Hand auf diesen Bauch gelegt hat und das Ohr an die Bauchdecke gepresst, als Marten und Kaija darin lebten. Wie er nicht genug bekommen konnte vom Gluckern, wenn seine Kinder sich bewegten, vom Schlagen ihrer kleinen Herzen, ein leises Echo von Gesas großem Herz.

Er begreift es einfach nicht. Wie kann es sein, dass in diesem selben Bauch nun das Kind eines anderen wächst? Genährt von ihrem Blut, ihrem Atem, ihrer Liebe. Dem Blut und der Liebe seiner Frau. Und er hat keinen Teil daran, ist nicht gefragt worden, kann nichts dagegen tun.

Jochen setzt sich auf. Was hat er verdammt noch mal in diesem Bett verloren? Wie bringt er es fertig, hier zu liegen, ohne den letzten Rest Selbstachtung einzubüßen? Nur weil sie im Schlaf seinen Namen geflüstert hat! Nun liegt Gesa da, schläft den Schlaf der Gerechten, und wenn ihn nicht alles täuscht, spielt ein Lächeln um ihre Lippen. Wie schön für sie, dass sie ruhig schlafen kann neben einem Menschen, dessen Leben sie in Fetzen geschnitten hat. Nicht nur sein gegenwärtiges und zukünftiges Leben, sondern, und das ist das grausamste, sein vergangenes Leben gleich mit. Seine Erinnerungen, die nur quälen, seine Wahrnehmungen, die im neuen Licht betrachtet sämtlich zweifelhaft erscheinen. Wie schön für sie, dass sie diesem Menschen noch immer vertraut. Denn, nicht wahr, ebenso gut könnte er ihr dieses ach so kuschlige rotweiß karierte Kissen aufs Gesicht drücken. Und dann hätte es sich ausgelächelt. Ein für alle Mal.

Jochen springt auf, Schmerz durchfährt den verstauchten Knöchel. »Verzeih mir«, flüstert er, »verzeih mir, verzeih mir! Du weißt doch, Liebes, dass ich dir kein Haar krümmen kann?!« Doch da ist es wieder, dieses hässliche Bild von ihrem langen Haar, um sein Handgelenk gewickelt wie ein straffer Zügel. Vielleicht tut das am meisten weh, hasst er sie am meisten dafür, dass sie nun für immer weiß, dass er dazu fähig ist. Er steigt in seine Jeans, wendet dem Bett den Rücken. Höchste Zeit, dass er wegkommt.

Im Bad liest Jochen eine SMS von Dennis. »Der Prozess. Ich schaff das nicht alleine. Bitte, komm!« Er wirft sich kaltes Wasser ins Gesicht, seift sich ein, rasiert sich.

»Entschuldige!« Gesa steht in der Tür.

Jochens Hand rutscht aus, ein tiefer Schnitt zieht sich über die Wange.

Gesa stößt einen leisen Schrei aus, macht einen Schritt auf ihn zu. Sie streckt eine Hand nach ihm aus, lässt sie fallen. »Jochen! Ist es schlimm?«

Eine bittere, böse Erwiderung liegt Jochen auf der Zunge, während er das Blut von der Backe wischt und einen Lappen mit kaltem Wasser dagegenpresst. Dann sieht er die Sorge in ihren Augen, den Schmerz. Und dass sie, ohne es zu bemerken, eine Hand gegen ihre eigene Wange hält. So ist es schon immer gewesen; wenn ihm oder den Kindern etwas wehtat, fühlte auch Gesa Schmerz. Aber dann, kommt ihm zum ersten Mal der Gedanke, schnitt sie sich doch seitdem auch ins eigene Fleisch?

Im Schlafzimmer liest Gesa eine Nachricht von Matteo. »Gesamia, ich will dich nicht drängen. Hab bloß so ein komisches Gefühl. Bitte komm bald zurück!« Ein komisches Gefühl hat sie auch, seit sie hier ist. Und es wird nicht weniger durch die vergangene Nacht, in der sie aufgewacht ist, ein vertrautes Atmen neben sich hörte und dachte: Ist er also doch gekommen. Dabei schien Jochen, obwohl er wie früher gemeinsam mit ihr in einem Bett lag, weit fort auf einem fernen, kalten Stern.

Gesa beginnt sich anzuziehen, im Dämmerlicht ihre verstreuten Sachen zusammenzusuchen. Während Jochen tief und fest schlief, hat sie lange wach gelegen, es kaum gewagt, sich zu bewegen, den Bauch in eine bequemere Position zu bringen, selbst als es zu drücken und zu ziehen begann. Ein

Ziehen, das sich ein wenig anders anfühlte als das leichte Ziehen im Rücken, das die Senkwehen begleitete. Die waren normal in dieser Phase, kein Grund zur Beunruhigung, wie sie ihren Patientinnen unzählige Male versichert hat. Und wahrscheinlich war auch das neue, andere Ziehen kein Grund zur Beunruhigung. Aber sie ist beunruhigt. Matteo hat recht. Sie gehört jetzt dahin, wo er ist. Nach Hause. Zu ihm.

»Warte!«, sagt Gesa zu Jochen, der kurz zu ihr hereinschaut, um sich zu verabschieden. »Ich komme mit. Die Kinder auch. Wir alle.«

»Aber die Kinder sind doch eben erst …«, will Jochen einwenden und verstummt. Er kennt diesen Ton. Es ist der Tonfall für beschlossene Sachen. Es dauert oft lange bei Gesa, bis sie zu einem Entschluss kommt, aber wenn sie ihn gefällt hat, gilt es.

Kurz darauf hört er ihre Stimme oben im Spitzboden. »Marten, Kaija, aufstehen! Wir fahren nach Hause!«

»Nein!«, schreien beide. »Warum?!«

Eine Weile sind Lärm und laute Stimmen zu hören, endlich stehen alle drei mit gepackten Taschen neben Jochen in der Diele.

»Bitte«, sagt Gesa, »seid jetzt leise. Omi schläft noch. Und Tante Kerrin und Onkel Enno.«

Marten steht da wie versteinert, Kaija läuft Rotz aus der Nase. Gesas Hand mit dem Taschentuch schlägt sie zur Seite.

Kerrin kommt im Bademantel die Treppe herunter und schaut die Versammlung mit erhobenen Brauen an. »Was um Himmels willen …?«

»Wir müssen schon fort!«, heult Kaija auf. »Dabei haben wir gerade letzte Nacht die Schatzka…«

Marten stößt sie in die Seite. »Halt den Mund!«

Doch die Erwachsenen hören ihr ohnehin nicht zu. Gesa tritt neben Kerrin und flüstert ihr ins Ohr.

»Verstehe«, sagt Kerrin mit einem Blick auf Gesas Bauch. »Na, wenn das so ist.« Sie klatscht in die Hände und schaut aufmunternd in die Runde. »Kein Problem, die Kinder können auch alleine hierbleiben.«

»Nein, das denke ich nicht.«

Alle Augen wenden sich Enno zu, der im Pyjama oben auf der Treppe erschienen ist. Derselbe Ton, denkt Jochen, der zum ersten Mal eine Ähnlichkeit zwischen Gesa und ihrem Bruder bemerkt: derselbe Tonfall für beschlossene Sachen.

»Aber Enno«, setzt Kerrin an, doch Enno unterbricht sie.

»Wenn Gesa meint, sie muss mal wieder das sinkende Schiff verlassen, dann soll sie ihre Kinder bitte mitnehmen.«

Gesa lässt Enno, der noch immer oben auf der Treppe steht, nicht aus den Augen. »Wieso sinkendes Schiff?«

»Mutter ist todkrank, schon vergessen? Der Tod klopft in diesem Haus an die Tür. Mit beiden Händen.« Er schaut bedeutungsvoll in die Runde, hebt die Hände, streicht durch den Bart, räuspert sich. »Wie auch immer, sie kann jederzeit sterben. Und dann wäre es doch ganz hilfreich ...« Seine Stimme versagt.

»Enno, ich meine es ernst«, sagt Gesa. »Ich glaube nicht, dass Mama bald stirbt. Denkst du, sonst würde ich abfahren? Aber auch das Leben klopft eben ...« Sie wechselt einen Blick mit Kerrin. »Kurz und gut: Wir fahren heute zurück. Alle zusammen. Jetzt.«

Bald darauf, im blauen Licht des Dezembermorgens, sitzen Gesa und Jochen, Marten und Kaija im vollgepackten Auto. Es hagelt nicht mehr, der Wind hat etwas nachgelassen. Gesa betrachtet die roten Ziegelwände, die blauen Sprossenfenster, den Rosenstrauch am Eingang, das Reetdach mit dem bemoosten Giebel und den beiden Vogelköpfen gegen Blitze und Hexen. Alles sieht aus wie immer, denkt Gesa, alles ist da wie immer. Und auch Mama, die jetzt aus dem Fenster schaut und winkt, wird dort stehen und winken, wenn wir das nächste Mal wiederkommen. Ohne Jochen vermutlich und mit dem Baby. Da ist es wieder, das Ziehen im Bauch. Sie betrachtet die Eisschicht auf dem Rasen, den vereisten Weg. Dann blickt sie noch einmal in den Himmel über dem Haus und holt eilig ihr Fernglas hervor. Das sind doch … tatsächlich, kein Zweifel, eine kleine Schar Ringelgänse, und zwar hellbäuchige, die sonst in England oder Dänemark überwintern. Die nur in besonders harten Wintern herkommen, als Vorboten einer aufziehenden Kaltfront.

»Lass uns fahren!«, sagt sie zu Jochen.

Als Jochen das Zündschloss aufgetaut hat und zum ersten Mal den Motor anlässt, spaziert Kater Ahab ohne jegliche Eile unter dem Auto hervor. Er streckt die weiße Schwanzspitze in die Höhe, wie er es für gewöhnlich tut, wenn er einen Vogel oder eine Maus erlegt hat.

»Scheiße!«, sagt Jochen, als der Motor zum dritten Mal verreckt.

»Guck du mal nach«, fordert Gesa Marten auf. »Du verstehst doch bald mehr davon als dein Vater.« Sie wendet sich zu Marten, der auf der Rückbank sitzt und lächelt. Auf eine Weise lächelt, die ihr ganz und gar nicht gefällt.

Eine Weile stehen Gesa, Jochen und Enno um das Auto und diskutieren, dann kommen alle mit Koffern und Taschen ins Haus zurück. Gesa telefoniert mit einer Werkstatt auf dem Festland, doch Jochen hat für so was jetzt keine Zeit mehr. Er wird den Zug nehmen, Enno bringt ihn zur Fähre.

In ihrem Wandbett hört Inge das Knattern und Verstummen des Motors, die im Hof disputierenden Stimmen, das Getrappel der Schritte, Türenschlagen und Kindergeschrei. Das Haus hat sich geleert, das Haus hat sich gefüllt. Das Leben ist zu ihr zurückgekehrt, und da soll es nun bleiben. Vorsichtshalber zieht Inge den dicken Vorhang vor ihrem Wandbett zu, bevor sie zum Telefon greift. Es kratzt an der Zimmertür, Ahab wird eingelassen und bringt sich vor einer gewissen Kommode in Stellung. Seufzend wird er von Inge mit einer nagelneuen weißen Gummimaus bedacht. Er nimmt die Maus ins Maul, beißt zärtlich auf ihr herum, sie klingt quietschlebendig. Inge möchte nun telefonieren, doch Ahab legt sich in Inges Schoß, um ihr auch die fällige Extraportion Kraulen zu gewähren.

»Psst«, bedeutet Inge dem zugleich schnurrenden und Gummimaus kauenden Kater, denn am anderen Ende der Leitung meldet sich Gerrit vom Gasthof »Fährkrug«. Inge ist mit Gerrits Mutter konfirmiert worden, und Enno hat mit Gerrit Gitarrenstunden genommen. Karsten und Gerrits Sohn waren im selben Fußballverein. Logisch. Es gab nur den einen. Nachdem die Sache mit Gerrit vom »Fährkrug« geklärt ist, wählt sie die Nummer der Pension »Seestern«. Die Pensionswirtin war Engellines beste Freundin und ließ seit deren frühem Tod ihre Zuneigung großzügig auf die überlebende Schwester übergehen. Auch hier müssen keine großen Worte gemacht werden.

Zu Anruf Nummer drei muss Inge sich etwas überwinden, aber es ist schließlich für einen guten Zweck. Die Leiterin und nebenbei einzige Mitarbeiterin der Kurverwaltung – zuständig für Gastgeber, Gäste und deren Verkuppelung – hat auf ihrer kleinen Insel eine wahre Schlüsselposition inne. Zu Inges Bedauern ist sie zudem mit ihr im selben Kunstverein, auch das aufgrund seiner unvermeidlichen Monopolstellung.

In diesem Moment ist Inge froh, dass sie ihr Bedauern über das Mitmischen der Kurverwaltung im Kunstverein nicht allzu deutlich hat durchblicken lassen. Eine Insel ist eine Insel. Man begegnet sich immer zweimal im Leben? Schön wär's!

Vor und nach Inges Anliegen plaudert man ein Weilchen, als wäre der fragwürdige Anlass des Gesprächs reine Nebensache. Während ihr die Kurverwaltung, eine große Freundin gepanschter Kunstwerke und Getränke, ein endloses Rezept für Silvesterpunsch in den Hörer diktiert, zeichnet Inge auf den Notizblock einen schwarzen Kater, der unter einem Auto hervorspaziert.

»Ach wirklich, von der Vanilleschote nur das Mark? Sag bloß!« Eben als sie dem Kater ein feines Lächeln ins Gesicht malt, ertönt ein markerschütterndes Quietschen. Ahab hat's der Gummimaus so richtig gegeben. Und nicht zum letzten Mal, sofern man ihm nicht zeitnah ein wenig mehr Aufmerksamkeit widmet.

»Alles in Ordnung bei dir?«, fragt die Kurverwaltung.

»Alles bestens«, sagt Inge, »und vielen Dank noch mal.«

Zum hundertsten Mal schaut Kerrin in den Eisregen hinaus, der mit neuem Anlauf eingesetzt hat. Enno müsste längst zurück sein! Wie oft hat sie ihm gesagt, er solle sein Handy mitnehmen, wenn er das Haus verlässt. Stattdessen hat es wieder einmal oben im Schlafzimmer geklingelt, als sie seine Nummer gewählt hat. Kerrin sieht sich um. Die Küche ist aufgeräumt, der Staub gesaugt, das Holz gehackt. Inge hat sich nach dem Frühstück in ihr Zimmer zurückgezogen, Berit und Inka sind noch nicht auf der Bildfläche erschienen.

Zu gerne würde Kerrin jetzt eine ordentliche Ladung Wäsche waschen. Es gab nichts Beruhigenderes als das Geräusch des schwappenden Wassers, das sich mit der Wäsche in der

Trommel dreht, und die Gewissheit, dass das, was man als Schmutzwäsche hineingetan hat, als frische und saubere Kleidung herauskommen wird. Doch es war nun mal nicht erlaubt zwischen den Jahren, das Wäschewaschen, wollte man nicht den Tod eines nahestehenden Menschen riskieren. Nur notwendige Arbeiten sollten verrichtet werden, und zwar mit Andacht und Ruhe. Das war nicht gerade ihr Ding, Andacht und Ruhe. Schon gar nicht bei der Arbeit.

Nach einem weiteren Blick aus dem Fenster holt Kerrin das Bügelbrett aus der Kammer. Bügeln ist beinahe so beruhigend wie Wäschewaschen und ihres Wissens auch zwischen den Jahren nicht tödlich. Sie baut das Brett im Schlafzimmer auf und legt Inkas schwarzes Gewand darauf – als Kleid konnte man das kaum bezeichnen. Aber wenn das Mädchen schon darauf bestand, Tag und Nacht als Fledermaus durchs Haus zu flattern, dann wenigstens mit gebügelten … Flügeln.

Energisch schiebt Kerrin das heiße Eisen über die ausladenden schwarzen Stoffbahnen. Schade eigentlich, dass Jochen schon abgereist ist. Es war wirklich nett mit ihm gestern Nacht, ihr Gespräch im Alkoven. Bis zu dem Augenblick mit den Ohren. Kurz muss Kerrin über »einen Augenblick mit Ohren« kichern, Segelohren noch dazu. Ja, es tut ihr wirklich leid, dass sie den schönen Abend mit Jochen, Wein und Chips, Geständnissen und Komplimenten bloß wegen seiner harmlosen Erwähnung ihrer Ohren vermasselt hat. Denn bei Tageslicht betrachtet, ist sie fast sicher, dass er sich nicht über sie lustig machen wollte. Jochen kannte sie ja gar nicht mit Segelohren! Doch, Moment mal … Kerrin hält mit dem Bügeln inne. Wenn er das mit den Ohren ernst gemeint hat, dann womöglich auch diese anderen Sachen. Über ihren frischen Teint, die hübschen Muckis, ihre Sommersprossen auf den Wangen, im Dekolleté … Ihr wird ganz warm ums Herz bei diesem Gedanken, eher schon heiß. Es riecht angebrannt. Oh, Gott! Jetzt hat sie ein Loch in das Fledermauskleid gekokelt. Das gibt Ärger! Schon bei dem Gedanken an das aufgebrachte Gesicht ihrer Tochter, an Inkas zornige Stimme fühlt Kerrin sich elend. Dann legt sie das angesengte Teil beiseite. Ach was. Es gab wirklich Schlimmeres. Sie zieht den Stecker und stellt das Eisen in den Drahtkorb. Zum Beispiel? Zum Beispiel, dass sie bloß wegen dieser uralten Ohrengeschichte den schönsten Abend seit Wochen verdorben hat. Seit Monaten. Seit wer weiß nicht mehr wann.

Eben noch ist Kerrin kurz davor gewesen, wegen Ennos Ausbleiben die Polizei zu verständigen, nun stößt sie bei seinem Eintreffen einen Schrei aus, der ihn draußen auf dem Gartenweg zusammenfahren lässt. Zwei triefnasse, schmutzige Gestalten nähern sich dem Haus, ein kräftiger Mann mit einem schlaksigen, humpelnden im Schlepptau.

Kerrin läuft trotz des Eisregens auf Enno los und beginnt sogleich mit einem Tuch in seinem roten Gesicht herumzuwischen. Enno hat nicht die Kraft, auf einen letzten Rest männlicher Würde zu bestehen. Auch Gesa steht in der Tür und sieht so aus, als würde sie gern Jochen entgegenlaufen, doch sie hält sich zurück. Dafür stürmen Marten und Kaija an ihr vorbei und begrüßen den heimgekehrten Vater.

»Papa!«, ruft Kaija begeistert. »Hurra!«

»Na also«, stellt Marten klar, »geht doch.«

Etwas später sitzen alle in der Stube am Esstisch. Kerrin hat den Bilegger entfacht und eine Runde heiße Schokolade mit Sahne serviert, Enno und Jochen bekommen sie zum Auftauen als Tote Tante mit Schuss. Vielleicht auch mit mehreren Schüssen. Die beiden sehen erbärmlich aus. In Ennos Bart tauen die Eiskristalle und laufen als Tropfen am Hals herab,

Kerrin kann kaum hinsehen, ohne erneut nach dem Wischtuch zu greifen. Und dann hat er diese Beule an der Stirn! Jochens Bein ist bestimmt wieder so dick wie am Vortag, das muss gleich verarztet werden. Aber jetzt erst mal heraus mit der Sprache.

»Was ist passiert?«, fragt Gesa.

»Und wo steckt das Auto?«, will Kerrin wissen.

»Blitzeis!«, flucht Enno.

»Der Graben war im Weg«, erklärt Jochen.

»Die Fähre schon fort«, murmelt Enno.

»Der Zug ist abgefahren«, schließt Jochen den Bericht.

Kerrin und die Kinder sehen partout nicht ein, warum Jochen, wenn er nun erst einmal dableibt, nicht einfach hierbleiben kann. Doch Jochen denkt nicht daran, seinen Rucksack wieder auszupacken und in den mörderischen Alkoven oder die rot-weiß karierte Flanellhölle zurückzukehren. Enno ergreift für Jochen Partei. Zuerst läutet er beim Gasthof »Fährkrug« an. Er hat mit Gerrit vom Fährkrug Gitarrenstunden genommen, Platten getauscht, zur gegenseitigen Sexualaufklärung beigetragen und den ersten Joint geraucht. So etwas verbindet fürs Leben. Aber leider ist der »Fährkrug« ausgebucht. Dann eben Pension »Seestern«. Sei auch ganz ordentlich, versichert er Jochen, und die Wirtin eine alte Freundin von Mutter.

»Alles belegt?«, fragt Enno ein wenig erstaunt. So beliebt war der »Seestern« nämlich, ehrlich gesagt, nicht. Müsste dringend mal renoviert werden. Na schön, bleibt noch die Kurverwaltung. Er schickt ein aufmunterndes Lächeln in Richtung Jochen, der ein wenig den Kopf hängen lässt.

»Komplett ausgebucht? Die ganze Insel?« Enno ringt um Fassung. Sie wissen schon, die Feiertage, hat die gute Frau gestammelt – doch seit wann war ihre kleine Insel ein Hotspot für Silvesterpartys? Wir sind doch nicht Sylt, denkt Enno.

»Wenn die kein Bett für uns hat, ist nichts zu machen«, erklärt er Jochen, der auf seinem Stuhl zusammengesackt ist. »Mutter kennt die Dame persönlich, hätte die noch eine Klappliege auf der letzten Mansarde, würde sie uns die geben.«

Enno spürt, wie der Rum in der Blutbahn zu kreisen beginnt. »Wir sind doch nicht Sylt«, murmelt er, muss grinsen, glucksen, prusten und schließlich – er weiß selbst nicht, was so irrsinnig komisch daran ist – wiehern vor Lachen.

Jochen hat wortlos die Stube verlassen und sich im Hinausgehen ein Päckchen Zigaretten und ein Feuerzeug eingesteckt. Kurz darauf sind nur das rhythmische Schlagen einer Axt zu hören und das Splittern der Scheite.

Enno bedauert den Schwager, der draußen das Holz zu Klump schlägt bei der Aussicht, eine weitere Nacht mit seiner Noch-Ehefrau und deren außerehelichem Babybauch das Bett zu teilen. Eine Situation ist das, die man höchstens seinem ärgsten Feind wünschen würde. Und Jochen ist nicht sein Feind, auch wenn er ihm mit seinem Gutmenschentum, seinem Karatefimmel und der zur Schau gestellten Fitness und Männlichkeit zuweilen auf die Nerven geht. Wobei es mit Letzterer womöglich gar nicht so weit her ist, was wiederum das Gutmenschentum und den Karatefimmel … Ja, das ist das Holz, aus dem Waschlappen gemacht sind. Sei's drum, verdient hat Jochen das Dilemma nicht, denn im Großen und Ganzen ist der Kerl in Ordnung, und sein größter Fehler, soweit Enno es erkennen kann, besteht darin, seine Schwester geheiratet zu haben. Andererseits, lieber leidgeprüfter Schwager, gibt es Dinge, die man nicht einmal seinem ärgsten Feind wünschen würde – und dazu gehört eher nicht eine Ehe mit Gesa, aber definitiv ein Tumor im Gehirn.

Ein wenig schwankend steigt Enno die Treppe hoch. Oben im Bad, beim Blick in den Spiegel gerät er ins Taumeln. Jetzt wächst das Geschwür schon mitten auf der Stirn! Aus dem Hirn heraus wölbt sich das Hirngespinst, blau-violett und für jedermann sichtbar, nach außen. Und sie sitzen mit ihm um den Tisch, trinken Tote Tante und tun, als sei alles in Butter! Dabei wissen sie längst Bescheid. Wieso sagt denn keiner was? Doch nur, um ihn zu schonen. Weil sie glauben, dass er nicht Manns genug ist, der Wahrheit ins Gesicht zu sehen. Pah, das bisschen Wahrheit! Sich selbst ins Gesicht zu sehen, das ist die Herausforderung!

Enno nimmt allen Mut zusammen, sieht sich noch einmal selbst ins Gesicht, befühlt die geschwollene Stelle und begreift, dass es sich mit an Sicherheit grenzender Wahrscheinlichkeit um eine stinknormale Beule handelt. Stimmt, der Ruck beim Abbremsen vor dem Graben. Die näher kommende Windschutzscheibe. Die schöne und nebenbei einzige Familienkutsche, die nun tief im eiskalten Modder des Entwässerungsgrabens steckt. Erst vorgestern – eine Ewigkeit scheint dieses Vorgestern zurückzuliegen – hat er sie auf Hochglanz poliert, und zwar mit jenem sündhaft teuren Mittel … Aber das ist ja auch völlig egal jetzt. Der springende Punkt ist, er wollte mit Jochen gemeinsam die Fähre besteigen, aufs Festland fahren und in die Praxis gehen, um endlich zu erfahren …

Mit dem Mobilteil des Telefons sitzt Enno auf dem zugeklappten Toilettendeckel. Natürlich musste er ihn wie gewöhnlich selbst herunterklappen, ebenso wie neuerdings die Brille. In dem Moment ist sein Bedauern über die ausgebuchten Zimmer noch einmal drastisch gewachsen. Nun versucht er kristallklar und geschliffen zu sprechen trotz des

Herzrasens, das ihn bei jedem Gedanken an diese Praxis befällt, und des Rums, der inzwischen auch sein Sprachzentrum wohlig erwärmt.

»Boysen hier, Enno Boysen. Ich kann leider den Termin heute nicht wahrnehmen, weil ich … aufgrund der unvorhersehbaren … Wetterlage … und miserablen insularen … Infrastruktur …« Ennos Kopf fühlt sich unangenehm heiß an, die Zunge klebt am Gaumen. »Mein Gott, nun sagen Sie schon: Was ist los mit mir?«

Hüsteln am anderen Ende der Leitung. »Tut uns leid, Herr … Boysen, wir erteilen keine Diagnose am Telefon.«

Die Hitze in Ennos Kopf steigt schlagartig an. »Kein Wunder, dass Ihre Praxis sich nur mit Todgeweihten …«

»Herr Boysen, das sagten Sie bereits. Sie hatten vorgestern Ihren Termin und sind wortlos verschwunden. Für heute haben wir Ihnen kurzfristig einen neuen eingeräumt, und Sie sind gar nicht erst erschienen.«

Ebenso schlagartig ist die Hitze wie weggeblasen. Ennos Zunge löst sich. Jetzt wird er der leibhaftigen Toten Tante in dieser Scheißpraxis mal die Meinung geigen. »Haben Sie heute schon aus dem Fenster geblickt? Herrscht in Ihrem glücklichen Gemeinwesen, während es rundum hagelt und stürmt, eitel Sonnenschein? Wie viele Patienten von außerhalb harren denn in Ihrem heimeligen Wartezimmer?«

Kurzes Schweigen. »Jetzt, wo Sie es sagen … Es sind heute nur Ortsansässige gekommen.«

»Sag ich doch: Todgeweihte!« Dieser Tante muss man den Marsch blasen. Geigen sind bei der verlorene Liebesmüh. »Und jetzt schicken Sie mir, wenn Ihnen schon in Bezug auf das Mündliche die Hände gebunden sind, das Ergebnis in Schriftform. Per E-Mail. SMS. Whatsapp. Facebook. Was das 21. Jahrhundert so hergibt.«

Längeres Schweigen. »Leider ist es uns nicht erlaubt … allenfalls ausnahmsweise als Brief.«

»Per Eilbrief! Auf der Stelle!«

»In Ordnung, Herr Boysen, als Eilbrief.«

»Ich sagte: per Eilbrief!«

»In Ordnung, Herr Boysen: per Eilbrief.«

»Auf der Stelle!«

»Auf der Stelle. Ist morgen bei Ihnen, versprochen!«

Jawoll! Kein Marsch, eine Standpauke – das ist die einzige Musi, die man im Reich der Toten Tanten versteht. Enno drückt auf das Hörersymbol des Mobilteils und bedauert, dass man nicht wie früher einen echten Hörer auf die Gabel knallen kann.

Kerrin zählt noch einmal die Tage und Personen an den Fingern ab. Die Vorräte sind durchgesehen, die Einkaufsliste ist geschrieben. Eine lange Einkaufsliste, denn der Kühlschrank ist so gut wie geplündert und der ungeplante Besuch bleibt ihnen, wie es aussieht, noch ein Weilchen vollzählig erhalten. Sicher noch heute, morgen und übermorgen – die letzten beiden Tage des Jahres und hinein bis ins neue Jahr. Wie herrlich, da kann man, anstatt allein mit Enno und Inge Trübsal zu blasen, eine richtige Silvestersause planen! Mit Bleigießen, Feuerwerk, Luftschlangen und Schlagerparty! Mit reichlich Sekt und Berlinern (ich weiß, Berit, bei euch in Berlin sagt man das nicht, aber du darfst sie ja eh nicht essen, wegen böser Milch und schlimmer Eier) und einem Käsefondue. Oder sollte sie doch einen Karpfen machen? Für so viele Leute würde sich das lohnen. Kerrin kramt ein Rezept aus ihrer dicken Sammlung, schon beim Lesen läuft ihr das Wasser im Mund zusammen. Da gibt es nur ein kleines Problem: Wie kommen Karpfen, Krapfen und der ganze Rest hier zu ihnen heraus, nachdem beide Fahrzeuge den Geist aufgegeben haben?

Kerrin wählt die Nummer vom Inselmarkt und legt die lange Einkaufsliste neben das Telefon. »Guten Tag, Kerrin Boysen hier. … Ach, du bist es, Leni. Ich möchte eine Bestellung aufgeben. Unser Auto ist nämlich, na ja, im Graben gelandet. Und wir haben Besuch. Unangemeldet, über die Feiertage! Also, wir brauchen …«

Leni vom Inselmarkt lacht auf. »Hast du mal aus dem Fenster geschaut? Wir liefern heute nicht. Morgen auch nicht. Wir wollen nämlich nicht im Graben landen, weißt du.«

Kerrin hat aufgelegt. Von wegen Inselgemeinschaft! Glatt verhungern lassen die einen mit ihrem Lieferservice, wenn's drauf ankommt. Aber sie hat vorgesorgt, denn man kann nie wissen, was die Zukunft bringt, dieses wetterwendische Biest. Oder liefert. Oder eben nicht. Sie geht von der Küche in die Speisekammer, die mit der Rückseite an Inges später eingebautes Bad grenzt. Einen Keller hat dieses Haus nicht, nur diese Vorratskammer, aber das ist auch das Wichtigste. Die Notreserve. Die Rücklage für alle Fälle. Kerrin inspiziert das vom Boden zur Decke reichende Regal, die auf den Brettern aufgereihten Gläser mit Eingewecktem und Eingelegtem: Konfitüre, Kompott, Kirschen, Pflaumen, Bohnen, Gurken und Pilze. Ganz oben im Regal thront der Rumtopf und wartet auf einen besonderen Anlass, der gewiss bald gegeben sein wird.

Die Gefriertruhe an der Stirnseite der Kammer ist wie immer gut gefüllt. Voller Befriedigung betrachtet sie die säuberlich geschichteten, gut sortierten Gefrierbeutel mit den farbigen Etiketten. Kroketten, Pommes, reichlich blanchiertes, in Stücke geschnittenes Gemüse – Grünkohl, Blumenkohl, Kohlrabi, Erbsen, Möhren –, dazu fein gehackte Kräuter, alles aus eigenem Anbau! Brot und Brötchen sind nicht mehr vorrätig, aber die kann sie nachher schnell backen. Dafür gibt es eine Riesenportion Eis, mit den Kirschen ergibt das ein feines Dessert. Fleisch ist allerdings kaum noch in der Truhe, ein bisschen Hackfleisch, das war's, kein Braten, kein Fisch, von einem Karpfen ganz zu schweigen. Was außerdem oben im Kühlschrank fehlt und normalerweise frisch besorgt wird: Milch, Sahne, Joghurt, Käse und Eier. Je länger sie Regal und Truhe betrachtet, desto mehr schwant Kerrin, dass sich ihre Vorratskammer als Paradies für Vegetarier entpuppt, wenn nicht gar für Veganer.

Als Kerrin mit ein paar Gefrierbeuteln im Arm in die Küche tritt, hört sie von oben ein bekanntes, doch dieser Tage unerhörtes Geräusch. Die Waschmaschine! Sie stürzt die Treppe hinauf, ohne anzuklopfen ins Bad, um das Schlimmste zu verhindern. Doch das Schlimmste ist längst im Gang, genauer gesagt: im Schleudergang.

»Gesa! Willst du uns alle umbringen?!« Voller Panik zieht Kerrin den Stecker, die Maschine ruckt, macht einen kleinen Satz. Steht mitten im Schleudern still.

Gesa sitzt auf dem Badewannenrand und schaut Kerrin an.

»Du kommst doch auch von hier«, beschwört Kerrin sie, »du weißt doch, dass man zwischen den Jahren …«

»Ach, das.« Gesa erhebt sich schwerfällig, geht zur Waschmaschine und steckt den Stecker zurück in die Steckdose. Mit einem Ruck beginnt sich die Trommel wieder zu drehen. »Soweit mir bekannt ist, sterben weltweit mehr Menschen an Hygienemangel als an den Folgen des Wäschewaschens.« Laut setzt sie hinzu, um das Geräusch des Schleuderns zu übertönen: »Und an den Folgen des Aberglaubens.«

Kerrin stürmt aus dem Badezimmer – ihrem Badezimmer! – und schlägt die Tür zu. Im Flur kehrt sie auf dem Absatz um und reißt die Tür wieder auf. »Untersteh dich, die nasse Wäsche aufzuhängen! Sonst hast du es auf dem Gewissen, wenn sich zum neuen Jahr böse Geister im Haus einnisten. In unserem Haus!«

Ein sehr schmaler Lichtstrahl fällt durch den Spalt zwischen den Schranktüren, sonst ist es stockdunkel im Inneren des Alkovens. Berit liegt auf der Seite, die Arme um die angezogenen Knie geschlungen. Sie schlägt die Augen auf, zieht die Ohrstöpsel aus den Ohren. Wo bin ich? Wer bin ich? Dieser Alkoven ist eine Zeitkapsel, ein Schiffs-, ein Walbauch. Licht und Laute werden verschluckt, die Zeit ist eine Welle, ein Strudel, die Welt rückt in weite Ferne. Vielleicht bleibt sie auch, wo sie ist, die Welt, und man selbst rückt in weite Ferne. Sie zum Beispiel ist heute Nacht viel unterwegs gewesen, doch die Erinnerung an die Reise, die Orte bleibt verschwommen.

Schon als Kind hat Berit gern hinter diesen Türen gelegen, geschlummert, geträumt, als sie noch mit ausgestreckten Beinen hineinpasste, die nackten Fußsohlen gegen die himmelblaue Holzwand gepresst. So manches Mal hat sie sich abends – die Gutenachtgeschichte war erzählt, der Gutenachtkuss geküsst – heimlich aus dem Bett in den Alkoven geschlichen, ist darin eingeschlafen, aufgewacht und lauschte, während die Eltern und manchmal auch Geschwister durch die Stube gingen, Fernsehen schauten, miteinander sprachen. Später entdeckte sie den Alkoven als vollkommenen Ort, um darin zu lesen und zu schreiben. Eines Tages legte sie von oben bis unten mit krakeligen Buchstaben bedeckte Zettel in das kleine Fach am Kopfende, eingerollt und von einem Haargummi zusammengehalten. Niemals wird sie den Augenblick vergessen, den Schrecken, die Freude, als anstelle ihrer kleinen Papierrolle eine andere dort lag – zusammengebunden mit einem Schleifchen, das Mame tags zuvor von ihrer Bluse abgeschnitten hatte –, in der die Geschichte auf wundersame Weise weiterging. Später hatte Berit ihre ganz persönlichen Schriftzeichen erfunden, damit ihr beim Schreiben niemand über die Schulter schaute und mitlas.

Berit setzt sich auf, schaltet die Leselampe an und öffnet das kleine Fach. Sie greift hinein, fühlt nichts. Da sie selbst seit vielen Jahren nichts hineingelegt hat, auf wessen Botschaft sollte sie auch hoffen? Ein Briefchen von Mame wäre schön: »Ich bin noch ganz gut dabei, keine Sorge. Es ist nur ein Testlauf, verstehst du. Die Probe aufs Exempel.« Was für ein Unsinn, ein Testlauf? Egal, Augen zu, weiterlesen. »Jedenfalls ist dir hoffentlich klar, mein Seeschwälbchen, dass ich noch genug hier zu schaffen habe, um, sagen wir mal großzügig, 100 zu werden. In Worten: einhundert.« Berits Augen füllen sich mit Tränen, das Briefchen verschwimmt, verschwindet. Ein neues taucht auf, in unverkennbarer Schrift: »Ich sag's nicht gern, aber du fehlst mir wirklich. Mir fehlen deine Küsse, deine Sprüche, deine Pickel und Bläschen. Komm zurück zu mir, und ich schwöre: Du brauchst dich niemals, ob tot oder lebendig, desensibilisieren zu lassen. Ich liebe dich genau so …« Also gut, Zeit, endlich aufzuwachen.

Berit greift noch einmal, nur zur Sicherheit, ganz tief in das kleine Fach und fühlt tatsächlich Papier. Sie entrollt das weiße Blatt, und seltsam, es ist ihre eigene Schrift und doch wieder nicht. Es ist die Schrift einer jungen Berit, einer Berit, für die Frühling noch duftendes Gras bedeutete anstatt Heuschnupfen, Lesen und Schreiben Lebensmittel statt kleine Brötchen im Brotberuf. Berit liest: »Eine Insel hat etwas Magisches …« Augenblicklich ist alles wieder da, die Erinnerung an die nächtliche Reise, eine Reise auf drei Inseln und Ozeane: eine Insel im Niemandsmeer, mit kleinen Buchten und Schluchten, Dickicht, Palmen und Papageien. Ein blanker Felsen im

Nordmeer, ein stillgelegter Leuchtturm, von allen guten Geistern verlassen. Eine Hallig im Wattenmeer, ohne Verbindung zum Festland, dreißig Mal im Jahr Land unter. Eine Familie, die es für eine prima Idee hielt, hier zusammenzukommen, endlich wieder einmal alle unter einem Dach, nur für ein paar Tage. Bis der Sturm kommt. Die Flut …

War das ein Traum? Hat sie es gelesen? In die Bilder von haushohen Wogen, die das Inselchen überrollen, mischt sich die Erinnerung an ein seltsames, verkehrtes Geräusch. Hagel, der gegen das Glas hämmert, getrieben von wütendem Wind. Bläulicher Glanz, der Wege, Wiesen und Bäume überzieht. Ein gefrorenes Haus, Türen, Fenster, Wände von unerbittlichem Weiß, selbst die Rosen blass und blutleer über Nacht, und über allem eine Schneedecke, dicht wie ein Leintuch.

Berit stößt die Türen des Alkovens auf, geblendet vom Tageslicht, froh, dass die Farben noch da sind, in der Welt und an den Dingen, in der Stube, im Garten hinter dem Fenster. Auch der Glanz liegt noch auf Wiese und Bäumen, nicht mehr bläulich wie in der Dämmerung, sondern hell wie eine gläserne Haut. Sie muss lange geschlafen haben nach der durchschriebenen Nacht, nichts hat sie mitbekommen vom Leben jenseits der Alkoventüren. Jemand hat ihr Notebook zur Seite geräumt, von oben sind das Schleudern der Waschmaschine und streitende Stimmen zu hören. Berit zieht sich an und tritt hinaus ins Freie.

Der Weg wurde vom Eis befreit, Gesas und Jochens Auto steht mitten darauf, festgefahren zwischen Haus und Gartentor, Gehen und Bleiben. Die gläserne Eishaut überzieht die Wiese, jeden Halm, es kracht unter den Füßen beim Gang übers Gras. Verglast sind die Nadeln der Tanne, die Äste von Buche und Birnbaum, die Zweige bis in die feinste Verästelung. Die Hagebutten glänzen, einzeln eingefasst, als rote Juwelen. Wenn die Sonne durch die Wolken blitzt, funkeln die Zweige, schimmert die Wiese, leuchten selbst Grasbüschel und Gestrüpp auf der Feldsteinmauer. Bestürzend ist dieses Eis und bizarr, nach dem warmen Winter, den lauen Weihnachtstagen, dem bisschen Schnee, der dem Eis vorausging.

Nach einem Gang auf den Deich, von dem der Wind sie bald herunterblies; einem Gespräch mit Mame, die ihr erklärte, wie der Rosenstock zu schützen und dass ansonsten alles in Ordnung sei, ohne ihr dabei in die Augen zu schauen; nach einem Imbiss in der Küche, wo Schüsseln mit auftauendem Obst und Gemüse standen, die ihr bisher vorenthalten worden waren, ist Berit auf ihren Schreibplatz vom Vortag zurückgekehrt. Nun sitzt sie mit ihrem Notebook auf dem Schoß im niedrigen Spitzboden unterm Dach. Ihr Blick schweift vom Bildschirm hinaus durch die Dachluke. Das Meer ist frei von Eis, die Wellen laufen stetig gegen den Deich an. Wo mag Boy sein? Warum antwortet er nicht auf ihre Nachrichten? Warum wünscht sich Mame, wenn doch alles in Ordnung ist, so sehnlich seine Rückkehr?

Johannas Mails klingen ein wenig anders als das Briefchen im Alkoven. Zum Ersten bestellt Johanna zum allerletzten Mal die Rede, ohne jegliche Verzögerung, Abgabetermin heute Mittag! Sie, Berit, wolle doch nicht rausfliegen aus dem Club der Trauerredner, ihrer letzten Einkommensquelle, und damit bald auch aus ihrer Wohnung, der Krankenversicherung, dem Programmkino-Abo, dem LesbischSchwulen-Literatursalon, dem TransQueer-Tanzstudio und letzten Endes der Teilhabe am gesellschaftlichen Leben? Nach der Lektüre dieser im Halbstundentakt abgeschickten Mails ist Berit erleichtert, dass zumindest ihre Teilhabe am Leben als solchem, bekannt auch als nacktes Leben, nicht von einem Abgabetermin heute Mittag abzuhängen scheint. Zum Zweiten bestellt Johanna sie morgen Abend zur Silvesterparty ein, nicht zu irgendeiner Silvesterparty, sondern zu DER Silvesterparty von ganz Berlin, auf die Beine gestellt und zum Tanzen gebracht von Johanna. Es wird eine Elektro-Swing-Band spielen, man kann sich vor Ort stylen und Wasserwellen legen lassen. Vor allem aber, daran darf Johanna sie ein letztes Mal erinnern: Es ist ihre, Berits, Geburtstagsparty, zu ihrem vierzigsten Geburtstag am 1. Januar, in den all ihre Freundinnen und Freunde mit ihr hineintanzen möchten.

Berit simst: »Ay ay, laufe morgen pünktlich zur Party ein. Rede folgt auf dem Fuße.« Aber so lange Berit auch vom Bildschirm durch die Luke und von der Luke zurück auf den Bildschirm blickt, die Rede folgt nicht, weder auf dem Fuße noch auf allen vieren, weder rückwärts noch bäuchlings zu Kreuze kriechend. Vergebens sind hier ihre Notizzettel mit Zitaten und Ideen, angelegt als Fundgrube origineller Trauerreden für Mensch und Tier. Nicht einmal die Musterrede für Hundetrauerfeiern hilft im Falle des Dobermanns mit Waffenhandel-Herrchen weiter. »Wir verabschieden ein außergewöhnliches Tier, aber auch einen Lebensgefährten, treuen Freund und Wegbegleiter« … der stets hündisch hechelnd rennt, wohin Herrchen den Stock wirft. Und sei es unter einen seiner nigelnagelneuen Panzer, einsatzbereit gegen lästige Demonstranten für mehr Demokratie in Saudi-Arabien … Hat sie das tatsächlich so getippt? Nein, nichts steht da, gar nichts, blankes Nichts. Ein blankes Nichts wird bald auch ihr Konto sein, ein blankes Nichts ihre leer geräumte Wohnung, ihr Terminkalender, ihr Hirn. Sie kann gar nicht mehr schreiben, das ist es. Sie wird nie wieder ein einziges Wort schreiben. Keine Ahnung, wie sie das jemals gemacht hat.

Plötzlich ist es wieder da, das seltsame, schon ein wenig vertraute, hier oben gar nicht mehr so verkehrt klingende Geräusch. Hagel schlägt gegen die Scheibe. Berit öffnet die runde Dachluke, ein eisiger Windstoß weht herein, wirbelt ihre Notizzettel durcheinander und zum Fenster hinaus. Berit sieht ihnen nach. Während sie dort sitzt und die vorgefassten Worte davonfliegen lässt, wird es leiser, der Hagel verstummt. Für einen unwirklichen Augenblick legt sich der Wind, reißt der Himmel auf, taucht die Sonne das graue Meer und den grünen Deich in funkelndes Licht. Kurz darauf beginnt es zu schneien, in vereinzeltem Taumel zuerst, dann in dicken, immer dichter fallenden Flocken.

Vier eingemummte Gestalten spazieren auf dem Deich, Berit erkennt Gesa, den leicht humpelnden Jochen und die Kinder. Jochen und Marten bewerfen sich mit Schneebällen. Kaija reißt sich von Gesas Hand los und rennt mit flatterndem Schal über die Deichkrone. Sie dreht sich im Kreis und springt mit ausgestreckten Armen in die Höhe, als wollte sie den Schneeflocken entgegenfliegen. Als die vier sich entfernen, ist in den wirbelnden Flocken nur Kaijas wehender roter Schal weithin zu sehen.

Ein Kind, das mit ausgestreckten Armen in die Flocken springt. Ein Kind mit kurzen hellblonden Haaren, in Gummistiefeln und Anorak. Auch sie besaß einmal einen langen roten Schal. Es gab viele Winter, und es gab diesen einen unvergesslichen. Den Katastrophenwinter. In den Tagen zwischen den Jahren, Tagen wie diesen. Herrlich war das! Es begann mit ein paar Flocken und endete mit Schneemassen wie in der Apokalypse. Mit Stromausfällen, eingeschlossenen Orten und Lebensmittelknappheit. Es war einmal eine Zeit, da war man im Notfall wirklich abgeschnitten von der Welt. So etwas gab es ja heute gar nicht mehr. Überall Handyempfang, W-Lan, Skype, Wärmebildkameras, selbst beim Surfen hinterließ man Fußabdrücke. Ob man wollte oder nicht, man wurde aufgespürt, gerettet, evakuiert. Beim Abtauchen verfing man sich garantiert in einem Funknetz und wurde herausgefischt. An die Oberfläche. Oberflächlich. Das war es. Ihre ganze allzeit verfügbare Existenz. Ihre Brötchenschreiberei. All die flüchtigen Kontakte, in Zahlen gemessenen Freunde und zerfaserten Gedanken. Was gäbe sie doch noch einmal für einen einzigen Katastrophenwinter!

Berit hat die Dachluke offen gelassen, ein wenig Schnee ist hereingeweht. In der Welt jenseits der Luke, auf dem Deich, den Bäumen, Hausdächern, Autos und Schienen liegt die Schneedecke in Windeseile zentimeterhoch und wächst mit jeder Minute. Beinahe sämtliche Bewohner der Insel und Küste verfolgen über Radio, Fernseher oder Internet aufmerksam den Wetterbericht. Außer hier im Haus Tide, wo an diesen Tagen jeder und jede in der eigenen Klimazone köchelt oder friert. Plötzlich spürt Berit die Kälte, schließt die Luke, gähnt und streckt sich. Sehr müde fühlt sie sich und sehr leer. Und sehr glücklich. Beinahe so glücklich wie damals mit dem roten Schal im Katastrophenwinter.

Denn während draußen die Schneedecke wuchs, hat sie viele Seiten gefüllt. Sie hat die Papageieninsel gelöscht, den Leuchtturmfelsen verworfen, all die mäandernden Sätze der letzten Nacht, und ist an den Anfang zurückgekehrt: »Eine Insel hat etwas Magisches … allein das Wort …« Aus diesem Wort, ihr ins Ohr geflüstert vom Geist einer lange verstorbenen Frau, durch die Nacht, über die Jahrzehnte und die zwischen ihnen rauschende Nordsee hinweg, ist ein anderes Wort gewachsen und aus diesem ein weiteres und ein weiteres. Der Anfang der Geschichte ist bereits in dunstige Ferne gerückt wie die Küste, die langsam am Horizont verschwindet, während das Schiff Fahrt aufnimmt. Bevor sich Berit auf Kaijas

Isomatte ausstreckt und in Schlaf fällt, liest sie staunend ihren ersten Satz. »All das Kommen und Gehen in unserer Familie begann mit einem angekündigten Tod und einem unangekündigten Sturm.«

Enno wirft einen Blick in die Töpfe, die auf dem Herd blubbern für das Mittagessen, das Kerrin aufgesetzt hat. Ein großer Topf mit Grünkohl, ein großer Topf mit Kartoffeln, eine einzige, nicht allzu große Mettwurst. Hoffentlich übernehmen jetzt nicht Berits und Inkas Veganerallüren das Küchenregiment. Doch dann erinnert er sich an das eine Auto auf dem Weg, das andere im Graben, den ausgefallenen Großeinkauf und streikenden Lieferservice. Das kommt nächstes Mal auf die Tagesordnung im Inselrat. Es kann wohl nicht angehen, die Einwohner unversorgt sitzen zu lassen aus Angst vor einem Kratzer am Lack des Lieferwagens.

Zum zweiten Mal an diesem Tag sortiert Enno die Besteckschublade, zum fünften Mal schließt er die offen stehenden Schranktüren und Schubladen. Er stellt die Teekanne, seine Tasse, das Sahnekännchen und ein Schälchen mit Kandiszucker aufs Tablett, trägt alles ins Wohnzimmer in den ersten Stock und macht es sich in seinem Ohrensessel bequem. Vaters altem Ohrensessel. Auf dem Bettsofa liegt Gesas weinrotes Negligé, hingegossen wie eine schlafende Katze. Vorsichtig streicht Enno mit zwei Fingern darüber, es schnurrt nicht. Das Bettzeug ist zerwühlt, und zwar beide Oberbetten und Kissen. Soso.

Enno nimmt einen Schluck vom dampfenden Tee, zärtlich berührt er das braune Holzgehäuse des Radios, dreht den Schalter, gerade rechtzeitig zum Seewetterbericht. »Die ungewöhnlich scharf ausgeprägte Grenze zwischen der sehr milden Meeresluft über dem südlichen Mitteleuropa und extrem kalter arktischer Festlandsluft über Nord- und Osteuropa führt an der deutschen Nord- und Ostseeküste zu starken Schneefällen und Sturmböen. Auf der Insel Sylt wurden Böen der Stärke 10 gemessen …« Aber wir sind ja nicht Sylt, denkt Enno, kann sich jedoch beim besten Willen nicht entsinnen, was er vor Kurzem noch komisch daran fand.

Es ist nicht der Wetterbericht, der Enno, in seinem Ohrensessel und mit der Teetasse in der Hand, ohne jegliche Vorhersage in Panik versetzt. Es ist diese Frage: Was wird passieren, falls er noch vor Mutter stirbt? Falls er nicht mehr dabei ist, wenn nach ihrem Tod Haus, Erbe und Zukunft verteilt werden. Wenn er nicht mehr dafür sorgen kann, dass Kerrin, Karsten und Inka ihr Zuhause behalten. Enno kippt hastig einen Schluck Tee hinunter und verbrennt sich die Zunge. Es hilft nichts, er muss mit Mutter sprechen. Über das Testament. Und es hilft auch nichts, das Testament muss aufgesetzt werden, solange sie beide noch leben. Mutter und er.

Der Seewetterbericht ist in den Atlantik gewandert, Ennos Gedanken ziehen umher auf der Suche nach festem Land unter den Füßen. Einem Boot. Einem Rettungsring. Würden die Geschwister auf ihr Erbteil und den Verkauf des Hauses verzichten, unter der Auflage, dass er und Kerrin es auf Lebenszeit bewohnten und instand hielten – oder auch Kerrin allein? Enno schaltet das Radio aus. Berit vielleicht, obwohl sie das Geld von ihnen allen am nötigsten hatte. Bitter nötig vermutlich. Doch Berit liebte das Haus. Jedes Mal, wenn sie angeradelt kam, ihr Rad gegen die Feldsteinmauer lehnte, sang sie aus voller Kehle. Niemals, wenn sie fortfuhr. Und doch, er war sich nicht sicher. Wenn Mutter nicht mehr wäre … Womöglich war es ganz gut, wenn hier neue Obst-und-Gemüse-Zeiten anbrachen. Womöglich sollte man überhaupt ein wenig netter zur wunderlichen Jüngsten sein.

Ennos Blick schweift zum weinroten Negligé, zum zerwühlten Bettzeug. Würde Gesa auf ihr Erbteil verzichten? Sehr unwahrscheinlich, sie hing nicht besonders am Haus, und momentan konnte sie flüssiges Geld mehr als gebrauchen. Er streicht die Bettdecken und Kissen glatt, breitet die Tagesdecke darüber. Zu dumm, dass Gesa, die immer die Vernünftigste seiner Geschwister gewesen ist, diejenige, mit der er sich noch am ehesten verständigen konnte, so ausgetickt ist. Sich Hals über Kopf in diesen jungen Italiener zu verlieben war eine Sache, aber gleich ein Kind von ihm zu bekommen – in ihrem Alter! Das schlägt dem Fass die Krone ins Gesicht!

Enno faltet das Negligé zum Quadrat, legt es auf das Kopfkissen, auf dem sich lange dunkle Haare kringeln, ist versucht, die Haare zu entfernen, lässt es bleiben. Er stellt fest, dass er gar nichts über den neuen Mann im Leben seiner Schwester weiß, außer dass er Italiener ist oder irgendwie doch nicht, wenn es nach Gesa geht. Hat der überhaupt einen Job? Was kann dieser Pizzabäcker, Eisdielenkellner, Gondoliere, im besten Fall Tenor, Gesa und dem Kind schon bieten? Vermutlich muss Gesa ihn – zusätzlich zu den Scheidungskosten, der doppelten Haushaltsführung mit Kind und Kegel – noch mit durchfüttern. Kein billiges Unterfangen bei dem Sohn eines Volkes, für das Pasta eine Vorspeise darstellt! Kurz und gut: Gesa kann er vergessen. Sie muss Nein sagen. Sie kann nicht verzichten. Bleibt also Boy. Boy und verzichten? Auf irgendetwas – ihm zuliebe? Enno lacht auf. Also werden sie verkaufen müssen.

Tief versunken im Ohrensessel sieht Enno Bauer Frerksen im Haus Tide Einzug halten, mit Gummistiefeln über die Dielen stapfen, alles herausreißen, womit er nichts anzufangen weiß – also fast alles –, und schließlich, um Müllgebühren zu sparen, im Ofen verbrennen. Schwarzer Rauch wird aus dem Schornstein dieses Hauses aufsteigen, das Reetdach wird Feuer fangen …

Enno gibt sich einen Ruck. Und damit auch dem Beistelltischchen neben dem Ohrensessel, auf dem die Teekanne und -tasse stehen. In das Scheppern des Porzellans mischt sich ein felsenfester Entschluss. Das Haus mit seinen jahrhundertealten Traditionen und Erinnerungen muss in der Familie bleiben, koste es, was es wolle! Mutter hat ihr Leben lang darum gekämpft, mit ihren Brüdern, ihrem Mann, den Pfeifen von der Bank, die ihr zuerst keinen Kredit geben wollten, um ihre Pfeifen von Brüdern auszuzahlen. Er selbst hat dafür die Seefahrt geopfert, ein Leben auf der Kommandobrücke und den sieben Weltmeeren gegen ein verklinkertes Reedereigebäude im Fährhafen eingetauscht. Und gegen dieses Haus. Eben!

Enno sammelt die Scherben der Tasse auf. Wenn er nur lange genug den Kopf über Wasser hält, ist fern am Horizont Land in Sicht: Falls Gesa und Berit zustimmen, alle beide, wird auch Boy nachgeben. Möglicherweise.

Die Lichter am Weihnachtsbaum in der Stube brennen. Kerrin findet, man kann sie ruhig bis zum Dreikönigstag anzünden. Mindestens aber bis Neujahr, ist sonst schade um den schönen Baum. Der Platz am Kopfende des langen Tisches ist noch immer leer. Inge wollte heute wieder mitessen, doch vor dem Essen ist sie eingeschlafen, so tief und fest, dass niemand sie wecken mochte. Sie hat aber geatmet, hat Kerrin sich und allen anderen versichert! Kater Ahab liegt eingerollt auf Inges Stuhl. Inka wird jeden Moment erwartet. So sitzen Kerrin, Enno, Gesa, Jochen und Berit mit den Kindern am Tisch, wechseln ab und an einen Blick, ein paar Worte.

»Mehr kann ich euch leider nicht bieten, ihr wisst ja, der Einkauf ist ausgefallen.«

»Ist doch alles bestens!«

Jochen stochert in der Schüssel mit Grünkohl herum. »Für wen ist die Wurst?«

Kerrin verweist auf das Messer neben der Schüssel. »Tut mir leid, ihr müsst sie euch teilen, ihr wisst ja …«

»Nimm nur«, sagt Enno zu Jochen. »Ich finde, man kann gut mal ohne Fleisch.«

Berit mustert Enno, der sie Beifall heischend ansieht, dann Jochen, der sich tatsächlich die ganze Wurst allein auf den Teller lädt. »Manche auch nicht.«

»Wer weiß, wann wir bei dem Wetter für Nachschub sorgen können.« Kerrin blickt aus dem Fenster in den wirbelnden Schnee. Ein Lächeln huscht über ihr Gesicht. »Aber keine Angst, wir haben noch Kirschen, Pflaumen, Bohnen, Blumenkohl, Kohlrabi, Erbsen, Möhren, Kräuter – alles aus eigener Herstellung!«

»Paradiesisch«, sagt Jochen und zersäbelt die Mettwurst.

»In der Tat.« Berit häuft sich den Teller voll.

»Gibt's auch noch Himbeersirup?«, fragt Gesa und lehnt sich, als Kerrin nickt, lächelnd zurück, als sei die Versorgungsfrage damit geklärt. Dann sagt sie zu den Kindern: »Seht ihr, nun kriegt ihr doch weiße Weihnachten. Bloß ein paar Tage später.«

»Tja, und wir sind noch immer alle beisammen, was?«

»Ich fahre morgen«, sagt Berit. »Meine Geburtstagsparty wartet auf mich. Wenn es Mutter wieder schlechter gehen sollte, komm ich Neujahr zurück.«

In dem Moment kommt Inka hereingeschlurft, in einem Kapuzenpulli über einem langen Gewand, von dem Berit nicht sagen könnte, ob es dasselbe ist wie ihr Nachthemd.

»Ich wär voll gern mal Silvester in Berlin«, sagt Inka und schaut kurz unter ihrer Kapuze zu Berit hinüber.

»Wir fahren auch morgen«, sagen Gesa und Jochen zugleich.

»Wie ihr wollt.« Enno schaut in die Runde. »Aber vorher habe ich etwas mit euch zu besprechen.«

Marten und Kaija wagen hinter den himmelblauen Türen des Alkovens kaum zu atmen. Wenn die Erwachsenen sie für so blöd halten, nicht zu kapieren, warum man sie nach dem Essen »zum Spielen« nach oben schickt, wenn sie meinen, dieses Gespräch ginge sie nichts an und sie könnten wieder einmal alles allein entscheiden, wenn sie nicht auf die Idee kommen, dass man sich in einem unbeobachteten Moment zurückschleichen und in dieses prima Versteck legen kann … Nun, dann haben sie sich geirrt.

Es ist still in der Stube. So still, dass man das Knistern der Kerzen am Baum hört. Enno hat am Kopfende auf Inges Stuhl Platz genommen und blickt in die Runde. Fehlt nur noch die Tischglocke, denkt Berit. Kerrin rutscht auf ihrem Stuhl herum. Wäre auch zu schön gewesen, ihr Mann hätte sie ausnahmsweise vorab informiert. Was das hier werden soll. Gesa legt eine Hand auf den Bauch, schaut auf ihr Handy und dann aus dem Fenster.

»Rück schon raus mit der Sprache«, sagt Jochen.

Enno räuspert sich. Ihm ist ein wenig schwummrig im Kopf. Er wollte sich Berit und Gesa einzeln vornehmen, beide langsam weich kochen. Aber die Zeit läuft ihm davon.

»Liebe Familie!« Das Stechen unter der Schädeldecke ist wieder zur Stelle, breitet sich pochend hinter den Augen aus. Ein Rotschleier legt sich über Familie, Tisch und Weihnachtsbaum. »Ich habe heute ein heikles Thema mit euch zu besprechen. Zu klären. Bevor ihr Nein sagt, denkt bitte immer daran: Wir ziehen alle am selben Boot!«

»Ja, und sitzen im selben Strang!«, sagt Berit.

Marten und Kaija pressen im Alkoven die Hände vor den Mund. Draußen lacht niemand.

»Ihr kennt doch alle Bauer Frerksen?« Stille. Ennos Zunge fühlt sich an wie Schmirgelpapier. Er nimmt einen Schluck Wasser, einen neuen Anlauf. »Ich meine, ihr wollt doch nicht, dass bald schwarzer Rauch aus diesem Schornstein quillt?«

Schließlich hat er die Kurve gekriegt. Er hat gesagt, wie froh er ist, dass Mutter lebt, und dass sie noch lange leben möge, worauf er sein Glas hob, bis alle es ihm nachtaten und ihre Gläser hoben. Er hat sein Glas abgesetzt und zu bedenken gegeben, dass selbst Inge Boysen nicht ewig leben würde – und auch er nicht, woraufhin Kerrin nach seiner Hand griff, was ihn völlig aus dem Konzept brachte. Aber nur für einen Moment. Dann hat er klipp und klar gesagt, dass sie, wenn das Haus an alle Kinder vererbt wird, verkaufen müssen, da er sie nicht auszahlen kann, und hinzugesetzt, dass Bauer Frerksen und andere Geier bereits über diesem Dach kreisten. An dieser Stelle prustete Berit los, doch er war jetzt in Fahrt und nicht mehr aufzuhalten. Ein wenig fühlte es sich an, als rase man ohne Bremsen auf einen Abgrund zu. Er hat Kerrins Hand gedrückt – sie ist noch näher an ihn herangerückt, sodass kein Blatt mehr zwischen sie passte – und gesagt, dass er und Kerrin dieses Haus liebend gern bewohnen und bewahren wollten auf Lebenszeit und für kommende Generationen der Familie Boysen. Bei diesen Worten hat er Inka angeblickt, auf deren Miene sich Erstaunen abzeichnete, dann Schrecken und schließlich, er war ziemlich sicher, Freude. Das hat ihm den Mut gegeben, mit einem letzten Anlauf, während sein Herz bis zum Hals schlug, den entscheidenden Satz herauszubringen: »Was aber nur möglich ist, wenn die Geschwister – also ihr – auf ihren Erbteil an Haus und Grundstück verzichten.«

Es ist immer noch still. So still, dass man die Nadeln von der Tanne rieseln hört. Im Alkoven fassen sich Marten und Kaija bei den Händen. Die freie Hand hat Marten zur Faust geballt, Kaija presst sie vor den Mund, um nicht laut zu schluchzen.

Enno wischt sich kalten Schweiß von der Stirn, bevor Kerrin es tun kann. Er wagt nicht, Gesa anzuschauen, nickt Berit zu.

Berit denkt an Mame, ihre Kindheit, den Alkoven, die Segelschifffliesen, die Luke im Giebel über dem Meer, den Strahl des Leuchtturms, der nachts die Luke streift, das Tuten der Fähre, denkt an die gespiegelten Wolken im Watt, den silbrigen Klang des ablaufenden Wassers, den Deich, der am Horizont um die Kurve biegt, als könnte man auf ihm, wenn man nur immerfort ginge, die Welt umrunden. Natürlich will sie, dass das Haus in der Familie bleibt. Dass sie ein Leben lang hierher zurückkehren kann, Ennos Kinder hier wohnen und seine Enkelkinder hier spielen. Was ist schnödes Geld gegen ein Zuhause wie dieses, einen solch unbezahlbaren Schatz. Okay, Bruder, möchte sie sagen, schlagen wir die Geier gemeinsam in die Flucht. Ich bin dabei. Dann denkt sie an die roten Zahlen auf dem Konto, ihre Wohnung, die bald saniert und unerschwinglich wird, die endlosen Monate, in denen sie schnödes Geld braucht, um schlicht und ergreifend zu überleben. Sie denkt an die Reden, die sie nicht mehr schreiben kann, und an die Geschichte, die sich aufzurollen begonnen hat, in diesen Tagen und in diesem Haus. Die sie zu Ende schreiben will, nicht irgendwann einmal, an jenem Fata-Morgana-gleichen Punkt, wenn sie Zeit und Geld hat, sondern jetzt. Heute, morgen, übermorgen, die nächsten Wochen, Monate und vielleicht Jahre. Es stimmt, Zeit ist Geld – aber Geld ist auch Zeit.

Berit schaut Enno an. »Ich bitte um Bedenkzeit.«

Enno sieht enttäuscht aus. Der erste Elfmeter ist verschossen. Der zweite geht garantiert auch daneben. Alle schauen auf Gesa.

Gesa denkt an den noch nicht abgezahlten Kredit für ihre Hamburger Wohnung, an die zweite, die sie bald mieten muss, den Umzug, neue Möbel, die Zeit nach der Geburt, in der sie nicht in ihrer Praxis arbeiten kann, die Scheidung, falls Jochen die Scheidung will. Eine Stange Geld wird ihre Probleme nicht lösen, aber vieles ungeheuer erleichtern. Tut mir leid, Bruder, will sie sagen, ich hab keine Wahl. Ich passe. Dann denkt sie an das Reetdach mit dem bemoosten Giebel, die Stäbe mit Vogelköpfen gegen Blitze und Hexen, das Herdfeuer in der Küche, Schwimmstunden mit Boy, Ennos Schallplatten, an das nie versiegende Rauschen von Wind und Wellen als kleine und manchmal große Tag-und-Nacht-Musik dieser Insel, den Sternenhimmel, den Himbeersirup, den Salzgeschmack. Sie denkt an Marten und Kaija, die im Haus jede Ecke und jeden Winkel lieben, an ihr Baby, das vor diesem Weihnachtsbaum staunen soll wie zuvor ihre anderen Kinder, denkt an Enno, den sie sich gar nicht woanders vorstellen kann als in diesem Haus.

»Auch ich bitte um Bedenkzeit«, sagt Gesa. »Erst das Kind …«

Jochen zuckt zusammen. »Gesa, wir haben doch gar keine Wahl! Das Haus muss verkauft werden.«

»Haben Schwiegerkinder auch Stimmrecht?«, fragt Kerrin. »Ich denke nicht, Jochen. Ich kenn mich nicht aus mit dem Erbrecht. Aber es gibt auch noch so was wie Anstand und Moral.« Sie schaut mit vorgerecktem Kinn in die Runde. »Ich denke, es wär eine Schande, wenn ihr Enno nach allem aus dem Haus jagt!«

»Und was genau heißt ›nach allem‹?«, will Gesa wissen. »War es eine Strafe für euch, all die Jahre mietfrei in diesem Haus zu wohnen?«

»Also, ich finde«, meldet sich Inka zu Wort, »dass niemandem von uns dieses Haus gehört.«

»Aber Inkakind!«, ruft Kerrin. »Fall doch nicht deinen Eltern …«

»Man sollte das Haus verschenken und für eine gute Sache öffnen.« Inka dreht langsam eine Haarsträhne um den Finger. »Als Flüchtlingsheim. Oder für Künstler und so.« Sie schaut verstohlen zu Berit hinüber. »Hmm, oder wir könnten es, wenn es unbedingt ein Familiending sein muss, alle gemeinsam bewohnen.«

»Geniale Idee!«, ruft Jochen mit einem Blick auf Gesas Bauch. Dann nimmt er Inka ins Visier. »Kam mir bisher gar nicht vor, als wärst du der WG-Typ. Von wegen Teilnahme am Gemeinschaftsleben, selbsttätiges Bedienen der Spülmaschine und so. Und was ist, wenn du später selbst Kinder hast, oder Karsten?«

»Karsten und Inka haben das auch nicht zu bestimmen«, erklärt Gesa. »Und wenn, haben Marten und Kaija genauso gut das Recht, hier zu leben. Und das Baby.«

»Jawohl, alle unter einem Dach! Lasset die Kindlein zu uns kommen.« Jochen steht auf, schlägt die Tür zu, kommt wieder herein und bleibt mit dem Rücken zur Tür stehen.

»Was machen wir hier eigentlich?«, fragt Berit mit tränenerstickter Stimme. »Reden über Mame, als wäre sie schon tot. Sie liegt nebenan und schläft! Und wir verteilen ihr Haus über ihren Kopf hinweg. Vielleicht wird sie noch hundert Jahre alt!«

»Vielleicht«, sagt Kerrin, »aber vergesst nicht, sie ist schon tot gewesen!«

»Ach, halt doch einfach mal den Mund!«, fährt Enno sie an.

Kerrin lässt vor Schreck seine Hand los, rückt von ihm ab. Nun hat auch sie Tränen in den Augen.

»Mame lebt«, sagt Berit, und Ahab springt auf ihren Schoß. Berit streicht über den schwarzen Katerkopf. »Es ist ihr Haus, sie soll entscheiden. Mame und sonst niemand.«

»Natürlich«, sagt Enno. »Selbstverständlich. Aber wenn sie, was wahrscheinlich ist, das Haus zu gleichen Teilen uns vieren vermacht? Wäret ihr dann bereit …«

»Wir müssen Boy fragen«, unterbricht ihn Gesa. »Ohne Boy läuft nichts. Nur wenn wir alle drei zustimmen, zu verzichten …«

»Hat er immer noch nicht geantwortet?«, fragt Kerrin.

»Hat ihm irgendwer Bescheid gegeben, dass Omi lebt?«, will Inka wissen.

Enno, Kerrin, Gesa und Berit schauen sich an.

»Ich dachte, du?«

»Und ich dachte, du!«

»Oh, verdammt«, sagt Gesa und beginnt, in ihr Smartphone zu tippen.

Lange Zeit starren alle schweigend auf Gesas Handy. Es bleibt still. Keine Antwort.

»Boy hin oder her, wenn ihr beiden schon mal …«, beginnt Enno.

»Boy wird nicht einknicken«, sagt Jochen von seinem Platz an der Tür. »Warum sollte er?«

»Tja, warum sollte er?«, sagt Gesa. »Vielleicht hat er auch ein Herz in der Brust. Vielleicht liebt er dieses Haus.«

»Vielleicht braucht er das Geld nicht«, sagt Berit. »Es hieß doch mal, er hat diesen Hit komponiert.«

»Wow, wirklich?« Inka schaut von ihrem MP3-Player auf. »Welchen denn?«

»Es hieß auch mal, er hat die Königin von Honolulu zur Geliebten«, sagt Gesa, »und ein Dutzend illegitimer Kinder.«

Inka lacht. »Dann braucht er das Geld vielleicht doch.«

»Es hieß auch mal, er wird Kapitän«, sagt Enno. »Bevor er mit dem Saufen begann und den Unfall hatte.«

»Bevor er den Unfall hatte«, sagt Gesa, »und mit dem Saufen begann. Als er mit kaputtem Rücken und Schmerzen, ohne Geld, Job und Zukunft in dieses Haus zurückgekehrt ist, wo man ihm bestimmt einen überaus warmen Empfang bereitet hat.« Kerrin läuft eine Röte über das Gesicht und staut sich in ihren Ohren. Also doch ein schlechtes Gewissen, denkt Gesa. Besser als keins. Sie wendet sich Enno zu. »Boy hat es in den Griff gekriegt und ein neues Leben begonnen. Das ist mehr, als irgendwer von uns hier von sich sagen kann.«

Kerrin schreit auf. »Der Balken!«

Fünf Augenpaare schauen fragend auf Kerrin, dann zur Zimmerdecke, durch deren Mitte sich der dunkle Holzbalken zieht. Der tragende Balken aus dem geraubten Schiffsmast.

»Er hat geknarzt!«, ruft Kerrin. »Geächzt! Er wird uns allen auf den Kopf fallen!«

Marten und Kaija hält es kaum noch in ihrem Alkoven. Wie können die Erwachsenen nur so verpeilt sein! Haus Tide verkaufen, mit Schiffsfliesen, Bilegger, Alkoven, mit der Kammer voller Kirschen und Pflaumen, dem Spitzboden voller Kobolde, dem Ausguck aus der Dachluke, dem Garten mit den windschiefen Bäumen, mit Heide und Schnucke, mit Ahab – ebenso gut kann man seine Seele verkaufen. Oder seine Kinder! Cousine Inka, auch wenn sie komisch ist und zum Fürchten aussieht, hat es als Einzige kapiert. Sie können doch alle hier wohnen!

»Außer dem Italo«, flüstert Marten.

»Wieso?«

»Sonst bleibt Papa nicht.«

»Wieso nicht?«

»Wieso nicht, Dummie! Das verstehst du nicht«, sagt Marten. »Wegen Sex und so.«

»Versteh ich wohl, Klugscheißerarsch!«, ruft Kaija.

»Leise«, sagt Berit, »war da was im Alkoven?«

Jochen löst sich von der Tür. »Ich schau mal nach.«

Als Nächstes hören Marten und Kaija jenseits der Alkoventür Gepolter und Geschrei, Zeter und Mordio.

»Achtung, der Baum!«

»Wasser, wir brauchen Wasser!«

»Los, eine Decke!«

»Verfluchter Kater!«

Alles rennt und schreit durcheinander. Irgendwann ist es totenstill. Marten späht durch den Spalt zwischen den Türen des Schrankbetts. »Die Luft ist rein!«

Aber das ist sie nicht. Es riecht verbrannt. Der Baum hängt schief im Ständer, ein paar Zweige sind angesengt, die Strohsterne verkohlt. Auch Ahab, der allein vor dem Desaster hockt, sieht angekokelt aus am Bauch und Brustlatz, der eigentlich weiß sein sollte. Sein Fell ist voller Tannennadeln.

Einen Moment lang steht Kaija still vor dem lädierten Weihnachtsbaum. Sie schluckt, wischt sich über die Augen, dann nimmt sie Ahab auf den Arm. »Du hast uns gerettet!«

»Und wir werden dein Zuhause retten!«, fügt Marten hinzu. Zu dritt steigen sie die Treppen hinauf unters Dach.

In der verqualmten Stube hallt der Wetterbericht des Norddeutschen Rundfunks ins Leere. »Aus dem Glatteisregen wurden am Vormittag bei drei bis vier Minusgraden Eiskörner, die der Wind wie Hagel hinwegpeitschte. Der Regen gefror auf dem Boden binnen Sekunden zu Blitzeis. Die Folgen: spiegelglatte Straßen, eingefrorene Weichen. Erst bei minus sechs

Grad ging der Eisregen in Schnee über. Aufgrund zahlreicher Unfälle wurden Straßen gesperrt, der Schienenverkehr ist gebietsweise lahmgelegt. Besonders kritisch ist die Situation auf den Inseln …«

Inge ist weder tot, noch schläft sie nebenan. Hellwach sitzt sie, mit einem dicken Kissen im Rücken, im Bett und hat das Ohr an die Wand gepresst. Die Wand zwischen der früheren guten Stube, in der heute ihr Bett steht, und der Stube, in der man heute über die Zukunft dieses Hauses zu Tisch sitzt, ist dünn. Dünner, als die Disputanten glauben mögen. Nicht jedes Wort hat sie verstanden, aber genug, um zu verstehen, dass eine Entscheidung fallen muss. Und eine Entscheidung fällt in der Regel nicht vom Ast wie eine überreife Pflaume, sie fällt, wie tief verwurzelte Bäume, nur, wenn sie gefällt wird. Oder wenn der Blitz in den Baum fährt. Einen Moment lang erscheint es Inge sehr verlockend, zu schlafen, zu entschlafen und für alle Welt tot zu sein. Was auch immer man sein mag, man ist nicht gern die Axt, die Entscheidungen fällt.

Im vom schwarzen Tuch befreiten Spiegel blickt Inge in das Gesicht einer ratlosen alten Frau, die schicksalsergeben darauf wartet, dass ihr eine überreife Pflaume in den Schoß plumpst. Genau die Art alte Frau, die sie immer beim Kragen packen und schütteln möchte. So wie die kürzlich sanft entschlafene Hermine. Aber die hatte Asthma, Rheuma, Zucker, einen tyrannischen Gatten, kaltherzige Kinder und eine Schafsgeduld. Nichts davon kann Inge als Entschuldigung ins Feld führen. Es muss doch eine gute Entscheidung, eine bestmögliche wenigstens, zu finden sein! Also noch mal von vorne suchen, mit kühlem Kopf, während nebenan heiß disputiert wird.

Haus Tide allen vier Kindern zu vererben wäre das Einfachste, das scheinbar Gerechteste. Es hieße jedoch nicht nur, das

Haus verloren zu geben. Es hieße auch, ihre Kinder und Schwiegerkinder um ein Zuhause ärmer und ein Vermögen reicher in bösem Blut auseinandergehen zu lassen. Doch soll sie deshalb an Gesas, Boys und Berits Stelle entscheiden, dass der Erhalt des Hauses, Familientradition und -frieden wichtiger sind als das, was sie vorhaben mit ihrem jeweils einzigen eigenen Leben? Ein altes friesisches Sprichwort kommt ihr in den Sinn: »Wo Geld ist, ist der Teufel, aber wo nichts ist, ist er zweimal.«

»War es eine Strafe für euch, all die Jahre mietfrei in diesem Haus zu wohnen?«, hört sie Gesa nebenan fragen, mit ihrer klangvollen Stimme, die nicht laut werden muss, um gehört zu werden. Die drei Geschwister könnten aus freien Stücken auf das Haus verzichten, sie aber, denkt Inge, kann es ihnen nur fortnehmen. Das ist ein Unterschied.

Inge geht zum Fenster, schiebt den Vorhang beiseite und blickt in den Schnee hinaus. Der Glanz des Eises ist unter einer dicken weißen Decke verschwunden, die von Minute zu Minute wächst. Bäume, Sträucher und Hecken, die Bank, die Beete, das Auto, Feldsteinmauer und Gartentor, das Moosgrüne und Grasgrüne, Rindenbraune und Steingraue, Hagebuttenrote und Rostrote, das Kantige und Zarte, das eine wie das andere hat sich in unförmige weiße Skulpturen verwandelt. Die Flocken, die sie so gern als Federn vom Himmel tanzen sieht, taumeln dick wie Watteklumpen zur Erde und decken zu ohne Unterschied.

Genauso begann es damals. Im sogenannten Katastrophenwinter. War er, im Nachhinein betrachtet, eine Katastrophe auch für ihre Familie? Oder einfach ein Wendepunkt? Ein Katalysator, um die einzelnen Elemente schneller reagieren zu lassen und in ihre Umlaufbahn zu bringen? Und wer war der Katalysator – war es der Schnee, der sie einschloss, oder sie selbst, Inge Boysen, die damals eine Entscheidung fällte, um dem Schicksal, wie sie meinte, auf die Sprünge zu helfen?

Willem lebte noch. Enno wollte im Sommer Abitur machen, dann zur Seefahrtsschule, um schließlich Kapitän zu werden. Sie selbst war ungefähr so alt wie Gesa jetzt. So jung! Mit Mitte vierzig, als Ehefrau, Hausfrau, Mutter von vier Kindern kam sie sich viel älter vor, als ihr Gesa heute erscheint. Doch war sie damals noch jung genug, um zu glauben, zwischen Gut und Böse, Falsch und Richtig unterscheiden zu können. Auch für andere. Sehr jung noch also, von jetzt aus betrachtet. Man weiß nie, dass man jung ist, denkt Inge, während sie ihre blasse, mit dunklen Flecken übersäte Hand an die kalte Fensterscheibe presst, weiß immer nur im Nachhinein, dass man es war.

Es war die Zeit zwischen den Jahren. Weihnachten war lauwarm gewesen, dann stürzten ohne Vorwarnung die Temperaturen, die Menschen auf spiegelglatten Straßen, der Schnee vom Himmel, als hätte man seine Schleusen geöffnet. Genau wie jetzt. Diese verdammten Flocken da draußen! Es ist ihr, als sei es der Schnee von gestern.

Es schneit und schneit. Sie sitzen beim Abendbrot, der Fernseher läuft in Schwarz-Weiß, Eltern und Kinder am Tisch tragen orange und braun, gelb und rot gemusterte Hemden, Blusen und Pullunder. Willem möchte zu seinem Schinkenbrot und Tee die Nachrichten hören. Berit zappelt auf ihrem Stuhl, will hinaus in den Schnee, auf den Deich, mit ihrem Schlitten, dem neuen roten Schal, den Inge der Jüngsten zu Weihnachten gestrickt hat. Enno sieht mit finsterer Miene aus dem Fenster, er wollte zu einem Konzert nach Hamburg und kann nicht. Kein Bus, keine Fähre, kein Zug. Gesa zieht ihn auf, er hätte wohl ein Rongdewu mit der Sängerin, und ob die jetzt, wo er nicht käme, einen anderen küsse? Boy sitzt mit seltsamem Lächeln dabei und schweigt. Willem bittet um Ruhe: der Wetterbericht!

»Ich hab mich zur Seefahrtsschule gemeldet«, sagt Boy.

Willem fällt die Kinnlade herab. Enno wird weiß um die Nase. Gesa verstummt und Berit erstarrt.

»Ihr habt richtig gehört«, sagt Boy. »Bin schon angenommen.«

»Das wagst du nicht …«, presst Enno hervor.

Boy lacht. »Du kannst ja gerne Hochschul-Kapitän werden. Ich werd mich nicht bis zum Abi quälen und studieren, wenn ich mir den Wind auch gleich um die Nase wehen lassen kann. Hochseewind! Nicht diese lahme Brise auf einem Meer, das man mit Gummistiefeln durchwaten kann.«

»Vater?«, fragt Enno. »Bist du einverstanden?«

Willems Augen wandern hin und her zwischen Wurstplatte und Wetterbericht. »Vom Atlantik nähern sich weitere Tiefdruckgebiete, während der Luftdruck über Skandinavien …«

»Vater?«, fragt Enno. »Hast du nicht immer gesagt, nur einer deiner Söhne?«

Willem wischt sich über Augen und Stirn. Fährt durch den Bart.

»Hieß es nicht immer, weil deine Brüder auf See geblieben …«

Willem bringt Enno mit einer Handbewegung zum Schweigen. »Es bleibt dabei. Einer von euch. Enno geht zur See.«

»Bitte sehr«, sagt Boy. »Ich halte ihn nicht auf. Und du mich nicht.«

»Was sagst du, Mutter?«

Nichts hat sie gesagt. Kein Wort zu Enno. Damals nicht und bis heute nicht. Nie wieder hat sie Enno so enttäuscht gesehen. Doch was hätte sie sagen sollen? Sie selbst hatte Boy ermutigt, heimlich die Aufnahmeprüfung abzulegen.

Inge zieht den Vorhang vor das Fenster und legt sich zurück in ihr Wandbett. Ja, sie hatte gewollt, dass einer ihrer Söhne zur See fuhr. Aber sie sah nicht Enno in diesem Leben. Man musste stark sein, freiheitsliebend, selbstgenügsam, so wie Boy. Enno brauchte ein Zuhause, eine Familie, festen Boden unter den Füßen. Eine Frau wie Kerrin, die auf ihn achtgab. Irgendwann, wenn er erwachsen wäre, dachte sie damals, würde er es einsehen. Dass es letzten Endes besser für ihn war. Besser für alle. Aber war es das?

Inge fährt zusammen. Durch die dünne Wand zwischen den beiden Stuben dringt Gepolter und Geschrei. »Wasser, wir brauchen Wasser!« – »Los, eine Decke!«

Vielleicht hat sie Ennos Lebenstraum zerstört. Vielleicht hätten, auch gegen Willems Willen, beide Söhne zur See fahren können. Vielleicht hat Enno nur auf ihren Zuspruch gewartet, der niemals kam. Auch Gesa hätte hierbleiben und das Haus bevölkern können mit ihrer Familie. Aber es war anders gekommen und zu spät für solche Gedanken.

Der Schnee hat nicht nachgelassen. Er fällt nun hinter dem Vorhang, doch sie weiß, dass er weiter fällt und fällt. Inge setzt sich noch einmal im Bett auf, stellt die Füße nebeneinander auf den Boden. Wie schon am Morgen weiß sie einen endlosen Augenblick lang nicht mehr, wie es geht, das Aufstehen. Und als sie es endlich geschafft hat, ergeht es ihr ebenso mit dem Gehen. Und als es mit dem Gehen halbwegs gegangen ist, passiert dasselbe mit dem Öffnen von Schlössern. Sie sitzt auf ihrem Stuhl vor dem Sekretär, dreht den Schlüssel, dessen Drehen erstaunliche Kraft erfordert, klappt die Tür herunter, die als Schreibtischplatte dient. Sie zieht aus einem der Fächer den braunen Umschlag mit der Aufschrift »nach meinem Tod zu öffnen«. Sie hält den Füller umklammert, auch das Schreiben geht nicht leicht von der Hand. Das Datum von heute, ihre Unterschrift, so viel ist geschafft. Und nun muss sie unter die vielen Sätze in ihrer schwungvollen Schrift von gestern den entscheidenden neuen Satz schreiben, in ihrer zittrigen Schrift von heute. Enno wird – und zwar zu ihren Lebzeiten – Alleinerbe von Haus Tide, mitsamt dem Grundstück und dem festen Mobiliar.

Marten und Kaija wissen, wie das Haus zu retten ist. Wie es dem Zugriff der über dem Reetdach kreisenden Geier entrissen wird, vom bemoosten Reetdach bis zur Speisekammer mit Einweckgläsern, von der Feldsteinmauer bis zur Scheune mit Heide und Schnucke; wie es bleibt, wie es ist, mit Alkoven, Bilegger, Segelschifffliesen und dem ganzen Rest. Und ist das Haus erst gerettet, werden darüber alle so froh und glücklich sein, dass sie aufhören, sich zu streiten, und friedlich unter diesem Dach zusammenleben bis ans Ende ihrer Tage. So sieht es jedenfalls Kaija. Marten weiß, ehrlich gesagt, noch nicht genau, wie man diesen Italo loswird und dessen Baby. Oder ob Papa möglicherweise bereit wäre, das Italo-Baby zu behalten, falls der Italo verschwindet. Aber eins nach dem anderen. Zuerst kommt das Haus.

Die ganze Lösung des Problems liegt ausgebreitet vor ihnen. Marten und Kaija beugen sich über die Karten, die Marten heute Nacht auf dem Dachboden entdeckt hat. Während Kaija schlief, hat er gezählt, um wach zu bleiben, bis 9999 hat er gezählt, bis es ganz still war im Haus und alle schliefen. Alle außer ihm. Er hat den Dachboden mit seiner Taschenlampe durchkämmt und sich vor Angst fast in die Hose gemacht, als es knarrte und ächzte und dunkle Schatten in finsteren Ecken lauerten. Das mit der Hose hat er beim Report an Kaija ausgelassen, denn weitaus entscheidender ist, dass im Schein seiner Taschenlampe oben auf einem Dachbalken das Kästchen erschien. Und in dem Kästchen, das so verstaubt war, dass er laut niesen musste beim Öffnen, lagen die Karten.

Sie haben Karten wie diese schon gesehen, Karten mit wunderlichen Namen von Orten, die mit Mann und Maus in den Wogen der Nordsee versunken sind; Kirchspiele, von denen nichts geblieben ist als der Kirchturm, der wie ein Grabstein die Trümmer der Häuser überragte; oder ein paar Mauerreste im Wattboden, während Kirch- und Schulbänke, Zäune und Ställe, Kühe und Schafe, die Häuschen und Hütten mit Schränken, Tellern und Töpfen und die Betten mitsamt ihren Schläfern in einer einzigen Flutnacht davongeschwommen waren. Mensch und Tier, Kinder wie Greise, Lebende und Tote wurden von den Wellen verschluckt und ausgespuckt. Nach einer Sturmflut fand man in finsterer Nacht eine Wiege mit zwei fest verschnürten Säuglingen an einer Hallig angeschwemmt. Niemand konnte ihre Eltern ermitteln, und die Findlinge wurden von fremden Eltern aufgezogen, die sich ihrer erbarmten. Diese Geschichte haben sich Marten und Kaija oft erzählt, wenn sie im Dunkeln in ihren Betten lagen und ihre Eltern sie in süßen Träumen wähnten. »Ja«, sagte einer von beiden dann nach ehrfürchtigem Schweigen, »und auch Särge trieben mitsamt den Toten in den Fluten umher, wurden an fremden Ufern angetrieben und auf anderen Friedhöfen wieder beigesetzt.«

Die vor Hunderten von Jahren im Watt versunkenen Orte sind nichts Neues für Marten und Kaija. Sie wissen, seit sie denken können, dass es Menschen gibt, die noch immer im Watt nach Spuren suchen, die im Schlick auf Scherben stoßen, auf Münzen, Löffel und Töpfe, bisweilen mit Resten von vor über dreihundert Jahren angebrannter Milch darin. Mehr als einmal haben sie Touristen gesehen, mit kurzen Hosen, Schirmmützen, Rucksäcken, in Gruppen vom Wattführer durchs Watt geführt, wo sie um kreisrunde Furchen im Schlick ausharrten, die ihnen als Überreste eines tief in den Wattboden gegrabenen Brunnens erläutert wurden. Sie wissen, dass die Touristen keine Schätze da draußen finden. Aber ebenso gut wissen sie, dass noch Schätze da draußen liegen, die ein Haus und eine Familie retten können, wenn man sie nur ausgräbt. Und die Karte, über der sie in diesem Moment die Köpfe zusammenstecken, um die hineingekritzelten Wörter, Linien und Kreuze zu entziffern, hat nicht irgendwer gezeichnet. Sondern Boy. Sie stammt von ihrem Onkel, der als Junge ebenfalls im Watt auf Suche ging, Messer und Münzen fand und heute über die sieben Weltmeere segelt. Nicht umsonst hat Onkel Boy das Kästchen mit Karten auf dem Dachbalken hinterlassen. Bestimmt wartet er seit endlosen Jahren, dass in der verschnarchten Heimat jemand aus ihrer Familie den Hintern hochbekommt und sich auf den Weg macht.

»People are strange, when you're a stranger. Faces look ugly, when you're alone.« Singend kommt Inka mit ihrem Unterwasser-Kopfhörer aus der Dusche, tritt nackt und dampfend vor den beschlagenen Spiegel. Sie reibt ein Stück Spiegelglas frei und entdeckt einen Ansatz nachgewachsener blonder Haare. Grottenhässlich! Und natürlich hat sie nichts zum Nachfärben dabei. Im Badschrank kramt sie in Kerrins Kosmetik, sinnlos eigentlich, da die sich ja blond färbt. Warum können all diese Fünfzigplus-Blondinen nicht in Ehren grau werden, statt als ewige Barbies herumzurennen? Barbie von hinten, Zombie von vorne. So was wird sie nie machen, das schwört sich Inka, während sie mit ihrem Korrekturstift zwei Pickel am Kinn übermalt. Allmählich könnte doch mal Schluss sein mit dem peinlichen Pickelkriegen. Was ist denn das für ein Tiegel mit Goldrand? Anti-Aging-Creme. Voll krass. Inka schraubt den Deckel ab und schnuppert. Stinkt nach Verarschung. Aber klar, eine Creme gegen das Alter, eine Pille gegen den Schmerz, eine andere gegen Traurigkeit und ein Pflaster gegen den Tod. Warum sind Menschen nicht in der Lage, in Würde alt zu werden und, wenn die Zeit kommt, dem Tod ins Gesicht zu sehen. Sie wird das tun, das schwört sie sich, schraubt den Goldrandtiegel zu und überlegt, ob sie ihn nicht verschwinden lassen soll, nur mal so als Hinweis für Mama zum Nachdenken. Ob man nun älter aussieht wie Mama oder richtig alt wie Ominge, wo ist da der große Unterschied?

Berit dagegen ist echt cool. Die ist einfach anders als andere, egal, was andere von ihr denken. Sieht aus, wie sie will, sagt, was sie denkt, fühlt, was sie fühlt, isst, was sie mag, liebt, wen sie liebt. Eigentlich wie ein echter Goth, denn darauf kommt es ja an, mehr als aufs Goth-Outfit: anders und man selbst zu sein. Genau das, was sie erst lernen muss. Mit Sofia in Petersburg ging das auch gut, aber zwischen all diesen Leuten, die sie noch als windelscheißenden Säugling kennen, als Schulmädchen mit Zahnspange und Pferdepostern … Vielleicht ist sie deshalb dauernd so müde hier, weil sie all ihre Kraft braucht, um unter den Blicken, die noch die Ex-Inka in ihr sehen, nicht zusammenzuschrumpfen. Es kommt ihr vor, als wären die Wände und Decken in diesem Haus näher gerückt; immerzu stößt sie gegen Möbel und Türen, eckt irgendwo an.

Inka wischt den Spiegel trocken und bewundert die blaugrüne Nixe, die seit Kurzem auf ihrem Venushügel prangt. Es war peinlich, es hat wehgetan, es war jeden Nadelstich wert. Das Tattoo soll eine Überraschung werden für Sofia, falls … Na ja, falls eben. Wenn sie sich nicht rasiert, verschwindet die kleine Nixe im Haarwald. Aber jetzt sieht man sie in all ihrer Nixenpracht, und plötzlich – das wird niemand ihr glauben, das wird sie niemandem erzählen – zwinkert die Nixe ihr zu. Im selben Augenblick weiß Inka, dass sie nicht in dieses Haus zurückkehren wird. Ganz sicher nicht nach ihrem Auslandsschuljahr. Nächsten Sommer, wenn sie achtzehn wird, kann sie niemand mehr zwingen. Kann sie niemand zu gar nichts mehr zwingen!

Der Gedanke schießt ihr ins Blut, läuft heiß und kalt durch ihre Adern. Sie wird jemand sein. Sie wird jemand werden. Sie wird etwas machen, erfinden, entwerfen, etwas Brandneues, das die Welt entflammt. Musik, coole Klamotten, Mangas, Videos, einen Blog, abgefahrene Geschichten. Sie hat auch schon Storys geschrieben, zuerst mit Tintenfass und Feder, wegen Lord Byron und Mary Shelley und so, aber das ging echt zu langsam, bei aller Liebe. Doch, ihr fallen Geschichten ein, ohne Ende sogar, aber irgendwie bringt sie die nie zu Ende. Sie sprudeln auf, schießen als Fontäne in den Himmel und versiegen plötzlich, wie die Geysire in Island.

Doch eins steht fest: In diesem Elternhaus mit ihren Eltern, wo sich ihr Kopf wie Watte anfühlt, wird sie niemals etwas erfinden. Berit dagegen schreibt und schreibt. Heute Nacht hat Inka in ihrem Zimmer vergeblich auf Berit gewartet, ihr konzentriertes Gesicht vermisst, den weißblonden Haarschopf, angeleuchtet vom Bildschirm. Sie muss mit den Kopfhörern eingeschlafen sein, und in der Nacht hat der Anblick des leeren Bettes gegenüber ihr einen Stich versetzt. Idiotischerweise. Sie ist durchs Haus gewandert, hat mit klopfendem Herzen die Tür zur Stube geöffnet. Berit war nicht zu sehen, ihr Laptop stand auf dem Esstisch. Inka hat den Bildschirm aufgeklappt und die ersten Sätze gelesen.

»All das Kommen und Gehen in unserer Familie begann mit einem angekündigten Tod und einem unangekündigten Sturm. Mond und Flut, Schnee und Sturm, Brüder und

Schwestern, Geliebte und ungeborene Kinder trafen ohne Vorwarnung aufeinander.« Inka wollte mehr lesen. Wollte wissen, wie es weiterging mit dieser Familie, ihrer Familie? Ein angekündigter Tod und ein unangekündigter Sturm ... Bruder und Schwestern, Geliebte und ungeborene Kinder ... Ein Dutzend Geschichten schossen bei diesen Worten vor Inkas Augen als Fontänen in den Himmel und fielen in sich zusammen, als sie ein lautes Atmen im Raum hörte, ein Seufzen. Blitzschnell hat sie den Laptop zugeklappt, ist im Hinausgehen vor dem Alkoven stehen geblieben. Ihr Herz schlug ihr bis zum Hals, und sie wusste jetzt, wo Berit diese Nacht schlief. Und sie wusste, auch ohne die himmelblauen Türen des Wandbetts zu öffnen, dass die Schlafende dahinter ein glücklicher Mensch war. Ebenso glücklich wie die Schreibende am Tag, wenn sie alles um sich herum vergaß.

Ja, leider, alles und alle vergaß, denkt Inka, während sie die blaugrüne Nixe trocken tupft, sich abtrocknet und in ihre Kleider schlüpft. Vielleicht sieht Berit von ihrem Laptop auf und zieht sie, Inka, einmal näher in Betracht, wenn sie ihr wahres Gesicht zeigt? Wie gut das tut, als ihre ordinäre rosige Hautfarbe unter hellem Puder verblasst. Schwarzer Eyeliner, violetter Lippenstift, schon sieht man wieder halbwegs wie ein Mensch aus. Als sie die Fingernägel lackiert, klopft es an der Tür – das kommt ihr irgendwie bekannt vor.

»Moment«, ruft Inka und pustet auf die schwarz glänzenden Nägel. Nun müssen nur noch die Piercings zurück in Augenbraue und Nasenflügel. Mit ein bisschen Gewalt kriegt sie die Dinger endlich durch die Öffnungen. Geschafft. So lässt sich schon besser dem Tod ins Gesicht sehen, wenn auch nicht alt werden. Denn das wird sie ja nicht, wenn bald Schluss mit lustig ist auf diesem Planeten. Die verwandelte Ex-Inka lächelt die wiedererstandene Inka im Spiegel an und singt: »When you're strange, faces come out of the rain. When you're strange, no one remembers your name. When you're strange. When you're strange. When you're stra-han-ge.«

Endlich fühlt sie sich gewappnet, der Welt im Allgemeinen und ihrer Familie im Besonderen gegenüberzutreten. Sie dreht den Schlüssel, öffnet die Tür und sieht ins Gesicht ihrer Mutter, die bei ihrem Anblick aufschreit. Inka fährt sich mit der Hand über die Wange und fühlt, wie heißes Blut von der Augenbraue durch den hellen Puder über ihre Schläfe rinnt.

Als Inka auf der Leiter zum Spitzboden steht, sieht sie gerade noch, wie Marten und Kaija hastig Papiere unter ihre Isomatten schieben.

»Uuuh, ein Zombie!«, ruft Kaija.

»Wie siehst du denn aus?« Marten scannt ihr neues Outfit. »Was willst du überhaupt hier?«

»Spuken«, sagt Inka. »Was sonst macht ein Zombie auf dem Dachboden?«

»Komm doch her.« Kaija krault Ahab, der sich neben ihr zusammengerollt hat. Mit Blick auf Marten fügt sie hinzu: »Inka ist okay. Inka will auch, dass wir alle gemeinsam im Haus wohnen, oder?«

Marten gibt ihr ein Zeichen, die Klappe zu halten.

»Woher weißt du denn, was ich über das Haus denke, diesen ganzen Erbschaftsmist und so?« Inka geht gebückt unter dem niedrigen Giebel bis zur Dachluke, hockt sich hin und schaut Kaija an. »Wo wart ihr eigentlich, als wir unsere Geheimkonferenz abgehalten haben?«

»Hier oben«, sagt Marten, »wo sonst?«

Kaija überlegt einen Moment und zeigt auf den Dachboden nebenan. »Wir haben irre Sachen von Onkel Boy gefunden!«

Marten erstarrt und entspannt sich erst wieder, als Kaija Inka ein Heft reicht. »Boy Boysen« steht auf dem Etikett unter einem Totenkopf. »Lies mal vor!«

Inka nimmt das Heft, in das Boy mit Schuljungenschrift Notizen und Zeichnungen gekritzelt hat, und liest: »Manch ein fremdes, aus seiner Bahn verschlagenes Schiff segelte schon in solchen Zeiten über eine Hallig hinweg, und die erstaunten Seeleute glaubten sich von Zauberei umgeben, wenn sie auf einmal neben sich ein freundliches Kerzenlicht durch die hellen Fenster einer Stube schimmern sahen …«

Marten, Kaija und selbst Ahab spitzen die Ohren, während das fremde, aus seiner Bahn verschlagene Schiff dicht an ihren Köpfen vorbei unter den Dachbalken hindurchsegelt. Dann wird der Zauber jäh gebrochen: Marten und Kaija werden dringend von ihren Eltern verlangt. Auf der Stelle! Mit einem verstohlenen Blick auf ihre Isomatten steigen beide widerstrebend die Leiter herab.

Inka öffnet die Tür zum Dachboden. Mal schauen, was dort sonst noch an irren Sachen von Onkel Boy zum Vorschein kommt. Eine Weile tappt sie im Halbdunkel durch den Dachboden, stößt zweimal mit dem Kopf an einen Balken, ohne etwas zu entdecken außer Kisten mit Gerümpel, ausrangierten Bildern, alten Lampen und zusammengerollten Teppichen. Plötzlich fühlt sie klebrige Fäden an ihren Wangen und Lippen. Sie kann gerade noch einen Aufschrei unterdrücken. Es ist peinlich für einen Goth, aber sie ekelt sich nun mal vor Spinnen. Fürchtet sich vor Fledermäusen und Ratten. Inka wischt sich übers Gesicht, Spinnwebfäden kleben an ihren Fingern, wickeln sich um den Onyx an Sofias Ring. Als sie den Ring vom Finger dreht, rutscht er ab und rollt in eine Ritze zwischen zwei Bodendielen. Beim Herausziehen des Rings bewegt sich eines der Dielenbretter. Inka hebt die lose Bodendiele an und stößt auf Papier. Auch das andere Brett lässt sich anheben, sodass sie das Heft unter den Dielen hervorziehen kann. Dahinter liegen zwei weitere. Auf den Notizheften steht kein Name, nur »Lesen verboten« unter einem Totenkopf, doch auf den beschriebenen Seiten erkennt Inka Boys Schuljungenschrift.

»Endlich frei! Wenigstens für die Nächte. Soll Enno unten in der stickigen Luft allein weiterschnarchen. Ich hab mir hier oben im Giebel unter der Luke ein Bett gebaut. Dies ist die erste Nacht: Der Wind weht vom Meer herein. Es ist zwei Uhr, meine Haut fühlt sich salzig an. Das Mondlicht wandert über die schwarzen Priele, zieht eine Spur bis zum Horizont. Ich kann nicht schlafen. Wie kann man schlafen, wenn alles um einen und in einem so sehr … lebt?!!«

Inka schlägt das zweite Heft in der Mitte auf.

»Gesa und ich haben etwas entdeckt! Wir haben ›Die Sturmhöhe‹ gelesen, mit verteilten Rollen, während uns hier oben der Wind um die Ohren heulte. Es war nicht schwer, sich vorzustellen, unser Haus Tide sei der Gutshof ›Wuthering Heights‹ im öden, windgepeitschten Hochmoor von Yorkshire. Ich konnte kaum aufhören, den Heathcliff zu spielen, den man als Findelkind in den Straßen Liverpools aufgelesen hat. Gesa hat Catherine gelesen, seine Stiefschwester und verwandte Seele. Wie sie so Cathys unbändige Leidenschaft in ihre Stimme gelegt hat, ist mir eine Gänsehaut über den Rücken gelaufen. Morgen lesen wir weiter, wenn die anderen denken, wir schlafen. Gesa muss aufpassen, dass sie nicht erwischt wird, wenn sie nachts die Treppe hochsteigt. Ich kann es kaum erwarten. Ich darf Gesa aber nicht küssen, weil sie meine richtige Schwester ist.«

»Wuthering Heights«, das erinnert Inka an etwas. Es gibt doch so ein Lied, aber sie kann sich nicht entsinnen, es gehört zu haben. Diese Hefte von Boy hat vor ihr niemand entdeckt, die gehören nun ihr ganz allein. Ein besseres Versteck als das, in dem sie so lange gelegen haben, gibt es nicht auf dem Dachboden, findet Inka und verbirgt ihren Schatz wieder unter den Brettern. Sie hat Onkel Boy nicht mehr als ein halbes Dutzend Mal in ihrem Leben zu Gesicht bekommen; er war für sie wie ein Märchenonkel, der ferne Abenteurer aus einem Kinderfilm. Doch dafür, dass er nie da war, ist er ganz schön anwesend in diesem Haus. Ein bisschen wie ein Geist, nur dass man nicht wusste, ob's ein guter oder böser Geist ist. Papa kann ihn nicht leiden, Mama spricht nicht über ihn, Ominge und Gesa lieben ihn. Und sie selbst? Keine Ahnung. Eigentlich kann ihr dieser Onkel Boy, mit dem sie nicht mal wirklich verwandt ist, ziemlich schnuppe sein. In diesem Moment aber, erfüllt von seinen Notizen und Zeichnungen, fühlt sie sich dem fernen Boy Boysen sehr nahe.

Auf einmal zieht es sie hinaus ins Freie, so eilig, dass sie beinahe die Leiter zum Spitzboden hinabstürzt. Inka läuft durch das Treppenhaus, schnappt ihren Mantel von der Garderobe und stürmt aus der Haustür. Draußen auf dem glatten Weg bis zum Gartentor, den Mama zum dritten Mal an diesem Tag freigeschaufelt hat, gerät sie ins Schlittern. Hinter dem Tor gibt es keine Wege mehr. Der Feldweg hier heraus wird nicht geräumt. Dafür muss man schon selbst sorgen, wenn man sein Haus abseits der Gemeinde baut. Knöcheltief sinkt Inka mit ihren Stiefeln im Schnee ein, an manchen Stellen bis zum Knie. Dämmerung senkt sich grau auf die verschneiten Wiesen und Felder hinter dem Haus, am Horizont glüht ein schmaler flamingofarbener Streifen.

Oben auf der Deichkrone wird Inka fast umgeblasen. Das Watt liegt bei Ebbe als weißgraue Fläche vor ihr, von dunklen Prielen durchzogen. In das unablässige Brausen des Windes mischen sich die Schreie der Vögel, die durch das Schneetreiben segeln. Dicht schießt eine Möwe mit gebogenem Raubvogelschnabel an ihrem Kopf vorbei. Inka stemmt sich gegen den Wind, die Kapuze wird ihr vom Kopf geweht, sie lässt die schwarzen Haare flattern. Ein wasserdichter Kopfhörer ist auch ein schneefester Kopfhörer. Sie hat das Lied heruntergeladen. Laut singt Kate Bush gegen den Sturm an. »How could you leave me, when I needed to possess you? I hated you. I loved you, too.«

Kann man jemanden hassen und lieben, den man niemals im Leben kennengelernt hat, fragt sich Inka. Immerhin hat sie neun Monate im Bauch dieser Frau verbracht, ihr Blut getrunken, ihren Atem geatmet. Ist durch ihre Pussy zur Welt gekommen, ohne zu ahnen, dass dies ein Abschied für immer war. »Ooh, it gets dark!«, wehklagt Kate Bush in Inkas Ohren, »it gets lonely on the other side from you …«

Ein paar Monate lang war sie der unbekannten Frau näher, als sie … als sie irgendwem seither gekommen ist. Eine Mutter konnte man sie deshalb nicht nennen. Einen Brutkasten? Beinahe wäre Inka auf das dunkle Federbündel getreten. Sie beugt sich zu dem Vogel hinab, lange kann er noch nicht tot sein, beinahe warm erscheint er ihr noch, gebettet in kalten Schnee. Sie zieht eine lange schwarze Feder aus seinem Flügel und knotet sie in den Haaren fest. Hätte sie doch mehr davon, ein ganzes Kleid von rabenschwarzen Federn! Doch sie ist bloß ein geschecktes Kuckuckskind, so hat Karsten sie im Streit genannt; es war das einzige Mal, dass ihm Mama eine verpasst hat. Inka reißt noch eine Feder aus dem Vogelleib und noch eine und knotet sie in die Haare. Schon damals als Kind hat sie begriffen, dass zu dem Brutkasten mit den Eiern ein weiteres fremdes Wesen mit den anderen Eiern gehörte. Nennen wir ihn Spermalieferant. Sie könnte wetten, dass ihr Spermalieferant ihren Brutkasten im Affekt geschwängert, später ernüchtert Alkohol als mildernden Umstand ins Spiel gebracht und sich aus dem Staub gemacht hat. Bestimmt ein verheirateter Mann, so ein Spießbürger vor dem Herrn, der für eine Nacht was Wildes will, aber zu dämlich ist, einen Gummi zu benutzen. Warum blutet der Vogel nicht? Lässt sich rupfen und liegt kaltblütig da mit toten kleinen Augen. Schwarze Federn im Schnee, da wäre eine Blutspur perfekt. Vielleicht lebt der Spermabote gar nicht weit von hier in seiner Doppelhaushälfte mit seiner Spießergattin und seinen beiden Spießerkindern. So eine Familie wie die von Sarah-Lena. Vielleicht, Inka wird übel bei dem Gedanken, ist es der Vater von Sarah-Lena! Vielleicht will Mama deshalb dauernd, dass sie sich mit Sarah-Lena trifft.

Mama, das ist Kerrin. Mama hat ihr nie das Gefühl gegeben, ein geschecktes Kuckuckskind zu sein. Eher ein kostbares Vögelchen, das man hegt und pflegt im goldenen Käfig. Und doch hat Karsten recht gehabt mit dem Kuckuckskind. Kerrin und Enno haben sie gefüttert und gekleidet, als eigenes Kind aufgezogen und geliebt, doch schon damals sprengte sie das kleine Nest, riss den Schnabel auf und wurde nie satt. Und kaum hat sie das Nest zum ersten Mal verlassen, passt sie gar nicht wieder hinein.

Inka hält die Hand über die Augen und schaut sich um. Kein Mensch ist heute hier draußen, selbst die Schafe sind hereingeholt in die Wärme der Ställe. Inka möchte jetzt einen Knochen. Manchmal ist das so. Dann will sie etwas auf der Stelle. Dann fehlt es ihr auf einmal, als habe man es ihr aus den Händen oder dem Leib gerissen. Es kann ein Döner sein oder ein Kuss, ein Film, ein Song oder halt ein Knochen. Sie stapft durch ihre eigenen Spuren zurück durch den Schnee, zurück zu ihrem Vogel. Sie muss die Handschuhe ausziehen, die Luft anhalten und ein Würgen unterdrücken, doch schließlich hält sie die Flügelknochen in der Hand, an denen noch Blut und Federn kleben. So leicht wiegen diese Knochen, frei von jeder Schwerkraft. Wenn doch nur ein bisschen von ihrer Schwerelosigkeit in sie überginge. Inka möchte jetzt fortfliegen. Aber so sehr sie es auch möchte und es ihr vorkommt, als habe man ihr die Flügel aus dem Leib gerissen, das Fliegen ist nicht so leicht zu beschaffen wie ein Döner oder ein Kuss oder ein Knochen.

Kurz vor ihrer Abreise nach Petersburg, als der Ärger in der Schule anfing wegen Blaumachen und auch mal blau sein, hat Papa sie im Streit angezischt: »Wie deine Mutter!« Abends haben Mama und Papa im Schlafzimmer laut gestritten. Bestimmt haben sie ihr die Frau nur vorenthalten, weil die total cool ist. Aber nicht mehr lange. An ihrem achtzehnten Geburtstag werden sie ihr sagen, wer ihre biologische Mutter ist. Das ist hoch und heilig versprochen. Nur von ihrem Vater ist nie die Rede. Warum eigentlich, wenn es nicht der Vater von Sarah-Lena ist? Mann, ehrlich, Leute, gebt mir jeden, nur nicht diesen Typ mit der weißen Weste, auf dessen Stirn in großen Buchstaben »HEUCHLER« steht.

Der flamingofarbene Streifen am Horizont ist verglüht, dunkle Wolken segeln tief über das endlose graue Watt. Der Sog der Ebbe zieht das Wasser immer weiter fort vom Land, auch Inka fühlt diesen Sog in der Brust, einfach hinausgehen und immer weiter hinaus. Doch sie setzt ihren Zickzackkurs über den Deich fort, sackt alle paar Meter tief in den Schnee und kämpft sich wieder frei.

Enno steht auf dem Deich vor dem Haus und stemmt sich gegen den Wind. Nordwest, in unregelmäßigen, auffrischenden Böen. Das verheißt nichts Gutes. Er blickt, so gut es geht bei dem Schneetreiben, durch sein Fernglas aufs Watt hinaus. Es ist an der Zeit, Vorräte aus der Truhe und Holz aus der Scheune zu holen, sich ins Haus zurückzuziehen und Türen und Fenster zu verrammeln. Und dann, Enno traut seinen Augen kaum, gibt es immer noch Bekloppte, die bei diesem Wetter weit draußen auf dem Deich herumrennen. Er richtet das Fernglas auf eine Gestalt in dunklen Kleidern, mit bleichem Gesicht und wehendem Haar. Das kann nur eine übergeschnappte Touristin sein! Als Enno das Fernglas schärfer stellt, sieht er, dass die Touristin mit Federn im schneebedeckten Haar und flatternden Kleidern auf dem Deich tanzt. Himmelnochmal, die Frau ist wirklich verrückt! Da muss man doch einschreiten. Die kann man nicht so da draußen herumlaufen lassen. Enno ist hin und her gerissen. Er sollte sich kümmern. Er will sich nicht kümmern. Und, so lächerlich es auch sein mag, er hat Angst vor dieser Frau.

Auf dem Rückweg zum Haus kommt Enno eine weitere schneebedeckte Gestalt in flatterndem Mantel entgegen, die ihn an eine überdimensionale Krähe erinnert. Zu seiner Erleichterung entpuppt sie sich als wohlbekannte, wenn auch zweifellos schrullige Insulanerin. Niemand außer Dr. Johansen würde sich bei solchem Schietwetter zu Fuß hier heraus wagen. Für einen Moment sackt Ennos Herz in die Kniekehlen. Es wird doch kein Notfall sein … wegen Mutter?

»Alles in Ordnung? Wie geht es ihr?«, begrüßt er atemlos Dr. Johansen.

»Ah, Enno!« Sie klopft ihm mit ihrer knochigen Hand auf die Schulter.

So was wie Schal und Handschuhe kennt Ilse Johansen nicht. Das ist etwas für die Leute, die ständig mit einem Schnupfen in ihrer Praxis sitzen, bloß weil es, so wie heute, vom Himmel ein bisschen zieht. Enno trägt Handschuhe in farbenfrohem Ringelmuster, von Kerrin selbst gestrickt. Er lässt die Hände in den Jackentaschen.

»Alles in Ordnung gibt's nicht über siebzig.« Dr. Johansen wischt den Schnee vom Mantelkragen. »So richtig gefällt sie mir nicht. Hat kleine Aussetzer. Dabei stur wie am ersten Tag.«

Beim letzten Satz schwingt leise Bewunderung in Dr. Johansens Stimme, ja für ihre Verhältnisse, findet Enno, geradezu Zärtlichkeit. Er sieht sie besorgt an. »Was kann man denn für sie tun?«

»Mehr als die tägliche Kontrolle und den Alarmknopf kann ich ihr nicht bieten, wenn sie partout zu Hause bleiben will.« Dr. Johansen blickt in den Himmel. »Fürs Krankenhaus ist es jetzt zu spät. Da bliebe nur noch der Hubschrauber. Wenn überhaupt ...«

Enno findet das nicht beruhigend. Schon wieder hat er das Gefühl, dass er einschreiten müsste. Sich kümmern. Auf der Stelle den Hubschrauber rufen, bevor es zu spät ist? »Ist es ein mögliches oder baldiges Ende?«, murmelt Enno in den Bart. »Ich meine, möglich ist ein Ende wohl immer.«

»In der Tat«, sagt Dr. Johansen, die, selbstredend ohne Hilfsmittel, noch hört wie ein Luchs. »Nicht nur möglich, sondern unausweichlich. Bloß eine Frage der Zeit.«

Dr. Johansen mochte eine gute Ärztin sein, doch wer von ihr etwas anderes als die platte Wahrheit erwartete, Aufmunterung, Trost oder ähnlich allzu menschliche Dinge, konnte lange warten. Bloß eine Frage der Zeit! Das war es ja gerade. Genau darauf kam es an. Wie viel verdammte Zeit man noch hatte!

»Enno?« Dr. Johansen legt ihm eine Hand auf die Schulter, während er noch immer mit den Händen in den Taschen dasteht, und blickt ihn durch ihre Brille eindringlich an. »Bei dir alles in Ordnung?«

Wieso beschlagen ihre Brillengläser nicht wie bei normalen Sterblichen, fragt sich Enno, dem unter ihrem Blick wieder zumute ist wie dem kleinen Jungen, der ihr die Zunge herausstrecken musste und dem man trotz seines Protests ein Fieberthermometer in den Popo steckte. Der oft krank war, ohne dass Frau Doktor ein Rezept für ihn hatte. Von Trost ganz zu schweigen.

»Ich schau mal selbst nach ihr«, sagt Enno und macht einen Schritt zurück, sodass Dr. Johansens Hand von ihm abfällt.

Kaum hat sich Ilse Johansens Gestalt im Schneegestöber verloren, nähert sich mit Geknatter ein Traktor über den Feldweg und hält vor dem Gartentor von Haus Tide. Ein Traktor mit Schneepflug. Sollte etwa die Gemeinde hier für freie Zufahrt sorgen? Das wäre ja ganz etwas Neues.

»Moin, Enno.« Bauer Frerksen lehnt sich aus dem Traktorfenster, schaut erst auf Enno herab, mustert dann lange schweigend das Haus. Betrachtet wohlgefällig den hoffnungslos eingeschneiten Weg, durch den sein Pflug eine Schneise gezogen hat. »Wollte bloß mal nach dem Rechten sehen. Als Nachbar und so. Wenn ihr Hilfe braucht …«

»Besten Dank auch.« Enno stapft durch den Schnee auf sein Haus zu.

Als er an Inges Zimmertür klopfen will, hört er von drinnen herzhaftes Lachen. Mutters und Berits Lachen in einem harmonischen Duett, eine Melodie, die früher oft in diesem Haus erklungen ist, als Berit noch hier lebte. Na gut, schaut er später nach Mutter, da wird er jetzt nicht gebraucht.

In der Scheune füttern Gesa und die Kinder die Schafe mit Heu und Äpfeln. Kerrin hackt Holz, Jochen stapelt die Scheite; sie bemerken ihn nicht. Die beiden arbeiten Hand in Hand wie ein eingespieltes Team. Vielleicht, kommt es Enno angesichts der allseits vorherrschenden Einträchtigkeit in den

Sinn, ist er gar nicht derjenige, der den Laden zusammenhält? Der Familienkapitän, Ernährer und so weiter, sondern, er tritt von einem Fuß auf den anderen, der überflüssige Störenfried?

Doch wenn er sich das von Jochen gestapelte Holz genauer ansieht, gerät das harmonische Bild ins Wanken. Nur eine Frage der Zeit, bis die ganze Chose umkippt. Kurz darauf hat Enno Jochen klargemacht, dass sachgemäßes Stapeln anders geht und er hier nicht weiter gebraucht wird.

Die Lichter am Weihnachtsbaum brennen. Kerrin hat den Baum so gedreht, dass die angesengten Zweige nicht mehr zu sehen sind, und die verkohlten Strohsterne gemeinsam mit Marten und Kaija durch neue ersetzt. Der Bilegger, von Kerrin frisch mit Holzscheiten gefüttert, verströmt seine Wärme in der Stube. Der Wind heult um das Haus und rüttelt an Türen und Fenstern. Inges Platz am Kopfende des langen Tisches hat Kater Ahab eingenommen, als sei es schon immer der seine gewesen. Inka wird jeden Moment erwartet. So sitzen Kerrin, Enno, Gesa, Jochen und Berit mit den Kindern am Tisch um eine dampfende Teekanne, den Korb mit Kerrins selbst gebackenem Brot, eine Platte mit Käse, Wurst, eingelegten Bohnen, Zwiebeln und Gürkchen. Niemand erwähnt das Haus, niemand nimmt Worte wie »Tod«, »Erbe«, »Verzicht« und »Moral« in den Mund. Ganz zu schweigen von Bauer Frerksen.

»Ganz schön heiß hier«, sagt Jochen, steht auf und öffnet die Tür zur Diele.

»Wo ist Mama?«, will Gesa wissen.

»Wieder kurz vor dem Essen eingeschlafen«, sagt Berit.

»Sie hat aber …«, meldet sich Kerrin zu Wort.

»… geatmet!«, rufen die anderen im Chor.

Kerrin kriegt rote Ohren und schweigt für den Rest der Mahlzeit.

»Du bist doch jetzt auch Vegetarier?« Mit einem Seitenblick auf Enno angelt sich Jochen die wenigen Wurstscheiben von der Aufschnittplatte, um damit großzügig sein Brot zu belegen.

»Keineswegs«, sagt Enno und linst dabei zu Berit hinüber, »aber ich kann mich beherrschen.« Leider, muss Enno feststellen, nimmt Berit keinerlei Notiz von seinem heldenhaften Verzicht. Die Wurst ist trotzdem futsch. Jochen kaut genüsslich darauf herum.

»Es zieht.« Enno steht auf und schließt die Stubentür.

Nach einer Weile wird es sehr warm in der engen Stube.

»Nicht auszuhalten«, sagt Jochen und öffnet die Tür wieder.

Gesa schaut aus dem Fenster in den Schnee hinaus. Ihr Handy vibriert in der Brusttasche der kurzen Jacke, die sie über ihrem Kleid trägt; sie spürt die Vibrationen bis ins Herz. »Ich muss mal«, sagt sie im Hinausgehen und kommt sich vor wie das kleine Mädchen, das vor vierzig Jahren unter demselben Vorwand von eben diesem Tisch aufstand. Ein kindischer Ausdruck, aber in diesem Fall die reine Wahrheit. Sie muss jetzt und auf der Stelle seine Stimme hören.

Berit tätschelt Kater Ahab auf Mames Stuhl und fragt sich, ob es Zufall sein kann, dass Mame jedes Mal bleierne Müdigkeit überkommt, wenn ein Zusammensein mit der ganzen Familie ansteht. Oder ob sie es vermeiden möchte, dabeizusitzen, wenn ihre liebe Mischpoke sich um ihr ungelegtes Erbe streitet. Noch vorhin haben sie gemeinsam schallend gelacht über Bauer Frerksen und die anderen Geier, die in Gummistiefeln über dem Dach von Haus Tide kreisen. Bis Mame plötzlich ernst wurde und Berit gefragt hat, womit sie, ihr Seeschwälbchen, denn besser leben könne, ohne das Haus, in das sie immer zurückkehren kann, oder ohne Geld, ohne Sicherheiten? Und sie, die bisher auf ähnliche Fragen immer gesagt hat, danke, ich brauche nichts, hat zu ihrer eigenen Überraschung geantwortet: »Ich brauche das Haus, und ich brauche Geld. Ich muss eine Geschichte schreiben.« Davon hat sie noch niemandem etwas verraten. Wollte sie auch nicht, bis das letzte Wort dieser Geschichte geschrieben war. Doch nun war es raus. Mame hat sie nicht weiter gefragt, hat zum Sekretär geblickt, dann zum Klavier und geseufzt: »Wenn doch Boy bald käme.« Berit denkt an die Brüder und Schwestern, Geliebten und ungeborenen Kinder, die sich in ihrer Geschichte auf den Weg machen nach einem angekündigten Tod und vor einem unangekündigten Sturm. Sie räumt ihr Geschirr zusammen und erhebt sich. »Entschuldigt mich bitte. Ich muss noch arbeiten.«

In dem Moment betritt Inka den Raum, in einem kurzen schwarzen Kleid, Netzstrumpfhosen und Stiefeln, mit aufgetürmten Haaren, hell gepudertem Gesicht, dunklem Lidschatten und Lippenstift. Um das Augenbrauenpiercing hat sich ein frischer Blutstropfen gebildet. Alle Augen richten sich auf sie.

»Wow!«, sagt Berit und fällt zurück auf den Stuhl.

»Aber Inka!« Das Rot auf Kerrins Ohren breitet sich über ihr ganzes Gesicht aus. Tränen treten ihr in die Augen.

»Da fällt mir ein«, meint Enno, während er gedankenverloren ein Gürkchen aufspießt, »die Touristen werden auch immer beknoppter.«

»Was ist nun mit Silvester in Berlin?« Inka setzt sich Berit gegenüber. »Große Party und so?«

»Ich fahre morgen früh«, sagt Berit. »Hab es Johanna versprochen. Du kannst gerne mitkommen.«

»Wer ist Johanna?«, will Enno wissen.

Kerrin und Gesa schauen ihn entgeistert an.

»Ach, das ist bloß die Frau, mit der ich fünf Jahre lang liiert war«, sagt Berit. »Und ein paar Mal hier zu Besuch. Letztes Jahr Weihnachten zum Beispiel. Woher solltest du die schon kennen?«

»Wir fahren auch morgen«, sagen Gesa und Jochen.

»Nein!«, schreien Marten und Kaija.

»Ich denke nicht.« Enno zeigt auf das Fenster, hinter dem nichts mehr zu sehen ist als ein dichter Vorhang von Schnee vor undurchdringlichem Schwarz. »Bis morgen sitzen wir alle miteinander hier fest.«

»Unsinn!« Jochen springt auf, humpelt zum Fenster. »Bis morgen ist der Spuk vorbei.«

Enno schaltet den Fernseher ein. Der Ton ist zu laut gestellt, alle fahren zusammen, als eine Stimme in ihre Stube dröhnt: »… Eisfront ist im Laufe des Nachmittags bis Hamburg und Bremen vorgedrungen«. Niemand macht diesmal einen Witz über den Sprecher, der sonst gerne mit sturmzerzaustem Haar im Studio vor den Wetterkarten herumhüpft. »Nördlich dieser Linie zieht bei fünf bis zehn Minusgraden ein Schneesturm auf, südlich der Kaltfront herrschen noch immer milde fünf bis zehn Grad«, sagt er ernst und steht beunruhigend still. »Die Schneeverwehungen sind örtlich schon meterhoch und türmen sich um Bäume, Strommasten und Häuser. Der Zugverkehr zwischen Hamburg und Westerland sowie auf den Regionallinien ist aufgrund vereister Schienen unterbrochen. Der Fährverkehr zu den Inseln wurde wegen des Sturms bis auf Weiteres eingestellt. Einige Hochschwangere, Schwerkranke und alte Menschen wurden vorsorglich evakuiert und in Kliniken auf das Festland geflogen.«

»Meine Güte«, sagt Berit. »Der Mann ist heute sogar gekämmt. Das ist ein böses Omen.«

»Wir sitzen fest«, sagt Gesa, die im Türrahmen steht. Sie hat eine Hand auf den Bauch gelegt und sieht elend aus.

»Scheiße«, sagt Jochen.

»Hurra!«, rufen Marten und Kaija.

»Ruhe bitte!«, verlangt Enno und dreht den Ton wieder auf. Die anderen schauen ihn erstaunt an. Seit wann interessieren Enno die Lottozahlen?

»Du spielst doch gar nicht«, wendet Kerrin ein. »Du hast doch immer gesagt, genauso gut könnte man sein Geld zum Fenster ...«

»Ruhe!« Enno klebt am Bildschirm und notiert die Zahlen. Genau drei Zahlen, dann wird der Bildschirm schwarz und alle Lichter gehen aus.

»Scheiße!«, ruft jetzt Enno. Es waren zwei richtige dabei! Da spielt er einmal im Leben Lotto, in einem früheren Leben, wie ihm der gestrige Vormittag inzwischen erscheint, und dann fällt bei der Ziehung der Lottozahlen der Strom aus. Zusammengesunken sitzt Enno auf seinem Stuhl, während die anderen um ihn herumwuseln, nach Streichhölzern und dem Sicherungskasten suchen. Zusammengesunken bleibt er sitzen, als kurze Zeit später Lampen und Fernseher wieder angehen. Die Lottozahlen sind passé.

Gesa und Jochen begegnen sich am Fuß der Leiter, die zum Giebel führt.

»Ich wollte heute Abend vorlesen«, sagt Jochen.

»Ich auch«, sagt Gesa.

Einen Moment stehen sie schweigend da, bis Gesa vorschlägt, sie könnten ja zur Abwechslung wieder gemeinsam lesen. Jochen legt den Finger auf die Lippen. »Sie haben schon angefangen.«

»Die finstere Nacht hat vielen die große Gefahr verborgen«, liest Kaija ein wenig stockend. »Einige sind in ihren Betten im festen Schlafe weggetrieben ...«

»… andere haben sich, ihre Weiber und Kinder mit Stricken aneinandergebunden«, liest Marten weiter, »dass sie, in Liebe vereint, durch die grausamen Wellen nicht getrennt werden möchten. Viele haben sich auf die Dächer begeben und sind mit denselben als auf einem Schiff herumgeführt worden, welches aber bald in den Wellen zerbrach …«

»Hallo?«, rufen Gesa und Jochen, bevor sie die Leiter erklimmen. Von oben hört man ein Rascheln. Dann Stille.

»Was lest ihr denn da?«, möchte Gesa wissen, nachdem sie sich und ihren dicken Bauch nach oben gehievt hat und auf allen vieren bis zu ihrem Platz unter der Luke gekrochen ist.

»Och, nix.« Die beiden sitzen mit leeren Händen da.

»Für nix klang es ganz schön schaurig«, meint Jochen, der sich wie immer im Spitzgiebel als Erstes den Kopf angeschlagen hat.

»Geheimnis.« Marten rückt zur Seite, um Jochen auf seiner Isomatte Platz zu machen. »Ihr sagt uns ja auch nicht alles.«

Dagegen lässt sich wenig einwenden. Gesa setzt ihre Lesebrille auf und zieht ein Buch aus dem Stapel, die Geschichte des Riesenschiffes »Manigfual«, aus dem sie alle im Wechsel vorlesen. »… und die Masten des Segelschiffes waren so hoch, dass sie bis in die Wolken ragten«, liest Kaija. »Als junge Männer kletterten die Matrosen hinauf und kamen alt und grauhaarig herunter …«

Immer wenn es bei Kaija stockt, zieht Marten Grimassen, gähnt oder will ihr das Buch aus der Hand nehmen. Bis Jochen sich zu ihm beugt und ihm etwas ins Ohr flüstert. Nicht zum ersten Mal fragt sich Gesa, wie es Jochen gelingt, bei seinem Sohn stets die richtigen Worte zu finden.

»Als die Matrosen bei der Arbeit wieder einmal Schabernack trieben, blieb die ›Manigfual‹ in der Meerenge zwischen England und Frankreich stecken«, liest Jochen. »Da ließ Kapitän Ual die Schiffswände mit Seife einschäumen, und das Riesenschiff glitt entlang der Felsen von Dover ins Meer zurück.«

Kaija ist hingerissen vom überschäumenden Schiff, und selbst Marten muss angesichts der eingeseiften Felsen laut lachen. Bis er plötzlich verstummt, denkt Gesa, wenn er sich erinnert, dass hier eine unverantwortliche Mutter im Kreis ihrer zerrütteten Familie sitzt. Und irgendwann ist auch die lustigste Geschichte zu Ende. Sie dreht das Licht der Laterne am Dachbalken so weit herunter, dass nur noch ein schwacher gelber Schein in den Raum fällt.

»Gute Nacht, Käpt'n.« Gesa streicht Marten in seinem Schlafsack über den Rücken.

»Gute Nacht, Pirat.« Jochen wuschelt Kaija durch die blonden Kringellocken.

»Dann ist ja gut«, sagt Kaija mit schläfriger Stimme, »wenn wir jetzt alle zusammen hierbleiben.«

Gesa und Jochen blicken zu Boden. Bald darauf ist der Giebel vom regelmäßigen Atmen ihrer Kinder erfüllt, auch ihre eigenen Atemzüge hören Jochen und Gesa in der Stille. Keiner von ihnen bewegt sich, um den Spitzboden zu verlassen.

»Man sollte nicht glauben«, sagt Jochen mit Blick auf den schlafenden Marten, »dass in so einem kleinen Menschen schon so eine große Wut steckt.«

Gesa schaut besorgt und schuldbewusst auf ihren Sohn, als ein lautes Schnarchen in der Dachkammer ertönt. Jochen und sie zucken zusammen, bevor beide hinter vorgehaltener Hand lachen.

»Man sollte auch nicht glauben«, sagt Jochen, »dass aus so einer niedlichen Kaija ein so garstiges Schnarchen kommt.«

»Tut mir leid«, flüstert Gesa nach einer Weile, »dass du Dennis' Gerichtstermin verpasst hast.«

»Dennis?« Es sieht beinahe aus, als müsste Jochen einen Moment überlegen. »Ach, der kommt schon ohne mich klar. Wenn ich jetzt alleine in Hamburg säße, ohne euch, ohne die Kinder, und wüsste, dass ihr hier langsam, aber sicher einschneit, während die Flut steigt – ich würde doch nur die Wände hochgehen. Oder mich in den nächsten Zug zurück setzen.« Er blickt durch die Dachluke, hinter der waagerecht der Schnee treibt. »Und auf freier Strecke liegen bleiben, wie's aussieht.«

»Keine Sorge, Wetter ist hier immer, wie Papa zu sagen pflegte. So schlimm wie im Katastrophenwinter wird's schon nicht werden.« Gesa schaut verträumt. »Mann, das war aufregend, weißt du noch? Als Kind fand ich's toll. Kein Wunder, dass Marten und Kaija begeistert sind.«

»Ich hatte Angst«, sagt Jochen. »Eingeschlossen mit Vater, der von Wand zu Wand lief. Mutter, die sich innerlich wappnete. Und ich wusste, ich würde mich diesmal vor sie stellen. Zum ersten Mal. Ich war vierzehn. Hatte heimlich das Kämpfen geübt. Aber Vater … Wenn der so drauf war, der konnte dich wie eine Fliege an die Wand klatschen.«

Gesa schluckt. Wie dumm von ihr. Als ob Jochen es aufregend finden könnte, eingeschlossen zu sein. Nur ein einziges Mal hat er ihr davon erzählt, doch sie sieht ihn deutlich vor sich, den Jungen in der dunklen Kammer, der kaum zu atmen wagt, solange der Vater auf der anderen Seite der Tür steht. Sein Vater, der Herr über Schlüssel und Türen. Zur Strafe steht der Junge im Dunkeln, zur Strafe für Widerworte, Grinsen, schmutzige Schuhe, zur Strafe für Werweißnichtwas. Er hat Angst vor dem Mann da draußen, der zuschlagen und ihn bald darauf in den Arm nehmen, singen und Witze reißen kann. Er hat Angst vor der Dunkelheit und Kälte da drinnen, vor den Spinnen, dem vor Hunger knurrenden Magen, dem Drang zu pinkeln. Noch heute lässt ihn das Geräusch des Schlüssels, der sich im Schloss dreht, zusammenzucken.

Gesa möchte Jochen berühren, ihn fest in die Arme schließen. Er schaut durch die Luke hinaus in den Schnee, in die Ferne. Sie betrachtet seine drahtigen braunen Haare, in die sich mehr und mehr graue mischen, die gerade Nase, die ausgeprägten Wangenknochen, den Schnitt, der sich seit heute Vormittag über die rechte Wange zieht. Sie möchte ihm über die Wange streichen, ganz zart, vergräbt jedoch die Hände in den Taschen. Die größte Liebe, die sie ihm erweisen kann, ist die, ihn so wenig wie möglich zu berühren.

»Weißt du noch«, fragt Jochen, »als du mich das erste Mal hierhergebracht hast? Dieses Haus, der Garten, die alten Möbel, das Geschirr, die Bücher, Tischmanieren und Umgangsformen … Und ich hab alles mit einem Achselzucken abgetan. Ich dachte nur an die dunkle, feuchte Bude meiner Eltern. Da war nichts schön oder alt oder mit Liebe über Generationen gepflegt, voll persönlicher Geschichte. Bloß ein hastig hochgezogener Klinkerbau auf einem Hamburger Trümmerberg. Ich konnte einfach nicht zugeben, wie beeindruckt ich war.«

»Ja, und ich war schrecklich gekränkt.« Gesa lächelt. »Ich dachte, ich zeig dir was Schönes, mein Zuhause, ein Stück von mir …«

»Kerrin hat damals das Eis gebrochen«, erinnert sich Jochen. »Sie hat mich beiseitegenommen und mir alles erklärt. Wie sie sich gefühlt hat, als sie selbst neu ins Haus kam. Sie hat ein Notizbuch geführt über eure Sitten und Gebräuche, ihr unbekannte Ausdrücke, wusstest du das?« Bewunderung klingt in Jochens Stimme. »Sie hat euch studiert wie eine Fremdsprache.«

»Wirklich? Mir ging sie immer etwas auf die Nerven. Aber ich muss zugeben, die Frau hat ihre Fähigkeiten. Kochen,

Gärtnern, Verbände anlegen.« Sie blickt Jochen bedeutungsvoll an. Ist ihm tatsächlich eine leichte Röte ins Gesicht gestiegen? »Eine glückliche Ehe führen mit einem komischen Kauz wie meinem Bruder«, fährt sie fort. »Überhaupt, eine glückliche Ehe führen ...«

»Das konnten wir auch mal«, sagt Jochen. »Oder nicht?«

»Doch«, sagt Gesa und blickt in den Schnee hinaus. »Das konnten wir. Und ich bin sicher, du kannst es noch.«

Jochen betrachtet Gesa von der Seite. Nur einmal, seit sie die neue, breitrandige Lesebrille hat, ist es dazu gekommen, dass sie die Brille abgenommen und ihn geküsst hat. Der dicke Bauch stand schon zwischen ihnen. Nimm sie doch noch einmal ab, möchte er sagen, und schau mir in die Augen. Aber Gesa schaut weiter durch die Luke, in den Schnee, in die Ferne. Jede andere würde älter aussehen mit dieser Brille. Gesa sieht damit aus wie ein Schulmädchen, das einmal eine wunderschöne Frau wird und noch nichts davon weiß. Doch dann sind da auch die feinen Falten um Augen und Mund, die sich Jahr für Jahr ein wenig tiefer eingraben. Ihre runden Wangen werden eines Tages hängen, ihre geschwungenen Lippen einfallen, ihre dunklen Haare weiß werden. Und er wird nicht mehr dabei sein.

Es sei denn, sie bleiben für immer hier. Gesa und er, Marten und Kaija. Umgeben vom Atmen seiner Frau und Kinder, dem unablässigen Heulen des Windes, erscheint Jochen der Schnee, der sie mit jeder Minute weiter einschließt, mit einem Mal wie ein Verbündeter. »Andere haben sich, ihre Weiber und Kinder mit Stricken aneinandergebunden«, hört er zum Sound der immer höher gegen den Deich anbrandenden Wellen die Stimme seines Sohnes vortragen, »dass sie, in Liebe vereint, durch die grausamen Wellen nicht getrennt werden möchten.« Marten und Kaija, Gesa und er. Das Baby wird in ihrem Bauch bleiben, ein Teil von Gesa, der niemals das Licht der Welt erblickt.

Jochen hält den Atem an. Plötzlich begreift er es. Er hat noch nicht bis zu Ende gedacht. Gewinnen kann er nicht mehr, doch er kann dafür sorgen, dass er nicht verliert. Nicht die schlechteste Aussicht, auf dieser Insel, in diesem Haus, an dieser Stelle den finalen Cut zu machen.

»Woran denkst du?«, fragt Gesa.

»Nichts«, sagt Jochen, klopft Kaijas Kissen zurecht und streicht Marten ganz leicht übers Haar. »Lass uns zurückgehen.«

Aber eben das ist unmöglich, denkt Gesa, wieder allein auf ihrem Bettsofa, auf dem sie nun die dritte Nacht schlafen wird, unter dem schrägen Dachfenster und einem Himmel, an dem heute kein Stern leuchtet. Zurückgehen kann man nur im Raum, nie in der Zeit. Den ganzen Weg von hier bis Hamburg könnte sie zurücklegen und an genau derselben Stelle wieder ankommen, an der sie vor zwei Tagen losgefahren ist. Aber nie mehr kann sie zurückkehren in den 28. Dezember und jene Stunde, bevor der Anruf kam. In jene Stunde, als sie mit Matteo unter einem anderen Dachfenster lag und in dasselbe Stück Himmel schaute wie er, als die Vögel in der Linde zwitscherten und der Honig floss, sie im Dreivierteltakt zwischen Laken tanzten, bis die Wäscheleine riss, in jenen Morgen nach dem Weihnachtsfest, der ihr erschienen war wie ein kurzes Atemholen nach einem langen Tauchgang und vor dem nächsten.

Das Atmen ist schwer mit dem Kind im Bauch, dem es eng wird in seinem Bau und das gegen Lunge und Eingeweide drückt. »Noch ein bisschen Geduld, Kleines«, flüstert Gesa, »zwei, drei Wochen, dann darfst du hinaus. Ans Licht. Ins Leben. Dein Leben, das es einmal und nie wieder geben wird. So wie dich.« Auf einmal kann Gesa es kaum erwarten, ihr Kind in den Händen zu halten, zu betrachten, beschnuppern, bestaunen. Wie wird es sein, ihr Drittes, ihr Jüngstes? Ihr ungerufenes, unverhofftes Kind.

Gesa legt die Hände auf die Bauchdecke, versucht regelmäßig zu atmen. Wenn sie ruhig wird, beruhigt sich auch ihr Kind. Schlägt ihr Herz in Aufruhr gegen die Rippen, beginnt es auch in ihrem Bauch wild zu zappeln. Keine Angst, hat sie – wie zuvor in der Praxis ihren Patientinnen – Matteo beim Liebemachen erklärt, das Baby reagiert nur auf den erhöhten Blutdruck und das laut klopfende Herz. Also ruhig Blut jetzt, ermahnt sie sich, und an Schönes denken.

Ein polterndes Geräusch lässt Gesa auffahren. Sie geht zum Dachfenster, zieht das Rollo hoch und schaut auf undurchdringliches Weiß. Noch mehr Schnee rutscht das Dach hinab, über das Fenster hinweg und fällt donnernd zu Boden. Eine Sturmböe nach der anderen wirft sich mit Wucht gegen das Haus und lässt die Wände erzittern. Ja, Wetter ist hier immer, aber sie kann sich nicht entsinnen, wann zuletzt die Wände dieses Hauses erbebten. Sie denkt an die Vögel, die sich, getäuscht vom warmen Winter, nicht rechtzeitig auf den Weg gemacht haben und nun vom Schneesturm überrascht werden. Die meisten werden nicht mehr weiterziehen können bei dem Sturm. Einige werden erfrieren, andere verhungern, weil sie unter dem Schnee keine Nahrung mehr finden. Wieder andere werden auch das hier überleben.

Gesa wandert im Raum auf und ab, behält das Fenster im Auge. Es drückt und zieht in ihrem Bauch. Wenn es weiter so stürmt und schneit, ist es morgen, im Fall der Fälle, zu spät für die Klinik auf dem Festland. Immerhin, der ziehende Schmerz ist nicht stärker geworden beim Aufstehen und

Gehen. Schnell können sie sich wenden, der Wind und die Wehen, zum Guten wie zum Schlechten. Ruhig Blut, sagt sie sich noch einmal, für den äußersten Notfall ist eine Hebamme im Haus. Ausgerechnet Kerrin! Gesa setzt sich ins Bett und klopft das dicke Kissen im Rücken zurecht. Sie hat es lange versucht, mit der Schwägerin auszukommen, sie in Haus und Familie willkommen zu heißen. Doch von Anfang an ist Kerrin ihr gegenüber abweisend gewesen, je nach Laune gekränkt oder zornig, als hätte sie ihr ein Unrecht getan. Dennoch, Kerrins Händen würde sie im Fall der Fälle vertrauen. Und trotzdem, Gesa gräbt die Fingernägel in die Handfläche, sie will das Kind nicht bekommen ohne Matteo. Es ist Matteos Kind. Ohne ihn gäbe es das Kind nicht. Hoffentlich sieht es ihm ähnlich. So ähnlich wie nur möglich. Wie aus dem Gesicht geschnitten!

Das Heulen des Windes lässt nach, auch Gesas Atem geht wieder ruhiger, sie schließt die Augen. Ihre Gedanken kehren zurück zu jenem Punkt ohne Wiederkehr, Jetzt genannt. Nie wieder wird es jene Gesa geben, die Matteo noch nicht gekannt und geküsst hat, nie wieder ihren ersten, auf ewig unwiederholbaren Kuss, nie wieder die Frau, die sie war, bevor im Flughafen die verhexte Stimme sie blindlings hineinlaufen ließ in ihr Glück und ihr Unglück. Nicht einmal vor die soeben vergangene Stunde kann sie zurück, als sie mit Jochen bei den schlafenden Kindern im Giebel ihres Elternhauses saß. Weder am Zeiger der Uhr noch am Verlauf der Dinge lässt sich etwas drehen. Auch das ist inzwischen Vergangenheit, unwiederbringlich, unabänderlich, unverrückbar. Aber was sollte sie daran auch ändern wollen? Es war doch, bei aller Traurigkeit, ein gutes, versöhnliches Beisammensein, oder nicht? »Dann ist ja gut«, hört sie Kaijas schläfrige Stimme, »wenn wir jetzt alle zusammen hierbleiben.« Und Jochen antwortet: »Lass uns zurückgehen.« Mit einem Mal ist sie hellwach.

Unten in der Küche knipst Gesa das Licht an. »Mama! Was machst du hier?«

»Probieren«, sagt Inge, steckt den Löffel, den sie eben noch abgeleckt hat, zurück in den Topf. Kater Ahab streicht um ihre Füße.

»Hast du noch Hunger?« Besorgt schaut Gesa auf Mutters Gesicht und Hände, ihre helle, zerknitterte Haut, die sie mehr und mehr an Papier erinnert. »Berit hat dir doch zum Abendbrot …«

»Jaja«, sagt Inge und rührt einmal kräftig im Topf. »Du weißt doch … Wollte nur mal sehen, was morgen auf den Tisch kommt.«

Gutes Zeichen, denkt Gesa, ganz wie früher. Appetit auf fast alles, und vor allem auf das, was es morgen gibt.

»Ist dir nicht kalt?« Besorgt schaut Inge auf Gesas dünnes Nachthemd unter dem Bademantel und ihre nackten Füße auf dem Fliesenboden. »Wovor fürchtest du dich, Liebes?«

»Fürchte ich mich?«

»Oh ja. Du siehst aus, als hättest du ein Gespenst erblickt. Nun gut«, Inge blickt an sich hinab, »vielleicht seh ich ja als alte Hexe im Nachthemd zum Fürchten aus. Oder ist dir der Hausgeist erschienen?«

Inge deutet mit dem Kochlöffel auf den alten Herd unter dem offenen Schornstein, auf dem nicht mehr gekocht wird, seit der Elektroherd Einzug gehalten hat. Ob dort trotzdem noch die Hausgeister hausen? Das wusste kein Mensch und nicht einmal die oberschlaue Engelline zu sagen. Im Elektroherd hausen sie bestimmt nicht. Ganz zu schweigen von der Mikrowelle. Inge schüttet je eine Prise Salz und Zucker in den

Topf, rührt noch einmal um und legt den Löffel aus der Hand. In dem ausgeblichenen, geblümten Frotteebademantel sieht ihre Tochter wieder aus wie jene Siebzehnjährige, die zum ersten Mal von der Liebe erschüttert wurde. Völlig aus der Bahn geworfen wegen irgendeines, soweit Inge es erkennen konnte, nichtssagenden Bürschchens. Aber die Größe von Liebesglück und -schmerz, so viel weiß sie inzwischen, hängt weniger vom Objekt der Liebe ab als vielmehr von der bedauerns- und beneidenswerten Person, die liebt. Inge nimmt Gesa in den Arm. »Du zitterst ja!«

Ja, Gesa zittert, und tatsächlich, sie fürchtet sich. Eben noch hat sie nicht gezittert, erst in Mamas Armen hat das kindische Zittern begonnen. Als wollte sie, dass ihre Mutter ihr bloß wie früher übers Haar strich und sagte, alles wird gut, Gesakind – und alles würde gut. Wenn hier irgendjemand sie verstehen, zu ihr halten würde, dann Mama. Warum Gesa sich da beinahe sicher ist, weiß sie nicht. Schließlich hat Mama keine außerehelichen Liebschaften gepflegt, war bis zu Papas Tod eine treue Ehefrau. Sogar über seinen Tod hinaus.

»Du denkst nicht, dass ich einen Riesenfehler begangen habe?« Gesa schaut Inge hoffnungsvoll an.

»Ich denke, du hast es reichlich überstürzt.«

»Aber …«

»Ich meine, du hättest dir Zeit lassen können herauszufinden, mit welchem Mann du auf Dauer am glücklichsten wirst. Vielleicht hättest du sogar beide behalten können. Vielleicht hätte sich dein heißer Italiener mit der Zeit auch von alleine abgekühlt und …«

»Mama! Jetzt fang du nicht auch noch …«

»Schon gut.« Inge stellt den Teekessel auf den Herd und bedeutet Gesa, sich auf die Küchenbank zu setzen. »Jedenfalls, ohne das Kind wäre es sehr viel einfacher gewesen, nicht?

Aber das gilt wohl für jedes Kind, wenn man's recht bedenkt. Und dann wirbeln sie herein wie ein unangekündigter Schneesturm, werfen alles über den Haufen.« Sie setzt sich zu Gesa und stellt zwei dampfende Teetassen auf den Tisch. Ahab springt auf Inges Schoß. »Weißt du«, sagt Inge und krault den Kater hinter den Ohren, »ohne Enno hätte ich euren Vater womöglich gar nicht geheiratet.«

»Wie bitte? Das höre ich zum ersten Mal. Ich dachte, ihr wärt …«

»Stell dir vor, wenn es Enno nicht gäbe! Das wäre doch …«

»Unvorstellbar«, sagt Gesa, und beide nicken. Wohl wahr, denkt Gesa, ohne ihren Bruder, der schon vor ihr da war, mit ihr da war, ihr ganzes Leben lang da war, das ginge irgendwie gar nicht. Sie kramt ein zerknülltes Taschentuch aus der Bademanteltasche, hustet und schnäuzt sich.

Inge zieht ihre Hausschuhe aus, in denen sie von Kerrin gestrickte Ringelsocken trägt, und fordert Gesa auf, jetzt ohne Diskussionen bitte, die Pantoffeln an die nackten Füße zu ziehen. »Und Berit war erst recht nicht mehr vorgesehen. Damals dachte ich sogar daran, mich von Willem zu trennen. Ich wollte mal raus, noch studieren, etwas lernen … War genauso alt wie Berit heute. Ihr drei wart aus dem Gröbsten raus – und dann, peng, alles zurück auf Los. Und was für ein Los!« Inge lächelt, Ahab schließt sein Auge und schnurrt. »Stell dir vor, keine Berit …«

»Unvorstellbar«, sagt Gesa und fragt sich, ob diese Sichtweise, wenn sie für alle und alles gilt, nicht letzten Endes wenig überzeugend ist. Pure Schönfärberei. Andererseits, Berit, dieses Einzelexemplar! Da würde wirklich etwas fehlen in ihrer Familie, auf der Welt sogar …

»Außerdem gab es bei mir damals auch jemanden«, unterbricht Inge Gesas Gedankengang. »Einen Menschen, mit dem ein neues Leben möglich gewesen wäre.« Sie schaut versonnen durch das Küchenfenster, hinter dem sich die Äste und Zweige der Bäume unter der Schneelast und dem Ansturm des Windes biegen. »Ja, womöglich. Hätte ich nur mehr Mut gehabt.«

»Was!? Wen denn?«

»Eine ganz spezielle Person, für die es sich gelohnt hätte, noch einmal über den Wassergraben zu springen.« Inge sieht Gesa, die ihr auffordernd zunickt, in die Augen. »Im Galopp. Also halt dich fest.«

»Mach's nicht so spannend, Mama, mich kannst du nicht so leicht schockieren. Solang's nicht der olle Frerksen ist!«

»Ilse«, sagt Inge.

»Ilse?« Gesa steht der Mund offen, während sie überlegt. »Ilse … du meinst … Dr. Johansen?«

»Genau die.«

Ahab öffnet sein Auge und sieht mal wieder aus, als hätte er alles schon immer gewusst. Schnee von gestern!

Gesa und Inge sitzen schweigend da und trinken aus ihren Teetassen. Beide fahren zusammen, als draußen mit Krachen ein Ast vom alten Birnbaum bricht.

»Ist es nicht, womöglich, immer noch möglich, Mama?«

»Du meinst, jetzt, wo ich doch noch nicht tot bin?« Inge kichert. »Eigentlich ist so eine Wiederauferstehung nicht übel. Gibt einem gewisse Freiheiten. Sortiert sich so manches im Kopf, weißt du. Na ja, manches auch nicht.« Auf einmal sieht Inge sehr müde aus. »Darf ich?«, fragt sie mit Blick auf Gesas Bauch und legt ihr, als diese nickt, eine Hand darauf.

Warm wird es an der Stelle, wo die durchscheinende Hand mit den dunklen Flecken liegt. Am liebsten möchte Gesa in diesem Augenblick die ganze schwere Entscheidung auf den Schultern dieser zarten, zähen alten Frau abladen. Soll ich bleiben oder gehen? Zurückkehren oder ein neues Leben anfangen?

»Das neue Leben hat schon angefangen«, sagt Inge in die Stille.

Es war für ihn das größte vorstellbare Wunder. Mitzuerleben, wie damals sein Sohn geboren wurde. Ihr gemeinsamer Sohn. Jochen ist zum Spitzboden zurückgekehrt; nun sitzt er am Fuß der Leiter, hat eine kleine Lampe auf eine der Stufen gestellt und zeichnet mit der Tuschfeder japanische Schriftzeichen auf den Block. 十一、空手は湯の如く絶えず熱を与えざれば元の水に返る。»karate wa yu no gotoku taezu netsu o ataezareba moto no mizu ni kaeru. Karate ist wie heißes Wasser, das abkühlt, wenn du es nicht ständig warm hältst.« So wie man die Kata, die Bewegungsabläufe im Karate, verinnerlichen muss wie Reflexe, da für das Denken und Planen im Kampf keine Zeit ist, so muss man auch den Fluss des Schreibens üben, bis man alles im Schlaf kann.

Und dann wieder von vorne anfangen.

Jochen schüttelt sein steif gewordenes Handgelenk. Schöne Idee, wieder von vorne anfangen. An den Anfang zurückgehen und herausfinden, an welchem Punkt man falsch abgebogen ist.

Als er Gesa zum ersten Mal sah, war sie triefnass, brüllte aus Leibeskräften und reckte die Faust in die Höhe. Kurz darauf saßen sie mit Hunderten Demonstranten gemeinsam im Polizeikessel von Brokdorf fest. Immer wieder flackerte damals, vor einem Vierteljahrhundert, Panik in ihm auf, ausgelöst von der Mauer aus Polizisten, einer Wand ohne Schlösser und Türen und doch ohne Ausgang. Gleichzeitig wünschte er, die Gefangenschaft möge nicht so bald enden, Seite an Seite mit der aufregendsten Frau, der er jemals begegnet war. Sie stand da und lachte den Uniformierten ins Gesicht, mit vom Tränengas knallroten Augen. Und als er ihr, selbst verheult und verquollen, seinen letzten Schluck Milch anbot als Mittel zur Linderung, tropfte sie die Milch unter die Lider. »Puh, das tut gut«, sagte sie. »Willst du mich heiraten?« Ja, geheiratet wurde viele Jahre später auch, mit dickem Bauch unter dem roten Brautkleid und Marten darin.

Jochen lauscht auf den Wind, die Bewegungen seiner schlafenden Kinder auf dem Dachboden über ihm, schreibt ein paar Zeilen, langsam kommt es in Fluss. »Karate ist wie heißes Wasser, das abkühlt, wenn du es nicht ständig warm hältst.« Ist es so auch mit der Liebe? Hat er sie nicht warm genug gehalten? Am liebsten möchte er nur noch schreiben, aufgehen in der vorgeschriebenen Abfolge der kunstvollen Zeichen. Aber offenbar fehlt ihm dazu die mentale Reife. Ständig funkt die Erinnerung dazwischen. Die Erinnerung an einen anderen Anfang, die Erinnerung an das größte Wunder zum Beispiel.

Im Geburtshaus war Gesas Kollegin und Freundin Fatma dabei, und sie tat etwas, für das er ihr noch heute auf Knien danken könnte. Sie überließ ihm im entscheidenden Moment ihren Platz, erklärte ihm, was er zu tun hatte, und so fiel ihm endlich Marten in die Hände. Er hielt den Atem an, bis das kleine Wesen den ersten Schrei tat, und als Gesa strahlend ihren Jungen in den Armen hielt, heulte er Rotz und Wasser. Er schwor sich, diesen Menschen bis ans Ende seiner Tage zu lieben und ihm mit allem, was er hatte und konnte, ein guter Vater zu sein. Ein Vater zu sein. Dabei hatte er gar keine Kinder gewollt.

Jochen setzt die Feder noch einmal an, verzieht gleich das erste Zeichen. Wie konnte man es wagen, einen Menschen in die Welt zu setzen? All die Leute um ihn herum, die das voller

Selbstverständlichkeit taten, hielten die sich für Gott allmächtig? Es war Gesas Wunsch, Gesas Idee gewesen, Gesa hatte ihn weich gekocht in den vielen Jahren. Jochen lässt die Feder sinken, knüllt das Blatt mit der feuchten Tinte zusammen. Er fühlt sich verarscht von dieser Frau, so was von verarscht. Erst leiert sie ihm zwei Kinder aus den Lenden, und als er Glück und Freude gefunden hat am Vatersein, an den Kindern, will sie kein Drittes mehr, bloß um ein paar Jahre später … bloß um ihn in eine Kammer ohne Fenster und Aussicht zu schieben, den Schlüssel zu drehen und abzuhauen.

Inka schließt ab. Heute Abend kann sie in ihrem Zimmer keinen Besuch gebrauchen, sie hat etwas damit vor. Es sieht ja ganz so aus, als müsste sie es noch eine Zeit lang hier aushalten, jetzt, da der Schnee ihr den Rückweg abschneidet, den Weg nach Petersburg, zu Sofia. Geräuschlos wird sie die Sache nicht über die Bühne bringen, aber zum Glück scheinen alle beschäftigt, mit dem Schnee, dem Sturm, sich selbst und Gottweißnichtwas.

Inka rückt ihr Bett von der Wand, legt den Boden mit alten Zeitungen aus und taucht die Rolle in den Eimer. Mit einem schmatzenden Geräusch gleitet die Farbrolle über die Wand. Fantastisch, wie das Pissnelkengelb einem satten, makellosen Schwarz weicht. Sie konnte ihr Glück kaum fassen, als sie in Ennos Werkstattecke einen Eimer mit schwarzer Wandfarbe entdeckte, konnte es kaum abwarten, bis sich heute Abend endlich alle verkrümelten. Eine Wand strahlt schon in frischem Schwarz, die Decke hat ein paar Kleckse abbekommen, ebenso sie selbst. Warm ist ihr geworden, sie zieht sich bis auf die Unterwäsche aus, setzt sich auf ihr abgerücktes Bett und öffnet die Bierflasche. Eigentlich mag sie kein Bier, passt aber zum Anstreichen, hat sie gedacht. Inka trinkt und schlägt das

Heft mit den Aufzeichnungen ihres wunderlichen Onkels auf. Als sie halblaut vorliest, spricht Boy zu ihr aus einer Zeit, in der er ein wenig jünger war, als sie es jetzt ist.

»Es ist alles schön und gut und in Ordnung hier, wenn man selbst schön und gut und in Ordnung ist. Ich muss weg. Die Luft in diesem Haus ist zu dünn, die Mauern sind zu dick, die Decken zu niedrig. Ständig stoße ich gegen Türrahmen und Stuhlbeine.« Das kommt Inka bekannt vor. Vielleicht stimmt ja wirklich etwas nicht mit den Möbeln in diesem Haus. Auf der gegenüberliegenden Seite im Heft ist die Skizze eines schlaksigen Jungen, der mit dem Kopf an die Zimmerdecke stößt und dessen Arme zu beiden Seiten des Hauses aus den Fenstern ragen. Auf dem nächsten Bild wächst aus dem Kopf eine dicke Beule durch die Decke, Risse breiten sich auf den Zimmerwänden und dem Körper des Jungen aus. Inka blättert um und liest: »Und dann ist es auch besser, dass ich gehe, bevor ich mitten in der ›Sturmhöhe‹ plötzlich vergesse, dass Gesa meine Schwester ist, meine richtige Schwester. Gibt genug schöne Mädchen da draußen, wirst schon sehen, mein lieber Boy!« Ein paar Seiten sind herausgerissen, dann folgt ein Eintrag, datiert auf den 29. Dezember 1978, ein einziger Satz: »Ich werde es ihnen heute sagen.« Und damit endet das Heft.

Zeit für die zweite Wand. Die Kommode in Lillifeerosa muss weichen, um das Grauen in Apricot zu übermalen. Inka atmet auf. Voll krass, wie das reine Schwarz sofort die Stimmung hebt. Vor der dritten Wand steht der Kleiderschrank, da muss drumherum gestrichen werden. Ups, jetzt hat das Teil an beiden Seiten dicke schwarze Streifen. Da hilft nur noch, den Rest des Schranks auch zu übermalen, sieht sonst blöd aus.

Nach getaner Tat lässt sich Inka aufs Bett sinken, setzt die Bierflasche an den Mund und nimmt sich das letzte Heft vor.

Die Schrift hat sich verändert, es dauert eine Weile, bis sie kapiert, dass inzwischen viele Jahre vergangen sind. Onkel Boy ist erwachsen geworden.

»Da bin ich wieder. Der verlorene Sohn … Hoffentlich bleibt er nicht lange, stand Enno ins Gesicht geschrieben. Doch einem Bruder mit gebrochener Wirbelsäule weist man nicht die Tür. Sie haben mir einen Platz im Wohnzimmer eingeräumt, unserem alten Jungszimmer. Wie gerne würde ich wie früher auf dem Dachboden schlafen, aber das macht der Rücken nicht mit. Ein einziger Sturz an Deck, und du gehst für immer über Bord, untauglich für das Leben auf See. Untauglich auch für das Leben an Land. Entsetzlich reglos fühlt sich das an unter den Füßen, der starre Erdboden, wie tot. Da hilft nur Schnaps, so viel Schnaps, bis sich die Erde wieder dreht.«

Jetzt, da fast alles schön Ton in Ton ist, schreit die Kommode in Lillifeerosa geradezu nach Veränderung. Leider reicht die Farbe nicht mehr ganz, sodass die Kommode zu einem Drittel ihr Rosa behält. Das kann man aber als kreativen Kontrast betrachten oder so, findet Inka. Ein letzter Pinselstrich, ein Schluck aus der Flasche und weiter im Text. Keine Ahnung, was so spannend sein soll an den Gedanken und Gefühlen eines Onkels zu einer Zeit, als sie selbst nicht mal geboren war. Aber es hat sie irgendwie gepackt. Wieder sind einige Seiten im Heft herausgerissen, ganze Absätze durchgestrichen, bis es lesbar weitergeht.

»Ich weiß nicht, was mich auf die hirnverbrannte Idee gebracht hat, ausgerechnet diese Suzie aufzusuchen. Dass Enno früher für sie geschwärmt hat, hätte mir Warnung genug sein sollen.« Hier endet die Aufzeichnung mit einem Zitat und ein paar Noten: »She says, taking drugs is a kind of art, and you don't feel the pain of your empty heart.«

Inka lässt das Heft sinken. Auch sie fühlt diese Leere, ein klaffendes Loch hinter dem Brustbein, das sich unversehens auftut, für eine Minute, eine Stunde, ein paar Tage. Wie kommt es eigentlich, dass Leere schmerzt? Wie kommt es, dass sich dieses Loch auf Dauer mit nichts und niemandem füllen lässt? Und ist es wahr, fragt sie sich und liest noch einmal den letzten Satz in Boys Heft, dass Drogen, wenn man nur die Kunst beherrscht, sie richtig anzuwenden, den Schmerz lindern und das Loch stopfen können?

Berit öffnet die himmelblauen Türen, kriecht in den Alkoven und schließt sie hinter sich. Sie schaltet die Leselampe an, stopft ein Kissen in den Rücken und stellt ihr Notebook auf den Schoß. Sie möchte nichts lieber als in ihre neue Geschichte eintauchen. Erstaunlich, dass sie ausgerechnet hier, nach all den begonnenen und verworfenen Texten der letzten Jahre, wieder schreiben kann, im Haus ihrer Kindheit, eingesperrt mit ihrer Familie, ohne ein Zimmer für sich allein. Mit all den Ablenkungen, die die Nähe anderer Menschen mit sich brachte, Handlungen, die Reaktionen erforderten, und Sätzen, die Antworten erwarteten, mit all den Gedanken und Gefühlen, die ihre eigenen durchkreuzten, Stimmungen, die stillschweigend Einfluss nahmen. Vielleicht hilft diese Insel auf einer Insel, vielleicht hätte sie viel früher den Alkoven wählen sollen, wo das Lesen und Schreiben vor langer Zeit für sie begann.

Aber natürlich ist man auch hier nicht aus der Welt. Niemals und nirgends wird es mehr so sein wie in der Zeit v. I., vor dem Internet, und schon gar nicht wie in den gloriosen Tagen des Katastrophenwinters. Mehrere Nachrichten warten in der Mailbox auf sie, Nachrichten aus den Welten jenseits der Insel. Johanna möchte wissen, was sie mit der Party morgen machen soll, alles abblasen, ohne Berit feiern – oder ob sie doch noch, wie versprochen, kommen würde? Der neue Eigentümer ihrer Wohnung, sprich Investor, kündigt an, im neuen Jahr unverzüglich die Maßnahmen zur Verbesserung der Wohnqualität einzuleiten. Der Zustand des Hauses würde es erforderlich machen, die bisherigen Mieter in Umsetzwohnungen zu verteilen sowie bei Wiedereinzug eine Anpassung der Miete vorzunehmen. Zu dumm, dass sich die Mieter und ihr Einkommen nicht ebenfalls automatisch anpassen und upgraden. Berit sieht sich schon ihren Krempel in Kisten packen, den Schlafsack auf Sofas von Freundinnen ausrollen, und diese Aussicht macht ihr mehr zu schaffen, als sie erwartet hätte. Es ist doch nur eine Wohnung, sagt sie sich. Aber es ist nun mal ihr Zuhause, sieht man von diesem Haus ab, in das sie zwar zurückkehren, aber in dem sie nicht bleiben kann. Als Nächstes sieht sie sich mit dem Schlafsack unterm Arm in Berlin von Brücke zu Brücke wandern, scheucht das Bild fort und öffnet die nächste Nachricht. Die Agentur der Trauerredner teilt ihr mit, die Rede für die Dobermann-Bestattung sei kurzfristig anderweitig vergeben worden, die Mehrkosten des Eilzuschlags der für sie eingesprungenen Person würden ihr vom Honorar für die nächste Rede abgezogen – sofern es eine nächste Rede gebe. Eine letzte Chance wolle man ihr einräumen. Bis zum Jahresende, also noch 26 Stunden, hat sie Zeit, einen neuen Vertrag mit der Agentur zu unterzeichnen. Eine letzte Chance, denkt Berit, den Spatz in der Hand zu behalten – oder im Angesicht der Taube auf dem Dach zu verhungern. Sie will auch gar keine Taube. Eine Seeschwalbe wäre schön, eine Küstenseeschwalbe, auf deren Flügeln man von den arktischen Brutplätzen in die antarktischen Überwinterungsgebiete fast einmal um die Erde reisen könnte. Eine Küstenseeschwalbe, für die in den polaren Sommern von Arktis und Antarktis acht Monate lang die Sonne nicht untergeht.

Noch 26 Stunden. Die Aussicht, diesen letzten Job zu verlieren, verursacht Berit ein Kribbeln, als wenn das Blut, kurz vor einer Ohnmacht, vom Kopf in die Füße sackt. Sie umklammert das Notebook. Sie kann sich doch zusammenreißen! Andere können sich auch zusammenreißen. Bisher konntest du es jedenfalls, wenn's drauf ankam! Sie beginnt ihre Antwort an die Agentur zu tippen. Vielen Dank, ich werde den Vertrag gerne … Beim Gedanken an die nächste Rede, die übernächste und überübernächste, an all die Sätze, Silben, Worte, die sie aus sich herauspumpen soll, während ihre Geschichte auf Eis liegt, erkaltet und erfriert, bleibt Berit die Luft weg, als ob jemand den Daumen auf ihre Kehle presste. Sie speichert ihre Antwortmail unter »Entwürfe«. Noch 25 Stunden und 50 Minuten.

Berit stellt das Notebook beiseite und öffnet das kleine Fach in der Rückwand des Alkovens. Ein Glühen fährt durch ihren Körper, als die Fingerspitzen Papier fühlen. Drei nummerierte und mit Bindfaden umwickelte Röllchen. Sie öffnet das erste und liest: »Hab noch keine Erleuchtung gehabt, wie wir zu Haus UND Geld kommen.« Berit beißt sich auf die Lippe. Warum hat sie bloß zu Mame gesagt, sie würde beides brauchen, und sie damit, da sie nun krank, vielleicht sterbenskrank ist, noch mehr unter Druck gesetzt. Sie löst den zweiten Bindfaden und liest: »Aber bitte schreib deine Geschichte.« Tränen steigen ihr in die Augen. Ist das ein Grund zu weinen? »Schreib deine Geschichte.«

Jetzt, da sie diesen noch nie im Leben gehörten Satz zum ersten Mal Blau auf Weiß hat, fühlt Berit, wie lange und sehr sie diese drei Worte entbehrt hat. So wie andere die berühmten anderen drei Worte vielleicht. Jemanden lieben heißt doch, denkt Berit, während ihre Finger den dritten Faden aufknoten, zu wollen, dass diese Person tut, was sie am besten kann.

Was sie glücklich macht. Glücklich, während sie es tut, nicht erst, wenn Geld aufs Konto kommt, Beförderung oder Lob als Bezahlung für die verkaufte Zeit. Noch immer hat Berit Tränen in den Augen, sodass die Botschaft auf dem dritten Zettel verschwimmt. »Schreib schnell, damit ich sie noch lesen kann.« Hoffentlich hört niemand jenseits der Alkoventür ihr Weinen. Hoffentlich ist die Stube noch immer menschenleer.

Bald darauf ist alles jenseits der Alkoventür vergessen. Nur das abrupt einsetzende und verstummende Aufheulen des Windes dringt durch die geschlossenen Fenster, die Holztüren des Wandbetts in ihre Zeitkapsel, ihren Walfischbauch. Berit hat noch einmal das Buch aufgeschlagen, aus dessen Seiten ihr der Fahrtwind entgegenwehte, der sie auf die Reise zu ihrer eigenen Insel geschickt hat. »Eine Insel ist eine Welt für sich«, liest sie, und in ihrem Kopf vermischt sich Agatha Christies Stimme mit dem Rauschen des Windes, »eine Welt, aus der du vielleicht niemals zurückkehren wirst.« Da ist dieser Mann, von einem Unbekannten auf die Insel bestellt, der diese Reise nicht wie die anderen als Störung seines Alltags, als willkommene Erholungspause, als kleines Abenteuer empfindet, sondern als Aufbruch für immer. »Er dachte: Ich lasse mein alltägliches Leben hinter mir. In sich hineinlächelnd, begann er Pläne zu machen, fantastische Pläne für die Zukunft.« Berit sieht diesen Mann vor sich, allein auf dem Boot, auf dem Weg zur Insel, die sinkende Sonne im Rücken; sein Lächeln lässt sie erschaudern. Er ist verzweifelt, doch keiner, der aufgibt. Er ist auf der Flucht, jedoch nicht bereit, das Feld zu räumen. Er ist gefährlich, denn er hat nichts zu verlieren.

Berit hat das Buch beiseitegelegt und die Leselampe ausgeschaltet. Nur der Bildschirm ihres Notebooks leuchtet in der Dunkelheit des Alkovens. Die Reise auf ihre Insel ist in vollem Gang. Die Karawane der Kinder und Kindeskinder hat sich auf den Weg gemacht, im Auto, im Flugzeug, in der Bahn und im Bauch. Einige von ihnen haben sich Jahre nicht gesehen, manche sind einander noch niemals begegnet. Für ein paar Tage haben sie ein gemeinsames Ziel: eine Hallig im Wattenmeer, ohne regelmäßige Verbindung zum Festland, dreißig Mal im Jahr Landunter. Ein perfekter Ort, nicht wahr, um die alten Zwistigkeiten zu begraben, einen Strich unter die Vergangenheit zu machen.

Auf dem Boot, das auf dem Weg zu ihrer Insel im heraufziehenden Sturm auf den Wellen tanzt, steht ein Mann allein an Deck, rauchend, mit hochgeschlagenem Mantelkragen. In Nahaufnahme taucht sein Gesicht vor ihr auf, drahtige dunkle Haare, ergrauende Schläfen, ausgeprägte Wangenknochen, ein Schnitt, der sich über seine rechte Wange zieht. Ein Fuß ist einbandagiert, und doch steckt dieser Mann voller Kraft und Entschlossenheit. Er hält die Hand über die Augen und blickt nach vorn auf die Insel, deren Umriss sich durch die Gischt abzeichnet. »Eine Welt, aus der du vielleicht niemals zurückkehren wirst.« Dieser Gedanke, schreibt Berit und fühlt es selbst in diesem Moment, löste augenblicklich ein Gefühl von Freiheit aus, das sich in ihm ausbreitete wie die Wärme nach einem Glas Schnaps, das man in einem Zug geleert hat. Nur dass er ihn nicht benommen und heiß machte, dieser Satz, sondern, im Gegenteil, kühl und klar. Und doch hatte er auf seine kalte Art etwas Berauschendes.

Die Scheune ist dunkel bis auf die Ecke, in der Enno im Schein der schummrigen Laterne auf dem Klappstuhl sitzt. Saukalt ist es hier, trotz dicker Jacke, Wollmütze und langer Unterhose. Enno gießt schwarzen Tee aus der Thermoskanne in einen Becher, schüttet Rum hinein und nimmt einen Schluck. Auch damals, im sogenannten Katastrophenwinter, war er schließlich in dieser Scheune gelandet und hatte sich im Finstern betrunken. Auch damals hatte der Wind sich von außen gegen die Scheunenwände geworfen, während er von innen dagegen anrannte, hatte draußen der Sturm um die Scheune geheult, während ihm drinnen Rotz und Wasser aus der Nase liefen. Wie jung er doch gewesen ist, wie lebendig! Er konnte um sich schlagen und weinen. Konnte gegen Wände boxen, bis das Blut durch die wollenen Fäustlinge trat, und echte, heiße Tränen vergießen um einen verlorenen Traum. Heute gelingt ihm das nicht einmal mehr bei der Nachricht vom Tod seiner Mutter, beim Gedanken ans eigene Sterben.

Enno nimmt seine E-Gitarre auf den Schoß und hält sie im Arm. Unplugged. Ist das nicht auch eine Art altersbedingter Impotenz, fragt er sich, wenn ein Mann nicht mehr weinen kann? Damals konnte dieser Enno noch weinen vor Wut und Verzweiflung, weil er sich von aller Welt verlassen und verraten fühlte, und kurz darauf verheult und besoffen Lieder zur Stromgitarre grölen. Folglich muss dieser Enno, denkt Enno, ein glücklicher Mensch gewesen sein. Leise streicht er über die Saiten seiner stromlosen E-Gitarre und fragt sich, warum man eigentlich nie weiß, dass man glücklich ist, sondern immer nur, dass man es war.

Der ganze Katastrophenwinter, von dem noch Wochen und Jahre später gesprochen und geschrieben wurde, ist für Enno in diesen einen Abend zusammengeschmolzen. Der laufende Fernseher, die dampfende Teekanne, die traute Familie am Abendbrottisch. Die zappelige Berit, der schweigsame Boy und Gesa mit ihrer Zahnspange, die mit blöden Sprüchen nervte. Der beschissene Schnee, der sich malerisch auf Bäume und Zäune türmte, ihm den Weg abschnitt nach Hamburg, zum Konzert der Dying Sixpacks, zu Suzie mit dem goldbraunen Haar, die garantiert einen anderen küsste, wenn er nicht da war. Und mitten hinein in Wurstbrot und Wetterbericht warf Boy diesen Satz wie eine Bombe. »Ich hab mich zur Seefahrtsschule gemeldet.«

Er war fassungslos gewesen, vor allem über die Dreistigkeit des Bruders. Niemals würden die Eltern es erlauben. Dass immer nur einer der Söhne zur See ging, hing als ehernes Gesetz über diesem Haus, in dem seit Jahrhunderten Söhne auf See geblieben waren, ertrunken und spurlos verschollen. Der Seemannstod, der früher zum Leben der Insel dazugehörte, ereignete sich selten in heutigen Zeiten. Doch er hatte Vaters Brüder ereilt, daher galt das Gesetz doppelt in seiner Familie. Ebenso galt es als ausgemachte Sache, dass der eine Sohn, der zur See ging, wenn er denn wollte, er selbst sein würde. Er war der Älteste, er hatte Vorrang. Und er wollte.

Nebenan blöken Heide und Schnucke hinter der Bretterwand. Dieser jaulende Nordwester macht das geduldigste friesische Schaf nervös. Enno zieht sich die Wollmütze über die Ohren und hebt den Becher in Richtung Schafstall: »Zum Wohl!« Tja. Es war anders gekommen. Vater hatte ein Machtwort gesprochen, jedoch über Boy keine Macht. Mutter hatte geschwiegen. Damals und bis heute. Er hat sie nie darauf angesprochen, nie nachgefragt. Mutters Schweigen hat ihn all die Jahre ferngehalten, wie ein Elektrozaun, von dem man nicht weiß, ob er geladen ist.

Damals ist er, als sie ihn schweigend anblickte, während der Wetterbericht Krisen und Katastrophen verhieß, Türen schlagend aus der Stube gerannt. Er hat Boys Plunder aus dem gemeinsamen Zimmer in den Flur geworfen, die Tür verriegelt, die Dying Sixpacks aufgelegt und Suzies goldbraune Stimme aufgedreht bis zum Anschlag. Plötzlich, mitten in seinem Lieblingssong, war Schluss. Stille und Dunkelheit. Er ist die Treppe hinabgestürmt, um zu sehen, welcher Vollidiot den

Strom abgestellt hat. Und falls dieser Vollidiot Boy war, würde er das Würstchen würstchenweich prügeln. Nicht erst morgen, wie geplant, sondern auf der Stelle. Dann ist er im Dunkeln gestolpert und die halbe Treppe auf dem Hosenboden hinuntergerutscht. Laut polterte es in die Stille der unteren Etage. Aus der Stube drangen kein Laut und kein Licht. Als er die Tür öffnete, sah er einen bedröppelten Haufen im Schein einer Kerze vor leeren Gläsern hocken.

Vater, Mutter, Gesa und Berit.

»Wo ist der Hosenscheißer-Matrose?«

»Weg«, sagte Gesa.

»Was heißt, weg? Ich denk, wir sind eingeschneit. Können nicht weg.«

»Tja«, sagte Gesa, »Boy kann.«

Enno greift zur Gitarre und schlägt ein paar Akkorde an. »You know that it would be untrue. You know that I would be a liar«, singt er, »if I was to say to you, girl, we couldn't get much higher.« Eine E-Gitarre klingt nach nix ohne E. Aber es muss niemand hören, dass er hier sitzt, mit dem Bierbauch, der kahlen Stelle am Hinterkopf, der neu erworbenen Beule auf der Stirn, und die Lieder seiner unterwegs abhandengekommenen Jugend trällert. Er stellt die Gitarre zur Seite, nimmt einen Schluck Rum, direkt aus der Flasche, ohne den Umweg über die Teekanne.

Das Mieseste war, dass Bruder Boy ihm nicht nur die Seefahrt gestohlen hat, sondern auch noch die Musik. Nach dem Unfall, der Sauferei, dem Herumlungern hier im Haus, als alle schon dachten, der Mann kommt nie mehr auf die Beine, hat Boy zum Schiffsmusiker umgesattelt, ohne Ausbildung, selfmade und mit links, als wäre es ein Leichtes. Für Enno war es nie ein Leichtes. Er musste üben und üben und spielte sich die Finger wund, bis ein Stück saß. Und sein Publikum waren zwei Schafe, die selten applaudierten. Boy dagegen begann aus dem Nichts ein neues Leben, wie Gesa so heroisch formulierte, ein Leben, das es ihm ermöglichte, die Weltmeere zu befahren, ohne sich den Rücken krumm und die Finger schmutzig zu machen, das es ihm erlaubte, die Schiffe zu behalten und die Musik obenauf zu bekommen.

Enno nimmt noch einen Schluck Rum aus der Flasche. Machen wir uns nichts vor. Mit oder ohne das Haus, er selbst wird hier festsitzen, seinen Job erledigen, seinen Chef ertragen, seinen Bürgerpflichten nachkommen, ein guter Sohn sein, ein sorgender Vater, ein treuer Ehemann, bis dass der Tod uns scheidet. Bis er sein letztes Haar und den letzten Rest Mumm verloren hat. Er gehört zu den zahllosen Mitgliedern der Schafherde, die erst einen Lottogewinn brauchen, um ein neues Leben zu wagen. Worin besteht da das Wagnis, wenn man fragen darf? Das bringt jeder Warmduscher und Dünnbrettbohrer zustande. Er hebt die Flasche in Richtung Schafstall. Zum Wohl, ihr Brüder und Schwestern im Geiste! Außerdem wird nichts draus. Zu den beiden richtigen Lottozahlen, so viel hat er inzwischen herausgefunden, ist eine dritte hinzugekommen. Macht, nach Abzug der Kosten für den Einsatz, einen Gewinn von etwa zwölf Euro. Reicht nicht ganz für ein neues Leben.

Ein Satz kommt Enno in den Sinn, aus einem Buch, das ihm neulich aus der Vitrine in der Stube buchstäblich in die Hände fiel, als er eine der Türen öffnete. Ein Lesezeichen steckte an der Stelle. »Ich bin nur zu solide gewesen und bereue es heute in Kummer, Schmerz und im Sylter Badekostüm.« Weiter kommt er nicht im Kopf, doch auf seinem Tablet hat er »Deutscher Mondschein« von Wilhelm Raabe schnell gefunden. »Oh, hätte ich mich doch ausgetobt in den Tagen meiner Jugend! Hätte ich doch meiner Fantasie die Zügel auf den Hals geworfen und die Gefahr, abgeworfen zu werden und das Genick zu brechen, zur rechten Zeit auf mich genommen!«

Ja, das klingt berauschend und heroisch, nicht wahr? Auch in Ennos Brust haben sie ein gewaltiges Echo ausgelöst, die Hufschläge der mit wehender Mähne galoppierenden Pferde, die den Boden erschüttern, dazu die Ausrufezeichen wie Fanfarenklang! Man vergisst dabei nur zu leicht, dass die Gefahr, abgeworfen zu werden und das Genick zu brechen, beinhaltet, dass man abgeworfen werden und sich das Genick brechen kann. Und gar keine Gelegenheit mehr bekommt, im fortgeschrittenen Alter verpasste Gelegenheiten zu bereuen. Und dennoch erklingt das Echo, wenn auch ein wenig leiser, noch einmal in Ennos Brust: ein einziges Mal die Zügel loslassen und dem Gaul die Sporen geben ....

Enno horcht auf. War da was? Das Geräusch kommt aus dem Schafstall, aber nicht von den Schafen. Ein Einbrecher – bei diesem Schneesturm? Ein Gestrandeter, der ein warmes Plätzchen sucht? Er schnuppert. Es riecht nach Rauch – Zigarettenrauch in der Scheune! Vorsichtig nähert sich Enno der Stallwand und linst durch einen Spalt zwischen zwei Brettern. Zuerst sieht er im Schummerlicht nur eine dunkle Gestalt und einen glühenden Punkt. Dann richtet die Gestalt den Strahl einer Taschenlampe auf die Schafe. Kein Wunder, dass sie blöken. War gar nicht der Wind, der sie störte. Der Lichtkegel verharrt auf Heide, dem trächtigen Schaf mit dem ausladenden Bauch. Heide drückt sich gegen die Stallwand. Enno öffnet die Stalltür, um den Eindringling zur Rede zu stellen. Der Eindringling lässt die Taschenlampe sinken und wendet Enno das Gesicht zu.

Enno fixiert Jochen, wie dieser eben noch Heide fixiert hat. »Hunger auf Fleisch oder Hunger auf Sex?«

»Ach, du hast nebenan so herzzerreißend geklampft?«

Jochen wirft die Zigarette auf den Boden und tritt sie aus. Dann singt er mit hoher Stimme »Come on baby, light my fire!«

»Mein' ja nur«, entgegnet Enno. »Hauptsache weiblich und dicker Bauch. Wenn auch nicht aus eigener Erzeugung.«

Der erste Schlag trifft Enno nicht unvorbereitet. Doch Ennos unerwartet heftiger Gegenschlag haut Jochen um. Im nächsten Moment liegen beide auf dem Scheunenboden und ringen. Enno versetzt Jochen einen Tritt gegen den verstauchten Knöchel. Jochen jault und verpasst Ennos Beule einen Fausthieb. Sie platzt auf, Blut strömt über Ennos Gesicht. Jochen schaut ihn entsetzt an und lässt von ihm ab. Die Chance für Enno, es Jochen noch mal so richtig zu zeigen. Aber er hat genug. Wischt sich das Blut von der Stirn und fühlt sich blutjung. Enno klopft Jochen auf die Schulter, und Jochen, nach einem erstaunten Blick, klopft zurück. Auch Jochen sieht irgendwie gelöst und verjüngt aus, findet Enno. Schweigend gehen sie auseinander wie echte Männer.

Als Enno wieder allein ist, reckt er die Faust in die Luft und schüttelt sie. Er kann noch boxen. Vielleicht wird es auch mit dem Weinen wieder. Mit dem Liebeskummer, der unbändigen Sehnsucht, der ziellosen Wut. Dem verheult und betrunken Herumgrölen, der Stromgitarre mit Strom. Der schönen Suzie. Der Seefahrt. Warum soll nur Boy weg können? Auch Enno kann. Und diesmal wird er es wissen, wenn er glücklich ist.

Kerrin fährt hoch aus unruhigem Schlaf, als ein Ast gegen das Fenster schlägt. Diagonal liegt sie im Ehebett, das sich verwitwet anfühlt ohne Ehemann. Das Wüten des Sturms um das Haus klingt, als ob der Wind wahrhaftig rasend wäre vor Zorn und keinerlei Spaß mehr verstünde. Es wäre schön, wenn Enno sie in den Arm nehmen und beruhigen könnte, ihretwegen auch sie Enno in den Arm nehmen und beruhigen könnte, es wäre schön, wenn er mal wieder einfach da wäre. Zu schön offenbar.

Unten in der Diele schlüpft Kerrin in die Stiefel und zieht den Daunenmantel über den Pyjama. Sie öffnet die Haustür einen Spalt, frostiger Wind schlägt ihr ins Gesicht. Der Schnee fällt nicht mehr vom Himmel zur Erde, er fliegt von Westen nach Osten, wohin der Wind ihn treibt. Kerrin nimmt die Schaufel neben der Haustür, schippt sich ein Stück Weg frei, wendet dem Wind den Rücken. Die windschiefen Baumkronen ächzen und biegen sich, es hilft ihnen auch nicht, dass sie auf der Flucht vor dem Wind Richtung Osten gewachsen sind. Diesem Sturm können sie nicht entfliehen. Einzelne Äste sind aus den Kronen gebrochen, baumeln lose im Wind; Zweige und Blätter schlagen Kapriolen in der Luft; Möwen sausen durch die Finsternis wie Federbälle, von der Schleuder eines Riesen ins Nichts katapultiert. Noch etwas segelt vorbei, beinahe weiß wie Schnee. Kerrin streckt die Hand nach einem der Klumpen aus – Schaumfetzen, herübergeweht von der See.

Die paar Meter auf den Deich wird sie heute nicht schaffen, schon auf der windabgewandten Seite des Hauses muss sie sich gegen den Sturm stemmen. Sie denkt an die Lichter draußen im dunklen Watt, gestern Nacht erst, die weißen, gelben und rötlichen Punkte, die über das Wasser irrlichterten und verschwanden. Geschichten, die schon gesehen, aber noch nicht geschehen sind … Von nahendem Unglück künden sie, von bevorstehendem Tod. Vielleicht auch von einem Sturm, einer Flut? Oder Untergang.

Ein kleines, rot glühendes Licht leuchtet nun auch unter dem Scheunentor. Kerrin erkennt eine dunkle Silhouette, zu groß und schmal für Enno, und hört eine Stimme unverständliche Worte in den Wind murmeln. Aha, hier also raucht er nachts seine Zigaretten. Na warte.

»Willst du uns das Dach überm Kopf anzünden?«, ruft sie zu ihm hinüber. »Alles Reet. Brennt wie Zunder.«

»Wär auch eine Möglichkeit«, flüstert Jochen.

»Wie bitte?«, ruft Kerrin. »Hast du Enno gesehen?«

»Nein.«

»Na dann, gute Nacht.«

Kerrin tritt ins Haus zurück und hängt den Mantel an die Garderobe. Sie hört die Tür knarzen, die von der Scheune in die Diele führt. Schnell fährt sie sich vor dem Garderobenspiegel durch die Haare, wendet dem eintretenden Jochen den Rücken und knöpft die oberen Knöpfe ihres Pyjamas auf. Im selben Moment spürt sie, wie sie rot wird, und bleibt stehen, Jochen den Rücken kehrend.

»Gibt's zufällig noch Reste von unserem Mitternachtspicknick?«, fragt Jochen. »Ich sterbe vor Hunger.«

»Mehr als genug.« Das gestrige nächtliche Picknick war zu einem vorzeitigen Ende gekommen, so sieht Kerrin das auch, abgebrochen knapp vor dem Höhepunkt wie die Folgen ihrer Vorabendserien, die sie sich nicht zu sehen traut, solange die Verwandtschaft im Haus weilt, die solchen Schund natürlich niemals einschalten würde. Enno lässt sie in Ruhe gucken. Er bekommt seinen täglichen Seefunk, sie ihre Serien, kein Wort darüber und gut ist. Kerrin trägt Brot, Aufschnitt, eine Flasche Rotwein, eine sehr gute Flasche, für besondere Anlässe reserviert, auf einem Tablett in die Stube. Jochen legt in der Küche Holz im alten Herd nach, der den Bilegger in der Stube mitheizt, wie er es von Kerrin gelernt hat. Dann setzen sich beide auf den Boden, mit dem Rücken zum Alkoven, im Wärmekreis des Bileggers, und strecken die Beine aus.

»Sag es nicht Enno.« Kerrin reicht Jochen mit verschwörerischem Lächeln ein Stück Salami. »Ist unser letztes Fleisch, bis der Schnee taut …«

»Bis auf die Schafe«, sagt Jochen.

»Heide und Schnucke?« Kerrin lässt die Hand auf dem Weg zum Mund sinken. Erst jetzt fällt ihr auf, dass Jochen Strohhalme im Haar und an der Jacke kleben. Er sieht aus, als hätte er sich irgendwo im Stall herumgewälzt. »Die sind nicht zum Essen da. Außerdem ist Heide trächtig.«

»Wie schmeckt wohl ein ungeborenes Lamm?« Jochen lächelt. »Ist das nicht ganz besonders zart?«

Kerrin reißt die Augen auf.

»War nur ein Scherz.«

»Ach so.« Kerrin lacht verlegen. »Ja, klar. Sag mal, was hast du vorhin da draußen vor dich hin geredet? Kam mir Chinesisch vor.«

»Japanisch.« Jochen nimmt einen Schluck Rotwein. Vorzüglich. Guten Wein haben die hier für alte Friesen, das muss man ihnen lassen. »Katsu kangae wa motsu na, makenu kangae wa hitsuyo.«

»Aha. Und was heißt das?«

»Denke nicht an das Gewinnen, doch denke darüber nach, wie man nicht verliert.«

»Wie man nicht verliert«, flüstert Kerrin und sieht aus, als ob sie eine Weile darüber nachdenkt. »Kannst du mir das aufschreiben?« Als Jochen in lateinischen Buchstaben zu schreiben beginnt, fügt sie hinzu: »Nein, auf Chinesisch.«

»Japanisch.« Ja, das kann er. Die Zeichen gehen ihm mittlerweile leicht von der Hand, sogar mit einem gewöhnlichen Kugelschreiber. 十二、勝つ考えは持つな、負けぬ考えは必要。

Stundenlang könnte Kerrin Jochen dabei zusehen, wie er die fremden Schriftzeichen malt. Wie Zauberformeln sehen sie aus, wie ein Tanz auf Papier, ein Kampf. »Schreib noch was, bitte.«

Während Jochen schreibt, wendet Kerrin den Blick seinen Händen zu. Die Sehnen bewegen sich kraftvoll und geschmeidig unter der Haut. Wie es wohl wäre, wenn diese Hände …

Jochen lässt den Stift sinken und sieht aus, als müsste er von weit fort zurückfinden. Nach Europa, auf die Insel, in diese Stube im Haus hinter dem Deich. Schweigend schaut er sie an.

»Ich bin's, Kerrin«, sagt Kerrin.

»Allerdings«, antwortet Jochen und ist auf einmal ganz da und ganz nah.

Kerrin sieht ihn an, erfreut und erschrocken, errötet. Sie senkt den Kopf, deutet auf eine beliebige Stelle. »Und was heißt das da?«

Jochen zögert. »Tue alles, um eine Auseinandersetzung zu vermeiden«, liest er. »Kommt es aber trotzdem zum Kampf, so soll dein erster Schlag töten.«

»Aha«, sagt Kerrin, und wieder sieht sie aus, als ob sie eine Weile nachdenkt. »Ich glaube, da ist mir das Schießen lieber. Ein gezielter Schuss in die Beine, und der Gegner ist außer Gefecht, ohne gleich tot zu sein. Ach, übrigens, lass mal dein Bein sehen.«

Jochen sträubt sich, aber nicht lange. Es ist seltsam, wie aufgehoben man sich in Kerrins Händen fühlt, denkt er, während sie die Bandage um den Knöchel aufwickelt. Wochenlang möchte man in einem sauberen weißen Bett liegen, sich ganz ihren Händen überlassen, nichts mehr denken und tun müssen, nichts mehr fühlen außer einer vagen Erleichterung, dass das Leben da draußen ohne einen weitergeht. Auch in einem selbst lebt es noch, tief in der Brust als kleine Flamme, die weder lodert noch schmerzt, die, während man nicht mehr weiterweiß, einfach weiterglüht, Tag für Tag und in jeder Sekunde.

»Um Gottes willen, was hast du gemacht?«, ruft Kerrin, als der nackte Knöchel vor ihr liegt. »Sieht aus, als hätte dir jemand einen bösen Tritt versetzt!«

»So ist es.«

»Wie bitte! Wer denn?«

»Dein Enno.«

»Enno? Das glaub ich nicht! Warum sollte er?«

»Wegen unseres Kusses.«

»Unser Kuss?! Was für ein …«

»Dieser«, sagt Jochen, zieht Kerrin zu sich heran, drückt seine Lippen auf ihre. Und der Kuss, mit dem Kerrins Lippen antworten, ein atemberaubender, hungriger Kuss, ist jeden verdammten Tritt gegen's Schienbein wert.

Enno steht in der Tür zum abgeteilten Schafstall. Heide und Schnucke mustern ihn aus ihren gelben Augen, während er vorsichtig die Rumflasche gegen die Stirn presst. Schön kühl ist das. Die neue Beule, im ehrlichen Zweikampf erworben, fühlt sich deutlich besser an als der ungleiche Kampf mit der Windschutzscheibe am Morgen oder mit einem heimtückischen Gegner wie dem Tumor, dem Hirngespinst. Enno knüllt das blutverschmierte Taschentuch in die Hosentasche. Ja, glotzt nur, ihr Schafe, so eine Platzwunde, ehrlich erworben oder nicht, ist eine verdammte Schweinerei. Wie gut, dass Kerrin bestimmt schon schläft. Die Aussicht, bei dem elenden Wetter zur warmen Frau ins warme Bett zu schlüpfen, sich an ihren Rücken zu schmiegen, eine Hand auf ihrem wohlgerundeten Hintern abzulegen und den vertrauten Duft einzuatmen, der aus Kerrins Nacken steigt, ist kein Grund zur

Beschwerde. Es ist gut, für sein Schiff einen sicheren Hafen zu haben, und doppelt gut in einer stürmischen Nacht.

»Es ist ja nur so«, sagt er in Verständnis heischendem Ton zu Heide und Schnucke, »dass ich nicht IMMER im Hafen bleiben möchte. Nicht immer nur Linienverkehr …« Noch zehn, zwanzig, dreißig Jahre feststecken in seinem Leben, seiner Ehe, seinem Haus und seiner Haut – oder, schlimmer noch, Enno fasst sich an den Kopf und hat wieder Blut an den Fingern, bald schon feststecken im Grab. Auch dieser letzte Ort ist bereits bestellt, im Familiengrab unter der krummen Tanne, wo Mutters Eltern und Brüder, Tante Engelline und Vater einen Platz für ihn frei halten.

Vielleicht bald auch Mutter. Aber die hat wenigstens ihr Leben gelebt. Die verzehrt sich bestimmt nicht mehr nach fernen Ländern und fremden Küsten, ungeküssten Lippen und ungelebten Lieben. Enno muss schmunzeln. Er traut Mutter ja einiges zu, aber dass sie noch heimlich von fremden Männern träumt? Heide und Schnucke blöken, und Enno schüttelt den Kopf. Schließlich ist Mutter eine alte Frau.

Man muss es wie Inka machen, denkt er plötzlich, früh genug anfangen und es rechtzeitig hinter sich bringen. Den ganzen Aufstand gegen Gott und die Welt, die jugendliche Rebellion, das brodelnde Chaos, die Exzesse und Sauereien. Letztere ganz besonders. Wenn man immer den geraden, ebenen Weg geht wie Karsten – ganz der Vater – und nicht mal in der Jugend ausschert, wird es einen mit fünfzig umso schlimmer erwischen. Sieht man ja an ihm. Und es steht einem nicht besser mit Bierbauch, zerfurchter Stirn, kahlen Stellen am Hinterkopf.

Enno kehrt zurück auf seinen Klappstuhl unter der schummrigen Laterne und trinkt einen kräftigen Schluck auf seine widerspenstige Inka. Wenn die wüsste. Vielleicht ist sie ja auch ganz der Vater? Oder eher die Mutter? Hoffentlich nicht. Eigentlich weiß er nicht viel mehr, als dass es eine drogensüchtige Schlampe war, die inzwischen tot ist. Vater des Kindes unbekannt. Kerrin wollte unbedingt dieses Kind haben, es musste alles so schnell gehen, und er war einfach nur froh, nach den Fehlgeburten, der Operation seine Frau endlich wieder glücklich zu sehen.

Enno greift noch einmal zur Gitarre, schlägt drei Akkorde an, stellt sie zur Seite. Er hat keine Lust mehr auf Stromgitarre ohne Strom und herumlungernde Schwäger, die mit hoher Stimme seinen Gesang nachäffen. Da lobt er sich sein Tablet mit Kopfhörer, man kann bis zum Anschlag aufdrehen und die ganze Glorie der herausposaunten Gefühle für sich behalten. Das enervierende Geheule des Sturms gibt dabei auch gleich Ruhe. Bruce Springsteen singt: »Oh-oh, baby, this town rips the bones from your back. It's a death trap, it's a suicide rap. We gotta get out while we're young. Cause tramps like us, baby, we were born to run.«

Mitten hinein in Springsteens Gesang quatschen zwei Stimmen aus vergangenen Zeiten. »Was heißt, weg?«, sagt der verblüffte junge Enno. »Ich denk, wir sind eingeschneit. Können nicht weg.«

»Tja«, antwortet die junge Gesa, »Boy kann.«

Das ist doch am Ende der Punkt, oder? Hat man es getan, oder hat man es nicht getan? Wer interessiert sich noch für Gründe, für einerseitsundandererseits, für wennundaber, hättekönntewollte, wenn der Vorhang fällt und die Frage an der Wand steht: Was hast du aus deinem Leben gemacht? Boy hat es getan. Gewagt und gewonnen. Gesa hat es getan. Gewonnen, verloren, jedenfalls gewagt. Berit, er weiß nicht, was genau es ist, aber selbst die kleine Berit steht gerade irgendwo federnd auf dem Sprungbrett. Nur er sitzt noch hier herum.

Enno würgt Springsteen ab, der hilft ihm jetzt auch nicht weiter mit seinem Rat an die Jugend. Stattdessen lässt ihn ein ganz und gar neuer Gedanke vom Klappstuhl hochfahren, sodass er mit dem Kopf an die Laterne stößt. Auf eine Beule mehr oder weniger kommt es auch nicht mehr an. Schon gar nicht bei einem so epochemachenden, bahnbrechenden Gedanken wie diesem: Warum eigentlich nicht? Warum eigentlich nicht das Haus verkaufen, zu den Liebhaberpreisen, die die verrückten Auswärtigen dafür zahlen, Architekten aus Hamburg oder Sterneköche aus Schwaben. Jeder von uns vieren würde einen Haufen Geld bekommen, sich etwas Neues aufbauen. Was würdest du tun, Enno? Jetzt, da es zu spät ist, um als Kapitän zur See zu fahren, das eigene Schiff zu steuern? Was würdest du getan haben wollen, bevor vielleicht bald schon der Vorhang fällt?

Die Scheunenwand nach Westen scheint sich unter dem Ansturm des Windes zu biegen, die Balken ächzen. Die Laterne über Ennos Kopf wackelt und wirft tanzende Schatten an die Wand.

Enno steht im Bug eines Ozeanriesen. Er spürt das Tuckern des Motors, das Vibrieren des Schiffes durch acht Decks bis unter die Fußsohlen. Über ihm der Nachthimmel, glitzernd von fremden Sternen. Tief unter ihm die Schaumkronen der Wellen, die das Schiff durch das schwarze Wasser zieht. An seiner Seite eine Frau, von der er nicht weiß, welche Worte sie als Nächstes sagen, welchen Wein sie zum Dinner wählen, bei welcher Berührung sie die Luft einziehen wird später in dieser Nacht. Von der er nicht weiß, ob ihr Lächeln ihm gilt oder der unbekannten Insel, deren Umrisse man erahnt fern am Horizont. Ob sie überhaupt lächelt.

»Jetzt reiß dich zusammen«, sagt Enno laut in die kalte dunkle Scheune. Noch ist Mutter nicht tot, Gottseidank, und wenn sie wüsste … Noch jede Generation vor ihnen hat es geschafft, dieses Haus in der Familie zu halten, seit Jahrhunderten, und ausgerechnet an seiner Stelle soll der Faden reißen? Und Mutter, die Haus Tide ihr Leben lang geliebt und gehegt, für ihre Kinder und Enkel erhalten hat – das Herz würde ihr brechen! Ennos eigenes Herz sticht in der Brust bei dem Gedanken, als wäre es eingeklemmt zwischen den Rippen.

Doch warum, denkt er, auf den Klappstuhl zurückgesunken, die Beine von sich gestreckt, ging es eigentlich immer um die Herzen der anderen? Vaters Herz wäre gebrochen, wäre er wie sein Bruder zur See gefahren. Kerrins, wenn er mit Suzie auf und davon gegangen wäre. Mutters, wenn er nicht im Haus bleibt, es später an eins seiner Kinder übergibt und die wieder an ihre Kinder und immer so weiter, egal, welche Pläne sie haben mögen für ihr eigenes Leben. Aber was war mit seinem Herz? Fragte danach mal jemand? Hatte er danach gefragt?

Auf Ennos Tablet leuchten Namen auf, wohlbekannte und nie gehörte, Namen von Orten, von denen er keinen einzigen je gesehen hat, abgesehen von Hamburg, wo am 8. Januar die Reise startet. Einmal um die Welt, Rückkehr im Mai, schon ab 14 000 Euro, liest Enno, Zweibettkabine innen. Kommt nicht infrage, außen, Balkon, schon besser, ab 19 000 Euro, geschenkt, findet Enno, wenn man bedenkt, dass ein Mann die fünfzig überschreiten und halb tot sein muss, bevor er das Schiff besteigt.

Halb laut liest er sie vor, die Namen, die auf der Zunge zergehen, klangvoller als jede Rockballade: Southampton, New York, Fort Lauderdale, Florida, sonnengelb klingt das; Nassau, Bahamas, Willemstad, Curaçao, das Wasser dort blau wie Likör, Niederländische Antillen, süß wie Pastillen; am 27. Januar

Panamakanal, dann Puntarenas, Costa Rica, Cabo San Lucas, Mexiko, Los Angeles, San Francisco; da ist es schon Februar, trübsinnig lungert bei ihnen zu Hause der Winter herum wie ein letzter Gast, der den Ausgang nicht findet; er dagegen: Honolulu, Oahu, Lahaina, Maui, Hawaii; Ennos Stimme kippt über beim Lesen, Pago Pago, Tutuila, Amerikanisch-Samoa, Achtung: Überqueren der internationalen Datumsgrenze, Verlust dieses Tages. Enno lacht. Den Verlust wird er locker verkraften. Ein einziger Tag, bitteschön, bittesehr, wo doch all diese Tage, vor seinem Auge schimmernd und changierend wie eine Kette von Perlen, die Tage seines Lebens sein werden und die Nächte die Nächte seines Lebens, und all das nur einen kurzen Klick entfernt. Er muss es nur tun …

Irgendwo da draußen geht etwas krachend zu Boden. Die Laterne flackert auf und erlischt. Reglos sitzt Enno im Finstern, die Sturmböen werfen sich mit Geheul gegen die Scheune, die Schafe blöken panisch hinter ihrer Bretterwand. Das Tablet stürzt ab und mit ihm Enno, kopfüber in den südlichen Pazifik, ohne Boot, ohne Rettungsring.

Schon ewig ist Kerrin nicht so geküsst worden wie jetzt und hier in der halb dunklen Stube, an die Türen des Alkovens gelehnt. Nicht lange hat sie sich gestört am Geschmack nach Tabak und kaltem Rauch bei diesem ausgehungerten, brenzligen Kuss, in den sie sich hineinwerfen kann ohne die übliche Furcht, zu lüstern oder gierig zu erscheinen. Auch sie packt Jochen an den Schultern, beißt ihn in die Lippe, lässt ihre Zunge tief in seine Mundhöhle fahren. Ihre Lippen reiben sich an seinen Bartstoppeln, ein schönes, raues Gefühl ist das, mit geschlossenen Augen öffnet sie einen weiteren Knopf ihres vorsorglich oben aufgeknöpften Pyjamas. Jochen streicht mit den Fingerspitzen zart über ihre Brust und drückt dann ihren

Nippel mit Daumen und Zeigefinger zusammen. Ein kleiner Stromschlag jagt durch Kerrins Körper – im nächsten Augenblick fahren beide auseinander. Mit einem Knall sind in der Diele alle Sicherungen durchgebrannt.

Manchmal wäre es besser, nicht aufzuwachen. Halb schwebt Gesa noch in ihrem Traum, einem Traum von einer Flut, die nichts Bedrohliches hatte, von warmem Wasser, das sie trug und ihnen alle Schwere nahm, ihrem Baby und ihr selbst, Marten und Kaija, Matteo und Jochen; halb ist sie wieder aufgewacht in jener Welt, in der ihre Hand auf der anderen Seite des Bettes ins Leere tastet und draußen ein Sturm tobt, der ihr den Weg abschneidet nach Hause, zu ihm. Gesa wischt Tränen aus den Augen. Das Aufwachen aus dem Traum tut weh, beinahe wie der Moment, wo aus eins wieder zwei wird nach dem Liebemachen. Eben noch haben beide die Bewegungen des anderen tief in ihrem Körper gefühlt, haben sich ihre Wärme, ihre Stimmen, ihr Schweiß und ihr Atem vermischt, haben sie das Verlangen verspürt, ganz ineinander aufzugehen, sind gemeinsam angerannt gegen jene Grenze, die sich nicht überwinden lässt, nicht mit Zartheit, nicht mit Raserei, bis sie sich wieder trennen müssen. Vielleicht kommt daher manchmal diese abgrundtiefe Traurigkeit danach. Es ist jedes Mal ein wenig wie Geborenwerden, denkt Gesa, man ist Teil eines anderen Menschen, alles ist warm und flüssig und schwerelos, und am Ende muss man hinaus in die Kälte, ins Ungewisse, ins eigene Leben.

Sie kann das Sturmgeheul nicht mehr hören. Diese um das Haus wirbelnde unsichtbare Wand, die sie ebenso einschließt, wie es eine Mauer aus Stein täte. Gesa setzt sich auf, greift nach ihrem Notizbuch und liest mit lauter Stimme: »Due biglietti, per favore.« – »Di andata e ritorno?« – »No, solo di andata.«

Nein, sie möchte keine Hin- und Rückfahrkarte, nur eine einfache Fahrt. Nach Hause, zu Matteo. Ach, wenn es doch so einfach wäre!

Es piepst auf dem Handy. Eine neue Nachricht! »Wenn du nicht kommen kannst, komme ich zu dir«, schreibt Matteo. »Muss jetzt bei dir sein, egal, wie. Fahre morgen los, Gesamia.«

Auf keinen Fall! Auf keinen Fall darf Matteo hierherkommen. »Mein Liebster«, schreibt Gesa zurück, »bitte komm ...« Und damit ist Schluss, die Verbindung ist abgebrochen.

Schneesturm hin oder her, Marten und Kaija wollten heute Nacht nicht zu Mama ins Bett umziehen. Gerade heute Nacht nicht. Heute Nacht gilt es herauszufinden, wo genau dieser Schatz liegt. Der Schatz, mit dem sie das Haus retten. Noch einmal haben sie den Dachboden durchstöbert, sind in die staubigsten Winkel gekrochen. Marten musste einen Schrei unterdrücken, als er in ein Spinnennetz lief. Doch es hat sich gelohnt, sie sind auf weitere Karten gestoßen. Jetzt hocken sie auf ihren Isomatten im Spitzboden unter der Laterne und beugen sich über die Karte von Onkel Boy. Die entscheidende Karte. Es ist wie ein Puzzle, sie müssen nur die Wörter, Linien und Kreuze vergleichen und richtig zusammensetzen. Einige Plätze sind bereits ausgeschieden als Fundorte, um die letzten fünf haben sie einen roten Kreis gemalt und ein Fragezeichen daneben.

»Bisschen blöd, dieser Schneesturm.« Kaija schaut durch die Luke auf den waagerecht vorbeitreibenden Schnee. »Wie kommen wir bei dem Wetter morgen ins Watt?«

»Ohne den Schneesturm säßen wir längst wieder in Hamburg. Den hat uns der Himmel geschickt. Meinetwegen der Teufel.« Mit zusammengekniffenen Augen mustert Marten die Karte. »Den Rest müssen wir jetzt selbst auf die Reihe kriegen. Wir beide.«

Aha, denkt Kaija, wir beide. Schluss mit dem Gerede von Mädchen und Squaw, Piratenbraut oder Braut von irgendwem. Ganz genau, Marten wird schon sehen, dass sie nicht bloß die kleine Schwester im Schlepptau ist. Sie darf nur keine Angst zeigen, egal, was passiert. Noch einmal nimmt sie die rot eingekreisten Punkte ins Visier. Dann schreit sie, dass Marten zusammenfährt: »Ich weiß es!«

Wie ein Blitz ist die Lösung in Kaijas Kopf gefahren; sie hat etwas aufleuchten und im Dunkeln verschwinden sehen, bestimmt ein Geisterblitz oder so was. Komisch nur, dass es um sie herum einfach dunkel bleibt.

Das Zimmer riecht jetzt köstlich nach Farbe, schwarz, schwärzer, tintenschwarz, Inka saugt die Luft ein. Ihr ist eine super Dekoidee für das nackte rosa Drittel der Kommode gekommen, soeben malt sie den letzten von 175 Pinselstrichen, geordnet in Fünferpäckchen. Noch 175 Striche bis zum Tag der Befreiung, zum Tag der Wahrheit. An ihrem achtzehnten Geburtstag wird sie erfahren, wer ihre leibliche Mutter ist. Ohne Vorwarnung wird sie bei ihr aufkreuzen. »Hallo, da bin ich. Tut es dir nun leid – oder bist du erst recht froh?« Wenn die Tussi blöd guckt, wird sie noch sagen: »Na, weißt du, dich hab ich mir auch anders vorgestellt.« Oder so ähnlich. Ist ja noch Zeit, den genauen Wortlaut einzuüben.

Inka leckt die allerletzte Farbe vom Pinsel, es brennt auf der Zunge und im Rachen, kotzübel wird ihr davon. Sie spuckt in ein Taschentuch, spült den Rest mit einem Schluck Bier hinunter, legt den Pinsel zur Seite. Dreimal dreht sie den Ring mit dem Onyx um den Finger. Sofias Ring. Wenn Sofia bei ihr wäre, oder besser noch sie bei Sofia, wäre alles anders. In Petersburg war es ihr scheißegal, wer ihre Gebärmutter und ihr Samenspender sein mochten, Mama und Papa reichten ihr allemal, und auch die hatte sie zurzeit am dollsten lieb aus der Ferne. Es muss an diesem Haus liegen, dass ihr die Geister ihrer Ahnen im Kopf herumspuken und, wer weiß, vielleicht auch in diesen Räumen. Vielleicht war ihre Mutter eine von diesen Gongern, den Wiedergängern, von denen Mama ihr als Kind erzählt hat. Vielleicht war sie längst tot und fand keine Ruhe, weil sie einst ihr armes Kindlein im Stich gelassen hat. Inka geht zum Fenster und stößt es auf. Der Wind rast wie eine Furie ums Haus. So laut man auch gegen ihn ansingt, er stiehlt jedes Wort vom Mund und verschlingt es. »How could you leave me, when I needed to possess you? I hated you. I loved you, too.«

Als Inka den Blick nach unten wendet, sieht sie eine Gestalt allein im Dunkeln vor der Haustür stehen, auf einem Stückchen freigeschippten Weg, der hinter ihr wieder zuschneit. Reglos steht sie da, gegen den Wind gelehnt, während um sie herum die Fetzen fliegen und die Bäume sich biegen. Dann streckt sie die Arme aus nach einem der vorüberwehenden Klumpen, der in ihrer Hand wie Schaum zergeht. »Mama!«, ruft Inka, doch auch dieses Wort frisst der Wind.

Noch ein Heft von Onkel Boy hat Inka gefunden. Damit liegt sie bäuchlings auf dem Bett, die Tür ist noch immer abgeschlossen. Wer was will, soll halt klopfen. Wär auch zu schade gewesen, nicht zu wissen, wie es weitergegangen ist mit dieser Suzie, mit der ihr Onkel anscheinend was hatte und für die früher angeblich Papa geschwärmt hat. Irgendwie kann sie sich Papa nicht beim Schwärmen vorstellen. Klar war der auch mal jung, sah gar nicht so schlecht aus früher, wenn man auf den Wikingertyp steht. Aber ihr Papa, so richtig verknallt und außer sich wegen irgendeiner Suzie – was das wohl für eine war?

»War mal rasend schön, diese Frau, bevor sie sich mit dem Zeug ruiniert hat«, schreibt Onkel Boy. »Ich hätte die Finger von ihr lassen sollen! Die Finger und den ganzen Rest. Ein Sturz aufs Deck ist nichts gegen einen Sturz im Bett. Fünf Minuten Sturzflug, und du hast für immer ein Kind am Bein. Erst hab ich Suzie angefleht, doch bitte diesen Irrtum zu beenden, jetzt flehe ich sie an, doch bitte, wenn sie das Kind behalten will, die Drogen zu lassen. Mir wird angst und bange, wenn ich daran denke, was dabei herauskommen soll. Bei dieser Mutter. Und bei diesem Vater! So angst und bange wie noch nie in meinem Leben.«

Wow! Onkel Boy hat Queen Suzie ein Kind gemacht. Wieso erzählt ihr denn keiner was? Irgendwo da draußen läuft ein Cousin oder eine Cousine von ihr herum. Falls dieses Kind die Drogenkur im Bauch überlebt hat. Und die mörderische Begeisterung, mit der es von den Eltern in die Welt gesetzt wurde. Mal wieder sind ein paar Seiten herausgerissen, so was wie Orts- und Datumsangaben kennt ihr werter Onkel nicht, man muss sich alles selbst zusammenreimen.

»Es zieht mich so zum Balken in der Stube. Schön und begehrenswert erscheint mir dieser Balken, wie eine Geliebte, die einem den Rücken kehrt. Ich frage mich, ob er wohl halten würde, was er verspricht?«

Oh Mann! Jetzt versink nicht in Selbstmitleid, Alter, erzähl mir lieber, was aus diesem Kind geworden ist. Oder ich werd morgen mal Papa fragen. Ob er was von Onkel Boy und einer Suzie weiß. Und einem Balg von den beiden. Aber vielleicht kommt Onkel Boy ja auch selbst mal wieder zur Sache? Inka blättert durchs Heft. Kritzelkritzel und rausgerissene Seiten. Der Typ muss echt ein geheimnisvolles Leben geführt haben, verborgen sogar vor sich selbst. Na endlich.

»Ich glaube, wir haben eine Lösung gefunden! Schon witzig,

dass der Vorschlag ausgerechnet von Kerrin kommt, meiner lieben Schwägerin, die mich vom ersten Tag an nicht leiden konnte. Aber diesmal hatte sie eine verdammt gute …«

Peng! Noch bevor Inka irgendein Licht aufgeht, versinkt das Zimmer in Dunkelheit. Schwarz, schwärzer, tintenschwarz. Inka klappt das Heft zu und flucht.

Mit einem Schrei fährt Inge aus dem Schlaf. Ein grauenvolles Rauschen erfüllt den Raum, etwas Dunkles lastet auf ihrem Gesicht und ihrer Brust. Sie ringt nach Luft, rudert mit den Armen, etwas poltert zu Boden. Endlich vom Bettvorhang befreit, setzt Inge sich auf, zuckt zusammen, als ihre nackten Füße in einer Pfütze landen. Sie beginnt zu zittern. Die Wasserlache! Boy ist ertrunken! In seiner Todesnacht ist er an ihr Wandbett getreten, hat sich schwer auf ihre Decke gelegt, eine Wasserlache hinterlassend als letzten Gruß, bevor er verschwunden ist. Für immer verschwunden. Dann sieht sie das leere Glas auf dem Bettvorleger. Endlich ganz wach, begreift Inge, dass sich nicht der Geist eines Wiedergängers auf sie gelegt hat, sondern bloß der Bettvorhang, der in ihr Wandbett hineingeweht wurde, und dass das Rauschen nicht das Brausen des Jüngsten Gerichts ist, sondern der Wind, der mit aller Macht in ihr Zimmer dringt. Beruhige dich, befiehlt sie sich, es ist nur ein Wasserglas. Nur der Vorhang, der Wind, ein Wasserglas.

Doch das Zittern hört nicht auf. Es ist kalt im Zimmer, eiskalt. Das Fenster steht weit offen. Der Vorhang flattert als Segel im Raum, in Böen stürzt sich der Sturmwind herein, wirft Schnee auf den Teppich. Inge geht zum Fenster, mit aller Kraft muss sie es in den Rahmen drücken und schließen. Bevor sie ins Bett zurückkehrt, holt sie eine Strickjacke aus dem Schrank, zieht ein Paar Wollsocken an die Füße. Einen Tee sollte sie sich machen oder klopfen, damit ihr jemand einen bringt. Sie hat doch eben Stimmen gehört in der Stube. Oder war das alles nur ein Traum?

Inge möchte nicht zurück in den Traum, doch sie weiß, dass er ihr etwas mitteilen wollte. Ein Traum zwischen den Jahren wird im neuen Jahr wahr, hat ihre Mutter immer gesagt, und die hatte es von ihrer Mutter und die wiederum von ihrer und so weiter. Engelline aber, die träumte zwischen Weihnachten und Neujahr stets die wildesten Sachen. Mal träumte ihr, dass Kämmen und Zähneputzen ab sofort ausschließlich Erwachsenen vorbehalten waren, ein anderes Mal, dass der Stock, sobald ihn der Lehrer gegen die Kinder erhob, ihm selbst den mageren Hintern versohlte, und später, dass die Bomben, bevor sie sich am Himmel in Luft auflösten, einen Regen aus Bonbons zur Erde schickten. Wie gestern sieht sie Engelline vor sich stehen, am Küchenherd den Erwachsenen mit ernster Miene ihre Träume zum Besten gebend, bevor sich ihre Lippen zu breitem Lachen verzogen. Und deshalb hat Inge auch gewusst, wenn auch niemals darüber gesprochen, dass Inka zur Familie gehörte, nicht bloß von Gesetzes wegen, sondern als Blutsverwandte. Nicht, weil Inka Boy ähnlich sah, das tat sie nicht, abgesehen von den grünen Augen. Nein, weil Inka als Kind einem anderen Kind ähnlich sah, so ähnlich, dass Inge manchmal glaubte, selbst wieder ein Kind zu sein – und ihre Schwester Engelline vor sich zu sehen.

Geschockt war sie gewesen, als sie sich das Komplott zusammenreimte, das Boy und Kerrin geschmiedet haben mussten: die eine, um doch noch an ein Kind zu kommen, das sogar verwandt war, der andere, um eines loszuwerden, das trotzdem in der Familie blieb. Ein Komplott hinter Ennos Rücken, weil sie wussten, dass er niemals zugestimmt hätte. Noch größer aber war der Schreck über sich selbst, als ihr klar wurde, dass sie es so wunderbar fand, mit einem Kind von

Boy unter einem Dach zu leben, dass sie Teil des Komplotts wurde und schwieg. Und so hatten sie Enno gleich zweimal betrogen, ihm die Schiffe genommen und ein Kuckuckskind ins Nest gesetzt. Inge blickt zum Sekretär, in dessen Fach der braune Umschlag liegt. Nur recht und billig ist es, dass das Haus jetzt ihm allein gehört.

Doch was ist mit Boy? Warum meldet er sich nicht? Hat sie von ihm geträumt, als das Fenster aufsprang, der Vorhang ins Bett wehte, das Wasser sich auf den Boden ergoss? Eine Gestalt war in ihrem Traum durch das graue Watt gelaufen, schien dicht über dem Wasser zu schweben, in einem wehenden Mantel mit dunkler Kapuze. So ein Wiedergänger, denkt Inge, und zieht die Strickjacke fest um die Schultern, das musste kein ertrunkener Seemann sein, auch nicht die ruhelose Seele eines Selbstmörders oder ermordeten Schiffbrüchigen. Es konnte eine tote Mutter sein, die sich um ihre Kinder sorgt, eine dahingeschiedene Braut, die von ihrem Liebsten nicht lassen kann, oder jemand, der im Tod keinen Frieden findet, weil er noch eine Schuld zu begleichen, ein Versprechen zu erfüllen, eine Aufgabe zu erledigen hat. »Dreh dich um!«, ruft Inge in ihrem Bett, und unversehens wendet die Gestalt aus dem Traum sich ihr zu. Nur einen kurzen Blick in das Gesicht erhascht sie, gerade lang genug, um es zu erkennen – ihr eigenes Gesicht.

Ja, das ist wohl dein schlechtes Gewissen, meine Liebe, hört sie Ilsebill sagen. Vermutlich hat Ilse ganz recht. Sie selbst ist es, die noch eine Schuld zu begleichen, eine Aufgabe zu erledigen hat. Und wenn es auch nicht gerade angenehm ist, schon vor dem Tod als Wiedergänger herumzugeistern, so eröffnet es doch die Chance, die Sache noch zu Lebzeiten ins Reine zu bringen. Sodass man wenigstens als Tote in Frieden ruhen kann.

Inge geht zum Sekretär, schließt ihn auf und zieht den Umschlag mit der Aufschrift »nach meinem Tod zu öffnen« aus dem Fach. Offenbar war ihr Entschluss, Enno zum Alleinerben von Haus Tide zu machen, doch nicht die richtige Lösung. Sie nimmt den Füller und streicht den beim letzten Mal hinzugefügten Satz wieder aus. Aber was soll an dessen Stelle treten? Bald füllen Strichmännchen und -weibchen den Notizblock neben dem Testament. Zeichnen, zeichnen ohne zu denken – irgendwann kommt der Geistesblitz. Blitze und Gespenster tanzen auf dem Notizblock über Strichmännchen und -weibchen hinweg. Dann schreibt sie: Das neue Leben hat schon angefangen. »Aha«, murmelt Inge, nachdem sie den Satz gelesen hat, »kann mir das bitte jemand übersetzen?« Sie schaut zur Decke. »Ilse? Engelline?«

Es kratzt an ihrer Tür, Inge steht auf und lässt Ahab herein. Er schüttelt sich, dass die Tropfen fliegen, Schneeflocken glitzern auf seinem schwarzen Fell. Ahab baut sich vor dem Wandbett auf.

»Glaub bloß nicht, dass du zu mir ins Bett darfst«, sagt Inge, »bloß weil du dich in einer solchen Nacht draußen rumtreibst.« Sie nickt in Richtung des Kleiderschranks. »Na schön, nimm dir zwei Paar Wollsocken.«

Ahab ist nicht amüsiert. Inge trocknet ihn mit einem Handtuch ab, er springt, ohne jede Eile, wie nur ein Katzentier springen kann, auf den Sessel und rollt sich auf seinem abgewetzten Samtkissen zusammen.

»Das neue Leben hat schon angefangen«, spricht Inge laut vor sich hin. Ahab spitzt die Ohren. Sie fixiert ihn. »Sag du's mir.«

Inge denkt an Gesa, die ihr Kind bekommen, an Berit, die ihre Geschichte schreiben, und Boy, der weiter die Welt bereisen will. Sie denkt an Inka, die mit den Flügeln flattert, an

Jochen, der wie Phönix aus der Asche steigen muss. Warum sollte so ein Haus, eine Familientradition wichtiger sein als die einzelnen Leben in ihrer Familie, jedes für sich neu und einzigartig? Und was waren ein paar Jahrhunderte in einer Gegend, die gestern Meer war und heute Land ist und morgen vielleicht wieder Meer? Sie wird gar keinen letzten Willen hinterlassen. Sie hat keinen letzten Willen. Sollen sie gefälligst selbst entscheiden!

Inge nimmt das Testament und will es zerreißen, da hört sie einen Knall, und das Licht geht aus. Vor Schreck gleitet ihr das Dokument aus den Händen. Der Sturm scheint noch lauter zu brausen in der Finsternis. Einzig Ahabs Auge glüht phosphorgrün in der Dunkelheit.

Nur der Bildschirm ihres Notebooks leuchtet in der Dunkelheit. Berit sitzt im Alkoven und tippt. Die Uhren jenseits der himmelblauen Türen gehen anders. Manchmal, wenn sich hier drinnen die Geschichte abrollt, sind draußen Stunden verflossen, die ihr drinnen wie Minuten erschienen. Dann wieder dehnen sich Minuten in der Zeitkapsel zu Stunden, in denen die Geschichte stillsteht. Um nie, niemals wieder in Gang zu kommen. Für immer den Geist aufzugeben. Man muss ihn hüten, den blauen Faden der Geschichte, denn er ist ein zarter Faden. Besonders zu Beginn, wenn die Euphorie des allerersten Anfangs verflogen ist. Die zündende Idee kommt unter vollen Segeln daher wie die Tante aus Amerika, behängt mit überquellenden Tüten und Taschen, oder wie eine schöne Frau beim ersten Rendezvous, in den Duft ihrer noch unenthüllten Schultern, Knie und Geheimnisse gehüllt. Dann folgt die Zeit der Verliebtheit, wenn alles leicht von der Hand geht, die Liebe wie das Schreiben (das meiste davon muss man später revidieren), und früher oder später kommt der Punkt, an dem es sich entweder verflüchtigt oder ernst wird, zu einer Liebe, die gelebt, oder einer Geschichte, die erzählt werden will, und in beiden Fällen zu Arbeit.

So gesehen, denkt Berit, mit dem Notebook auf dem Schoß in ihrem Alkoven, ist sie gerade verliebt. Sie weiß, dass sie es wissen will mit ihrer Geschichte, aber sie weiß noch nicht, ob es hält. Sie muss ihn hüten, den zarten blauen Faden. Nur eine Nachricht aus den Welten jenseits der Türen, jenseits ihrer Insel ist noch zu ihr vorgedrungen. Johanna hat die Party abgeblasen. Es sollte ja ihre, Berits, Party werden, die sie also nicht ohne Berit feiern konnte und wollte. Und wenn Berit nicht zu ihr kam, dann würde eben sie, Johanna, zu Berit kommen. Es war der Anfang des neuen Jahres, der Anfang von Berits neuem Jahrzehnt und überhaupt eine Zeit für neue Anfänge … Das Rätsel der drei Pünktchen durfte Berit allein entschlüsseln, denn sie bildeten das Ende ihrer Botschaft. Sie müsste Johanna antworten, unverzüglich. Dass es ihr sehr leidtue wegen der Party, aber sie seien nun mal eingeschneit. Es würden keine Fähren mehr fahren. Johanna würde unterwegs im Zug in einer Schneewehe stecken bleiben, das sei nur im Film romantisch. Und sie glaube nun mal nicht so recht an neue Anfänge … Nichts dergleichen schreibt sie. Sie fühlt, wie der blaue Faden zu reißen beginnt. Johanna muss warten. Die Geschichte ist dran.

Nach und nach treffen sie ein auf ihrer Insel, die Geschwister, deren Lebenspartner und Kinder. Es ist der letzte Wille der Mutter gewesen. Dass sich nach ihrem Tod ihre Kinder versammeln, ihre Angelegenheiten regeln und Frieden schließen. Sie hat alles vorbereitet, den Ort ausgewählt, den Zeitpunkt, die Protagonisten. Sie hat das Haus gebucht, die Lebensmittel liefern lassen, die Zimmer verteilt. Im Tod so effizient wie im Leben, findet der Mann mit den ergrauenden

Schläfen, dem Schnitt auf der Wange, dem einbandagierten Fuß, als er leicht humpelnd auf das Haus zugeht. Eine zwingende Angelegenheit, so ein letzter Wille, wenn er von der toten Mutter stammt. Nur die Gefühle dazu konnte sie uns nicht verordnen, denkt er und spuckt auf den Weg. Geschwisterliebe zum Beispiel.

Unvermittelt durchkreuzen Schritte Berits Gedanken und eine Stimme jenseits der Alkoventür, die Stimme jenes Mannes, der soeben auf den Weg und die Geschwisterliebe gespuckt hat. Nein, natürlich nicht, ruft Berit sich zurück auf diese Insel, die wirkliche Insel, und in dieses Haus, das wirkliche Haus, um das ein nächtlicher Sturm tobt. Sie hört Rascheln, das Klirren von Gläsern und Besteck, eine Frau und einen Mann, die mit gedämpften Stimmen miteinander sprechen. Plötzlich ist es still da draußen, sehr still, umso lauter erscheinen Berit im nächsten Augenblick das Atmen und Schnaufen, und sie fragt sich, ob sie jetzt besser klopfen oder stillhalten soll, sich bemerkbar machen oder unsichtbar bleiben. Und im selben Moment, als die Frau leise aufstöhnt, ertönt im Haus ein Knall.

Bald füllt sich der Raum jenseits der Alkoventüren mit Leben. Direkt davor hört Berit Scheppern und Klappern, von weiter entfernt Schritte, die sich nähern, Stimmen, die laut durcheinanderreden.

»Was ist denn hier los?«

»Wo kommst du her?!«

»Mama, ist das ein Super-GAU?«

»Quatsch, das ist Stromausfall!«

»Den Funkmast muss es auch erwischt haben. Mein Handy ist abgestürzt.«

»Festnetz ist auch tot.«

»Scheiße! Was machen wir jetzt?«

»Schalt doch mal das Radio ein, damit wir … Ach Mist, geht ja auch nicht.«

Berit stößt die Türen auf und schaut in die mit Menschen gefüllte Stube. Alle Augen richten sich auf sie, als hätte sie persönlich im Wandbett den Schalter umgelegt. Und tatsächlich, es sieht so aus, denkt Berit, während es ihr heiß und kalt den Rücken herabläuft, als sei mein Wunsch erfüllt worden. Noch einmal abgeschnitten von der Welt wie im Katastrophenwinter.

Drittes Intermezzo von der anderen Seite der Kugel

Kein Land in Sicht. Auf dem Oberdeck der »Esperanza« atmet Boy den Wind des Pazifiks. Nichts als Wasser, Himmel und Horizont, so wird es bleiben, bis sie morgen Abend in die Nähe der Osterinsel gelangen. Die nächste und vorerst letzte Gelegenheit, auf ihrem weiten Weg von Südamerika nach Neuseeland einen Flughafen vorzufinden. Soll er dort, wie O'Neill es ihm nahegelegt hat, von Bord gehen, das nächste Flugzeug nach Chile nehmen und zusehen, dass er nach Europa kommt, nach Hause, noch rechtzeitig zu Mutters Beerdigung? Will er denn nach Hause, will er dabei sein, wenn man den Deckel zuklappt über dieser Frau, die ihr Leben lang so … lebendig war? Hätte sie es gewollt? Darüber haben sie nie gesprochen. Nur dass er kommen sollte, bevor sie starb. »Verdammt, Mama!«, flüstert Boy in den warmen Seewind, acht Decks über den Wellen, die an diesem Abend hoch und unruhig gegen den Schiffsrumpf schlagen. »So war das nicht abgemacht.« Hätte sie ihn zeitig, zu Lebzeiten, gerufen, er wäre auf der Stelle gekommen. Wäre zur Not gesprungen und nach Hause geschwommen … Aber so?

In seiner engen Kabine schnuppert Boy am frisch gebügelten weißen Hemd, bevor er hineinschlüpft. Als ihm sein melancholisches Gesicht aus dem Spiegel entgegenblickt, meint er für einen Augenblick Bruder Carlos darin zu erkennen. Die rote Fliege, der niedergeschlagene Gesichtsausdruck, die Spuren des Alkohols der vergangenen Nacht – fehlt bloß die einbandagierte Hand. Und das gebrochene Herz. Vor beidem wird er sich hüten! Boy putzt die Zähne, schneidet Grimassen und gurgelt einmal die Tonleiter hinauf und hinunter. Die Ähnlichkeit mit Carlos ist wie weggeblasen. Er grinst, spuckt ins Waschbecken. Was auch immer der Abend bringen wird, eines schwört er sich, heute gibt es keinen Alkohol. Zwar glaubt er nicht, wie so oft behauptet, dass man gleich beim ersten Schluck wieder an der Flasche hängt. Aber man sollte das Schicksal nicht herausfordern. In dieser Sache jedenfalls nicht.

Ein einziger fader Geschmack ist in seiner Erinnerung die Zeit nach dem Unfall, der jahrelange Absturz daheim nach dem sekundenschnellen Sturz an Deck. Demütigend ist das gewesen, den großen Bruder um Asyl zu bitten, wie ein geprügelter Hund ist er in seine Hundehütte zurückgekehrt, und doch hat ihn Haus Tide gerettet. Haus Tide und Mutter und Mutters Klavier. Das Klavier in der früheren guten Stube, auf dem sie einst vierhändig mit ihrer Schwester gespielt hatte. Nach Engellines Tod mochte Mutter nicht mehr spielen. Sie konnte es auch kaum noch, als sie ihn Jahrzehnte später darum bat, noch einmal mit ihr gemeinsam anzufangen. Als würde er ihr damit einen Riesengefallen tun, so hatte sie es aussehen lassen, als gäbe es nichts Schöneres für eine Mutter, als mit ihrem versoffenen erwachsenen Sohn vierhändig den »Flohwalzer« zu klimpern. Dass er damals tatsächlich glaubte, er tue es ihr zuliebe, sagte eigentlich alles über seinen Geisteszustand. Na gut, beim »Flohwalzer« blieb es nicht lange, Stück für Stück hat er sich vorwärtsgespielt und mit jeder Note zurück ins Leben. Und dann passierte die Geschichte mit Suzie.

Boy wirft ein paar Tropfen Aftershave ins Gesicht und legt ein wenig Puder auf, um nach mehreren Stunden In-die-Tasten-Hauens nicht wie eine Speckschwarte zu glänzen. Kaum hatte er sich vom ersten Absturz erholt, stürzte er aufs Neue, so hatte er es damals gesehen. Doch aus diesem Unfall wurde ein Baby, aus dem Baby ein Kleinkind und Kind, ein Mädchen, das bald selbst erwachsen sein würde. Dass seine Tochter in einem schönen Zuhause aufwuchs, bei anständigen, treu sorgenden Eltern, war wohl das Mindeste, das er ihr schuldig war. Und dass sich das Kind bei diesen anständigen, treu sorgenden Eltern als anständiges, liebes, vielleicht ein wenig langweiliges Mädchen entpuppte – nun ja, er muss zugeben, er hatte gehofft, etwas mehr Abenteuergeist und Wildnis in seiner Tochter zu finden. Ein bisschen mehr von ihm selbst. Dabei sollte er dankbar und froh sein. Er sollte einfach die Klappe halten und froh sein.

Boy zieht sein Musikerjackett über, klopft vor dem Verlassen der Kabine dreimal auf Holz, ist bereit für die »Bar Indigo«. Und kein Tropfen Alkohol, hörst du, Boy Boysen? Kein einziger Tropfen, was auch geschieht! In seiner Jacketttasche knistern die Scheine, die Mr. O'Neill ihm heute im Morgengrauen auf den Tisch geknallt hat. Er hat sie nicht gezählt, ist jedoch sicher, dass sie für die Rückreise reichen. »Gute Heimreise!«, hört er den Alten sagen, den reichen alten Knacker mit seinem zweifelhaften Interesse an Haus Tide, bevor er ihm auf die Schulter klopfte und ihn sitzen ließ, blau und blue in der »Bar Indigo«. Er wird ihm die Scheine heute Abend zurückgeben. Er wird auf dem Schiff bleiben und diesen Möchtegern-O'Neill von der Nachbarinsel im Auge behalten.

Zum zweiten Mal spielt Selfmade-Musiker Boy Boysen in der »Bar Indigo« an einem Piano in Ultramarin, es fühlt sich fast wie Routine an. Auch heute Nacht wird er »My way«, »Don't cry for me, Argentina« und den »Piano Man« zum Besten geben, dazu jede Nacht ein paar neue Stücke – er muss sehen, dass sein Repertoire bis Neuseeland durchhält. Und während er spielt und das Spielen dann doch wie immer genießt, auch wenn er vorher noch so wenig Lust dazu hatte, entdeckt Boy ein paar gute alte Bekannte, die sich, tief versunken in ihre blauen Loungesessel, an bunte Cocktails klammern. Lady »Was-für-eine-Nacht«, die ihm gestern das bestirnte Universum präsentiert hat, als nenne sie es höchstpersönlich ihr Eigen, schäkert heute über den Sessel ihres Gatten hinweg mit dem Nachbarn. Der Mann im indigoblauen Anzug klebt wieder – oder immer noch – im indigoblauen Sessel. Sein Mondgesicht, noch bleicher und aufgedunsener als am Vorabend, hat weiter zugenommen. Das Quartett der Wetttrinker ist zu einem Trio geschmolzen. Wer von ihnen wird es ins Finale schaffen, und wer geht heute Abend k. o.? Boy nimmt die drei ins Visier, er setzt auf den Brünetten mit den aufgeworfenen Lippen – Monsieur Schmollmund ist sein Abstiegskandidat. Zu schade, denkt Boy, dass ich hier niemanden zum Wetten habe. Auf geht die Tür und ein tritt Self-made-Millionär O' Neill. Setzt sich an den Tresen, in Jeans und Karohemd, demselben wie gestern, falls er nicht ein Dutzend identische im Schrank hat. Seine weißen Haare leuchten vor den wechselnden Blautönen der illuminierten Bar.

Einige Zeit später, als Nacht und Publikum nicht mehr jung sind, singt Boy mit schon ein wenig trockener Kehle: »I practice every day to find some clever lines to say. To make the meaning come true. And then I think I'll wait until the evening gets late, and I'm alone with you …«

Plötzlich wenden sich alle Köpfe zur Tür, in deren Rahmen eine Frau erstrahlt. Eine große dunkelhaarige Frau in einem roten Paillettenkleid. Minutenlang bleibt Cecilia im Eingang zur Bar stehen, tritt mit ein paar Schritten neben das Piano, lehnt sich daran und stimmt in den Song ein. »Something stupid«, indeed, denkt Boy und versucht, das Beste aus der Situation zu machen, in diesem Fall ein Duett.

»The time is right, your perfume fills my head, the stars get red, and oh the night's so blue«, singen beide und harmonieren überraschend gut miteinander. Verdammt gut sogar. »And then I go and spoil it all by saying something stupid like I love you. I love you.«

Mittendrin, weiß der Teufel, welcher Teufel ihn mal wieder reitet, beginnt Boy zu improvisieren. Die geschmeidige Melodie wird dramatischer, pathetischer, er wirft der Sängerin schmachtende Blicke zu. Cecilia schaut einen Moment perplex, dann tritt ein amüsiertes Glitzern in ihre Augen. Für den Bruchteil einer Sekunde zieht sie ihr bodenlanges Paillettenkleid an einer Seite hoch, sodass ihre mokkabraune Wade zum Vorschein kommt. Das Publikum applaudiert. Der Pianist wischt sich den Schweiß von der Stirn. In Zeitlupe öffnet sie ihr hochgestecktes Haar, das in einer Welle bis hinab auf ihren Hintern fällt. Das Publikum pfeift. Der Pianist verschleppt den Rhythmus und vergreift sich. Die Sängerin geht fort vom Klavier, stellt sich mitten in den Raum und singt mit halb geschlossenen Lidern. Das Publikum hält den Atem an. Den Mann am Klavier reißt es vom Hocker. Er springt auf und rupft am nächstbesten Loungetisch eine Rose aus der Vase.

»Meine Feuerlilie, mein Turteltäubchen, mein Mokkanäschen!«, trällert Boy und taumelt über das imaginäre Schiffsdeck. Er nimmt die Rose zwischen die Zähne, faltet die Hände vor der Brust, setzt an zum Kniefall. Gerät ins Stolpern, landet mit einem Aufschrei auf allen vieren zu Füßen der Feuerlilie und streckt den Hintern in die Luft.

Cecilia schüttet sich aus vor Lachen. Das Publikum stimmt ein.

»Qué putada!«, ruft Boy und zerbricht, vor Cecilia im Staub liegend, mit bloßen Händen die Rose. Cecilia platziert einen roten Stöckelschuh auf seinem Allerwertesten. Rasender Applaus, Aufforderung zur Zugabe. Armer Carlos, denkt Boy. Armer, armer Carlos. Wenn du wüsstest, was heute hier gespielt wird.

Eine Zugabe gab es nicht, Cecilia hatte ihren Spaß gehabt und war hinausgerauscht. Und ihm fiel die undankbare Aufgabe zu, das Publikum für den Rest der Nacht als Alleinunterhalter, nun ja, allein zu unterhalten. Mit niederträchtig schmerzenden Händen übrigens, denn die verf… Rose hatte Dornen gehabt. Um drei Uhr morgens, aufgeputscht und müde, wie immer nach dem Spielen, schließt Boy seine Kabine auf. Noch bevor er das Licht einschalten kann, zieht ihn jemand ins Innere, schließt die Tür, hält ihm die Augen zu und stellt ihn mit dem Rücken an die Wand.

»Buenos días, hier bin ich, Ihre neue … Sängerin«, flüstert Cecilia und drückt die Lippen auf seine.

Weiß der Teufel, wie diese Höllenbraut hereingekommen ist! Vor allem aber: Wie bekommt er sie wieder hinaus? Boy schiebt ihre Hand von seinen Augen; ihre weißen Augäpfel leuchten ganz nah in der Dunkelheit. Blitzschnell lösen ihre Finger die Fliege, knöpfen den Hemdkragen auf. Reglos steht er da, während sie weitere Knöpfe öffnet, mit ihren Fingern über seine Brust fährt, seinen Rücken, er spürt das Kratzen ihrer Nägel auf der Haut. Ihr heißer Mund wandert seinen Hals hinauf, und als ihre Zunge zwischen seine Lippen züngelt, geben diese den Weg frei wie zwei hypnotisierte Pagen, durch deren Spalier die Königin reitet. Erst als sie die Stelle im Mundwinkel berührt, in die sich vorhin ebenfalls ein Dorn der verf... Rose gebohrt hat, schaltet sich sein Hirn wieder ein. Doch in eben jenem Moment, als er Cecilia von sich schieben will, gurrt sie ihm melodische, raue Worte ins Ohr. Und was auch immer sie ihm einflüstert, Verse von Pablo Neruda oder die Mär vom fünfhundertsten Idioten, der soeben auf ihre Nummer hereinfällt, er bittet sein Gehirn, doch schon mal ohne ihn schlafen zu gehen. Er möchte lieber weiter nichts verstehen und das so lange wie möglich. Leider ist Cecilia schneller fertig mit Neruda und den fünfhundert Idioten, als ihm lieb ist. Er schiebt sie ein Stück von sich und schaut ihr in die Augen.

»Bitte, tu es noch einmal. Nur für mich«, sagt Boy und spricht zum ersten Mal deutsch zu ihr. »Öffne dein Haar.«

Cecilia versteht seine Geste, und wie vorhin, doch diesmal nur für ihn, fällt ihr Haar in einer Welle herab bis auf den Po. Durch den Vorhang ihrer Haare hindurch öffnet Boy den Reißverschluss am Rücken des Kleides, gerade so weit, dass er eine Hand auf ihr Schulterblatt schieben kann. Unter seiner Handfläche liegt nichts als nackte, samtweiche Haut. Es vibriert in seiner Hose. Boy zuckt zusammen. Endlich wieder eine Nachricht, fährt es ihm durch den Kopf. Von zu Hause, sicher von zu Hause. Sein Herz beginnt schneller zu schlagen. Wenn Cecilia eine gute Fee wäre und er einen Wunsch frei hätte, er würde sich nur eines wünschen: eine Nachricht, die besagt, dass die gestrige Nachricht falsch war. Diese Meldung, dass Mutter gestorben ist – eine Ente, falscher Alarm, alles bloß ein Missverständnis. Doch ebenso wenig, wie Cecilia eine gute Fee ist, wird Mutter wieder lebendig durch bloßes Wunschdenken. Boy versucht sich zu wappnen für das, was tatsächlich dort steht, während Cecilia an seiner Gürtelschnalle fummelt. Er zieht das Handy aus der Hosentasche und liest die ersten Worte: »Bruder Boy, noch einmal wegen Mutter …« Das Handy wird ihm aus der Hand gerissen.

»Mírame! Schau mich an!«, schreit Cecilia. »Was interessieren dich jetzt die fucking news!« Noch bevor er ihr das Handy entwinden kann, hat sie die Nachricht gelöscht und ihm das Teil vor die Füße geworfen.

»Raus mit dir!« Er schiebt sie mit Schwung aus der Kabine, hinaus auf den Gang, verriegelt hinter ihr die Tür. Cecilia tritt von außen dagegen und flucht spanisch. Boy tritt von innen dagegen und flucht deutsch. Irgendwann kehrt Ruhe ein; er setzt sich auf den Boden, mit dem Rücken zur Tür, nimmt das Handy und versucht, die gelöschte Nachricht wiederzufinden. Vergeblich. Na schön, er kann es sich ja selbst zusammenreimen. »Noch einmal wegen Mutter …« Komm sofort nach Hause, was sonst soll Gesa ihm geschrieben haben?

Nach Hause. Wie würde das werden, Haus Tide ohne Inge, Zuhause ohne Mutter? Wie Meer ohne Gezeiten, Schiff auf dem Trockenen, Musik ohne Ohren … Sie war immer da gewesen. Hatte sie das eigentlich selbst so gewollt? Diese Frage ist ihm bis heute nie in den Sinn gekommen. Sie war immer da gewesen, wie das Haus immer da war, die Insel. Auch wenn die Insel an dieser Stelle kleiner, an jener größer wurde, auch wenn sie eines Tages unter dem Meeresspiegel verschwinden würde – zu ihren Lebzeiten war die Insel ein Fixpunkt auf der Weltkarte, war das Haus ihr Fixstern auf der Insel, war Mutter ihr Zentralgestirn im Haus. Aber vielleicht war es ja auch ihr gutes Recht, irgendwann einfach mal weg zu sein. Woanders. Wo auch immer. Hätte er doch nur »auf Wiedersehen« sagen können. Oder wenigstens »adieu«.

Noch immer im Dunkeln auf dem Boden sitzend, mit dem Rücken zur Tür, das Handy ohne Botschaft in der Hand, denkt

Boy, dass vielleicht auch das ein Grund war, warum er es nicht eilig hatte, nach Mutters Tod nach Hause zu kommen. Ist das Zentralgestirn fort, müssen die Sterne sich neu sortieren. Wer würde nun ins Zentrum rücken – oder blieb es leer, ein großes schwarzes Loch? Wer würde aus seiner Umlaufbahn fliegen, wer mit wem kollidieren, wer würde wessen Trabant werden und wer als Komet mit Schweif und Pomp verzischen?

Mutter hat es zusammengehalten, denkt er, das Quartett ihrer unterschiedlichen Kinder. Enno, Boy, Gesa und Berit – kaum jemand würde sie für Geschwister halten. Lange Zeit hatte er geglaubt, nur er selbst sei aus dem Rahmen gefallen. Dabei waren sie es alle auf ihre Weise, auch das sah er jetzt, nach Mutters Tod, da sie alle einzeln ihre Bahnen zogen, zum ersten Mal. Bei ihm war es bloß sehr früh offensichtlich.

Schon im Kindergarten begannen die Probleme, eskalierten in der Schule; er konnte nicht stillsitzen, nicht warten, bis er an der Reihe war, die Klappe nicht halten, bis die Trantüte vor ihm endlich zu Potte kam. Heute würde man vermutlich irgendetwas diagnostizieren, das so klang, als ob man ein Problem hatte und nicht selbst eines war. Damals war man einfach ungezogen, unerziehbar, unsozial, kurz, man war »un« wie in »Unkraut«. Die Einzige der Geschwister, bei der er sich nicht »un« fühlte, war Gesa. Doch sie konnten nicht ewig Heathcliff und Cathy spielen, und Haus Tide war nicht Wuthering Heights im menschenleeren Hochmoor, sondern Teil einer Gemeinde, die ihre Kinder zur Schule schickte und zusah, dass tüchtige Bürger aus ihnen wurden. Gesa wenigstens hatte keine Angst, sich an ihm die Finger zu verbrennen. Gesa glühte selbst. Tat es offenbar noch. Oder wieder. Als er sie das letzte Mal gesehen hat, war sie vor Kurzem ihrer neuen Liebe begegnet. Sie sah aus wie die kleine Schwester, die damals zum ersten Mal wieder geschwommen war, alleine, hinaus ins offene Meer, und zitternd vor Angst, zitternd vor Glück zurückkam. Eine Welle hatte sie erwischt, sie war untergetaucht, herumgewirbelt worden, aber sie ging nicht unter. Sie konnte ja schwimmen.

Boy steht auf, knipst das Licht an. Es muss bald zur Welt kommen, Gesas Kind. Sein Patenkind, auf Gesas Wunsch. Ob sie ihn auch gefragt hätte, wenn sie wüsste, dass er sein eigenes Kind heimlich im Elternhaus abgeliefert, dem Bruder untergeschoben hat? Er holt seinen Kompass hervor, legt zwei Finger auf die Lippen und schickt einen Kuss Richtung Nordosten. Wünsch dir Glück, Schwester!

Tief unten in seiner fensterlosen Kabine spürt Boy das Rütteln und Stampfen des Motors nicht als federndes Vibrieren unter den Füßen wie auf dem Oberdeck, sondern als harte Arbeit, als Kampf eines Riesen gegen die Schwerkraft der Wassermassen. Ewig sitzt er nun schon auf seinem schmalen Bett, im Pyjama, und starrt auf das Display, als ließe sich die gelöschte Botschaft wieder heraufbeschwören. Er könnte Gesa auch selbst schreiben, wenn er nur wüsste, was. Jedes Mal, wenn er die ersten Buchstaben tippt, ist es, als schlüge eine Welle über ihm zusammen. Er will nicht zu Mutters Beerdigung. Wenn es eine Seebestattung wäre, eine Urne voll Asche, Haut und Knochen im Feuer. Ihre Haut und Knochen im Feuer … Grauenvoll ist das, aber nichts gegen das Grauen des Augenblicks, wenn der Sarg versenkt wird in der kalten Erde.

Oben im Freien ist es besser. Er kann ja doch nicht schlafen. Die Lichter in den Bars und Salons sind erloschen, ein schwüler, nervöser Wind weht über das Deck. Fahnen flattern, Papierschirmchen von Eisbechern und Cocktailgläsern fliegen umher, eine leere Zigarettenpackung geht über Bord. Hier an der Reling, fern vom Stampfen des Motors, acht Decks über der fensterlosen Kabine, kann man atmen, in die Ferne schauen. Eine Entscheidung treffen, vielleicht.

»Ich hab nachgedacht.«

Boy fährt herum. Der Alte steht direkt hinter ihm, er hat ihn nicht kommen hören.

»Weißt du, Junge«, sagt Mr. O'Neill im Plauderton, als säßen sie wie gute alte Freunde beim Bier, »so wie du von Haus Tide geschwärmt hast … Ich kann es mir ganz genau vorstellen. Und ich muss sagen, dein Stammsitz gefällt mir, gefällt mir außerordentlich.« Er schweigt einen Moment. »Ich hab gleich recherchieren lassen, wozu hab ich meine Leute in Europa, nicht? Ist 'ne Menge wert, vor allem das Grundstück. Alleinlage, Seeseite. Unbezahlbar.« Wieder eine Schweigeminute. »Aber das Haus wird jeder Käufer abreißen. Die Aufteilung ist unpraktisch, die Substanz marode, renovieren viel zu teuer. Die Außenmauern bleiben vielleicht stehen als friesische Fassade, doch innen bleibt kein Stein auf dem anderen. Schade, jammerschade wär das.« Er schaut ihn zum ersten Mal direkt an. »Oder nicht?«

Boy antwortet nicht. Der Alte ist verschwunden wie ein Spuk, ein Nachtmahr. Auch er selbst sollte machen, dass er wegkommt, aber irgendetwas hält ihn, als wäre er festgewachsen.

»Also gut, Junge, du hast mich überzeugt.« Da steht O'Neill wieder neben ihm, mit einer Flasche Whiskey, gießt zwei Gläser voll, hält eines Boy unter die Nase. »Es muss erhalten bleiben.«

Der Alkoholgeruch widert Boy an wie ein alter Bekannter, mit dem er Dinge erlebt hat, an die er nie mehr erinnert werden möchte. Dem er nie wieder zu begegnen gehofft hat.

»Zum Wohl!« O'Neill steht noch immer mit zwei Gläsern

in den Händen da. Er hebt seines, betrachtet und schwenkt es, zieht den Duft durch die Nase und sagt beiläufig: »Ich werde es selbst kaufen.«

Boy nimmt dem Alten das zweite Glas aus der Hand und schüttet den vierzigjährigen Dalmore, ganz langsam, acht Decks hinab in den Pazifik.

O'Neill lacht. »Okay, wenn du es so sehr liebst! Ich bin ganz gerührt, dass es so etwas noch gibt, ehrlich – Liebe zum Elternhaus, zur Heimat. Aber ich kann's dir schlecht schenken, nicht?« Er nimmt einen kleinen Schluck, schlürft ihn langsam mit Luft in den Mund, spült ihn über die Zunge hinunter. »Ja, können könnte ich, aber wo bleibt für mich der Spaß? Irgendwas muss ich auch davon haben, nicht?«

Boy überlegt, was er diesem Mann, der sich alles kaufen kann, bieten könnte. Dafür, dass er Haus Tide freikauft. Dafür, dass es in der Familie bleibt. Lebenslange Sklavenarbeit auf seinem Schiff? Er kann sich jeden Sklaven halten, den er möchte. Es gibt bessere Bordmusikanten als ihn, dutzendweise. Es gibt nichts, das er, Boy Boysen, hat oder kann, was Selfmade-Millionär Frerk Nielsen nicht anderswo genauso und besser bekäme.

»Meine Seele?«, sagt Boy.

»Nein, danke.« O'Neill klopft ihm auf die Schulter. »Aber weißt du, woran ich Spaß hätte? Wenn du mir zeigen würdest, dass es wirklich noch so etwas gibt: jemanden, der für eine Liebe etwas riskiert. Denn ich glaube, wenn's hart auf hart kommt, bist du auch nur ein Schwätzer wie alle anderen. Meine Söhne zum Beispiel.« Er spuckt einen Schluck des guten Dalmore über die Reling. »Denen hat man ihr Leben lang Zucker in den Arsch geblasen. Ich hab ihrer Mutter Zucker in den Arsch geblasen, oder auch woanders hin, such's dir aus, und sie ihren Söhnchen.«

Er nimmt das von Boy ausgeleerte Glas und wirft es in hohem Bogen dem Whiskey hinterher in die Wellen. »Sind Söhnchen geblieben bis heute, regnet's kein Gold vom Himmel, laufen sie greinend zu Papa. Dabei sind beide über fünfzig.« Sein Lachen klingt nicht fröhlich. »Wie alt bist du, Junge, auch nicht mehr taufrisch, wie? Ich meine, du hast einiges erlebt, ich könnte mir denken …«

»Gut, ich beweise es Ihnen«, sagt Boy. »Dass es noch so etwas gibt: jemanden, der für eine Liebe etwas riskiert undsoweiter. Was soll ich tun?«

O'Neill überlegt einen Moment. Einen verdammt langen Moment. Dann sagt er: »Schwimm zur Osterinsel.«

Boy starrt ihn an. Wartet darauf, dass der Alte sich ausschüttet vor Lachen über seinen eigenen Scherz. Aber er bleibt ernst.

»Morgen Nacht machen wir vor der Osterinsel fest.« O'Neill klingt jetzt hellwach. »Davor, wohlgemerkt. Wegen der starken Brandung legen wir nicht an. Die Touristen werden an Neujahr ausgebootet.«

Er zückt sein Smartphone, ruft die Karte des Gewässers um die Osterinsel auf, hält sie Boy unter die Nase.

»Du springst nachts von Bord und schwimmst. Wenn du das Ufer lebend erreichst, fliegst du nach Hause, löst meinen Scheck ein«, er klopft auf die Brusttasche seines Karohemds, »und kaufst Haus Tide. Weit ist es nicht, aber die Nacht, die Brandung, die Haie …« O'Neill zieht die Stirn in Falten. »Fifty-fifty. Ich schätze, die Chancen stehen fifty-fifty. Ist doch fair, oder etwa nicht?«

Der Alte sieht ihn eindringlich an, beinahe bittend, als läge ihm Gott weiß was daran, dass Boy das jetzt ebenfalls fair findet. Sein halbes Leben zu verwetten, damit Frerk Nielsen auch seinen Spaß hat. Er schweigt.

»Wie viel brauchst du, um das Haus freizukaufen?« Mr. O'Neill stellt sein Glas auf den Boden, kramt in der Hemdtasche nach einem Stift, zückt den Scheck.

»Eineinhalb Millionen«, Boy räuspert sich, »Euro. Mindestens.«

»Stimmt, hast nicht geschummelt.« Der Alte lächelt. »Na ja, ich hab meine Quellen. Eineinhalb Mille, plus ein paar Spesen, nicht? Wenn du das Ding hier einlösen und den Deal machen willst, musst du von der Osterinsel nach Hause kommen. Ist noch ein Stückchen. Na, wir wollen nicht kleinlich sein.« Er schreibt »zwei Millionen Dollar« auf den Scheck, unterzeichnet schwungvoll mit seinem Namen, steckt ihn wieder ein.

Boy hat ebenfalls recherchiert. »Pacific Cruises« gehört Mr. O'Neill, Selfmade-Millionär Frerk Nielsen ist echt. Auch der Scheck wird echt sein. Der Typ ist ein Spieler, aber kein Falschspieler, denkt Boy, ein arrogantes Arschloch, aber kein Betrüger. Dafür hat er eine Nase. Hat bisher immer gestimmt. Boy betrachtet die Karte, die Untiefen, die Strömung, kalkuliert im Kopf die Entfernung, die Wassertemperatur, die Geschwindigkeit, mit der man unter den Bedingungen nachts schwimmen kann. Kein Kinderspiel, aber zu schaffen. Ohne Ballast, ohne Klamotten, mit nichts als einem wasserdicht verpackten Scheck und ein paar Scheinchen für Spesen um den Hals. Er muss lächeln. Bis ihm die Haie einfallen. Die sind nicht auf der Karte verzeichnet. Bleiben unkalkulierbar. Fifty-fifty? Schwer zu sagen.

»Und noch was«, sagt O'Neill in einem Ton wie ein Autoverkäufer, »ein Bonus obendrauf. Wenn du es nicht schaffst, wenn der Scheck nicht in spätestens zwei Wochen eingelöst ist, kaufe ich das Haus, bevor's ein anderer tut.« Er senkt die Stimme, als teile er mit Boy ein süßes Geheimnis. »Deinen Bruder und seine Sippschaft kann ich nicht als Inventar übernehmen, versteht sich, aber der Rest bleibt drin. Schiffsfliesen, Bilegger, Alkoven, alles, wie es ist. Versprochen. Na, ist das ein Angebot?« Er schaut Boy an. »Deckenbalken, Spitzboden, meinetwegen auch …«

»Ich werde schwimmen«, sagt Boy und zeigt auf den Scheck in O'Neills Brusttasche. »Und ich werde das Ding da einlösen.«

31. Dezember

Meterhohe Schneeverwehungen auf Straßen und Schienen, eingefrorene Weichen, der Verkehr kommt zum Erliegen. Unter der Last von Eis und Schnee sind Strom- und Funkmasten gebrochen. Stürmischer Nordwestwind drückt Hochwasser in die Buchten und gegen die Deiche. Sehr hohe Wellenberge mit langen, überbrechenden Kämmen. Schweres, stoßartiges Rollen der See.

»Das Beste an einer Insel ist – wenn du einmal dort bist, geht es nicht weiter. Du bist am Ende der Dinge angelangt.«
Agatha Christie

Es ist Nacht an diesem soeben angebrochenen letzten Tag des Jahres, doch niemand schläft im Haus Tide. Das Haus liegt in Dunkelheit, sämtliche Betten sind verlassen. Zum ersten Mal seit ihrer Ankunft, denkt Berit, sind sie vollständig in einem Raum versammelt, Inge, Enno und Kerrin, Gesa und Jochen, Marten und Kaija, Inka und sie selbst. Bevor jede und jeder Einzelne von ihnen in der Dunkelheit Gestalt annahm, waren es nur Schritte, die sich näherten, Stimmen, die durch die Räume schwebten, auf Antwort trafen oder allein verhallten, Schemen, die sich in der Stube aufeinander zu- oder voneinander fortbewegten.

Jochen und Kerrin trieb es auseinander, Kerrin und Enno dagegen trafen sich – wenn auch die Frage »Wo kommst du her?!« unbeantwortet blieb – auf der Kommandobrücke, um das schlingernde Schiff ihres Haushalts durch Sturm und Dunkelheit zu lotsen. Das höchste Gut waren jetzt Zündhölzer, doch die lagen nicht am Platz. Enno verbiss sich eine Bemerkung und suchte nach ihnen, bis Marten kurz verschwand und mit mehreren Schachteln zurückkam. Jochen und Gesa, Kaija zwischen ihnen an Gesas Hand, wechselten einen Blick. Dann begann Inge die Kerzen in der Stube anzuzünden, stellte mehrere auf den Tisch, eine vor den Spiegel, eine vor den Messingteller auf dem Wandbord, und Gesa ließ gemeinsam mit Marten und Kaija die Lichter am Weihnachtsbaum wieder leuchten.

Nun, da die Stube von Kerzenlicht schwach erhellt ist, die Augen sich langsam an die Dunkelheit gewöhnen, stehen sie alle einen Augenblick still und sehen einander an. Berit, die schon immer gut sehen konnte im Dunkeln, lässt ihren Blick in der Runde wandern: Inge im Nachthemd, mit dünnen Beinen in Wollsocken und einer Strickjacke, aus deren Brusttasche ein Füller ragt; Kerrin mit wirrem Haar, in einem oben falsch zugeknöpften Pyjama, die auf die halb leere Rotweinflasche und die beiden Gläser vor dem Alkoven starrt; Enno in Mütze, Schal, angeschmutzter Jacke und mit einer aufgeplatzten Beule auf der Stirn; Jochen in Jeans und fleckigem Hemd, an dem Strohhalme kleben; Marten mit etwas im Haar, das wie Spinnweben aussieht; Kaija mit einem Stift hinterm Ohr; Gesa im geblümten Bademantel über dem ausladenden Bauch, ihr Smartphone umklammernd; Inka im Unterhemd, von Kopf bis Fuß mit schwarzen Farbklecksen besprenkelt. Man kann sich nur wundern, findet Berit, was diese Leute mitten in der Nacht im wirklichen Leben so trieben, während sie zur gleichen Zeit auf ihrer ausgedachten Insel erfundene Personen erdachte Dinge tun und sagen ließ.

In diesem Augenblick, als sie alle dastehen, einander fixierend, während niemand ein Wort spricht, scheint das Brausen rings um sie anzuschwellen. In wildem Kreiseln rast der Wind um die Wände, übers Dach, durch die undurchdringliche Schwärze der Nacht, als befänden sie sich in einem Raumschiff auf dem Flug in unbekannte Galaxien. Dann mischt sich ein neuer Ton in das Sausen. Fern im Ort erklingt eine Sirene. Bewegung kommt in die Runde.

»Ich schau nach dem Sicherungskasten«, sagt Enno. Kurz darauf hört man ihn in der Diele fluchen. »Wo ist die Taschenlampe? Muss man in diesem Haus alles festnageln, damit es am Platz bleibt?!«

Kerrin eilt mit der Weinflasche und den beiden Gläsern in die Küche. Inge folgt ihr, um erst mal für alle einen Tee zu kochen. »Zum Glück haben wir unseren Ofen«, sagt sie, »der heizt und kocht ohne Strom.«

Nachdem Enno den Sicherungskasten inspiziert, die Stromversorgung für tot erklärt hat und damit auch die Heizungspumpe, kommandiert er Jochen ab, mit ihm Holz aus der Scheune zu holen.

»Kommt mit, Piraten!« Gesa legt beiden Kindern einen Arm um die Schultern. »Ihr dürft diese Nacht im Alkoven schlafen.« Marten und Kaija protestieren, sehr zu ihrem Erstaunen, eigentlich hat sie Jubel erwartet. Doch sie besteht auf einem Umzug, denn auch der Heizkörper im Spitzboden heizt mit Strom. »Außerdem, so ein Reetdach, da kann bei Sturm schon mal ein Stück wegfliegen.«

»Au ja!«, ruft Kaija, erntet einen strafenden Blick und versucht es noch einmal. »Und ihr? Friert ihr vielleicht nicht oder was?«

»Wir rücken halt in unseren Betten ein bisschen enger zusammen«, sagt Gesa.

Inka und Berit bleiben allein zurück. Kann es wirklich sein, fragt sich Berit, dass Inka bei Gesas Bemerkung rot geworden ist? Die coole Inka unter ihrem hellen Puder? Bevor sie dieser Frage auf den Grund gehen kann, ertönt ein Schrei aus der Küche.

»Der Kühlschrank!«, ruft Kerrin, und kurz darauf: »Die Tiefkühltruhe!«

Der verzweifelte Schrei lässt Berit und Inka gleichzeitig Richtung Küche laufen und beinahe in der Tür zusammenstoßen. Unter Kerrins Kommando heißt es, alle Lebensmittel aus dem Kühlschrank zu bergen, bevor dieser abtaut. In dieser Hinsicht ist die dank des Küchenofens mucklig warme Küche ein Problem. Kerrin entscheidet, sämtliche Lebensmittel je nach Verderblichkeit umzulagern, in die Speisekammer oder Scheune, die zum Glück über die Diele mit dem Haus verbunden ist. Sie platziert ein mit einem Handtuch ausgelegtes Backblech vor dem Kühlschrank, um das austretende Wasser aufzufangen.

»Legen wir das ganze Zeug doch einfach raus«, schlägt Inka vor und gähnt. »Ist ja wohl ein einziger Kühlschrank da draußen.«

»Möchtest du die Butter zum Frühstück freischaufeln?« Kerrin nickt Richtung Fenster, vor dem horizontal der Schnee vorbeifliegt. »Wir finden morgen früh nichts mehr wieder. Wenn wir überhaupt noch zur Tür rauskommen.«

»Jetzt übertreib nicht wieder, Mama.«

»Ich hab's schon erlebt – da warst du noch gar nicht auf der Welt. Und wie siehst du eigentlich aus, wo kommen diese schwarzen Kleckse her?«

Bevor Inka die Frage beantwortet, trägt sie lieber mit Berit Tüten und Päckchen in die Scheune.

»Nicht zu den Schafen!«, ruft Kerrin ihnen hinterher. Berit bedankt sich für den hilfreichen Tipp. Inka verdreht die Augen.

»Was machen wir um Himmels willen mit der Kühltruhe?« In Gedanken an ihre säuberlich geschichteten Gefrierbeutel mit Kroketten, Suppen, Erbsen und Grünkohl ringt Kerrin die Hände.

»Deckel zu und abwarten«, sagt Inge. »Vielleicht ist der Strom morgen wieder da.«

Irgendwann sitzen alle müde und erschöpft um den langen Esstisch in der Stube, auf dem drei Kerzen brennen. Die Lichter am Weihnachtsbaum wurden gelöscht, Enno meinte, man solle doch nun bitte etwas haushalten, niemand wisse, wie lange sie mit den Kerzen auskommen müssten.

Inge hat zwei Kannen Tee gekocht, Kerrin stellt eine große Schüssel auf den Tisch. »Das muss jetzt weg.«

»Eis!« Marten und Kaija häufen sich begeistert eine Riesenportion in ihre Schalen. Sonst möchte jetzt niemand Gefrorenes, aber nach einem Blick in Kerrins Miene löffeln alle gemeinsam die Schüssel leer bis zum eisigen Ende.

Enno holt den von Kerrin fortgeschafften Rotwein wieder hervor und stellt Weingläser auf den Tisch. »Der war doch für besondere Anlässe reserviert, nicht wahr?« Er gießt zuerst Kerrin ein, dann Jochen. »Ich denke mal, dieser Blackout ist einer. Von anderen Anlässen habe ich offenbar nichts mitbekommen.«

Kerrin schaut mit roten Ohren zur Seite. »Wenn ich nicht das ganze Holz gehackt hätte«, lamentiert sie. »Und auf echte Kerzen für den Weihnachtsbaum bestanden. Und die extra Daunendecken aufbewahrt, die ihr wegtun wolltet. Und die Vorräte angelegt, über die ihr euch immer lustig macht.« Sie wirft einen Blick auf Inge. »Und …«

»Und wenn sie nicht gestorben ist, so lebt sie wohl noch heute«, sagt Berit, ebenfalls mit Blick auf Inge.

Auch Kaija schaut nun Inge sehr genau an. »Ominge«, will sie wissen, »mit wem wirst du heute Nacht zusammenrücken?«

»Mit Kerrins extra Daunendecke.« Inge zwinkert Kaija zu. »Notfalls auch mit Ahab.«

Erst da fällt es ihnen auf: Ahab ist verschwunden.

»Möchtest du nicht hier im Alkoven schlafen, wo es warm ist, Mame?«, fragt Berit besorgt. »Du bist nicht gesund und auch schon ein bisschen älter als die beiden …«

Inge schüttelt den Kopf und besteht darauf, in ihrem Bett zu bleiben. Berit holt ihr die (extra) Daunendecke und eine Wärmflasche für die Füße.

»Weißt du, was wirklich äußerst unpraktisch ist am Stromausfall?« Inge schaut Berit bedeutungsvoll an.

»Äh …«, Berit zieht die Stirn in Falten, »dass der Strom ausfällt?«

»Falsch, meine liebe Doktorin der Linguistik und Philosophie!« Inge klappt das Buch auf dem Nachttisch zu. »Dass man das angefangene Kapitel nicht zu Ende lesen kann.«

Berit küsst Mame auf die Wange, die sich wie Papier anfühlt, knittriges, feines, unbeschreibliches Papier. Sie zieht den Vorhang vor dem Bett zu, damit es drinnen warm bleibt, steht noch ein bisschen im Dunkeln davor, um zu hören, ob Mame gleichmäßig atmet.

»Das Zweitschlimmste ist«, tönt es durch den Vorhang, »bei Kerzenschein ein Gebiss zu reinigen. Und jetzt gute Nacht!«

Alle liegen in ihren Betten, doch niemand schläft im Haus Tide.

Vorsichtig tastet sich Kerrin an Enno heran, der mit geschlossenen Augen auf dem Rücken liegt, in seinem grün-blau gestreiften Pyjama, an den sie den Knopf genäht hat, obwohl es verboten ist in den Raunächten. Genäht wurde in diesem Haus, Wäsche gewaschen und zum Trocknen gehängt, gelogen und betrogen, dazu das Vorbrennen, die Lichter im Watt. Und Inka mit ihrer Schwarzmalerei. Irgendwie musste es ja so kommen, dass ihnen die Sicherung um die Ohren flog. Geradezu herausgefordert haben sie das Schicksal. Ob das ihre Schuld ist, dieser Stromausfall? Genau in dem Augenblick, als bei Jochens Berührung ein Schlag durch ihren Körper fuhr, sind mit einem Knall die Sicherungen durchgebrannt. Ob er nebenan, auf dem Bettsofa mit Gesa, jetzt ebenfalls an sie denkt? Ist er froh, dass sie unterbrochen wurden, oder tut es ihm leid? Sie versucht ihn noch einmal zu schmecken, den hungrigen, brenzligen Kuss, den Geschmack nach Tabak und Feuerprobe unter der frischen Tünche der Minze-Zahnpasta, die ihr jetzt auf der Zunge liegt. Vorhin im Bad, als sie in den beschlagenen Spiegel geblickt hat, kam aus dem Wasserdampf nicht Ennos, sondern Jochens Gesicht zum Vorschein. Rasch hat sie den Dampf und das Bild weggewischt.

Kerrin rutscht noch ein Stück näher an Enno heran; er dreht sich nicht zu ihr, wendet sich nicht ab. Sein Atem riecht nach Schnaps, mit seiner aufgeplatzten Beule sieht er aus wie nach einer Wirtshausschlägerei. »Wegen dem Kuss«, flüstert Jochens Stimme in ihrem Kopf. Ob auch Enno Dinge sehen kann, die noch nicht geschehen sind? Hätte sie bloß nicht den Wein aufgemacht, die Flasche stehen lassen, Jochen den letzten Rest Wurst gegeben. Reglos liegt Enno neben ihr, mit geschlossenen Augen, doch sie weiß, dass er wach ist, sie kennt seinen Atem, seinen Körper im Schlaf. Als sie einen Arm zu ihm hinüberschiebt, fühlt es sich an, als müsse sie Meter überbrücken. Sie legt ihn vorsichtig auf seine Brust, Hand aufs Herz. Noch immer hat er diesen Ausdruck im Gesicht: vorübergehend geschlossen. Zugleich klopft sein Herz im Stakkato gegen die Rippen. »Bitte, Enno«, sagt Kerrin, »mir ist so kalt.«

Endlich wendet er sich zu ihr, nimmt sie, ohne die Augen zu öffnen, in den Arm, zieht ihre Füße zwischen seine Beine, wie er es so oft getan hat zum Wärmen. Hoffentlich merkt er nicht, dass ihre Füße gar nicht kalt sind. Sie friert nicht, sie hat auch keine Angst vor dem Schneesturm. Die Erbsen und Kroketten sind ihr so was von egal. Sie hat nur Angst um ihn. Enno.

Enno fühlt sich todmüde und zugleich hellwach, als müsse er immerzu suchen und suchen und hätte darüber vergessen, wie man ihn findet, den Schlaf. Rote Pünktchen tanzen vor seinen Augen, dehnen sich aus und werden zu Kugeln, rotieren in seinem Kopf wie bei der Ziehung der Lottozahlen. Es sind immer dieselben wenigen Kugeln, und keine fällt und bleibt liegen und bringt irgendwem Glück. Da sind die Knöpfe an Kerrins Pyjama, da ist die Beule an seiner Stirn. Der Brief vom Arzt, der morgen nicht ankommt, und Bauer Frerksen mit seinem Pflug. Der Strom, der nicht fließt, der Schnee, der sie einschließt. Und Mutter, die stirbt und nicht mit ihm spricht. Die falsch geknöpften Knöpfe, der verlorene Brief, der gekappte Strom, der geöffnete Wein … Endlich springt eine der Kugeln – Curaçao, das Wasser dort blau wie Likör –, bleibt liegen, verheißt ihm Glück. Die zweite Kugel, die dritte: Niederländische Antillen, süß wie Pastillen, Panamakanal … Er fühlt etwas schwer auf der Brust, Kerrins Arm. Er will jetzt nicht zurück, will weiter nach Honolulu, Oahu, Pago Pago, Tutuila, Amerikanisch-Samoa; Achtung: Überqueren der Datumsgrenze, Verlust dieses Tages. »Bitte, Enno«, sagt neben ihm Kerrins Stimme, »mir ist so kalt.« Und wieder stürzt Enno ab, nicht in den Pazifik, ohne Boot, ohne Rettungsring, sondern zurück in die Nordsee, auf die sturmumtoste Insel, in das eingeschneite Haus. Kerrins Füße fühlen sich warm an zwischen seinen kalten Beinen.

Es ist entsetzlich kalt in diesem Zimmer, dem leeren Bett. Jochen wollte bloß noch Zähne putzen, aber vielleicht war das ja eine Umschreibung für »Ich schlafe heute in der Badewanne«. Gesa legt den Arm um den Bauch. »Alles ist gut, Kleines«, flüstert sie, »bleib, wo du bist. Bald sind wir zu Hause. Bei Matteo. Zu Hause. Bleib noch ein Weilchen. Alles ist gut.« Manchmal wäre es besser, nicht aufzuwachen, hat sie vorhin gedacht, noch halb in ihrem Traum von warmem Wasser, das sie trug, ihr Baby und sie selbst, Marten und Kaija, Matteo und Jochen. Dann ist sie aufgewacht, und alles, was seitdem passiert ist, erscheint ihr wie ein Traum, aus dem sie nicht aufwachen kann. »Fahre morgen los, Gesamia.« Hat Matteo das tatsächlich geschrieben, und hat sie wirklich geantwortet »bitte komm«, obwohl sie das Gegenteil schreiben wollte (obwohl sie genau das will, dass er da ist)? Doch vor dem »nicht« kamen der Knall, der Schreck, die Dunkelheit, dann das Haus, das auf einmal erfüllt war von Stimmen und Schritten.

Jochen, wo kam der eigentlich her, irgendetwas stimmte nicht mit Jochen, das Stroh an der Jacke, der Schmutz, der Gesichtsausdruck. Eine ganze Menge stimmte nicht mit Jochen, was wusste sie schon von diesem Mann, mit dem sie so lange zusammenlebte? Und was wusste er von ihr? Was wusste er davon, wie es war, allein hier zu liegen, mit dem Kind im Bauch und der Angst, die das Kind nicht spüren sollte, mit dem Wunsch, die Angst von ihm fernzuhalten, und der Unfähigkeit, sie zu vertreiben, weil die Angst ebenso tief im Bauch wohnte wie das Kind. Wie hätte sie Jochen erklären können, dass ihr seine Einsamkeit wehtat, ihre eigene Schuld daran wehtat und dass sie sich zugleich ebenfalls einsam fühlte ohne ihn und ihren Geliebten, ohne eine tröstende Hand und menschliche Wärme?

Leise öffnet sich die Tür, leise kriecht Jochen zu ihr ins Bett, unter die Decke, ihre Decke! Gesa fühlt seinen warmen Körper in ihrem Rücken, durch die Stoffschichten seines Pyjamas und ihres Nachthemds. Ohne ein Wort, als sei es das Selbstverständlichste von der Welt, legt er einen Arm auf ihre Hüfte, genau auf die Stelle, wo sie es zum Einschlafen am liebsten hat. Während seine Wärme auf sie übergeht, driftet Gesa langsam in den Schlaf, zurück in ihren Traum.

Es ist schön, im Alkoven zu schlafen. Wie früher, als Marten und sie noch kleine Kinder waren, also sie ein kleines Kind war und Marten ein Kind. Manchmal, wenn sie Angst im Dunkeln oder schlimm geträumt hatte, legte Marten einen Arm um sie, streichelte ihr den Rücken, flüsterte ihr ins Ohr, dass sie sich nicht zu fürchten brauche, weil er ja bei ihr sei. Ihr Großer Bruder. Aber so was macht er nicht mehr, seit er auf die andere Schule geht und nur noch mit Jungen spielt. Außer vielleicht, wenn sie sich sehr doll wehtut und weint, aber lieber ist es ihm, wenn sie nicht weint. Es ist schön, wie früher im Alkoven zu schlafen, neben Marten, aber noch besser wäre es, wenn auch Ahab bei ihnen wäre. Was macht so ein schwarzer Kater bei Nacht im Schnee? Ein alter Kater mit nur einem Auge. Er wird sich verlaufen, im Schnee stecken bleiben und erfrieren. Komm zurück, Ahab, komm zurück, komm zurück, sagt Kaija in Gedanken, dreizehn Mal. So was hilft, das weiß sie, besonders wenn man es dreizehn Mal sagt. Dann fällt ihr etwas anderes wieder ein. Wie ein Blitz ist der Fundort in ihren Kopf gefahren, als roter Kringel auf der Schatzkarte, dann ging mit einem Knall das Licht aus, und der Fundort ist aus dem Kopf gefallen und weggerollt. Nun liegen sie beide hier unten, Marten und sie, und die Schatzkarte liegt da oben. Und der Fundortkringel Gottweißwo.

»Marten«, flüstert Kaija, »weißt du, wo der Schatz liegt?«

»Wo auch immer, wir kommen nicht mehr dran«, sagt Marten.

»Aber …«

»Aber solange wir eingeschlossen sind, kann uns keiner das Haus wegschnappen. Und Mama und Papa bleiben zusammen. Wir alle. Wir vier.«

»Und das Baby?«, murmelt Kaija und gähnt, bevor Marten bald nur noch tiefes Atmen hört. Ist auch besser so, was soll er dazu schon sagen?

Inka liegt in ihrem Bett, starrt an die Decke und fühlt sich aus der Bahn geworfen. Sie hatte das Gefühl, etwas Wichtigem auf der Spur zu sein, beinahe wie in einem megaspannenden Thriller. Nur dass die Auflösung mit ihr selbst zu tun hat. »Schon witzig, dass der Vorschlag ausgerechnet von Kerrin kommt …« Was war es bloß, das Mama damals ausgeheckt hat mit Onkel Boy? Gerade, als sie der Sache näherkam, versank das Zimmer in Dunkelheit, und sie hat das Heft zugeklappt. Dann ging das Gerenne los, der ganze Aufstand um Kerzen und Öfen, tauendes Eis und schmelzende Butter … Wäre sie jetzt allein im Zimmer, würde sie einfach weiterlesen mit der Taschenlampe am Handy. Aber sie wagt es nicht, das Heft unter der Matratze hervorzuholen, während Berit gegenüber im Bett liegt. Das Heft, ihr Geheimnis. Sie sind nicht enger zusammengerückt in ihren Betten, natürlich nicht, jede friert für sich allein in diesem Zimmer, das nach frischer Farbe riecht. Wenn Mama das morgen entdeckt …

Wann hat das eigentlich angefangen, dass der Gedanke an sie immer so wehtut? Inka sieht Kerrin vor dem Haus stehen, allein im Dunkeln auf einem Stückchen freigeschippten Weg, der hinter ihr zuschneit, wie sie die Arme ausstreckt nach einem der vorüberwehenden Klumpen, der in ihrer Hand wie Schaum zergeht. Der Schaum und der Schnee, das sind sie und Karsten. Kerrins Kinder. Überhaupt – Kinder. Man zieht sie groß über all die Jahre, liebt sie, umsorgt sie, nährt sie und nervt sie – und dann kehren sie einem den Rücken, zählen die Tage bis zur Freiheit, zur Flucht. Plötzlich schämt sie sich für die 175 Pinselstriche auf der Kommode, geordnet in Fünferpäckchen, die sie vorhin noch für eine geniale Idee hielt. Die müssen weg, bevor Mama morgen hier reinschaut! Aber wie, wo sie die Farbe bis auf den letzten Tropfen geleert hat? Berit hat nichts gesagt zu den schwarzen Wänden, dem schwarzen

Schrank, der zu zwei Dritteln schwarzen Kommode, nur gefragt, ob sie kurz lüften dürfe. Als sie das Fenster öffnete, fuhr der Wind mit solcher Wucht in den Raum, dass Berit sich mit aller Kraft dagegenstemmte und es gleich wieder schloss. In dem kurzen Moment, als das Fenster geöffnet war, erfüllte das Grollen der See das dunkle Zimmer mit solcher Gewalt, dass für nichts anderes mehr darin Platz war.

Berit möchte zurück auf ihre Insel, in den Alkoven, an den Ort, wo sich der Faden der Geschichte langsam entrollt. Stattdessen hat sich der Raum um ihre Alkoven-Insel bevölkert, die Bühne mit Licht und Stimmen gefüllt, mit Personen und Requisiten, Zündhölzern, Füllern, Schrecken und Sehnsucht, mit Farbklecksen, Beulen und schlechtem Gewissen. Nun ist sie wieder hier, zurückgeholt auf die wirkliche Insel, in dieses nach Farbe stinkende Zimmer. Und ihre Geschichte ist auf und davon, zum Fenster hinaus. Was macht so eine Geschichte bei Nacht im Schneesturm? Eine noch junge, von Wachstumsschmerz umgetriebene Geschichte. Sie wird sich verfliegen, hängen bleiben und erfrieren. Komm zurück, sagt Berit in Gedanken, komm zurück zu mir.

Eine Weile liegt sie still und wartet, dass die Geschichte in ihren Kopf zurückkommt. Der Kopf muss jetzt ihre Tafel sein, eine schwarze Tafel, auf der sich mit weißer Schrift die Geschichte fortschreibt. Dort muss sie die Sätze und Bilder behalten, nicht wegwischen lassen vom Schlaf, und am nächsten Tag von der Tafel ins Notebook tippen. Pst, nicht bewegen, schon kommen die ersten auf Zehenspitzen um die Ecke gebogen. Aha, da taucht ein weiterer Gast auf im Geschichtenhaus, das sich mit angereisten Kindern und Kindeskindern zu füllen begann: Eine Frau sieht sie mit panischem Ausdruck an, als sie erfährt, dass sie das Zimmer mit einem jungen Mädchen teilen soll. Na schön. Andere Menschen geraten in Panik, weil die Erde bebt, das Dach über dem Kopf abfackelt oder an der Bushaltestelle eine Bombe explodiert. Für die hier reicht die Aussicht auf erzwungene Gesellschaft und tierisches Eiweiß. Vielleicht sollte mal eine gestandene Person diese Prinzessin auf der Erbse (zweifellos vegan) auf den Boden der Tatsachen zurückholen. Und da erscheint sie auch schon: eine stämmige Blondine, Herrin im Haus auf der Insel, die in einer Hand den Kochlöffel, in der anderen die Axt schwingt und spricht: »Ist doch nur für eine Nacht!«

Inge ist als Erste aufgewacht an diesem letzten Tag des Jahres. Bei jedem Ausatmen wächst eine kleine Atemwolke aus ihrem Mund, schwebt über ihrem Bett, löst sich in Nichts auf. Ihre Glieder fühlen sich steif an, trotz der Kleiderschichten und extra Daunendecke, und es dauert eine Zeit, bis sie auf die Beine kommt. Automatisch drückt Inge den Lichtschalter, doch es bleibt dunkel. Sie entzündet die Kerze auf ihrer Kommode und trägt sie zum Fenster. Die Welt dahinter ist über Nacht verschwunden. Dem Glas ist ein Eisgefieder gewachsen, gläserne Federchen, wie ausgeschüttet aus einem fernen Daunenhimmel, festgefroren an ihrer Scheibe. Eisblumen gehören auch zu den vom Aussterben bedrohten Pflanzen im Zeitalter der Isolierglasfenster. Manchmal ist es doch gut, findet Inge beim Anblick der überirdischen Gewächse, wenn die Mittel fehlen, um alles auf den neuesten Stand zu bringen. Eisblumen, flüstert sie. Allein das Wort …

Leise tappt Inge mit der Kerze in die Stube nebenan, in der im Alkoven die Kinder schlafen. Hier ist es wärmer dank des Bileggers, der die ganze Nacht seine Wärme verströmt hat. Die Fenster sind eisfrei und beschlagen, es ist noch nicht hell geworden. Draußen türmt sich an manchen Stellen der Schnee bis über die Fensterbänke. Gebrochene Äste baumeln von den Bäumen herab oder liegen kreuz und quer als schwarze Balken im Schnee. Das Herz zieht sich ihr zusammen beim Anblick der Bäume, an deren Überleben hier lange Zeit niemand geglaubt hat, die dennoch gewachsen sind, langsam, windschief, über viele Jahrzehnte. Es schmerzt beim Gedanken an ihre Rose, Engellines Rose. Das Tannenreisig um den Rosenstock ist sicher längst fortgeweht. Sie kann ihn von hier nicht sehen, ohne das Fenster aufzumachen, und das Fenster aufzumachen hieße, den Schnee ins Zimmer stürzen zu lassen. Auch die Haustür, vor der sich eine Schneewehe aufgetürmt hat, lässt sich nun nicht mehr öffnen. Keinen Ausweg gibt es mehr aus diesem Haus.

Bitterkalt ist es in ihrem Zimmer, und so wird es bleiben, die Heizpumpe frisst Strom und befindet sich im Hungerstreik. Nur in der Küche und Stube ist es warm, dort, wo sich in der vergangenen Nacht die Familie versammelt hat. Ihr gemeinsamer Radius ist eng geworden. Eng genug vielleicht, um endlich einer Klärung der Dinge näherzukommen. Einem gemeinsamen Entschluss – oder einem endgültigen Zerwürfnis. Wenn doch Boy bloß käme …

In der Küche legt Inge Holz nach und kocht einen Tee auf dem alten Herd. Gut, dass sie stets dafür gesorgt hat, den Kamin für den Rauchabzug offen halten zu lassen für den Fall der Fälle. Noch immer kann man auf der früheren Herdstelle Wasser und Speisen erhitzen und im Wärmefach warm halten. Womöglich kehrt sogar der Hausgeist zurück, wenn das Feuer hier wieder glüht. Auch in der stets warmen Küche gab es einst einen Alkoven, ein Refugium für Kranke und Wöchnerinnen, doch den kannte selbst ihre Großmutter nur noch aus Erzählungen.

»Wenn wir dich nicht hätten«, sagt Inge und tätschelt den Herd, als das Teewasser kocht. Es ist wie vor mehr als zweihundert Jahren, als dieses Haus gebaut wurde von ihren Urahnen, denkt sie, während sie die Teetasse umschließt und ihr der heiße Dampf ins Gesicht steigt. Alles dreht sich um Wärme, Nahrung und Licht. Die Herdstelle ist das Herz des Hauses, in den Herzkammern wird Brot gebacken, die Hafergrütze gewärmt. Das Haus ist unsere Haut, unser Körper, ohne den wir in Kälte und Nässe zugrunde gingen. Das Dach tief herabgezogen, die Decken niedrig, die Fenster klein, die Wände mit Holz und Fliesen verkleidet gegen Kälte und Feuchtigkeit. Die Wandbetten mit den Vorhängen oder Klapptüren werden zu Wärmekammern für ihre Schläfer. Doch das, was das Haus warm hält, macht es zugleich dunkel, und nach dem Kampf gegen Kälte kommt das Ringen um Licht. Die Wohnräume sind nach Süden und Osten gerichtet, hin zur Sonne, dem Wind abgewandt. Fenster und Spiegel bilden des Hauses Augenlicht, und der Schein einer Kerze wird vervielfacht, so kostbar ist jeder einzelne Lichtstrahl. Das ist ihr gestern Nacht wieder eingefallen, der Trick mit dem Spiegel und dem Messingteller, vor die man die Kerzen stellt. Hoffentlich haben sie genügend im Haus. Enno hat schon recht, etwas Mäßigung anzumahnen. Schneesturm und Stromausfall! Wer konnte so etwas voraussehen? Dreieinhalb Jahrzehnte ist das her, dass es zum letzten Mal richtig ernst wurde.

Inge nimmt das Backblech mit dem Handtuch, das Kerrin vor den ausgeräumten Kühlschrank gelegt hat, wringt das Tuch aus, trocknet das Blech und schiebt es wieder in den Ofen des Elektroherds. Der Kühlschrank kühlt nicht, der E-Herd kocht nicht, die Spülmaschine spült nicht. Telefone, Computer, Fernseher und Radio schweigen. Toaster, Kaffeemaschine, Mikrowelle … Seltsam wirken sie auf einmal, all die Geräte mit ihren Tasten, Schaltern und Bildschirmen, die in diesem Haus nun stumm und nutzlos herumstehen.

»Guten Morgen!« Jochen kommt in die Küche, ein wenig humpelnd, müde, verfroren.

»Moin, moin.« Inge reicht ihm eine Tasse Tee, schwarz für Jochen, ohne Milch und Zucker. Sie wird ihn vermissen. Er wird ihr fehlen, falls er ohne Gesa nie wieder herkommen sollte. Zum ersten Mal wird ihr deutlich, dass er ihr fremd geblieben ist und dennoch ans Herz gewachsen über die Jahre, fast wie ein Sohn. Dass er einfach dazugehört.

»Jochen?«

»Ja?« Jochen schaut aus dem Fenster. Auf den Schnee, der sich in einer dicken Wehe vor dem Küchenfenster türmt und den Raum verdunkelt. Er denkt an den fremden Duft in seiner Nase beim Aufwachen. Gesas Duft. Ihr neuer Duft, den er nicht an ihr kennt. An dem er sie niemals erkannt hätte. Aus hundert Frauen könnte ich dich herausriechen, mit geschlossenen Augen, hat er früher gesagt, und Gesa hat gelacht. Aber er hat es ernst gemeint. Er muss an dem Kind liegen, dieser neue Geruch, an dem Kind von dem anderen. Daran würde er sich niemals gewöhnen.

»Du kannst immer herkommen«, hört er Inge sagen, wie aus weiter Ferne. »Ich meine … auch ohne Gesa, mit den Kindern.«

Erst letzte Nacht, mit dem Arm auf Gesas Hüfte, ihrer Wärme an seinem Bauch, der vollautomatischen, aber halbherzigen Erektion (Vollidiot!, hat er den Vollidioten genannt, und prompt ließ der den Kopf hängen), dem fremden Geruch in seiner Nase ist aus dem Entschluss mit dem Schlussstrich Gewissheit geworden. Ja, er liebte sie noch, aber er konnte sie nicht mehr riechen. Und noch etwas: Doch, er konnte ohne sie leben. Aber es gab da ein Problem. Genauer gesagt, zwei: Marten und Kaija. Ohne die konnte er nämlich nicht leben. Ohne das Generve und die Albernheiten beim Frühstück, ohne Fußballspielen, Fernsehen, Fiebermessen, ohne Widerworte und Gutenachtgeschichten …

»Jochen?« Inges Stimme von fern, wie durch Watte. »Auch ohne die Kinder natürlich. Ich wollte nur sagen, dass du hier immer …«

»Ja, danke.« Die weiße Wand vor dem Fenster, der verdunkelte Raum. Den Blick weiter auf die Schneewand gerichtet, stellt Jochen die Tasse auf den Tisch und geht hinaus.

In der lichtlosen Diele endet sein Weg vor der Haustür. Er fühlt das Gewicht des Schnees auf der anderen Seite, sein Herz gegen den Rippenkäfig schlagen wie damals in der dunklen Kammer. Die schwere, nasse Masse da draußen, der rasende Wind. Das Gewicht seines Vaters, der nach dem Kampf auf ihm saß, seine Handgelenke umklammernd, die Arme über dem Kopf auf den Boden gepresst. Sein rasselnder Atem im Gesicht. Gelobt sei der Lungenkrebs. Aber er ist zu spät gekommen, Vaters Krebs, für Mutter, die lange tot war, für ihn, längst erwachsen, entkommen. Er brauchte Vaters Tod nicht mehr. Seinen albernen Schlüsselbund. Er kann jetzt selbst alle Türen öffnen. Niemand kann ihn mehr einsperren. Nichts und niemand. Niemand und nichts.

»Nein!«, ruft Inge durch die Diele, doch sie kommt zu spät. Einen Augenblick schaut sie hinter Jochens Rücken durch die offene Haustür auf eine weiße Wand, im nächsten Moment stürzt die Wand in sich zusammen. Eine Schneelawine ergießt sich in die Diele. Jochen ist zurückgesprungen, hat sich in Sicherheit gebracht. Inge und er stehen vor dem Schneeberg zu ihren Füßen und der Haustür, die sich nun nicht mehr schließen lässt. Mit jeder Windböe wird neuer Schnee in den Hausflur geworfen.

Enno und Kerrin kommen im Pyjama die Treppe herabgelaufen. »Was zum Teufel …?«, beginnt Enno, um beim Anblick der offenen Haustür fortzufahren: »Welcher Volltrottel …?«

»Ich hol den Schneeschieber«, unterbricht ihn Kerrin. »Und das Kehrblech. Einen Besen. Los, wir müssen jetzt alle mit anpacken!«

»Nein, das denke ich nicht.« Enno wendet sich zum Gehen. »Ich würde sagen, hier gilt das Verursacherprinzip.«

»Sehe ich genauso«, meint Jochen.

»Wow!« Marten und Kaija sind aus der Stube nebenan gekommen, stehen barfuß in der Diele, blicken auf den Schneeberg, blicken einander an, und im nächsten Moment fliegen die Schneebälle zwischen ihnen hin und her.

»Raus mit euch«, ruft Jochen und reißt Kerrin Schneeschieber, Kehrblech und Besen aus den Händen. Wie ein Berserker schippt und schiebt er den Schnee, während ihm neuer ins Gesicht bläst, zur Haustür hinaus. Nicht direkt vor den Eingang, sondern so, dass man aus dem Haus treten kann und erst kurz danach vor weißen Wänden steht. Er schließt die Haustür, wischt auf Knien mit einem Aufnehmer die Bodenfliesen in der Diele, wringt und wischt, bis sie endlich trocken sind. Die Knie schmerzen, der Rücken schmerzt, und ganz besonders schmerzt nach seinem Rettungssprung zurück in die Diele der verstauchte Knöchel, dem es gerade besser gegangen war. Aber das spürt er erst jetzt, nachdem die Arbeit getan ist. Ein gutes Gefühl ist das.

Noch einmal tritt Jochen ins Freie, streckt die Arme, atmet tief durch, zündet sich eine Zigarette an.

Ein Schrei kommt aus dem Bad in der oberen Etage, Gesas Stimme. Tja, denkt Enno, die Zeiten für Warmduscher sind vorbei. Berit, das muss man ihr lassen, gehört nicht dazu. Die bleibt im Gegensatz zu den anderen ganz cool ohne Strom und Heizung und Komfort auf Knopfdruck. Vermutlich hilft es, wenn man an Kohleheizung und Klo auf halber Treppe gewöhnt ist.

Bald darauf sitzt Enno im fluchtartig verlassenen Badezimmer – Gesa hat überall Tropfspuren hinterlassen – auf dem Toilettendeckel und wählt die Nummer der Praxis. Er presst den Hörer des Festnetztelefons ans Ohr und lauscht. Tot. Zum fünfzigsten Mal holt er das Handy hervor. Alte Nachrichten lesen kann er noch, doch die Verbindung zur Welt ist ebenfalls tot. Und seine Diagnose? Kein Brief wird kommen. Auch nicht per Eilbrief. Bis zu ihnen heraus wird sich kein Bote durchschlagen. Heute nicht und auch so bald nicht. Ihr Holperweg hier draußen, weit ab vom Dorf, wird als Letztes geräumt werden. Wenn überhaupt. Womöglich werden sie sich von Bauer Frerksen und seinem Schneepflug retten lassen müssen. Niemals! Lieber ernährt er sich wochenlang von Kerrins eingelegten Gurken. Enno klopft sich auf den Bauch. Abgenommen hat er in den letzten Wochen, immerhin. Doch, da geht noch was. Ein bisschen Gurkendiät nach den Feiertagen kann ihm nicht schaden. Aber eine Gurkendiät, kurz bevor man ins Gras beißt? Da würde man doch lieber vorher wissen … Noch einmal presst er die Telefone ans Ohr, rechts das Festnetz, links das Handy. Totenstille. Und bis auf dieser Insel ein Telefon- und Funkmast repariert wird, da kann er warten, bis er alt und grau ist. Falls er alt und grau wird.

Wie viele Stunden wird die Tiefkühltruhe durchhalten? Und das Gemüse im Garten! Auf ihr Gewächshaus ist ein Ast vom

Birnbaum gekracht und hat die Scheibe zerschlagen. Kerrin räumt, noch immer im Schlafanzug, das Geschirr vom Vortag aus der nutzlosen Spülmaschine in die Spüle und macht sich an den Abwasch. Kehren zwischen den Jahren ist übrigens auch verboten. Aber das hätte sie Jochen vorhin mal sagen sollen. Meine Güte, war der in einer Laune! Und Enno erst. Sie kennt ihren sanften Enno kaum wieder. Wie kann es sein, dass ihr etwas eigener, doch liebenswürdiger Ehemann sich unversehens in einen abweisenden, aufbrausenden Mistkerl verwandelt? Ist man so, wenn man verboten verliebt ist? Wenn man über die Feiertage und wegen Stromausfall die Geliebte nicht erreichen kann? Da müsste sie Gesa fragen. Oder ihre Freundin Gitte. Alle Männer in unserem Alter haben doch eine Geliebte, hört sie diese nach dem dritten Glas Glühwein verkünden, das geht vorüber. Am besten, wir tun so, als merkten wir nichts. Aber sie merkt nun mal was! Sie hat gemerkt, dass Enno in letzter Zeit heimlich telefoniert. Dass er abwesend ist, auch wenn er neben ihr steht. Sie merkt, dass ihr jetzt Tränen über die Wangen laufen und ins Spülwasser tropfen. Dass sie am liebsten dieses Glas zwischen ihren Händen zerdrücken würde. Sie merkt, dass es so nicht weitergeht.

Auf der dringenden Suche nach einem Taschentuch öffnet Kerrin die Badezimmertür. Auf dem Klodeckel sitzt Enno und presst zwei Telefone ans Ohr, rechts das Festnetz, links das Handy. Kerrin schließt leise die Tür. Das Schlimmste ist, dass er dabei auf dem Klo sitzt. Enno! Der immer so etepetete ist, als käme für ihn etwas so Unappetitliches wie Ausscheidung gar nicht infrage, mochten auch seine Mitmenschen auf derartig grobe Prozeduren angewiesen sein. Nein, das Schlimmste ist, dass er gleich an jedem Ohr ein Telefon hat und zwischen beiden Ohren einen Gesichtsausdruck, als hinge sein Leben von irgendeinem Signal ab. Das wirklich Allerschlimmste aber ist: Er hat nicht einmal gemerkt, dass sie ihn angeschaut hat. Dass sie da war. Enno merkt nämlich gar nichts in letzter Zeit.

Kerrin tut etwas, das sie noch nie getan hat und niemals tun wollte. Es ist reine Notwehr! Sie hat Enno gebeten, in der Scheune nach Batterien für die Taschenlampe zu suchen und nach der Petroleumlampe, die dort irgendwo herumstehen muss – aber nicht mehr herumsteht, weil sie die Lampe längst fortgegeben hat. Umso länger wird seine Suche dauern.

Wie erhofft, hat er sein funknetzloses Handy in die Nachttischschublade gelegt. Die zuletzt gewählte Nummer in der Anrufliste ist eine Festnetz- und Festlandnummer. Dieselbe Nummer taucht auch vorher mehrmals in der Liste auf. Könnte sie diese Nummer doch einfach anwählen! So bleibt ihr nur, sie für später im eigenen Handy abzuspeichern. Sein Terminkalender zeigt mehrere mysteriöse Einträge in den letzten Wochen: P. T. Dienstag, 15 Uhr, P. T. Freitag, 12 Uhr, mitten am Tag, wenn er in der Reederei sein sollte! P. T., P. T., P. T. – doch nicht diese Petra Terhoven, die früher in der Reederei gearbeitet hat? Oder Paula Thomsen oder Tadsen oder wie diese Physiotherapeutin hieß, bei der er im Herbst zur Behandlung war wegen dem Hexenschuss. Wer weiß, was für ein Hexenschuss das gewesen ist!

Kerrin scrollt weiter durch die Liste. Moment mal, 28.12., 13 Uhr? Aber das war doch der Tag, an dem Inge gestorben ist, also vorübergehend tot war. Der Boden unter Kerrins Füßen beginnt zu schwanken, genau wie an jenem Tag. Deshalb hat sie so lange dagelegen nach dem Anruf bei Enno, hilflos, ohnmächtig auf dem Bettvorleger, während der Schuft sich in fremden Betten wälzte! Sie hätte sterben können, bis er endlich nach Hause kam. Wäre sie doch gestorben! Kerrin sieht Enno hinter ihrem Sarg trotten, gramgebeugt, niedergeschmettert von Schuld und Reue, über Nacht ergraut und fürchterlich schniefend, weil er natürlich wieder kein Taschentuch greifbar hat. Plötzlich öffnet sich der Sargdeckel, ihr bleicher Arm ragt heraus, reicht ihm ein Stofftaschentuch, frisch gebügelt … Vielleicht ist das mit dem Sterben doch keine gute Idee, denn was würde Enno bloß ohne sie machen?

Kerrin schnieft in ihr eigenes Taschentuch, aus Zellstoff, ungebügelt, legt Ennos Handy zurück in die Lade und steht schwankend vom Bett auf. Wo würde Enno etwas vor ihr verstecken? Ohne lange zu überlegen, geht sie ins Wohnzimmer. Auch Gesa hat sich mittlerweile von ihrem Lager erhoben, auf der zerwühlten Bettcouch liegt ein rotes Negligé. Für so was ist sie ja nun wirklich zu alt, geht es Kerrin durch den Sinn, bevor sie zielstrebig vor Opa Willems altes Radio tritt. Und richtig, zwischen Rundfunkempfänger und Wand stoßen ihre Finger auf Papier. Enno ist ja so vorhersagbar! Völlig untauglich für den Ehebruch, geradezu durchsichtig. Sie hat es bloß nicht wahrhaben wollen, aber natürlich hat sie es gefühlt. Als Ehefrau fühlt man so etwas. Jawohl, ganz tief drinnen hat sie es die ganze Zeit gewusst.

Sie zieht eine dünne Mappe hervor. Obenauf liegt ein Terminzettel vom Arzt. 28.12., 13 Uhr, Dr. Petersen. Aber das war doch der Tag, an dem Inge … Mit der Mappe lässt sich Kerrin auf das Bettsofa fallen, genau auf das rote Negligé. Praxis für Onkologie. »Onkologie« ist durchgestrichen, darüber steht in Ennos akkurater Schrift »Todgeweihte«. Onkologie, das war doch – was war das noch gleich, fragt sich Kerrin, bevor sie begreift: P.T., Praxis für Todgeweihte. Mit zittrigen Fingern blättert sie durch abgeheftete Artikel über Hirntumor, Symptome, Behandlung, Heilungschancen. Einzelne Wörter sind gelb oder orange markiert, »plötzlich auftretende, stechende Kopfschmerzen«, »Sehstörungen«, »Übelkeit«. Auch Kerrin hat das Gefühl, als stächen ihr die Wörter in den Kopf, flatterten die Buchstaben vor den Augen, als müsste sie sich jeden Moment übergeben. Enno! Er wird doch nicht, er kann doch nicht, er DARF doch nicht …

Kalt läuft es durch ihre Adern, kriecht in das Innere der Knochen wie Schüttelfrost. Sie schlingt die Arme um den Körper, die Mappe gleitet ihr vom Schoß, fällt zu Boden. Da hat er all die Nächte wach gelegen, in diesem Zimmer, ganz allein, hat Artikel gelesen, Wörter angestrichen, Kopfschmerzen, Sehstörungen, Übelkeit. Und keinen Ton gesagt! Ihr, seiner Frau. Wie kann er ihr das antun? Wie ausgelöscht fühlt sie sich, durchgestrichen. Alles hätte sie für ihn getan. Alles würde sie für ihn tun, alles!

Auf dem Boden kniend blättert Kerrin weiter durch die Mappe, landet kopfüber im türkisblauen Meer, auf weißen Ozeanriesen, inmitten von lachenden Paaren, die, einander zuprostend, auf unbekannte Häfen blicken. Enno! Es zerreißt ihr das Herz. Ja, das sagt man so, nicht wahr, aber sie fühlt es in diesem Moment. Sie presst die Faust auf das Brustbein. Die Gedanken rasen. Wie viel Geld hat sie auf ihrem Konto, dem geheimen, angespart für die Zukunft und alle Fälle? Für eine Reparatur des Reetdachs, für Inkas Studium im Ausland, für all diese nun ganz und gar unerheblichen Dinge. Enno soll seine Reise haben, die schönste, längste, luxuriöseste Schiffsreise der Welt. Sie klappt die Mappe zu, steckt sie zurück hinter das Radio. Wenn er sterben muss, wird sie gemeinsam mit ihm diese letzte Reise antreten. Wenn nicht, werden es die Flitterwochen, die sie nie hatten. Noch heute wird sie buchen und Enno überraschen!

»Don't be violent. If someone is giving you trouble, just walk away«, liest Inka auf dem Tablet, bäuchlings auf dem Bett in ihrem schwarzen Zimmer. Oh ja, eine Menge Leute verursachen ihr hier trouble. Und danke für den guten Tipp auch. Walk away, haha. An einen Goth im Schneesturm, eingekerkert mit der Familie auf einer gottverdammten Insel, hat niemand gedacht beim Verfassen dieses Manuals für Goth-Neulinge. Sie sind eingeschneit. Eingesperrt. Eiskalt ist es im Zimmer, sie wird runtergehen müssen zu den anderen, ihre Höhle verlassen, schon um nicht zu erfrieren. Noch immer riecht es nach Farbe. Und auch die verfickten Pinselstriche auf der Kommode, geordnet in Fünferpäckchen, sind nicht über Nacht verschwunden. Sie muss das in Ordnung bringen, bevor Mama das Zimmer betritt.

Die schwarze Farbe ist definitiv leer, aber sie hat in der Scheune eine Spraydose gefunden. Dann eben rot. Inka schließt die Tür ab, zieht ihr Schlafhemd aus, damit es nichts abbekommt, und schüttelt die Spraydose. Die Strichbündel müssen mehrmals übersprüht werden, damit sie unter dem Rot verschwinden. Rot auf Schwarz sieht echt cool aus. Viel cooler als das reine Schwarz. Noch bevor der Kopf ein Veto einlegen kann, schnellt Inkas Arm nach oben, lässt die Spraydose kreisen, während feiner roter Regen auf sie herabsprüht.

Es war wirklich nur eine Sekunde. Aber, tja, das Zimmer sieht aus wie in »Kettensägenmassaker«. Sie selbst vermutlich auch.

»Aaah, kalt!« Ein Schrei ihrer Tochter lässt Kerrin ins Bad stürzen. Beim Blick in die Duschkabine fällt sie beinahe in Ohnmacht. Oh mein Gott! Sie presst die Hand vor den Mund, als müsste sie sich gleich auf den Duschvorleger übergeben.

»Mama, bitte!«, fährt Inka sie an. »Das ist bloß Farbe. Farbe, hast du gehört?« Sie schaut an sich hinab und fährt weinerlich fort: »Aber das Wasser ist eiskalt! Wie krieg ich die jetzt runter?«

»Da hilft nur Öl«, sagt Kerrin. »Und dann ab in die Wanne.« Noch bevor Inka protestieren kann, schüttet Kerrin Babyöl auf Inkas Nacken und Rücken, lässt es kurz einwirken und beginnt es kräftig mit einem Tuch abzureiben, das sich zunehmend rot färbt. Ist doch immer gut, Babyöl im Haus zu haben, auch wenn das Baby schon siebzehn Jahre alt ist. Und größer als man selbst. Und, denkt sie, als sie Inka zu sich umdreht, um auf der Vorderseite fortzufahren, einen imponierenden Busen hat. Leider nicht von ihr, sondern von der Rabenmutter. Die aber mitsamt ihrem imponierenden Busen tot ist.

»Jetzt lass mich mal«, sagt Inka, die inzwischen eine weitgehend rosarote Färbung angenommen hat, und nimmt Kerrin Öl und Tuch aus der Hand.

»Gut. Ich mach Wasser heiß auf dem Ofen.«

Noch immer ein wenig zittrig, aber glücklich, so überglücklich, dass das Rot auf ihrem Baby wirklich nur Farbe ist, schleppt Kerrin eimerweise heißes Wasser nach oben, das Inka mit dem kalten in der Wanne vermischt. Dann soll sie aber bitte den Raum verlassen, wird ihr von Inka bedeutet, die sich mit einer Bürste die verbliebenen Farbreste von der Haut schrubbt. Kurz darauf ertönt wieder ein Schrei.

»Scheiße!« Mit triefend nassen langen Haaren steht Inka vor dem Spiegel und reckt anklagend einen stummen Fön in die Luft.

Kerrin hält ihr ein Handtuch entgegen. »Rubbel sie damit trocken. Hab ich auch gemacht.«

»Ja, so siehst du auch aus.«

Kerrin streicht die Haare über die Ohren. »Na und? Wir haben jetzt wirklich andere Sorgen!«

»Die Haare müssen glatt sein!« Inka zieht an den Spitzen. »Ich lass sie so trocknen.«

»Auf keinen Fall!« Kerrin fuchtelt mit dem Handtuch vor Inkas Nase. »Du erkältest dich. Du holst dir den Tod!« Mit einem Schlag ist die Praxis wieder da. Die Praxis für Todgeweihte.

»Meinetwegen. Aber nicht mit Strubbelmähne«, entgegnet Inka und verstummt, als ihr das Handtuch vor die Füße fliegt und die Badezimmertür krachend ins Schloss fällt.

Das nächste Opfer der kalten Dusche, denkt Enno, als wieder ein Schrei aus dem Bad dringt, diesmal Inkas Stimme. Wenn's weiter nichts ist. Vielleicht steht ihnen allen bald das Wasser bis zum Hals. Dann gilt nur eines: den Kopf nicht hängen lassen! Mit dem Fernglas schaut er aus dem Fenster oben im Spitzboden auf das Meer. Es ist kurz vor zwölf Uhr mittags, Höhepunkt der Flut. Und die steht hoch, sehr hoch, erschreckend nah an der Deichkrone. Wie mochte es erst den Leuten auf den Halligen gehen? Sie waren ja gewiss nicht aus Zucker da draußen, aber heute begann dort sicher so mancher zu beten.

Eine Etage tiefer im Wohnzimmer tastet Enno wie immer zuerst nach der Mappe hinter dem Radio und stellt erleichtert fest, dass alles noch da ist. Dann dreht er den Knopf, sinnlos natürlich, heute gibt es keinen Seefunk, keinen Wetterbericht. Aber eigentlich kann er sich die Sache selbst zusammenreimen: Der Wind weht mit Sturmstärke aus Nordwest und drückt das Wasser gegen die Deiche. Die Wellen brechen sich mit langen, schäumenden Kämmen. Gischt fliegt durch die Luft und mischt sich mit dem Schnee, der in Böen vorbeitreibt. Es ist Neumond, die Anziehungskräfte von Sonne, Mond und Erde summieren sich. Alles ist bereit für eine ordentliche Springflut. Jetzt noch nicht, denkt Enno, aber beim nächsten Hochwasser. Heute um Mitternacht.

Nun hat sie gar nichts mehr von ihm. Noch immer frierend seit der eiskalten Dusche am Morgen starrt Gesa auf das dunkle Display. Der Akku ist leer. Sie weiß nicht, ob Matteo tatsächlich losgefahren ist, ob er irgendwo feststeckt in diesem elenden Schnee. Sie weiß nicht einmal, was sie täte, wenn er plötzlich hier vor ihr stünde, vor ihr und Jochen, im Haus ihrer Herkunft und Vergangenheit, in dem die Uhren und Herzen anders ticken. Gesa tippt auf das Handy, schüttelt es. Alles tot. Nicht nur, dass Matteo selbst unerreichbar ist, es gibt auch keine Nachrichten mehr, die sie lesen und wieder lesen, keine Fotos, die sie betrachten und küssen kann. Sie hat nichts ausgedruckt. Alles steckt in diesem verflixten Plastikteil. Gesa legt es beiseite und läuft im Zimmer auf und ab. Man würde sich wünschen, es ginge auch ohne abgespeicherte Worte und Bilder, es genügte, »Mat-teo« zu flüstern, und mit dem Klang seines Namens wäre alles da, frisch und lebendig: jedes einzelne Haar und Härchen, Lachen und Lächeln, jeder Blick und Augenblick. Aber dazu müsste man Berit sein.

»Ach, du Scheiße!«, sagt in diesem Moment Berits Stimme auf dem Flur, und Gesa tritt zu ihr. Nebeneinander stehen beide im Eingang zu Inkas Zimmer, betrachten die schwarzen Wände und Möbel, übersät mit roten Spritzern.

»Komm rein.« Berit schließt hinter Gesa die Tür. »Besser, wenn Kerrin das nicht sieht. Das reinste Splattermovie.«

Schweigend sitzen die Schwestern auf Berits Klappbett und lassen das Kunstwerk auf sich wirken. Es ist so kalt im Zimmer, dass sich Atemwölkchen vor ihren Mündern bilden. Das Dachfenster ist von innen mit einer dünnen Eisschicht bedeckt.

»Und das in unserem Mädchenzimmer!«, sagt Gesa. »Die Zeiten ändern sich.«

»Allerdings. Gestern noch hast du in diesen vier Wänden zu Zappa und Abba die Hüften geschwungen, während ich still in der Ecke saß und … Papierfigürchen gefaltet hab oder so was.« Berit lacht. »Heute werden hier Horrorfilme abgedreht.«

»Aber manches kommt auch wieder.« Gesa blickt auf die Fensterscheibe, an der die über Nacht erblühten Eisblumen festgefroren sind in einem eisigen Augenblick. »Manchmal sehe ich Boy und mich im Spitzboden, wenn Marten und Kaija sich da oben Geschichten erzählen. Und nun der Wind, der ums Haus heult, der Schnee, der uns einschließt … genau wie damals.«

»Oh ja, die rasenden Flocken vor den Fenstern, als würden wir in unserem Haus durch die Wolken fliegen, das Gestöber, die Schneesturmmusik. Ich fand es herrlich, bis zu dem Abend, als Enno so böse wurde und Boy spurlos verschwunden ist. Keine Spuren im Schnee … Noch heute frage ich mich manchmal, wo er die ganze Nacht gesteckt hat.«

»Matteo hat geschrieben, dass er heute losfährt. Ich konnte ihm nicht mehr antworten. Vielleicht steht er irgendwo mit seinem Auto in einem Schneehaufen.« Gesa wendet sich vom Fenster ab und blickt zu Berit. Ihre dunklen Augen sind noch dunkler geworden. »Damals sind Menschen erfroren, weißt du noch? Ohne Heizung, auf der Autobahn.«

»Keine Sorge.« Berit lächelt Gesa an. »Dein Matteo ist zu klug für so was. Der weiß, dass er noch gebraucht wird. Johanna dagegen – mit dem Kopf durch die Wand. Und wenn's eine Wand aus Schnee ist …«

»Ist sie auch losgefahren?«

»Kann man drauf wetten.« Berit sieht Johanna aus einem

Zug mit einer Dampflok wie im Orientexpress steigen, der in einer gigantischen Schneewehe steckt. Johanna schaut einmal nach links und nach rechts, setzt die Schneebrille auf, schnallt die Skier an und läuft los. Doch, Johanna würde loslaufen. Sie würde womöglich sogar ankommen. Zumindest bis zur Küste. Übers Wasser zu laufen allerdings wäre selbst für Johanna …

»Und du?«, will Gesa wissen. »Würdest du ihretwegen losfahren? Auf die Gefahr hin, im Schnee stecken zu bleiben?«

»Ja.« Ohne Zögern kommt das aus Berits Mund. Wusste sie selbst nicht bis eben. Aber ja doch. Ja. »Kann nur nicht mit ihr zusammenleben, weißt du. Müsste mich erst desensibilisieren lassen.«

»Ich weiß es auch nicht. Ob ich mit Matteo zusammenleben kann. Und wo und wie. Ich weiß nur, dass ich nicht zurückkann.« Plötzlich wird Gesa von Weinen geschüttelt.

Hilfe! Ihre große, starke, mutige Schwester! Was soll sie bloß machen? Zögernd legt Berit einen Arm um Gesa. Gesa lehnt ihren Kopf an Berits Schulter, das Weinen wird zu leisem Schluchzen. Na, siehst du. Ist doch gar nicht so schwer.

Zwar ist es unterm Dach eiskalt, doch dafür auch menschenleer. Sehr nachvollziehbar, findet Berit, warum Menschen in Sibirien leben oder in Nordnorwegen oder Neufundland. Man friert sich den Arsch ab, behält aber den Kopf frei. Kein U-Bahn-Gequietsche und Flaschenzerdeppern, keine Demo-Parolen und Polizeisirenen wie daheim in ihrer gemütlichen Berliner Straße. Es könnte ganz still sein in dem von den Kindern verlassenen Spitzboden, wäre da nicht dieser Sturm. Andererseits, sagt sich Berit und klappt ihren Laptop auf, man braucht auch Input für einen Roman. Eine eingeschneite Familie zum Beispiel, in der man streitet und küsst, Erbe verhandelt, Lawinen hereinlässt und Wände besudelt. Worüber sollte man schreiben, wenn alle drei Jahre ein Rentier an der Hütte vorbeiläuft?

Sie kann weitertippen, Akku sei Dank, nur die Verbindung zur Welt ist beidseitig gekappt. Den Vertrag für die Agentur, ihre letzte Chance auf Lohn und Brot, kann Berit nicht mehr abschicken. Das heißt, gut acht Stunden Gnadenfrist bleiben ihr bis zum Jahresende. Wie wäre es damit: Kommt der Strom bis Mitternacht zurück, schickt sie den Sklavenkontrakt ab, eingescannt und mit Blut unterzeichnet. Ohne Strom beißt sie halt in den sauren Apfel und wird Schriftstellerin. Vielleicht könnte man sich das Leben ungemein erleichtern, wenn man alle Entscheidungen dem Zufall überließe. Warum sollte der Zufall dümmer sein als Orakel, Selbsthilferatgeber, Therapeuten oder Gott? Noch dazu gab es den Zufall umsonst.

Noch acht Stunden, dann geht dieses Jahr zu Ende und für sie ein Jahrzehnt. Mame hat ihnen früher erzählt, dass in den Tagen und Nächten um die Jahreswende die Grenze zur Geisterwelt durchlässig würde. Daher könnten die Menschen in diesen Raunächten und besonders in der Silvesternacht einen Blick in die Zukunft werfen. Als Kind hat Berit sich vorgestellt, das Himmelszelt würde in dieser Zeit dünn und durchsichtig wie Klarsichtfolie. Es gab noch eine Grenze zwischen Himmel und Erde, aber man konnte hindurchsehen. Wenn sie den Kopf hob und nach oben schaute, sah sie große und kleine Geisterfüße über die Folie huschen. Nicht alle waren gewaschen. Den geflügelten Geistern konnte man auf den Bauch gucken, einigen sogar in den Bauch. Es schien, wie bei den Menschen, friedliche und weniger friedliche Geister zu geben. In manchen Geisterbäuchen rollten Bonbons, in anderen Kinderköpfe. Doch, man bekam so einiges zu sehen in den Raunächten. Nur die Zukunft hatte sie nie erkennen können.

Durch die Dachluke blickt Berit im letzten Licht der untergehenden Sonne auf die schneebedeckte Deichkrone. Einen Moment muss sie überlegen: Ebbe oder Flut? Sie haben ablaufendes Wasser, erinnert sie sich, gegen sechs Uhr abends sollte der Tiefstand erreicht sein. Doch dafür steht der Pegel reichlich hoch.

Das schwarze Tuch hängt am Spiegel wie Trauerflor. Inge hat es aus dem Schrank geholt und auf eine Ecke drapiert, nun blickt sie in den umflorten Spiegel. Noch kann sie sich ins Gesicht sehen, aber nicht mehr lange, wenn sie nicht bald zu einer Entscheidung kommt. Noch wenige Stunden, dann geht dieses Jahr zu Ende. Und bald auch ihr Leben. Die kleinen Schlaganfälle und Ausfälle, was auch immer es war, liebe Dr. Ilsebill, es war nur ein Aufschub. Ein Sterben auf Probe. Man hat ihr eine letzte Chance gegeben, die zu nutzen ihre vermaledeite Pflicht ist.

Inge nimmt die Kerze von der Kommode und trägt sie zum Sekretär. Mit der freien Hand stützt sie sich an der Wand ab. Wieder fallen sie schwer, die wenigen Schritte, das Drehen des Schlüssels, das Herausziehen des braunen Umschlags, »nach meinem Tod zu öffnen«. Obenauf liegt ein Notizzettel voller Strichmännchen und -weibchen, Blitzen und Gespenstern, darunter der krakelige Satz: »Das neue Leben hat schon angefangen.« Inge blickt hinaus in den Schnee, der im Dunkeln vor dem Fenster vorbeitreibt. Auch an Neujahr vor vierzig Jahren, kurz nach Mitternacht, hat ein neues Leben angefangen. Berit, ihre Jüngste, war als einziges ihrer Kinder zu Hause zur Welt gekommen. Mithilfe von Doktor Ilse Johansen, mit der sie, wer weiß, selbst ein neues Leben angefangen hätte, wäre nicht unverhofft ebenjene Berit aufgekreuzt. Zu gerne würde sie in diesem Moment mit Ilsebill sprechen, die nun allein in ihrem Haus sitzt, nur wenige Kilometer entfernt und doch unerreichbar geworden.

Inge nimmt das Testament in die Hand. Der Zusatz, der Enno zum Alleinerben von Haus Tide machte, ist durchgestrichen. Alles zurück auf Los. Denn als sie das Testament zerreißen wollte, kam der große Knall, und die Sache glitt ihr aus den Händen. War das ein Fingerzeig, dass sie so einfach nicht herauskam aus dem letzten Willen? Sie hat keinen letzten Willen – diese Losung, die ihr gestern noch weitsichtig und weise erschien, kommt ihr heute, bei Lichte betrachtet, billig und egoistisch vor. Oder, besser gesagt, bei Kerzenschein, denn die Lichter sind erloschen mit dem großen Knall, und einzig Ahabs Auge glühte phosphorgrün in der Dunkelheit. Wo ist der Kater bei diesem Hundewetter?

Tack, tack, etwas klopft gegen die Scheibe. Inge fährt zusammen. Mit der Kerze in der Hand nähert sie sich dem Fenster. Eine Taube! Sollte das etwa …? Inge öffnet kurz das Fenster. Schnee fliegt herein und mit ihm der Vogel, der zielstrebig zum Sekretär flattert. Zerrupft vom Sturmwind sitzt die Taube da, legt den Kopf schief und schaut Inge an. Ein Wunder, dass sie es bei diesem Wetter von Ilse bis hierher geschafft hat. Andererseits, es ist eine von Ilses Tauben, kein Schwächling aus den Städten, die die Luft ein wenig stark finden. Und auch keine gewöhnliche Taube, die nur den Rückweg findet, in den eigenen Schlag. Aber welche von ihnen? Es gab Ringel und Turtel, dann die Stocktaube und, als einzigen Tauberich, H.L. Geist. Ehrlich gesagt, waren sie Inge immer ziemlich gleich grau oder blau-grau vorgekommen. Nun tut es ihr leid, dass sie Ilses Briefboten nicht mehr Interesse entgegengebracht hat, solange es Hausbesuche und Telefone gab. Vorsichtig öffnet Inge das kleine Behältnis am Fuß der Taube und fischt einen zusammengerollten Zettel heraus.

»Liebste Ingelline. Musste auf dem Weg zu euch unverrichteter Dinge umkehren. Dein Alarmknopf (trägst Du ihn noch?!) nützt nun auch nichts mehr. Nimm Deine Tropfen, fünfmal täglich, sorge für ausreichend Ruhe, etwas Bewegung, viel Flüssigkeit. Vor allem: keine unnötigen Sorgen. Überhaupt keine Sorgen! Wenn Du etwas brauchst, Deine Tropfen, mich, einen Hubschrauber, schreib es mir. Und wehe, Du stirbst, bevor der Schnee weg ist. Eins schwöre ich Dir: Dann sehen wir uns nie wieder! Deine Ilse.«

Während die Taube mit schräg gelegtem Kopf auf dem Sekretär hockt und zuschaut, schreibt Inge zurück.

»Liebste Ilsebill. Mir geht es gut. Wirklich. Bleib bloß im Warmen, Hausbesuche bei Schneesturm verboten. Werde alle Deine Anordnungen befolgen. Wie könnte ich etwas anderes wagen. Auf Wiedersehen! Deine Inge.

PS: Danke für die Taube. Sollte es Turtel sein?«

Inge holt einen Keks aus der Kommodenschublade und streut der Taube zur Stärkung ein paar Krümel hin. Zu gerne würde sie dem nassen Vogel einen heißen Tee anbieten. Oder wenigstens einen Schal und eine Mütze für den Rückflug! Aber das wäre wohl unter der Würde einer Brieftaube, insbesondere falls es sich um H. L. Geist handeln sollte. Also öffnet sie das Fenster und schaut der Taube nach, die sich ohne Umschweife in den Sturm stürzt. Sie ist jetzt fast sicher, dass es sich um Turtel handelt. Doch, ja.

Zum hundertsten Mal drückt Kerrin auf einen Lichtschalter, und nichts passiert. Der Strom ist nicht zurückgekommen, natürlich nicht. So schnell geht es nicht mit dem Reparieren gebrochener Strommasten und gerissener Leitungen, schon gar nicht auf dieser Insel, wo alles länger dauert als anderswo. In der von Kerzen erhellten Küche stehen Schüsseln voller aufgetauter Lebensmittel. Es half nichts, die Kühltruhe musste geleert werden. All ihre säuberlich geschichteten Gefrierbeutel sind durch Jochens, Martens und Kaijas Hände von der Speisekammer in die Küche gewandert, wo Gesa und sie selbst sie entgegengenommen haben. Und dann ist ein Wunder geschehen. Jawohl, es ist ein Wunder, anders kann Kerrin es sich überhaupt nicht erklären: Ganz unten in der Kühltruhe tauchte ein Fisch auf – ein prächtiger Karpfen, genau so einer, wie sie ihn für das Silvesteressen vorgesehen hatte, bevor der Sturm kam. Das Festmahl ist gerettet! Und dieses Prachtexemplar von einem Karpfen wird ihnen Glück bringen, denn der Neujahrsfisch steht für Fruchtbarkeit, Fülle und Vermehrung, und gerade so, wie man das neue Jahr beginnt, wird es weitergehen. Mit einem Sechser im Lotto (Enno) oder Zwillingen (Gesa) oder … oder einfach ein paar Pfund mehr auf den Hüften (Kerrin), denkt Kerrin angesichts der Armada von übervollen Schüsseln. Das alles kommt, ausnahmslos, heute Abend auf den Tisch!

In der Neujahrsnacht sind – weil der Anfang, wie es heißt, mitgeht – Harmonie und Überfluss Pflicht. Also, das mit dem Überfluss zur Neujahrsnacht geht schon mal klar. An der Harmonie muss noch etwas gearbeitet werden. Vor allem an der Harmonie zwischen Enno und ihr. Sie denkt an Ennos Geheimnis, Ennos Mappe, Ennos Praxis … Hektisch kramt Kerrin in den Schubladen. Lorbeerblätter, Wacholderbeeren, Pimentkörner für den Sud – alles da! Sie wird ihm heute das köstlichste Silvestermahl aller Zeiten bereiten. Gemeinsam mit Jochen. Gesa und die Kinder hätten gerne mithelfen können, aber sie haben sich maulend in die warme Stube zurückgezogen. Bloß weil sie ihnen das ein oder andere zu zeigen versucht und Gesa einmal das Messer aus der Hand genommen hat – meine Güte, bei ihr ging es nun einmal schneller.

»Da können wir die Schafe ja leben lassen«, meint Jochen mit einem Blick auf den Prachtkarpfen.

»Er war vorher nicht in der Truhe!« Kerrin holt den Riesentopf unten aus dem Schrank, genau für solche Fische und Fälle. »Das hätte ich gewusst.«

»Ja, die wunderbare Fischvermehrung.« Jochen tupft Petersilie und Dill trocken. Kerrin hat nicht das Bedürfnis, ihm die Kräuter aus der Hand zu nehmen. Schneller ginge es bei ihr zwar auch, aber bei ihm sieht es irgendwie … zärtlich aus.

»Zitronenthymian wäre fein«, sagt er. »Eigentlich geht's gar nicht ohne Zitronenthymian. Wir sollten einen Tunnel zum nächsten Laden graben.«

Kerrin holt ein Schüsselchen und hält es Jochen unter die Nase. »Wonach riecht das?«

Jochen schließt die Augen, schnuppert. Nun sag schon, denkt Kerrin, es riecht nach Zitrone, nach Thymian, würzig, aromatisch, dabei frisch …

»Hmmh.« Jochen saugt den Duft ein und sagt, noch immer mit geschlossenen Augen: »Nach Kerrin.«

Die Scheune ist stockdunkel, selbst die schummrige Laterne gibt kein Licht mehr, seit man ihr den Saft abgedreht hat. Enno stellt drei dicke Stumpenkerzen auf den Boden um seinen Klappstuhl. Während er mit einem Streichholz – die Streichholzschachteln hat er vorsorglich in Gewahrsam genommen – die Kerzen entzündet, hört Enno die Stimme seines Vaters, der unzählige Male ihn und die Geschwister ermahnt hat: »Kein Feuer in der Scheune, Kinder, niemals!« Und wie ein Echo seine eigene Stimme, die Karsten und Inka einschärft: »Kein Feuer in der Scheune, Kinder, niemals!« Der Wind wütet gegen die Scheunenwände und pfeift durch die Ritzen. Bitterkalt ist es hier, doch dafür auch menschenleer.

Einzig Heide und Schnucke blöken hinter der Bretterwand, der Sturm macht sie ein ganz klein wenig nervös, aber deshalb lassen sie doch die Kirche im Dorf und die Kuh auf dem Eis. Im Haus dagegen ein Gerenne und Gewese um ein Abendessen! Silvesterdinner, ja klar, vermutlich werden noch Tischkärtchen gebastelt, während ihnen das Wasser bis zum Nabel steigt.

Er sieht Kerrin und Jochen vor sich, wie sie mit leuchtenden Augen toten Fisch betrachten, Mohrrüben zu Sternen schnitzen und tränenselig Arm in Arm Zwiebeln hacken. Na ja, Arm in Arm vielleicht nicht, aber allein dieses gemeinschaftliche Flennen, das beständige »ah!« und »oh!« und »probier mal!«. Fehlt nur, dass sie sich die Mohrrübchen gegenseitig auf die Zunge schieben. Und dann die große Frage: Welchen Wein zum Abendessen – den für besondere Anlässe oder den für ganz besondere Anlässe? Spätestens in dem Moment, wenn der Deich bricht, werden sie wissen, dass sie den für ganz besondere Anlässe hätten wählen sollen. Da lobt sich Enno die Schafe. Immer schön die Contenance bewahren.

Eine Weile spaziert er mit steifen Zehen zwischen den Scheunenwänden auf und ab und schlägt zwecks Wärmeerzeugung die gekreuzten Arme vor die Brust. Anstatt Wärme erzeugt diese Fortbewegung die Empfindung, einer flugunfähigen Trottellumme zu gleichen. Übrigens führen Trottellummen Saisonehen, erinnert sich Enno. So ganz blöd können sie also nicht sein.

Schön, dann muss er sich eben anders aufwärmen. Er holt die Gitarre hervor und singt: »Come on, baby, light my fire. Try to set the night on fire!« Noch immer ohne Vitamin E klingt das Gezupfe auf der E-Gitarre so virtuos wie auf einem Eierschneider. Kastratenmusik sozusagen. Heiß wird einem da höchstens vor Scham. Dazu diese steif gefrorenen Finger –

Enno zieht die Handschuhe aus der Jackentasche, farbenfrohes Ringelmuster, von Kerrin selbst gestrickt. Kurzerhand nimmt er die Heckenschere vom Wandhaken, schneidet die Fingerkuppen ab und streift die Gitarristenhandschuhe über. So gefallen sie ihm schon viel besser. Zweiter Versuch.

»Take me now, baby, here as I am. Pull me close, try and understand. Desire is hunger is the fire I breathe …«

»Hej, wer ist das denn?« Inkas Stimme in seinem Rücken. »Jemand, der als mein Vater verkleidet nachts im Schafstall abrockt? Oder mein Vater, der als Rocker verkleidet …«

Mist! Enno hat sie nicht kommen hören. Hat wohl wenig Sinn, jetzt die Gitarre hinter den Rücken zu halten und vorzugeben, man hole gerade Holz aus der Scheune. »Und was hast du hier zu suchen?«

»Nichts.« Inka lässt die Spraydose hinter dem Rücken verschwinden und starrt auf seine Hände. »Du kannst Gitarre spielen?«

»Konnte es mal.«

»Wow – wann denn?«

Enno überlegt einen Moment. Aber eigentlich ist es sonnenklar. »Wenn ich betrunken oder verliebt war. Am besten, wenn ich betrunken und verliebt war.«

Inka reißt Mund und Augen auf. »Echt jetzt, du warst mal so richtig verknallt?«

»Meinst du, ich bin mit Geheimratsecken auf die Welt gekommen?«

»Keine Ahnung.« Plötzlich wechselt ihr Ausdruck. »Spiel's noch mal.«

»Nein!«

»Bitte!«

»Nein!«

»Bitte, Papa!«

»Take me now, baby, here as I am«, beginnt Enno leise zu singen. Er räuspert sich. »Pull me close, try and understand.« Er wirft einen Seitenblick auf seine Tochter. Inka öffnet den Mund. Jetzt wird sie ihn auslachen, die vernichtende Bemerkung machen, die er verdient hat.

»Desire is hunger is the fire I breathe«, setzt Inka ein, »love is a banquet on which we feed.«

»Come on now, try and understand«, singen beide zusammen, »the way I feel, when I'm in your hands.«

Die leere Spraydose – wir wissen nicht, wie sie sich in Inkas Händen fühlt – klackt rhythmisch bei jeder Bewegung.

»Hej«, sagt Enno, leicht aus der Puste am Ende des Lieds, »wir klingen wie Bruce und Patti!«

»Doch«, sagt Inka, »du kannst Gitarre spielen! Selbst auf diesem saftlosen Waschbrett.«

»Na ja.« Enno fährt mit der Hand durch die Haare, die über den Hemdkragen wachsen. »Und du kannst singen?«

»Weiß nicht.« Inka schaut in die Ferne. »Ich denk mal, ich kann's auch am besten, wenn ich betrunken und verliebt bin.«

Enno mustert seine Tochter. Meine Güte, ist die groß geworden! Mit dem schwarzen Haar, dem üppigen Busen sieht sie kein bisschen mehr aus wie die kleine Inka. Oder wie Kerrin oder er. »Wieso hast du zu Hause nie gesungen? Nicht mal an Weihnachten?«

»Weil ich da nie betrunken und verliebt war.«

»Hm.« Enno kratzt sich am Kopf. »Leuchtet ein. Übrigens bist du noch viel zu jung!«

»Fürs Betrunken- oder fürs Verliebtsein?« Inka sieht ihn herausfordernd an. »Außerdem hat Mama gesagt, ich kann nicht singen. Klinge wie ein Reibeisen.«

»Das ist es ja gerade!« Enno pustet eine Atemwolke in die Luft. »Ehrlich, du hast eine Stimme, der Wahnsinn! Wirklich, eine ganz besondere Stimme, wie Janis Joplin, nein, Gianna Nannini oder Zaz, also eine Stimme wie …« Er verstummt. Eine ganz besondere Stimme, die ihn an eine andere Stimme erinnert. Ihn an jemanden erinnert. An wen bloß? An wen? Enno versinkt in Schweigen.

Unter dem Ansturm des Windes zittern die Scheunenwände. Selbst das Tosen der Wellen dringt durch die Ritzen. Die Kerzen werfen tanzende Schatten an die Wand.

»Papa, wer ist mein Vater?« Inka wird rot, doch blickt Enno fest in die Augen. »Ich meine, mein biologischer Vater. Du weißt schon, der Spermalieferant.«

»Der Sperma…?« Enno zuckt zusammen. »Ich weiß es nicht, Inka. Ich weiß es wirklich nicht. Niemand weiß es.« Noch bevor sie mit der Geburtsurkunde anfangen kann, fährt er fort: »Nicht mal die Frau, die dich geboren hat.«

»Schön, dann sag mir, wer das ist.«

»Noch ein halbes Jahr Geduld, Inka. Deine Mutter und ich, wir sagen es dir, wenn du achtzehn bist. Wie versprochen.«

Deine Mutter und ich, deine Mutter und ich, will Inka ihn nachäffen, du klingst wie in einem Schundroman! Stattdessen sagt sie: »Wusstest du, dass Onkel Boy ein Kind hat?«

»Nur eins?« Enno schnaubt. »Ne, aber wundert mich nicht.«

»Mit so 'ner drogensüchtigen Sängerin. Einer Suzie.« Inka überlegt. »Müsste jetzt ungefähr in meinem Alter sein.« Enno schaut sie so komisch an. Als würde er gleich vom Klappstuhl kippen. Als hätte sie etwas Ungeheuerliches gesagt. Sie lacht. »Nicht Suzie! Das Kind mein ich.«

So fand eine vielversprechende Session ihr vorzeitiges Ende. Er hat Inka gebeten, aufgefordert wohl eher, zu gehen und ihn allein zu lassen. Sofort. Was sie auch tat – nachdem die Spraydose in hohem Bogen durch die Luft geflogen war, knapp an seinem Kopf vorbei.

Doch, bis drei zählen kann er noch. Mit und ohne Tumor oder Hirngespinst. Eins (Boy) und eins (Suzie) macht drei (Inka). So einfach ist das, wenn man es erst mal kapiert hat. Suzies Stimme! Boys grüne Augen! Kerrins Eifer und Eile und Geheimnistuerei. Seine eigene unfassbare Idiotie! Auf einmal, als ihm die blinden, blöden Augen aufgehen, sieht er noch etwas sonnenklar: Auch Mutter hat es gewusst. Alle haben es gewusst. Alle mit Ausnahme des Ehemanns, Bruders, Sohns, alle außer dem Familienoberhaupt (Enno lacht) und Hausherrn (Enno lacht Tränen). Ja, wozu den auch fragen? Es reicht doch, wenn er mitspielt – ohne zu wissen, was gespielt wird – und die Rechnungen bezahlt. Aber da haben sie die Rechnung ohne den Wirt gemacht.

Unaufhaltsam steigt die See Richtung Deichkrone. Das kann Enno von hier nicht sehen, doch er hört es. Er weiß es. Fühlt es. Eine alte Geschichte kommt ihm in den Sinn, die ihnen Vater früher erzählt hat, wenn eine Sturmflut bevorstand. Wie vor Jahrhunderten die Männer dieser Insel bei der großen Flut ihre Weiber und Kinder mit Stricken an sich gebunden haben, damit sie, so hört er zum Tosen von Wind und Wasser die Stimme des Vaters vortragen, »in Liebe vereint, durch die grausamen Wellen nicht getrennt werden möchten«. Ein Schauer hatte ihn als Junge bei diesen Worten durchlaufen angesichts der Macht und Verantwortung des Mannes und Familienvaters, der die Seinen niemals im Stich lässt, eine Ahnung von der glorreichen Härte des Erwachsenseins, den süßen Fesseln der Liebe. Nun, nach Jahrzehnten als Ehemann und Vater, fühlt er sich mit einem Schlag befreit von der Verantwortung und den Fesseln, die zerschnitten zu seinen Füßen liegen.

Ganz ruhig sitzt Enno auf seinem Stuhl, im Kreis der herunterbrennenden Kerzen. Bersten sollte er vor Wut und Enttäuschung, wie damals, als Boy ihm die Seefahrt gestohlen hat. Sich verarscht fühlen von seinem Bruder – schlimmer sogar als beim ersten Mal –, dazu betrogen von seiner Frau auf eine Weise, die jede heimliche Liebschaft übertraf, hintergangen von seiner Mutter, die auch in diesem Fall geschwiegen hat. Ja, das alles wird er noch fühlen, die Wut, die Kränkung, irgendwann. Jetzt aber, in diesem Augenblick, ist da etwas anderes. All die Jahre, in denen er sich verantwortlich gefühlt hat, dabei stets mangelhaft, unzureichend, undankbar, fallen eines nach dem anderen von ihm ab wie gefüllte Sandsäcke. Er ist nicht schuld an allem, was in dieser Familie schief lief. Er ist ihnen nichts mehr schuldig.

Mit diesem Satz breitet sich ein Gefühl von Freiheit in ihm aus wie die Wärme nach einem Glas Schnaps, das man in einem Zug geleert hat. Nur dass es ihn nicht benommen und heiß macht, sondern im Gegenteil kühl und klar. Und doch hat es, auf seine kalte Art, etwas Berauschendes. Wozu sich Sorgen machen? Wozu ständig bedenken, was andere brauchten und dachten, wollten oder nicht wollten, was man selbst tun oder lassen sollte, dürfen dürfte und müssen müsste. Warum nicht einfach tun, was man selbst wollte? Wirklich wollte. Will. Jetzt oder nie!

Und er tut es jetzt. Es ist zumindest ein Anfang. Er bucht die Schiffsreise, egal, ob er nun todkrank ist oder nicht. Für sich alleine. Und wenn das Tablet den Geist aufgegeben hat, dann eben ganz analog per Stift und Brief. Irgendwann wird der Schnee wieder schmelzen, die Post wieder befördert werden. Übrigens, dass die Weltreise Hamburg als Start- und Zielhafen hat, heißt nicht zwangsläufig, dass man danach nach Hause zurückkehrt. Man könnte das Ganze noch einmal in umgekehrter Reihenfolge machen. Oder von Nord nach Süd und von Süd nach Nord. Oder, bei dieser Möglichkeit stockt Enno der Atem, kreuz und quer, pi mal Daumen. Am Ende der Reise steht nicht unbedingt die Heimkehr.

»Ich würde sagen«, sagt Enno, als er sich in der Dunkelheit vom Klappstuhl erhebt, »das lassen wir mal offen, meine Lieben.«

Im selben Moment, als er den Entschluss, fortzugehen, unwiderruflich gefasst hat, fühlt sich sein Kopf so klar und frei an wie seit Wochen, seit Jahren nicht. Der drückende Schmerz ist verschwunden. Er hat sich selbst die Zügel abgeworfen, vom Zaumzeug befreit. Den Brief vom Arzt braucht er gar nicht mehr.

Die Kerzen flackern auf und erlöschen. Ruhig atmend steht Enno in der sturmumtosten Scheune, seine Augen haben sich an die Dunkelheit gewöhnt. Eine Ladung Schnee poltert vom Dach. Doch heute stürzt hier niemand ab, kein Tablet, kein Enno. Ganz im Gegenteil.

Es ist warm in der vom Bilegger beheizten Stube. Luftschlangen und Konfetti liegen um Teller, Gläser und Kerzenleuchter auf dem weißen Tischtuch. Während sich die anderen in der überfüllten Stube einen Weg zu ihrem Stuhl bahnen, tragen Kerrin und Jochen eine Schüssel und Platte nach der anderen herein. Enno springt von seinem Platz auf und entzündet sämtliche Kerzen am Weihnachtsbaum. Die anderen wundern sich ein wenig, dass das Haushalten offenbar ein Ende hat. Endlich ist die ganze Familie um den langen Esstisch versammelt. Inge hat ihren Platz am Kopfende wieder eingenommen, zu ihrer Rechten Enno, Gesa, Berit und Kaija, zu ihrer Linken Kerrin, Inka, Jochen und Marten. Am Inge gegenüberliegenden Tischende steht heute ein zehnter Stuhl. Ein alter Holzstuhl mit geschnitzter Lehne und rotem Polstersitz. Er bleibt leer. Auch vor dem leeren Stuhl steht ein Gedeck.

Zuerst gibt es Vorspeisen und Salate. Dann holt Kerrin den großen Topf, den sie zum Warmhalten auf den Bilegger gestellt hat, den gusseisernen schwarzen Kasten mit den dünnen Metallbeinen. »So zahlreich und schmackhaft wie Erbsen«, sagt Kerrin, während sie mit der Schöpfkelle Erbsensuppe auf die Teller verteilt, »sollen Geld und Wohlstand im neuen Jahr im Haus sein.«

»Amen«, antworten Berit und Inka wie aus einem Mund.

Nach kurzem Zögern füllt Kerrin auch den Suppenteller am leeren Platz und fährt fort: »Das Silvesteressen im Kreis der Familie bildet den geschlossenen magischen Kreis, der für keinen Dämon aufzubrechen ist.«

Für wen mag der leere Stuhl sein, fragt sich Gesa. Es ist tröstlich, dass er dort steht. Jemand fehlt. Jemand wird erwartet. Jemand, der vielleicht doch noch kommt. Gleich wird es ans Fenster klopfen – bei diesem Gedanken beginnt auch ihr Herz wild zu pochen –, sein Atem wird einen Kreis in die beschlagene Scheibe hauchen. Ein Gesicht taucht darin auf (erst Boys, dann Matteos), sein Lächeln, sein Leuchten strahlt durch das Glas bis ins Innere. Alle werden ihn hereinwinken, willkommen heißen, bitten, zu bleiben, sie werden einfach nicht anders können. Erst wenn er Platz genommen hat auf dem leeren Stuhl – im Haus, am Tisch, in der Familie –, ist der magische Kreis geschlossen.

»Gesa?« Berit reicht ihrer Schwester den Brotkorb, der die Runde macht. Gesa schaut an Inge vorbei zum Fenster. »Gesa?«

Für wen hat Mame den leeren Stuhl hingestellt, fragt sich Berit, denn dass es Mame war, ist ziemlich sicher. Platz lassen für das Unbekannte, das war ihr Metier. Oder für den Unbekannten. Oder die Unbekannte. Berit sieht sie kommen, kurz vor Mitternacht, von ihrem in der Schneewehe steckenden

Zug auf Skiern bis vor eines der Stubenfenster fahren, in letzter Sekunde abbremsen, mit einem Häubchen Schnee auf der Pelzmütze, geröteten Wangen, nur ein ganz klein wenig außer Atem. Ihre bekannte, unbekannte Johanna.

Was soll eigentlich dieser leere Stuhl, würde Enno zu gerne mal wissen. Ja, er hat davon gehört, es gab so eine Sitte, ein Gedeck und einen Stuhl für den unbekannten Gast bereitzuhalten. Aber das betraf Weihnachten, wenn er sich richtig erinnerte, und zwar in Polen. Noch während er den leeren Platz mustert, steigt dort unversehens – wie vor drei Tagen im Wartezimmer – eine weibliche Gestalt aus der Muschel empor, nackt und weiß, schüttelt die Tropfen aus den goldbraunen Haaren und blickt ihn an. Nur dass sie ihm hier, im Kreis der Familie, weniger sirenenhaft und mehr fehl am Platz vorkommt. Sie hätte sich wenigstens obenrum etwas anziehen können (unten scheint eine Art Fischschwanz das Nötigste zu bedecken). Außerdem tropft das Wasser aus ihrem Haar in Kerrins Erbsensuppe und verwässert den Wohlstand für das kommende Jahr. Kaum hat er den Gedanken zu Ende gedacht, hat sich die Erscheinung in Luft aufgelöst, was Enno nun doch bedauerlich findet. Falls Mutter diesen absurden Thron aufgestellt hat, denkt er mit einem Mund voll Erbsen, hat sie dabei gewiss an Boy gedacht. Und Kerrin, würde er liebend gern wissen, an wen denkt Kerrin?

»Enno?«, fragt Gesa und hält ihrem Bruder den Brotkorb unter die Nase. »Ist da jemand?«

Enno nimmt ein Stück Brot und reicht den Korb seiner Mutter, die ihn an Kerrin weitergibt.

Wo kommt dieser zehnte Stuhl her, fragt sich Kerrin, den hat sie im Haus noch nie gesehen! Und wer fehlt in der Runde? Außer Karsten, mit dem sie nun nicht einmal mehr skypen kann, einmal um die halbe Erdkugel. Irgendwo im Internet wird er davon lesen, dass im Norden des fernen kleinen Deutschland ein Schneesturm wütet. Er wird sie zu erreichen versuchen, vergeblich. Aber für Karsten wurde letztes Jahr an Silvester auch kein Stuhl aufgestellt. Wie schön wäre das, wenn jetzt ihr großer Sohn hereinspazierte! Mit ihm könnte sie vielleicht sogar über Enno sprechen. Dann kommt ihr ein anderer Gast in den Sinn, der womöglich heute Abend erwartet wurde. Einer, den sie am liebsten gar nicht mehr hier sehen möchte. Wenn er doch nur auf einer seiner Fahrten auf See bliebe! Eilig wird dieser brandneue Gedanke unter den Teppich gekehrt, von Scham erstickt, dann züngelt er wieder hervor und lodert hoch auf: Wenn er für immer auf See bliebe, erst dann wäre Inka wirklich ihr und Ennos Kind.

»Mama?« Inka zupft ihre Mutter am Ärmel. »Krieg ich heute auch noch was?«

Während Inka von Kerrin den Brotkorb entgegennimmt, kommt ihr ein seltsamer Gedanke. Der Gast, der hier heute noch erwartet wird – das ist ihr Vater. Wer auch immer das sein mag, der Vati von Sarah-Lena, Kim Jon-irgendwas von Nordkorea oder Marilyn Manson, wird heute Schlag Mitternacht hereinspazieren, auf dem Plüschthron Platz nehmen, die Beine übereinanderschlagen, sich zurücklehnen und sprechen: »Da bin ich.«

»Der Stuhl ist für Ahab«, sagt Kaija. »Wenn er aus dem Schneesturm zurückkommt, hat er vielleicht eine andere Gestalt.« Sie zieht die Brauen zusammen, blickt dann aufmunternd in die Runde. »Aber keine Sorge, ich werde ihn erkennen.«

»Klar«, sagt Marten, »an der Augenklappe.«

Kaija versetzt ihm unterm Tisch einen Tritt.

»Wisst ihr, was ich glaube?« Marten macht eine lange Pause. »Dieser Stuhl ist für den Gott des Sturms.«

Es wird still in der Stube. Alle lauschen erst nach draußen, wo der Wind tobt, dann in sich hinein. Auf den Gott des Sturms.

»Wir sollten mal nach ihm sehen«, sagt Jochen zu Kerrin. Beide erheben sich und verlassen den Raum Richtung Küche. Kerrin nimmt den Deckel vom Topf, in dem der Riesenkarpfen im Sud gekocht hat. Gemeinsam beugen sie sich über den Fisch. Er ist ganz und in Form geblieben, dank der Kartoffeln in seiner Bauchhöhle. Jochen hebt den Karpfen vorsichtig aus dem Topf, stellt ihn auf die Platte, die Kerrin bereithält. Kerrin reckt den Daumen in die Höhe. Jochen macht ein Victory-Zeichen. Der Prachtkerl steht wie eine Eins. Sie drapieren das Gemüse um den Karpfen, bestreuen ihn mit gehackter Petersilie und tragen ihn zu Tisch.

Der Fisch wird in der Mitte der langen Tafel platziert und mit »ah« und »oh« begrüßt. Berit ist froh, dass er nicht zurückgrüßt. So lebendig sieht er trotz allem noch aus, mit seinen Augen, seinem offen stehenden Mund.

»Möchtest du?« Kerrin hält Enno das Messer hin.

»Mach du nur.«

Einen Moment überlegt Kerrin, das Messer an Jochen weiterzugeben, dann schneidet sie selbst am Rückgrat entlang. »Der Neujahrsfisch ist das Symbol für Fruchtbarkeit, Fülle und Vermehrung«, sagt sie. »Denkt daran, eine Schuppe aufzuheben fürs Portemonnaie, damit das neue Jahr Geldsegen bringt.« Kerrin hebt die Filets ab, verteilt sie auf das Gedeck vor dem leeren Platz und die ihr entgegengehaltenen Teller. Auch Berit hält ihren Teller hin. »Du auch?«

Berit nickt. »Warum nicht? Fruchtbarkeit, Fülle und Vermehrung – das klingt nicht schlecht für das neue Jahr. Und Jahrzehnt.«

»Oh ja«, sagt Inge, »dein runder Geburtstag! Den hast du dir sicher anders vorgestellt. Statt mit rauschender Party in Berlin sitzt du mit der buckligen Verwandtschaft in Dunkel und Schnee fest.«

»So ist es«, sagt Berit. »Und darum werde ich mich heute auch sinnlos betrinken.«

Enno springt auf, kommt mit einer Flasche kalt gestelltem Sekt zurück, lässt noch in der Tür zur Stube den Korken knallen. Der Sektkorken fliegt an die Decke, fällt auf den Tisch, ins Gemüsebett exakt vor das Fischmaul. Der Sekt schäumt über und fließt auf die Dielen.

Kerrin muss sich doch wundern. »Schatz, war der nicht für später gedacht?«

»Man muss die Feste feiern, wie sie fallen«, sagt Enno und stopft den Korken ins Fischmaul. »Die Gelegenheit beim Schopfe packen!« Er rückt den Fischkopf zurecht. »Das Eisen schmieden, solange es heiß ist!« Er gießt reihum ein.

Alle heben die Gläser und prosten sich zu.

Enno hält ein mit einer Schleife zugebundenes Stoffbeutelchen hoch. »Was soll übrigens das darstellen?«

»Zitronen«, sagen Kerrin und Jochen.

»Natürlich, Liebling.« Enno lächelt Kerrin an, nimmt die umhüllte Zitronenscheibe zwischen die Finger, presst ein paar Tropfen über den Fisch. »Natürlich, aber klar doch.« Das sind ja ganz neue Sitten im ollen Friesenhaus! Zitronenscheibchen in Stoffbeutelchen, damit sich die werten Gästchen nicht die Fingerchen besudeln. Kann er gleich was lernen für die Kreuzfahrt, er wird ja schließlich keine Holzklasse buchen. Curaçao, das Wasser blau wie Likör, Niederländische Antillen, süß wie Pastillen …

Kerrin mustert Enno aus den Augenwinkeln. Was gibt es denn so entrückt zu lächeln? Irgendwas führt der Mann doch im Schilde! Benimmt sich so ein Sterbenskranker? Er muss ihr endlich reinen Wein einschenken! Und sie muss ihm beichten, dass sie ihm hinterherspioniert, sein Handy gecheckt, in der Mappe gelesen hat. Der köstliche Karpfen bleibt Kerrin fast im Hals stecken bei dem Gedanken, wie entsetzlich übel Enno ihr das nehmen wird. Aber Moment mal, wer hat hier wen seit Wochen gequält mit seiner Heimlichtuerei? Sie spült den Fisch mit einem Schluck Sekt hinunter. Es war reine Notwehr!

»Ach, übrigens.« Enno schaut sie bedeutungsschwanger an.

Er wird wohl nicht jetzt damit loslegen, hier vor allen anderen?

»Wo ist eigentlich die Wurst geblieben? Wir hatten doch noch ein Stück Salami.«

Oh nein. Kerrin blickt kurz zu Jochen, dann zu Boden. Ist es Enno also doch aufgefallen. Dass sie das letzte Stück an einen anderen verfüttert hat.

»Tjaha!« Feixend zaubert Enno aus einer Tüte zu seinen Füßen eine Salami hervor. »Alles hat ein Ende, nur die Wurst hat zwei!« Er säbelt die Salami mit dem Fischmesser in Scheiben und hält den Teller über den Tisch.

Nur Jochen greift zu. Zweimal.

»Was haben wir denn heute für einen Wein?«, fragt Enno ihn so laut, dass Jochen vor Schreck die Wurstscheiben fallen lässt. »Hat der Gastgeber einen für besondere Anlässe gewählt? Oder für ganz besondere? Immerhin hat man nicht jeden Tag Silvester.« Enno betrachtet das Etikett, nickt und schüttet sein eigenes Glas randvoll. »Plus Stromausfall! Zuzüglich Springflut!«

Er steht auf und schenkt Berit ein. »Runder Geburtstag noch dazu, das Ende ungestümer Jugend!«

»Ein neuer Galan überdies!« Er geht um den Tisch, füllt erst

Kerrins, dann Jochens Glas bis zum Anschlag. »Träger zweier Michelin-Sterne am Hosenbunde – ›verdient einen Umweg‹!«

Die Flasche schwebt über Gesas Glas, die den Kopf schüttelt und die Hand darüberschiebt. Zu spät. Der Wein rinnt über ihre Finger auf das Tischtuch. »Fernerhin eine Frucht der Liebe.« Enno gluckst. »Eine reife, süße Südfrucht!«

»Eine Wiederauferstehung obendrein!« Inges Glas ist an der Reihe. »Unverhoffte Rückkehr aus dem Reich der Toten …«

Inge nimmt Enno die Flasche aus der Hand. »Es reicht, Enno. Setz dich hin und iss.«

Tatsächlich setzt sich Enno hin und isst. Voller Inbrunst schaufelt er Gemüse und Fisch in sich hinein, quetscht die Zitrone aus bis zum letzten Tropfen. Bis er plötzlich zu prusten beginnt, die Serviette vor den Mund presst und rot anläuft. Krebsrot.

Kerrin springt auf, klopft ihm auf den Rücken. Inge hält ihm ein Glas Wasser unter die Nase.

»Wir sollten ihn auf den Kopf stellen«, schlägt Jochen vor. »Ein paar kräftige Schläge auf den Rücken … oder Hinterkopf, ihr wisst schon.«

Schlagartig hat sich Enno erholt, die Gräte ausgespuckt. Mit gerötetem Gesicht, doch unvermindertem Appetit wendet er sich seinem Teller zu. Auch seine Tischgenossen können sich endlich wieder ihrer Mahlzeit widmen, werfen nur ab und an einen wachsamen Blick in seine Richtung. Bald ist der Karpfen restlos in ihre Bäuche gewandert, lediglich Kopf und Schwanzflosse sind auf der Platte zurückgeblieben.

»Zum Jahresausklang gemeinsam Altes zu beenden und Neues zu beginnen«, sagt Kerrin, »wirkt gemeinschaftsstabilisierend.«

»Wie man sieht«, meint Berit und holt tief Luft. »Was ich euch noch sagen wollte …« Sie muss sich auf ihre Worte konzentrieren. Sie trinkt sonst nicht so viel. »Ich werde ja morgen vierzig. Heute Nacht. Habe also ein Alter erreicht, in dem Jesus alles längst hinter sich hatte. Oder James Dean, Kurt Cobain, Amy Winehouse. In dem man heute selbst in Berlin die Pubertät beendet.« Vielleicht ist auch der Karpfen schuld, dass ihr etwas komisch ist. Eine Überdosis tierisches Eiweiß. Wenn das mal keine Bläschen gibt! Oder einen allergischen Schock im Sprachzentrum. Womöglich wird sie dann auch auf den Kopf gestellt …

»Ja?« Inge schaut sie aufmerksam an.

»Was ich sagen will, ist: Ich bin zu einem Entschluss gekommen. Was mich betrifft, soll das Haus in der Familie bleiben.« Die Worte finden ihren Weg wieder flüssiger vom Hirn auf die Zunge. »Ich verzichte auf meinen Anteil. Haus Tide ist unbezahlbar, seine Geschichte, die Schichten an Zeit und Erinnerungen, die Segelschifffliesen, der Alkoven, die Luke im Giebel über dem Meer, die Geister, die noch immer darin wohnen …« Sie schaut im Raum umher, die anderen folgen ihrem Blick. »Ja, ich könnte das Geld gut gebrauchen. Verdammt gut sogar. Zumal ich noch einen anderen Entschluss gefasst habe.« Sie wirft Inge einen Blick zu. »Wie auch immer, den Erbteil geschenkt zu kriegen, einfach weil man Tochter und zufällig hier geboren ist, wäre schön, aber … kurz und gut«, sie sieht Enno an, dann Kerrin, »mein Jawort habt ihr.«

Kerrin strahlt Berit an und blickt auf Gesa. »Und du?«

»Ich?« Gesa schreckt auf, geht ein paar Schritte auf und ab, reibt sich den Bauch. Das lange Sitzen und Essen wird immer beschwerlicher. Sie denkt an das moosbewachsene Reetdach, die gekreuzten Stäbe mit Vogelköpfen, das Herdfeuer, die Himbeersträucher, das nie versiegende Rauschen von Wind und Wellen. »Ja, auch ich möchte, dass das Haus in der Familie bleibt. Wenn sich alle einig werden. Doch da müssen wir erst noch Boy fragen.«

»Wo bleibt der bloß?«, fragen mehrere Stimmen.

»Gesa«, protestiert Jochen, »es tut mir leid, aber wir brauchen nun mal, gerade jetzt, in unserer Situation …«

»Lass Gesa selbst entscheiden!«, fällt ihm Kerrin ins Wort.

Enno räuspert sich. »Auch ich bin zu einem Entschluss gekommen.« Er spricht langsam und leise, ganz ruhig. »Ich meine, dass ein Verkauf des Hauses und die Auszahlung der Anteile letzten Endes für alle das Beste wären.«

Kerrin schnappt nach Luft. »Enno! Das ist nicht dein Ernst!« Sie tätschelt seinen Arm, schaut in die Runde. »Er ist betrunken. Ihr habt es ja selbst bemerkt.« Sie stößt Inka an. »Was sagst du? Sag doch auch was!«

»Lass Enno selbst entscheiden!«, rät ihr Jochen.

»Wenn ich auch etwas dazu sagen darf«, meldet sich Inge. »So zu Lebzeiten.« Betretene Stille tritt ein. »Auch ich bin endlich zu einem Schluss gekommen. Muss am gemeinschaftsstabilisierenden Silvesterfisch liegen. Oder am Stromausfall, zuzüglich Springflut! Jedenfalls, ich weiß nicht, ob das juristisch irgendeinen Bestand hat als letzter Wille, aber das ist mein Wunsch. Mein letzter Wunsch sozusagen: Haus Tide gehört immer denen, die darin leben.«

Alle schauen Enno und Kerrin an.

»Und darin leben dürfen alle, die es lieben«, fährt Inge fort, »egal, ob verwandt oder nicht.«

Nun schauen alle Inge an, mit großen Fragezeichen im Gesicht.

»Woran man das erkennt? Daran, dass sie es gut behandeln und pflegen, mit geschlossenen Augen aufzählen können, warum Haus Tide unbezahlbar ist. Vielleicht auch daran«, überlegt Inge, »dass sie unter seinem Dach glücklich sind.«

Inka steht auf, umarmt Inge und gibt ihr einen Kuss. »Ominge, du bist die Beste!«

Inge blickt auf den leeren Platz auf der anderen Seite des Tisches. Sie denkt an ihr Testament, ihren Tod, der ihr wieder ein Stück nähergerückt ist. »Das wäre also mein letzter Wunsch. Davor hätte ich noch einen vorletzten.«

Wieder richten sich fragende Blicke auf sie.

»Es gab da noch so einen Rumtopf …«

Ja, es gab da noch so einen Rumtopf. Da es kein Eis und keine Sahne mehr gibt, gibt es kein Eis und keine Sahne dazu, nur die Rumtopffrüchte, die Erdbeeren, Himbeeren, Brombeeren, die Kirschen, Birnen und Pflaumen, pur gelöffelt, vollgesogen mit der Süße des vergangenen Sommers, mit Zucker und hochprozentigem Rum.

Inge löffelt ein paar Früchte, schließt die Augen und schmatzt. Kerrin nimmt ein Stück Birne und denkt an den alten Birnbaum, von dem der Sturm einen Ast gebrochen und auf ihr Gewächshaus geworfen hat. Vielleicht sind dies die letzten Birnen von ihrem Birnbaum gewesen, vielleicht auch die letzten Gewächse aus ihrem Gewächshaus. Berit lässt eine Himbeere auf der Zunge zergehen. Gesa möchte auch eine, eine einzige Himbeere, doch sie darf nicht. Sie geht in die Küche und kommt mit beiden Händen voll Schokolade zurück, Weihnachtsmännern, Schokokugeln und Tafeln. »So«, sagt sie und legt alles vor Marten und Kaija und ihren eigenen Platz.

»Pyrat Pistol« hieß der Rum, erinnert sich Enno, während er eine rumgeschwängerte Kirsche in sein Sektglas plumpsen lässt, von der Karibikinsel Anguilla, eine der Kleinen Antillen, den Inseln über dem Winde. Von dort eigenhändig mitgebracht – na, von wem wohl? Die nächste Flasche aber wird er selbst importieren. Die nächsten Flaschen. Das nächste

Fass! Er sieht sich im Bug des Schiffes stehen, beim Einlaufen in die Häfen. Honolulu, Tutuila, Mumbai, Dubai, Salalah … Enno wird schwindlig bei diesen Namen, schwindlig vor Glück. Er sieht sich im Bug des Schiffes stehen, beim Auslaufen auf das offene Meer, das Tuten zur Abfahrt ist Musik in seinen Ohren.

Kerrin dreht an der Stereoanlage. »Keine Musik heute«, sagt sie traurig, als die Anlage stumm bleibt. »Kein Bleigießen, keine Horoskope, ich konnte nichts mehr besorgen. Nichts! Was ist das nur für ein Jahr, was für ein Jahr?«, murmelt sie, und das ganze Elend der letzten Wochen und Tage liegt in der einsamen Träne, die Kerrin über die Wange rinnt und rasch von ihr fortgewischt wird.

Enno geht auf die gegenüberliegende Tischseite zu Kerrin, nimmt sie fest in den Arm, küsst sie lange auf den Mund. Gesa, Berit und Inge bekommen von ihm ein Küsschen auf die Wange, Jochen einen liebevollen, vielleicht ein wenig kräftig ausfallenden Schlag auf die Schulter. Er wuschelt Marten und Kaija durch die Haare, Kaijas stehen danach wie elektrisiert vom Kopf ab. Dann streckt er Inka eine Hand entgegen. »Komm! Wir machen Musik!«

Kurz ist er verschwunden, dann tritt Enno mit seiner E-Gitarre in die Stube. »When I was younger, so much younger than today«, singt er, »I never needed anybody's help in any way …« Es klingt saft- und kraftlos, ohne Strom und mit brüchiger Stimme vorgetragen. Inka findet es voll peinlich, die anderen halbwegs. Kerrin stimmt tapfer ein, doch das macht die Sache nicht unbedingt besser. Inge flüstert Marten etwas ins Ohr, der läuft los, kehrt mit einer Akustikgitarre im Arm zurück. Enno mustert die Gitarre. Ach ne. Wenn das mal nicht das gute alte Stück von Bruder Boy ist. Die hat er also auch hier im Haus zurückgelassen, nebst seiner Tochter, obwohl er sie doch angeblich so über die Maßen geliebt hat. Die Gitarre.

Enno schlägt ein paar Saiten an, sie ist vollkommen verstimmt nach der langen Zeit in der Abstellkammer – kein Wunder, wäre wohl jede an ihrer Stelle. Er versucht es mit dem Stimmen, E – A – D – G – H – E, klingt immer noch schief, wenn man keine einzige gestimmte Saite zum Vergleich hat. Inge winkt ihm, mit ihr nach nebenan in ihr Schlafzimmer zu kommen, und gibt ihm die Töne am Klavier. Sie hat so lange nicht gespielt, dass Enno das Instrument fast vergessen hat. Wie er es gehasst hat in den Tagen, als Mutter mit Boy dort »Flohwalzer« und Co. rauf und runter klimperte.

So, die Saiten sind gestimmt, neuer Versuch, irgendwas für alle zum Mitsingen. »Auf der Reeperbahn nachts um halb eins …«

Als Erste stimmt Inka ein, alle horchen auf. Enno und sie klingen hinreißend zusammen. Dann singen Inge und Kerrin mit, Gesa und die Kinder, Berit und schließlich sogar Jochen: »… ob du 'n Mädel hast oder hast keins, amüsierst du dich, denn das findet sich, auf der Reeperbahn nachts um halb eins …«

In diesem Haus nachts um halb zwölf, auf der sturmumtosten kleinen Insel jedenfalls hebt sich die Stimmung, als alle gemeinsam schmettern, vor den flackernden Kerzen am Baum, den Resten des Karpfenmassakers, angefeuert vom Rum, vom Zucker, von den Früchten des letzten Sommers und allem, was vom Jahre übrig blieb.

»Es gibt auch eine englische Version«, sagt Inka, »aus 'nem Film mit Marlene Dietrich.«

Kennt Enno nicht, aber er kann Inka begleiten.

»Come on! Join the party. Have a hearty glass of rum. Don't ever think about tomorrow. For tomorrow may never come«, beginnt sie. »I've got kisses and kisses galore that have never been tasted before. If you treat me right, this might be the night. I may never go home. I may never go home!« Inka brüllt sich das Herz aus dem Leib. »I may never go home anymore!« Noch außer Atem, mit aufgelöstem schwarzem Haar fixiert Inka den leeren Stuhl und sagt: »Vielleicht wartet der ja auf die unbekannte Cousine. Würde ich gern mal kennenlernen!«

»Was für 'ne Cousine?!«, rufen Kaija und Marten.

»Boys Tochter«, wirft Inka in den Raum.

Draußen ertönt ein dumpfer Schlag, alle Köpfe wenden sich zum Fenster. Eine Sekunde lang klebt an der Scheibe eine Möwe, schaut sie mit toten Augen an, bevor sie herabfällt. Blutige Federn haften am Glas. Inka geht zum Fenster und stößt es auf. Der Wind weht eisig in den Raum, bläst die Kerzen aus, ein Ast fliegt knapp an der Hauswand vorbei. Der nächste Windstoß wirft dicke Klumpen Gischt herein, erfüllt das Haus mit dem gewaltigen Tosen der See.

»Los, auf den Deich!«, ruft Inka. »Mal schauen, ob wir bald alle miteinander absaufen!«

Enno geht zum Fenster und schließt es. »Schluss jetzt, Inka. Setz dich hin und halt mal die Klappe.«

Tatsächlich setzt sich Inka hin und hält mal die Klappe.

Kaum dass Inka sitzt, springt Kerrin neben ihr auf. »Es gibt noch Nachtisch.«

Ein Scheppern dringt aus der Küche. Jochen geht Kerrin nach und sieht sie auf dem Küchenboden vor einem Scherbenhaufen knien. Im Vanillepudding stecken die Glasscherben der Schüssel. Die heißen Himbeeren haben eine Spur auf ihrer weißen Bluse hinterlassen, einen großen roten Fleck auf der Brust, als habe sie die Schüssel vor dem Fallenlassen ans Herz gedrückt. Kerrin presst die Hände auf den Fleck und rührt sich nicht.

Jochen holt einen nassen Lappen, hockt sich neben sie. Sanft nimmt er ihr die Hände von der Brust, die Kerrin in den Schoß fallen lässt, und wischt vorsichtig über den Fleck, doch der Saft verteilt sich nur weiter im Stoff. Er ist noch warm. In der großen weißen Schleife der Bluse liegt eine Himbeere. Jochen nimmt sie heraus, drückt sie an die Lippen, auch die Beere ist noch warm, warm und süß, er hält sie Kerrin an den Mund, Kerrin schluckt sie. Er knöpft die Bluse auf. Kerrins Blick folgt seinen Händen, wie sie Knopf für Knopf öffnen, ihre Augen noch immer geweitet. Auch der BH und die Haut im Dekolleté haben sich rosarot verfärbt, ein wenig glänzend vom Zucker.

»Zieh ihn aus«, sagt sie. Der BH fällt Kerrin in den Schoß. Ihre Nippel haben die Farbe und Form der Himbeeren angenommen, vielleicht auch ihre Temperatur, und Jochen findet, dass es höchste Zeit für das Dessert ist.

»Nachtisch! Nachtisch!«, hallt es aus der Stube nebenan, und es klingt, als würden sie dort im Takt mit den Löffeln auf den Tisch klopfen.

»Ich geh nachsehen, wo das Dessert bleibt«, sagt Gesa. »Falls ich auch nicht zurückkehre, ist dort ein schwarzes Loch.«

Gesa kehrt zurück mit zwei Schüsseln voll Kompott, ebenfalls aus eigenen, doch diesmal alkoholfreien Früchten. »Vanillepudding fällt heute aus.«

»Wo bleiben die beiden?«, möchte Enno wissen.

»Ich glaube«, sagt Gesa, während sie das Kompott auf die Schalen verteilt und auch den unbekannten Gast nicht vergisst, »die suchen noch nach Wein für den ganz besonderen Anlass.«

Marten streut, als niemand hinguckt, etwas in zwei der Schalen. Kurz darauf tritt Jochen mit einer Rotweinflasche ins

Zimmer, schenkt reihum ein und spricht: »Für den ganz besonderen Anlass.«

Alle schauen sich an und prusten. Alle außer Kerrin in ihrer frischen weißen Bluse. Sieht fast so aus, findet Enno, als trüge sie keinen BH darunter. Aber das kann ja wohl nicht sein, oder?

Gedankenverloren schiebt Jochen einen Löffel Kompott in den Mund. »Brr, das ist ja total versalzen!«

»Nie im Leben!« Kerrin probiert aus ihrer Schale und verzieht ebenfalls das Gesicht

»Meins nicht!«, sagt Inge.

»Meins auch nicht«, sagen Enno und Gesa, Berit und Inka.

Berit verteilt eine Runde Waffelröllchen. »Ich hab auch noch was zum Dessert. Statt Horoskope und so.«

Gesa beißt zuerst auf Papier. Lächelnd zieht sie eine winzige Rolle hervor. »Die Brandung des Meeres war die Tafelmusik«, liest sie, »der Sternenhimmel die Illumination. Hans Christian Andersen.«

Oh ja, denkt Inge, die Tafelmusik. Die wird mir fehlen da oben.

»Wo gestern noch Lärm und lustiger Tisch«, liest Marten, »schwamm anderntags der stumme Fisch.«

»Na, das kennt hier jeder«, sagt Enno, »Detlev von Liliencron. Heut bin ich über Rungholt gefahren …«

Und alle gemeinsam fahren sie fort: »… die Stadt ging unter vor sechshundert Jahren.«

»Wenn wir dereinst bei den Fischen schlafen«, liest Inge, »werden die Seesterne für uns funkeln.«

»Von wem ist das?«, fragt Kaija.

Berit schaut auf die Uhr. »Gleich ist es so weit. Noch zwölf Minuten.«

Jochen zündet sich am Tisch eine Zigarette an.

»Das ist ja wohl das Letzte!«, sagen Kerrin und Enno zugleich.

»Die Letzte.« Jochen knüllt die Packung zusammen und zieht den Rauch tief in die Lunge. »Die tatsächlich Allerallerletzte.«

»Fünf, vier, drei, zwei, eins!« Schlag Mitternacht. Alle liegen sich in den Armen, tauschen Küsse, gute Wünsche, heben die Gläser. »Frohes Neues!«

Gesa, Berit und Inka zücken ihre Handys, schauen auf die schwarzen Bildschirme und stecken sie wieder weg. Kerrin hebt den Telefonhörer ab. Jochen und Marten drücken die Fernbedienung des Fernsehers. Enno dreht am Radio. Nichts.

Anders als in anderen Jahren ertönt ringsum kein Böllern und Schreien, kein Glockenläuten, selbst die Schiffssirenen schweigen. Einzig der Sturmwind und das Meeresgrollen durchbrechen die Stille. Von Zeit zu Zeit trifft eine Orkanböe das Haus, und die Wände wackeln. Der Balken in der Stubendecke knarzt. Der tragende Balken aus dem Mast eines von ihren Vorfahren eigenhändig geplünderten Schiffs. Die Stube ist von Kerzen schwach erhellt, jenseits des Fensters liegt Schwärze. Das Schneetreiben hat wieder eingesetzt, ein weißes Wirbeln, der Wind scheint sich beständig zu drehen. Es ist Neumond, die von der Sonne beleuchtete Seite des Mondes der Erde abgewandt, die Mondsichel für das Auge noch unsichtbar. Wenn sich Sonne, Mond und Erde auf einer Geraden befinden, das wissen alle in diesem Raum, sind die Gezeiten von doppelter Kraft.

»Wenn der Deich bricht«, sagt Inge in die Stille, »haben wir gerade noch Zeit, um alle hinauf in den Giebel zu kommen. Alle gemeinsam. Das Haus hält.«

1. Januar

Die Häuser auf den Inseln und an der Küste liegen unter einer Schneedecke in der Dunkelheit. Der Wind hat sich gelegt, es ist still geworden. Im Watt gibt das ablaufende Wasser Stück für Stück den Meeresboden wieder frei. Nach und nach kehren die Vögel zurück, einzeln, zu zweit und in Schwärmen, um Nahrung zu suchen in der Dämmerung des aufziehenden Morgens.

»Was sind schon ein paar Jahrhunderte
in einer Gegend, die gestern Meer war
und heute Land ist und morgen
vielleicht wieder Meer?«
Inge Boysen

Es ist noch Nacht an diesem vor Kurzem angebrochenen ersten Tag des neuen Jahres. Niemand schläft im Haus Tide.

Inge hat sich in ihr Zimmer zurückgezogen. Stimmen und Schritte sind im Haus zu hören. Die Kerze auf dem Sekretär flackert. Noch einmal hat sie den Umschlag herausgenommen. Das Schreiben fällt ihr schwer, als hätte sie vergessen, wie man die Linien der Buchstaben zieht, miteinander verbindet. Eine schöne Schrift hatte sie mal, die Zeiten sind vorbei. Bei manchen Wörtern ist sie auch nicht mehr ganz sicher, wie sie geschrieben werden. Es könnte so, aber auch anders richtig sein. Dennoch, sie schreibt es jetzt auf, so wie sie es vorhin ihren Kindern und Enkelkindern erklärt hat. »Haus Tide gehört immer denen, die darin leben. Und darin leben dürfen alle, die es lieben.«

Schwer zu sagen, ob das nun der Weisheit letzter Schluss ist, aber es fühlt sich gut an in diesem Moment. Ein letzter Wunsch wiegt nicht so schwer wie ein letzter Wille. Einen Wunsch kann man erfüllen – oder abschlagen. Es ist nur ein Wunsch. Sie pustet die Tinte trocken, steckt das Blatt zurück in den Umschlag und schließt ihn. Zum ersten Mal klebt sie ihn richtig zu. Sie dreht den Schlüssel am Sekretär, bläst die Kerze aus. Etwas gibt es aber noch zu tun.

Irgendwie hat sie gewusst, dass sie Enno in der Scheune findet. Alleine. Auf seinem Klappstuhl.

Er zuckt zusammen, als sie die Tür öffnet. »Mutter?«

»Ich habe eine Bitte, Enno.«

»Ja?«

»Ich möchte das Meer sehen.«

»Jetzt?«

Sie nickt, und er fragt nicht weiter. Hält ihr den Arm hin, und sie hakt sich ein. Dieser Sohn, der mal so klein war und sie nun an Länge und Breite weit überragt. Der sie stützt auf den Stufen zum oberen Stockwerk, das sie nicht mehr betreten hat seit ihrem … Tod, hat sie fast gedacht, Kerrin würde sich freuen. Vor der steilen Treppe zum Spitzboden halten beide kurz inne. Dann nimmt Enno sie auf die Arme und trägt sie nach oben – so wie sie ihn einst auf den Armen nach oben getragen hat. Auch Enno wollte, als er klein und krank war, das Meer sehen.

Das Erste, das Inge erblickt durch die runde Dachluke, ist der Strahl des Leuchtturms, der über das schwarze Wasser wandert. Am Horizont, wo die Halligen liegen, ist nichts als Finsternis. Inge hofft, dass sie dort alle friedlich schlafen – nicht bei den Fischen.

»Was siehst du?«

Inge rückt zur Seite, Enno tritt neben sie an die Luke.

»Müsste schon wieder ablaufen«, sagt Enno. »Wenn's keine ganz schwere Sturmflut ist. Ich denke, der Deich hält.« Auch er blickt mit zusammengekniffenen Augen in die Ferne. »Hoffe, unsere Nachbarn da draußen sind trocken geblieben.«

»Meinst du, ob es auf der Wattenseite wieder zufriert?« Inge blickt auf den Schnee, der sich hinter dem Haus und auf dem Deich türmt. »Weißt du noch, wie wir über das Eis gelaufen sind, bis rüber zum Festland? Du und Boy, Gesa und Berit. Einfach übers Meer spaziert.«

Noch einmal war es später zugefroren, das Watt, in jenem

Winter, als Boy seinen Fortgang zur Seefahrtsschule verkündete, Enno weinte und wütete – und sie dazu schwieg.

»Ich hab noch eine Bitte«, sagt Inge.

»Ja?«

»Verzeih mir.«

»Einverstanden«, sagt Enno und sieht ihr ins Gesicht. »Ich verzeihe dir.«

Will er nicht wissen, wofür? Weiß er es längst? Etwas an Enno hat sich verändert. Was ist es nur? Inge betrachtet ihn von der Seite. Ihren Ältesten, mit dem sie all die Jahre unter diesem Dach gelebt und der so vieles hineingesteckt hat in das Haus, Geld und Geduld, Zeit und Liebe und so manchen ungelebten Traum. Jetzt weiß sie es. Die Panik ist fort, die in letzter Zeit in seinen Augen aufschien und die er ausknipste, sobald man seinem Blick begegnete.

Noch eine ganze Weile stehen beide nebeneinander, schauen aufs schwarze Meer und schweigen. Eigentlich sieht man nicht viel.

Eine Etage tiefer sitzen Berit und Inka im früheren Mädchenzimmer auf ihren Betten, mit dem Rücken an die Wand gelehnt. Der schwarze Raum mit den roten Sprenkeln dreht sich um Berit, wenn sie die Augen schließt, wie in einem psychedelischen Film. So fühlt es sich also an, das neue Jahr und Jahrzehnt. Ohne Berlin, Freundinnen und Freunde, ohne Party und Feuerwerk und doch berauschend. Der Strom ist nicht zurückgekommen bis Mitternacht! Kein Sklavenkontrakt wird mit Blut unterzeichnet, keine Jubel- und Trauerreden werden gehalten für Saubermänner und ihre Dobermänner. Die Wette mit dem Zufall gilt: Nun wird sie, komme, was da wolle, ihre Geschichte schreiben. Berit prostet Inka zu. »Auf den Zufall!«

Inka hat eine Flasche Sekt mit hoch genommen und auch den restlichen Rumtopf – es ist schließlich der erste Rumtopf ihres Lebens. Hat den Sekt in zwei Becher gefüllt aus dem Bad nebenan. Berit muss nicht wissen, dass es Ennos und Kerrins Zahnputzbecher sind, sie hat sie vorher ausgespült und alles. Paps hatte immer eine blaue Zahnbürste, seit sie denken kann, und Mama eine rote. Was war eigentlich in Paps gefahren? Und was war das vorhin mit der Cousine? Boys Tochter … Als hätte sie eine Bombe ins Zimmer geworfen. So schlimm konnte es doch nicht sein – eine islamistische Terroristin, ein SM-Pornostar, eine Alternative-für-Deutschland-Frontfrau? Wenn die alle so ein Geheimnis drum machen, wird sie Boy halt selber fragen. Irgendwann muss der ja wieder auftauchen. Inka kippt Berit und sich ein paar Früchte in den Sekt und stellt sich ans Fenster.

»Don't ever think about tomorrow. For tomorrow may never come«, singt Inka, leiser als vorhin. »Dim the lights and start locking the door. Give your arms to me. Give your charms to me.«

Berit hat den Becher mit den süßen Früchten gehoben und vergisst ihn auf halbem Weg. Der Raum dreht sich nicht mehr um sie, alles steht still.

»I've got kisses and kisses galore. That have never been tasted before«, flüstert Inka beinahe. »If you treat me right. This might be the night …«

Berit stellt sich neben Inka ans Fenster, hinter dem in schwächer werdenden Böen der Schnee vorbeitreibt. Inka verstummt. Beide schauen sich einen Augenblick an und dann gemeinsam hinaus in die schwarze Nacht. Etwas großes Weißes fliegt genau auf sie zu. Wieder eine Möwe, doch diesmal segelt sie knapp an der Glasscheibe vorbei.

Gesa hat sich nebenan ins Wohn- und Gästezimmer zurückgezogen. Sie hört Inka durch die Wand singen. Plötzlich ist es still. Jochen und Kerrin sind wieder verschwunden, Inge ist zu Bett gegangen, sie weiß nicht, wo Marten und Kaija stecken. Aber das ist jetzt nicht ihre Sache. Alles ist sehr weit fortgerückt. Gesa liegt auf dem Bettsofa, mit angewinkelten Knien, versucht ruhig zu atmen. Das Ziehen im Rücken und die Schmerzen im Unterleib sind in den vergangenen Stunden häufiger aufgetreten, werden stärker, wenn sie aufsteht und sich bewegt. Sie weiß, was das bedeutet: Ihr Kind wird in dieser Nacht kommen.

Eine Welle von Schmerz flutet durch Gesas Körper. Sie versucht, mit der Welle zu atmen und nicht dagegen. So hat sie es bei Marten und Kaija gelernt und vielen anderen Frauen beigebracht. Betrachte die Wehen wie Wellen, gegen die man nicht anschwimmt, von denen man sich tragen lassen kann. Jede dieser Wellen bringt dich ein Stück näher ans Ufer. Auch wenn du das Gefühl hast, überrollt, zu Boden geworfen zu werden – die Wellen tragen dich ans Ziel. Atmen, immer weiter atmen, solange du atmest, wirst du nicht untergehen. Und doch gibt es die Sekunden, in denen es ihr den Boden unter den Füßen wegzieht, die Wogen über ihr zusammenschlagen, ihr Innerstes mit Panik fluten. Für einen Augenblick sieht sie Boy vor sich, der sie im Meer in den Armen hält, während sie um sich schlägt, ihn mit Salzwasser bespuckt. Ganz ruhig hält er sie und sagt: »Du kannst schwimmen!«

Wo sind sie jetzt, die Arme, die sie halten, eine Stimme, die zu ihr spricht? Wie in weiter Ferne sieht sie Matteo, der gegen den Sturm ankämpft, sich durch den Schnee auf sie zubewegt im Zeitlupentempo. Jochen, der ihre Hand hält bei Martens Geburt, ihre Stirn tupft bei Kaijas, bevor er sich abwendet und mit schnellen Schritten aus ihrem Blickfeld verschwindet. Gesa schnappt nach Luft, krallt die Finger ins Laken. Es ist so entsetzlich kalt hier. Sie steht auf und steigt langsam, Stufe für Stufe ins Erdgeschoss hinunter. Mitten auf der Treppe überrollt sie eine neue, größere Welle. Sie klammert sich am Geländer fest, atmet, da schlägt schon die nächste über ihr zusammen.

Endlich ist sie angekommen in der warmen Stube. Gesa geht zum Alkoven, öffnet die Türen. Marten und Kaija fahren aus dem Schlaf. »Ihr Lieben, ich brauch jetzt das Bett hier. Geht zu Papa.«

Die beiden rappeln sich schlaftrunken auf, stehen barfuß vor den himmelblauen Holztüren, die Mama sofort hinter sich schließt. Na gut, zu Papa. Aber wo ist der?

Allein im Alkoven, an das dicke Kissen gelehnt, atmet Gesa tief aus und sagt es sich zum ersten Mal selbst: »Du kannst schwimmen!«

Marten und Kaija, Matteo und Jochen sind weit fortgerückt. Sie und das Kind bilden jetzt eine eigene Insel. Und mit einem Mal weiß Gesa, wo sie die nächsten Wochen, vielleicht Monate bleiben werden, sie und das Baby. Nicht in Hamburg bei Jochen. Auch nicht bei Matteo. Hier, in diesem Haus auf der Insel.

Kerrin hat gehofft, Enno in der Küche anzutreffen, es zugleich gefürchtet. Neuerdings ist er nie da, wo sie ihn vermutet. Was weiß Enno von Boys Tochter? Kann sie ihn um Verzeihung bitten nach all der Zeit? Kann er ihr verzeihen? Und was weiß Inka? Sie hält sich an der Küchenbank fest. Alles schwankt um sie herum, wenn sie stillsteht. Verflixter Rumtopf! Sie hat gar nicht gewusst, dass Enno so gut Gitarre spielen kann, hat es nie gewollt, dass Inka in diesem Haus singt. Als wenn Inkas tote Mutter wieder zum Leben erweckt werden könnte durch ihre Stimme und ihr Geist sich einnisten in diesen Räumen. Aber so war es nicht. Es war Inkas Stimme. Ein Geschenk ihrer Mutter, vielleicht das einzige. Sie hatte kein Recht, es ihr vorzuenthalten.

Kerrin geht zum Ofen, legt Holz nach für die Nacht, alle sollen es warm haben. Enno, der sie vorhin auf den Mund geküsst hat wie lange nicht. Es lag etwas darin … Und was tut sie? Lässt sich von Jochen die Himbeeren vom Busen pflücken! In der Erinnerung wird ihr noch einmal heiß. In diesen Minuten hat sie einfach alles vergessen: Enno, Inka, die Lügen und Geheimnisse, sogar Ennos Praxis, Ennos Mappe. Sie sollte jetzt zu Bett gehen. Enno ist bestimmt schon im Schlafzimmer und wartet auf sie. Sie könnte ihm etwas Süßes mitbringen. Mit einer Kerze tritt Kerrin in die dunkle Speisekammer und steht vor einem riesigen Schatten.

»Psst«, sagt der Schatten, kurz bevor sie losschreit, »ich bin's.«

Kerrin ringt nach Luft. »Was machst du hier?«

»Erwischt«, sagt Jochen und hält ihr eine offene Flasche entgegen.

Kerrin nimmt ihm den Wein aus der Hand, trinkt einen Schluck aus der Flasche. »Da gibt's doch noch was Besseres.«

Sie stellt die Kerze zur Seite, pustet sie aus, und in der engen, dunklen Kammer machen sich Kerrin und Jochen auf die Suche nach was Besserem.

»Es kommt!«

Kerrin und Jochen fahren auseinander. Kerrin läuft los, hinüber in die Stube zu Gesa, hoch ins Schlafzimmer, wo der Koffer bereitsteht. Ihr Hebammenkoffer, griffbereit für alle Fälle. Viele Fälle gab es nicht auf der Insel, es ist Monate her, dass sie ihn zuletzt gebraucht hat. Aber es ist alles drin, und sie weiß, wie es geht. Mit einem Schlag fühlt sich Kerrin vollkommen nüchtern.

Jochen steht allein in der Speisekammer. Gesa! Er muss ihr helfen. Ihr Baby. Matteos Baby. Warum ist der nicht hier, warum ist der verdammte Scheißkerl nicht hier? Er ballt die Fäuste, beißt sich auf die Zunge. Vielleicht stirbt es ja, Matteos Baby. Mit einem rostigen Geschmack auf der Zunge denkt Jochen: Vielleicht ist das unsere letzte Chance.

Stöhnen dringt durch die Wände bis in die Kammer. Auch Jochen läuft nun los. »Wir brauchen einen Arzt!«, ruft er. »Den Hubschrauber! Irgendwer wird doch …«

»Alles in Ordnung.« Kerrin schaut Jochen an, legt Gesa eine Hand aufs Haar. »Wir schaffen das, wir beide.«

Gesa in ihrem Alkoven, mit schweißüberströmtem Gesicht, hebt einen Arm und winkt ihm zu. Dann nickt sie, lächelt. »Alles klar. Nimm die Kinder, bitte.«

Jochen legt Marten und Kaija die Hände auf die Schultern und verlässt mit ihnen die Stube. Auch Enno und Inge, Berit und Inka kommen herbeigelaufen. Inge dirigiert alle in die warme Küche, in der man jetzt nichts weiter tun kann als gemeinsam abwarten und Tee trinken.

Noch einmal steht Boy ganz oben an Deck, im Bug der »Esperanza«, die in der Nähe der Osterinsel vor Anker liegt, mehr als dreieinhalbtausend Kilometer von der chilenischen Küste entfernt – Robinsons Insel war nichts dagegen mit ihren schlappen sechshundert. Seltsam fühlt sich das an, dieses Stillliegen nach der langen Fahrt. Am Nachthimmel funkeln die Sterne der südlichen Himmelskuppel. Heute Abend hat er zum letzten Mal gespielt in der »Bar Indigo«, auf dem ultramarinblauen Piano. Seine Finger liefen von allein über die Tasten, während er in Gedanken immer aufs Neue den kürzesten Weg ans Ufer durchging, zu den Sandbuchten vor dem Dorf Hanga roa, weg von den Strömungen, die einen aufs Meer hinaustrieben oder gegen die Felsküste warfen. In einem Moment war er von kühler Zuversicht erfüllt, im nächsten von Übelkeit, die ihm den Magen umdrehte, während er »Don't cry for me, Argentina« klimperte.

Frerk Nielsen alias Freddy O'Neill ist nicht der Ansicht gewesen, dass die bevorstehende Hinrichtung einen triftigen Grund für einen freien Abend darstellt. Nicht, wenn der Todeskandidat sein einziger Pianist und der Abend Silvester war. Der weißhaarige Herr in Jeans und kariertem Hemd hat es sich nicht nehmen lassen, von seinem Platz auf dem Barhocker ein Auge auf ihn zu werfen. Aber letzten Endes bewahrte ihn das Spielen davor, in der Kabine die Wände hochzulaufen oder sich vor Angst in die Hosen zu machen. Ein paar Toilettenpausen mehr hat er dennoch einlegen, sich nach »My way« übergeben müssen, vielleicht, weil das so oft auf Trauerfeiern gespielt wurde. Seltsamerweise hat er heute besonders viel Applaus und Trinkgeld bekommen. Letztes Trinkgeld vorm Ertrinken … Wie auch immer es ausgeht, ab jetzt werden O'Neill, Cecilia und das Salonorchester ohne seine Begleitung auskommen müssen. Vielleicht wird sich Carlos' Fluch doch noch erfüllen: keine Damenwahl, kein Tango, kein Trinkgeld – Aufstand und Meuterei, Riff und rrratsch!

Sind das tatsächlich Lichter in der Ferne? Das erste Leuchten menschlicher Zivilisation nach Tagen auf See? Die Nacht ist mild, laue Luft, das Wasser etwa 24 Grad warm, davon konnte man an der Nordsee nur träumen. Dafür gab es dort keine Haie.

»Gutes Neues!«, sagt hinter ihm eine Stimme. »Wir haben noch gar nicht angestoßen – auf eine glückliche Zukunft!«

Boy dreht das Champagnerglas in den Fingern, ohne es anzurühren. Wenn er nachher absäuft, wird er wissen, dass er es hätte trinken sollen. »Möchten Sie diese Wette lieber gewinnen oder verlieren?«

»Fifty-fifty«, sagt O'Neill, zückt den Scheck und überreicht ihn Boy. »Wenn du das Ufer lebend erreichst, löst du den Scheck ein und kaufst das Haus frei.«

Boy steckt den Scheck ein, stellt das Glas beiseite. »Woher wissen Sie, dass ich Haus Tide kaufe? Ich könnte ganz was anderes damit machen. Mein eigenes Aufnahmestudio, Kreuzfahrten bis zum Abwinken, als Passagier den Bordpianisten nerven. Oder bisschen spekulieren … mit Aktien von ›Pacific Cruises‹.«

»Gehen wir.« O'Neill leert sein Glas. »Oder möchtest du von hier oben springen?«

Noch einmal schaut Boy über die Reling, zum ersten Mal ergreift ihn dabei Schwindel. Er macht sich an den Abstieg, Deck für Deck, O'Neill immer auf seinen Fersen. Endlich sind sie unten angekommen, im fensterlosen Bauch des Schiffes. O'Neill öffnet per Knopfdruck eine große Klappe in der Schiffswand. Morgen wird hier eine Treppe angebracht, von der aus die zahlenden Gäste die Boote besteigen, die sie zur Osterinsel bringen. Für Boy gibt es keine Treppe, keine Boote. Er zieht sich aus, Hemd, Unterhemd, Hose, Unterhose. O'Neill stopft alles in eine Tüte. Boy schlüpft in seine Badehose, bindet den wasserdichten Beutel um die Brust.

»Gut.« Er blickt auf endloses schwarzes Wasser. »Und jetzt wäre ich gern allein.«

»Gute Reise.« O'Neill geht. Dann dreht er sich noch einmal zu ihm um, wirft ihm einen letzten Blick zu. Väterlich, beinahe zärtlich.

Und doch, denkt Boy, wird er keine Träne verdrücken, wenn ich in diesem schwarzen Wasser für immer verschwinde. Er wird es bloß bedauern, schon wieder ein Spiel gewonnen zu haben. Das Leben kann sehr langweilig sein, wenn man ständig gewinnt.

Da steht er nun, in der offenen Luke über der See, ohne Ballast, ohne Klamotten, mit nichts als einem wasserdicht verpackten Scheck, seinem Pass und Handy vor der Brust. Er weiß, dass O'Neill ihn von irgendwo weit oben durchs Fernglas beobachten wird, solange er kann.

Im nächsten Augenblick ist O'Neill vergessen. Boy schaut in den Himmel, wendet das Gesicht den Sternen zu. Inmitten des hellen Bandes der Milchstraße bilden die vier hellsten Sterne ein Kreuz am Himmel – das Kreuz des Südens. Boy denkt an Enno, Boy, Gesa und Berit, vier nicht immer allzu helle Sterne im Sternbild Tide. Er denkt an die Insel, ihren Fixpunkt auf der Weltkarte, an das Haus, ihren Fixstern auf der Insel. Mutters Haus, sein Elternhaus, das Haus, in dem seine Tochter aufgewachsen ist. Er denkt an Gesas Kind, das bald zur Welt kommt, und schickt ein Gebet Richtung Nordosten. Wünsch mir Glück, Schwester! In Gedanken an sie, allein über dem schwarzen Wasser atmet Boy noch einmal tief aus und sagt es sich zum ersten Mal selbst: »Du kannst schwimmen!« Von wegen fifty-fifty. Es ist doch bloß ein Katzensprung!

»Es ist da!«, schallt es durch Haus Tide.

Alle schrecken hoch in der Küche, von der Bank, vom Boden, reiben sich die Augen, laufen nach nebenan in die von Kerzen erhellte Stube, Marten und Kaija, Jochen, Berit, Inka und Enno. Gebannt verharren sie vor dem Alkoven, aus dem kräftiges Menschenkindgeschrei dringt.

Niemand außer Kaija bemerkt, dass der leere Stuhl für den unbekannten Gast nicht mehr leer ist. Vielleicht können ihn die anderen gar nicht sehen, überlegt Kaija und streichelt Ahabs nasses Fell.

Ohrenbetäubender Lärm lässt noch einmal alle zusammenfahren. Der Raum ist in grelles Licht getaucht, das die ans Halbdunkel gewöhnten Augen blendet. Verkehrsmeldungen aus dem Radio werden vom Wetterbericht aus dem Fernseher übertönt. »An der Küste und auf den Inseln ist eine Entspannung der Lage …« In Sicht oder nicht in Sicht, das ist hier die Frage. Denn mit einem lauten Plopp in der Diele wird es ebenso plötzlich wieder dunkel und still im Haus.

»Alles ausschalten, bis auf das Radio!«, ordnet Enno an. »Erst wenn ich ›jetzt‹ rufe, wieder anschalten, nach und nach, verstanden, eins nach dem anderen!« Er läuft zum Sicherungskasten. Die Hauptsicherung ist wieder rausgeflogen. Kein Wunder bei der Überspannung hier im Haus. »Jetzt!«, ruft Enno, und nach und nach springen mit Piepen, Knacken und Summen die Geräte und Lampen im Haus wieder an.

Es bleibt hell. So manchem ist ein Licht aufgegangen. Mal sehen, wie lange.

Ein neues Leben hat begonnen, denkt Inge in ihrem Wandbett. Soeben hat sie die Augen aufgeschlagen und das Schreien des Neugeborenen gehört. Sie hatte keine Kraft mehr, die ganze Nacht in der Küche auszuharren, und auch jetzt reicht die Kraft nicht, um hinüber in die Stube zu gehen und das Enkelkind zu begrüßen. Die Beine wollen nicht mehr, auch die Stimme hat wieder versagt. Sie werden es bald zu ihr bringen. Ein neues Inselkind!

Eine Lampe ist eben kurz angegangen, wieder erloschen, dann ist das Licht zurückgekehrt und geblieben. Noch immer ist es kalt im Raum, doch sie selbst ist noch warm. Sie befühlt ihre Haut. Unvorstellbar, dass eines Tages alles Leben und alle Wärme aus einem entweichen, dass dieser Leib, in dem man lebt und fühlt, nichts weiter sein wird als eine kalte, starre Hülle. Mit der sich dann die Hinterbliebenen herumschlagen dürfen, während man selbst … tja, wenn man das wüsste. Diejenigen, die bereits hinübergegangen waren, redeten ja nicht mehr mit einem. Auch mit Engelline verlief das Gespräch, ehrlich gesagt, seit Jahrzehnten als Einbahnstraße.

Inges Blick fällt in den Spiegel an der Wand. Sie zwinkert ihrem Gegenüber zu – einer weißhaarigen Frau mit hellblauen Augen –, und die Alte fällt nicht in Ohnmacht, sondern zwinkert zurück. Geht doch.

Sie tappt auf den Nachttisch und fasst in die Schachtel mit leerem Bonbonpapier. Die Schokodrops sind bis auf ein einziges aufgegessen. Das Glas mit dem rosaroten Bodensatz wurde fortgeräumt. Der Roman ist beinahe ausgelesen. Ein paar ungelesene Seiten noch – Seiten voller ungeahnter Möglichkeiten! Je besser ein Buch ihr gefällt, desto länger dauert es mit den letzten Seiten. Die vorvorletzte Seite ist in Ordnung, die vorletzte geht so eben noch, aber die letzte Seite … Das Zuklappen eines Buches klingt ganz anders als das Aufschlagen. Beim Aufschlagen raschelt und knistert es. Das Zuschlagen dagegen …

Immerhin kann man – im Gegensatz zum Leben – ein Buch noch einmal von vorne beginnen. Jahre oder Jahrzehnte später wird man die Geschichte mit anderen Augen sehen. Auf einmal mag man eine Person, die man vor zwanzig Jahren abscheulich fand. Oder hält einen Helden der Jugend für einen selbstbezogenen Langweiler. Sind weitere Jahrzehnte ins Land oder Meer gegangen, wird es weniger Personen geben, die man abgrundtief verachtet oder uneingeschränkt bewundert.

Dafür wird man viele verstehen. Mit dem Leben wäre es womöglich ähnlich, bekäme man eine zweite Chance, alles noch einmal zu erleben, mit anderen Augen.

Noch ist das letzte Wort nicht gesprochen. Gesas Kind ist geboren, in der Neujahrsnacht, wie vor vierzig Jahren ihr eigenes Kind. Aber Boy ist noch nicht zurückgekehrt, Enno nicht fortgegangen. Ilses Taube ist nicht wiedergekommen mit einem neuen Brief. Berit hat ihre Geschichte noch nicht zu Ende geschrieben. Doch auch wenn sie selbst sie vermutlich nicht mehr lesen kann, es wird eine neue Geschichte geben. Darauf kommt es an.

Fast kommt es Inge vor, als könnte sie ihn von ihrem Wandbett aus sehen, den Lichtstrahl des Leuchtturms, der so regelmäßig über das schwarze Wasser wandert, verschwindet und wiederkehrt. Und doch ist es niemals dasselbe Licht. Beinahe scheint es ihr, als könnte sie hören, wie draußen der Wind sich legt und das Wasser abläuft, kaum sichtbar und doch stetig mit jeder Minute, die verrinnt mit dem Lauf der Gezeiten. Wie gut, zu wissen, dass nichts bleibt und alles wiederkehrt. Nur eben anders. Glücklicherweise.

Die angelehnte Tür öffnet sich. Ahab schleicht herein, springt auf ihr Bett und betrachtet sie mit seinem grünen Auge. Inge legt das Buch beiseite. Er schnurrt, als sie ihm über das feuchte Fell streicht. »Wurde auch langsam Zeit, mein Lieber. Gerade noch rechtzeitig, bevor das Buch zugeklappt wird.«

Bevor Sie dieses Buch gleich zuklappen:
Die Geschichte der Boysens geht weiter!
Freuen Sie sich auf ›Die Glückspassagiere‹ –
im Herbst 2018 bei dtv!
Die ersten Seiten finden Sie am Ende dieses Bandes.

Playlist

»That's amore« – Dean Martin
»In the waves« – Tiger Lillies
»Golden brown« – The Stranglers
»People are strange« – The Doors
»One note Samba« – Al Jarreau
»Winter weather« – Peggy Lee
»Another brick in the wall« – Pink Floyd
»Light my fire« – The Doors
»Piano man« – Billy Joel
»Wuthering Heights« – Kate Bush
»Lady Placebo« – Die Kastrierten Philosophen
»Born to run« – Bruce Springsteen
»Something stupid« – Frank und Nancy Sinatra
»Because the night« – Patti Smith
»Help!« – The Beatles
»Auf der Reeperbahn nachts um halb eins« – Hans Albers
»I may never go home anymore« – Marlene Dietrich

Dankeschön!

Die Begleitung dieses Romans durch dtv, von den Anfängen bis zu seinem Schritt hinaus in die Welt, war für mich eine große Freude und Motivation. Dafür danke ich den Mitarbeiterinnen und Mitarbeitern von dtv, allen voran Bianca Dombrowa und Hannelore Hartmann.

Für die Hilfe beim Laufenlernen des Romans danke ich André Hille und Martin Hielscher sowie den Teilnehmerinnen und Teilnehmern des Seminars »Romanentwicklung« der Textmanufaktur.

Ebenso hilfreiche wie vergnügliche Unterstützung gab mir wie immer meine fabelhafte Autorinnengruppe »alphabettinen«. www.alphabettinen.de

Ein großes Dankeschön an Indra und Joachim Wussow von der Stiftung kunst:raum sylt quelle, jenem inspirierenden Ort, an dem ich einen Monat lang schreibender Wintergast sein durfte. www.syltfoundation.com

Herzlichen Dank für Lektüre, Feedback und Ermutigung an Ariane Huml (auch für die Titelidee!), Danijel Višević, Helmuth Kreysing, Iris Leister und Ulrike Scheele. Ein ganz besonderer Dank geht an Marco Krug.

Auch diesmal gilt das dickste Dankeschön für unablässig inspirierendes Lesen, Lieben und Leben meiner Frau Anne Stalfort.

dtv

Leseprobe aus:

Sybil Volks

Die Glückspassagiere

Roman

Ausgerechnet an jenem Tag, an dem Komet »Fortune« Meteoriten auf ihre Nordseeinsel regnen lassen soll, versammelt sich Familie Boysen in Haus Tide zum großen Doppelgeburtstag: Inge feiert ihren 80. gemeinsam mit Enkelin Inka, die 18 wird. Und während Boysens und ihre Gäste voller Furcht und Hoffnung auf »Fortune« warten, platzt Inges seefahrender Sohn Boy mit einer Nachricht in die Festgesellschaft, die nicht nur die Zukunft von Haus Tide, sondern der gesamten Familie grundlegend verändert.

Charlie Brown: »Eines Tages werden wir alle sterben.«
Snoopy: »Stimmt, aber an allen anderen Tagen nicht.«

Heute ist einer von diesen anderen Tagen. Ein Tag, an dem sie alle leben. Ein Tag im Frühling, den sogar sie noch erlebt, Inge Boysen, bald achtzig Jahre alt, vor Kurzem für tot erklärt – aber nichts da. Hier steht sie, in Pantoffel – der zweite ging beim Durchqueren des Zimmers verloren – und Nachthemd am offenen Fenster, fröstelnd in den Windböen der Aprilnacht, und hört das Rauschen der See, die unsichtbar hinter dem grauen Deich liegt.

Ein Rauschen ist manchmal auch in ihrem Kopf, ein Zittern der Gedanken, eine Frequenz, die sie, als wäre sie ein Störsender, auszuschalten versuchte. So lange, bis sie schließlich, so glaubt Inge jedenfalls, die Botschaft verstanden hat: Dieses Jahr ist ein Geschenk. Eine milde Gabe, eine wilde Zugabe? Eine Extrarunde, ein Sahnehäubchen, ein Obendrauf, ein Bonustrack – ein noch nie zuvor gespielter Song, der das Live-Album »Inge Boysen« verlängert.

In diesem Augenblick hört sie es näherkommen, das rhythmische Schlagen der Flügel in der Luft, das Schnattern und Rufen, noch bevor sie die dunklen Silhouetten am Nachthimmel erblickt, scharf umrissen im Mondlicht. Inge lauscht der anschwellenden Vogelzugnachtmusik – zum letzten, zum vorletzten Mal, wer weiß? Die Ringel- und Weißwangengänse kehren aus den Winterquartieren zurück, werden sich Speckpolster anfuttern auf den fetten Inselwiesen, bevor sie weiterziehen in den Norden, um neue Gänschen auszubrüten wie jedes Jahr. Sie wissen es nicht, die Gänse und Gänschen, dass in diesem Sommer Meteoriten auf Nordfriesland regnen werden, die vom Kometen »Fortune« stammen. Und zwar aller Voraussicht nach in den Tagen um ihren – Inges – Geburtstag herum.

Noch steht es in den Sternen, wie viel Stein oder Staub von ihnen übrig ist, wenn die Himmelskörper auf die Erde treffen. Doch schon jetzt haben sie einige Gräben auf der Insel beziehungsweise zwischen den Bewohnern hinterlassen. Sogar in ihrer eigenen Familie.

Die einen hoffen und glauben, der Meteoritenschwarm bringe Glück, die anderen ahnen und munkeln, dass er nichts als Unglück verheißen könne. Dritte wiederum heben wortlos den Zeigefinger an die Stirn, wenn die Sprache auf »das Ereignis« kommt, und kehren zum heißen Tee oder kühlen Bier zurück. Ihr für gewöhnlich schweigsamer Bürgermeister und Postbote beendet jede Ansprache, die sein Amt ihm abverlangt, neuerdings in Anlehnung an den römischen Staatsmann Cato mit den Worten: »Im Übrigen bin ich der Meinung, dass dieser Komet ein Hirngespinst ist.« Eine kleine, aber stimmgewaltige Fraktion jedoch *weiß*, dass riesige Brocken »Fortune« nirgends sonst als auf ihrem bescheidenen Eiland einschlagen werden, und ihre Wortführerin, die Königin der Kurverwaltung, wird nicht müde, mit tiefer gelegter Stimme daran zu erinnern, dass »Fortune« keineswegs »Glück«, sondern »Schicksal« bedeutet. »Good fortune« oder »bad fortune«, das ist hier die Frage! Inges Frage jedoch, ob die Kurverwaltung über den Juli hinaus überhaupt noch Buchungen annehme, wurde von der Dame keiner Antwort gewürdigt.

Nein, Inge sieht in »Fortune« keinen Wink des Schicksals, sondern ein Zwinkern des Zufalls. Und vor dem Zufall hat Inge den allergrößten Respekt. Aber das für den Juli geplante

Geburtstagsfest wird sie deshalb gewiss nicht verlegen. Schon gar nicht sicherheitshalber gleich in den Herbst! Manchmal beschleicht sie der Verdacht, dass Kerrin, abgesehen von ihrem Aberglauben, andere Gründe umtreiben, die Feier möglichst weit hinauszuschieben.

Inge streckt den Kopf aus dem Fenster und atmet die kühle, salzige Luft. Die Gänse ziehen hoch oben am Nachthimmel, ihrem Kompass folgend, nach Norden. Wenn es der Zufall partout wollen sollte, dass ausgerechnet zum achtzigsten und achtzehnten Doppelgeburtstag von Inge und Inka Boysen ein Stück »Fortune« in den Garten von Haus Tide kracht, wäre es wohl das Mindeste, dieses mit einem Glas Champagner in der Hand zu begrüßen!

Aus dem im Dunkeln liegenden Garten erklingt ein Miauen. Mit einem Satz springt von hinten aus dem Zimmer Kater Ahab neben Inge aufs Fensterbrett. Sein einziges Auge glüht grün, seine Ohren zucken. Lautlos setzt er im Gras auf, das feucht ist vom Abendtau, und fort ist er, auf der Jagd nach dem fremden Miauen, auf dem Sprung in die Frühlingsnacht.

»Viel Glück, mein Junge!«, ruft Inge ihm nach und hält die Nase in den Wind. Selbst ihre Menschennase kann sie riechen, die Verheißung, die jedes Jahr um diese Zeit in der Luft liegt. Noch in ihrer alten Brust erzeugt es ein Echo, das Flügelschlagen hoch in der Luft. Das aufgeregte Flattern des Anfangs.

Vielleicht sollte sie es dem Kater gleichtun und noch einmal da draußen ihr Glück suchen. Inge sieht sich selbst wie in einem Trickfilm, beim Sprung über die Fensterbank, mit achtzigjährigen, dürren Beinen und einem Pantoffel. Besser vermutlich, sie sucht altersweise drinnen im Warmen das Glück – am allerbesten im eigenen Inneren, solange es dort noch lebendig und warm ist. Und das ist es noch, oder? Hand aufs Herz.

Aufgescheucht von solcherlei Fragen macht es einen Hüpfer in Inges Brust: Was fange ich an mit der Extrarunde, dem Obendrauf, dem Bonustrack? Schnell, viel zu schnell wird ihre Zeit um sein. Ihre Kinder wissen es nicht, die Ärzte wissen es nicht, aber sie weiß es. Sie weiß es, seit sie dem Tod am Ende des vergangenen Jahres von der Schneeschippe gesprungen ist. Ihr wurde kein neues Leben geschenkt. Ein neues Jahr, nicht mehr.

Inge schließt das Fenster, geht zum Sekretär, nimmt den braunen Umschlag heraus – »nach meinem Tod zu öffnen«. Der letzte Wille, noch immer ungeschrieben. Vergeblich sucht sie nach der erlösenden Erkenntnis: Wie kann sie dieses Haus über ihren Tod hinaus für die Kinder und Enkelkinder bewahren? Es vor dem Verkauf retten, nachdem es Hunderte von Jahren weitergegeben wurde in der Familie. Eines dieser heute hoch im Kurs stehenden alten Friesenhäuser, für das die Käufer Unsummen hinblättern, die kein Erbe den weichenden Geschwistern zahlen kann. Für sie einfach ihr Haus Tide.

Ihr Haus Tide mit den Segelschiffffliesen, dem Bilegger, den Wandbetten, in denen schon viele ihrer Vorfahren zur Welt kamen oder von ihr gingen. Unter ihrem Wandbett, auf das Inge sich jetzt setzt, stößt ihr nackter Fuß an etwas Weiches. Da ist er ja, der einzelgängerische Pantoffel, hockt unter dem Bett und sagt nichts. Sie knipst die Nachttischlampe an, erblickt ihr Gesicht im Spiegel gegenüber – ein weißer Haarschopf, hellblaue Augen, ganz wie es sein soll. Nicht wie an jenem 28. Dezember des vergangenen Jahres, als sie im Spiegel schwarz gesehen hat. Das Tuch, das ihn bedeckte, wie man seit jeher die Spiegel in den Räumen der Toten verhüllt, hatte ihr unmissverständlich verkündet: Du bist tot. Und sie war darauf hereingefallen. Inges Mundwinkel zucken, ein Grinsen macht sich breit. Es war eine aufregende, turbulente Zeit, die auf ihren Tod folgte. Wenn es so post mortem in Wirklichkeit wäre … Na, da ließe sich drüber reden. Doch es war alles nur ein Missverständnis gewesen.

Ihre Schwiegertochter hatte das Tuch eigenhändig über den Spiegel gehängt, sie voreilig für tot erklärt und Kinder und Kindeskinder herbeizitiert. Und alle waren sie gekommen. Alle bis auf Boy, der am anderen Ende der Welt zur See fuhr. Sogar Gesa war gekommen, mit ihrem dicken Bauch und ihrem Ehemann, der für den dicken Bauch nicht verantwortlich war und das wusste. Zugleich mit der Rückkehr von Strom und Licht, zum Urknall des neuen Jahres, war die kleine Stella kometengleich in ihre Familie gestürzt. Doch das Problem mit Haus und Erbe hatten sie nicht gelöst.

In der Küche setzt Inge Teewasser auf, holt, ohne Licht zu machen, mit einem Griff die Kanne und ihre Lieblingstasse aus dem Schrank. Wie wird sich Gesa entscheiden? Für das alte oder neue Leben, den mittelalten oder den jungen Mann? Wann wird Boy endlich aus dem Gefängnis entlassen und kommt aus Chile zurück? Wird Berit, trotz aller Widrigkeiten, ihr Buch schreiben – und wird sie selbst es noch lesen können? Wie ergeht es Enno, allein auf seiner Reise um die Welt, nachdem auch er, so scheint es, noch einmal knapp dem Sterben entkommen ist? Und wie wird Inka es verkraften, wenn sie an ihrem achtzehnten Geburtstag die Wahrheit über ihre Herkunft erfährt?

Der Teekessel pfeift, Inge gießt das kochende Wasser in die Kanne. Ein Schwall geht daneben. Ihre Hände zittern, wie sie es manchmal tun, seit sie letztes Jahr tot war. Vorübergehend zumindest, zur Probe. Beim Aufwischen des vergossenen Wassers verbrennt sie sich die Finger. Auf einmal kommt es ihr nicht mehr vor wie ein Sahnehäubchen, das geschenkte

Jahr, eher wie ein Berg aus Schutt und Geröll, den sie auf allen vieren hochkriechen, wieder herabrutschen und niemals überwinden wird. Ein Berg aus Fragen und Aufgaben, für die sie nach wie vor keine Lösung hat.

Der Kandis in ihrer Tasse knackt, als sie den Tee daraufgießt. Und während Inge zusieht, wie sich der harte Zucker in der heißen Flüssigkeit auflöst, kommt es ihr in den Sinn, dass das Leben am Ende keine Rechenaufgabe ist. Keine Gleichung, die eine Null ergeben muss oder so was.

Zurück in ihrem Zimmer, hört Inge ein Wimmern von oben durch die Decke, Schreien und kurz darauf tapsende Schritte, und sieht sie vor sich, ihre Tochter, die aus dem Bett steigt, schlaftrunken ihr Baby aus dem Bettchen hebt und es an die Brust legt. Gut, sie hier zu haben, Gesa und Stella. Es ist wie ein Versprechen, dass das Leben weitergeht in Haus Tide.

Inge blickt Richtung Spiegel, für den Bruchteil einer Sekunde sieht sie ihn leer. Dann erscheint wieder das Gesicht einer alten Frau, das wohl ihres sein muss, was sie zuweilen noch immer erstaunt. Das bin ich!, hat in einem aufblitzenden Augenblick zum ersten Mal das Kind in dem spiegelverkehrten Abbild erkannt. Das bin ich!, hat sich später das Mädchen mit geflochtenen Zöpfen versichert; auch das Gesicht der jungen Frau mit dem aufgemalten Schönheitsfleck und das der mittelalten, mit ersten Fältchen um die Augen, waren ihr zu seiner Zeit im Spiegelbild als »ich« erschienen. Und nun das: eine alte Frau mit Knitterfalten und schmal gewordenen Lippen. Zur Sicherheit zieht Inge eine Grimasse. Genau wie die Alte im Spiegel.

»Es ist einfach so«, sagt Inge zu der alten Dame ihr gegenüber, laut und langsam, damit die es auch kapiert, »es wird ohne dich weitergehen. Also, vergiss den blöden Berg, denk ans Sahnehäubchen.«

Da fällt ihr ein: Irgendwo hinten im Kühlschrank steht ein letzter Rest Himbeersirup vom Sommer, den sie mit Wasser mischen wird, und irgendwo unten in der Nachttischschublade wartet der allerletzte Schokodrops, den sie sich vom Mund abgespart hat, womit jetzt Schluss ist. Auf dem Nachttisch liegt ein Stapel Papier, von dem sie das oberste Blatt zur Hand nimmt, um die ersten Sätze noch einmal zu lesen.

»All das Kommen und Gehen in unserer Familie«, hat Berit geschrieben, »begann mit einem angekündigten Tod und einem unangekündigten Sturm. Mond und Flut, Schnee und Sturm, Brüder und Schwestern, Geliebte und ungeborene Kinder trafen ohne Vorwarnung aufeinander.«

Noch einmal geht Inge zum Fenster, auf wackligen Beinen, doch diesmal mit beiden Pantoffeln, und öffnet es. Heute kein Schneesturm in Sicht, nur eine frische Frühlingsbrise, die das Branden der See bis ins Haus trägt. Wenigstens die See war immer da und wird bleiben, denkt man, doch selbst Insel und Meer verharren nicht an ihrem Platz. Noch vor wenigen Jahrhunderten ist dort, wo jetzt die Wellen rauschen, Land gewesen; nicht weit hinter dem Deich, auf dem jetzigen Meeresboden, lag eine Wiese, darauf die untergegangene Westerwarft. Und in ein, zwei Jahrhunderten, vielleicht schon viel früher, wird man hier, genau über ihrer Stube, reichlich Wasser unterm Kiel haben und sich von einem anderen, fernen Ufer an das untergegangene Haus Tide erinnern. Oder auch nicht.

Draußen im Garten maunzt Ahab, alleine, nicht im Duett. Tja, schlechte Karten bei den Katzen, armer schwarzer Kater. Und dennoch wird er, einäugig hin oder her, nicht aufhören, das Glück zu erjagen und dem Schicksal auf die Sprünge zu helfen. Genau wie sie, Inge Boysen, bald achtzig Jahre alt, vor Kurzem für tot erklärt, aber nichts da! Ein neues Jahr wurde ihr geschenkt, nicht mehr. Aber auch nicht weniger.

Inge lehnt sich weit aus dem Fenster. Von ihr aus kann »Fortune« kommen. Der Wind rauscht durch die hellgrünen Blätter wie ein nie zuvor gespielter Song. Die Geschichte hat eben begonnen.